邱鸣皋文集

邱鸣皋　著

凤凰出版社

图书在版编目（CIP）数据

邱鸣皋文集 / 邱鸣皋著. -- 南京 : 凤凰出版社,
2020.5（2024.10重印）
ISBN 978-7-5506-3174-8

Ⅰ. ①邱… Ⅱ. ①邱… Ⅲ. ①古典文学研究—中国—
文集 Ⅳ. ①I206.2-53

中国版本图书馆CIP数据核字(2020)第063053号

书　　名	邱鸣皋文集
著　　者	邱鸣皋
责任编辑	王清溪
责任监制	程明娇
出版发行	凤凰出版社(原江苏古籍出版社) 发行部电话025-83223462
出版社地址	江苏省南京市中央路165号,邮编:210009
照　　排	南京凯建文化发展有限公司
印　　刷	唐山楠萍印务有限公司 河北省唐山市芦台经济开发区场部
开　　本	718毫米×1005毫米　1/16
印　　张	28.25
字　　数	380千字
版　　次	2020年6月第1版
印　　次	2024年10月第2次印刷
标准书号	ISBN 978-7-5506-3174-8
定　　价	128.00元

(本书凡印装错误可向承印厂调换,电话:022-69381996)

1993 年在澳大利亚狄根大学

1996年与张仲谋、赵明奇在校古籍整理研究所

2016 年与学生刘蔚在寓所

给青年朋友讲屈原

邱鸣皋编著

在每年农历五月初五日，端午节这天，各地都有吃粽子、划龙舟的风俗。这个风俗起源很早，据说都是为了纪念我们祖国古代文学史上第一位伟大的爱国诗人屈原的。

屈原是祖国历史上最伟大的一位天才的爱国诗人。他生存的时代距离现在虽然已经有两千三百多年了，可是他的精神，他的思想和艺术，一直活在祖国人民的心里，他永远是祖国历史上一颗灿烂的巨星，放射着万丈光芒，照耀着祖国的历史。

读到祖国的诗歌，不能不知道屈原；读到祖国伟大的时候，也不能不知道屈原；为了了解和正确地认识祖国的光荣革命传统和优秀历史遗产，更不能不知道屈原。

一、屈原的家世与出生时、地

屈原生活在战国时代（公元前475—公元前221年）

《给青年朋友讲屈原》手稿

目　录

文史丛论

诗词鉴赏

给青年朋友讲屈原

屈原

一、屈原的家世与出生时、地

在每年农历五月初五日，端午节这天，各地都有吃粽子、划龙舟的风俗。这个风俗起源很早，据说都是为了纪念我们祖国古代文学史上第一位伟大的爱国诗人屈原的。

屈原是祖国历史上最伟大的一位天才的爱国诗人。他生存的时代距离现在虽然已经有两千三百多年了，可是他的精神，他的思想和艺术，一直活在祖国人民的心里，他永远是祖国历史上一颗灿烂的巨星，放射着万丈光芒，照耀着祖国的历史。

谈到祖国的诗歌，不能不知道屈原；谈到祖国伟大的时候，也不能不知道屈原；为了了解和正确地认识祖国的光荣传统和优秀历史遗产，更不能不知道屈原。

屈原生活在战国时代（公元前475—公元前221）的楚国，出生在一个与楚王同姓的贵族家庭里。《史记·屈原列传》说："屈原者，名平，楚之同姓也。"屈原在他的《离骚》一开头就说自己是"帝高阳之苗裔"。高阳即颛顼，相传是楚国君的祖先。楚氏族姓芈。屈原是楚武王熊通的后人。楚武王之子瑕，受封于屈邑，其子孙遂以"屈"为氏。因此屈原与楚王同是高阳氏的后代，但因年深代远，传到屈原这里，与楚王的宗法关系也就相当疏远了，只是高阳氏的"苗裔"而已。

屈原在《离骚》中又说到他的生辰："摄提贞于孟陬兮，惟庚寅吾以降。"汉代王逸解释说："太岁在寅曰'摄提格'。孟，始也。贞，正也。……正月为陬。庚寅，日也。降，下也。……言己以太岁在寅，正月始春，庚寅之日，下母之体而生，得阴阳之正中也。"(《楚辞章句》)这就是说，屈原是在寅年寅月寅日出生的。对此，引起后代学者如宋代的洪兴祖、朱熹以至清代的邹汉勋、陈玚，近现代的刘师培、郭沫若、浦江清、游国恩、姜亮夫、胡念贻等人的考证、推算。其中刘师培的推算是楚宣王二十七年戊寅(公元前343)，游国恩先生同意这种推算；郭沫若推算为楚宣王三十年(公元前340)；浦江清的推算为楚威王元年(公元前339)。但金开诚先生则说："胡念贻同志又在他们的基础上作了新的考证(详见其《屈原生年新考》,《文史》第五辑)，得出的结论是：屈原生于公元前353年(楚宣王十七年)的正月二十三日，迄今为止，关于屈原生年的考证虽还有多种说法，但比较而言都不如胡氏之说为近是。"(金开诚、董洪利、高路明著《屈原集校注·前言》)

屈原的祖籍，据姜亮夫先生说，"应当是甘肃青海一带的人"，"高阳的生地相传在昆仑一带，所以屈子每当情绪无可依托时，有时想到高阳，也有时想到西方，想到昆仑高原，这一名词自然就成为屈原寄命归宗的根本了"。(姜亮夫《屈原》,《中国历代著名文学家评传》第一卷)屈原的故里，一般认为是丹阳的秭归。丹阳是楚始封之地，屈原故里即在秭归东北数十里的乐平里。不过，"丹阳"所在是有分歧的：一说在湖北秭归，一说在湖北枝江，一说在河南淅川西峡一带(丹水以北地区，有学者怀疑这里有可能是屈原的出生地)，江苏也有丹阳。虽有分歧，不过还是以传统说法秭归为主，此地有屈原祠，旧址在秭归县归州镇向家坪，建于唐代。现因三峡大坝建筑，迁至秭归县新县城茅坪凤凰山，是三峡库区地面文物保护的重点项目。

二、屈原的青年时代

屈原从小就立志做一个大公无私、利国利民的人。他对自己要求十分严格，修身养性，容不得半点儿偏差，这在他的《离骚》等辞赋里是反复阐述的。

因为屈原是贵族出身，才学又好，年轻的时候就在宫廷里做事，并且得到楚怀王的信任，先后做了三闾大夫和左徒的要职。三闾大夫即春秋战国时的“公族大夫”，职掌楚国三姓（昭、屈、景）贵族的政教，负有教育王族子弟的责任。大约就在这个时期，屈原写过一篇《橘颂》，是借赞美橘树做比喻，阐发励志劝学思想的一篇诗歌。金开诚先生说“《橘颂》可能是屈原担任三闾大夫时的作品……屈原写《橘颂》，是要对学生进行思想品德教育。《橘颂》是一篇教书育人的作品。”（《屈原集校注》）在这篇作品里，有几节把他的志向和对学生的要求说得非常明白：

原文	**释文**
嗟尔幼志，	啊！你幼年的志气，
有以异兮。	便和别人有些差异。
独立不迁，	独立的意志，坚定不移，
岂不可喜兮。	岂不叫人心生欢喜。
……	……

闭心自慎，	修身养性，自我克制，
终不失过兮。	始终不敢有什么过失。
秉德无私，	坚守美德，大公无私，
参天地兮。	配得上苍天和大地。
……	……
年岁虽少，	你的年龄虽然不大，
可师长兮。	却可为人的老师。
行比伯夷，	你的德行能与伯夷相比，
置以为像兮。	树为榜样供大家学习。

——《橘颂》

这虽然是屈原早年的一篇作品，他坚毅的个性，崇高的志趣，对楚国的无限忠贞，以及对学生的期望，都已充分流露出来。他早年还写过其他什么作品没有，现在我们已经不得而知了。只是他的天才、能力以及他爱乡土、爱祖国的热情，得到了楚怀王的赏识，于是让屈原做了他的左徒。左徒的官职在楚国比较高，仅次于令尹（宰相），是楚国的重臣。游国恩先生认为，左徒也是史官的职位，“古代史官的学问，真是上自天文，下至地理，无所不通的。没有极博的学问，决不配做史官”（《读骚论微初集》）。屈原是个博闻强记、明于治乱的人，所以怀王才让他当这个官。屈原在这个官位上，凭着自己的精明干练和丰富的学问，特别是对楚国的无限忠诚，深得怀王信任，常常和怀王在朝堂之上计议国事，起草法令，还要代表怀王接待外宾，应对诸侯，做些外交工作，工作干得样样都很出色。屈原的工作核心之点，是修明法度，举贤授能，这在楚国是带有革新意义的。可是，屈原工作的明显成绩，却招来了统治集团内部守旧势力的嫉妒和排挤。

当时就有一个上官大夫靳尚，最妒忌屈原，把屈原视为眼中钉、肉中刺。这靳尚是当时楚国贵族统治集团里的一个重要人物，和楚怀王的小儿子子兰关系密切，又与怀王的宠妃郑袖有勾结，因此常常走子兰和郑袖的门路，不断说屈原的坏话。有一次，楚怀王让屈原起草“宪令”，“宪令"是国家的大法令，有些像后世的宪法，屈原受命正在起草，还没有写好，靳尚看到了，便要抢过去据为己有。屈原当然不能给他。因而靳尚便在怀王面前造谣谗害屈原，说："国王叫屈原起草宪令的事，朝野内外早都知道了；每一次宪令发布出来，屈原都要夸耀他自己的功劳，说是这件事'非我莫能为也'，离开他屈原，没有人能够办的。"楚怀王听到这些话，心里很不高兴，让屈原起草的东西，发布前是要绝对保密的，屈原竟敢泄露机密！于是怀王不再信任屈原，并且疏远屈原了。

就在这种情况下，屈原不断地受到楚国贵族统治集团的排挤和打击，一面又失去了国王的信任，不能实现他的政治主张，满腔抱负化成了悲痛与愤怒，终于不能不离开朝廷，走到汉北一带(今湖北襄阳至河南南阳一带)，开始过着无依无靠的流浪生活。

也就在这个时期，屈原在他的流浪途中，继续着他的诗歌创作。把他的苦闷和悲痛，都用他最熟悉的新的诗歌形式和人民的语言，歌唱起来，呐喊起来。所创作的诗篇有《天问》、《惜诵》、《抽思》、《思美人》，《远游》也可能作于这一时期。

三、屈原的时代背景及其思想

在流浪中，屈原怨恨怀王耳根子太软，不能辨别是非曲直；他又痛恨靳尚一批人捏造谣言，争权夺利；他更痛恨贵族政治卑鄙无耻，苟且偷安。他担心的是怀王要上子兰和靳尚的当，楚国的政治不但得不到革新，反而会江河日下，前途危险，楚国人民要吃苦受难。他伤心他的政治革新的主张不能实现，他热爱着祖国，热爱着人民，渴望着光明，恨不得立刻把自己的理想一下子实现出来。

说到这里先要把屈原所处的时代背景简单地介绍一下，离开了他的时代是说不清楚他的思想行为的。

首先要说明的，在屈原生活的战国后期，由于生产力和生产方式的发展，奴隶制已经崩溃，封建社会的生产方式和社会制度逐渐确立。在政治上，贵族和平民形成了对立的两大阶级。

其次要说明的，战国时代虽然有七个国家——秦、楚、齐、燕、韩、赵、魏，其中强大的要数秦、楚、齐三个国家。当时国际间相互争雄称霸，都想统一中国，相互间的矛盾十分尖锐。秦国想统一中国，但是最顾虑楚国不服。事实上，当时的楚国也有统一中国的可能，特别是铁器在楚国首先得到使用，楚国的经济、军事、文化诸方面，都较其他国家有较高发展。这对秦国是一种很大的威胁。

再则，战国时代由于生产力生产方式的发展，反映成为意识形态的解放；加以贵族政治的压迫，国际矛盾的尖锐，和各国统一中国的渴望，促使各种社会思潮学说、各种主张得到勃发、流传，形成了百家争鸣，出现了祖国古代文化的黄金时代。

屈原虽然是楚国贵族出身，可是却直接受着贵族集团的排挤、打击。他亲眼看到人民的痛苦，同时又受到当时社会思潮的影响，于是他的独立不迁的思想品质便使他决定坚决反对腐朽的贵族统治，决不和卑鄙无耻的贵族官僚同流合污。同时伟大的爱国主义精神，也使他不能忍受秦国的欺诈和侵略。他是一位坚决的"反秦派"，而和他对立的贵族统治集团，则是货真价实的"亲秦派"。诗人热烈的感情，使屈原燃烧起反抗的火焰，他积极地歌唱着人民心底里的呼声，坚决不妥协地和腐朽的贵族集团斗争到底。所以屈原的一生就是一篇伟大的史诗，反映着那个伟大的时代。在《离骚》里有几句话很可以说明他的思想轮廓，那几句的大意是：

原文	**释文**
惟夫党人之偷乐兮，	那些贵族官僚只晓得苟且偷生，
路幽昧以险隘。	他们的道路黑暗而狭隘。
岂余身之惮殃兮，	我哪里是怕自己遭到什么祸殃，
恐皇舆之败绩。	我担心的是我们的国家会被败坏。

——《离骚》

他又说：

原文	**释文**
长叹息以掩涕兮，	我只有深深地叹息而流泪啊，
哀民生之多艰。	可怜人民的生活是多么艰难。

——《离骚》

这就是屈原内心的悲痛，也是他坚决反抗的呼声。而且这种精神一直贯注在他的全部作品里。虽然时代与现在相隔两千三百多年，我们今天读到他的诗句，仍禁不住要心弦震动。

现在要进一步大略地谈一谈楚国当时的政治情况和屈原的政治思想。

前面已经说过，在战国时期的七强中，秦、楚、齐三国最强。秦国是一个实力较强、野心最大的国家。楚国占有长江流域和江南一带广大地方，国土面积最大，历史最久。不过楚国虽然地大物博，当时在实力上却不足以单独对抗秦国。因此当时楚国的政治路线就分为两派：一派是投降派，他们以为秦国既然如此强大，不如索性与秦国亲善，讨好秦国，和秦国缔结同盟，假如秦国攻打别个国家，楚国只要坐山观虎斗，也可以从中捞点好处。实际上这恰巧符合了野心勃勃的秦国的外交阴谋。主张这种亲秦媚秦外交的就是以楚怀王的宠妃郑袖、小儿子子兰以及上官大夫靳尚为首的一批贵族统治集团。这一批腐朽的统治集团，他们只想享乐苟安，不惜出卖国家和人民的利益。这当然不是屈原所能同意的。屈原是坚决的抗秦派，主张继续维持楚国与齐国的联盟，联合韩国、魏国、赵国和燕国，结成一个联合抗拒秦国的阵营，这就是东方六国的“合纵”策略。这“合纵”的策略在苏秦六国封相之前就已经实行过的，楚怀王就是六国联盟的领袖。那时屈原大约只有二十来岁，才到宫廷里做事。屈原当时在朝堂之上可能是最活跃的一个人才，他亲身体验到“合纵”给东方六国带来的好处，所以他做了左徒之后仍然坚持这个策略，并且为之付出了不懈的努力。

屈原不但主张在国际方面继续六国联盟以对抗强秦，而且主张在国内实行古代圣贤的“美政”理想，修明法度，举贤授能，从而达到强国富民的施政效果。他念念不忘他的祖国和国王，希望通过国王实现他的理想社会，发扬楚国的光荣传统，免得人民流离失所，受苦受难。

可是正当屈原开始获得国王信任的时候，六国联盟已经难以维持，秦国在国际间的挑拨离间工作做得很顺手，楚国的亲秦派势力也逐渐扩张。屈原就在这种情势下，失去了国王的信任，不得不离开朝廷，谪居汉北。在《离骚》里他自己也曾说过：

原文	释文
何离心之可同兮，	不是志同道合怎么可以合作呢，
吾将远逝以自疏。	我要走得远远的，以疏远他们。

——《离骚》

四、屈原徘徊汉北的时候

当时楚国的都城是郢都，就是现在湖北的荆州一带。屈原走出郢都，沿着直通襄阳、樊城的大路，先到了宜城（治今湖北宜城南）。

宜城是楚国上代曾经建过都城的地方。楚昭王十二年（公元前504）为避吴自郢迁都鄀城。鄀城就在今宜城东南。在屈原的时代，那里还遗留着旧时的宫殿庙堂，据说在这些宫殿庙堂里的墙壁上，有很多壁画，画着天地山川的神灵和古代传说中的人物故事。屈原和楚国国王是同一个宗族的，加以满腔热爱祖国的心情，他怀着悲愤离开朝廷后，首先便来到这里瞻仰上代的遗迹。当他看到这些伟大的建筑和壁画，特别是壁画上的神话和传说，更引发了他的感慨。思想上的苦闷，感情上的矛盾纠结在一起，使他发出了一连串的疑问，于是写下了一篇伟大的作品，这就是《天问》，充分地表达了屈原的怀疑精神乃至尖锐的批判。

《天问》这篇诗里一共提出了一百七十多个疑问，涉及的范围极广，从开天辟地自然与社会的神话传说直问到春秋时代五霸争雄的故事，凡天地间变化莫测之事，都在问难之列。可惜我们后人对屈原所提出的问题，特别是对于楚国古代所流行的传说，还不能完全了解，因而对于这么一篇有头有尾的完整的诗篇，还不能完全透彻地把握其文义。但这决不是胡适所说的“文理不通，见解卑陋，全无文学价值”，是“后人杂凑起来的”（《读楚辞》）。《天问》所流露的热情，以及屈原深切地体会到人间的不平，想从历史上追索问题答案的苦心，今天读来，依然强烈地感动着我们。

从宜城再往北走，渡过汉水，到了襄樊一带，屈原不得不有所考虑。因为他再往前走，就要离开楚国的国境。虽然在春秋战国时代参加政治活动的人，在他的本国受到打击或者不能实现自己的主张，可以走到别国去做客卿，本来是极为平常的事。但在屈原呢，他却不愿如此，他不肯抛弃自己的国家投奔到别国去，爱乡土爱祖国的热情使他痛苦地徘徊在汉北。也就在这个时候，他写下了一篇缠绵动人的《抽思》。在这一篇诗歌里，我们的爱国诗人屈原婉转地申诉着他内心的哀愁。中间有一节写道：

原文	**释文**
有鸟自南兮，	有只鸟儿从南方飞来，
来集汉北。	停留在汉北这地方。
好姱佳丽兮，	她高贵而美丽啊，
胖独处此异域。	离群独自流落在他乡。
既茕独而不群兮，	孤单地不同凡俗啊，
又无良媒在其侧。	身边又没有媒娘。
道卓远而日忘兮，	走远了会被人忘记啊，
愿自申而不得。	更无从诉说衷肠。
望南山而流涕兮，	望着南方纪山而流涕啊，
临流水而太息。	站在流水的岸边而悲伤。
望孟夏之短夜兮，	初夏的夜间本来是短短的，
何晦明之若岁？	为什么黄昏到天亮像有一年长？
惟郢路之辽远兮，	虽然郢都的路程那么遥远啊，
魂一夕而九逝。	我的梦魂一夜来回好几趟。

——《抽思》

就在屈原孤独地徘徊在汉北的时候，楚国国内却发生了很大的变化。原来在屈原离开郢都以后，楚国的亲秦派更无顾忌地与秦国勾结。秦国因为要出兵打齐国，顾虑齐国与楚国有盟约关系，便派了使臣张仪到楚国公开进行贿赂，要求楚国和齐国绝交，脱离反秦的联合阵线，并答应割让秦国东南部商於地区方六百里的土地给楚国。子兰、靳尚一批贵族官僚本来就是亲秦派，所以也就积极配合张仪的活动。就在这种里应外合的情势下，糊涂的楚怀王接受了张仪的要求，一面与齐国绝交，一面派人到秦国去接收那六百里土地。可是张仪却不认账了，先是称病三个月不见楚使，后来又说是只答应过六里，并没有说过六百里的话。楚国的使者回国报告楚怀王，怀王大怒，于怀王十七年（公元前312）出兵攻打秦国，不料在丹淅地方（今河南淅川、丹阳一带）打了一个大败仗，牺牲了八万人，楚国的大将屈匄及裨将军逢侯丑等七十余人也成了秦国的俘虏，还失去了汉中一带地方。楚怀王又动员了全国的兵力去增援，在蓝田打了一仗，不料这时韩国、魏国出兵从侧面袭击楚军。齐国已经与楚绝交，不肯出兵援楚。前线上的楚军都纷纷逃亡回国，楚国弄得非常孤立，正在进退两难之际，怀王更是懊悔不堪，这才想起屈原的主张，于是急忙召回屈原，派他到齐国去恢复邦交。屈原到了齐国，果然交涉顺利，重新建立了反秦的联合阵线。秦国得到这个消息，便表示愿意与楚和平解决，并把汉中一带的地方分一半还给楚国。楚怀王这时正痛恨张仪，便说："宁愿不要那些土地，只要得到张仪这个骗子来抵罪，我才甘心。"张仪是个谲诈多端的人物，岂惧赴楚！自愿请缨到楚国去。张仪到了楚国便又施展手段，不但给靳尚送了厚礼，还到怀王宠妃郑袖的面前去活动，特别是通过靳尚告诉郑袖说："国王要杀张仪，秦国为此将用上庸之地六个县贿赂国王，还要选秦国最漂亮的美女送给国王，来换回张仪。国王既得土地又得美女，这样一来，您在宫中的地位就危险了，不如赶快劝说国王放了张仪。"其实这都是张仪造出的谣言，可在郑袖那里却起了很大作用，张仪很快被放了回去。张仪临走时趁势劝说怀王与秦王亲善，约为婚姻。屈原从齐国回来，便问怀王："为什么不杀张仪？"怀王这才猛醒，后悔又做了一件蠢事，急忙派人去追赶张仪，可是张仪已经回到秦国了。

屈原回到郢都之后，投闲置散，也可能又做了三闾大夫的工作，这个工作是他的"世职"，总是要做的。

五、为卫国牺牲的将士而写的悼歌

这两次战争中，楚国牺牲了八九万人。战争平息以后，怀王举行了一次追悼大典，屈原可能参加了这次追悼会的筹划工作。他对于这些为祖国而英勇战死的将士们，都寄以深厚的感情，为他们写了一首悲壮的悼歌，热烈地歌颂了为国牺牲的将士们的爱国精神，这也是屈原爱国精神的表现，这就是《九歌》里的《国殇》。在这首悼歌中，屈原所写的战争，都是敌胜我败，这反映了楚怀王后期历次战争的实况，是写实的，戴震称为“直赋其事”。从《国殇》所反映的战况看，很可能取材于上述楚与秦的丹淅之战，当时屈原很可能已在汉北，也很有可能亲眼看见了这场战争，不然，《国殇》怎能把战况写得如此具体生动？这里就参照现代人的翻译，字句上再斟酌一下，把这首篇幅不长的《国殇》全篇介绍在下面。

原文	**释文**
操吴戈兮，	手里拿着盾牌，
被犀甲；	身上披着犀牛皮的铠甲；
车错毂兮，	敌我战车轮子交错地滚动着，
短兵接。	我们已经和敌人短兵相接。
旌蔽日兮，	旌旗遮蔽了阳光，
敌若云；	敌人涌上来像乌云一样；

矢交坠兮，	飞箭交集从空中穿下，
士争先。	战士们个个争先抵抗。
凌余阵兮，	敌人窜进了我们的阵地，
躐余行；	冲乱了我们队伍的行列；
左骖殪兮，	战车左边的马已经阵亡，
右刃伤。	右边一匹也受了刀伤。
霾两轮兮，	风沙掩埋了战车的两轮，
絷四马；	索性把四匹战马也系在一旁；
援玉枹兮，	举起手中的玉槌来哟，
击鸣鼓；	把战鼓咚咚地敲响；
天时坠兮，	天震得都要垮下来了，
威灵怒；	神灵也都震怒而紧张；
严杀尽兮，	把敌人一齐杀光啊，
弃原野。	把他们的尸体抛在原野的战场。
出不入兮，	出了国门便没想再回来，
往不反；	将士们决心一去不复返；
平原忽兮，	原野是一望无边啊，
路超远。	路程又是那么遥远。
带长剑兮，	带着长长的宝剑，
挟秦弓；	还挟着强硬的弓；
首身离兮，	头颅虽然断了啊，
心不惩。	意志丝毫没有变动。
诚既勇兮，	将士们是那么忠诚勇敢啊，
又以武；	又是那么威仪凛然；
终刚强兮，	那坚强贞刚的气概啊，
不可凌。	永远不可侵犯。
身既死兮，	身体纵然已经死亡，
神以灵；	精神永远放着灵光；

子魂魄兮，	您勇敢的灵魂啊，
为鬼雄！	在另一个世界依然还是英雄！

——《国殇》

《国殇》是《九歌》的第十篇。从这篇作品里，我们不但可以看到屈原对于为保卫祖国而牺牲的将士的热爱和赞颂，也可以看到他的作品独特的创作风格。先贤的研究，多认为《国殇》是屈原放逐沅湘间时所作。其实，如果屈原远在沅湘间，远离了楚与秦等国间的战争现实，未必能写出如此热烈奔放的诗篇。这首诗歌是紧紧植根于当时的战争现实的。它后来虽然被收入《九歌》之中，但其慷慨坚毅而又热烈奔放的独特创作风格，与《九歌》的婉转缠绵风格仍然是迥异的。所以徐英（澄宇）先生认为："《九歌》皆祀神之歌，《山鬼》以上九篇，各祀一神，独此篇别咏国殇，疑本自为一篇，无涉于《九歌》，后人误合之耳。且《礼魂》王（逸）注亦曰祀九神，不言《国殇》，则九神当指《山鬼》以上九神，国殇不止一人，不当在九神之列也。然《国殇》自是屈赋一篇，全篇所述皆为国效力殉乱而死之子而已。"（《楚辞札记》）金开诚先生则说："祭祀'国殇'当是楚国所特有的旧典，所祭的是楚国历史上在战争中为国捐躯的将领。"（《屈原集校注》）

六、植根于民歌的《九歌》

《九歌》共十一篇，是祭祀神祇的乐歌。《九歌》本来是上古时候的乐舞曲名。楚国民间祭祀时也用“九歌”作歌乐鼓舞以乐诸神。它原是民间的歌曲。屈原放逐江南沅湘间，其地巫风淫祀甚盛。屈原见民间的这些祭祀之礼，歌词鄙陋粗俗，因而借“九歌”之乐，为之更定其词，“上陈事神之敬，下见己之冤结，托之以讽谏”（汉王逸语）。事实上，“事神之敬”是有的，“托之以讽谏”则是基本上不存在的。这就是说，《九歌》中绝大部分篇章都是根据民间诗歌和神话传说加工改写或创作，供给祭神歌舞时候歌唱的。正像普希金也曾经用他的诗笔，把许多流传在当时民间的传说，加以渲染和创作。从此我们又可以知道屈原也正像世界上一切伟大的作家一样，接受了民间文学的影响，通过丰富的感情渲染与艺术的技巧，创造了辉煌不朽的诗篇。所以也就难怪屈原永远为人民所爱好，而又给予我们民族以无限的精神影响。

《九歌》中每一个篇名都是楚人所祭的神名，游国恩先生把这些神分为三类：

一、天神——《东皇太一》（星名，天的尊神），《云中君》（云神），《大司命》（星名，主寿命的神），《少司命》（星名，主子嗣的神），《东君》（太阳神）。

二、地祇——《湘君》、《湘夫人》(湘水的配偶神),《河伯》(河神),《山鬼》(山神)。

三、人鬼——《国殇》,《礼魂》(旧注,祭一般善终者)。

游国恩先生又说:"但《礼魂》一篇只有五句,不像一篇文章,也不像以前十篇各祭一神的语气。所以王夫之说:'此章乃前十祀之所通用。而言终古无绝,则送神之曲也。魂亦神也。'(《楚辞通释》)这意见是相当正确的。所以《九歌》虽然有十一篇,实际上只祭十个神。"(《楚辞论文集·九歌》)

《东皇太一》是祭祀太一天神的,篇中称为"上皇"。有研究者说,"上皇犹言上帝"。如此看来,东皇太一是楚人祭祀的最尊贵的天神。首先敬请尊贵的太一天神临坛受祭,为这盛大祭祀场面开场。所以有人认为这只是祭祀的迎神曲。东皇太一由祭祀主巫饰演。

《云中君》是祭祀云神的乐歌。一说是祭祀月神的,与祭祀日神的《东君》配对。

《湘君》、《湘夫人》是楚人祭祀湘水神的乐歌。湘君与湘夫人是一对配偶神,两篇歌词皆写男女慕恋之情。这里本有一个凄艳动人的爱情故事:相传帝舜南巡,死于苍梧之野,葬于九嶷之山。其爱妃娥皇、女英是帝尧的两个女儿,寻舜至于湘水,闻帝舜已死,便南向痛哭,泪洒青竹,竹尽为斑,是为"斑竹"。因湘水源于苍梧、九嶷,二女遂投湘水以殉。楚人于是就将舜和娥皇、女英作为湘水之神祭祀。经游国恩先生考证,《湘君》之词是由湘夫人的语气唱出对湘君的思恋;《湘夫人》之词是由湘君的语气唱出对湘夫人的思恋。"盖是时民俗相传,以帝舜为湘水之神,号曰湘君;二女为湘君之配,号曰湘夫人。舜崩苍梧,二妃未从,此生人之至悲,夫妇之极恫也。是以祀湘神者,即以此歌之,言其终无会合之期,至于互相怨恨,各弃其贻赠之物。"(《楚辞论文集·湘君湘夫人捐玦遗佩捐袂遗褋解》)又谓"盖楚国南郢之邑,沅湘之间,其俗信鬼而好祠。俗人祭祀之礼,歌舞之乐,其词鄙陋,作者(按:即屈原,引者注)但据传说而为之辞,故颇以舜事点缀之,此亦诗人歌其土风之义,初不问其事之信否。"

(《楚辞论文集·论湘君湘夫人》)这两首歌词中,都有极好的词句,稍知屈赋的都会知道:“帝子降兮北渚,目眇眇兮愁予。袅袅兮秋风,洞庭波兮木叶下。”(《湘夫人》)后二句写景之妙,古今绝唱,不知打动过多少读者。

《大司命》、《少司命》也是一对夫妻神。大司命是主宰人的生死之神,少司命则是主管人的子嗣之有无和儿童命运的神。《少司命》中有两句是人们最熟悉的:“悲莫悲兮生别离,乐莫乐兮新相知。”言情之妙,妙绝古今。

《东君》是祭祀日神的乐歌,歌词表现了人们对日神(太阳)的崇拜;与祭祀相适应的是,本篇基调热烈奔放,充满了光和热。

《河伯》是祭祀黄河之神的乐歌。也有人认为《河伯》所祀,并非专指黄河之神,而是泛指楚国的河神。《河伯》夹杂着河神的爱情故事,如“与女游兮九河”、“与女游兮河之渚”、“子交手兮东行,送美人兮南浦”等,增加了这首祭歌的情趣。

《山鬼》是祭祀山中之神的乐歌。这位山鬼是位婀娜多姿感情缠绵的失恋女子。有人认为她就是巫山神女,与楚之先王有着一段浪漫的爱情故事。神女自言:“我帝之季女,名曰瑶姬,未嫁而亡,封于巫山之台。……”又说:“妾在巫山之阳,高丘之岨,旦为朝云,暮为行雨,朝朝暮暮,阳台之下。”楚襄王为之立庙,名曰朝云。宋玉为作《高唐赋》。马茂元先生认为:“通过她的失恋,表现出一种始终不渝坚贞纯洁的情操,对心理活动的刻划是细致而深刻的。”既“闪耀着青春喜悦的光辉”,又“蕴藏着‘美人迟暮’的无限哀怨”,“而‘君思我兮不得闲’,‘君思我兮疑然作’,‘思公子兮徒离忧’,则标志着心理变化的三个过程。……从另一个角度来看,作者(按:即屈原,引者注)青年时期在政治上的活跃,中年失意的忧伤,放逐以后眷恋故国的情怀,也都很自然的渗透交融于其中;这是不难求之于精神实质相通之处,而会心于文字迹象之外的”。(《楚辞选》)这种精妙的分析,是马茂元先生独到之处。本篇多用叠字,增加了音韵美,这在《九歌》诸篇中是最突出的。如“容容”、“冥冥”(两次)、“磊磊”、“蔓蔓”、“填填”、“啾啾”、“飒飒”、“萧萧”等。这与本篇所表现的缠绵爱情的基调是极为适应的。

《国殇》是祭祀为保卫祖国而牺牲的英雄们的乐歌。金开诚先生认为:“祭祀‘国殇’当是楚国所特有的旧典,所祭的是楚国历史上在战争中为国捐躯的将领。”(《屈原集校注》)《九歌》中的祭歌,祭的都是神祇,《国殇》所祭,亦当如此,它是要把为国牺牲的将士们的鬼魂当作神祇一样地祭祀,享受神祇一样的待遇,这是对那些为国捐躯的英雄们的敬重。

总之,《九歌》十一章都是祭祀神祇的乐章,《东皇太一》是迎神曲,《礼魂》是送神曲,其余各章各祭一神,都是祭祀时的歌舞曲,有男巫或女巫的独唱,也有男巫与女巫对唱或合唱。只是历史太久远了,楚国的神话传说多已失传,究竟这些歌曲是如何演唱的,全部是一套曲词,还是各个独立,现在已经很难考证清楚。不过从这里却可以知道祖国古代原有很丰富的神话传说,并且还有美妙的歌舞艺术。我们应该感激屈原给我们创造了这许多诗篇,在这些创作上,他结合人民的原始文学形态,充分表现了中国诗歌传统上优美的实质:美丽,明朗,气魄宏伟,热情奔放,活的语言,深入浅出,以及缠绵婉转的情调。他之所以为人民所爱好,正因为他的创作是从人民现实生活出发,用的又是人民的语言形式,基于时代的热情,把人民的思想感情加以艺术的提炼。所以他的作品永远像灿烂的星光,照彻了祖国的历史和诗坛。

七、诗人屈原终于被放逐了

当楚怀王二十四年(公元前 305),楚国的贵族统治集团又把楚国推上亲秦的老路,和齐国断绝了邦交。怀王二十六年(公元前 303),齐国、韩国、魏国责备楚国违背盟约,联合出兵攻打楚国。楚国不得已把太子横作为人质抵押给秦国,乞求秦国出兵援助。隔了两年,太子横从秦国逃亡出来,秦国又联合齐国、魏国、韩国攻打楚国,把楚国打败,杀了楚国的大将唐眛(按:“眛”,有些书作“昧”。《史记·楚世家》作“眛”;《穀梁传·隐元年》作“眛”,《左传》则作“蔑”;《荀子·议兵》作“蔑”。“眛”“蔑”皆音 miè,同。作“昧”者误),占领了楚国的重丘。怀王二十九年(公元前 300),秦国又单独攻打楚国,杀死楚军两万多人,又杀了楚国的大将景缺。楚王大恐,乃使太子质于齐国,请求援助。秦国仍然不依不饶,又占领了楚国八个城池。怀王三十年(公元前 299),秦国的国王(秦昭王)竟然强邀楚怀王到武关去会面。屈原对此坚决反对,劝阻怀王说:“秦,虎狼之国,不可信,不如毋行!”(《史记·屈原列传》)楚王正犹豫不决,子兰一班贵族亲秦派却坚持不可以失掉秦国的好感,劝怀王入秦。怀王终于去了,等到一进武关,就被扣留起来,劫持到咸阳,要求怀王割让土地。可是怀王拒绝了秦国的要挟,并且间道逃亡到赵国去,赵国不敢收留他,后面秦兵追来,怀王只好重新回到秦国。

楚怀王被秦国扣留以后，楚国国内无主，楚国正在乱哄哄的时候，恰好这时太子横从齐国归来，楚国便立了太子横为国王，这就是楚顷襄王。顷襄王就用他的弟弟子兰做令尹。

秦国看到楚国无意割地，还另外立了国王，于是又发兵攻打楚国。这一仗又杀死了楚军五万人，并且占领了楚国的十五(一作十六)座城池。

顷襄王三年(公元前296)，楚怀王被囚死在秦国，秦把尸体送还给楚国。楚国人民悲痛得如丧亲人。屈原更加伤心绝望，在迎接怀王灵车时，他写了一篇想象丰富、词藻华美的长诗《招魂》，为怀王招魂。“外陈四方之恶”，说四方上下如何可怕，叫怀王的魂不要乱跑，赶快回来。这也暗示了当时楚国形势危殆，屈原为怀王招魂，也是为楚国招魂。怀王安葬时，屈原又写了一篇《大招》，抒发他的美政理想，以唤起顷襄王的执政理念，激发楚国人民的爱国热情。

关于《招魂》与《大招》的作者问题，历来的研究者有不同的意见，有认为是屈原所作，有认为非屈原所作的。我们梳理各家意见并研读这两篇原文后认为应是屈原的作品。就是这两篇作品强烈的爱国思想，更加上屈原对子兰劝怀王入秦很不满，从而激起了子兰等一班亲秦派的愤怒，子兰与上官大夫等人把屈原视为眼中钉，一直在顷襄王面前给屈原造谣说坏话，终于在顷襄王十三年(公元前286)最需要屈原站出来治理国家的时候，顷襄王把屈原驱逐出郢都，放逐于江南的陵阳(今安徽青阳县东南陵阳镇，在长江南约百里)。从此，屈原便成了流放的罪人，不得再回郢都朝廷。而这时，楚国形势孤立，朝夕难保，已经快到亡国的地步了。楚国的人民痛恨子兰，因为是他力劝怀王到秦国去的，更痛恨贵族统治集团的误国殃民，当然也就更加怀念屈原。这时，有很多人看到国家这种形势，只好沿着长江向东走，到下游一带地方去避难。楚国宫廷也准备着迁都。

屈原呢，这时他虽然被放逐在陵阳，一心还是关心着祖国和人民，挂念着郢都的安危。遇到流亡的人民，听到要迁都的消息，更激发他无限的悲愤。就在这种情绪下，他写了一篇《哀郢》。《哀郢》一开头就表明了：朝廷不能保护人民，害得人民惶惶不安，流离失所，纷纷离开故乡，沿着长江向下游流亡。

屈原写《哀郢》的时候，已在流放地陵阳屈居了九年之久。而在《哀郢》中所要表达的，正是他当年被逐出郢都一路东行的情景，深深地表达了对分别九年的郢都的无限怀念。他说：

原文	释文
去故乡而就远兮，	我离开故乡而到远方去啊，
遵江夏以流亡。	沿着长江夏水而流亡。
出国门而轸怀兮，	出了郢都城门我心痛伤怀啊，
甲之朝吾以行。	是甲日的早晨我动身远行。
发郢都而去闾兮，	离开了郢都我的故乡啊，
怊荒忽其焉极。	心情恍惚不知哪里是个尽头。
楫齐扬以容与兮，	尽管船桨齐举，还是徘徊不前啊，
哀见君而不再得。	悲哀的是楚王我再也难见了。
望长楸而太息兮，	望着故国的乔木我长长地叹息啊，
涕淫淫其若霰。	眼泪刷刷地流，像空中落下的细霰。
过夏首而西浮兮，	船过了夏首再向西漂浮啊，
顾龙门而不见。	郢都的东门再也看不到了。
……	……
将运舟而下浮兮，	将船头回转顺江东下啊，
上洞庭而下江。	直到洞庭湖与长江的汇合处。

——《哀郢》

这里真实地记述了屈原从郢都东门乘船出发，先由夏水西行入长江，然后顺江东下的情景，而其心情则是悲痛欲绝的。他所最挂念的，是楚王，是郢都。然后他说：

原文	释文
当陵阳之焉至兮，	到了陵阳还会再到哪儿去呢？

淼南渡之焉如。	已渡过浩瀚的长江，还要再向何方？
曾不知夏之为丘兮，	怎不知郢都的宫殿成了废墟，
孰两东门之可芜。	怎么连郢都的城门也长满了荒草！
……	……
惟郢路之辽远兮，	只是那回郢都的路多么遥远啊，
江与夏之不可涉。	长江与夏水可不能再涉了！
忽若去不信兮，	恍恍惚惚难以相信啊，
至今九年而不复。	我至今在陵阳九年而不得返回！

——《哀郢》

屈原在《哀郢》中把他被“放逐”的全过程及其悲愤心情说得如此清楚，我们似乎不需要再说什么了。这里需要说的则是《哀郢》的写作背景。对此，一直存在着种种说法。明代汪瑗认为，《哀郢》作于顷襄王二十一年（公元前278），写作的直接背景是这一年秦将白起攻破郢都，放火烧了楚王的夷陵之墓及其城郭宫殿，顷襄王被迫迁都于陈。以后的研究者多认为《哀郢》作于顷襄王二十一年，屈原在流放中听到白起破郢的消息，想到自己九年前被放逐出郢都的情况，哀叹破郢之后人民的离散流亡惨象，于是写下了《哀郢》。谭介甫先生不赞成“白起拔郢”说，而最先提出“庄蹻暴郢”说：在楚怀王二十八年末和二十九年初，庄蹻在郢地领导民众暴动，屈原于二十九年的二月流亡到东边的夏浦，一直过了九年，到顷襄王七年才写出《哀郢》。屈原这次“东迁”是“流亡”性质的，“放逐是以后的事”。而且认为屈原这次“出发以前尚有任职，随时可以见君的”。（详见其《屈赋新编》附录：《屈原〈哀郢〉的研究》）真难以想象，屈原在“尚有任职，随时可以见君”的情况下，因为一次“庄蹻暴郢”，他竟丢下怀王而自己“流亡”“东迁”了，而且是一去竟至九年，这到底还是“屈原”不是？后来姜亮夫先生认为，《哀郢》写于顷襄王二十一年白起破郢之时，此说恐不妥，时间太晚了，屈原未必能活到那时候。他提出在楚怀王末年，庄蹻曾在楚国搞了一次类似军事政变的大暴乱，虽未成功，但把郢都搞得乱七八糟，百姓流离失所，《哀郢》所描写的恐怕当是这场动乱。其实，《哀郢》并未直接描写郢都的乱离情况，直接为郢都呼天悯人的，只有开头四句："皇天之不纯命兮，何百姓之震愆！民离散而相失兮，方仲春而东迁"和"曾不知夏之为丘兮，孰两东门之可芜"。这倒有些像在外地听到郢都的变故而发言的口吻。总之，关于《哀郢》写作背景的这些说法，都是有其参考价值的，为《哀郢》的解读提出了一些思路。秦将白起在攻破郢都时有一段评论楚国情况的谈话，作为第三者的发言，对加深理解屈原的被放逐有些帮助，他说：

> 是时楚王恃其国大，不恤其政，而群臣相妒以功，谄谀用事；良臣斥疏，百姓心离，城池不修。既无良臣，又无守备，故起所以引兵深入，多倍城邑。……楚人自战其地，咸顾其家，各有散心，莫有斗志。
>
> ——《战国策·中山策》

楚国的这种情况，不正是屈原所担心的吗？不也正是屈原所要努力革除的吗？这也正是屈原被放逐的政治背景。

屈原在《哀郢》中特别指出子兰们对忠良贤臣的迫害，他说：

原文	**释文**
外承欢之汋约兮，	表面上倒伶俐乖巧，
谌荏弱而难持。	实质上草包一般软弱无耻。
忠湛湛而愿进兮，	贤良们忠心耿耿愿为国效力，
妒被离而鄣之。	却遭到他们的妒忌排挤。

——《哀郢》

就在这篇诗的最后，屈原反复提到希望能回到郢都，实现他救国救民的伟大抱负：

原文	**释文**
鸟飞反故乡兮，	飞出的鸟儿总要返回它的故乡，
狐死必首丘。	狐死的时候总是头朝向养育它的土丘。
信非吾罪而弃逐兮，	确实不是我的罪过而被放逐啊，
何日夜而忘之。	我日日夜夜怎能忘记祖国！

——《哀郢》

八、祖国历史上最伟大的长诗

——《离骚》

屈原的伟大创作大部分都是在放逐生涯中写出来的，所以都表现了强烈的爱国感情，特别是他的政治理想不能实现的苦痛。除了上面已经介绍过的《橘颂》、《天问》、《国殇》、《九歌》、《招魂》、《哀郢》等篇以外，特别应该介绍的可以代表屈原全部思想感情、影响中国文学最深，也是中华民族最值得骄傲的诗篇，是他的自叙体长诗《离骚》。

题目《离骚》是什么意思？历来研究者对此有不同的解释。司马迁在《史记·屈原列传》中说："《离骚》者，犹离忧也。"是写离别的忧愁。班固《离骚赞序》说："离，犹遭也；骚，忧也，明己遭忧作辞也。"王逸《楚辞章句》说："离，别也；骚，愁也。言己放逐离别，中心愁思，犹依道径以讽谏君也。"这些意思，是说写遭遇离别的忧愁。也有学者解释为《离骚》就是发牢骚的。其实屈原在《离骚》里所发的并不仅仅是"牢骚"，而是有着强烈的政治内容。更有甚者，有人竟说《离骚》与屈原无关，是秦博士的作品。我们真不知道秦朝的哪位博士有如此魄力，有如此的感情与想象力，能写出如此伟大的、光耀中华千古诗坛的诗作！这也太会抬举秦朝的博士了。

屈原的诗篇都有题目，是按其内容而命名的。如《离骚》、《橘颂》、《哀郢》等，不再像《诗经》那样，取每首诗的第一句的二三字或首句为题。

这是我国古代诗歌体裁的进步。有人说“楚辞是《诗经》的旁支”，是没有根据的，楚辞自有其特性，这一点我们在下文还要述说。

关于《离骚》创作的年代，有学者说是在屈原流浪汉北的时期；有学者说是在屈原放逐江南的时候，如司马迁《报任安书》所说：“屈原放逐，乃赋《离骚》”；也有说早在见疏于怀王时，或说是在怀王入秦至顷襄王嗣立的时候。其确切的年代已经很难考定了。不过这篇作品在屈原的全部作品中最长，通篇长达三百七十三句，二千四百七十七字，所以有些研究者赞同是屈原晚年的作品。例如郭沫若就认为“《离骚》是屈原晚年六十二岁的作品”（《屈原研究》）。《离骚》既是屈原的自传，其中也确有“老冉冉其将至”、“恐年岁之不吾与”、“恐美人之迟暮”之类的话语，不应是青年人说的话；而《离骚》中所表达的如山积一样的忧愤情绪，也不像刚被怀王疏远之时所能积聚起来的。所以我们认为是放逐江南之后不久的作品，也有可能就写在放逐江南的路上，所以《离骚》才说“济沅湘以南征兮，就重华而陈词”，“沅湘”是屈原放逐江南后常用的词。

《离骚》开头从屈原自己的身世说起，并且表明了自己的品质性格和抱负。接着便赞美了尧、舜，批判了桀、纣，由此指责贵族统治集团的穷奢极欲、苟且偷安，以及国王不能接受忠告，是非不分。他说：

原文	**释文**
彼尧舜之耿介兮，	那尧舜光明正直啊，
既遵道而得路。	既遵循治国之道而又走得顺畅。
何桀纣之猖披兮，	桀纣是那么放纵淫逸啊，
夫唯捷径以窘步。	只图狭邪小道而步步困窘。
惟夫党人之偷乐兮，	那些结党营私的小人偷安享乐啊，
路幽昧以险隘。	使国家的前途黑暗而危险。
岂余身之惮殃兮，	我岂怕身遭祸殃啊，
恐皇舆之败绩。	只是怕国家有所闪失。
忽奔走以先后兮，	我急忙地为国家效力啊，
及前王之踵武。	是要让国王赶上尧舜的足迹。

荃不察余之中情兮，	可是国王不理解我的心情啊，
反信谗而齌怒。	反而听信谗言而对我发怒。
余固知謇謇之为患兮，	我明明知道忠言直谏会有祸患，
忍而不能舍也。	但我宁愿忍着痛苦而不能放弃信仰。
指九天以为正兮，	请老天爷为我作证吧，
夫唯灵修之故也。	我完全是为了楚王的缘故！
……	……
伏清白以死直兮，	保持着我的清白而死于正直吧，
固前圣之所厚。	这本是前辈圣贤所称道的。

——《离骚》

在《离骚》里，屈原说：他要渡过沅水、湘水到南方去，找着帝舜去陈述自己的苦衷。在这里，他列举了古代历史上没有远见的残暴帝王的悲惨下场，表现了屈原的批判精神；他在批判的同时，又说明了夏禹、商汤任用贤能的人，才获得政治上的成就。他说：

原文	**释文**
济沅湘以南征兮，	渡过沅水湘水再往南行啊，
就重华而陈词：	到舜帝面前去倾诉衷情：
启九辩与九歌兮，	夏启到天上偷下仙乐《九辩》与《九歌》，
夏康娱以自纵。	他便纵情沉溺其中。
不顾难以图后兮，	不考虑这样荒淫不能持久啊，
五子用失乎家巷。	启的儿子五观因此发起了内讧。
羿淫游以佚畋兮，	后羿过度放纵于狩猎啊，
又好射乎封狐；	又喜欢箭射那些大狐；
固乱流其鲜终兮，	本来是不守正道少有好的下场，
浞又贪夫厥家。	结果是寒浞（羿相）杀羿又占其妻房。
浇身被服强圉兮，	寒浞的儿子浇自恃其强悍啊，
纵欲而不忍；	放纵淫欲而不能克制；

日康娱而自忘兮，	每天沉溺于欢乐而忘记自危啊，
厥首用夫颠陨。	他的头颅因此被(少康)砍掉。
夏桀之常违兮，	夏桀常常违背常规啊，
乃遂焉而逢殃。	终于他遇上了祸殃。
后辛之菹醢兮，	殷纣王滥杀无辜啊，
殷宗用而不长。	殷代的宗祀因而不能久长。
汤禹俨而祗敬兮，	汤和禹庄严而又敬畏戒惧啊，
周论道而莫差。	西周君主谈论治国之道毫无差错。
举贤而授能兮，	选用贤良和有才干的人为官啊，
循绳墨而不颇。	遵循正确的法度而无偏颇。
皇天无私阿兮，	上天是正直无私的啊，
览民德焉错辅。	选择有民望的人给予辅佐。
夫维圣哲以茂行兮，	只有圣哲贤人拥有美好的德行啊，
苟得用此下土。	才能够享有这个天下。
瞻前而顾后兮，	前前后后地看看这些历史吧，
相观民之计极。	着眼点应是人民考虑的根本大事。
夫孰非义而可用兮，	哪有不义的事情能干啊，
孰非善而可服？	哪有不善的事可行！

——《离骚》

显然，其正面意思是说只有圣哲贤明的人才能主持国家大事，这是人民的根本要求，更是屈原的期望，也是屈原对楚王、对天下君王的要求与期望。

接着，他又凭着他的丰富想象，结合了古代的神话传说，追寻到天上去追求真理。可是一路上又碰到许多困难。他到了天上，叫天国那个守门的人为他开门，让他进入天国；可是那守门的人却只瞪着眼睛对他望望。于是他只好另作打算。到处寻找了一番，又回到了下界。在下界到处周游，寻找理想的伙伴和可以倾诉的人。但任凭他天上地下地寻找，也始终寻找不到。于是他请灵氛给他占卜。灵氛郑重地听了屈原的诉说，然后告诉屈原：

原文	**释文**
曰：两美其必合兮，	（占卜结果）说：贤臣明君必然能结合啊，
孰信修而慕之？	但是谁能钦佩你的美德而爱慕你呢？
思九州之博大兮，	你想想九州是多么博大啊，
岂唯是其有女？	难道只有这里才有明君吗？
曰：勉远逝而无狐疑兮，	又说勉励你远走高飞不要犹豫啊，
孰求美而释女？	那有求贤臣的人会舍弃你？
何所独无芳草兮，	天下何处无芳草啊，
尔何怀乎故宇？	你何必总恋着你的故居？
世幽昧以昡曜兮，	这世上黑暗愚昧叫人眼花缭乱啊，
孰云察余之善恶？	有谁能辨别你的善恶？
民好恶其不同兮，	人们的好恶本来有所不同，
惟此党人其独异。	只有楚国这批结党营私的家伙特殊。
户服艾以盈要兮，	他们每人腰里插满了恶草，
谓幽兰其不可佩。	反而说幽香的兰花不可佩带。
览察草木其犹未得兮，	他们连草木的香臭都分不清，
岂珵美之能当？	哪里还能当得起美玉的鉴赏？
苏粪壤以充帏兮，	他们拿粪土填满自己的荷包，
谓申椒其不芳香。	却反说香椒没有芳香。

——《离骚》

卜辞的意思是让屈原离开楚国，去寻找可以施展才能的新天地。屈原似乎有些心动了，但他还在犹豫。他说：

原文	**释文**
欲从灵氛之吉占兮，	我想听从灵氛的占卜啊，
心犹豫而狐疑。	可心里总是犹豫而怀疑。
……	……

及年岁之未晏兮，	趁着年龄还不太老，
时亦犹其未央。	时间也还来得及。
……	……
何离心之可同兮，	既然上下不能与我同心，
吾将远逝以自疏。	我将走得远远地疏远他们。

——《离骚》

但他“朝发轫于天津兮，夕余至乎西极”，涉流沙而上昆仑，走过了许多“修远以多艰”的路，然而：

原文	释文
陟陞皇之赫戏兮，	我登上光明广大的天空啊，
忽临睨夫旧乡。	忽然俯视到我的故乡。
仆夫悲余马怀兮，	我的仆从悲痛，连马也恋恋不舍啊，
蜷局顾而不行。	我更是痛苦得弯腰曲背寸步难行！

——《离骚》

屈原仍然不能离开他的楚国，他的家乡！这里强烈地反映了屈原热爱祖国、热爱家乡的精神世界。但也展示了屈原精神上的一种矛盾：他痛恨丑恶现实而无法改造现实；追求真理而不能实现真理；怀着崇高的抱负而没有实现的机会；生命的力量非常充沛坚强，生活的内容却是孤独与寂寞。他继承了楚国民族的传统精神，又接受了北方儒家学说的影响，在思想上是个受到孔、孟现实主义精神影响的儒者，在感情与艺术上是南方型的浪漫主义的诗人。这些矛盾在他一生中都没有解决，只好倾诉在他的诗歌里，到最后献出了他的生命，铸成了历史上的一大悲剧。楚国虽然正如屈原的预见终于灭亡了，但是却磨炼出来这么一位亘古不灭的诗人。屈原在《离骚》的结尾也曾这样说：

原文	释文
已矣哉！	算了吧！
国无人莫我知兮，	国内没有人能了解我啊，

又何怀乎故都。	我又何必怀念着从前的都城。
既莫足与为美政兮，	既然无人可以一起实行理想的政治，
吾将从彭咸之所居。	我也只好到彭咸那里去了！

——《离骚》

九、两个插曲

——《卜居》与《渔父》的故事

屈原自从被放逐以后，并没有逃避现实的思想，他始终关心着祖国，关心着人民。可是他的“美政”理想和建议却被宫廷里的那些掌权的亲秦派贵族集团抹杀了，而且他们还常在国王面前说屈原的坏话。所以屈原心烦意乱，不知道如何是好。有一天他实在烦得无聊，便去找一位卜卦的郑詹尹，想算一个卦。他说：“我心里很惶惑，有些拿不定主意，想请你给我决断一下。”

那位卜卦的便整理蓍草和龟壳，规规矩矩地准备给屈原占卜，问道：“您要问的是什么事呢？”

屈原接着就把他内心的矛盾诉说了：“我是宁可诚诚恳恳、老老实实呢，还是应该跟着那帮亲秦的贵族集团迎新送旧，不再过这穷苦日子呢？是宁可锄草种田、努力耕作呢，还是应该逢迎权贵而成名呢？是宁可不顾忌讳说老实话而遭遇生命的危险呢，还是应该追随世俗享受富贵、苟且偷安呢？是宁可丢掉功名利禄、保持自己本来的品质呢，还是应该卑鄙无耻、嘻嘻哈哈去走宠妃的门路呢？是宁可廉洁正直保持自己的清白呢，还是应该圆滑无赖、谄媚讨好呢？是宁可气宇轩昂的像一匹千里马呢，还是应该游来游去像水上的野鸭子随波逐流呢？是宁可和名马去竞赛呢，还是应该跟着驽马的足迹呢？是宁可和一飞千里的黄鹄比比高低呢，还是应该和鸡啦鸭啦去抢点食吃呢？——这些，哪一桩是吉，哪一桩是凶？我将何去何从呢？社会上已经混浊不清，把蝉的翅膀说得很重，而把千斤重担说得很轻；把庄严的钟鼓都毁坏了，瓦盆儿却敲得震天价响；谗害人的人气焰高涨，贤德的人竟默默无闻。唉，唉！我无话可说了，谁能理解我的廉洁忠贞！”

那个卜卦的郑詹尹听了屈原的这一番话，可呆住了，连忙放下手里的蓍草，说：“对不起，就拿尺寸来说吧，一尺有时候还嫌短，一寸有时候还嫌长。就是物力也有不够的时候，智慧也有不明白的东西，天数也有算不到的范围，神明也有搞不通的道理。依着您的本心本意，照着您的主意去做吧！抱歉得很，乌龟壳和蓍草不能解决您的问题。”

就这样，被折磨着的屈原放逐在江南，一年又一年，等于判了死刑，再没有见到国王的机会。满肚子的悲愤，忧郁失眠，人是一天瘦似一天，脸色也更憔悴苍老了。可是他的意志却更加坚定，他所痛恨的是谄媚逢迎的无耻政客和权贵；他所向往的是那倔强、耿直、坚持真理的古代的圣贤。他不赞成那种逃避现实或玩世不恭的出世思想，所以他永远是积极的，认真的，前进的。

有一回，屈原独自在江边散步，朗吟着自己激昂的诗句。有一位老渔夫看到屈原这消瘦憔悴的样子，还认得出他是屈原，就非常同情地问道：“您不是三闾大夫吗？怎么弄到这种地步呢？”屈原便告诉他：“这世上的人都是那么肮脏混浊，可我还保持着清白；大家都在醉生梦死，只有我独自清醒，因此就被他们放逐了。”

渔父是比较了解屈原的，只是他们思想不同。但是他还想劝屈原不必固执。他说：“听说圣贤是不受客观环境拘束的，随时都能适应社会潮流。这世上的人既然那么混浊，你为什么不随波逐流，跟他们混混呢？他们既然醉生梦死，你为什么不吃他们一点糟，喝他们一点酒，落得个酒醉糊涂呢？为什么要抱定自己的主张，与众不同，弄得被他们放逐出来呢？”

屈原自己想：我就是不愿意那样做啊，所以他便回答渔父说：“我听说：刚洗过了头发的人必定要把帽子上的灰尘弹干净；洗好澡的人也必定把衣服上的尘土抖掉；有谁愿意把自己干干净净的身子让肮脏的东西弄得一塌糊涂呢？所以我宁可跳进湘水里，葬身在鱼腹中，怎么可以让我的纯洁清白，沾上世俗的污垢呢？”

老渔父听了，只得望着屈原点点头笑笑，拍打着船桨，把船荡了开去。口中唱起一支民间流行的歌曲：

原文	**释文**
沧浪之水清兮，	沧浪河的水清澈啊，
可以濯吾缨。	可以洗洗我的帽带子。
沧浪之水浊兮，	沧浪河的水混浊啊，
可以濯吾足。	可以洗洗我的脚丫子。

老渔父就此走了，不再回头。屈原也不再与他搭话。

屈原一生的事迹虽然流传不多，但是这是两个真实的故事，前面一个叫《卜居》，后面一个叫《渔父》。《渔父》的主要部分已被司马迁记录在他为屈原所作的传记里。据说这两个故事是屈原的学生或当时崇拜屈原的人记录下来的。古代的研究者如汉代的王逸，宋代的洪兴祖、朱熹，以至清代的王夫之、蒋骥等，也都认为是屈原的作品。就是因为从这两个故事本身，可以更突出地看到屈原的思想和感情，被放逐以后的心境和态度，可以更进一步帮助我们认识这位远在战国时代的爱国诗人不妥协的伟大精神。——现在也更是为了这个原故，我们把它作为屈原故事的插曲，在这里介绍给读者。但是也应该说明，近现代的学者如郭沫若、游国恩、陆侃如、马茂元、金开诚等楚辞研究大家，多认为《卜居》与《渔父》不是屈原的作品，他们都作了详细分析，从思想内容与文体形式等方面论证了不太可能是屈原所作。虽然如此，对于屈原的思想和形象并无丝毫损害，而且在中国文学史上的影响也不能低估。金开诚先生说：“它们是楚辞和汉赋之间的过渡形式的作品，起到了承上启下的作用。……《卜居》和《渔父》进一步趋于散文化，句式长短相间，错落有致，不拘一格，用韵也较为自由。这既从一个方面反映了楚辞文体的流变，又为汉代散体大赋的形成开创了新路。”（《屈原集校注》）

十、屈原之死

屈原虽然被放逐了，但是楚国掌权的亲秦派们仍旧盯住不放。屈原写了《离骚》、《哀郢》等诗篇之后，大大触怒了亲秦派子兰等人，这批人在顷襄王面前给屈原造谣说坏话。顷襄王听信了令尹子兰等人的谗言，又把屈原从陵阳再放逐到溆浦去。

溆浦在沅水上游，是雪峰山里古时还没有开发的荒凉之地。从陵阳到溆浦有一段相当长的路程。屈原在一个秋冬之交的早晨，离开了屈居九年的陵阳，乘船向溆浦进发，经过鄂渚、枉渚、辰阳，当然一路上还要渡过长江、湘江、沅江、溆水，最后到达溆浦。这段路程是遥远而艰险的，他说：

原文	**释文**
哀南夷之莫吾知兮，	悲哀啊这南方荒僻之地无人了解我啊，
旦余济乎江湘。	在一个早晨我渡过长江、湘水。
乘鄂渚而反顾兮，	登上鄂渚的高岸回头看看楚国啊，
欸秋冬之绪风。	只有那秋冬之交的余风令人叹息。
……	……
乘舲船余上沅兮，	我乘着小船溯沅水上行啊，
齐吴榜以击汰。	船桨并举击打着水波。

……	……
朝发枉渚兮，	早晨从枉渚动身，
夕宿辰阳。	晚上在辰阳住宿。
苟余心其端直兮，	只要我内心正直端庄，
虽僻远之何伤！	虽然处在僻远之地也无妨！

——《涉江》

屈原知道他已经更远地离开了心爱的祖国，他也预料到这一回的放逐再没有回来的希望。人也老了，他更明白这也就是他这一生和恶势力斗争的结束了。当他走上这一个绝望的旅途，一切希望都彻底破灭的时候，他反而比平时变得更为坚定而沉着。他把自己比作被吴王赐剑自杀的伍子胥，又比作被商纣王挖了心脏的比干，他已经准备最后用死来结束自己奋斗的一生。这时他已不再怀疑，没有恐惧，反而更高傲地夸耀着自己正确的认识和坚定的信仰。这时他又写下了另一首诗，题目就是《涉江》。这是屈原"年既老"即晚年时的作品。他用这篇《涉江》记录了他从陵阳到溆浦的过程及其心情，也记录了到溆浦后看见的一切。诗的一开头就明确地说，他年轻的时候所喜欢的品质和风度，到老来仍旧没有改变。他要不顾一切，坚持到底。当他看到溆浦的实际情况时，他彷徨了：

原文	**释文**
入溆浦余儃佪兮，	到了溆浦我彷徨了，
迷不知吾所如。	不知究竟是到了何处。
深林杳以冥冥兮，	森林里面又深又暗啊，
猨狖之所居。	只有猿猴在居住。
山峻高以蔽日兮，	山高得遮住了太阳，
下幽晦以多雨。	下面阴沉沉的常常下雨。
霰雪纷其无垠兮，	雨雪纷纷的时候无边无涯，
云霏霏而承宇。	云雾堆下来便盖住了屋宇。

哀吾生之无乐兮，　　伤心啊，我这一生已失去了欢乐，
幽独处乎山中。　　孤独地放逐在这荒山之中。
吾不能变心而从俗兮，　　我却不能改变心志去附和他们，
固将愁苦而终穷。　　当然免不了愁苦和终身困穷。

——《涉江》

屈原在溆浦住了一段时间之后，觉得这地方实在太荒凉了，简直是人迹罕至的地方。他想到如果死在这个地方，是没有任何意义的，谁也不知道我为什么要死。死要死得其所，因此，必须另外选择一个死地。看来屈原并没有打算在溆浦久住，他在《涉江》的最后两句说："怀信侘傺，忽乎吾将行兮。"虽然他没有说要"行"到什么地方去，可能他心里已有成熟的考虑，很可能他想到了长沙，在长沙附近选择一个合适的地方而死。于是，他决定到长沙去。

由溆浦而至长沙，也是一段漫长的行程。但长沙是楚国东南的重要都会，且距离郢都不太远。作为流放之人的屈原，是不能径至长沙的，他所到达的地方是距长沙不远的汨罗，决定在清澈的汨罗江怀砾自沉，并写下了他的名篇《怀沙》。

《怀沙》是屈原的重要作品之一，司马迁在《史记·屈原列传》中全文收录了《怀沙》，也是《屈原列传》中全文收录的唯一一篇屈原的作品。司马迁说："(屈原)乃作《怀沙》之赋。……于是怀石遂自沉汨罗以死。"看来司马迁十分看重《怀沙》，似把《怀沙》视为屈原的绝命词。

《怀沙》这个篇名是什么含义？一是怀沙砾以自沉汨罗江，司马迁、东方朔、朱熹都持此说。二是怀念长沙，沙指地名，即长沙。这是明代学者李陈玉的发明，清代研究楚辞的大家蒋骥进一步发挥此说，曰："《怀沙》者，盖寓怀其地，欲往而就死焉耳。"他说长沙是楚国先祖熊绎的始封地，屈原惓惓于楚国，而又不可能回归郢都，他受不了长期放逐的沉重打击，他要结束他的生命，但须选择一个死得其所的地方；如果死在溆浦那僻远之地，是"死而无闻，非其所也"。"归死先王故居，则亦首丘之意"(《山带阁注楚辞》)。况且屈原在《哀郢》中也曾说过："鸟飞反故乡兮，狐

死必首丘。”在长沙这个大都会附近投江而死，对当朝糊涂的楚王也希望有一个警醒作用。现代的楚辞研究大家游国恩、姜亮夫、马茂元等皆持此说。如依此说，则屈原必有一个从溆浦赴长沙的过程，所以《怀沙》的开头就说在阴历四月的时候，他怀着一颗“伤怀永哀”的心，急匆匆地走向“南土”。“南土”是什么地方？大多学者解释为屈原流放之地的江南；清代林云铭则认为：“汨罗在郢之南，故曰‘南土’。言久放伤哀，欲沉于此，乘此水大之时，由迁所而往也。”（《楚辞灯》）

在屈原的诸多作品中，《怀沙》写得最为沉静，屈原抱定了必死的决心，所以他的心情反而坦然了。即如《怀沙》所说：“定心广志，余何畏惧兮。”《怀沙》的最后说：

原文	**释文**
知死不可让，	明知道死已经逃避不了，
愿勿爱兮。	也不必爱惜这个躯壳。
明告君子，	明明白白地告诉诸位吧，
吾将以为类兮！	我将舍生取义做个牺牲的榜样！

——《怀沙》

也许就在这时，屈原又写了一篇《惜往日》。在这篇诗歌的起首便回忆了往日的曾被信任，那时他帮助楚怀王制订法律，公布命令，使得国家一天天富强起来。他埋怨国王不应该不分青红皂白，专门听信谗言。国王既然这样昏聩糊涂，自己也不愿苟且偷生。在这里，屈原特别又举出了两个典型例子：吴王夫差听信太宰嚭的谗言，不加思考杀了伍子胥，伍子胥死后果然国破身亡。晋文公忘记了介子推的忠诚，等想起他来，已经来不及挽救了。——从这里我们更看到了屈原的远大眼光，历史的发展正符合了屈原的预言，屈原死后不到几十年的光景，楚国便终于被秦国灭亡了。

《惜往日》虽然有学者怀疑不是屈原的作品，但都举不出确切的证据。从其所表达的思想内容和诗歌的风格诸方面看，应是屈原之作无疑。写这首诗时，屈原似乎已经站到了湘江边上，表示要投渊而死：“临沅湘之玄渊兮，遂自忍而沉流。”“不毕辞而赴渊兮，惜壅君之不识。”这显然是屈原誓死的宣言了，所以有些学者认为这才是屈原的绝笔。屈原在《怀沙》与《惜往日》中，都表示了必死的决心。其实，屈原久怀追随彭咸之志，而期以死悟其君，而又恐其不悟，故不忍遽死，就这样徘徊往复，心情极其复杂。及至到了汨罗，死志决定，乃从容沉渊。我们知道，屈原的生命力非常充沛，而且是热爱生命的人；他的热爱生命，也就是为了热爱祖国，热爱人民；但是到了不能实现自己的理想，不能发挥自己生命的作用的时候，他便坚决地献出了自己的生命，希望用自己的生命唤醒国王，唤起人民，来挽救楚国的危亡。所以正因为他是这样地热爱生命，他不但是视死如归，而且是视死如生。视死如归还是消极的，视死如生才是积极的。这也许就是“难酬蹈海亦英雄”的含义吧。

屈原沉入汨罗江的时间，是在楚顷襄王二十二年（公元前 277）或顷襄王二十三年（公元前 276）的农历五月初五日。

屈原死了，他的死无疑地激动了当时楚国每个人的心弦。当然楚顷襄王和那一班贵族也很受震动，然而他们一误再误，执迷不悟，楚国形势已经不可收拾了。楚国人民是能够理解屈原的，他们深深地哀悼着屈原的死亡。所以屈原虽然死了，却永远活在每个人的心上。直到现在，两千三百年来，无论谁，凡是经过汨罗江的人，都不免要为他流连凭吊。楚国后来虽然终被秦国灭亡，但是屈原的精神并没有灭亡，而且越来越受到中国人民乃至世界人民的热爱。1953 年世界和平理事会确定屈原为世界文化名人；2009 年，中国端午节及其关于纪念屈原的传说进入了“世界人类非物质文化遗产代表作名录”。

屈原的伟大固然因为他是一位爱国诗人，他热爱祖国，一生为他的“美政”理想而奋斗，终于为此献出了宝贵的生命。他的诗歌有民族性、政治性、人民性和战斗性，开辟了中国诗歌的新道路，奠定了中国诗歌新的基础。郭沫若曾这样评价屈原的诗歌：“他（屈原）彻底地采用了民歌的体裁来打破了周人的《雅》《颂》诗体的四言格调，彻底地采用了方言来推翻了《雅》《颂》诗体的贵族性，他在诗域中起了一次天翻地覆的革命。

他有敏锐的感受性，接受了时代潮流的影响，更加上他的超越的才质和真挚的努力，他的文学革命真真是得到了压倒的胜利。气势和实质都完全画出了一个时期。……坚守着了自己的风格，在中国的文学史上彻底地创立了一个体裁。……在文艺史上造出一个时代来。”（《屈原研究》）他给后人留下的诗歌，经西汉末刘向的整理编辑，分为七卷二十五篇，包括《离骚》一篇，《九歌》十一篇（《东皇太一》、《云中君》、《湘君》、《湘夫人》、《大司命》、《少司命》、《东君》、《河伯》、《山鬼》、《国殇》、《礼魂》），《天问》一篇，《九章》九篇（《惜诵》、《涉江》、《哀郢》、《抽思》、《怀沙》、《思美人》、《惜往日》、《橘颂》、《悲回风》），《远游》一篇，《卜居》一篇，《渔父》一篇。另外，《招魂》、《大招》这两篇作者问题颇有分歧，本文已列在屈原的名下。在中国，秦以前的诗人有诗集流传于世的，只有屈原一人。屈原的一生就是一首伟大的史诗，他本身的活动所代表的便是民族的心灵。这是诗人屈原的骄傲，也是民族的骄傲，是祖国的光荣，也是人类的光荣。所以说：屈原的精神恰像一颗恒星，永远照烁在人间！

的确，屈原是不朽的，他的爱祖国、爱人民的思想感情，他的反抗精神，以及这种思想感情与艺术糅合在一起的瑰丽宏伟的创作，都是不朽的。最后，我们想借用屈原的诗句来赞美屈原：

原文	**释文**
与天地兮同寿，	与苍天和大地啊，同样的寿命久长；
与日月兮齐光。	与太阳和月亮啊，一般的光芒万丈！

——《涉江》

唐宋文学论稿

唐宋

李白诗歌纵横谈

一、唐家李杜双峰并

李白在我国文学史上是一位继往开来的积极浪漫主义伟大诗人。在唐代诗歌中，一向被人称为诗仙，是与现实主义伟大诗人杜甫齐名并价的两大高峰。韩愈说："李杜文章在，光焰万丈长。"（《调张籍》）又说："少陵无人谪仙死，才薄将奈石鼓何？"（《石鼓歌》）直至清代的郑板桥《述诗》词还说："唐家李杜双峰并。"赵翼《论诗绝句》也说："李杜诗篇万口传。"可见古今诗人除元稹、白居易等人略有申杜抑李的偏见外，其余绝大多数对李杜的评价是不分轩轾的。

李白比杜甫早生十一年，早死八年，他们在诗歌创作上都付出了毕生心血。对唐代诗歌的繁荣与发展起了极大的推动作用。可以说，在唐诗中如无李杜，那么，唐诗绝无这么高的成就，在后人的心目中也绝没有如此崇高的地位。他们是我国文学的骄傲和光荣。而李白在当时，才名已震烁一世，诗歌早就产生了极大影响。杜甫对他推崇备至，慕其风采说："落月满屋梁，犹疑照颜色"；称其诗笔则说："白也诗无敌，飘然思不群"，"落笔惊风雨，诗成泣鬼神"；称其声名许其不朽则说："千秋万岁名，寂寞身后事”。而李白自己在他59首《古风》之第一首，开口便说大雅不作，骚人斯起，建安以后，绮丽不足为法，眼光所注，早已前无古人，要在千载后上接风雅，当仁不让地担负起继往开来的责任。李白与杜甫诗歌的艺术成就，各有特长，诚如宋严羽所说：“子美不能为太白之飘逸，太白不能为子美之沉郁。太白《梦游天姥吟》、《远别离》等，子美不能道；子美《北征》、《兵车行》、《垂老别》等，太白不能作。”[①]又说：“少陵诗法如孙、吴，太白诗法如李广。”[②]这就是说从风格上看，李白是奔放流利，杜甫是沉郁痛快。从诗作上看，杜甫是堂堂之阵，整整之旗，壁垒森严；李白是奇兵突出，纵横决骤，所当无敌。明李维桢说：“拾遗圣于律而鲜为绝，供奉圣于绝而鲜为律。瑜不掩瑕，瑕不掩瑜，讳而兼之则均病矣。”(《大泌山房集》)[③]胡应麟也说：“古人作诗各成己调，未尝互相师袭。以太白之才，就声律即不能为杜……以少陵之才，攻绝句即不能为李……彼自有不可磨灭者，毋事更屑屑也。”[④]这些都说明了李杜的诗歌创作在艺术上各自都有高度的成就，异曲同工，未可申彼抑此。对此，我们不妨再看看《麓堂诗话》的一段评论：

> 今所传石刻(李白)“处世若大梦”一诗序，称“大醉中作，贺生为我读之”。此等诗皆信手纵笔而就，他可知已。前代传子美“桃花细逐杨花落”手稿，有改定字。而二公齐名并价，莫可轩轾，稍有异议者，退之(韩愈)辄有“世间群儿愚，安用故谤伤”之句。[⑤]

的确，有些人看到杜甫的“熟精《文选》理”(《宗武生日》)、“读书破万卷”(《奉赠韦左丞丈二十二韵》)、“晚岁渐于诗律细”(《遣闷戏呈路十九曹长》)，因而就认为杜甫的诗歌创作“语不惊人死不休”，全乎学力；而看到李白的“一曲斐然子，雕虫丧天真”(《古风》三十五)、“郢客吟《白雪》，遗

---

① 严羽：《沧浪诗话》，中华书局1985年版，第36页。
② 同上书，第36—37页。
③《四库全书存目丛书》编纂委员会：《四库全书存目丛书》集部150，齐鲁书社1997年版，第749页。
④ 胡应麟：《诗薮》，中华书局1958年版，第106页。
⑤ 李东阳：《麓堂诗话》，中华书局1985年版，第22—23页。

响飞青天”(《古风》二十一),就认为李白的诗歌创作“敏捷诗千首”,全乎天才。元遗山《论诗绝句》赞誉李白,有“笔底银河落九天,何曾憔悴饭山前”句,意思是说李白诗才如银河从九天而下,不同于杜甫的憔悴于饭颗山头那样苦作诗,这实际上也认为李白是天才作家。其实,如爱迪生所说:“天才是百分之一的灵感,百分之九十九的血汗。”李白的诗歌有那么高的成就,一方面是靠着他天赋的“灵感”,但更重要的是,他是人而不是神,他和杜甫及其他杰出诗人一样,是在社会现实生活的洪炉中受到锻炼,以及他继承和发展了前人优秀的文学遗产。元稹说杜甫的诗薄风、雅,该沈、宋,夺苏、李,吞曹、刘,掩颜、谢,牢笼万有。而秦观说杜甫不集诸家之大成,不能如此。其实李白之成为李白,亦复如此。《千一录》云:“太白读书匡山,十年不下,浔阳狱中,犹读《留侯传》,苦心如此。”[1]李白的胸中,不知镕裁了多少古人,绝不是“自是君身有仙骨”,而不须经过刻苦努力的。不过,李白的思想要比杜甫复杂一些,活跃一些,他们的生活和环境也不尽相同,所以他们诗歌上的艺术成就,也就异曲同工而各放异彩了。

李白家庭经济比较优裕,有条件受到充分的教育。“五岁诵六甲,十岁观百家”(《上安州裴长史书》)。在学习百家的过程中接受了儒家和道家的思想影响。因此,他一方面有儒家积极入世、“达则兼善天下”的观念,产生参加政治活动、建功立业的愿望;另一方面,他又有道家的愤世嫉俗、反对束缚、要求个性解放,并在一定程度上受到当时炼药求仙风尚的影响。他曾一度隐居岷山,后来游历四方,击剑任侠,周急济贫,并幻想成仙。当时有人记载他出京时,“仙药满囊,道书盈箧”(独孤及《送李白之曹南序》)。他在武侠方面的生活,有“学剑来山东”(《五月东鲁行答汶上翁》),“手刃数人”(魏颢《李翰林集序》),“袖有匕首剑”(崔宗之《赠李十二白》)等可证。他可能是我国过去下层社会结社的一个参加者。他的这种生活特点,构成了他那种慷慨激昂、狂傲豪放、飘逸洒脱的气概

① 郭绍虞:《清诗话续编》,上海古籍出版社1983年版,第2179页。

和性格。他在三年的供奉翰林和短期的永王幕府的政治生活中，始终保持着那种独来独往、昂首天外、“平交王侯”、“天子呼来不上船”的豪迈傲岸的性格和不屈己、不干人、不摧眉折腰事权贵的高尚品质。而这种精神品质，贯串在他的全部作品中。在封建社会时代，这种精神品质正是劳动人民所喜爱的，也是在其他诗人的作品中所不易多得的。

李白思想的主流是热爱祖国、关心国家和民族。他为安定国家、康济人民而斗争至老不衰的雄心壮志，也和杜甫一样充分表现在他的诗歌创作中。他在政治上遭到挫折，带着悲愤离开京城，在生活上有了丰富的体验和受到深刻的现实教训之后，他更认识了封建集团的黑暗和腐败，写下了与杜甫类似的现实性很强的诗篇，真实地反映了当时黑暗的社会现实，表现了诗人反抗上层封建统治集团的叛逆性和同情人民苦难的思想品质。如《战城南》：

……烽火燃不息，征战无已时。野战格斗死，败马号鸣向天悲。乌鸢啄人肠，衔飞上挂枯树枝。士卒涂草莽，将军空尔为。乃知兵者是凶器，圣人不得已而用之。

诗中控诉了统治者贪取边功，连年进行黩武战争带给人民的深重灾难，表示了诗人反对非正义战争的态度。天宝十年(751)，统治者兵征云南。李白在《古风》三十四中对此进行了揭露与谴责：

……借问此何为，答言楚征兵。渡泸及五月，将赴云南征。怯卒非战士，炎方难远行。长号别严亲，日月惨光晶。泣尽继以血，心摧两无声。困兽当猛虎，穷鱼饵奔鲸。千去不一回，投躯岂全生。如何舞干戚，一使有苗平。

在这里，我们可以看到当时人民被迫参加黩武战争的惨痛，与杜甫的《兵车行》和后来白居易的《新丰折臂翁》同样表现了诗人的痛苦心情。不过，李白所反对的是非正义的战争。如果不得已而从事反侵略战争，他还是坚决拥护的，在其他诗篇中不止一次表示了这种态度，如“宁知草间人，腰下有龙泉。浮云在一决，誓欲清幽燕。……齐心戴朝恩，不惜微躯捐。所冀旄头灭，功成追鲁连”（《在水军宴赠幕府诸侍御》）。又说：“横行负勇气，一战静妖氛。”（《塞下曲》）特别在诗人逝世前一年，61岁的李白听到李光弼出镇临淮，要和史朝义决战的时候，他还想请缨，因为生病，才半道而返。他作有《闻李太尉大举秦兵百万，出征东南，懦夫请缨，冀申一割之用，半道病还，留别金陵崔侍御十九韵》，更说明了李白的爱国思想是贯彻到最后一息的。

更值得我们注意的是李白的爱国思想和杜甫一样，能放下自己的问题而关注更大的现实。即使他在流放途中，也不计较个人的得失，依然对国家人民所受到的灾难，表示关怀和愤慨。他说：“白骨成丘山，苍生竟何罪？”“中夜四五叹，常为大国忧。”（《经乱离后，天恩流夜郎，忆旧游书怀赠江夏韦太守良宰》）这同时也包含了诗人对于安史之乱结束以后新发生的许多社会现实问题的忧虑，这种预见的正确，已被中唐的历史事实所证实。李白也正是从国家前途命运的大局出发，对腐朽的封建统治集团进行揭露批判，从而表现出其叛逆精神的。他在《古风》五十一中这样写道：

殷后乱天纪，楚怀亦已昏。夷羊满中野，菉葹盈高门。比干谏而死，屈平窜湘源。虎口何婉娈？女媭空婵娟。彭咸久沦没，此意与谁论？

以“殷后”、“楚怀”比当时的昏君。“夷羊满中野”，说国家将亡，才出现妲己、郑袖等妖孽。“菉葹盈高门”比喻奸臣李林甫、杨国忠、高力士等身居高位。“比干”被杀，“屈平”窜死，比喻当时忠臣诤士因直谏而遭杀害。以历史题材，采比兴手法，对当时腐败黑暗的政治，作了有力的讽刺和抨击。再如《雪谗诗赠友人》：

……白璧何辜，青蝇屡前。群轻折轴，下沉黄泉。众毛飞骨，上凌青天。萋斐暗成，贝锦粲然。泥沙聚埃，珠玉不鲜。……彼人之猖狂，不如鹊之强强。彼妇人之淫昏，不如鹑之奔奔。坦荡君子，无悦簧言。擢发续罪，罪乃孔多。倾海流恶，恶无以过。人生实难，逢此织罗。积毁销金，沉忧作歌。天未丧文，其如予何。妲己灭纣，褒女惑周。天维荡覆，职此之由。汉祖吕氏，食其在傍。秦皇太后，毐亦淫荒。螮蝀作昏，遂掩太阳。……

这首诗为我们画出了当时政治腐朽丑恶的总轮廓。“彼人”“彼妇人”四句，是讽刺唐明皇、杨贵妃的结合不如禽兽。其下以妲己、褒女为比，甚至以吕后的私通审食其、秦后的私通嫪毐比喻杨贵妃与安禄山的淫秽关系，指斥丑行，毫无顾忌。李白在这首诗的最后表白：“辞殚意穷，心切理直。如或妄谈，昊天是殛。子野善听，离娄至明。神靡遁响，鬼无逃形。不我遐弃，庶昭忠诚。”可见诗人的大胆指斥正是出于对国家和民族的忠诚。李白的这类诗篇，求之并世诗集中，是绝无仅有的。李白并非全是飘逸。明代高启是学李白而得其神似者，其题《宫女图》云：“小犬隔花空吠影，夜深宫禁有谁来？”又有《画犬》云：“莫向瑶阶吠人影，羊车半夜出深宫。”也是透露封建宫廷丑史的，但已远不如李白的激烈、大胆了。

李白的狂傲不羁，主要是对封建统治集团而来的，对劳动人民则从不如此。从他的一些诗歌里可以看出他对劳动人民充满了关切与同情。例如，他的“炉火照天地，红星乱紫烟。赧郎明月夜，歌曲动寒川”（《秋浦歌》第十四），是写炼冶工人的；“秋浦田舍翁，采鱼水中宿。妻子张白鹇，结罝映深竹”（《秋浦歌》第十六），是写渔民的；“吴牛喘月时，拖船一何苦。水浊不可饮，壶浆半成土。……万人凿盘石，无由达江浒”（《丁都护歌》），是写苦难的船工纤夫的；“田家秋作苦，邻女夜舂寒”（《宿五松山下荀媪家》），是写农民的。他更赞成有利于人民的工程建设事业，“齐公凿新河，万古流不绝。丰功利生人，天地同朽灭”（《题瓜洲新河饯族叔舍人贲》）。在劳动人民中他也结交了朋友，对他们流露了深厚的情谊：“桃花潭水深千尺，不及汪伦送我情。”（《赠汪伦》）“纪叟黄泉里，还应酿老春。夜台无李白，沽酒与何人？”（《哭宣城善酿纪叟》）这类作品，数量虽不多，但皆明丽清新，情真意切，在一定程度上反映了与劳动人民的纯真关系，与他写给封建权贵们的诗篇正好成为鲜明的对比，这在研究李白思想及其作品时，是应予充分注意的。我们正是在这种对比中认识了李白的思想取向及其真价，这对全面把握李白其人是大有裨益的。

诗人在长期的漫游和流浪过程中，接触到各种生活，各地秀丽山河和自然风光，使他的那种特有的艺术风格更加充实和提高了。他用各种各样的表现方法，把峨眉的秋月，白帝的彩云，庐山的瀑布，三峡的猿啼，以及天姥的雄奇，蜀道的惊险，四万八千丈的天台山，天上飞来的黄河水等等，作出了精美无比的描绘与歌唱，从而产生了强大的艺术魅力，使读者由艺术美的感受而激发出热爱祖国江山的艺术感情。通过他的诗，人们也感到了祖国语言的可爱，祖国诗歌这种文学形式的可爱。这也正是李白诗歌的教育作用的另一种表现。而有人却据此论定李白的诗“多在于风月草木之间、神仙虚无之说，亦何补于教化哉”[①]，那就不仅仅是皮相之论，简直是连诗为何物也不懂了。

就总的倾向来说，李白的诗歌创作具有强烈追求解放的积极力量，并充满了民族自豪感与青春的生命力。他用大刀阔斧而变化无穷的手法描绘他心目中的印象和感情，形成他所谓“清水出芙蓉，天然去雕饰”的巧妙自然的诗境，显现出明朗透彻的个性，表现了盛唐时代诗人的气魄。同时，他的诗歌暴露了当时统治阶级的腐朽，反映了人民在阶级矛盾和民族矛盾下的灾难。他的现实主义的特点是和浪漫主义相结合，或者说是通过浪漫主义的形式而表现出来的。因此，李白的诗歌，能令读者感到一种精神的升华与飞跃。正因为这样，说他与现实主义伟大诗人杜甫双峰并峙，应当是公允的。

二、对诗歌传统的继承与发展

积极浪漫主义精神是李白思想性格与艺术风格的主要特征。他的诗歌创作是在现实生活的基础上，通过积极浪漫主义手法表现出来的。

① 赵次公:《草堂纪略》，见杜甫撰，仇兆鳌注:《杜诗详注》，上海古籍出版社 1992 年版，第 904 页。

屈原是我国第一位浪漫主义的伟大诗人。李白对屈原异常尊崇,并认真地向屈原学习,不仅有“屈平词赋悬日月”(《江上吟》)这类的诗句,从他的作品中我们更可以看出他是有意识地在向屈原学习。

屈原对李白的影响,首先当然在思想方面:在对祖国的热爱,对人民的同情,对自己理想的坚持和不倦的追求,对权贵的蔑视和反抗,对黑暗现实的憎恨上,都可以找到他们的共同之处;而在诗歌创作的艺术方法上,他们之间也存在着明显的继承关系。例如他们常常用一种特殊形式来表现自己与环境的矛盾,在某些艺术构思上,也有着相似的地方。如李白的《梁甫吟》:

> 我欲攀龙见明主,雷公砰訇震天鼓。帝旁投壶多玉女,三时大笑开电光,倏烁晦冥起风雨。阊阖九门不可通,以额扣关阍者怒。

就显然是从《离骚》——

> 跪敷衽以陈辞兮,耿吾既得此中正。驷玉虬而乘鹥兮,溘埃风余上征。……吾令帝阍开关兮,倚阊阖而望予。

学习发展而来。再如李白的《西上莲花山》(《古风》第十九):

> 西上莲花山,迢迢见明星。素手把芙蓉,虚步蹑太清。霓裳曳广带,飘拂升天行。邀我登云台,高揖卫叔卿。恍恍与之去,驾鸿凌紫冥。俯视洛阳川,茫茫走胡兵。流血涂野草,豺狼尽冠缨。

这首诗写诗人在隐居生活中,幻想蹑太清,凌紫冥,逍遥出世,恰值安史之乱爆发,民族危难当头,使他不能不注视现实,于是乎敌人的凶暴,人民的苦难,又都在诗人的“俯视”之中了。这与《离骚》——

> 朝发轫于天津兮,夕余至乎西极。……驾八龙之婉婉兮,载云旗之委蛇。抑志而弭节兮,神高驰之邈邈。……陟升皇之赫戏兮,忽临睨夫旧乡。仆夫悲余马怀兮,蜷局顾而不行。

又一脉相承。屈原在楚国碰了钉子,本可以另找出路,然而他仍恋恋于楚国,在驾八龙神驰西极之中,忽然透过阳光望见了自己的旧乡——楚国，于是，他的仆人悲伤起来，马也不肯前行了。李白的《西上莲花山》与这里的艺术构思显然有着若干相似之处。其他如李白的《鸣皋歌送岑征君》“若有人兮思鸣皋，阻积雪兮心烦劳”，与屈原的《九歌·山鬼》“若有人兮山之阿，被薜荔兮带女萝”，以及李白的《梦游天姥吟留别》中的“霓为衣兮风为马，云之君兮纷纷而来下。虎鼓瑟兮鸾回车，仙之人兮列如麻”等类的句法和语调，显然也是从楚辞中来。

但是李白的学习屈原，是融会贯通地运用屈原的艺术创作方法和经验，创造性地来塑造自己的形象，并非模仿或因袭。正因为如此，无论是《梁甫吟》、《西上莲花山》，还是《梦游天姥吟留别》，都鲜明地表现出李白自己的性格特征，而没有成为屈原性格的翻版。这不仅是由于时代的不同而使他们所塑造的形象有着不同的思想意义，而且在构成形象的手法上，也有了某些深层的变化。李白塑造形象，虽然也和屈原一样，在某些方面用非现实的形式，然而，形象中现实的直接的形式，却比屈原有了扩大和加强。如屈原常常用自然的植物和动物来加强自己的形象，但他却大都把它们作为自己餐服的对象：

> “朝饮木兰之坠露兮，夕餐秋菊之落英”；
> “制芰荷以为衣兮，集芙蓉以为裳”；
> “吾令凤鸟飞腾兮，继之以日夜”；
> “麾蛟龙使梁津兮，诏西皇使涉予”。（以上均见《离骚》）

或者把它们神化：

> 前望舒使先驱兮，后飞廉使奔属。鸾皇为余先戒兮，雷师告余以未具。（《离骚》）

而很少把它们人格化，像“仆夫悲余马怀兮，蜷局顾而不行”等句，在屈原的作品中是绝少的，而李白诗歌中的大自然，却大多是人格化了的。由于李白对封建制度所孵育出的丑恶现实有着深刻的憎恨，而他的被束缚的个性又得不到自由解放，所以，他就渴望在自然美中寻求精神的寄托，常常把大自然当作知心朋友，企求从它们那里得到抚慰和快乐，以至分担自己的愁苦，并和它们一道来解除别人的苦难。

众鸟高飞尽，孤云独去闲。相看两不厌，只有敬亭山。（《独坐敬亭山》）

这里，诗人把敬亭山当作知心契友，好像只有它才能理解自己的孤独和寂寞似的。此类情况在李白诗中很多见。如："暮从碧山下，山月随人归"（《下终南山过斛斯山人宿置酒》），"雁引愁心去，山衔好月来"（《与夏十二登岳阳楼》），"白云见我去，亦为我飞翻"（《题情深树寄象公》），"白云遥相识，待我苍梧间"（《赠卢司户》），"绿水解人意，为余西北流"（《宿白鹭洲寄杨江宁》）等等，好像青山、飞雁、白云、绿水等都成了他的知己。同时，他不仅把大自然当作自己的好友，而且还请这些好友为他服务。除上述诸例外，还有，他同情人间离别的痛苦，便说："春风知别苦，不遣柳条青。"（《劳劳亭》）他赞美思妇的坚贞，便说："春风不相识，何事入罗帏？"（《春思》）他同情远戍塞外的战士，便说："明月出天山，苍茫云海间。长风几万里，吹度玉门关。"（《关山月》）把明月与长风两种本不相干的自然现象有机地结合起来，加以人格化，赋予深厚的人的情感，给大自然以亲切的感觉。他思念远在他乡的朋友而不可见，便说："我寄愁心与明月，随风直到夜郎西。"（《闻王昌龄左迁龙标，遥有此寄》）李白送友人回南方隐居，就请白云与之为伴，其《白云歌送刘十六归山》写道：

楚山秦山皆白云，白云处处长随君。长随君，君入楚山里，云亦随君渡湘水。湘水上，女萝衣，白云堪卧君早归。

诗人的这种在异乎寻常的想象力中所产生的大胆的拟人化的表现手法，把诗人热烈的感情和愿望注入被描写的对象之中，使他的作品具有丰富的、充满生机与活力的诗意，从而产生激动人心的艺术魅力。这说明李白创造性地发展了屈原的艺术，也给后世诗人的诗歌创作开辟了无穷法门。

同时，由于历史的积累和李白的才华过人，因而浪漫主义的美学境界也被空前地突破了。美学境界的大大扩展，就必然要有一套崭新的汲取形象的方法。因此,屈原所用的香草和凤凰在李白手里已不足以表现他的崇高品质,因而又增加了"大鹏一日同风起,抟摇直上九万里"(《上李邕》)的大鹏,"虎啸谷而生风"(《鸣皋歌送岑征君》)的猛虎等等。屈原所用的彭咸和尧舜,李白认为已不足以表现崇高的理想,因而又增加了"却秦振英声"(《古风》第十)的鲁仲连,"谈笑静胡沙"(《永王东巡歌》之二)的谢安,"破产不为家"(《经下邳圯桥怀张子房》)的张良,以及"纵死侠骨香"(《侠客行》)的诸多侠客。屈原所用的萧艾和菉葹,李白认为已不足以象征那些小人,于是又增加了"蹇驴得志鸣春风"、"苍蝇贝锦喧谤声"的蹇驴苍蝇之类。与屈原的"袅袅兮秋风"的洞庭湖相对应,李白诗中除了秀色可餐的楚山吴水,还有汹涌澎湃的黄河,险峻奇峭的蜀地山川……这些,都表明李白的诗歌创作不仅继承屈原而且发展了屈原。李白与屈原之所以成为我国古典文学积极浪漫主义诗歌中的双绝者,正在于此。

不仅如此,李白还继承和发扬了汉魏乐府民歌的优良传统,学习建安以来代表诗人的艺术技巧,从那些优秀的古典作品里,吸取丰富的营养,特别是学习民歌的语言,加以提炼,取得惊人的成就。

李白集中的乐府诗,多至150首。有借旧题以写怀抱者,如《天马歌》以天马比喻自己的怀才不遇;有借旧题以写时事者,如《猛虎行》叙述安禄山之乱,所以有"秦人半作燕地囚,胡马翻衔洛阳草"等句;其他则多是按题中的意义而别出机杼以驰骋笔力,施展才华。但基本上可说多是受了乐府民歌的影响,从乐府歌辞得到最纯熟的训练与优良的技巧。所以,在他许多描写中显得无施不可。如"燕山雪花大如席,片片吹落轩辕台"(《北风行》),虽极夸张却不显得做作,且虚景而有味。再如"桃花流水窅然去,别有天地非人间"(《山中问答》),抒发诗人闲适心情,其意境淡而愈浓,近而愈远。其他如"举手弄清浅,误攀织女机"(《游泰山》之六),"一风三日吹倒山,白浪高于瓦官阁"(《横江词》),"蟪蛄啼青松,安见此树老"(《拟古》其八),"今人不见古时月,今月曾经照古人。古人今人若流水,共看明月皆如此"(《把酒问月》),"清风朗月不用一钱买,玉山自倒非人推”(《襄阳歌》),这些惊动千古的奇句警语,他人百思不到,或须经千锤百炼才能写成,而在李白,则似妙手俯拾,而不费构思。杜甫的“白摧杇骨龙虎死,黑入太阴雷雨垂”(《戏为双松图歌》),韩愈的“巨刃磨天扬,乾坤摆礌硠”(《调张籍》)等句,虽然惊心动魄,然而却不难看出他们确实用了大气力,不如李白的挥洒出之,轻松飘逸。李白所以取得如此特殊的艺术魅力,是与他的善于学习乐府民歌密切相关的。

李白写下了不少反对非正义战争及同情妇女的诗篇,这固然有他自己的现实基础,但前代乐府民歌给他的影响,也是不容忽视的。例如他的《战城南》,就把汉乐府《战城南》原有主题加以发展,不仅洋溢着同情人民的精神,而且包含着对反动统治者的憎恨,比汉乐府《战城南》增加了战斗性。而在写作艺术方面,如“洗兵条支海上波,放马天山雪中草”等句,洗练,精彩,别有一种英爽之气溢于行墨之外,亦似加汉乐府原作而上之。再如《白头吟》,虽然与汉乐府同样是写女子对负心汉的决绝,但李白却强调了女主人公的愤慨感情,让她直接指斥男子的卑劣行为:“两草犹一心,人心不如草!”而结语指出“古来得意不相负,只今唯有青陵台”,进一步说明女主人公的悲剧命运。在艺术方面,如“东流不作西归水,落花辞条羞故林”,是从南朝乐府《子夜歌》“不见东流水,何时复西归”句脱化而来。“羞故林”是羞于重返故林,表示夫妻分离,决不再合,比《子夜歌》二句的原意明显来得决绝,女主人公的性格显得更为坚强。从这些方面都可以看出诗人推陈出新的艺术手法。

南朝乐府民歌对李白的影响尤深。李白善于学习这些民歌,从中汲取了精华,形成了自己生动、明净、高华而自然的语言风格。特别是语言的自然,是后代诗人难以企及的。如他的《捣衣篇》,在表现思想与方法上,和南朝乐府民歌中的《西洲曲》有着明显的关系。但《西洲曲》是南朝商业社会的产物,思妇的对象不明确,我们从诗的气氛中可以感觉到这思妇的情绪始终是和缓的。而《捣衣篇》则明确提出思妇的对象及其离别原因:

闺里佳人年十余,颦蛾对影恨离居。……玉手开缄长叹息,狂夫犹戍交河北。……楼上春风日将歇，谁能揽镜看愁发。……有使凭将金剪刀，为君留下相思枕。……明年若更征边塞，愿作阳台一段云。

《西洲曲》说“折梅寄江北”，这里说寄相思枕；《西洲曲》结尾说“南风知我意，吹梦到西洲”，这里说“愿作阳台一段云”。在同样描写精致、饶有音节之美的情况下，《捣衣篇》写一个青春少妇，被战争剥夺了美满的夫妻生活，情绪表现得更为鲜明、激烈而动人。再如《秦女休行》，写秦氏女的美丽，脱化于《孔雀东南飞》对刘兰芝的描写；而写秦氏女的勇敢，又脱化于《木兰辞》对木兰的描写。这些地方，也说明李白对乐府民歌的善于学习，不拘不泥，为我所用。

至于李白诗歌语言飞动有力的风格，无论是白描与夸张，我们随处可以看出它与乐府民歌有共通的地方。如写战死者的妻子悲恨之深重，就用“黄河捧土尚可塞，北风雨雪恨难裁”（《北风行》）来形容；极言侠客的重信义，就说“三杯吐然诺，五岳倒为轻”（《侠客行》）；要表现愁苦之深，则说“白发三千丈，缘愁似个长”（《秋浦歌》）；要强调功名富贵不能长在，便说“功名富贵若长在，汉水亦应西北流”（《江上吟》）。这些夸张，皆是为了表现他对事物的美好或丑恶强烈的爱憎感情，所以他的夸张表现使人觉得非如此不可，这正是民歌的常用手法。至于白描艺术，如《长干行》的“妾发初覆额，折花门前剧。郎骑竹马来，绕床弄青梅。同居长干里，两小无嫌猜”，《越女词》其三中的“耶溪采莲女，见客棹歌回。笑入荷花去，佯羞不出来”等等，情深词显，也只有在民歌中才能看出它的根系。

李白的《古风》第一首虽说“自从建安来，绮丽不足珍”，但这不等于说他全部否定了建安以后的作家。实际上，他对魏晋以来有成就的诗人，还是有批判地向他们学习的。他受鲍照的影响尤为显著。他的《行路难》就是受到鲍照同名作的启示，所以极有相似之处。它们都有着奔放豪迈的特色，在具体的艺术手法上，也有它们共同的地方。在李白的描写自然景物的作品里，往往以“口头语”表现“眼前景”，“而有弦外音、味外味，使人神远"[1]。于此，我们可以看到他受了谢灵运和谢朓的影响。李白诗集里，提到二谢的诗句有数十处之多。他特别欣赏谢灵运的名句"池塘生春草"和谢朓的名句"澄江静如练"，而不断称道之。如"梦得池塘生春草，使我长价登楼诗"(《赠从弟南平太守之遥》)，"梦得春草句，将非惠连谁"(《感时留别从兄徐王延年从弟延陵》)，"昨梦见惠连，朝吟谢公诗。东风引碧草，不觉生华池"(《书情寄从弟邠州长史昭》)，"谢公池塘上，春草飒已生"(《游谢氏山亭》)，"他日相思一梦君，应得池塘生春草"(《送舍弟》)。称道谢朓(玄晖)则说："解道澄江静如练，令人长忆谢玄晖"(《金陵西楼月下吟》)，"诺谓楚人重，诗传谢朓清"(《送储邕之武昌》)等等。李白有时竟在同一首诗中直接引用二谢的诗句，如《酬殷明佐见赠五云裘歌》："我吟谢朓诗上语，朔风飒飒吹飞雨……故人赠我我不违，著令山水含清晖。顿惊谢康乐，诗兴生我衣。襟前林壑敛暝色，袖上云霞收夕霏。"其中"朔风吹飞雨"是谢朓《观朝雨》的句子；"山水含清晖"、"林壑敛暝色，云霞收夕霏"都是谢灵运《石壁精舍还湖中作诗》中的句子。李白直接取其成句而只分别加"飒飒"、"著令"、"襟前"、"袖上"点缀之，信手拈来，不着痕迹，而意境倍生。总的看来，李白的山水诗，就其描写的真切、生动来说，确实是继承并发展了二谢的优点的。二谢之中，李白又似乎特别佩服谢朓，认为"蓬莱文章建安骨，中间小谢又清发"(《宣州谢朓楼饯别校书叔云》)，他把谢朓(小谢)在诗歌发展史上的位置摆得很高。所以，清王士禛《论诗绝句》说李白"一生低首谢宣城"。此外，李白对曹植、阮籍、左思、陶渊明乃至阴铿等作家，也都有所学习和借鉴，限于篇幅，不具论列。

总之，李白是屈原之后又一位伟大的积极浪漫主义诗人。他的成就在我国古典诗歌的发展上，确已达到浪漫主义艺术的顶峰。他的积极浪漫主义的诗歌，无论在精神上和表现手法上，在当时就产生过巨大影响。李阳冰《草堂集序》说："卢黄门云：陈拾遗横制颓波，天下质文翕然一变。

---

[1] 沈德潜：《说诗晬语》，凤凰出版社 2010 年版，第 110 页。

至今朝诗体，尚有梁、陈宫掖之风，至公大变，扫地并尽。今古文集遏而不行，唯公文章，横被六合，可谓力敌造化欤！"[①]这正说明了李白诗歌对唐代诗坛所做出的极其重大的贡献。不仅如此，李白的诗歌对后世诗歌的影响也是极其深远的。他的作品的高度人民性、爱国主义精神和强烈的战斗性，他在艺术上的巨大成就，一直为后人所崇敬和学习。后世的优秀诗人，如宋代的苏轼、陆游、辛弃疾，明代的高启，清代的黄仲则、龚自珍等，都在不同程度上接受了李白的影响，写出了不少优秀诗篇。

认真研究、批判继承李白的诗歌遗产，对于发展社会主义的文学艺术，尤其是诗歌创作，显然是十分必要的，而我们在研究李白，继承与发展李白的时候，应该认识到凡是一个有高度成就的作家，在其投身于社会生活的同时，又无不重视继承和发展前人的优秀传统。而那些抱着民族虚无主义的观点与态度从事所谓文学创作的人，尽管摆出了一副前无古人后无来者的架势，但也总是注定成不了什么"伟大"的。

（原载《徐州师范学院学报》1995年第4期）

---

① 郁贤皓：《李太白全集校注》，凤凰出版社2015年版，第4213—4214页。

从《石壕吏》的人民性谈到杜甫的评价问题

杜甫的《石壕吏》，产生在唐代大战乱的年代里，那正是安史之乱爆发后的第五个年头——肃宗乾元二年(759)。在这前一年的九月，郭子仪等九节度使曾以步骑数十万围攻邺城(今河南省安阳市)。当时，安庆绪初立，据邺城，“虽枝党离析，犹据七郡六十余城，甲兵资粮丰备”[①]。由于官军没有统帅，号令不一，诸将领与宦官、观军容宣慰处置使鱼朝恩在用兵上意见又不一致，粮饷转运也相当困难，以致久围而不克。于是，上下解体，人思自溃。乾元二年三月，史思明乘官军疲惫之隙，引大军救邺。官军一触即溃，“甲仗辎重委积于路。子仪以朔方军断河阳桥保东京。战马万匹，惟存三千；甲仗十万，遗弃殆尽。东京士民惊骇，散奔山谷……士卒所过剽掠，吏不能止，旬日方定”[②]。郭子仪收拾残卒，退保河阳(今河南省孟州)。《石壕吏》中的“三男邺城戍”、“二男新战死”、“急应河阳役”等句，就是指的这段战争现实。

当时诗人杜甫正为华州(今陕西省华州)司功参军。乾元元年(758)的冬天，他曾因事出差到洛阳。当他于次年由洛阳返回华州的时候，正碰上郭子仪等的大军溃败而来。他再一次目睹了战乱的破坏，人民的苦

---

① 司马光:《资治通鉴》卷二二〇，中华书局 1956 年版，第 7060 页。

② 司马光:《资治通鉴》卷二二一，中华书局 1956 年版，第 7069 页。

痛。历史记载,“洛阳四面数百里,州、县皆为丘墟”[1],“比屋荡尽,士民皆衣纸”[2]。《石壕吏》中说一个年轻的寡妇“出入无完裙”,正是这种现实的真实反映。

石壕是一个小镇,当时属于陕州陕县,在今河南省陕州东面,距前线河阳一带大约有三百华里。但就是这样一个小小的村镇,却同样经受着这场战争冲击波的强烈震荡。苦难,并没有因为人们的家破人亡而消弭,悍吏们在屡次抓丁拉伕之后又变着法儿乘黑夜前来捉人了!诗人经历了这次“捉人”的全过程。现实,像一柄无形的巨大的针锥,深深地刺着诗人的心,使他不得不奋笔写下这首充满人民性的诗篇《石壕吏》。

《石壕吏》是一篇现实主义的叙事诗,所写的事件和情节,都很单纯、平直,一目了然。然而却在这平直的叙述中,通过独具匠心的艺术处理,深刻地反映了那个特定时代的社会现实,揭露了安史叛乱战争加给人民的苦难和封建统治阶级迫害人民的罪行,表达了诗人鲜明的政治态度和强烈的爱憎感情,使全诗充满了可贵的人民性。对此,仅条析如下:

第一,在选材与剪裁上,诗人选取了最有控诉力的事件,爱者详,憎者略,腾挪转嫁,鬼斧神工,从而塑造了正面形象,写出了人民的痛苦。

这首诗的主干,显然是老妇人的“致词”一段。粗略视之,这一段好像是老妇人对悍吏的谈话记录,无甚奇特。但细读起来,却觉得在字里行间可以扪得着诗人那颗痛苦的心;纵声诵读,至其悲酸凄楚之处,又使人不由得潸然泪下,深深为这首诗所感动。这使我们自然而然地想到了老杜的一句诗:“下笔如有神”(《奉赠韦左丞丈二十二韵》)。那么,它“神”在何处呢?

首先,诗人选取了最典型、最有控诉力的事件,那事件的本身就具有一种动人肺腑的感染力。老妇人的一段话,仅仅六十五字,[3]却包罗了丰

---

① 司马光:《资治通鉴》卷二二二,中华书局1956年版,第7112页。

② 同上书,第7135页。

③ 从“三男邺城戍”到“犹得备晨炊”几句,可能有两种不同的标点法:一是把这几句全部作为老妇人“致词”的内容,即都是老妇人说的话。另一种标点法是把“室中更无人”作为悍吏的插话,以问号标点,“惟有乳下孙”到“犹得备晨炊”作为老妇人的回答。这里采用第一种标点法。

富的内容:三个儿子全部上了邺城前线,有两个已战死沙场,幸存的一个虽然捎来了家书,也不过是苟活偷生而已。三个儿子就这样全部贡献出去了!这是写外戍儿子的不幸遭遇。写家庭的状况,则是由新死的儿子到未去的媳妇,由年高力衰的祖母到嗷嗷待哺的孙儿,由精神上的百无聊赖到衣食上的一无着落,最后,年迈的老妇人也上了战场!这是一组由连续的几个特写镜头组成的封建社会战乱年月中农民妻离子散、家破人亡的真实图画,是对安史叛乱战争和整个封建统治集团的有力控诉,它具有深刻的社会意义和浓厚的人民性。

再者,毋庸忽视的是剪裁上的高妙。捉人与被捉,本来是双方的活动,但诗人却裁了吏的活动,专力写了老妇人及其“致词”。从全诗来看,正面写吏的,只有一句:“吏呼一何怒。”其实,吏深夜捉人,搞突然袭击,老妇人为了掩护老翁逾墙逃走,而及时地赶到了门前,与吏周旋。双方活动,有攻有守,吏绝不止一呼一怒,一定有相当分量的活动内容。如他可以逼迫老妇人交出人来,可以假借王命以欺人,可以强调军情紧急来说明他抓人的正确与必须;当他知道这一家确实无人可抓的时候,也一定会在老妇人身上动脑筋,纠缠不休。须知只要抓到“人”就可以交差、领赏啊!所以门前的这场斗争,也绝不是片刻就可以过去的。这一点,从“夜久语声绝”一句也可以看得出来:一个“久”字,暗含了一个较长时间的斗争过程。诗人如果站在与人民为敌的立场上,吏的这些活动内容,当然是必定要选取的题材,甚至再加以赞颂。但是这一切,在杜甫的笔下,都横扫一空,只用一个“呼”字和一个“怒”字,概括了他们的言行、气势,粗线条地勾勒了吏的欺压人民的丑态,而将悍吏们的某些活动内容通过老妇人的言行侧面透露出来。如“急应河阳役”一句,直道河阳,而又以“急”出之,对处于消息闭塞的荒村的高龄妇女来说,一定是从悍吏的口中得到的,而悍吏的捉人,正是为河阳之役填补兵力。“请从吏夜归”一句,老妇人的这一“慷慨从军”的行动,当然与她对平叛战争有比较积极的态度有关,但也不能不看到这未尝不是悍吏们揪住不放、纠缠不休的结果(不然的话,对老妇人掩护老翁“逾墙走”就不好解释,何况诗人写的就是“有吏夜捉人”嘛)。把悍吏的某些主要活动通过老妇人表现出来,这是一种极其巧妙的转嫁法。这种转嫁,并不完全是为了用笔的经济,而是为了贬悍吏而突出老妇人的正面形象,从而显示作品的积极意义。剪裁的问题,并不单纯是个写作方法问题,而是由作者的立场、观点、态度所决定的。杜甫在这首诗中,这样剪裁,正是其思想感情倾向人民的一种明确表现。这也正是诗人之所以能写出具有人民性的诗篇的决定性因素。

第二,遣词造句,于深沉含蓄中流露着诗人的爱憎感情,明显地表现出诗人的进步倾向。

老妇人的“致词”,是诗人以感情的彩毫写就的一段血泪文字,已略如上述。其实,这首诗的头、尾部分,又何尝不是如此!诗的开头几句,文字虽少,但却一句推出一个人物,一句展开一个活动,连串而出,烘托出了一种紧张的气氛,构成了一幅恐怖的深夜捉人图。从“有吏夜捉人”和“老翁逾墙走,老妇出门看”三句来看,官府抓丁拉伕,已是多次进行。因而,捉人者和被捉者,都有了一些经验:晚上捉人,是官吏们于白天捉人屡次失败之后的行动,并且也进行多次了,所以在他们打门的时候,农民们便不问自知,习惯地分头应付,各执其事,虽紧张,但不忙乱。诗人写“夜捉人”三字,虽然是记事,但对吏的谴责意味,已隐约可见。继而写“吏呼一何怒,妇啼一何苦”,吏之“呼”以“怒”字形容,妇之“啼”以“苦”字修饰,一呼一啼,一怒一苦,对仗两出,吏的嚣张残暴和老妇人的悲惨可怜的形象就跃然而起,诗人的褒与贬,谴责与同情,至此也就很分明了。

在结尾部分,诗人熔客观叙述与主观抒情于一炉,把同情人民的态度于含蓄哀怨中更加深刻地表现出来。“夜久语声绝,如闻泣幽咽”两句,是写深夜之中,悍吏抓走老妇人之后的异乎寻常的寂静。夜,是静的;夜“久”之后,更静;经过了悍吏惊心动魄的骚扰之后的夜,尤静。难得的是诗人却于一片寂静中似乎听到了哽哽咽咽的抽泣。是遭遇不幸的人(如返回家园的老翁及其儿媳或有同样遭遇的其他人)泣?还是夜泣?天地泣?是的,此时此刻,人心欲碎,天地同悲,万物感泣。其实,把它看成诗人的心在哭泣，又有何不可？“如闻”二字，本来就迷离恍惚，似有若无，似远处飘来，又似心底发出。悍吏深夜捉走老妇人这一悲惨事件，始终紧紧地揪住诗人的心。从悍吏吆喝的第一声起，诗人就在屏息而听。直至夜久，听不见声音（即“语声绝”）的时候，他还在听，悲伤的心弦紧紧地绷着。耳鼓里似乎颤动着一种抽抽搭搭如泣如诉的幽咽之声。这并不是诗人感觉上的错觉，神经过敏，而是他受了同情人民的感情的驱使，在经过刚才的一番痛苦的折磨之后，在死一般的寂静中，痛定思痛，百感交集，以致心灵深处隐隐抽泣了。所以，这里的“如闻泣幽咽”，有类于《新安吏》中的“青山犹哭声”，这不是一个单纯的修辞手法问题，而是一个正直诗人的真情实感的自然流露，它于深沉的悲愤哀怨中充满着对劳动人民的深厚同情，我们可以从中体会到诗人的那种“叹息肠内热”（《自京赴奉先县咏怀五百字》）的焦灼与忧伤。如果是一个与人民为敌的反动诗人，此时此刻，他将要为悍吏选择夜间捉人的机巧和捕捉的成功而讴歌，他简直能看到黑夜向他隐藏着的笑脸，听到地层深处弹奏的琴声，那里会有什么“泣幽咽”之闻！

诗至最后一句“独与老翁别”，诗人简直是痛心疾首了。他最后点明：老妇人确实被抓走了！诗人投宿时，翁妪同迎；别时则独有老翁。一夜之间，变化如此，这是何等悲惨的现实啊！于是，老翁家破人亡孤苦无依的辛酸、诗人的无处赴诉的凄凉，都深深难概括在一个“独”字里。而读者的心弦，也被这个“独”字所拨动，产生了强烈的共鸣。这首诗的揭露、控诉的力量也通过这最后的一笔，显得更强了。因而，诗人写这最后一句，并不单纯是为了结构上的完整，而是有其更深的思想意义和感情色彩的。

第三，在风格上，悲愤沉郁，于惨痛的叙述中，隐隐翻腾着一股悲壮之气，凝聚着诗人既同情劳动人民不幸遭遇而又为国家前途担忧的爱国主义激情。

老妇人的“致词”，一连十三句，其行文气势，如涧底流水，折冲回荡，至最后两三句，陡起波澜，形成高潮。老妇人明明是迫不得已，赴戍河阳，而在诗人的笔下却变成了一句豪迈的“请从吏夜归”，从而化被动为主动。特别是“急应河阳役，犹得备晨炊”二句，吐尽悲壮之气，使全诗的分量陡增百钧，这不仅加强了正面形象，而诗人的爱国主义激情也由此得到了充分体现。

诗人在由洛阳到华州的归途中所写的两组诗“三吏”、“三别”，都翻腾着这样一种悲壮之气。这是因为诗人杜甫既同情人民的不幸遭遇，又关心着国家的命运；既看到人民对国家所付出的血和泪，又看到统治集团的腐朽和对人民的摧残。一种矛盾、悲愤的感情在内心里杂错交织，翻腾回环，然后缘事而发，倾注于诗篇，这就形成了老杜的“三吏”、“三别”所独有的那种悲壮沉郁之风。和《石壕吏》的“急应河阳役，犹得备晨炊”一样，《新安吏》的“送行勿泣血，仆射如父兄”，《新婚别》中的“勿为新婚念，努力事戎行”，《垂老别》中的“此去必不归，还闻劝加餐”等等，都是这种感情和风格的结晶。这种风格，也正是构成这些诗的人民性的重要方面。

综上所述，《石壕吏》明显地表现了诗人杜甫同情劳动人民的思想感情，具有可贵的人民性。评论古代作家作品，辨别其是民主性的精华还是封建性的糟粕，必须首先检验其对待人民的态度如何。此时的杜甫和他的《石壕吏》是无愧于这个检验的。虽然杜甫对人民的不幸遭遇也只是停留于同情而已，但对一个出身于世代封建官僚家庭而当时正干着司功参军的封建社会的知识分子来说，能具有这种同情心是难能可贵的。

杜甫之所以能向着人民迈出这重要的一步，也不是偶然的。由于他那特殊的生活遭遇，他的眼睛是比较向下的。因而他能透过那号称“全盛”、“繁华”的盛唐外衣，发现社会的阴暗面和尖锐的阶级对立。在安史之乱前，杜甫的笔锋就已经触及了社会民生的重大现实问题。他在天宝三载(744)所作的《赠李白》一诗中，就曾说过“二年客东都，所历厌机巧”，对统治集团之中的钩心斗角、投机钻营，已流露了不满情绪。他在天宝五载(746)到长安之后，对现实有了进一层的认识，写出了《兵车行》、《丽人行》等优秀诗歌，对统治集团荒淫腐朽的生活及其穷兵黩武祸害人民的罪行,予以愤怒揭露。在《兵车行》中,诗人把熟知的山东情况写入了诗篇:“君不闻汉家山东二百州,千村万落生荆杞。纵有健妇把锄犁,禾生陇亩无东西。”大胆地揭露了盛唐之下农村破产的真实情况,而为同期盛唐诗人所不能道及。当然,这种直接反映民生疾苦、大胆为人民呼吁的诗篇,在杜甫本人来说,也是最早的。在安史之乱即将爆发的前夕,诗人完成了在他诗歌创作史上,甚至在整个唐代诗坛具有划时代意义的长篇诗作《自京赴奉先县咏怀五百字》,寄寓了深沉的忧国爱民之痛,形象而深刻地反映了大变乱到来之前的社会危机,为由盛转衰的唐代社会刻下了一块里程碑。尤其值得提出的是,诗人在这首诗中,不仅揭露了“朱门酒肉臭,路有冻死骨”的尖锐阶级对立的现象,而且更能进一步从经济上揭示了“朱门”(即封建统治集团)与“冻死骨”(即劳动人民)之间剥削与被剥削的关系:“彤庭所分帛,本自寒女出。鞭挞其夫家,聚敛贡城阙。”诗人杜甫当然不可能是一个自觉的阶级论者。然而“到处潜悲辛”(《奉赠韦左丞丈二十二韵》)的十年长安生活,却不时地刮磨着他眸子上所蒙的那层剥削阶级的云翳,使他在观察纷纭的社会现象时,就比较敏锐、明晰,能够粗略地分出个是与非来。如在这首诗中,他就能够比较准确地把握到“彤庭”之所以“分帛”,“朱门”之所以“酒肉臭”,与“寒女”之所以“寒”,路途上之所以有“冻死骨”之间的必然联系。这就突破了宿命论的藩篱,而使其思想飞跃到一个新的高度。对杜甫思想的这一可喜飞跃,我们不能不给予较高的评价。

当然,杜甫的思想并不是稳步向前发展的,他还有“回潮”的时候。总的说来,大致是这样的:当他被排斥在统治集团的圈外,在苦难的挣扎中比较地接近了人民之后,他的思想发展是日趋进步的,他的佳作也就随之出现了。当他在官场之中过着比较安定的生活,与人民隔远了的时候,人民的苦难和斗争,他看不到、听不到了,他的思想及其作品的光芒就明显地减弱、暗淡了。这时,诗,成了官场的应酬品和无聊生活的点缀。诗人固有的阶级意识也就在那与人民隔绝的小天地里获得了复萌、滋长的温床。但当他走出朝堂,贬为华州司功参军之后,又有了接近人民的机会，于是，产生了永垂诗史的杰作“三吏”、“三别”。这两组诗和诗人在安史之乱的动荡年代里所写的其他优秀诗篇，都充满着深厚的人民性和强烈的爱国主义精神，深刻地反映了那个时代的面貌，成为唐帝国由盛转衰这一大转弯时期的一面镜子。

这里必须说明，经历了安史之乱的盛唐诗人，并不止杜甫一个。然而在诗歌创作上，却很少有人能够像杜甫那样忠实地、深刻地、勤恳地反映那个时代，在有关诗作的数量和质量上，谁也没有达到杜甫的高度。由于杜甫的安逸的官场生活是短暂的，而穷愁潦倒的下层生活是漫长的，因而他的思想和诗作的基本倾向是进步的。我们不能揪住他诗中还夹杂着的一些封建思想意识，就轻易地否定这个基本倾向和他所取得的重大突破。应该充分看到，杜甫以其独有的艺术功力，熔铸了一个特定的历史时代，并在曲折的攀登中站到了那个时代的高峰，从而奠定了他在我国文学史上的不朽地位。而促使诗人获得如此长足进步的，是人民。人民是造就伟大诗人之母。人民也一向重视杜甫联系人民的一面，及其诗歌艺术上的杰出成就。因而，对他的诗十分珍爱，并给予应有的评价，如称他为我国伟大的现实主义诗人，称他的诗为“诗史”。毛泽东同志称杜诗为“政治诗”。这样评价，准确、精当，应为定评。

至于“四人帮”给杜甫戴上“儒家”的帽子，一贬再贬，肆意谤伤，势欲彻底打倒而后快，这是他们出于搞反革命阴谋、搞民族虚无主义的需要。这不是什么对杜甫评价当否的问题，而是彻头彻尾的反革命行径。这一小撮撼树的蚍蜉，到头来都落了个身与名俱灭的可耻下场。而杜甫和他的诗，仍然是属于人民的。

（原载《徐州师范学院学报》1979 年第 02 期）

从诗与乐的关系谈到词的产生

一、“准诗而为声”与“依声而作诗”

郑玄《诗谱序》把《诗经》的诗分为“诗之正经”和“变风”“变雅”两类。至于《诗经》的乐，情况就复杂了。据朱熹说，“国风”是“民俗歌谣之诗”，“多出于里巷歌谣之作”；“正小雅”是“燕飨之乐”，“正大雅”是“会朝之乐”；《颂》是“宗庙之乐歌”（均见《诗集传》）。但其大别则为“雅”、“俗”，俗乐为里巷乡土之音，地方性、娱乐性较强；雅乐为统治阶级的雅正之乐，用于郊庙祭祀会朝等庄严肃穆的场合气氛中，是一种“典礼”性的音乐。里巷歌谣，其诗其乐，必然保存了古代诗歌诗乐自然结合的本色，但又不免经过了当时音乐管理人员的加工整理。周代有采诗之制，《汉书·食货志》说：“行人振木铎徇于路，以采诗，献之太师，比其音律，以闻于天子。”[①]“比”，有编排、考校的意思，显系对民间诗歌的音律进行加工整理之证。雅乐中正，肃雍和鸣，《礼记·乐记》说：“《清庙》之瑟，朱弦而疏越，壹倡而三叹。”《荀子·礼论》亦云：“《清庙》之歌，一倡而三叹也。”

① 班固：《汉书》，中华书局 1962 年版，第 1123 页。

(叹,赞和也。)杨倞曰:"一人倡(唱)三人叹,言和之者寡也。"此即《论衡·讲瑞》所说"歌曲弥妙,和者弥寡",是完全脱离群众的东西。雅乐与郑、卫之音的所谓"淫声"显然不同。这种诗、乐,绝没有情动于中而形于言的自然本色,而是出于文人的加工造作。孔子就曾"正"过乐,使雅颂各得其所(见《论语·子罕篇》),孔子的"正乐",很可能是出于"恶郑声之乱雅乐也"(《论语·阳货篇》)的指导思想,要把《诗经》中的雅俗之音分别清楚。尤其不要让郑声混到雅乐里去。这样看来,《诗经》中的雅(主要是大雅)颂,已非诗、乐的自然结合,而很可能是先按照某种要求作了文字的"诗",然后再被以弦管金石之乐。所以说诗歌发展到《诗经》的时代,已是由诗、乐的自然结合而向人工合乐过渡的时代了。

这无疑是一个极为重要的过渡,从此以后,我国诗与乐的结合,就出现了"准诗而为声"和"依声而作诗"这样两种新的方式。孔颖达在其《毛诗序疏》中说:

> 初作乐者,准诗而为声;声既成形,须依声而作诗。①

在孔颖达之前,有沈约开其端。沈约在《宋书·乐志》中指出:

> 凡此诸曲(指吴歌中的《子夜歌》、《凤将雏》、《前溪歌》、《团扇歌》、《督护歌》等等),始皆徒歌,既而被之弦管。又有因弦管金石造歌以被之,魏世三调歌辞之类是也。②

郭茂倩《乐府诗集》卷九十亦有同样的说法;

> 凡乐府歌辞,有因声而作歌者,若魏之三调歌诗,因弦管金石造歌以被之是也,有因歌而造声者,若清商、吴歌诸曲,始皆徒歌,既而被之弦管是也。③

考诸《诗经》以后的诗歌,大率遵此两途而发展,唯或彼或此而已。

---

① 阮元:《十三经注疏附校勘记》卷一,中华书局 1980 年版,第 271 页。
② 沈约著,苏晋红、萧炼子校注:《宋书·乐志校注》卷一,齐鲁书社 1982 年版,第 71 页。
③ 郭茂倩:《乐府诗集》卷九〇,上海古籍出版社 2016 年版,第 1078 页。

屈原放逐江南之后所作的《九歌》，是“依声而作诗”的一例。楚是巫风畅行之地，“信巫鬼，重淫祀”（《汉书，地理志》），在祭神的时候，巫觋总要“作歌乐鼓舞以乐诸神”。但那歌辞却是“鄙俚”的。屈原放逐在彼，就对原有的乐歌进行加工改造，“颇为更定其词，去其泰甚”[①]（朱熹《楚辞集注》）。由此可知，《九歌》是依楚声歌舞音乐所造的新辞。同其例者，尚有屈原的其他诗歌作品，如《离骚》《九章》等。汉初的楚调诗，魏的三调歌诗，以至于后来刘禹锡作《竹枝词》等等，凡一切依曲拍为辞、依旧调为辞的诗歌作品，皆属“依声而作诗”之例。

“准诗而为声”，亦即孔颖达《毛诗序疏》所谓“逐诗为曲，仿诗为音”，后来郭茂倩所说的“因歌而造声”，于义亦同，都是说将诗或徒歌“被以弦管”，即配上便于演奏的音乐。这类例子，除了郭茂倩所说的清商吴歌诸曲外，又《晋书·乐志》说，凡乐章古辞之存者，并汉世街陌讴谣《江南可采莲》、《乌生十五子》、《白头吟》之属，也是后来被以弦管的。他如南齐王僧虔所说“当时先诗而后声”（见《乐府诗集》卷二六）、宋国子监王普所说“古者既作诗，从而歌之，然后以声律协和而成曲”（《宋史·乐志》），凡此，皆属于此类。

“准诗而为声”与“依声而作诗”，完整地表述了在人工合乐阶段诗、乐关系的两个方面。这两个方面交互作用，从而促进了诗与乐的发展。其中，“依声而作诗”盖为诗歌发展过程中最积极、最活跃、最有推动力的因素之一。当音乐有了较大变化、发展之后，依声而作的歌辞（诗），也必然要随之变化、发展。如魏晋南北朝以至隋唐之际，是我国音乐变化、发展的重要时期。在这个时期中，贵族式的雅乐渐衰，新的音乐——清商乐（清乐）与燕乐相继兴起。清商乐是一种以江左民间歌曲（主要是吴歌和荆楚西曲）为主要成分，结合了由中原传去的清商三调而形成的新型音乐；燕乐则是中原民间歌曲融合了所谓“胡戎之乐”（主要是北方少数民族和西域的音乐）而形成的新型音乐。清商曲其声轻曼悠扬，生动活

① 朱熹：《楚辞集注》，上海古籍出版社 1979 年版，第 29 页。

泼，长于抒情，因而被后人指斥为“哇淫”（见《旧唐书·音乐志》）；燕乐则声辞繁杂，因而被后人指斥为“靡靡之声”（见《宋史·乐志》）。但不可否认，清商乐与燕乐对我国音乐乃至诗歌的发展，实有不可磨灭的功绩。音乐的发展，必然促使诗歌形式发生与之相适应的变化，所以魏、晋、南北朝以至隋唐之际也是我国诗歌发展变化的重要时期。而其所以随之发展的关键，即在于“依声而作诗”。在诸多“依声而作诗”的作者中，必有勇敢的分子起而突破旧有诗歌体制的束缚，创造出新的诗歌形式。事实正是如此。在魏晋南北朝，除了整齐的五言诗以外，还有为数不少的杂言诗，句度形式、音节节奏，都呈现着新的特点，而为时人所注意。西晋张华就曾对晋武帝司马炎说：魏《上寿》、《食举》等诗“其文句长短不齐，未皆合古。盖以依咏弦节，本有因循”[①]。同时的荀勖也说：“魏氏歌诗，或二言，或三言，或四言，或五言，与古诗不类。”[②]这都是“依咏弦节”、“依声而作诗”使诗歌体制所产生的新变化。当然，魏氏的这种歌诗，尚在尝试阶段，还不免有初期时的幼稚，与乐曲还不能完全相谐，即如司律中郎将陈颀所说：“被之金石，未必皆当。”[③]但这无疑是一个重要的突破，它为以后的作者开了先路，预示了词产生的先兆。

词是以声为用的，是“曲子”（乐曲）的辞，故初称曲子或曲子词，李清照则径称为“歌词”（《词论》）。因此，从广义上说，凡是依声而填的歌词，皆可称为“词”。不过，作为文学领域中的一种韵文体制的词，却又有其特定的义界与规律，有其特殊的、不同于一般歌词的形象。这种体制与形象，是随着“依声而作诗”的技巧不断发展逐渐形成的。词，便是“依声而作诗”在一定发展阶段上的产物，是人们自觉追求的结果。曹植《鞞舞歌序》中已有“依曲作歌”之说。以后，依声而作歌辞者大有人在，如南朝陈后主及其幸臣们，都能依声制作歌辞，陈后主又能“依弦而歌”，隋炀帝君臣也能“大制艳曲”（均见《隋书·音乐志》），《新唐书·礼乐志》有“太子右庶子李百药更制歌辞”之说。总之，经过魏氏的尝试，和以后多人的

①②③ 沈约著，苏晋红、萧炼子校注：《宋史·乐志校注》卷一，齐鲁书社 1982 年版，第 31 页。

摸索、锤炼，至陈、隋渐为熟练。而当“依声而作诗”进一步发展为自觉的“因声以度词，审调以节唱，句度短长之数，声韵平上之差，莫不由之准度”[1]的阶段，辞与曲调的关系协调、稳定，在一定的曲调下，与之相配的歌辞具有了固定的格调形式，做到了调有定格、辞有专属，这时，作为新文学样式的“词”便产生了。当然，这还是初期阶段的词，与成熟时期的文人词，特别是与格律化了的词相比，在体制、格律诸方面，还有着明显的差距。但词的幼芽毕竟破土而出了。

二、词与民歌

关于词的起源的原则问题，自从敦煌曲子词被发现以后，就应该解决的。敦煌曲子词有力地说明：词起民间，在民间获得了相当发展之后，才引起上层文人的注意，并进行仿作，从而出现了文人词。

敦煌曲子词是相当成熟的民间词，其中的绝大部分做到了调有定格，辞有专属。更重要的是，据有关方面的专家考证，其中有相当一部分是盛唐或是更早一些的作品。如其中的《云谣集杂曲子》，有词十三调，三十首，称为“云谣十三调”，其调与辞，均盛唐产物。从这些作品来看，曲子词至盛唐已有相当的发展，从这个发展水平上看，现在很难准确估计到敦煌曲子词究竟起于何时。现在所能看到的，应是当时当地流传较广的、定型化的优秀作品，比这更早些的，或因在歌者口头传唱中被自然淘汰，或因条件不备而没能保存下来，或者有所保存而至今未被发现。在这些曲子词风行民间，甚或已知结集（如《云谣集杂曲子》）的时候，词的地位在上层文人中还没有确立，由此看来，词起民间，是无可辩驳的事实。

民间的词，是民歌发展的产物。民歌之促使词的产生，是通过其音乐关系而实现的。

---

[1] 元稹：《元氏长庆集》卷二三，上海古籍出版社 1994 年版，第 118 页。

民歌的乐曲，尤其是其中的“新声”，是词得以孕育、产生的紫河车。在古代，所谓“新声”，主要是指那些不同于或对立于统治阶级雅正音乐的民间新型乐曲，其音律富于变化，生动活泼，有浓厚的抒情气息（今谓之“民歌风”）。它是民歌中最活跃、最敏感、对音乐发展影响最大的部分。按照上文所说的“依声而作诗”的原则，活泼的音乐，必然要产生形式活泼的歌辞。当然，这种歌辞不一定是“词”，但其发展的道路却是通向词的。当民间歌手们有意识地对某些曲调分别填出具有固定格式的歌辞，即如上文所说，做到调有定格，辞有专属的时候，词便出现了。例如，《汉铙歌十八曲》中的《上邪》：“上邪！我欲与君相知，长命无绝衰。山无陵，江水为竭，冬雷震震，夏雨雪，天地合，乃敢与君绝！”歌辞有二言、三言、四言、五言、六言，七言，句子长短错落，形式活泼。但在全部汉代诗歌中，格调句式，无与相同者，其曲辞关系是否做到了调有定格、辞有专属，无他例可证；而格调韵致，与词亦不相类。况且，它本属于汉代乐府诗，在声辞关系上，很可能属于“准诗而为声”一类，是先诗而后声。因而，它还不能称作“词”，仍是民歌。民歌的句式本有不受形式约束、参差多变的一面。盛唐有表现同样内容的民歌：“枕前发尽千般愿，要休且待青山烂。水面上秤锤浮，直待黄河彻底枯。白日参辰现，北斗回南面。休即未能休，且待三更见日头。”据向达《伦敦所藏敦煌卷子经眼目录》说，此歌原卷调名作《菩萨蛮》，又据任二北先生《敦煌曲初探》考证，此卷可能写于天宝元年，而辞成于开元间，就现有资料看，这可能是历史上最古的《菩萨蛮》，其调名与歌辞内容无关，显系据调填词之作。其格调、韵致，与后来定格的《菩萨蛮》也比较相近，显然是一首民间的《菩萨蛮》词。在此基础上，再加锤炼，便是文人的定格的《菩萨蛮》词了。其他如《渔歌子》、《忆江南》、《鹊踏枝》等许多词调，其定格也都由民歌——民间词发展而来。凡此，都可以明显看到由民歌而至词的发展过程。

因此，上文所谓词与音乐的关系，在词产生的问题上，主要表现为与民歌的关系。词的发源地，一般是民歌发达之地。我国早期的词，以敦煌、西蜀、江南等地最称活跃。其所以然者，因素当然很多，而核心问题，乃在民歌。这些地区，都是古代民歌相当发达之地。敦煌在汉魏以后，尤其是隋唐时期，曾是中西交通的枢纽，车马交错，歌吹纵横，音乐成分复杂，汉曲、“胡乐”交融，是歌者乐工最活跃的地方，从现存敦煌壁画中的歌舞画面，已可略见其一斑。北魏温子升有《敦煌乐》：“客从远方来，相随歌且笑。自有敦煌乐，不减安陵调。”对敦煌乐很欣赏。唐岑参诗《玉门关盖将军歌》有“清歌一曲世所无”句。据任二北先生《敦煌曲初探》考证，岑参所听之歌，可能就是《云谣集》中的《凤归云》（演故事）二首。西蜀亦民歌区，如刘禹锡所说，“巴人能唱本乡歌”（《竹枝词》）。唱的时候，还“吹短笛，击鼓以赴节，歌者扬袂睢舞”，且“以曲多为贤”[①]，巴童巫女，颇著赛歌之风。江南民歌，在六朝，吴声、西曲特盛。故沈约《宋书·乐志》说：“江左诸曲哇淫，至今其声调犹然。”“哇淫”，贬义，应以《乐府诗集》所说南朝“民谣国俗，亦世有新声”[②]为是。基于上述民歌发展情况，所以敦煌独以民间词著称于世，而西蜀、江南则成为文人词的摇篮，至五代而形成文人词的两大中心。看来，这两大中心，在文人词出现之前，应该有一个民间词的兴盛时期，应有一定数量的民间词，只是因为没有像敦煌石室那样得天独厚的条件而没有较好地保存下来罢了。侥幸而存的民间的东西太少了！如南朝盛极一时的清商曲辞，至武则天时，吴声仅存《子夜》、《上声》、《欢闻》、《前溪》、《阿子》、《丁督护》、《读曲》、《神弦》等曲；西曲也仅存《石城乐》、《乌栖曲》、《估客》、《莫愁》、《襄阳》、《江陵》等曲，远非南朝之盛。在现存的南朝民歌中，有些颇类词的东西（当然，当时并不称为“词”），如《读曲歌》中的《白门前》：“白门前，乌帽白帽来。白帽郎是侬，良不知乌帽郎是谁？”《束皙歌》：“束先生，通神明，请天三日甘雨零。我黍以育，我稷以生。何以畴之？报束长生。”等等。唯首各异格（同调诸辞，往往句式各不相同），曲辞对应关系，尚不稳定，所以还不能称之为词。而保存在《全晋诗》卷八中的《休洗红》二首，虽未脱民歌风味，却颇具词的格局，故有学者视为我国民间词的滥觞：

---

① 刘禹锡：《刘禹锡集》，中华书局 1990 年版，第 359 页。

② 郭茂倩：《乐府诗集》卷四四，上海古籍出版社 2016 年版，第 569 页。

休洗红，洗多红色淡。不惜故缝衣，记得初按茜。人寿百年能几何，后来新妇今为婆。

休洗红，洗多红在水。新红裁作衣，旧红番作里。回黄转绿无定期，世事返复君所知。

在民歌的影响下，南朝也曾出现过少数文人写的类似词的作品。如梁武帝改西曲民歌而成的《江南弄》（包括《江南弄》、《龙笛曲》、《采莲曲》、《凤笙曲》、《采菱曲》、《游女曲》、《朝云曲》等七曲），曲辞句式格调全同。连其"和辞"也基本相同（仅《朝云曲》稍异）。他如昭明太子萧统《江南弄》三首（包括《江南曲》、《龙笛曲》、《采莲曲》），沈约《江南弄》四首（包括《赵瑟曲》、《秦筝曲》、《阳春曲》、《朝云曲》），句式格调皆与梁武帝《江南弄》同。梁徐勉有《迎客曲》、《送客曲》，二调同格，辞的句式全同。又，陈后主有《长相思》二首，徐陵、陆琼、江总、王瑳、萧淳等，皆有同调之作，句式格调基本相同。兹录陈后主《长相思》一首：

长相思，久相忆，关山征戍何时极。望风云，绝音息，上林书不归，回文徒自织。羞将别后面，还似初相识。（《全陈诗》卷一）

再录徐陵《长相思》之二：

长相思，好春节，梦里恒啼悲不泄。帐中起，窗前咽。柳絮飞还聚，游丝断复结。欲见洛阳花，如君陇头雪。（《全陈诗》卷二，"咽"，原作"髻"，从《乐府诗集》改。）

上述各调，曲辞关系比较稳定，句式格调基本上做到了定型化，在形式上，与敦煌曲子词很相近。对这些歌辞，我们应当承认，它已开词的先河，尽管当时不称作"词"。其产生的土壤，在于当时的民歌（文人之作，其基础亦在民歌，如梁武帝就是学习民歌颇有成就的人）。至隋，乃有炀帝与王胄的《纪辽东》，四首句式格调全同。任半塘先生说："敦煌歌辞中有与《纪辽东》格式完全相同的曲调四十余首。"[①]可见隋时曲子词已相当

① 周笃文：《宋词》，上海古籍出版社 2011 年版，第 158 页。

成熟。推原其成熟之所由来，盖南北朝已萌芽肇端，至隋乃臻于成熟。以上部分材料与观点，过去已有研究者提出，只是由于没有抓住声辞关系这个本质问题，对词的义界未明，甚或误认长短句即词，以故举例驳杂，为人所非。今词的义界既定，复考曲辞关系，取其相对稳定者，去其驳杂，乃知南北朝确已有曲子词肇端，此固亦前人之成说也。

关于词的产生问题，研究者往往从燕乐谈起，以为词是燕乐的产物。这自然是对的。但是，研究者又认为，燕乐始于唐，或说隋唐，这就颇值得研究了。《旧唐书·音乐志》载，贞观十四年，“有景云见，河水清。张文收采古‘朱雁’、‘天马’之义，制《景云河清歌》，名曰讌（同燕）乐，奏之管弦，为诸乐之首，元会第一奏者是也”。故同书又说：“讌乐，张文收所造也。”[①]沈括《梦溪笔谈·乐律》说：“自唐天宝十三载始诏法曲与胡部合奏，自此乐奏全失古法，以先王之乐为雅乐，前世新声为清乐，合胡部者为宴（同燕）乐。”[②]郭茂倩《乐府诗集》又说：“凡燕乐诸曲，始于武德、贞观，盛于开元、天宝。”[③]后人据此得出燕乐始于隋唐的结论。凡此诸说，皆仅据“燕乐”之名而言，只注意了音乐发展的阶段性，忽视了它的渐变性。燕乐，唐有其名，而南北朝已初具其实，并且已由民间进入宫廷，有了相当的发展。燕乐本是中原音乐与“胡戎之乐”融合的产儿。这种融合趋势，由来已久，而南北朝是一个不容忽视的重要时期，在这个历史阶段的中后期，这种融合已由渐变而至质变。在北朝，天竺、鲜卑、龟兹、疏勒、西凉、高昌、康国、悦般、安国、高丽等外族音乐，都在中原地区流行，先后与中原民间音乐融合，并逐渐进入上层音乐阵地。北魏时，北方民歌与“四夷”歌舞，已“稍增立于太乐”，使“金石羽旄之节，为壮丽于往时”[④]（《魏书·乐志》）。北齐后主高纬，特别喜欢西域音乐，即《隋书·音乐志》所说“后主唯赏胡戎乐，耽爱无已”[⑤]，而且还能“依弦而歌”。他以

① 刘昫等：《旧唐书》卷二九，中华书局 1975 年版，第 1061 页。

② 沈括著，施适校点：《梦溪笔谈》，上海古籍出版社 2015 年版，第 31 页。

③ 郭茂倩：《乐府诗集》卷七九，上海古籍出版社 2016 年版，第 946 页。

④ 魏收：《魏书》卷一〇九，中华书局 1974 年版，第 2828—2829 页。

⑤ 魏征等：《隋书》卷一四，中华书局 1973 年版，第 331 页。

高官厚禄甚至封王开府优待西域来的音乐家们,从而有力地推动了"胡"汉音乐的融合。北周,是西域音乐在北朝空前兴盛的时期。北周用西域音乐为朝廷飨宴和宗庙祭祀的典礼音乐,周武帝曾聘突厥女为皇后,使西域诸国音乐大聚于长安,当时以善弹琵琶名噪一时的苏祇婆便是从龟兹来的音乐家。北朝"胡"汉音乐融合的结果,是雅乐沦丧,新声竞起,《回波乐》、《兰陵王入阵曲》等,皆当时的产物。北朝音乐,对南朝影响很大,《南齐书》、《陈书》、《南史》等均有关于"羌胡伎"、"羌胡乐"和民间竞造新声的记载。更有甚者,陈后主追求北歌,曾派人到北朝学习,称为"北伐"。又,燕乐的主要伴奏乐器,现在公认为是琵琶,而琵琶则风行于南北朝,一时涌现了许多琵琶能手,如曹妙达、朱未弱、安马驹(皆西域人)等。南北诸史于此记载繁多,可以清楚地看到当时以琵琶伴奏新声的事实,此不赘述。凡此,皆可说明隋唐燕乐,在南北朝(尤其是北朝)已初具其实。隋代的音乐,实际上只是接收了南朝与北朝固有的音乐遗产,一仍南北朝之旧,称得上是南北朝音乐的总汇,但少创新,如《隋书·音乐志》所说,隋的宫廷音乐,"皆出邺城之下,高齐之旧曲"。北齐北周的音乐家,在隋都受到重用,如在北齐因善"胡乐"而封王开府的曹妙达等人,至隋则为太乐教习,为隋音乐的主管。而隋的"七音之正",也正是得之于北朝的苏祇婆,凌廷堪《燕乐考原》也说"燕乐七声,出于苏祇婆"[①]。唐初音乐亦仍隋代之旧,稍后乃变隋九部乐为十部乐。试将九部乐或十部乐与北朝时期音乐诸成分相较,则知所谓隋及唐初的燕乐较北朝并无实质性的发展,只是在大一统帝国的条件下,加以整理,略加充实、膨胀而已;他们的音乐骨干人才,也多为前朝之旧,或其后裔(仅以曹氏来说,唐代著名的琵琶演奏家曹保,他的儿子曹善才、孙子曹纲,唐教坊中的琵琶名手曹者素等,皆曹妙达后裔)。[②]

综上所述,隋唐燕乐的基础乃在南北朝(尤其是北朝);在南北朝民歌以至文人歌辞中,出现一些类似后世所谓"词"的东西,并由此得出曲

---

① 凌廷堪:《燕乐考原》卷一,商务印书馆 1937 年版,第 21 页。

② 参见沈知白:《中国音乐史纲要》,上海文艺出版社 1982 年版,第 60—61 页。

子词在南北朝时期萌芽肇端的结论，是有其坚实的音乐基础的。

词有其自身的发展史。它本是音乐发展到一定阶段上的产物，因此，它初称曲、曲子，或曲子词；它诞生于民间，它在民间活跃、发展时期的产品，也可以称为民间词；它在民间有了相当发展之后，引起上层文人的仿作，于是文人词兴，而格律渐严。词至格律化，已非"歌者之词"，乃"词匠之词"。严格的格律盖为词脱离曲子而成为"纯文学"之后的产物，是"声"失之后的产物。这便是词自身发展的基本线索。其间有作者的转换——由民间而至文人；有名号的转换——由"曲"而词。在研究词的起源问题上，窃以为应该有这样的一个总体观、发展观，而不能以格律词的观点去审察。以格律词的观点去探讨词的起源，必然导致斩头（民间词）取尾（格律词）的错误，从而大大延迟了词的产期。当然，也不能以杂言诗的观点去研究词的起源，以致得出有诗即有词的错误结论。治词史者，必须从音乐入手，抓住声辞关系这个根本问题，牢牢树立正确的民间词的观念，由此，似可得出词起民间、溯源南北朝，而成于隋唐之际的结论。

三、泛声、散声及其他

在进行了上述原则论述之后，这里有必要谈一下"泛声"、"散声"问题。

"泛声"、"散声"问题，是宋代以后的词学研究者在探讨词之所以产生的问题上所持的影响最大的学说。他们认为，隋唐以后，音乐复杂了，曲有长短，拍有缓急，而用来充作歌辞的，则多为五、七言绝句。这样一来，曲繁辞简，声多辞少，就造成了曲辞不相应的矛盾。为了便于歌唱，就必须杂以"散声"，或曰"泛声"、"繁声"、"缠声"、"虚声"乃至"和声"，所用名词不同，而实指则大同小异（按："和声"似应另有涵义，此不具论），而当作辞者在"泛声"、"散声"……处填上了实字的时候，"词"便产生了。在这派学说中，最有影响的是宋代朱熹"泛声添实字说"：

古乐府只是诗，中间却添许多泛声。后来人怕失了那泛声，逐一添个实字，遂成长短句，今曲子便是。[①]

朱熹这里所说的“古乐府”似应指唐代的绝句。“今曲子”则是指当时的词。

其次是清代方成培的“散声填实字说”：

唐人所歌，多五、七言绝句，必杂以散声，然后可比之管弦。……后来遂谱其散声，以字句实之，而长短句兴焉。[②]

近人治词史者，多从朱、方等人之说，并在此基础上作了更多的发挥，刘毓盘《词史》最先举出唐明皇的《好时光》（“宝髻偏宜宫样，莲脸嫩，体红香。眉黛不须张敞画，天教入鬓长。莫倚倾国貌，嫁取个，有情郎。彼此当年少，莫负好时光。”）认为这本是一首五言诗，在泛声处填上了“偏”、“莲”、“张敞”、“个”等实字，并将原诗的第二句分为两句，从而成了长短句的词。以后，论词史者每多引用，作为泛声填实字以成词之说的佐证。

按：泛声、散声填实字以成词说，是以词出于五、七言诗（主要是绝句）为前提的，即把五、七言诗作为词产生的基础，词是由近体诗“变”来的。但是，根据上文所论述的原则与事实，词自有渊源，并不是由近体诗变来的。且散声由来已久。清代马瑞辰《毛诗传笺通释》说：“古诗入乐，类皆有散声叠字以协于音律”[③]，而不是如方氏所说唐人为了便于歌唱五、七言绝句才有的。再者，曲中杂以散声，是为了婉转其声，唱得好听，在演奏、歌唱上，也有一定的难度（如唐《霓裳羽衣曲》，当时目为仙乐，此曲有散声，唐明皇选最好的乐工排练。王建《霓裳辞》有云：“弟子部中留一色，听风听水作《霓裳》。散声未足重来授，直到床前见上皇。”盖此曲中散声难度较大，须由明皇亲授），不是几个“实字”所能填得起来的。即

① 黎靖德：《朱子语类》卷一四〇，中华书局 1994 年版，第 3333 页。
② 方成培：《香研居词麈》卷一，中华书局 1985 年版，第 1 页。
③ 马瑞辰：《毛诗传笺通释》卷一，中华书局 1989 年版，第 2 页。

使填实了，那么，曲中的婉转也差不多剥光了（朱熹所谓为存泛声而"添"实字，其实，实字难以存乐声。如真可存声，则唐宋词绝无失声之虞，而后世的留声机、录音磁带这类存声的工具也绝无发明的必要），笔者以为唐人必不为此蠢事。其实，词乐也必定有更为丰富的散声，而绝不会直着嗓子一字一声地嚎叫。否则，词这种适应新音乐而产生的新的文学样式绝无发展（甚至存在）的可能。笔者以为，有歌乐即有泛声、散声，这是由人的发音器官所决定的。当然，这些"声"有质朴与繁富之别，此不详论。可见，谱"声"填实字之说实难置信。把它作为词产生的原因，更是一种误解。

但是，词与五、七言诗并非绝无关系。初作词的文人在写五、七言诗技法的基础上，略变手法，在关键句子字数上，或增或减，长短其句，以就声律，从而"变"出词来，这也是完全可以理解的。增损歌辞以适应乐曲的声律节奏，由来已久。《文心雕龙·乐府篇》就曾说过李延年能增损古辞；费锡璜《汉诗总说》也指出乐工对古诗有或增或减的现象。早期文人词，句度比较单纯，不少词很像是在五、七言诗乃至六言诗的基础上长短其句（如中唐词人所用的《潇湘神》、《菩萨蛮》、《忆江南》、《长相思》、《宴桃源》、《渔父》、《调笑》等等），表现出近诗而远词的特点。但这充其量只能是在词产生以后所出现的一种作词的具体方法，而其所遵循的基本原则仍是"因声而作辞"。早期文人词的作者都是诗人，他们在民间词影响下尝试作词的时候，还不能马上较大幅度地突破他们所最熟悉的诗的框子，不自觉地带上了当时占统治地位的文学样式——近体诗的痕迹，所以他们的词多五、七言句，直至北宋晏几道，还把作词说成"作五七字语"（《小山词序》），这自然也是一种臆测——据早期文人词外表形式所作的臆测，或许并不太悖于事实情理的吧。不过，这里还应当着重说明：早期文人词"近诗"，这只是那些词人作词所受传统习惯的局限，并不能由此得出词起源于近体诗的结论，更不能得出"诗衰而词作"的结论。

由此，笔者以为后人对所谓"诗余"的诠释亦大可商榷。"诗余"之名，盖起于南宋，初无诠释。后人论"诗余"者，或作"绪余"说，或作"赢余"说,而立论的基础则皆是词起源于近体诗。按:词既不起于近体诗,因而关于诗余的种种诠解,应皆系无根之言,既不符合词起源的实际,也不一定符合词称"诗余"的初意。在古人的心目中,文章、诗、词,地位不同,因此,用力也不同。王灼《碧鸡漫志》说,"以文章余事作诗,溢而作词曲"[1]。"溢",有余的意思。古人重文章,所谓"文章道德",是首先重视的;然后是诗;再有余力,才去作词曲。所以"词为诗之余",意思是在作诗之余作词,或说以作诗的余力作词,紧缩而为"诗余"。这种解释,或许较近乎古人称诗余的初意。

(原载《中国古典文学论丛》第 3 辑,人民文学出版社 1985 年版)

① 王灼:《碧鸡漫志》卷二,中华书局 1991 年版,第 9 页。

陆游、吕祖谦、韩元吉关系考述

吕祖谦字伯恭，学者称东莱先生，婺州(今浙江金华)人。南宋著名理学家、文学家、史学家。隆兴元年(1163)进士，又中博学鸿词科。著有《东莱集》等，入《宋史·儒林传》。

陆游初识吕祖谦，时在绍兴二十一年(1151)。《渭南文集》(下简称《文集》)曾有如下记载："绍兴中，某从曾文清公游。公方馆甥吕治先，日相与讲学。治先有子未成童，卓然颖异，盖吾伯恭也。后数年，伯恭有盛名，从之学者以百数。"(卷三一《跋吕伯恭书后》)"曾文清公"，曾几谥号；"馆甥"，婿也。曾几唯一的女儿嫁给了吕大器(字治先)，生祖谦。据祖谦弟祖俭、从子乔年撰《东莱吕太史年谱》(下简称《年谱》)，绍兴二十一年，祖谦之父大器为浙东提刑司干官，祖谦随侍于越。又，曾几《茶山集》卷六《长至日述怀兼寄十七兄》自注："辛未年长至日在绍兴侍兄宴会。"辛未年即绍兴二十一年。是年陆游始师从曾几学诗(另有详考，此不赘言)，通过这层关系，陆游得与祖谦父子相识，时曾几六十八岁，陆游二十七岁，吕祖谦十五岁。陆游、吕祖谦皆十分敬重曾几。曾几致仕后一直寄居于会稽(今浙江绍兴)禹迹寺中的"禹迹精舍"，陆游凡在家(绍兴)之日，总是"略无三日不进见"(卷三〇《跋曾文清公奏议稿》)。吕祖谦则从出生之日起，就一直追随着他的外祖父曾几。曾几于乾道二年(1166)卒世时，祖谦已三十岁。这三十年间，祖谦除随父母赴外家拜望外，自己也曾数次赴会稽省亲。例如《东莱别集》卷七《与汪端明圣锡》载："滞留临安百余日，近方还会稽。"自注时间为"癸未七月"，即隆兴元年(1163)。在《与汪端明》(第二书)中又说隆兴二年秋冬，"留会稽外祖父处数月"。曾几去世后，祖谦又曾赴会稽省外祖母。同上书卷九《与周子充》载："某八月末暂往会稽省外祖母，留二十余日乃归。"按：此盖指淳熙元年(1174)八月底自婺赴会稽禹迹寺拜外祖母温国钱夫人事，祖谦存长篇记事《入越录》详述其事，全文收载于《文渊阁四库全书》本《东莱集》卷一五。

由以上所述，可知陆游与祖谦关系连结的纽带在于曾几。且陆游与曾几诸子即吕祖谦的舅氏也一直保持着密切关系，而曾几之孙黯(字温伯)后来竟从学于陆游，成了陆游的学生；曾几的孙女却嫁给祖谦之弟祖俭。他们的关系由此就更加牢固了。再就"学缘"上说，吕祖谦既继承了吕氏家学，其中主要是伯祖吕本中的学问，更受了外祖曾几的熏陶；而陆游的诗学，既渊源于吕本中(卷一四《吕居仁集序》)，更受到曾几的亲炙，故其学(至少是诗学)与吕祖谦同源。陆游对吕祖谦的人品学问皆"殊叹仰"(《与曾逢书》)。祖谦的《左氏博议》二十卷(有注释者或作二十五卷)于乾道四年(1168)冬纂成，而陆游即用以课其诸子，其"小儿辈"于乾道六年已可成诵(《与曾逢书》)，可见陆游父子应是《左氏博议》最早的读者之一。吕祖谦对陆游的命运也一直关心。淳熙八年(1181)三月，陆游被给事中赵汝愚(字子直)捏造罪名罢掉了提举淮南东路常平茶盐公事的"新任"。吕祖谦知此消息之后，即致书参知政事周必大，略谓"子直庶几善道，而于事物似未尽谙悉。如陆务观疏放，封驳岂为过当？方人材难得之时，其词翰俊发，多识典故，又趣向实不害正，推弃瑕使过之义，阔略亦何妨？公与子直厚如此，胡不素语之乎"[①]，这显然是为陆游打抱不平，责怪赵汝愚做事过当，也责怪了周必大为什么不早些向赵汝愚打招呼，

---

① 吕祖谦：《东莱别集》卷九，《文渊阁四库全书》本。

以制止其对陆游的诬劾。当时吕祖谦正在病中，就在这年的七月二十九日，与世长辞了。开禧三年(1207)岁末，八十三岁的陆游还在惦念着已去世二十六年的吕祖谦，在其《跋吕伯恭书后》中，既赞扬了祖谦的“卓然颖异”，学有“盛名”，又对他的“不幸中道奄忽”深致悲悼之意：“而予几九十尚未死，揽其遗墨，大抵忠信笃敬之言也，为之涕下！”

陆游与韩元吉的交游，见于记载者，是在绍兴、隆兴间同在京做官时开始的。韩元吉，字无咎，号南涧，南宋著名诗人，官至吏部尚书；祖籍开封雍丘(今河南杞县)，南渡后寓居信州(今江西上饶)，而自署颍川(今河南许昌)人。著有《南涧甲乙稿》二二卷，《宋史翼》有传。绍兴、隆兴间，陆游任枢密院编修官兼编类圣政所检讨官，元吉任司农寺主簿。隆兴元年(1163)五月，陆游在与近臣权奸龙大渊、曾觌的斗争中失败，被斥出任镇江府通判。陆游出京时，同官好友范成大、周必大以及韩元吉等均有诗为之送行，其中元吉诗《送陆务观得倅镇江还越》二首，深为陆游“许国丹心惜未酬”而惋惜，然而又不乏希望振作的豪气，最能贴近陆游当时心境。其二云：“前年边马饮江水，烽火瓜州一水间。正使楼船多战士，要须京岘作重关。平戎得路可横槊，佐郡经时应赐环。把酒赋诗甘露寺，眼中那更有金山！”

陆游在镇江期间，隆兴二年(1164)闰十一月壬申(二十一日)，韩元吉赴镇江探母，得与陆游诗酒相从凡六十日。元吉比陆游年长七岁，陆游以兄称之，二人在镇江唱和歌诗三十首，编为《京口唱和集》，陆游为作《京口唱和序》(卷一四)，详记其诗酒相属之乐。惜后来此集不存，其诗亦所存无几，其中陆诗《无咎兄郡斋燕集有诗末章见及敬次元韵》有“我来江干交旧少，见君不啻河之清”、“君文雄丽擅一世，凛凛武库藏五兵”诸句，足见陆游与韩元吉交谊之深与对韩诗文的高度评价。韩元吉在镇江期间，曾与陆游等踏雪观著名的焦山摩崖石刻《瘗鹤铭》，陆游为作《焦山题名》，以记一时之胜，中有“烽火未息，望风樯战舰，在烟霭间，慨然尽醉”句，沉雄抑郁，可见陆、韩诸人当时心境。

乾道元年(1165)三月，陆游再次受到朝中投降派的排挤，由镇江调任隆兴通判，而于夏秋之交冒着长江风涛之险乘舟赴任。韩元吉对此愤愤不平，在其《送陆务观序》中对朝廷当轴者大发了一通牢骚："迩而迁之远辅，郡而易之藩方，其官称大小无改于旧，则又使之冒六月之暑，抗风涛之险，病妻弱子，左饘右药，不异于鹾莽之商，揭囊而贾赢，造物其安取此也？……岂士之进退必有时哉！"[1]韩元吉的正直敢言，以及对陆游前途命运的关切，于此概见。

淳熙五年(1178)春，陆游奉诏出川还朝，秋抵临安，除提举福建常平茶事，治所建安(今福建建瓯)。韩元吉再次为陆游送行，有诗《送陆务观福建提仓》。因元吉曾知建宁府(治建安)，并在那里筑凌风亭，故在诗中为陆游描述建安景色，并嘱陆游登亭一游："春来茗叶还争白，腊近梅梢尽破红。领略溪山须妙语，少迂使节上凌风。"(卷五)次年秋，陆游奉诏还临安，途中到金华看望正在知婺州的老友韩元吉。元吉陪他登叶衡(金华人，官至右丞相)故园内的"最高亭"和州宅中的"极目亭"。陆游有诗《叶相最高亭》、《婺州州宅极目亭》记其事。元吉有诗《陆务观赴阙经从留饮》，对陆游奉诏入对表示了最美好的祝愿："春风稳送金闺步，看蹑鳌山最上层。"

陆游与韩元吉的另一层关系，是元吉之媳即韩淲之妻是晁子阖之女，晁说之的重孙女，娶亲时间是淳熙四年(1177)十一月。而陆游的外祖母正是晁氏。《跋诸晁书帖》云："某之外大母清丰君，实巨茨先生女兄，而墓刻则景迂先生所作。"这就是说陆游的外祖母是"巨茨先生"晁冲之的姐姐；景迂先生即晁说之，与晁冲之是从兄弟，故陆游于说之自称弥甥，"方踉跄学步时，已获拜公"(卷一八《景迂先生祠堂记》)。如此，则陆游之于子阖，恰为中表兄弟。又据韩淲《涧泉日记》卷中记载，晁冲之之女即陆游外祖母的侄女、陆游的表姨是韩元吉的伯母。韩晁两家的这两层关系，也同时把韩陆两家的关系拉得更近了。宋代是重亲情的朝代。以诗礼传家的陆家与晁家关系一直很密切。陆游《老学庵笔记》卷七载，

---

① 韩元吉：《南涧甲乙稿》，商务印书馆1936年版，第278页。

陆游的母亲幼时多是住在晁家；陆游对诸晁也极为敬重，尤其注意收集诸晁著作，并为之抄录、校订、题跋，他在寻觅、收集晁说之著作的过程中，多得力于说之之孙子阖（卷二九《跋界以道书传》）。另一方面，韩家对晁家也极为亲密。韩淲由于娶了晁家的女儿，因而对诸晁事迹了解较多，其《涧泉日记》中亦多记晁家故事，记景迂事则称“景迂乃淲室人之曾大父也”[①]云云，分外亲切。

说到亲戚关系，韩元吉与吕祖谦就更进了一层：韩元吉两个女儿都先后嫁给了吕祖谦。据《年谱》，绍兴二十七年（1157）十二月二十九日，祖谦亲迎韩氏（元吉）之女，又据《东莱集》卷一《祔韩氏志》，此为元吉之长女，婚后“五年而夭”；乾道五年（1169）五月二十日，祖谦又娶韩元吉之女为继室，不幸的是，“越二年又夭，寿二十有七，改月而葬，与长姊同域异穴”。这是吕祖谦的不幸，更是韩元吉的终身之痛。当长女去世的时候，韩元吉亲为作墓志，及至祖谦辞世，元吉老泪纵横，作挽诗云：“青云途路本青毡，圣愿相期四十年。台阁久嗟君卧疾，山林空叹我华巅。伤心二女同新穴，拭目诸生续旧编。斗酒无因相沃酹，朔风东望涕潸然。”（卷五《吕伯恭挽词》）

陆游、吕祖谦、韩元吉乃至本文提到的晁曾诸氏，皆故家之裔，其先皆累世簪笏，且又以诗文著称于世。以晁氏而言，“盖晁氏自文元公（按：晁迥谥文元）以大手笔用于祥符、天禧间，方吾宋极盛时，封泰山，礼百神，歌颂德业，冶金伐石，极文章翰墨之用。汪洋渟滀，五世百余年，文献相望”（卷一四《晁伯咎诗集序》）。其中补之、说之、冲之等，皆北宋著名诗人；吕氏自蒙正之后，夷简、公著、希哲诸人，几乎世代卿相，更有中原文献世家之誉。如此等等，无须枚举。他们既有共同的阶级基础，又有共同的政治遭遇。北宋后期的一场“党祸”，把他们的先人几乎一网打尽，其中不少人打入“元祐党籍”。如陆游之祖陆佃、从伯表民，韩元吉高祖韩维，吕氏的公著、希哲、希绩、希纯，晁家的补之、说之等等，都披上了

---

① 韩淲：《涧泉日记》卷上，中华书局1985年版，第12页。

这具政治枷锁,受到了无情打击。“党籍之家”的子孙们株连之下备受冷落、压抑。陆游在其诗文中多次提到“党籍之家”的遭遇。其《送范西叔序》有“其门户为世排诋讳恶者几四十年”之说;《晁伯咎诗集序》云晁公迈“少以文学称,自其诸父景迂具茨先生皆叹誉之,诸公贵人亦往往闻其名,顾党家不敢取”;甚而至于“士夫遇诸途,噤莫敢语”(卷一八《景迂先生祠堂记》)。韩元吉《高祖宫师文编序》亦有类似记载。吕祖谦曾祖好问,也同样因为是党家之子,长期废而不用。如此等等,亦无须枚举。这种政治遭遇深化、坚凝了他们共同的思想感情,构成了这些“党籍之家”后裔密切联系的思想感情基础。他们把“党籍之家”视为“君子”,与之相对者为“小人”,君子小人之分,严若泾渭(《送范西叔序》)。这正是这些“党家”后裔们深层感情扭结的真谛所在。

(原载《齐鲁学刊》2001 年第 6 期)

陆游研究札记之一

小　引

我在为南京大学《中国思想家评传丛书》撰写《陆游评传》的过程中，对与陆游相关的人物、事件，在前人研究的基础上作了某些延伸性考证。由于《评传》体例和篇幅所限，这些考证材料有不少不能写进《评传》。但这些材料又往往有助于了解陆游。敝帚自珍，不忍废弃，只有各成短篇，希望在国内有关刊物上陆续发表。此其一。由于个人孤陋寡闻，故其中的不足与错误，恐在所难免。专家、读者，有以教我，则不胜感荷之至。

又，文中所引陆诗，均出自《剑南诗稿》，用钱仲联先生校注本（上海古籍出版社 1985 年版），文中不再注出；凡引用《渭南文集》之文者，只简注为《文集》某卷，用中华书局 1976 年版《陆游集》本。其他引文，均注出处。统此说明。

一、陆游受任宁德县主簿当在绍兴二十七年（1157）冬

陆游最初踏上仕途，是从受任宁德县主簿开始的。其任宁德县主簿

的时间,《嘉靖宁德县志》(天一阁藏明代方志选刊续编本)卷四《名宦》陆游条下载:“(秦)桧死后,始于绍兴二十八年任邑簿。有善政,百姓爱戴。”又《宁德县志》(乾隆刻本)卷三主簿题名载:“绍兴二十八年任。”研究者一般都认为陆游是在绍兴二十八年(1158)冬始由故乡山阴赴宁德任的。独欧小牧先生《陆游年谱》(人民文学出版社 1981 年版)作绍兴二十七年十一月,云:“十一月,先生赴福州宁德县主簿任。道经云门寺,作《云门寿圣院记》。”[①]按:欧说是。惟此说须作考证。兹略考于下。

按:《云门寿圣院记》(《文集》卷一七)署为“绍兴丁丑岁十一月十七日吴郡陆某记”。丁丑即绍兴二十七年。文中有云:“今年,予来南,而四五人者相与送予至新溪,且曰:‘吾寺旧无记,愿得君之文,磨刻崖石。’予异其朴野而能知此也,遂与为记。”“四五人者”是指云门寿圣院的老僧们,文中有“老僧四五人,引水种蔬,见客不知拱揖”诸语。“予来南”是指什么?于北山先生《陆游年谱》解释为是陆游从家赴云门,谓“云门山,在绍兴南三十余里,为务观早年读书之所,其草堂犹在,故云‘吾来南’”。然而于先生又云:“四五人者……均寺中人也。”[②]如此,则“相与送予”的四五位老僧是从何地起步为陆游送行的呢?如说陆游从家赴云门,则老僧送行当起于陆游之家,好像老僧们是陆家的常客,此与《云门寿圣院记》大不合;如说老僧“均寺中人也”,则陆游从家赴云门,必无老僧们相送。于说误。又,陆游的老师曾几已于本年十月戊申(十六日)由知台州赴京任秘书少监(李心传《建炎以来系年要录》卷一七八。下简称《系年要录》),因而“来南”也不可能是指到台州去看望曾几。故“来南”只能是指赴宁德主簿任。又,寿圣院在云门山,陆游从儿时起就往来山中,在其云门草堂小住旬月,而绍兴二十五、二十六年竟在此滞留二年多,至此始离云门。陆游对寿圣院的一草一木都很熟悉。院中的四五个老僧,对陆游也不会生疏,对陆游的文名也不会不知。但往昔与陆游并无往来,甚至见面不知拱揖,更谈不上请陆游为这寺院作记了。而“今年,予来南”,

① 欧小牧:《陆游年谱》,天地出版社 1998 年版,第 42 页。
② 于北山:《陆游年谱》,上海古籍出版社 2006 年版,第 63 页。

这四五个老僧不仅远道相送，而且主动请求陆游为云门作记，准备“磨刻崖石”。这种变化，正说明了陆游身份地位的改变，请求作记，自在情理之中。至于于北山先生所说文末没有系衔，这并不能证明陆游作记时没有官衔。在陆游所作的“记”中，有衔而不署者，远不止此文，陆游在镇江通判任上所作的《镇江府城隍忠祐庙记》（《文集》卷一七），只署“六月癸未记”，连名字也未署。且陆游新受宁德簿之命，尚未莅任，不遽署衔也是很自然的。细味“来南”二字，此记盖作于赴宁德途中，也可能是应老僧之请时，即予为文。

再者，陆游有《宁德县重修城隍庙记》（《文集》卷一七），记宁德“权县事”陈摅绍兴二十八年五月增修县城隍庙之事。“既成，属某为记”。《记》署“八月一日右迪功郎主簿陆某记”。不言而喻，这个“八月一日”，必然是绍兴二十八年的八月一日。由此足可证明陆游绝不是绍兴二十八年冬才赴宁德主簿任的。由此亦可佐证《云门寿圣院记》之“今年予来南”云云，必指赴宁德任，其时间亦当为绍兴二十七年冬。而到达宁德，或在同年底，或在绍兴二十八年初。此说与《宁德县志》所载陆游“绍兴二十八年任”正合。县志、府志中此类记载，总是官员莅任题名的时间，而不是皇家授命的时间。

二、陆游与敕令所

《宋史》卷三九五《陆游传》载：“（游）以荐者除敕令所删定官。”[①]《系年要录》卷一八五有更具体的记载：绍兴三十年五月辛巳（初四），“右从事郎陆游为敕令所删定官。游，山阴人也”[②]。敕令所是整理、编集敕令诏旨的机构，删定官则是具体从事整理、编辑工作的人员。敕令所的删定官，本无定员编制，随事而定。陆游到任的时候，除了和他同时任命的徐履之外，已有闻人滋、李浩、王秬等人，盖为南宋敕令所删定官人员最

① 脱脱等：《宋史》卷三九五，中华书局 2001 年版，第 12057 页。
② 李心传：《建炎以来系年要录》卷一八五，中华书局 1988 年版，第 3096 页。

多的时期，原因是要赶修“吏部法”（详《系年要录》卷一八三），所以就调集了几位大手笔。闻人滋，字茂德，嘉禾（浙江嘉兴）人，是位很和善的老儒。陆游《老学庵笔记》卷一载：“嘉兴人闻人茂德，名滋，老儒也。喜留客食，然不过蔬豆而已。郡人求馆客者，多就谋之。又多蓄书，喜借人。自言作门客牙，充书籍行，开豆腐羹店。予少时与之同在敕局，为删定官。谈经义滚滚不倦，发明极多，尤邃于小学云。”李浩，字德远，一字直夫，号橘园，绍兴十二年进士，绍兴二十九年闰六月丙寅（十四日）以左迪功郎充任敕令所删定官（见《系年要录》卷一八二）。在陆游莅任后三个月，即八月份，李浩调任太常寺主簿（《系年要录》卷一八五）。李浩是位爱国志士，《宋史》本传称他立朝慨然以时事为己任，忠愤激烈，以此见忌。王秬，字嘉叟，号复斋，王安中之孙，绍兴、乾道间名士。绍兴三十年六月癸酉（二十六日）除枢密院编修官，与陆游在敕令所同事时间还不到两个月。王秬也是位爱国者，自幼生长兵间，谙练戎事，希望能得到步骑五千，求试方略。魏了翁称其“发为论谏，忠忱恻怛”，“蔼然有少陵一饭不忘君之意”（《鹤山先生大全文集》卷五四《王侍郎秬复斋诗集序》）。陆游与这几位同事关系融洽，与李浩、王秬这两位爱国者关系尤深，即使他们后来不在敕令所任职了，仍然保持着密切关系，是恢复中原统一国家的共同愿望把他们联系在一起了。正如陆游《送李德远寺丞奉祠归临川》诗中所说：“旰食烦明主，胡沙暗旧京。临分一襟泪，不独为交情。”直到陆游 71 岁时，还写了题为《夜阅箧中书偶得李德远数帖因思昔相从时所言后多可验感叹有作》的诗，尾联云：“岂知三十余年后，河洛胡尘讫未平！”自注云：“予送德远归临川诗有‘旰食烦明主，胡沙暗旧京’之句，颇为前辈所称，时绍兴辛巳春也。”绍兴辛巳即绍兴三十一年，这年二月，李浩因曾在“轮对”时弹劾宿卫大将杨存中恩宠特异而奉祠，得主管台州崇道观而归（见《系年要录》卷一八七、《宋史》卷三八八本传），陆游作诗相送。事隔 34 年，陆游忆及当时送别情况，犹感事伤时，老泪如倾（此诗有“夜开蠹纸泪如倾”句）。陆游对王秬，亦甚厚善。当绍兴三十一年王秬通判洪州时，陆游作《送王嘉叟编修出佐南昌》，多致殷勤慰勉之情，有云:“君看多故日,宁是弃言时。小作南州计,方观急诏追。归来上霄汉,莫遣此心移。”乾道九年(1173)十月,陆游在嘉州(四川乐山)听到王秬逝世的消息,作《闻王嘉叟讣报有作》,有“哭君寝门泪如水”句。直到绍熙五年(1194),陆游70岁,作《感旧》诗时,还以自注的形式回忆了在临安时与王秬等友人相处的细节:“绍兴壬午,予年三十八,与查元章、王嘉叟同出垂拱殿门,二君指予问曰:‘子亦有白发耶?’相与太息。今三十二年矣。”绍兴壬午即绍兴三十二年。查元章也是陆游初为京官时所结识的挚友。32年后,王、查二人均已去世20多年,老诗人陆游亦困顿山阴废垄荒陂间,忆起昔日友人,仍不禁感慨系之,故名其诗曰《感旧》。

陆游在敕令所供职时间很短,大约至绍兴三十年九月之后,便结束了在敕令所的工作,到吏部听候差遣去了。这个命运实际上在绍兴二十九年八月下旬就已注定了。《系年要录》卷一八三载:绍兴二十九年八月甲戌(二十三日),侍御史朱倬、殿中侍御史汪澈、左司谏何溥、右正言都民望、监察御史任文荐等“奉旨同议裁减诸司官兼局”[①]。他们针对当时朝廷所设立的四处“修书局”(玉牒所、国史院、日历所、敕令所,见《系年要录》卷一八三)“岁费官吏犒设等钱十五万缗”的糜费情况,提出精简官员和撤并机构的建议。其中对敕令所的意见是:“敕令所见修吏部法,乞催促投进外,官吏尽罢,今后或遇特旨编法,临时委刑部或大理寺官编修。”[②]言下之意是这个机构也可以撤销了。朱倬等人的这项建议,得到了宋高宗的批准。这样看来,陆游进入敕令所,正是为了使正在编纂的“吏部法”“催促投进”。由于增加了陆游这样的大手笔,所以吏部法的编纂工作进展很快,绍兴三十年八月,这部皇皇巨编便告杀青了。对此,熊克《中兴小纪》卷三九作了这样的记载:“(绍兴三十年)八月丙辰(十一日),召修《吏部敕令格式》及《刑名疑难断例》(按:即上文所说的“吏部法”)至是书成,右仆射陈康伯上之。”[③]李心传《系年要录》卷一八五同年月日下载:“右尚书仆射提举详定一司敕令陈康伯上《参附吏部敕令格

①② 李心传:《建炎以来系年要录》卷一八三,中华书局1988年版,第3051页。

③ 熊克著,顾吉辰、郭群一点校:《中兴小纪》卷三九,福建人民出版社1985年版,第471页。

式》七十卷,《刑名疑难断例》二十二卷。"[1](李心传《建炎以来朝野杂记》乙集卷五前书作七十二卷,后书作二十一卷)宋高宗对此很重视,视作吏部的立法,即所谓"吏部法"。至此,敕令所完成了它的历史使命,其人员亦自然随之"尽罢"了。陆游暂无去就,只好到吏部听候差遣去了。这就是陆游后来在《跋曾文清公奏议稿》(《文集》卷三〇)中所说的"绍兴末……某自敕局罢归。"其实,这与实际意义上的罢官不同,而是在完成工作任务之后的"候铨",等候新的任命。这倒给了陆游行动上的一些方便。由于他在京城已住有官宅(钱大昕《陆放翁先生年谱》谓游入京后与邹德章兵部同居百官宅,且与周必大寓所连墙),故可候铨于家乡山阴,也可以候铨于京城,两地往来,随其所欲。故绍兴三十一年春,他可以在京城送别李浩;五月,又送别王十朋赴会稽大宗丞任;又可以随时回会稽去看望曾几。但时间一长,他确实有些耐不住寂寞,乃于四月间上书执政(时陈康伯、朱倬分别新任左、右相),实际上是一份自荐书(详《文集》卷一三),请求录用。文章措置,颇重技法,表面上是娓娓而谈,轻松潇洒,而"候铨"的焦急心态却不时流露于字里行间,是陆游颇费心思结撰的一篇妙文。陆游毕竟没有白白等候,绍兴三十一年七月,终于得到了新的任用。

三、关于陆游调枢密院编修官的时间问题

陆游任枢密院编修官的时间,《宋史》本传系于孝宗即位之后,后世研究者多从其说,唯清代赵翼独具只眼,作高宗时。其《陆放翁年谱》(《瓯北诗话》卷七,人民文学出版社 1963 年版)云:"按本传谓:孝宗即位,迁枢密院编修官。而先生子子虡跋云:绍兴辛巳,及事高宗,累迁枢密院编修。是枢院乃高宗所授。先生《挽汪茂南》(按:原诗题为《汪茂南提举挽词》)诗云:'往者绍兴末,江淮闻战鼙。'自注:'先相公(按:指汪

---

① 李心传:《建炎以来系年要录》卷一八五,中华书局 1988 年版,第 3112 页。

澈)督师荆襄,招予幕府(按:原句为"游首蒙招致幕府");会留枢属,不克行。'又《跋陈鲁公所草亲征诏》云:'辛巳壬午之间,予为西府掾。'西府,即枢院也。是枢院之迁,在绍兴无疑。"①按:赵翼所列举的证据,皆是最早、最直接的记载,从而论定陆游迁枢密院编修官"在绍兴无疑",自然也较可信。不过,赵翼所说"绍兴"时段较长,因而有必要作进一步研究,以求得陆游枢院之迁的较为具体的时段。这里很值得剖析的材料是汪澈督师荆襄事。对此,后世研究者虽也注意引用,然而不仅没有解决什么问题,反而把问题弄得复杂化了。其实,汪澈曾两次受命督师荆襄。第一次起于绍兴三十一年六月己酉(初八):诏"御史中丞汪澈为湖北京西宣谕使,置司鄂州(湖北武昌),仍节制两路军马"②。七月癸酉(初二),入辞赴任,而于绍兴三十二年四月戊寅(十二日)从荆襄还朝,拜参知政事。(参见《系年要录》卷一九〇、一九一、一九九)第二次是在绍兴三十二年孝宗即位之后:"七月甲辰(初九),以参知政事汪澈视师湖北京西",至次年即隆兴元年五月丙辰召回。(《宋史》卷三三《孝宗一》)《宋史》卷三八四《汪澈传》亦云:"孝宗即位,锐意恢复,首用张浚使江淮;澈以参政督军荆襄。"③那么,陆诗自注中所云"督师荆襄",究竟是指哪一次?有的著作(如于北山先生《陆游年谱》等)取汪澈第一次赴荆襄,而将陆游迁枢密院编修官的时间却系于绍兴三十二年九月。有的著作(如欧小牧先生的《陆游年谱》等)取其第二次赴荆襄,而仍将陆游迁枢属的时间系于绍兴三十二年九月。按:以上两说皆与陆诗及自注不符。于说之误在于"绍兴三十二年九月"这个时间不在汪澈此次督师荆襄时段之内,与陆游自注不符。欧说之误在于:汪澈此次起程督师荆襄时,江淮战事(按:指完颜亮侵宋之战,时段为绍兴三十一年八月至同年十二月)已结束了八个月(此年闰二月),江淮已早无战鼙可闻,与陆诗不符。

其实,陆游之迁枢属,当在汪澈第一次督师荆襄时间内,时江淮战事

---

① 赵翼:《瓯北诗话》卷七,人民文学出版社 1963 年版,第 104 页。

② 李心传:《建炎以来系年要录》卷一九〇,中华书局 1988 年版,第 3182 页。

③ 脱脱等:《宋史》卷三八四,中华书局 2001 年版,第 11815 页。

紧急,故宋高宗派遣汪澈督师荆襄。而汪澈肩此重任,自然会招致贤达以参谋军事,像陆游这样坚定的主战派人物,也自然会“首蒙招致”。不过,这个时段还嫌长,为了进一步确定陆游迁为枢密院编修官的大致时间,很有必要参看另一个旁证,即陆游《跋陈鲁公所草亲征诏》(《文集》卷二九):

> 绍兴辛巳、壬午之间,某由书局西府掾,亲见丞相鲁公经纶庶务,镇服中外,有人所不可及者,然犹不知此诏为出于公也。后四十有三年,某行年且八十,偶幸未先犬马,获见公手槁。呜呼!公之谦厚不伐,与露才扬己者,相去何啻千万哉!……嘉泰三年五月十二日,门人前史官陆某谨书。

陆游作此《跋》时,刚刚卸掉了权同修国史、实录院同修撰兼秘书监的官职,再过两天,他就要去国还乡了。陆游在担任这些官职的时候,由于修史工作的需要,得尽览皇家金匮石室之藏,故有机会见到了陈鲁公起草的《亲征诏》,因而此《跋》内容十分可信。陈鲁公即左相陈康伯。《亲征诏》颁于绍兴三十一年十月初。由嘉泰三年(1203)上推四十三年,亦正是绍兴三十一年。这年的冬天,即《跋》中所说的辛巳、壬午(绍兴三十一、三十二年)间,正是南宋抗击完颜亮侵宋战争最紧张的阶段,当然也是陈鲁公“经纶庶务,镇服中外”最忙碌的时期,而这时的陆游已是西府即枢密院的掾属了。据此可知陆游迁枢密院编修官的时间至迟不会迟于绍兴三十一年冬,而其时间上限亦不会超过同年七月,即汪澈赴荆襄之时,否则汪澈也不会首招陆游为“幕府”了。

四、陆游两次召对受沮原因之分析

陆游在建安、抚州时期,有两次奉诏入对,而皆于中途受沮,未能入对。第一次是在淳熙六年(1179)九月,陆游在提举福建常平茶事任上,奉孝宗诏旨入京,行到衢州,接到朝廷诏旨:无须入京奏对,改除提举江南西路常平茶盐公事。第二次是淳熙七年十一月,他在江西任所抚州奉命还朝，途中于严州寿昌县的一个小江村，接到朝廷诏书：免于入奏，仍除外官。

陆游何以两次召对而两次被沮抑于途中？对此，朱东润先生认为："这两次的事都发生在赵雄一人独相的时期。这里正看到政治斗争的内幕，同时两次无须入都的指示，也看到赵雄手腕的毒辣，他不给陆游以面对的机会。"①这个推测有一定的道理，只是太简括，这里不妨再略作引申分析。赵雄以"极论恢复"受知于孝宗，但其思想上有嫉贤妒能的劣根性。他的排挤张栻就是典型一例。张栻也力主抗战，甚得孝宗激赏，赵雄因此"不乐"，而对张栻"事事沮之"。(《宋史·赵雄传》)从人事关系上看，张浚父子、王炎、陆游，关系较近；赵雄则原为虞允文宣抚四川时的干办公事，又是四川同乡，赵雄由虞允文荐入朝廷，不数年而位至右丞相。虞、赵与张、王有隙，陆游亦受其累。虞允文接替王炎为四川宣抚使时，王炎的幕僚，包括陆游在内，被悉数遣散，这正是虞、王嫌隙的必然结果。这是主战派内部派系的矛盾。陆游对此是了解的，但他胸怀大度，并不计较这些关系。陆游的着眼点是抗金，只要是抗金，他并不计较由谁来"抗"。陆游在奉召出川以及在建安、抚州任上的两次奉召进京，都是奉了孝宗的特旨，是"特旨造廷"。这对赵雄来说，不能不是一种震动；且陆游不仅以诗文著名，其于抗金收复，亦如霜天傲睨的雄鹰，时存搏击之念，其言辞之剀切，又有过于张栻，这不能不使赵雄多存戒心。凡此，都可能是朱东润先生推测陆游为赵雄所沮的根据。

但这只是"可能性因素"。更重要的阻力应是来自曾觌一伙近习权臣。这是当时朝中真正能够左右孝宗乃至整个朝廷的一股邪恶势力。此时的曾觌一伙，正是权势煊赫达到顶点之时，责逐大臣，肆无忌惮，宰辅大臣如虞允文、梁克家、龚茂良等，就是被这一伙挤出朝廷的。史浩罢右丞相，也是这一伙奸凶排挤的结果。(详《宋史·史浩传》)其他大臣凡与不合者，多遭其毒手；过去曾抵制过曾觌一伙的周必大，此时已转而依

---

① 朱东润：《陆游传》，第 11 章，海南出版社 2002 年版，第 235 页。

头屈服。(见《宋史·佞幸传·曾觌》)连执政赵雄也"惮抃等"(《宋史·佞幸传·王抃》),其实,赵雄也在觌、抃排挤之列。淳熙五年十月,陈俊卿以特进知建康,召对垂拱殿,曾向孝宗一针见血地指出:"臣闻诸将多以贿得,曾觌、王抃招权纳贿,进人皆以中批行之。赃吏已经结勘,而内批改正,将何以劝惩?"[①]又云:"去国十年,见都城谷贱人安,惟士大夫风俗大变。……向士大夫奔觌、抃之门,才十一二,尚畏人知;今则公然趋附已七八,不复顾忌矣。人才进退由私门,大非朝廷美事!"[②](《宋史·陈俊卿传》,"趋附已七八",《宋史·佞幸传·曾觌》作"十已八九")淳熙六年夏,朱熹上疏,直言觌、抃祸国,指出觌、抃等"招集天下士大夫之嗜利无耻者,文武汇分,各入其门。所喜则阴为引援,擢置清显;所恶则密行訾毁,公肆挤排。"[③]又特别指出:"陛下所谓宰相、师傅、宾友、谏诤之臣,或反出入其门墙,承望其风旨;其幸能自立者,亦不过龊龊自守,而未尝敢一言以斥之;其甚畏公论者,乃能略警逐其徒党之一二,既不能深有所伤,而终亦不敢正言以捣其囊橐窟穴之所在。势成威立,中外靡然向之,使陛下之号令黜陟不复出于朝廷,而出于一二人之门,名为陛下独断,而实此一二人者阴执其柄。"[④]凡此,皆极其深刻地揭示了当时近习佞幸专制的黑暗政局。陆游是曾觌的仇怨之家,他早在隆兴元年就发现了曾觌一伙"招权置党,荧惑圣听",并联合枢臣张焘与之作斗争,不幸斗争失败而被斥出京城,做了镇江府通判。(详《宋史》本传)从此曾觌把陆游视为眼中钉。而陆游则把曾觌一伙比作"九关虎豹"(《湖村秋晓》),并多次体验到了"帝阍守虎豹"(《登塔》)的厉害;他更清楚孝宗"君王虽赏于菟于,无奈宫中须羯鼓"(《枕上感怀》)的孱弱,朝廷的大权,尽在曾觌一伙近习佞幸手中。陆游在建安任上,就为此而忧谗畏讥,如践骇机;他在离建安北归的路上,更是思虑重重,走到衢州,越发感到前途难卜,竟不敢再前进了,只得写了一本乞准奉祠的奏疏,即向朝廷请求赋闲,不干实职了。

---

① 脱脱等:《宋史·陈俊卿传》,中华书局2001年版,第11789页。

② 同上书,第11790页。

③④ 脱脱等:《宋史·朱熹传》,中华书局2001年版,第12754页。

陆游决不会像某些士大夫那样，为一官半职而奔走觌、抃之门。而觌、抃一伙也决不会因为陆游请求奉祠而停止对他的迫害。而这种迫害，在当时最现实、最直接的，便是不让陆游与孝宗见面，切断他与孝宗的直接联系，从而使他无法向孝宗陈述政见、抱负，进而使他处于报国无门的绝境。因此，陆游的这两次召对均告破灭，从中干扰破坏者，极可能是曾觌一伙。至于当时的赵雄，自顾尚且不及，恐无暇去迫害陆游了，他勉强支持到淳熙八年八月，竟被曾觌一伙挤回了四川老家，知泸州去了。

五、谁令骑马客京华

淳熙十三年春，在山阴故乡蛰居了五年多的陆游得到朝廷的任命，以朝请大夫权知严州军州事。这里的“权知”，并非“暂代”的意思，而是正式命官。这是宋代官制的特殊产物之一。《宋史》卷一六七《职官七》载：“宋初革五季之患，召诸镇节度会于京师，赐第以留之；分命朝臣出守列郡，号‘权知军州事’，‘军’谓兵，‘州’即民政焉。”[①]这是宋太祖赵匡胤在搞“杯酒释兵权”的同时而进行的加强中央集权的另一措施，委派朝中文官到州郡出任军政长官，任期三年，考满调动职务，使有野心的地方大员来不及形成割据势力。按照当时的规定程序，知州之类的外任官员，赴任前要入京“陛辞”（向皇帝告别，听取教训）。陆游在上任之前，入京陛辞，在临安写了一首很有名的诗——《临安春雨初霁》：

> 世味年来薄似纱，谁令骑马客京华。小楼一夜听春雨，深巷明朝卖杏花。矮纸斜行闲作草，晴窗细乳戏分茶。素衣莫起风尘叹，犹及清明可到家。

从这首诗所点缀的幽静深邃的意境，便可想见陆游当时宁静的心理状态，可见他对这次任命并没有特别的激动。经过了半生的坎坷，特别是这次山阴故乡的长期蛰居，他对骇机莫测的官场，对“薄似纱”的世味

① 脱脱等：《宋史》卷一六七，中华书局 2001 年版，第 3972 页。

人情，甚至对红尘喧嚣的闹市，都看透了；倒是镜湖的短棹沧波，给了他许多安慰。所以，朝廷给了他一个权知严州军州事的差使，反而使他有一种"强著朝衫弃钓蓑"(《延和殿退朝口号》)的感觉。

值得注意的是这首诗的开头两句，在"世味年来薄似纱"的世态下，究竟是"谁令(读平声)"陆游"骑马客京华"的呢？这是我所能见到的《陆游诗选》、《宋诗选注》之类的注本都忽略的一个问题。对于这个问题，陆游自然是清楚的，但他诗中没有说破，也不需要说破。而作为后人的研究，却有必要稍事解说。对知州、知府这一级官员的任命，宰辅大臣的意见无疑是举足轻重的。而宋代的任命官员，实行的是荐举制，陆游的起知严州，必定是出于宰辅大臣的主动推荐，其中的关键人物可能就是周必大。淳熙九年陆游奉祠后，作为老朋友的周必大，曾致函陆游，通殷勤问候之意，函中提及陆游的仕途，有"造化困兄之仕"句，似有为之不平之意；又有"奉祠浸久，起家为郡者甚多。某身在四近，乃不及一狗监，愧当何如！旦夕试为左揆言之"[①]诸语(见《文渊阁四库全书》本《文忠集·书稿》卷二)。淳熙十一年函又云："愿乘泰亨，早陟班列，此亦众论所同祝者。"[②]可见周必大对陆游之仕尚属关心。淳熙九年的周必大还是参知政事，六月，迁知枢密院事；淳熙十一年六月，迁枢密使。"左揆"即左丞相。当时王淮为左丞相，梁克家为右丞相(见刘时举《续宋编年资治通鉴》、《宋史·孝宗三》。淮为左相始于淳熙九年九月，至淳熙十五年五月罢，而《宋大臣年表》在这一段时间内俱书淮为右丞相，误)，梁克家常在病中，而王淮位极人臣，握有大权，陆游的任职必须先得到他的首肯。从陆游与周必大的私交来说，周必大的"试为左揆言之"，当非虚语。但陆游直到淳熙十三年春才得起用，奉祠时间竟长达四年之久，可见陆游的起用还是颇费周折的，而最终能以从六品的身份(有的著作作正五品，误)知严州，畀以专城，付以名州，秩二千石，这就更不容易了，这其中有极大可能得力于已迁任枢密使的周必大的斡旋，而当时朝中对陆游比较了解

① 周必大：《文忠集》卷一八五，《文渊阁四库全书》本，第1149册，第95页。
② 同上书，第96页。

的故人旧友，也只有周必大一人了。

六、陆游除军器少监的内幕

淳熙十五年七月，陆游严州任满，时年六十有三，种种不顺心，尤其是抗战无望，收复难期，乃决心离开当时那个骇机四伏的官场。故提前于四月份便呈上了《乞祠禄札子》(《文集》卷四)，请求“许令复就玉局微禄，养疴故山”，而于七月初离开严州，回到了故乡山阴三山。

不料陆游的“乞祠”迟迟不报，等到淳熙十五年的九月，仍不得消息，乃再次上书乞祠，请求一份代耕之禄，并作长诗《上书乞祠辄述鄙怀》。一直到了这年的十月底，朝廷才开始讨论陆游的“差遣”问题。对此，当时处于独相地位的周必大在其《奉诏录》卷七(见《文渊阁四库全书》本《文忠集》)中作了这样的记载：

> 淳熙十五年十月二十六日御笔：“陆游除郎，不致有烦言否？恐或有议论，且除少监如何？”回奏：“臣伏蒙圣问陆游可除少监如何，臣昨来与二参熟议，只是奏本人任满多日，未审欲与何差遣。陛下爱怜其才，便欲除郎；臣曾奏知，莫若令其奏事。近询众论，谓除以闲曹如驾部之类，亦足示陛下不弃才意。至如后来烦言有无，非臣所知。只与外任，亦无不可。……圣意若留陆游作少监，偶李祥现乞外任，自可令填此阙。”①

这个讨论很有意思，孝宗和周必大在如何安排陆游这个具体问题上所表现出的微妙心路皆昭然可见。孝宗提出两个方案，征求周必大的意见：一是除郎官，二是除少监。但孝宗也同时考虑到除郎官会不会引起“议论”。而周必大的回答却妙得很，他说既与“二参”(时参知政事是留正、萧燧二人，见《宋大臣年表》)熟议，又“近询众论”，意见是：除郎，是陛下爱其(陆游)才，但“众论”认为“除以闲曹如驾部之类”，也同样是不弃

---

① 周必大：《文忠集》卷一五二，《文渊阁四库全书》本，第1148册，第662页。

其才。“圣意”若除少监，正好李祥请求外任，那就叫陆游去填李祥的空阙吧。至于以后会有什么“烦言”，则“非臣所知”。周必大个人提出的意见是：“只与外任，亦无不可。”经过这样一番讨论，陆游就填了李祥的空位——军器少监。

很显然，周必大是够“滑头”的了。他按照孝宗的思路说话，又假借“众论”轻轻地驳掉了孝宗“除郎”的试探性意见，然后顺水推舟，名正言顺地给了陆游一个“军器少监”，而又把责任上推下卸，与自己全不相干。至于他提出“只与外任亦无不可”，很可能是实有其意，也可能是虚晃一枪，不管孝宗采纳与否，自己总无责任。因为陆游本来就是外任官，叫他再干一任外任，谁也说不出什么不妥。在当时，郎官与军器少监虽然都是从六品的官员，但在实质意义上却大有不同。郎官可分曹治事，因此须由知府资序（资格）以上的人充任，未到这个资序的，只能任员外郎。宋代的军器少监，始置于熙宁六年（1073），由侍从官管理。元丰改制后，设监、少监各一人，丞二人，主簿一人，主管监造兵器、旗帜、戎帐等军用器物，以供军用，隶属于工部。南宋又设御前军器所，分担了原属军器监的许多工作，军器监职事愈简，冷冷清清，形同虚设，变成了“储材之所”（详《宋史·职官五》）。孝宗是想任用陆游的，任命陆游知严州，就已预留了下一步晋升的阶梯；他所说的“少监”，未必就是这个军器少监，在诸监之中有实权有作为的少监职位倒也不少，孝宗无意于把一个名气甚大的陆游如此冷淡闲置。他可能没有想到，到了周必大手里，竟会既堵住了除郎的路，又顺手拾起军器少监的冷阙掷给了陆游，而且做得那样名正言顺，从容不迫，以致连孝宗也无话可说。就私交来说，陆游与周必大的关系不可谓不深，而在当时朝中当权的旧友，也就只有周必大了。（详《老学庵笔记》卷一）因此，真正了解陆游的，恐怕也就只有周必大了。周必大深知陆游是位响当当的抗金志士，而这种棱角分明的志士，早已不为朝中几乎是一边倒的主和（投降）派们所容了；陆游一旦到了重要岗位上，其抗金立场必然会有所表现，这样一来，“烦言”、“麻烦”也就必然会飞蝗般地扑来，不仅陆游官职不保，连他周必大也将不可避免地受到连累。周必大之所以提出陆游“外任”,之所以给他一个又闲又冷的军器少监,根本考虑就在于此。在周必大看来,这对陆游、对自己都会有利无害。周必大也深知陆游对这种安排不会有太大意见,此时的陆游已把官场看透了,如果不是抗金上前线,只是在朝内朝外做个“太平官”,大小高低他都不会计较。周必大是个为人比较缓和甚至有些软弱的人,在陆游的安排上,他显然是在向主和(投降)派让步,压抑了陆游,而他内心的苦衷,也只有他一人隐忍了。

经过这样一番安排,64 岁的陆游再次进京了。《宋史·陆游传》载:“再召入见,上曰:‘卿笔力回斡甚善,非他人可及,除军器少监。’”

(原载《徐州师范学院学报》2001 年第 4 期)

陆游研究札记之二

陆游：苦涩的科举之路

一、科考何以失利

绍兴十年(1140)，16岁的陆游到临安(今浙江杭州)应试，借榻灵芝崇福寺。陆游《灯笼》诗有云："我年十六游名场，灵芝借榻栖僧廊。"(本文引诗均见《剑南诗稿》，不注)"灵芝"即灵芝崇福寺，在临安涌金门外。又，陆游《跋范元卿舍人书陈公实长短句后》(《渭南文集》卷二九)云："绍兴庚申辛酉间，予年十六七，与公实游。时予从兄伯山、仲高、叶晦叔、范元卿皆同场屋，六人者盖莫逆也。公实谓予小陆兄。"场屋，或称科场，唐时称贡院，宋代或称贡闱，即科举考试的考场。从陆游仅有的这些记载看，陆游与从兄静之(伯山)等六人确实曾赴临安准备考试。

但从历史史实上看，绍兴十年乃至十一年，都没有举行省试(在京城由尚书省主持举行的考试，或称会试)。从现存史料看，高宗绍兴期间(1131—1162)进行的进士考试(省试)分别在绍兴二年、三年、五年、八年、十二年、十五年、十八年、二十一年、二十四年、二十七年、三十年。绍兴十年本拟举行的考试，没有如期进行。《宋史》卷二九《高宗六》载，绍兴十年二月，“癸丑（初八），展省试期一年”[1]，就是把“省试”的时间向后推延一年。其原因，《宋史》卷一五六《选举二》特别是《建炎以来系年要录》卷一三四作了详细解释，文长不录，综而言之：

一是财计困难；

二是通过考试录取的人员，难以安排工作，往往要等待四五年，再加上门荫人员，就更加难以安排了（这个道理很简单：当时的南宋，仅有江南半壁江山，若再频繁地进行科考，当然会造成人员安置的困难）；

三是与朝廷将于绍兴十年举行的祭祀大礼相冲突。按宋制，绍兴十年九月合祀天地于明堂，礼仪繁缛，须做较长时间的准备工作，财力、人力均有很大投入。因此，陆游在绍兴十年到临安，只是“依例发解”（州郡将应试人员护送到京城，称“发解”），准备应试，而实际上的考试要等到绍兴十二年。届时，陆游的这几位莫逆之交，只有叶黯（晦叔）中了进士，而陆升之（仲高）、范端友（元卿）则分别直考到绍兴十八年和二十四年，才中了进士。

陆游绍兴十二年初试不利，但并未灰心。次年，又到临安参加了一次考试。其诗《武林》诗自注云：“绍兴癸亥，予年十九，以试南省来临安。”又有诗题为《绍兴癸亥余以进士来临安年十九……》，癸亥即绍兴十三年；“南省”，唐代的尚书省在皇帝所居住的大明宫之南，因称南省。后沿用以“南省”称尚书省。进士考试是由尚书省主持的。宋高宗这一朝，在南省进行的考试，始于绍兴五年。（见《宋史》卷一五六《选举二》）陆游所说的“以试南省”云云，即到尚书省参加进士考试，但考之史实，这一年乃至绍兴十四年，南省并没有举行进士考试（绍兴十四年，诸州秋试，是选取“贡士”准备上贡试院以参加绍兴十五年的省试），而是由国子监主持的补试生员。

按：绍兴十三年正月，增建国子监太学，这是南宋的始建太学；同年七月，国学大成殿告成，这些都是当时朝廷大事，备载于正史。因而才有

① 脱脱等：《宋史》卷二九，中华书局 2001 年版，第 542 页。

隆重的太学补试生员之举:“多士云集,至分场试之。……中选者皆给绫纸赞词以宠之。”①(《宋史》卷一五七《选举三》)《建炎以来系年要录》卷一四九载:绍兴十三年秋七月,“初命国子司业高闶等补试生员,四方来者甚众。丙子(二十一日),有司上合格三百人,以徐骧为首。骧,浦城人也”②。又载高闶奏言:“国学落成,臣奉诏亲试补诸生几六千人,自中兴以来,虽三年省闱,亦未有此之盛。”③这是绍兴十三年由国子监主持举行的一次盛大考试,为什么生员如此踊跃应试呢?原来国子监主持的这种考试,其作用相当于由各州主持的乡试,或由各转运使司主持的漕试,考试合格者照样可以贡于礼部参加省试,而且中选升为“上舍”者,“皆直赴廷对”(《宋史》卷一五七《选举三》)。“廷对”是科举考试的最后一道程序——皇帝殿试,又称御试。经省试录取的人员,才能进入廷对,从而决定登第的等第名次。从这一点上说,这次生员补试实质上也同时具有省试的意义,所以陆游把它径称为南省的进士考试,从而也可以看出陆游对这次考试是踌躇满志、稳操胜券的。

陆游对这次名场角逐,确实是满怀信心的。他在嘉泰三年(1203)79岁时曾有诗《目昏颇废观书以诗记其始时年七十九矣》,回忆当时的情况说:

少时业《诗》《书》,慕古不自量。
晨暮间弦诵,左右纷朱黄。
积书山崇崇,探义海茫茫。
同志三四人,辩论略相当。
落笔辄千言,气欲吞名场。
忽焉六十年,绿鬓久已霜。

他在《送韩梓秀才十八韵》中也表露了同样的气魄:

---

① 脱脱等:《宋史》卷一五七,中华书局2001年版,第3670页。

②③ 李心传:《建炎以来系年要录》卷一四九,中华书局1988年版,第2043页。

束发走场屋，始得从君游。
灯火都城夜，风雨湖上秋。
追随不隔日，岩壑穷探搜。
摩挲石屋背，摇兀暗门舟。
酒酣耳颊热，意气盖九州。
夜卧相蹋语，狂笑杂嘲讴。
但恐富贵逼，肯怀贫贱忧！

这次考试时在秋七月，从“灯火都城夜，风雨湖上秋”句看，此诗正是绍兴十三年这次考试时的真实写照。在陆游看来，这次考试是极有把握中选的。可惜的是，“人事信难料”，他又失败了！究其原因，盖在考试科目内容的改变：由重视诗赋而改为以经术为主。

赵宋一代的科举考试，是以诗赋为主还是以经术为主，是几经变化的，它简直像一只魔棒，把士子们指挥得晕头转向。原来宋承唐制，特重进士科。北宋初以经义诗赋取士，其后多遵行之。至神宗笃意经学，用王安石之说，革除声病对偶之文，使学者专意经术，考试遂罢诗赋，而以经义策论取士。元祐初，变更王安石之法，恢复诗赋，考试乃设经义、诗赋两科，“自复诗赋，士多向习，而专经者十无二三”[①]，至元祐八年(1093)，太学生员总二千一百余人，而不兼诗赋(即专经)者，才八十二人。绍圣初，复诏进士考试罢诗赋，专习经义。至徽宗大观间，场屋之文，力黜偶俪，乃至政和，变本加厉，禁官私传习诗赋。到了高宗建炎二年(1128)，定以诗赋经义取士，才打破了自绍圣以来士子不习诗赋的局面。可是到了绍兴十三年，高宗采纳了国子司业高闶的建议(详见《宋史》卷一五六《选举二》)，科举取士又以经术为主。而本来长于诗的陆游，正碰上了这次以经术为主的考试，败北是必然的了。

陆游对这次失败的原因是很清楚的：经术薄弱。虽然他在少年时期读过经书，但从13岁之后，又为各大家诗集所吸引，兴趣与热情有所转

① 脱脱等：《宋史》卷一五七，中华书局2001年版，第3621页。

移,对于读经有所放松。再者是缺乏名师指导,正如他在稍后写的《答刘主簿书》所说:"某才质愚下,又儿童之岁,遭罹多故,奔走避兵,得近文字最晚,年几二十,始发愤欲为古学。然方是时,无师友渊源之益,凡古人用心处,无所质问,大率以意度,或中或否。"当时陆游还没有师从曾几,因而虽"发愤欲为古学(经学)",而又以"无师友渊源之益"为憾。因而,他坦率地说过"所患经不明"的话。这次考试下来,使他那种"气欲吞名场"的"意气"受到了压抑,他看到了自己的不足,甚至认为自己才智低下,60年后他作诗《读王摩诘诗爱其散发晚未簪道书行尚把之句……》之十还回忆说:"二十游名场,最号才智下。""二十"是举其成数,实际上是十九岁。说"最号才智下",简直是有些自卑了。不过,陆游经过这次考试之后,确是认真发愤读经了。

二、漕试失败的真正原因

绍兴十三年名场角逐的失败,促使陆游发愤读经,为了集中精力读书,打好经学基础,他连绍兴十五年的考试也没有参加。绍兴十八年,又是大比之年。陆游经过了四、五年的准备,按照常规经验,参加这次考试,博个进士及第,应是在把握之中的。但不幸的是,他当时已被爱情悲剧折磨得死去活来,哪里还有心思去应试?真是祸不单行,绍兴十八年六月乙巳(十九日)父亲陆宰卒世,[①]年六十一。按照宋朝的规定,凡有缌麻以上之服,不准应举。(见《宋史》卷一五五《选举一》)缌麻之服是"五服"[②]中最轻的一种,服期只有3个月。陆游是丁父忧,应有斩衰之服,宋

---

①《建炎以来系年要录》卷一五七,《山阴陆氏族谱》同。钱大昕《陆放翁先生年谱》系于绍兴十七年,然又引《系年要录》:"绍兴十八年六月丙午,知临安府直秘阁陆宰卒。"按:"丙午"误,《系年要录》明载乙巳。"知临安府"云云尤误。"知临安府"应属上句。原文是:"直秘阁两浙转运判官汤鹏举升直敷文阁知临安府。直秘阁陆宰卒。"《系年要录》在同节文字中交代很清楚:前任知临安府的赵不弃已奉命改任,故紧接着任命汤鹏举知临安府。又同书卷一五八载,绍兴十八年秋七月,"甲申,直敷文阁知临安府汤鹏举言……",可证知临安府者确是汤鹏举,与陆宰无关。于北山《陆游年谱》亦沿钱氏之误,后虽有修订,仍有误。

② 五服:旧时丧服以亲疏关系分为五等,即斩衰、齐衰、大功、小功、缌麻,统称"五服"。

承古制，应服丧三年。（见《宋史》卷一二五《礼二十八》）因此，陆游连绍兴二十一年的考试也不得不放弃了。

绍兴二十三年，29 岁的陆游参加了两浙转运使司主持举行的“锁厅试”。宋代的科举考试制度分为解试、省试和殿试三级。解试可由各州主持举行，称“乡试”，也可由各转运使司主持举行，称“漕试”，还可由国子监主持举行，称“太学试”。解试在秋季举行，考试合格人员由各主试单位按规定限额和时间发解至尚书省礼部，准备参加次年的省试。绍兴二十三年秋，两浙地区的考试由两浙转运使司主持，允许在职官员参加考试，因而称“锁厅试”（宋制：现任官员参加考试曰锁厅，意思是锁其厅门不办公事。而去应试校试合格，取解至礼部；不及格则停其官。参见《宋史》卷一五五《选举一》）。考试官陈之茂，字阜卿，无锡人，是绍兴二年张九成榜的进士，为人果刚英特，深识治体。陈阜卿看到陆游的文卷，大加赞赏，擢置第一。不料因此得罪了奸相秦桧。原来秦桧的孙子秦埙以右文殿修撰[①]的身份参加了这次考试，且誓欲拿第一名，而陈考官却公正地把这个第一名给了陆游，尽管也把秦埙排名前列，[②]秦桧仍大为不满。

陆游对这次漕试的结果，表现出非常的冷静与谦虚。如《谢解启》（《渭南文集》卷六）所云：“倦游场屋，分已归耕；首置贤书，出于过听。得非其分，荣不盖惭。伏念某行已迂疏，禀资穷薄。”次年春，省试，尽管陆游的考试成绩依然很优秀，但结果还是被蓄恨已久的秦桧横加黜落，名在孙山之外了。陆游在庆元五年（1199）75 岁的时候，有诗以题代序，对这次科举考试作了这样的追记：《陈阜卿先生为两浙转运使司考试官，时秦丞相孙以右文殿修撰来就试，直欲首选，阜卿得予文卷，擢置第一，秦氏大怒。予明年既显黜，先生亦几蹈危机。偶秦公薨，遂已》。李心传《建炎以来系年要录》对这次省试、廷试有详细记载（详见卷一六六“绍兴

---

①《宋史》卷四七三《奸臣传·秦桧》作敷文阁待制，此从陆游之说。

② 秦桧死后，绍兴二十六年五月辛丑，汤鹏举论陈之茂为秋试考官，违法容私置秦于高第。见《系年要录》卷一六五引日历。

二十四年三月辛酉”载，文长不录)，活现出秦桧及其同党公开营私舞弊的丑恶嘴脸，其考试官皆是由秦桧指定的亲信同党(魏师逊、汤思退、郑仲熊、沈虚中、董德元)，指定秦埙省、殿试皆为第一；桧从子秦焞、秦焴，姻党周夤、沈与杰皆登上第。这种利用职权组织党羽公开的、肆无忌惮的枉法舞弊，在中国科举史上是少见的。陆游在省试的时候，成绩突出，已被考官不小心置于前列，终被秦桧废除。以故，陆游称为“显黜”。

秦桧之所以在关键时刻排挤、打击陆游，还不仅仅是要为了孙子秦埙争个头名状元，骨子里的原因是在于陆游“喜论恢复”。这是稍后的叶绍翁在《四朝闻见录》中一语道破的：“公(指陆游)绍兴间已为浙漕锁厅第一，有司竟首秦熺，[①]公于末。及南宫一人，又以秦桧所讽见黜，盖疾其喜论恢复。”[②]这里对陆游被黜原因的解说是符合当时的实际情况的。此时的陆游世界观已经形成，他抱定了北击“胡虏”、“恢复中原”的大志，如其诗《观大散关图有感》所云：“上马击狂胡，下马草军书，二十抱此志”，且当时陆游已颇著诗名，诗中关于谈“恢复”的内容一定不少，可惜这些诗没有保存下来，但时人是知道的，“喜论恢复”应是当时已形成的社会影响。此事能载于《四朝闻见录》，亦可见陆游当时已有一定的知名度。秦桧是金国统治者安插在南宋朝廷的内奸，以卖国乞和为己任，忌言恢复，迫害主战人士，残忍无比，他哪里能容得一个“喜论恢复”且有一定门第背景的陆游轻易进入进士行列，从而踏上政治舞台呢？不过，靠权势与舞弊取得的地位是保不了多久的，及至桧死熺废，秦埙等即被剥夺出身。[③] 秦桧的死，倒使陈之茂和陆游得以从秦氏构陷的“危机”中解脱出来，不然的话，谁能料得他们(尤其是陈之茂)会吃什么样的苦头呢？

这一次应举考试对陆游的打击太大了，他也由此看透了当时王朝的黑暗腐败，权臣的可恶可怕，他有些灰心，以至于不想再通过科举进入官

---

① 作秦熺误，熺中进士事在绍兴十二年，见李心传《建炎以来朝野杂记》甲集卷一三，《宋史》卷四七三《奸臣传·秦桧》等多种记载，此应为秦埙。

② 叶绍翁：《四朝闻见录》，中华书局1985年版，第52页。

③《宋史》卷一五六《选举二》、李心传《建炎以来朝野杂记》甲集卷一三载：桧薨，淮东提举常平朱冠卿应诏上书，揭发秦桧罪恶及秦埙高中内幕。于是追夺埙出身(进士头衔)。

场了。所以,在高宗一朝,绍兴二十七年和三十年的考试,他都轻轻地放过了,像从天边轻轻飘过的浮云一样。不过,这毕竟是陆游的一大遗憾,他怎么也没有想到,青年时期的朝花,竟然结了这么一颗苦涩的果!

陆游是个宽厚的人,后来他并没有因此而与秦桧的后人交恶。事隔16年,乾道六年(1170)七月六日,陆游赴夔州通判任道经建康,亲自去访问了早已退出政界的秦埙,详细地了解了秦埙的生活窘迫状况:"至屡典质,生产亦薄"。而当秦埙知道陆游家人病疮之后,作为回报,亦请医生为之治疗,并到赏心亭下陆游舟中送药。两人交往,已不见昔日的阴云。

(原载《徐州师范学院学报》2002年第2期)

陆游研究札记之三

一、从陆游逗留星子湾看其对当时科举的态度

乾道元年(1165)七月初,41 岁的陆游奉命由镇江赴隆兴府(治南昌)通判任。时值夏秋之交,大江灌海,逆水行舟,险象环生。据韩元吉《送陆务观序》(《南涧甲乙稿》卷一四)说,“务观舟败几溺”;陆游在一首诗中回忆当时的险情说:“我昔浮江坐贪快,六十幅蒲船尾挂。恶风吹到马当祠,出没蜿蜒舞澎湃。舟人失色急倒樯,共上芦湾望祠拜。风云昼晦性命忧,更复何心问新菜。颠危仅免葬鱼腹,至今常抱垂堂戒。”(《壬子八月癸卯大风雨拔木飘瓦通夕不能寐》)直到他 80 岁的时候,还没有忘记这惊险的一幕,在其《初春书怀》诗中说:“难似车登蛇退岭,险如舟过马当祠。”马当祠在马当山际,在安徽与江西交界处,今属江西,唐陆龟蒙《马当山铭》称为天下之险者。由此可见陆游在赴任隆兴时,是急于行程的,即使冒风涛之险,也在所不辞。

可是,陆游到了与隆兴府地界相邻的星子(今属江西)之后,却不再前进,在星子湾泊舟 20 余日,直到过了 8 月中秋,才解舟赶赴隆兴上任。陆游本当 7 月到官,何以在星子湾逗留至中秋之后?当时谁也弄不清这

是为什么，直至7年之后，陆游才在《答王樵秀才书》(《渭南文集》卷一三)中把其中原因解说清楚。原来是因为当时乡试在即，陆游不想参加监考，而故意逗留在州界之外："某向佐洪州(按：即隆兴府)，适科举岁，当以七月到官，遂泊舟星子湾，八月，闻已锁院，乃敢进。非独畏监试事烦，实亦羞为之。""锁院"，这里是指乡试考试开始，应试及监试人员进入考场，关锁大门，禁止出入。宋代乡试锁院的时间，马端临《文献通考·选举五》所说的"八月五日"，是指"祖宗旧法"，绍兴二十四年(1154)始定试期统用中秋日，只有四川乡试用春季，而于仲秋"类省"(见《宋史》卷一五六《选举二》。"类省"即"类省试"之简称。宋高宗登极前曾封蜀国公，且四川距京路途险远，故恩准单独举行相当于省试的考试，称"类省试"，见《宋史·选举一》)。陆游拖到中秋锁院后赴任，自然就躲过了充当"监试官"这一关。

陆游之所以不想去监考，自谓不独畏事烦，实亦"羞为之"。原因是监试之官不同于"考试官"，陆游在《答王樵秀才书》中透露，监试官设置粗滥，不复选择，"人而可为"，"甚至法吏流外，平日不与清流齿者，亦得为之"，且"监试毋辄与考校"，即无权参加阅卷，更谈不到参与去取士子了。后来在夔州，陆游又遇到了乡试，想请病假躲过这场麻烦，可惜没有躲过。他在《答王樵秀才书》中说："试前尝白府帅，愿得移疾，已见许矣，会部使者难之。某驽弱，畏以避事得罪，遂黾勉入院。某与诸试官皆不相识，惴惴恐其以侵官犯律令见诟，自命题至揭榜，未尝敢一语及之。不但不与也，间偶见程文一二可爱者，往往遭涂抹疵诋，令人气涌如山。然归卧室中，才能向壁叹息。盖再三熟计，虽复强聒，彼护短者决不可回，但取诟耳，若可回，虽诟固不避也。"真是提心吊胆，如临骇机，时时有被人借机构陷获罪之危险。陆游对当时科举之弊及官场的黑暗腐败，痛入骨髓，由此已可概见。

二、《入蜀记》与入蜀诗

《入蜀记》是陆游的一部以文笔、才学见长的日记体游记散文著作，凡6卷，记载了陆游由故乡山阴(浙江绍兴)入蜀赴官夔州(四川奉节)的全过程：起于乾道六年(1170)闰五月十八日告别家乡，止于同年10月27日抵达夔州，凡157天，逐日而记，无一日疏漏。其间仅一处并日而记，另有四天无记事，但日期照存，其他则逐日记事，短者23字(这种情况颇少见)，长者七八百字，一般多在二三百字。

《入蜀记》首先是一部日记体游记散文。它以优美而凝练的文字记录了陆游从山阴到夔州一路丰富多彩的自然和人文的诸般景观。凡风涛之险夷，山川之胜概，人情之冷暖，风俗之奇异，气候之变化，文物之存佚，人事之往来等等，均在摭拾之列；或叙事写景，或熔古铸今，无不浑然一体，生动鲜活，给人以清心娱目、美不胜收之感。最突出的是写景之美。如写姑溪之水：

> 水色正绿，而澄澈如镜，纤鳞往来可数。……溪中绝多鱼，时裂水面跃出，斜日映之，有如银刀。……溪东南数峰如黛，盖青山也。……是夜，月白如昼，影入溪中，摇荡如玉塔，始知东坡"玉塔卧微澜"之句为妙也。(卷二)

至于写大江的平静，则云"风日清美，波平如席，白云青嶂，远相映带"；写大江的波涛，则云"白浪如山，所乘二千斛舟，摇兀掀舞，才如一叶"。《入蜀记》写景之中，写山最多，盖船行江中，夹江多山，千姿百态，竞相送迎，使陆游目不暇接。如卷六所云："夹江千峰万嶂，有竞起者，有独拔者，有崩欲压者，有危欲坠者，有横裂者，有直坼者，有凸者，有洼者，有罅者，奇怪不可尽状。"故其笔下尽管写山之处比比皆是，由于山皆有其特出之处，而陆游以诗人之眼观察，往往独见其风采，故形诸笔札，无一雷同。有的在写景之中，穿插一些前人有关的诗词，使美景之中，透出诗情画意，愈见其特色。写景如同作画，有点有染。陆游写景，用的是中国古典的传统技法，一般既有大笔渲染，更有画龙点睛的工致，在关键处着力一点，仅寥寥数字，虽惜墨如金，却尽传其神采，自然飞动，美不胜收。可以说，陆游散文写景的精粹，集中表现于《入蜀记》中。

在《入蜀记》中，陆游既像画家那样，审视着扑面而来的诸般景观，如山、水、云、月，以及江中的一些奇异景象和沿江的园林寺宇，同时又像社会学家或民俗学家那样，注意着沿途的民情，如人民的劳动、生活、风俗以及谣谚等等。如6月8日记载："运河水泛溢，高于近村地至数尺。两岸皆车出积水，妇人儿童竭作，亦或用牛。妇人足踏水车，手犹绩麻不置。"(卷一)再如10月13日记载的新滩、秭归一带妇女背负木桶负水、卖酒的情况，还特地记载了她们的装束："未嫁者，率为同心髻，高二尺，插银钗至六双，后插大象牙梳，如手大。"(卷六)他还记载了金陵与镇江民间七夕乞巧之不同，九江民间在大江中放灯禳灾的情况，"大灯球数百，自湓浦蔽江而下，至江面广处，分散渐远，赫然如繁星丽天"(卷三)，颇为壮观。所记载的谣谚，如锡山关于"锡"的民谣、长江黄牛峡的民谣等等。其神话传说，以记巫山神女最为优美：

> (十月)二十三日，过巫山凝真观，谒妙用真人祠。真人，即世所谓巫山神女也。祠正对巫山，峰峦上入霄汉，山脚直插江中。议者谓太华衡庐皆无此奇。然十二峰者，不可悉见，所见八九峰，惟神女峰最为纤丽奇峭，宜为仙真所托。祝史云：每八月十五夜月明时，有丝竹之音，往来峰顶，山猿皆鸣，达旦方渐止。庙后山半有石坛平旷。传云夏禹见神女，授符书于此。坛上观十二峰，宛如屏障。是日天宇晴霁，四顾无纤翳，惟神女峰上有白云数片，如鸾鹤翔舞徘徊，久之不散，亦可异也。(卷六)

以上所举诸例，已不难看出《入蜀记》所显示的游记散文特征，其文笔优美精当，亦毋庸再论。

至于《入蜀记》中所包含的才学，则在于《记》中繁多的考据、辨析，这是一般游记散文难以具备的，如泊舟临平镇(浙江余姚东北)时，考证了临平山上的塔不始建于蔡京；船至芜湖，又详考了芜湖的历史，学术气、书卷气特浓；对江州"庾楼"名称的辨析，不仅考证精确，而且文字凝练优美。如此等等，在《入蜀记》中例不胜举。其他如对碑、亭、寺宇、古墓、园林的考述，亦屡有道及，篇幅所限，惜不能枚举。但这里不得不稍作胪陈者，是《记》中关于某些军事要地的记载。由于陆游心存抗金，力图收复中原，统一国家，所以在入蜀途中，不断考察有关军事要地，以为日后用兵攻守之资。入《记》者有瓜步山、建康石头山、采石矶等处。陆游对这些要害之地，不仅考述了其险要地势及在历史上用兵的经验教训，同时又指出了在其当时的军事价值。如建康石头山："……故江左有变，必先固守石头，真控扼要地也。"（卷二）又如采石矶，陆游详述了樊若冰背叛南唐，在此测量江面宽度，为北师造浮桥以进兵南唐作准备，而终致南唐灭亡的历史教训，然后扩而大之，考察了池州、芜湖、当涂以至采石一线的战略地位，然后得出结论："池州今实要地，不可不备也。"（卷三）这确实是兵家战略眼光。值得注意的是，凡考证、辨析之类，皆以优美的文字表述之，不离散文笔法，仅此，足可垂范千古。

以上所述，仅略举其例，而陆游学拥五车之富，已毋庸置疑。质言之，《入蜀记》绝非一般日记，它以优美的叙事、写景，见其文采；以精确的考辨正误，见其才学。因此，其文学与文献的价值，皆逾连城，实为陆游呕心之作。但他却举重若轻，信手拈来，出以随笔，行乎其所当行，止乎其所当止。后世同类著作，鲜有出其右者。更为重要的是，陆游的这部著作中，表现了可贵的无征不信、唯实唯物的学术思想；其无可征者，则付诸阙如，他确实做到了孔子所说的"多闻阙疑，慎言其余"、"多见阙殆，慎行其余"，因而他也就实践了"知之为知之，不知为不知，是知也"（均见《论语·为政》）的古训。

然而，《入蜀记》并非言志抒情之作，或说言志抒情的成分极少。作为游记散文，它只是客观地、冷静地记事写景，从而在客观上表现了陆游对祖国大好山河的赞美与热爱。陆游赴官夔州的比较低调的思想情绪，在《记》中很少流露出来，只有在觉得眼前景物与家乡有某些相似，或所遇环境比较凄凉的时候，才触景生情，引发出潜藏在内心的愁绪来，"为之累欷"，但在《记》中也只不过二、三处而已，而且这种感情波动时间也很短暂，甚至转瞬即逝。真正反映陆游一路上 5 个多月复杂感情变化的，是他的入蜀诗。

与《入蜀记》可以对照阅读的，是陆游在赴夔州途中所写的诗（凡 52

题56首)。诗的基调是低沉而凄凉的。他虽然置身于大江激浪之中,却几乎没有写出一首豪情奔放的诗。这50多首,可用他的一句诗概括:“客路苍茫自咏诗。”(《晚泊松滋渡口》)诗中较多的是自我哀怜,灰心丧气,如《黄州》、《武昌感事》、《哀郢》、《醉歌》、《秋风》等等。《松滋小酌》云:“西游六千里,此地最凄凉。骚客久埋骨,巴歌犹断肠。风声撼云梦,雪意接潇湘。万古茫茫恨,悠然付一觞。”《江上》云:“江上霜寒透客衣,闭窗羸卧不支持。羁孤形影真相吊,衰飒头颅已可知。潦缩稳经行雨峡,竹疏剩见挂猿枝。清樽可置须勤醉,莫望功名老大时。”有些诗则表达了对故乡的怀念之情,《马上》云:“可怜万里觅归梦,未到故山先自迷。”《江陵道中作》:“乡遥归梦短,酒薄客愁浓。”有时也强自宽慰,如《雨中泊赵屯有感》:“此身且健无余恨,行路虽难莫更论。”《夜思》云:“四方男子事,不敢恨飘零!”不过,做到这一点谈何容易,他刚刚说过这些话,未及旋踵,愁与恨又来了:“《离骚》未尽灵均恨,志士千秋泪满裳!”(《哀郢》)“天地何心穷壮士,江湖从古著羁臣!”(《哀郢》之二)苦恼重重,积压心头,强自排解,却又排而不解,解而复来,这该是多么痛苦啊!这正是陆游在一路江声中所经历、所忍受的,而在《入蜀记》中,却很少见其痕迹。

如果将入蜀诗与《记》对照着读,就会惊奇地发现:诗与《记》除在镇江金山写日出景象两者略有相似之处,其他几乎无一相似,简直是出于性格、遭遇完全不同的两人之手。如在黄州所作,《记》以较多的文字写东坡雪堂的客观环境,同时就赤壁矶是否即周瑜赤壁大战之地的问题提出质疑,通篇无一情绪化的语言。而诗《黄州》则云:“局促常悲类楚囚,迁流还叹学齐优。江声不尽英雄恨,天意无私草木秋。万里羁愁添白发,一帆寒日过黄州。君看赤壁终陈迹,生子何须似仲谋?”完全是感情的抒发,低沉而激壮。同时同地所写一诗一《记》,竟是如此之不同。看来,陆游作诗写《记》的时候,是有明确分工的;以《记》写沿途所见,写外物,以表现其文采与学识;而以诗写沿途所感,写心灵,抒发其内心情志与感受。也就是说,《记》是客观观察的产物,诗是主观情绪的结晶。而

《记》与诗虽貌似不同，但这一外一内结合起来却又构成了陆游的整体，陆游正是在这客观世界与主观世界的矛盾之中，一边指点着大好河山，一边经受着内心的苦闷，从故乡一路到达了夔州的。

三、陆游与《农器谱》

在《中华农器图谱》出版的时候，《光明日报》社曾召开了一次有关专家参加的座谈会，并将有关的发言稿陆续刊登于该报史学版。专家们对中华农器和农器图谱进行了深入讨论。但在我有限的阅读中，似乎没有发现提及宋代的《农器谱》，而这正是中国较早编纂的农器谱。

宋代《农器谱》的编纂，本是苏轼提出的研究课题，这是他的"素志"。而其"素志"的萌生，则是受了他在武昌看到的"秧马"的启迪。苏轼在《秧马歌并引》(《苏轼诗集》卷三八)中说：

> 过庐陵，见宣德郎致仕曾君安止。出所作《禾谱》。文既温雅，事亦详实，惜其有所缺，不谱农器也。予昔游武昌，见农夫皆骑秧马。以榆枣为腹欲其滑，以楸桐为背欲其轻，腹如小舟，昂其首尾，背如覆瓦，以便两髀，雀跃于泥中，系束藁其首以缚秧。日行千畦，较之伛偻而作者，劳佚相绝矣。《史记》：禹乘四载，泥行乘橇。解者曰：橇形如箕，擿行泥上，岂秧马之类乎？作《秧马歌》一首，附于《禾谱》之末云。[①]

苏轼赞美"秧马"，是因为这种在当时属于先进的插秧工具，可以大大减轻农民在泥水中插秧时"腰如箜篌首啄鸡，筋烦骨殆声酸嘶"的劳苦。《禾谱》五卷，北宋曾安止撰，见于陈振孙《直斋书录解题》卷一〇。苏轼的《秧马歌并引》就是因《禾谱》想到"农器谱"，从而提出了编纂《农器谱》的构想，而其目的则在于促进农具的革新，他认为农民不能总是"一生踏牛犁"。可惜此时曾安止已失明，难以从事《农器谱》的编纂。当

---

① 苏轼：《苏轼诗集》卷三八，中华书局 1982 年版，第 2051 页。

时苏轼已59岁，且在流放海南的路途劳顿之中，竟有如此之构想，发前人所未发，实在是难能可贵的。

曾安止的侄孙、耒阳令曾之谨（一作瑾）不负苏轼素志，继承祖上未竟之业，完成了《农器谱》的编纂，凡三卷，续二卷（亦见于《直斋书录解题》卷一〇），而上距苏轼之提出农器谱，已百余年矣。

曾为南宋左丞相的周必大在为《农器谱》题辞中，又念及苏轼对《禾谱》的称赞和对农器谱的希望；说到曾之谨的《农器谱》，则云："凡耒耜、耨镈、车戽、蓑笠、铚刈、筱蒉、杵臼、斗斛、釜甑、仓庾，厥类惟十。附以杂记，勒成三卷，皆考之经传，参合今制，无不备者。是可补伯祖之书，成苏公之志矣。"①（《文渊阁四库全书》本《文忠集》卷五四《曾氏农器谱题辞》）曾之谨又将《禾谱》与《农器谱》寄给陆游，请予题诗。陆游是重农的，看到这两《谱》，十分高兴，即作《耒阳令曾君寄禾谱农器谱二书求诗》（《剑南诗稿》卷六七）：

> 欧阳公谱西都花，蔡公亦记北苑茶；农功最大置不录，如弃六艺崇百家。曾侯奋笔谱多稼，儋州读罢深咨嗟。一篇《秧马》传海内，农器名数方萌芽。令君继之笔何健，古今一一辨等差。我今八十归抱耒，两编入手喜莫涯。神农之学未可废，坐使末俗惭浮华。

这首诗作于开禧二年（1206）夏，其时陆游正贫病交加，退处故乡山阴（今绍兴）。诗中用"农功最大置不录，如弃六艺崇百家"，对欧阳修撰《牡丹记》、蔡襄撰《茶录》而皆弃置农功，寓有批评之意，而更为重要的是，陆游在中国历史上破天荒把农功之书的价值提高到与"六艺"（即六经）同等重要的地位，也就是说，《禾谱》、《农器谱》在陆游这里得到了高度评价。这种评价，在当时可能只有陆游才能做得到、说得出。

从周必大题辞中的"皆考之经传，参合今制，无不备者"及陆诗中的"古今一一辨等差"句看，曾之谨的《农器谱》并不是当时现有农器的简单绘图，而是参合古今，研究了各类农器发展变化的历史，并一一图谱。因

① 周必大：《文忠集》卷五四，《文渊阁四库全书》本，第1147册，第570页。

此，如果要推求"我国第一部全面、系统、科学记述中华农器历史轨迹的著作"，应该首先想到南宋曾之谨的《农器谱》。可惜的是，这部书早已亡佚了。

四、"龙蛇之年"与陆游之死

嘉定元年戊辰(1208)，是农历的龙年，陆游安然度过了这一年。次年，即嘉定二年，农岳己巳，蛇年。由于陆游深感年老力衰，所以对龙蛇之年颇有警惕，他想到了古人所说的龙蛇之年与贤者生命的关系。《后汉书》卷三五《郑玄传》载："玄乃以病自乞还家。五年春，梦孔子告之曰：'起！起！今年岁在辰，来年岁在巳。'既寤，以谶合之，知命当终，有顷寝疾。"[①]李贤注云："北齐刘昼《高才不遇传》论玄曰'辰为龙，巳为蛇，岁至龙蛇贤人嗟，玄以谶合之'，盖谓此也。"[②]这本来是阴阳家们的附会传说，陆游对此却心领神会，想到了自己。但他又自我壮胆，不断说不怕龙蛇之年。嘉定二年人日(正月初七)，作《人日雪》，就说"非贤那畏蛇年至"；不久又作《书适》云："人间贤俊方云集，我遇龙蛇岂厄年？"说不怕，正是怕，至少是心里有着这么一块"病"，成了思想顾虑，所以他总觉得很难活过这个蛇年。是年夏，陆游《送邢刍甫入闽》有云："莫道此行非久别，衰翁何敢望明年！"嘉定二年的时光过去一半的时候，陆游似乎看到了生命之津的彼岸，《即事》诗云："一年光景又将半，愈老愈知生有涯。"秋，又作《生世》云："嗟我已过三万日，余年有几自应知。"此时的陆游，特别注意了生活的节奏，他按照流水不腐、户枢不蠹的古训，加强了户外活动，不断出游，或芒屩藤杖，或小盖轻舆，或一叶扁舟，乃至小蹇翩翩；所游之地，或远或近，近则楚祠禹穴，远则数日乃归，斜风细雨，不辍其行。嘉定二年出游见于其诗者，在 35 次左右。同时在生活起居上注意简敛冲默，清淡养生，并从事轻微体力劳动，活动筋骨，以御百邪。其诗《庭草》云：

---

①② 范晔：《后汉书》卷三五，中华书局 1965 年版，第 1211 页。

"但令神气常守形,莫畏梦中呼起起。"但是,他毕竟是85岁的老人了,一生风雨坎坷,加上晚年的贫困寂寞,如孤灯照影,茕茕孑立,特别是开禧北伐失败的打击,使老人从精神到体质都已疲惫不堪了。秋初,小疾屡作,因而作诗《术家言予今岁畏四孟月,而秋尤甚,自秋初小疾屡作,戏题长句》,再次表示"坚忍莫为秋雨叹,牵萝犹足补茅苫"。可见其与疾病作斗争的坚强意志。立秋时得膈上疾,病了两个月,至寒露乃小愈。虽然病情有所好转,陆游还是安排了自己的后事:"百钱布被敛首足,三寸桐棺埋涧岗。"(《病小愈偶作》)不久,病复作。此后,病情时好时坏,反反复复,陆游皆一一写入其诗。腊月五日,陆游汤沐按摩半日,是日晨,左边第二颗牙齿脱去,因作《自笑》诗,表现了陆游在生命日渐衰危情况下的乐观与旷达。另有《末题》之二云:"嘉定三年正月后,不知几度醉春风。"表现了对生命的渴望,他希望度过这个"灾年"(陆诗《病小减复作》自注"卜者言今秋来春皆灾,过此寿未艾"),因而预测嘉定三年正月之后,自己或可再三陶醉在春风之中。其实,这只是他的美好愿望,不久,病势沉重。从《病中示儿辈》"狂想攘鬼手,危至服丹头"句看,陆游很可能在病重的情况下服用了金丹。他本来是不相信金丹的,但为了能从魔鬼手里夺取生命,他还是试服了。事实证明"金丹"无用。年底,病势更加沉重,梦幻之中,他觉得飘飘然行进在镜湖万顷荷花之中,因作《梦中行荷花万顷中》:"天风无际路茫茫,老作月王风露郎。只把千尊为月俸,为嫌铜臭杂花香。"希望身后能成为圣洁的荷花之神,以永远弃绝人间的铜臭。这实际上是老人在弥留之际的幻觉,在如梦如幻中展现自己对身后的理想。这时,他意识到自己走到了生命之旅的尽头,必须把死也不能撒手的大事写入给儿子们留下的遗嘱,遂作绝笔诗《示儿》:

死去元知万事空,但悲不见九州同。
王师北定中原日,家祭无忘告乃翁!

(原载《徐州师范学院学报》2003年第3期)

陆游与辛弃疾

陆游(1125—1210)与辛弃疾(1140—1207),一位是宋代诗作最多的杰出爱国诗人,一位则是词作最多的杰出爱国词人。他们生活在南宋民族矛盾和阶级矛盾都极为尖锐复杂的时代,在对金关系上,同为坚定的主战派。但由于南宋最高统治集团的腐败无能,致使这两位爱国志士一生郁郁不得志,无法执戈前驱,建功于收复中原统一国家的战场。“空回英概入笔墨”(陆游《读杜诗》),不得不去做了诗人和词人。

陆游和辛弃疾虽然共同生活在江南半壁那狭小的天地里,而且早就互相知名,但两人谋面相识的机遇却来得很晚。淳熙七年(1180)本来是可以在江西见面的,可是,阴差阳错,使这两位巨人失之交臂,从而把他们的相会推迟了二十多年!

淳熙七年,陆游正在提举江南西路常平茶盐公事任上,而同时的辛弃疾,正在任湖南安抚使知潭州(治湖南长沙)。这年的九月,陆游有诗《寄周洪道参政》二首,希望能调动到湖南去做地方官,诗云:

半生蓬艇弄烟波,最爱三湘《欸乃歌》。
拟作此行公勿怪,胸中诗本渐无多。

菱舟烟雨久思归,贪恋明时未拂衣。
乞与一城教睡足,犹能觅句寄黄扉。

照字面看，无非是说喜爱三湘山水、民俗，因而想调到那里去寻觅诗的题材，同时也可以好好休息。周洪道，名必大，一字子充，时任参知政事。陆游与周必大为友，自绍兴三十年(1160)定交，至此已二十年，故敢于向周必大提出调动要求，而且又是周必大可以做到的。但是这个要求没有实现。在陆游一生中，主动提出调动请求的，仅此一次。借助三湘山水的灵秀之气以写诗，可能确是陆游要求调动的目的之一，陆游直到暮年，还写了一些向往潇湘的诗句。而按照当时的实际情况推测，还应当另有一个目的：向湖南安抚使辛弃疾靠拢。所谓“当时的实际情况”，盖有两个方面：其一，陆游在江西任上，远离了抗金前线，而终日忙于案牍诉牒，这对陆游来说，是最痛苦不过的。因而极想摆脱这种困境。他有大量诗作反映了这种思想感情。其二，此时的辛弃疾正在湖南创置“飞虎军”，至此已有相当规模，而且威震遐迩。这对陆游来说，具有极大的吸引力。经过了南郑(陕西汉中)军旅生涯洗礼的陆游，辛弃疾的这支部队意味着什么，应是不言而喻的。辛弃疾创置飞虎军时，在给朝廷的奏章上说是为了湖南一境的治安。(详《宋史·辛弃疾传》)但他在创置飞虎军的过程中，顶住了来自朝廷以及各方面的压力、责难，而以百折不回的毅力，终于发展壮大了飞虎军，这在辛弃疾来说，目的绝不仅仅止于地方治安，辛弃疾是连喝酒都与抗金和收复中原联系在一起的，岂有费尽周折招兵买马而竟置此于度外之理？只是由于当时南宋最高统治集团正沉醉于“和戎”的梦幻中，“朱门沉沉按歌舞，厩马肥死弓断弦”(陆游《关山月》)，所以辛弃疾的招兵买马只能说是为了地方治安，其他则只好尽在不言之中。但陆游是“心有灵犀一点通”的，他很想靠近这支部队，以求将来的抗金，所以才请求周必大帮助调任湖南。但他哪里知道周必大内心里并不支持辛弃疾创置飞虎军，当然也就不会支持陆游的请求了。

南宋最高统治集团对辛弃疾的飞虎军终怀恫疑，乃于淳熙七年“仲冬之后”(邓广铭《辛稼轩年谱》)将辛弃疾差知隆兴府兼江西安抚使，使他永远脱离了飞虎军。而在辛弃疾赴任江西前数日，陆游亦于同年十一月二十七日奉命离开了治所江西抚州(江西临川)。这两位杰出的爱国志士，竟失之交臂。

嘉泰三年(1203)夏，64岁的辛弃疾起知绍兴府兼浙东安抚使，于六月十一日到任(《宝庆会稽续志》卷二“安抚题名”)。而这时79岁的陆游刚刚从临安回到家乡山阴(浙江绍兴)。于是这两位爱国志士、诗词巨擘相会，写下了中国文学史上的一段佳话。

陆游有诗记下了他们之间的友谊。其《草堂》有句云：“幸有湖边旧草堂，敢烦地主筑林塘?”自注：“辛幼安每欲为筑舍，予辞之，遂止。”“每欲”云云，可见辛弃疾要为陆游“筑舍”，已不止一次提出。当时陆游住在镜湖旁的三山。陆游于乾道二年(1166)卜筑三山，至此已风雨三十七年，房舍老化，陆游多次在诗中写到屋破雨漏的情景，辛弃疾由此萌生了为之“筑舍”之念。陆游之所以“辞之”，原因很可能是考虑到陆、辛两人都是动辄得咎的人物。即以辛弃疾而言，他在湖南、江西做了许多利国利民的好事，但却由此谤语纷起，终被台臣论列，罢官闲居上饶家中十年之久；而这次起用为知绍兴府兼浙东安抚使，又是在被劾闲置长达近十年之后而取得的。陆游自己更是被那些投降派和“清议家”(实际上是一帮连是非黑白都分不清的糊涂虫)死盯住不放的人，自己已是八十老人，而辛弃疾却是刚刚被起用呢！骇机、陷阱，陆游经历得太多了，他怎敢答应辛弃疾为之“筑舍”？不过，“舍”虽没有“筑”，两人的友谊却更深了。嘉泰三年十二月二十八日，辛弃疾赴临安。(见《宝庆会稽续志·安抚题名》)当时韩侂胄正准备兴兵伐金，对这位一向志在中原，且素知北方军情的帅才辛弃疾是不能不召见的。当辛弃疾由绍兴启程造朝时，陆游作长诗相送，这就是著名的《送辛幼安殿撰造朝》：“稼轩落笔凌鲍谢，退避声名称学稼。十年高卧不出门，参透南宗牧牛话。功名固是券内事，且葺园庐了婚嫁。千篇昌谷诗满囊，万卷邺侯书插架。忽然起冠东诸侯，黄旗皂纛从天下。圣朝仄席意未快，尺一东来烦促驾。大材小用古所叹，管仲萧何实流亚。天山挂旆或少须，先挽银河洗嵩华。中原麟凤争自奋，残虏犬羊何足吓。但令小试出绪余，青史英豪可雄跨。古来立事戒轻发，往往谗夫出乘罅。深仇积愤在逆胡，不用追思灞亭夜。”“殿撰”，当时辛弃疾的贴职是集英殿修撰，简称“殿撰”。这首诗中所说的，句句皆是相知之言，既恰如其分地称赞了辛弃疾的诗才将略，又对其坎坷遭遇表示了内心的不平，但又总归于以团结对敌为重。陆游一向有惊人的政治敏感，他对辛弃疾的被召入都，已分明意识到必与伐金有关，因而才有“天山”、“嵩华”以下诸句，为辛弃疾预期战果与功业。“古来立事戒轻发”两句，尤为语重心长，这是陆游所总结的历史与现实的经验教训。北伐是举国大事，必须要有充分准备，力戒“轻发”；“谗夫”一句，正是说出了南宋王朝的积弊，许多大事、好事以及清正有为的大臣，都坏在了那批“谗夫”们的手里，陆游对此有切肤之痛，故临歧而嘱弃疾，以提高警惕，同时也表达了陆游对辛弃疾前途的担心。最后两句转而劝辛弃疾宽大为怀，不要计较过去的那些被劾、罢官之类不愉快的往事，而要把精力集中到抗金和收复中原大事上去。谆谆告诫，发自肺腑，而且在诗的形式上，使用了他最拿手的“七古”，藉以畅言浩歌，一泻其情。

不过，陆游所担心的事情不久就发生了：辛弃疾正在镇江积极筹划北伐的时候，不料被“谗夫”言官诬劾而再次罢官，时间是开禧元年(1205)的六七月间，上距陆游的绍兴送别，仅仅一年多的时间！

开禧三年九月，悲愤交集的辛弃疾病卒于铅山(今属江西)。这意外传来的噩耗，使陆游深感震惊、悲伤，他在给友人(同时也是辛弃疾的朋友)赵昌甫(蕃)的诗中表达了这种感情：“君看幼安气如虎，一病遽已归荒墟！”(《寄赵昌甫》)这两位爱国志士、中国文学史上的诗词巨擘，从此就再也不能相见了！两年之后，85岁的陆游也离开了人间。

(原载《古典文学知识》2002年第3期)

陆游师从曾几新论

一、陆游初从曾几应在何时

曾几，字吉甫，其先赣州人，徙居河南府（治河南洛阳）。宋徽宗时为校书郎。靖康初，提举淮东茶盐。高宗即位，改提举湖北，徙广西运判，江西、浙西提刑。其兄曾开时为礼部侍郎兼直学士院，因反对秦桧和议而罢官。曾几受此株连，也被罢官。后侨居上饶茶山七年，读书赋诗，自号茶山居士。直到秦桧死后，始得起复，官至集英殿修撰，升敷文阁待制，迁通议大夫致仕。乾道二年（1166）卒，年八十三，谥文清。有《经说》二十卷，《文集》三十卷，《易释象》五卷，其他论著未诠次者数十卷。详见陆游《渭南文集》（下简称《文集》）卷三二《曾文清公墓志铭》和《宋史》本传。今传其诗集《茶山集》八卷，系四库馆臣从《永乐大典》辑出者，凡得古近体诗 561 首，又《拾遗》收文 3 篇，为近人所辑，皆非曾几诗文之全豹。

曾几是“清江三孔”①之甥，少时从学舅氏孔毅父，后师从经学大师胡

① 孔文仲（经父）、武仲（常父）、平仲（毅父）皆以诗文声起江西，三孔系宋临江军新余（江西新余）人，临江军治清江，故以“清江三孔”称之，或径称“三孔”。

安国，遂以经学见称，尤精于《易》、《论语》。他坚持每天必读《论语》。在治经之余治诗文，风格纯正雅健，诗尤著名。陆游《曾文清公墓志铭》称其“道学既为儒者宗，而诗益高，遂擅天下”。曾几之所以闻名当时，主要原因应为他是当时所剩无几的江西诗派的大佬，其经学、诗文、人品亦足有堪称一时者。陆游很早就景慕曾几，如他在《别曾学士》诗中所说：“儿时闻公名，谓在千载前。稍长诵公文，杂之韩杜编。夜辄梦见公，皎若月在天。起坐三叹息，欲见无由缘。忽闻高轩过，欢喜忘食眠。袖书拜辕下，此意私自怜。”

陆游师从曾几始于何时，颇有异说。钱大昕《陆放翁先生年谱》（《嘉定钱大昕全集》第四册，江苏古籍出版社 1997 年版）作绍兴二十五年(1155)，陆游三十一岁，未详所据。欧小牧先生《陆游年谱》（人民文学出版社 1981 年版）、于北山先生《陆游年谱》（增订本）（上海古籍出版社 1985 年版）、朱东润先生《陆游传》（中华书局 1960 年版）、钱仲联先生《剑南诗稿校注》（上海古籍出版社 1985 年版）等，均作绍兴十二年，陆游十八岁。此说主要依据是：陆诗《赠曾温伯邢德允》：“发似秋芜不受耘，茶山曾许与斯文。回思岁月一甲子，（自注：游获从文清公时，距今六十年。）尚记门墙三沐熏。”此诗作于嘉泰二年(1202)夏，陆游七十八岁，由此回首六十年，恰是绍兴十二年，陆游十八岁。其他证据如陆诗《小饮梅花下作》自注：“予自年十七八学作诗，今六十年，得万篇。”《跋吕伯恭书后》（《文集》卷三一）云：“绍兴中，某从曾文清公游……”等。有时间确指者，只有《赠曾温伯邢德允》“自注”一例，其他要么没有指明从曾几学诗，要么时间模糊，不足为据。

其实陆游在某些事情的具体时间上，由于多出于晚年的回忆，故颇见歧说，有的也只能说一个约数，或取其成数。即如初见曾几的时间，他在《文集》卷六《贺曾秘监启》中说：“某自惟幸会，最辱知怜；识度关之云，距今十载。”据《南宋馆阁录》卷七，曾几于绍兴二十七年十月授秘书少监。由此上推十年，约为绍兴十七年，陆游二十三岁。这里的“十年”，也有可能是约数。但有一条是可以肯定陆游记忆准确的，即陆游之初见曾几，是在吕本中(居仁)去世之后。《文集》卷一四《吕居仁集序》云："某自童子时，读公诗文。愿学焉。稍长，未能远游，而公捐馆舍。晚见曾文清公，文清谓某：君之诗渊源殆自吕紫微，恨不一识面。某于是尤以为恨。"吕居仁"捐馆舍"的时间是绍兴十五年，陆游时年二十一。也就是说，陆游初见曾几，应在绍兴十五年之后。从这篇序文的文意上看，陆游之见曾几，可能在吕本中去世后稍长一段时间内，所以行文中用"晚见"(犹如"后来见……")。如果是在吕本中去世不久就去见曾几，行文用词语意应是另一种表述(例如用"旋"、"未几")，对于这种有时间(时段)概念的词，在陆游来说是不会混淆的。又，陆游《答刘主簿书》(《文集》卷一三)云："某才质愚下，又儿童之岁，遭罹多故，奔走避兵，得近文字最晚。年几二十，始发愤欲为古学。然方是时，无师友渊源之益，凡古人用心处，无所质问，大率以意度，或中或否。"据此，知陆游"年几二十"，尚未师从曾几。陆游自师从曾几之后，一直十分尊重这位老师，直到他八十二岁作《跋曾文清公奏议稿》时，署款还用"门生"字样，毫不含糊。《答刘主簿书》又云："至中原丧乱，诸名胜渡江，去前辈尚未甚远，故此风犹不坠。不幸三二十年来，士自为畦畛甚狭……呜呼陋哉！""三二十年"是约略计数的习惯说法，是指超过二十而不足三十，这里是指南渡之后的时段长度，也是陆游写这篇《答刘主簿书》的时间位置；文中向刘主簿表示"某愿就学焉"，可见当时确实还没有师从曾几。如果在绍兴十二年就师从曾几，则南渡仅十六年，"三二十年来"云云，则无从说起。

还有一条比较重要的资料，曾几《茶山集》卷六《长至日述怀兼寄十七兄》有"回首山阴酬劝地，应怜鸿雁不成行"句，自注："辛未年长至日，在绍兴侍兄宴会。"辛未年即绍兴二十一年，这年的夏秋之交，曾几在绍兴山阴。从诗意看，"十七兄"应是"侍兄宴会"所说的"兄"。此"兄"其人疑即陆游《感知录》中所说的曾班[①]："文清曾公几，绍兴中自临川来省其

① 曾几之兄，见于《宋史》卷三八二《曾几传》者，有弼、开。曾弼卒于曾几出仕之先，字叔夏，开字天游，《茶山集》卷一有《喜天游二十一兄至亳社时同叔夏十六兄作》。以上三兄，显然均非"十七兄"。又按：曾几有一兄住在"东吴"，《茶山集》卷八《食杨梅》之三有"有兄八十住东吴"句。

兄学士班,予以书见之。后因见予诗,大叹赏,以为不减吕居仁。予以诗得名,自公始也。”(涵芬楼本《说郛》卷四三)据《嘉靖赣州府志》卷九,曾班(应是《感知录》中的曾班)是崇宁癸未(二年)进士。从文意可知,这是陆游初见曾几,与其诗《别曾学士》中所说的“袖书拜辕下”云云相符。“来省其兄”的“来”字,已见陆游的地主身份,可知这次见曾几是在山阴。看来,曾几所省之兄“学士班”,正是曾几在山阴“侍兄宴会”的“兄”,那么,陆游的初见曾几,时在绍兴辛未,即绍兴二十一年,陆游二十七岁,曾几六十八岁。于北山先生《陆游年谱》举陆游《跋吕伯恭书后》(《文集》卷三一)以证实陆游师从曾几时在绍兴十二年。此失考。陆游跋文称:“绍兴中,某从曾文清公游。公方馆甥吕治先,日相与讲学。治先有子未成童,卓然颖异,盖吾伯恭也。”吕大器字治先,伯恭即吕祖谦。“馆甥”,婿也。曾几之女嫁吕大器,生伯恭。于北山先生认为绍兴十二年,伯恭六岁,是“未成童”。然据吕祖俭撰《东莱吕太史年谱》,绍兴二十一年,吕祖谦之父大器(治先)为浙东提刑司干办官,祖谦随侍于越。至绍兴二十五年春,大器调为福建提刑司干办,祖谦随侍于福唐。又据曾诗《长至日述怀兼寄十七兄》自注,曾几绍兴二十一年在绍兴。是年伯恭十五岁,也是“未成童”(成童,一说八岁以上,一说十五岁以上,泛指少年时期)。由此可知陆游能同时与曾几、少年伯恭会面必在伯恭侍父于越期间,而以绍兴二十一年最有可能。如此,从绍兴二十一年至乾道二年(1166)曾几去世,这是陆游师从曾几的时间,首尾连计共十六年,与陆游《曾文清公墓志铭》所说的“某从公十余年”亦相符合。如从绍兴十二年算起,则师从曾几凡二十五年,与“从公十余年”之说大不符。从这些内外证据看,以绍兴二十一年为是。其《赠曾温伯邢德允》“回首岁月一甲子”和自注中的“六十年”,盖为五十之误,陆游计算时多计了一个十年,如同《文集》卷一七《云门寿圣院记》“忆为儿时往来山中,今三十年”中的“三十”确为“二十”之误一样(详于北山《陆游年谱》绍兴七年)。

陆游从小读诗，涉猎多家诗集，至十七八岁时又专心学习作诗，[1]在师从曾几之前已经打下了较好的基础。正因为如此，曾几一见到他的诗，便大加赞赏，指出其渊源殆出于吕居仁，甚至认为不减吕居仁，这个评语是比较高的了。陆游在童年时就喜欢读吕居仁的诗，并且"愿学焉"，以至于成了他诗歌的渊源所自。不过，陆游当时的诗歌没有保存下来，[2]现在也无以论其高低了。

二、陆游从曾几那里学到了什么

陆游师从大诗人曾几学诗，是其一生诗歌创作道路上第一块里程碑，陆游由此走上了诗人之路。

那么，陆游从曾几那里学到了什么呢?

第一是在政治思想、学术思想上进入了一个新的层次，提高了陆游的爱国主义思想和民族感情。曾几以人品高洁享誉当世。陆游《曾文清公墓志铭》说曾几"孝悌忠信，刚毅质直，笃于为义，勇于疾恶，是是非非，终身不假人以色同"，又说曾几"三仕岭外，家无南物。……守台州，以属县并海，产蚶菜，比去官，终不食"。陆游《老学庵笔记》卷八载："张邦昌既死，有旨月赐其家钱十万，于所在州勘支。曾文清为广东漕，取其券缴奏曰：'邦昌在古法当族诛，今贷与之生足矣，乃加横恩如此，不知朝廷何以待伏节死事之家?'诏自今勿与。"这确是"勇于疾恶，是是非非"。《曾文清公墓志铭》中还记载了曾几其他一些刚正不阿、不为威屈的事例，此不具述，更重要的是，曾几是个爱国者。在特定的历史环境中，他的爱国精神表现为对抗金的坚定性和对国家前途的忧虑。当完颜亮大举侵宋之时，朝廷"欲通使以缓其来，公(按：指曾几)方病卧，闻之奋起，上疏曰：遣使请和，增币献城，终无小益，而有大害。为朝廷计，当尝胆枕戈，专务节俭，整军经武之外，一切置之。如是，虽北取中原可也"(《文集》卷三二

---

① 陆诗《小饮梅花下作》自注："予年十七八岁学作诗。"

② 保存在《剑南诗稿》中的诗，皆绍兴二十一年后作。《别曾学士》也应为绍兴二十一年作。

《跋吕伯公书后》)。在《茶山集》卷五中还保存着当时曾几写给陆游的一首诗《雪中陆务观数来问讯用其韵奉赠》:“江湖迥不见飞禽,陆子殷勤有使临。问我居家谁暖眼,为言忧国只寒心。官军渡口战复战,贼垒淮壖深又深。坐看天威扫除了,一壶相贺小丛林。”陆游在《跋曾文清公奏议稿》(《文集》卷三〇)中又说:“绍兴末,贼亮入塞,时茶山先生居会稽禹迹精舍,某自敕局罢归,略无三日不进见,见必闻忧国之言。先生时年过七十,聚族百口,未尝以为忧,忧国而已。”这是陆游在开禧二年(1206)八十二岁时为曾几奏议稿所作的“跋”,也是他对老师曾几的回忆录,于奏议稿的其他内容只字不写,而独念念于老师的这份忧国之情,足见陆游所受教育感染之深。由于陆游师从曾几时已届而立之年,世界观已基本确立,而出于对老师的崇敬,曾几的爱国情怀必定使陆游已有的爱国思想进一步稳定、强化,并从而提高到一个新的层次,由感情上对女真贵族集团和朝廷主和(投降)派如秦桧者流的憎恨而进入理念层次的“忧国”。

学术思想上,陆游也由此进入了以胡安国为代表的“武夷学派”的体系。“武夷学派”是宋代重要的学派之一,创始人胡安国,字康侯,宋代著名的经学大师,是研究《春秋》的专家,绍圣四年(1097)进士,历任太学博士,提举湖南、成都学事。足不蹑权贵之门,更不阿附蔡京等权臣,因而为其所恶。高宗时张浚荐为给事中、中书舍人。上《时政论》二十一篇,力陈恢复方略。胡安国具有强烈的爱国心,《宋史》本传说他“强学力行,以圣人为标的,志于康济时艰。见中原沦没,遗黎涂炭,常若痛切于其身,虽数以‘罪’去,其爱君忧国之心,远而弥笃”①。他在为高宗侍读时,专讲《春秋》,后受命纂著《春秋传》三十卷,于绍兴十年成书。《春秋》有一个重要的思想,就是“尊王攘夷”,也就是《春秋公羊传》所阐发的“大一统”思想。北宋时孙复著《春秋尊王发微》十二卷,胡安国具体化为“尊君父,讨乱贼,辟邪说,正人心,用夏变夷”(胡安国《春秋传序》)。这在当时来说,极有针对性。胡安国有感于南宋初年的政治形势,因而借纂述《春

① 脱脱等:《宋史》卷四三五,中华书局 2001 年版,第 12915 页。

秋》而寄寓其爱国思想、民族感情,并一再向高宗阐述之,希望打动这位人主,"庶几圣王经世之志,小有补云"(同上)。关于陆游与胡安国学派的关系,朱东润先生早已作过明确阐述[①],他按照研究陆游的需要,把《宋元学案》卷三四《武夷学案》中复杂的师承传递简化为这样一个一目了然的关系表:

- 胡安国
  - 胡宪—朱熹
  - 胡宏—张栻
  - 曾几—陆游
  - 胡铨
    - 杨万里
    - 周必大

这就是胡安国"武夷学派"传承体系之大略。其中陆游是胡安国的再传弟子,而向陆游传胡氏之学的,正是曾几。陆游《曾文清公墓志铭》说曾几"避乱寓南岳,从故给事中胡安国推明子思、孟子不传之绝学",以致"吴越之间,翕然师尊"。曾几继承了胡安国的爱国思想和民族立场,所以在女真贵族大举入侵的时候,才有上述国家之忧,才能向宋高宗写出尝胆枕戈、北取中原的奏疏。而这也正是陆游从曾几乃至胡安国那里学到的。

说来也真是历史的凑泊:胡安国的学术渊源本是来自"二程"——他师从程颐之友朱长文及颍川靳裁之,又与程门高弟游酢、谢良佐、杨时为挚友,尤其与谢良佐切磋为多;而王安石斥废二程之学,创为"荆公新学",陆游的祖父陆佃从而学焉,并传之子孙,成为"陆氏家学"。陆游从小读经,为其傅者,父陆宰之外,又有笃守荆公之学的严师陆彦远,因而从小就受到荆公新学思想的熏染;岂料后来师事曾几,而曾几传胡安国之学,实际上传的是程氏之学[②],这样,本来互为敌对的程、王之学,在陆游的身上交叉了,其交叉点,就是它们所共有的爱国思想。也可能由于

① 朱东润《陆游的思想基础》,见《光明日报》1959年7月19日《文学遗产》第270期。后写入其专著《陆游研究》,中华书局1961年版。

② 《曾文清公墓志铭》:"公源委实自程氏。"

在陆游身上同时兼有了这样的两种学派的学术思想，而陆游在当时的历史条件下，难以将这两种学术思想融会、升华，再造出一种学术思想体系；同时也由于曾几确有诗歌创作的特长，诗名特高的缘故，才使得陆游在经学上无甚进展，而诗歌却岿然登上了中国古代诗坛的高峰。

第二是在诗歌创作和诗学理论上取得了新突破。曾几是以诗才擅天下的诗人。陆游《曾文清公墓志铭》云："公治经学道之余，发于文章，雅正纯粹，而诗尤工。以杜甫、黄庭坚为宗，推而上之，由黄初、建安，以极于《离骚》、《雅》、《颂》、虞、夏之际。初与端明殿学士徐俯、中书舍人韩驹、吕本中游。诸公继没，公岿然独存。"《四库全书·茶山集提要》云："魏庆之《诗人玉屑》云：茶山之学，出于韩子苍，盖韩驹诗法得自黄庭坚，而庭坚又刻意学杜甫，句律渊源，递相祖述，其实一而已矣。后几之学，传于陆游，加以研练，面目略殊，遂为南渡之大宗，殆有出蓝之誉。然几诗风骨高骞，而含蓄深远，介乎豫章、剑南之间，亦岂遽为蜂腰哉！赵仲白题其集曰：'清于月白初三夜，淡似汤烹第一泉。咄咄逼人门弟子，剑南已见一灯传。'[①]是当时固有公论也。"又云："几之一饭不忘君，殆与杜甫之忠爱等，发之文章，具有根柢，不当仅以诗人目之，求诸字句间矣。"这就是说，曾几不仅仅是诗人，而且是卓有建树的爱国诗人。这里把曾几与陆游诗的渊源统绪交待得很清楚，这就是：

杜甫——黄庭坚——韩驹（子苍）——曾几——陆游

其实，说曾几诗出于韩驹，并不确切，曾几也不认这个帐，故其《抚州呈韩子苍待制》仅说"此生曾是识荆州"（《茶山集》卷五），且曾诗与韩诗亦不类。与其说曾几出于韩子苍，不如说出于吕本中。吕本中虽与曾几同年生，但本中诗界成名很早。曾几《东莱先生诗集后序》（《茶山集·拾遗》）曾这样叙述他们之间的关系："窃自伏念与公（按指吕本中）皆生于元丰甲子，又相与有连[②]，雅相好也。绍兴辛亥，几避地柳州，公在桂林，

① 赵庚夫（仲白）《江湖后集》卷八《读曾文清公集》作："新如月出初三夜，澹比汤煎第一泉。咄咄逼人门弟子，剑南已见祖灯传。"

② 曾几之女嫁吕本中弟弸中之子太器，生吕祖谦。

是时年皆未五十，公之诗已独步海内，几亦妄意学作诗。公一日寄近诗来，几次其韵，因作书请问句律。公察我至诚，教我甚至，且曰：'和章固佳，本中犹窃以为少新意。'又曰：'诗卷熟读，治择工夫已胜，而波澜尚未阔；欲波澜之阔，须令规模宏放，以涵养吾气而后可，规模既大，波澜自阔，少加治择，功已倍于古矣。'几受而书诸绅。"这篇《后序》是曾几在乾道二年去世前不久写的，写作的目的是"使后生知前辈相与情实如此，且以见几于公之言虽老不忘也"，从中可见吕本中向曾几传授诗法的真实情况。吕本中与曾几论诗，在当时就引起了学者的注意，如他们的同辈人胡仔，就在其《苕溪渔隐丛话》卷四九中，收录了《吕居仁与曾吉甫论诗第一帖》和《第二帖》，何汶《竹庄诗话》收录了论诗的《第一帖》。《第一帖》中说作诗"惟不可凿空强作，出于牵强，如小儿就学，俯就课程耳。楚辞、杜、黄，固法度所在，然不若遍考精取，悉为吾用，则姿态横出，不窘一律矣。如东坡、太白诗，虽规摹广大，学者难依，然读之使人敢道，澡雪滞思，无穷苦艰难之状，亦一助也。要之此事须令有所悟入，则自然超越诸子。悟入之理，正在工夫勤惰间耳"[①]。曾几《后序》所云，则是吕本中《第二帖》的主要内容。由此可见吕、曾二人在诗法统绪上的授受关系。尤为巧合的是，吕本中的祖父吕希哲，也是师从程颐的，而且本中对此"闻见习熟"，"少长，从杨时、游酢、尹焞游"[②]。这就是说，在学术思想渊源上，曾几与吕本中同出一门，而且本中在经学上也是治《春秋》的，著有《春秋集解》三十卷；在政治上也力主恢复，屡次上疏，建议为恢复中原而求人才、恤民情、开言路、强军旅、固防守等等，既有恢复之志，又有恢复之策。这就是说，曾几与吕本中在思想、感情上也是相通的。从诗作的本色上看，曾几与吕本中也比较相近。因此，曾几作为江西诗派的后续诗人，说其诗渊源于吕本中，是顺理成章的。

陆游之从学曾几，就从童年的景慕吕本中、曾几而正式进入吕—曾的诗统之中，也就是说，正式进入了江西诗派，并且在诗歌创作和诗学理

---

① 何汶：《竹庄诗话》卷一，中华书局 1984 年版，第 3 页。

② 脱脱等：《宋史》，中华书局 1985 年版，第 11635 页。

论上取得了长足的进步。这主要表现在下面三点：

其一，作诗工夫归于平淡。陆诗《追怀曾文清公呈赵教授赵近尝示诗》云："忆在茶山听说诗，亲从夜半得玄机。常忧老死无人付，不料穷荒见此奇。律令合时方帖妥，工夫深处却平夷。人间可恨知多少，不及同君叩老师。"此诗作于乾道七年，曾几已去世，故有末二句。"律令合时方帖妥，工夫深处却平夷"，是陆游亲从老师曾几那里得到的"玄机"，也是曾几一生作诗经验的精华。古代的诗歌（主要是近体诗），有一定的法则，如律如令，作诗必须遵守，即要"合律"。"帖妥"犹"工稳"。诗合律为工，是作诗的基本要领，就陆游当时的作诗水平来说，似应不足为奇，奇的应是"工夫深处却平夷"。陆游少年时代作诗是从藻绘一路入手的。[1]因此，"平夷"之说，应是陆游闻所未闻的。平夷即平淡。但美学意义上的平淡，并非是平平常常，淡而无味，更不是平庸浅薄，而是诗句锤炼到不着痕迹，不生不涩，不隔不垛，音韵天成的艺术境界。如赵庚夫所评茶山诗"新如月出初三夜，澹比汤煎第一泉"[2]那样。这是一种不到相当工夫而不能达到的艺术高度，因而说"工夫深处"才能转为"平夷"。陆游在曾几那里得此玄机，一生受用无穷，特别是随着阅历的增长和作诗技巧的熟练，陆诗的这一特色表现得越来越明显。及至晚年之作，如太羹玄酒，春风曙月，大得返璞归真之妙境。江西诗派于诗崇尚奇峭奥硬，虽然也有平淡自然的一面，然而也只能是"一面"而已，旗帜举得不高。吕本中、曾几在此派中是求新求变的，变得自然而轻快。[3]曾几传给陆游的"玄机"，不是江西诗派的看家特色生涩奇峭，而是平淡，这是曾几独具慧眼，也正是陆游所急切需要的，为陆游后来突破江西诗派的窠臼作了创作思想和理论的准备。

其二，认识了文章的"活法"。陆游《赠应秀才》云："我得茶山一转

---

①《示子遹》："我初学诗日，但欲工藻绘。"参见《剑南诗稿校注》，第 4263 页。

② 张端义：《贵耳集》卷上，中华书局 1985 年版，第 18 页。

③ 以曾几为例，其《三衢道中》云：梅子黄时日日晴，小溪泛尽却山行。绿阴不减来时路，添得黄鹂四五声。"《夏夜闻雨》云："凉风急雨夜萧萧，便恐江南草木凋。自为丰年喜无寐，不关窗外有芭蕉。"清新流畅，且多翻新之语。

语，文章切忌参死句。”这话确从曾几处来。曾诗《读吕居仁旧诗有怀其人作诗寄之》云：“学诗如参禅，慎勿参死句。纵横无不可，乃在欢喜处。人如学仙子，辛苦终不遇。忽然毛骨换，正用口诀故。居仁说活法，大意欲人悟。常言古作者，一一从此路。岂惟如是说，实亦造佳处。其圆如金弹，所向如脱兔。风吹春空云，顷刻多态度。锵然奏琴筑，间以八珍具。人谁无口耳，宁不起欣慕。……”[①]作诗勿参死句，即吕本中所说的“活法”。所谓勿参死句，所谓活法，其基本精神就是要学会避免因陈蹈袭，生吞活剥，人云亦云。换句话说就是要善于变化出新。吕本中的解释是“规矩备具，而能出于规矩之外；变化不测，而亦不背于规矩”[②]（《后村先生大全集》卷九五引吕本中《夏均父集序》）。这种变化出新，也同样是建立在对诗法熟练把握的基础之上的，“必精尽知左规右矩，庶几至于变化不测”（同上）。否则，生涩于“规矩”，规规然应付“定法”犹恐不及，奚暇谈“活法”哉！因而，“活法”是对诗歌创作的高标准要求。当宋诗发展到一切规矩皆备的时候，诗要发展，就必须创新求变。诗人求变，乃有“活法”之说。苏轼已说过：“出新意于法度之中，寄妙理于豪放之外。”[③]即在“规矩”中求变化，出新意，以求诗歌的进一步发展。江西诗派的一些诗人，把“活法”奉为至宝，而努力实践之，因而促进了江西诗派创作的变化与发展。吕本中、曾几倡言“活法”最为积极，因而其诗变化也最为显著，轻松新鲜，流动圆活，一反宗派之祖黄庭坚的奇峭奥硬。陆游得吕、曾真传，在他开始踏上诗歌创作之路的时候，接受了作诗的要诀“活法”，与其所得到的“平淡”一样，都是作诗的“玄机”，这对陆游的一生诗歌创作产生了积极影响，陆游之所以能在进入江西诗派之后，复能出于江西诗派，大大得力于曾老师传授的这一要诀。

其三，规模与养气。规模，是指诗的气概、气象，也指诗的格局。养气，《孟子·公孙丑上》说“我善养吾浩然之气”，即指要涵养一种至大至

---

① 此诗《茶山集》未收，见陈思：《两宋名贤小集》卷一九〇，上海古籍出版社 2003 年版，《文渊阁四库全书》本。

② 刘克庄：《后村先生大全集》卷九五，《四部丛刊》本，第 14 页。

③ 苏轼著，孔凡礼点校：《苏轼文集》卷七〇，中华书局 1986 年版，第 2210—2211 页。

刚的浩然之气。此皆诗外之法，而为造就伟大诗人所不可或缺者。在中国的诗歌创作中，本有“诗言志”的传统。在心为志，发言为诗，胸襟志趣不同，阅历遭遇不同，学识才气不同，诗亦不同。曾几曾以具体的诗例向陆游说明诗与诗人心志、气质的关系，《老学庵笔记》卷四记载了茶山先生的一段话：“徐师川拟荆公‘细数落花因坐久，缓寻芳草得归迟’，云：‘细落李花那可数，偶行芳草步因迟’。初不解其意，久乃得之。盖师川专师渊明者也。渊明之诗，皆适然寓意而不留于物，如‘悠然见南山’，东坡所以知其决非望南山也。今云细数落花，缓寻芳草，留意甚矣，故易之。”又云：“荆公多用渊明语而意异，如‘柴门虽设要常关，云尚无心能出岫’。‘要’字、‘能’字，皆非渊明本意也。”曾几的这种分析，确能切中诗人心志、气质而入其微。这种分析对陆游后来的一些隐逸诗、田园诗可能起过作用。但曾几要求陆游的是要在诗中表现开阔宏大的规模和浩然之气。这一要诀，陆游受用一生，在诗歌创作中贯彻之、实践之，并一再宣称“文以气为主”，甚至说“谁能养气塞天地，吐出自足成虹霓”（《次韵和杨伯子主簿见赠》）。到了晚年，他又把这个法宝传给他的儿子，《示子遹》云：“汝果欲学诗，工夫在诗外。”可见他对这个诗外之法是何等地重视。当然，陆游所说的“工夫”，涵义要更广泛，远远超出了吕本中、曾几所强调的内心体悟，而是包括了生活实践、社会活动以及对这些实践活动的体验，这已是一种唯物主义的创作态度了。

在陆游师从曾几的十余年中，师生关系十分融洽。曾几称陆游为“陆子”，或称其字“务观”，在现存《茶山集》中，写给陆游的诗共 6 首，其《陆务观效孔方四舅氏体倒用二舅氏题云门草堂韵某亦依韵》云：“陆子家风有自来，胸中所患却多才。学如大令仓盛笔，文似若耶溪转雷。襟抱极知非世俗，簿书那解作氛埃。集贤旧体君拈出，诗卷从今盥水开。”[①]可见其对陆游的高度重视。而陆游则是终生回忆着曾几，他在开禧二年八十二岁的时候，还为曾几作《跋曾文清公诗稿》，文曰：“河南文清公早

① 曾几：《茶山集》卷二九，清刻武英殿聚珍版丛书本。

以学术文章擅大名,为一世龙门。顾未尝轻许可,某独辱知,无与比者。士之相知,古盖如此。方西汉时,专门名家之师,众至千余人,然能自见于后世者寡矣。扬子唯一侯芭,至今诵之。故识者谓千人不为多,一人不为少。某何足与乎?此读公遗稿,不知衰涕之集也。"对老师感情之深,亦灼然可见。有人认为,曾几之出名,是因为沾了陆游的光。其实,曾陆两人是相得益彰的。曾几的指点,使陆游认识了诗的真谛,对陆游的成名无疑起了很大作用;而曾几的扬名,与陆游诗声显赫亦不无关系。

(原载《文学遗产》2002 年第 2 期)

南宋诗人巩丰考略

宛委山堂本《说郛》收有《后耳目志》一卷，题宋·曾巩撰。281年后，1927年上海商务印书馆排印的《说郛》(即涵芬楼本)，也同样收了《后耳目志》，其作者则改题为宋·巩丰。1959年上海图书馆编《中国丛书综录》的时候，对所著录的宛委山堂本《后耳目志》的作者，改为巩丰，并加括注云："误题曾巩。"按：应作巩丰，作曾巩确属"误题"。《后耳目志》中有几处足可证明此《志》非曾巩撰。如有一则记载南宋高宗绍兴四年(1134)事，而曾巩则卒于北宋神宗元丰六年(1083)，身后50余年的具体事件，是再高明的算命先生也无法预知的，何况曾巩并不会算命。另一则有"先生尝称曾子固《谢日历表》"云云，曾巩字子固，未有在自己的著作中如此自称以自作尊大者，而文中又在"先生"下加注云："谓东莱先生，南丰之师也。"宋代有两位"东莱先生"，一是吕本中，一是吕本中的从孙祖谦。两位"东莱先生"谁也不可能是南丰(曾巩)的"先生"，道理很简单，曾巩卒后一年吕本中才出生。对于这条注释，涵芬楼本删掉了一个"南"字，变成了"谓东莱先生，丰之师也"。这个"丰"，不是北宋的曾南丰，而是南宋的巩丰；"东莱先生"则为吕祖谦，道理也很显然：吕本中卒后三年，巩丰才出生，而吕祖谦则长于巩丰11岁。"伯共有盛名，从之学者以百数"(陆游《渭南文集》卷三一《跋吕伯恭书后》)，这其中便有巩丰。

巩丰,《宋史》无传,其生平仕履,见诸记载者,主要有宋叶适《巩仲至墓志铭》(《水心文集》卷二二)、元吴师道《敬乡录》(卷九)、明宋濂《巩丰传》(《宋学士全集》卷一〇,新文丰出版公司《丛书集成新编》本)、郑柏《金华贤达传》(卷八)、清黄宗羲《宋元学案》(卷七三)、陆心源《宋史翼》(卷二八)等。然而这些资料主要的来源应是叶适的《巩仲至墓志铭》,其后诸传记资料,多辗转相袭,其源皆在叶适《墓志铭》。巩丰是叶适的朋友,叶适不仅为之作了《墓志铭》,还为之写了《汉阳军新修学记》(《水心文集》卷九),并有诗《哀巩仲至》(《水心文集》卷七),又为巩丰之母杨氏写了《杨夫人墓表》(《水心文集》卷一四)。

综合叶适等人提供的资料,兹将巩丰的生平仕履勾勒如下:

巩丰,字仲至,号栗斋,生于绍兴十八年(1148),卒于嘉定十年(1217)正月。祖籍郓州须城(今山东东平),南渡后寓居婺州武义(今属浙江),遂为武义人。父巩法,乡贡进士,早卒。母杨氏,年二十有六而寡,时长子丰[①]3岁,幼子嵘始生。稍长,乃亲授二子以《孝经》、《论语》、《毛诗·国风》,"为之讲声形,正章句,具有师法。二子未从外塾,而于幼学之事,各已通贯精习,卓然为奇童矣"(陆游《渭南文集》卷三四《杨夫人墓志铭》)。"时婺有大儒吕公(按:即吕祖谦),夫人告二子曰:'尔学不成,无庸归也。'二子或经年不得见夫人。既而先后登进士第,皆为时所知,丰尤有文名。"[②]巩丰于淳熙间以太学上舍对策高第而登进士。绍熙初为汉阳军(治湖北武汉市汉阳)学教授。[③] 秩满代还,授江南东路提点

---

① 丰为巩法之长子,叶适《巩仲至墓志铭》谓"子长曰丰"。陆游《杨夫人墓志铭》称其二子为伯、仲。然祖谦弟子中有巩岘,与丰为兄弟。对此,《宋元学案》卷七三《丽泽诸儒学案》有两种猜测,一为丰改名为岘,二为杨氏为巩法继室,岘为法前妻之子。按:二说皆非。陆游《墓志》、叶适《墓表》均未言及"继室"之事,且皆称巩法二子,伯仲长幼井然,如此则绝不可能存在所谓"前妻"之子。巩丰曾撰祭东莱先生文,中有"门人巩岘同弟丰、嵘"云云,如此,则丰无改名岘之可能。此巩岘应为丰之从兄,丰伯父之子(丰父法为巩庭芝之仲子,见陆游《杨夫人墓志铭》)。

② 叶适著,刘公纯等点校:《叶适集》,中华书局1961年版,第260页。

③ 叶适于绍熙元年(1190)十月作《汉阳军新修学记》,言及"于是东平巩丰实为学官"。

刑狱司干办公事,[①]以母丧免。又授浙东,以避本路人不得为本路监司属官,改授干办福建帅司公事,以格知临安县。[②]“政尚宽简,吏民信化,刑罚衰息。……久之,始提辖左藏库,……竟复以宫观罢,……复授宫观,而仲至死矣!”[③](叶适《巩仲至墓志铭》)

叶适《巩仲至墓志铭》除介绍巩丰生平仕履外,又着重写了巩丰的“不幸不得用”的坎坷遭遇,为之扼腕,为之申辩,有鲜明的感情色彩,故巩嵘说这篇《墓志铭》“读于墓而哀吾兄,然十句必九恸,不成声也”。《敬乡录》亦云仲至“声实著甚诸公间,而陆沉冗调以终,时论嗟惜,叶水心志墓,三致意焉”[④]。

这里要补充说明巩丰登进士第的时间。对这个问题,有两种记载:一是淳熙十一年甲辰(1184)。持此说者有宋代的陈振孙《直斋书录解题》,陈起《江湖后集》,陈思《两宋名贤小集》,以至清代陆心源的《宋史翼》。一是淳熙八年辛丑(1181),持此说者有明代宋濂的《巩丰传》,以及《嘉靖浙江通志》(卷三一《官师志》)等。其他资料如叶适《墓志铭》、吴师道《敬乡录》等,只说“以太学上舍对策高第”[⑤],并不说明其具体时间。按:以上两说,能够为之一决是非者,莫过于巩丰自己所提供的证据。在老师吕祖谦去世之后,巩丰有哀诗一首,其序云:

明道东莱先生之葬,丰既为文以侑奠,所以尊道德、述行藏之意虽略备于词,而悃愊缱绻之私有未尽究者。丰自弱冠,即获拜先生于山林,追数门人,莫如丰旧。己丑、庚寅之岁,先生迟次金华,分教严濑,已而校雠道山,丰皆获裹粮负笈以从。如是者数年,齿壮而家甚贫,遂迫于课试,月书季考,往来庠序,岁时逝于水陆,自是亦浸疏于函丈矣。今年秋九月,始以上舍生第进士,幸无举子累,可以窃数

① 中华书局1961年版《叶适集》卷二二《巩仲至墓志铭》误作“广东提刑司干办公事”。四部丛刊本《水心先生文集》作“江东提刑司干办公事”,诸本同。

② 见《咸淳临安志》卷五一《官秩九》。

③ 叶适著,刘公纯等点校:《叶适集》,中华书局1961年版,第436页。

④⑤ 吴师道:《敬乡录》卷九,《文渊阁四库全书》本。

年之暇，终事先生于寂寞之滨，而九原不可作，未知几流涕痛哭长太息而可以伸此恨也。乃依唐人张籍祭吏部昌黎韩公之义，赋古风一章，其声韵名数如之，庶几写丰之悲而补文之所不及焉。[①]

很显然，这首诗是在吕祖谦安葬之后，为弥补祭文的某些不足而作。据吕祖俭、吕乔年著《东莱吕太史年谱》，祖谦卒于淳熙八年七月二十九日，而于同年十一月三日葬于明招。安葬时巩丰确有祭文，致祭于十一月初二日，即祖谦安葬前一日。哀诗序中的“今年秋九月，始以上舍生第进士”句所提供的时间，很值得重视。而能证实“今年”确指淳熙八年者，是这首诗中写了“今岁二月中”巩丰到婺州拜见祖谦之事，[②]此时祖谦卧病在榻，故诗中有“尚冀疾有间”诸句。很显然，诗中的“今岁”即诗序中的“今年”，系指同一年，这一年必然是祖谦卒世之年。由此可知“今年秋九月”巩丰登进士第之年，确是淳熙八年辛丑。

巩丰不仅师从吕祖谦，而且又向朱熹问学（在《朱文公文集》中有《答巩仲至》书信二十通），但他主要的还是学习了吕祖谦的义理之学，故黄宗羲《宋元学案》把他系于“丽泽诸儒学案”。不过，巩丰毕竟还是以诗文见称的，即如叶适《哀巩仲至》所云：“君文蚤贵重，蜀锦载胡车。离离三千首，雅正排淫哇。石碑富规制，玉策垂芬葩。简牍尤妙美，一字不可加。”[③]这里说其诗文之富且工，并非出于诗的夸张，叶适在《巩仲至墓志铭》中也有同样的说法：“其文无险怪华巧，而以理屈人，片词半牍，皆清朗得言外趣。尤工为诗，多至三千余首。”[④]而《敬乡录》不仅说巩丰诗多至三千余首，又云“有《东平集》二十七卷，又有《耳目志》若干卷”。按：陈振孙《直斋书录解题》卷二〇《诗集类下》载：“《东平集》二十七卷，巩丰仲

① 吕祖谦：《东莱吕太史文集》附录卷三，《文渊阁四库全书》本。

②《文渊阁四库全书》本《东莱集》附录卷三此诗有“今岁二月中，丰人须女城”句。“须”应作“婺”。婺州以当天文婺女星座，故名。楼钥撰《东莱祠堂记》即谓“东莱吕公讲道婺女”。《东莱别集》卷七《尺牍·与朱侍讲元晦》：“某既毕亡妇祔事。即还婺女城中，修葺寓舍。”又，陆九渊《象山集》卷五《与徐子宜书》：“婺女之行，道经上饶。”其中婺女，皆指婺州，即今金华。北大本《全宋诗》沿四库全书之误作“须女”，失校。

③ 叶适著，刘公纯等点校：《叶适集》，中华书局1961年版，第71页。

④ 同上书，第436页。

至撰。”以此足证叶适及《敬乡录》等所言不虚，而且据《直斋书录解题》记载，巩丰在汉阳军学时，还编辑了属于诗总集性质的《南纪集》的《后集》。但在宋末陈起编《江湖后集》时，仅收巩丰诗 9 首（见该书卷一），陈思编《两宋名贤小集》，亦仅收巩丰诗 7 首。在所作巩丰小传中，虽云有《东平集》，然已不著录卷数，诗集之名亦易为《栗斋诗集》，卷数仅仅一卷，盖其时《东平集》或已散佚，难觅全本了。所幸巩丰的部分诗篇却赖此两书流传了下来，现在北京大学主编的《全宋诗》中的巩丰诗 23 首，就是以《江湖后集》和《两宋名贤小集》所收（共 16 首）为主体辑录而成的。存诗虽少，却可见其诗风采一斑，既有工稳的近体诗，又有潇洒的古体诗。哀东莱先生的一首五言古风，竟长达 166 句，虽然是模仿了唐人张籍的《祭退之》，却处处可见巩丰的真情实感，用笔纵横捭阖，流畅自然，并不规规于前人篱下，在《东莱集》附录所收诸家哀诗中，无疑是最佳之作。其他诗篇，方回《瀛奎律髓》以“甚新”、“最新”称之，足可自立于南宋中后期诗人之林。至于他的笔记《后耳目志》，仅存数则而已。典籍零落，令人浩叹！

（原载《中国韵文学刊》2001 年第 2 期）

舒岳祥简论

舒岳祥(1219—1298),字景嶭[1],一字舜侯,又字东野,宋台州宁海(今属浙江)人。居于阆风里,学者因称阆风先生。南宋理宗宝祐四年(1256)进士,初授奉化尉,继摄定海令,历任幕职,官终承直郎。入元隐而不出,曾为赤城书堂长,教授乡里以终。

一

舒岳祥一生经历了宋元两个时期,历时凡八十年,在宋六十年,在元二十年。在宋经历了宋宁宗朝的后期六年(1219—1224),宋理宗一朝四十年(1225—1264),宋度宗一朝十年(1265—1274),宋恭宗一朝,仅一年多(1275—1276),丙子(德祐二年,1276)国难之后的宋末"行朝",宋端宗昰与帝昺(1276 年 5 月—1279)"皇恩"已经远离了岳祥,而岳祥已处于元朝的统治之下。岳祥在元,经历了元世祖忽必烈、元成宗铁穆耳两朝。

---

① 景嶭,或作景薛,如《全宋诗》、《全宋文》、《全元文》等;或作景嶭,如宋刘庄孙《舒阆风先生行状》、明谢铎《赤城新志》、《光绪宁海县志》、刘承幹《嘉业堂丛书》本《阆风集·跋》等。按:以"嶭"为宜,嶭音 niè,山势高耸貌。《阆风集》卷一《将别棠谿遗仲素季厚昆仲》,有"家山杳何许?千丈高巀嶭"句,言故乡山势之高耸也。岳祥,一作嶽祥,字景嶭,正与其名中"嶽(岳)"字义相称。本谱中因作景嶭。

在宋的六十年，正是南宋内外交困、逐至灭亡的时期：内则政治腐败，昏聩无能，奸臣当道；外则金与蒙元不断进犯，王朝受着严重威胁，最后在元朝的强大军事进攻下灭亡。舒岳祥处在这样的政治大背景下，虽然有着“进士”的头衔，却一直仕途失意，主要是在各地任幕职。岳祥在其诗《失题》中借写云的聚散为自己作了总结：“我亦尝出岫，不雨竟空归。”（本文所引诗文，均见《嘉业堂丛书》本《阆风集》或栾贵明《四库辑本别集拾遗》，行文中不一一注出，只出诗文题目）在元二十年，则历经战乱惊恐，身受元朝民族高压政策迫害，而岳祥则始终坚守着宋遗民的立场，一直在困顿艰苦的生活漩涡中挣扎着。岳祥曾借梅子比喻他的一生：“春事已随花事残，东风急处省凭栏。枝头青子生来苦，守得黄时也自酸。”（《三月十七日食梅子有感》）咏梅子，其实是咏自己，首二句写亡国已不可挽救，末二句写自己一生不遇。

舒岳祥在南宋遗民中，是屈指可数的大诗人之一，现存诗八百五十八首，文三十六篇，以诗著称，在当时影响颇大，“浙河以东学诗者朝暮至”（戴表元《剡源集》卷九《国南仲诗后序》）。舒诗的内容相当丰富，主要表现为：抒写遗民情怀；为宋元鼎革之际的离乱现实传神写照；心系民生；叙述自己的不幸遭遇以及个人爱好、交游活动等等。

抒发遗民情怀，是舒诗的大宗。这部分诗歌都写在国亡家破之后，因此，诗的基调在悲愤乃至悲壮中又夹杂着忧伤苦痛之感。作为遗民的思想感情是极为复杂的，首先是秉持坚定的遗民意志。岳祥曾借菊言志：“此物秉坚正，未怕风霜欺。宁同此身槁，不与清香离。香性自流传，更过梅花枝。”（《十月初五日重赋菊》）又与其同伴遗民共誓保此名节：“相期何止诗篇事，大节无亏誓饮冰。”（《初七日周梅所携正仲再和借书韵见示次韵报之》）“人生难自料，身后要名垂。”（《寄子堂》）“冻饿一生只百岁，声名须在后来传。”（《次正仲别后见寄韵》）他不断地回忆着在宋朝的旧事，尤其是在集英殿对策中进士之事：“曾对集英瞻衮冕，孤臣洒泪立东风。”（《牡丹》）“集英曾对三千字，也胜南山孟浩然。”（《丹林有作》）他也怀念着“埋没沙场随塞草”的君主和“杳杳宫车去不回”的无辜宫人

(详《绿萼香梅十树咸淳间自内园买归,乱后尚存,对之感叹》),至于宋承平时期的景象,亦时现脑海。凡此,皆使他频生今昔之感,只有默默流泪而已:“因思少年事,默默自沾巾。”(《十二月十三日晒药有感》)“菜园罗帛灯千眼,说著承平暗断魂。(自注:“平江灯最盛,而菜园罗帛尤壮观。”)”(《元夕龟藏夜坐》)“两都风景今何如?泪堕丛边和露滴。”(《九日敏求与侄璋九万载酒荪墅……》)“我生初见钱塘春,歌舞西湖早已颦。如今不见湖山面,鸟歌似哭花为尘。”(《近作对江牡丹吟……》)最后只有“江山有恨非吾土”(《无题》之一),“人物风流随逝水,故都文宪没苍苔”(《寒食书怀》)的遗恨而已。南宋的灭亡,在岳祥心理上留下的阴影是惨重而又挥之不去的,这在他的诗中表现得淋漓尽致。南宋之亡,像是把岳祥的一腔热血扫空了,他悲痛而迷惘:“故国山河成断绝,孤臣江海自飘零。”(《新历未颁,遗民感怆二首……》之一)其《雪村闻鹃》又云:“故国亡来身已非,千年犹诉不如归。参天古木魂迷路,谁与黎侯赋式微。”他甚至想逃到海上华胥国去以避浊世。他在诗中写道:“自遭兵祸后,已觉世缘空。安得飘然去,茅庐海上峰。”(《次韵答陈用之……》)“胸襟大闷书不读,口吻微吟人未知。安得一蓑江海去,持螯作鲙卧鸱夷。”(《六月十一日山窗散愁》)他有一首诗题目就是《十一日夜月色凄淡,数酌竟醉,华胥国似可避世也》。他即使写太平景象,也总是蒙上一层故国之悲,如其诗《山晴》云:“今日新晴好,东风散麦须。山泉中琴瑟,岩鸟合笙竽。总是太平曲,何劳击壤图。谁知花溅泪,杜老独嗟吁。”作为宋遗民,身处元朝民族高压政策下,尤其是在江浙,所受统治更加严酷,有此悲凉忧伤情绪,是较为普遍的,也是比较正常的。不过,在岳祥的思想深处,也有矛盾存在。他一方面对宋降元官员大加痛责,如《解梅嘲》所云:“更有横金拖紫客,临危不死稳藏身”,《伯夷》所云:“四海归周莫不臣,首阳山下饿夫身。清风万古何曾死,愧死当时食粟人。”以历史写现实,讽刺在宋危亡之际背宋降元诸臣。但另一方面,对其友人降元者,仍然视为朋友而予以关怀,如谢堂、谢昌元等。在宋时,谢昌元曾以筇竹杖赠岳祥,谢堂则以银酒杯相赠,并为岳祥的升迁操心。滴水之恩,岳祥牢记不忘。

《阆风集》中怀念二谢的诗，写得颇动真情，如《哭谢尚书》中有“蓟北非吾土，鄞江有旧庐。死生今已矣，出处竟何如”诸句，是为悼谢昌元而作。当然，谢昌元在元朝也曾做过（或想做）好事，如谢枋得于至元二十六年（1289）绝食卒于大都，无以为葬，谢昌元捐资助其归葬（见《昭忠录》），又曾参与谋救文天祥出狱（因留梦炎阻遏而未成，见《宋史·文天祥传》）。谢堂在丙子国难时，为宋祈请使北赴元都，被扣留，国亡而降元。对于江南“遗贤”被元朝征召而拟命官职者，舒岳祥亦取宽容乃至支持的态度，如对袁桷之父袁洪，其诗《寄袁季源》有“公车行有召，毋久恋松萝”句；他也支持陈用之北赴燕赵，其诗《送陈用之远游》有云：“君如生马驹，腾踏不可羁。王良施辔勒，往献白玉墀。胸中二三策，和扁为国医。南士方世用，砭针贵适宜。腰间黄金印，季子何必归。”盖南方士子北赴求仕，在当时已不是个别现象。连文凤《送人入北求仕》云：“南方有奇士，湖海声猎猎。功名志气锐，不惮远跋涉。春风一片纸，区区无所挟。持此欲取偿，易于拾秋叶。何以赠君言，勉哉耘其业。”[①]在岳祥来说，此类事情可能发生在他的晚年。“复国”的希望已经彻底破灭，元朝的统治差不多磨钝了岳祥的棱角。这种变化，从其现存的散文中亦可洞悉。岳祥入元后所作散文，现存三十三篇，其中不用元朝年号只“书甲子”者十七篇，写作时间主要集中在至元十五至十七年（1278—1280），二十二年（1285）以后的仅四篇；不用元年号亦不书甲子者八篇；行文中偶尔涉及元年号者三篇（每篇仅一次）；落款用元年号者五篇，均在至元二十八年（1291）之后。（其中二十八年一篇，二十九年二篇，三十一年一篇，大德改元一篇）而作于南宋者三篇，皆书年号，即使采用干支纪年，亦书年号。岳祥曾有诗《解梅嘲》云：“我是先朝前进士，贱无职守不得死。难学夷齐饿首阳，聊学陶潜书甲子。”他在元朝生活的最后几年，没有坚守住他于南宋新亡后立下的誓言，用了元朝的年号，但他宋遗民的政治立场没有改变。或谓保初节易，保晚节难。当宋末贾似道专权，岳祥不为所用，不与同流合

① 连文凤：《百正集》卷上，中华书局1985年版，第3页。

污，其“初节”可谓冰清玉洁；当宋元易鼎，江山换主，宋之官员，纷纷弃旧谋新，背主求荣，倒向元朝（王应麟称之为“卖降者”），而岳祥隐洁以终，始终身穿汉族传统的“深衣”，不从元朝的服制，[①]至死也要“深衣敛形”（《闻鄞兵入仙居二首》之二），不以穷困潦倒变其节，故王应麟称其“大节特立”，其“晚节”亦无可非议，这在其诗中有充分体现，本文已略述梗概如上。

为宋元易鼎之际的乱离生活传神写照，是舒岳祥诗歌的又一主题。元灭南宋是中国古代历史上最残酷的战争之一。元军所攻之城，遇有敢抵抗者，城破之后，即予“屠城”，尽杀城中百姓，被屠之城无数。或云元军统帅伯颜像宋曹彬那样，灭江南不妄杀人。清赵翼《陔余丛考》卷二〇有《曹彬、伯颜不妄杀人之非》予以驳斥，其中谓“伯颜之攻常州也，役城外居民运土填堑，土至，并人筑之。又杀民煎膏取油作炮，号‘人油炮’，焚城上杈牌，及城破，又尽屠之，惟七人伏桥坎得免。事见《续通鉴纲目》及府志。”这只是举屠常州一例。其实，元灭南宋，烧杀抢掠，无所不为。这从当时亲历者舒岳祥诗文中可以得到证实。《停云诗》序有云：“四海衣冠遭时艰虞，至于暴骨原草者多矣。予与正仲偷生岩谷……斯又不幸之幸欤！”诗中有“天地崩裂，干戈间阻”，“俯仰换世，昨梦蚁柯。故交零落，屈指无多”诸句。这还只是概括描述。岳祥之所亲历，仅携家逃难而言，从宋德祐二年丙子（元至元十三年，1276）春夏间起，先后避兵逃至雁苍山、天台马奥，两至新昌县之雪谿，又逃至天台山下之陈村，避地李山。是年十月，元军入宁海，旋入尚义里，屯兵岳祥宅。十月初三，岳祥携家风雪中度平坑岭入马耳峰；十三日夜，又自中心岙徙独山。次年，又逃至省坑存思庵（为避兵乱，凡四至存思庵），出入童公、黄甘二岭，等等。避

① 深衣为汉民族传统的燕暇闲居之服，与元“胡衣北笠”服制大不同。宋亡后，研究深衣的著作渐多，其意是不忍传统服饰之失传。舒岳祥撰有《深衣图说》（佚），刘庄孙有《深衣考》（见袁桷《刘隐君墓志铭》），宋金履祥《仁山集》卷三有《深衣小传》和《外传》，述深衣之历史及制作较详。元陈栎有《深衣说》见《全元文》第十八册。清黄宗羲《深衣考》一卷，有《文渊阁四库全书》本；江永《深衣考误》一卷，有《文渊阁四库全书》本；任大椿《深衣释例》三卷，有《皇清经解续编》本等。

兵逃难所亲历之苦，诗中多有言及，如《十月五日风》是写至元十三年十月避兵陈村的情况："……暮下陈村庄，夜投象原店。道边人未眠，山曲灯微闪。时经兵火余，惊问暗窥觇。……回思万马经，心掉舌为譫。恐恐如有追，昧爽踏霜霰。横山过西田，恶风吹欲跕。萧萧三两家，逋流已先占。怜我是官人，枯薪许分桥。时艰无沽户，粗粝得充歉。我行仆忙追，赵坑石排剑。荒蹊涉崇冈，奔湍啮深堑。……"元兵屠仙居，岳祥有诗《去年大兵入台，仙居幸免，今冬屠掠无噍类，衣冠妇女相随俱北，闻而伤之，作俘妇词》真实地记录了那悲惨的一幕："初谓无兵祸，那知酷至斯！相看不敢哭，有死未知期。儿向草间没，夫随剑口离。琵琶犹带怨，况是作俘累。"又有《过字韵诗……偶报北兵自瓯闽回，驱男女牛羊万计，入蛟湖深畯，出独山，屯尚义，由童公岭以北三日夜不休，闻之惊心。……》，诗题犹序，把"北兵"掳掠人口的暴行揭露无余，岳祥在诗中沉痛地说："川逝痛陵迁，春深悲国破！"岳祥记载当时兵祸带给人民苦难的诗篇还很多，如《丙子兵祸自有宇宙宁海所未见也……》、《晓霜成花，日色凄淡，炙背南檐，记所闻见》、《记事》、《二十三口过良坑冈，东望沧海，隐隐见渔村有感，时避地者多浮海云》、《闻鄞兵入仙居二首》、《新历未颁，遗民感怆二首。……》、《归故园二首》、《梦归》、《乱后复过西溪》，等等。皆给当时的历史留下了深刻的烙印，岳祥是在以诗存史，用诗的形式记录了历史，诗为"诗史"，真实地反映了那个时代人民的不幸，其中尤不幸者是妇女，这在岳祥诗中已有充分反映。不独岳祥，时人记载此事者大有人在，如戴表元《行妇怨次李编校韵》（自注：丙子台州作）："赤城岩邑今穷边，路旁死者相枕眠。惟余妇女收不杀，马上娉婷多少年。蓬头污面谁氏子，放声独哭哀闻天。传闻门阀甚辉赫，谁家避匿山南巅。苍黄失身遭恶辱，鸟畜羊縻驱入燕。……"[①]此类掠夺，不独台州，全国各地皆有之。时在元军中的王宥《归妇吟》诗序云："天马浮江，兵强将锐，所征无敌，所掠无遗，俘戮之民，奚啻亿万。……夫刘氏者，吉之永丰人

① 戴表元：《剡源集》卷二八，商务印书馆1935年版，第424页。

也。……"[①]刘氏女被掠军中,为王宥救出放归。见蒋子正《山房随笔》。这个王宥是个有良心的军人,身在元军而未为禽兽。元郝经诗《巴陵女子行并序》,记载"王师渡江"时"大帅拔都及万户解成等"[②],攻克岳州,"俘其遗民以归"。其中有巴陵女子韩希孟"誓不辱于兵",留衣带诗赴江死。又有《武昌词三首并序》,言元军攻宋时掠得三妇女,一为金牛镇妇人,一为自称梅溪主人张素英,一为汉阳教授之妻,皆"义不受辱"而死。郝经亦在元军中,此皆其亲眼所见。《南村辍耕录》卷三有《贞烈》条,记载至元十三年丙子元灭宋时掠夺妇女致死诸事,其中有"台之临海民妇王氏,美姿容,被掠至师中",跳崖而死。如此云云,不胜枚举。其实,蒙元对宋的战争,从一开始就是以抢掠(人民、财产,乃至国家)为目的,充满了血腥味。仅以台明来说,在至元十三、十四两年间,一度使这个富庶之区变得"百里无鸡豚"乃至"千里无人烟",这是舒岳祥的诗句,可能有所夸张,但人民生活和生产力遭到极大破坏,是个不争的历史事实。舒岳祥对此痛心疾首,在《罪言》中说:"……过殷墟兮麦渐渐,览周原兮黍离离。……白骨兮成谿,膏肉兮成泥。……东溟之滨,相夺相攘。杀人填海,浩浩不盈。轮回报复,此死彼生。天假手于王师,使尽殪于秦阬。痛临渊而一吊,悲万古之茫茫!"

心系民生,是舒诗的另一主题。舒岳祥很了解农民对生活的期望。《田公姥词》是写农民祈求"田公姥"赐福保佑的诗,有云:"田公姥,听侬歌,看侬舞。使我仓有粳,使我庾有稌,使我囷有黍;使我富牛羊,千斯牸兮百斯牯。田公姥,侬肴芬芬兮侬酒湑湑,官税既输兮公役不烦。男不为人驱,女不为伧妇,读书识字应门户。"这里写出了农民的美好愿望,也是岳祥对农民心理的一种理解。其《戏集鸟名而赋之》[③]则集麦收时节诸鸟之鸣与农民生活相联系,表现了岳祥对农家生活十分熟悉。如"麦熟

① 陈衍:《元诗纪事》卷四,商务印书馆1946年版,第41页。

② 同上书,第29页。

③ 诗题全称为《退之谓以鸟鸣春,往往鸟以夏鸣耳,古人麦黄韵鹂庚之句乃真知时,山斋静听嘲哳群萃有麦熟之鸣,戏集鸟名而赋之》,见《阆风集》卷二。

即快活,汝不食麦空饶舌。前时斗粟银百星,(自注:钱楮不用,民间一色用银,薄如纸而碎如星)老农无银色菜青。此鸟年年啄草子,今年草根救人死。鸟无所食饥奈何?见人食麦喜且歌。催人锻磨尤殷勤,(自注:其音若云黄锻银磨)前身恐是老农身。"这里写的是布谷鸟鸣,声若"黄锻银磨"。麦收前农家有"锻磨"的习俗,这里则与老农生活相联系,写出了荒年粟贵民贫,食草根救死,而至麦熟,又催锻磨,以求丰收。再如写"脱布袴"、"脱破袍"两种鸟鸣时的农民生活:"脱布袴,村村雨满田无路。平生不惯着新衣,两腿泥深逐牛步。脱破袍,与郎裁衫两髀高。田头赫日晒额焦,脱衣挂树踏桔槔。"诗中又写了竹鸡之鸣、婆饼焦、画眉、姑恶、大妇偷、煮苋汁、鹘突流、爷饭饭等鸟鸣,均与相应的农家生活相联系,自然贴切,这里不再举例。《春色》则表现了岳祥对农民疾苦的同情。诗先写腊雪"四白"(下了四场雪),继写初春又"五白六白",使"农夫愁":"麦苗冻熟锄不得,菜心僵死何时抽!"农民只得离家出逃,乃至转死沟壑,空屋里只有"狐狸夜相聚"。诗人最后说:"呜呼!狐狸有屋尔得居,室中居人今在无?或言白骨如白雪,雪亦有仁遮白骨!"诗人对这种现实,显然已是痛心疾首了。更为重要的是,舒岳祥正面地、真实地写出了农民所经受的诛求之苦。《促织叹》云:"今夏蚕薄收,巧手闲刀尺。昨下急急符,三日立税籍。箧中无余丝,红女泪双滴。汝更催不休,使我不得息。"《十妇词》[①]表现的是农村从事各类劳作(诗中共写了十种不同劳动)的妇女的生活图景,深度地体现了岳祥对农村妇女苦难的同情。其九写的是织布妇女的遭遇:"妇啼如此苦,吏夺一何豪。尺布不得着,长年空自劳。剥衣聊赎命,覆体不生毛。念欲全家去,乾坤何处逃!"《十村绝句》写的是"苛政猛于虎":"朝朝腰斧采荆榛,博米求盐到海村。白虎当溪侬不畏,只愁暴吏打人门。"按:元取于江南者,税粮有秋税、夏税,秋税输粮米,夏税输木棉、布绢、丝绵等实物和银钞。据《元史·食货志》记载,"江浙省

①《十妇词》诗题全称为《自归耕篆畦,见村妇有摘茶、车水、卖鱼、汲水、行馌、寄衣、舂米、种麦、泣布、卖菜者,作十妇词》,见《阆风集》卷三。

岁入粮数:四百四十九万四千七百八十三石”[①],居全国各行省之首(全国岁入粮总数为一千二百十一万四千七百八石);夏税钞数,江浙行省五万七千八百三十锭四十贯,亦居全国之首(全国总数为一十四万九千二百七十三锭三十三贯)。——这里只是提供一个参考数字,以见元对江南盘剥之严重程度。除税粮之外,又有科差,“科差之名有二:曰丝料,曰包银。其法各验其户之上下而科焉”[②]。这样,地方官员的权限(特别是随意性)就更大了。元朝廷曾多次因水旱灾荒下诏减免有关地方的租税,直到元成宗即位后才发现减租只能有利于富室。《元史》卷一八载:“江浙行省臣言:陛下即位之初,诏蠲今岁田租十分之三。然江南与江北异,贫者佃富人之田,岁输其租,今所蠲特及田主,其佃民输租如故,则是恩及富室而不被于贫民也。”[③]《元史》卷一七亦载:“纳速剌丁灭里、忻都、王巨济党比桑哥,恣为不法,楮币、铨选、盐课、酒税,无不更张变乱之,衔命江南理算者,皆严急输期,民至嫁妻卖女,祸及亲邻。”[④]同书卷一九又载:“江南宋时行两税法,自阿里海牙改为门摊,增课钱至五十万锭。”[⑤]无疑更加重了对江南人民的盘剥。凡此,在岳祥诗中皆有所反映,《十二月初一醉歌》:“牧猪酿秫待诛求,卖田买钞博性命。”《雪后喜晴和正仲近诗》:“火急输官米,寒舂连夜频。”《乐神曲》:“巫公巫公告尔神,产谷不如多产银。驴载马驮车碌碌,免斫柘条行棰扑。”岳祥呼吁元统治者要“惜民力”,但“天地一病躯”,“元气朘削余”,“坐令豺虎横,咬嚼为膏腴。顽疾久不治,脏腑生虫蛆”。对此,他大胆地放言表示:“愿借大雷斧,磔此害物徒。八荒既清廓,万古无忧虞!”(《放言》)对元代的高压统治敢于如此“放言”,是难能可贵的,所表现的政治意识,更是难能可贵的。

以上,都是具有重大历史意义的题材,舒岳祥能够准确而充实地写入他的诗篇,从而使其诗具有了诗史的性质。承载这类题材的诗篇,主

---

①② 宋濂等:《元史》卷九三,中华书局1976年版,第2361页。

③ 宋濂等:《元史》卷一八,中华书局1976年版,第387页。

④ 宋濂等:《元史》卷一七,中华书局1976年版,第359—360页。

⑤ 宋濂等:《元史》卷一九,中华书局1976年版,第419页。

要是其古体诗。古体诗可以尽情挥洒，铺陈事实，宣泄感情，“长歌之哀，过于痛哭”[①]。

岳祥诗的再一主题是反映岳祥个人在这特定时代的不幸遭遇：生活的困顿潦倒，身无定址的奔波，由于种种压抑而郁结的内心痛苦，他的个人兴趣如爱花、读书、交游等等。对此，有的在上文中已部分地涉及，或将在其他篇章中述及，不再于此一一叙述。而这里需要交待的，是舒岳祥的诗歌理论。

舒岳祥不是诗论家，但在他一生的诗歌创作实践中，却有一种“理论”在支持和引导着他，这就是“杜诗精神”。杜甫经天宝之乱，身在丧乱之中，时事概见于诗。史称其善陈时事，律切精深，至千古不衰，世号诗史。这给后世诗人立下楷模，形成杜诗精神。有着相似经历的诗人，往往会继承杜诗精神走向杜甫诗史之路。

宋季崇道学，卑艺文，而诗衰，是个不争的事实，叶适、周密、戴表元、袁桷对此皆有精辟论述。宋元易鼎，科举既废，知识分子乃转而为诗，诗于是乎兴。故钱谦益云：“宋之亡也，其诗称盛。”[②]舒岳祥对此亦有精准分析：“自京国倾覆，笔墨道绝，举子无所用其巧，往往于极海之涯，穷山之巅，用其素所对偶声韵者，变为诗歌，聊以写悲辛、叙危苦耳，非其志也。……方科举盛行之时，士之资质秀敏者，皆自力于时文，幸取一第，则为身荣，为时用，自负远甚。惟窘于笔下无以争万人之长者，乃自附于诗人之列，举子盖鄙之也。今科举既废，而前日所自负者，反求工于其所鄙，斯又可叹也已。”（《跋王榘孙诗》）一个很值得注意的现象是：宋亡后，作为宋遗民的广大知识分子，不仅转而为诗，而且其诗大多走入杜甫一路。最杰出的是文天祥。文天祥早期诗歌颇受江湖派影响。德祐二年（1276）他起兵勤王之后，国家处于风雨飘摇之中，其诗风大变，形成了雄浑豪迈的风格，表现了炽热的爱国热诚和坚贞的民族气节，彻底地走上了杜诗之路。其《集杜诗自序》云：“昔人评杜诗为诗史，盖以其咏歌之辞

① 李东阳：《麓堂诗话》，中华书局1985年版，第14页。

② 钱谦益：《牧斋有学集》卷一八，《四部丛刊初编》本。

寓纪载之实，而抑扬褒贬之意灿然于其中，虽谓之史，可也。予所集杜诗，自余颠沛以来，世变人事，概见于此矣，是非有意于为诗者也。后之良史，尚庶几有考焉。”[①]其诗，自然是典型的诗史。他如谢枋得、谢翱、林景熙、郑思肖乃至汪元量、真山民、许月卿、何梦桂等，处身于国亡家破之境，其诗作皆继承了杜甫“诗史”精神，成为晚宋诗坛上最夺目的亮点。汪元量《草地寒甚，毡帐中读杜诗》云：“少年读杜诗，颇厌其枯槁。斯时熟读之，始知句句好。……”汪元量之友李珏《书汪水云诗后》云：“水云之诗，亦宋亡之诗史也。”[②]写宋亡之“史”，写遗民对于国亡家破的伤心事，黍离麦秀，抱痛至深，皆诗史也。岳祥有诗句云：“平生欲学杜，漂泊始成真。”（《九月朔晨起忆故园晚易》）“故园”被兵，“晚易”（岳祥书斋名）图书成灰，三世之积，一旦化为乌有，晚年漂泊，如此现实入诗，这是学杜成真的前提。这样的现实生活，直把岳祥推向了杜甫诗史之路。岳祥与刘庄孙等遗民诗人作诗，本也有以诗存史、记事记人之心，具有“诗史”意识，岳祥《次韵正仲秋晚感兴》序云：“每见正仲秋篇，必先铺叙所见闻，不必左史倚相之读坟典也。盖古事已有传之者，而新闻就泯，吾惧无述焉。倘因此而增长之，则咸淳、德祐故老所传，犹可一二不没也。”这是明确地提出以诗记人记事（记咸淳、德祐之人之事）。在岳祥现存诗歌中，此类诗可谓不乏其例。如写咸淳丞相叶梦鼎者，有《桂台》、《登小山谷》、《少师丞相国公西涧先生挽歌二首》；写宁海老诗人方岳者，有《哭菊田诗老》；写宁海老诗人刘倓（字允叔，号阆风居士，嘉定元年特科，终黄陂主簿）者，有《过刘允叔故居》；《哭陈伯求》则可补《宋史·陈蒙传》之所未备：“早总淮西饷，晚为刑部郎。艰危身九陨，漂泊泪千行。天地孤忠在，山河遗恨长。寡妻随季女，犹得在鄞乡。”至于写与其交游唱和的遗民诗人的作品，在《阆风集》中可谓比比皆是，所涉及之人有八十余位。岳祥不仅自己作诗学杜，而且还教友人学杜，而不要纠结于所谓“派”、“家”，他把杜诗精神看得高于“派”、“家”之上。其诗《题潘少白诗》即有“燕骑

① 文天祥：《文山先生全集》卷一六，四部丛刊景明本。

② 程敏政：《宋遗民录》卷一一，上海进步书局1921年版，第3页。

纷纷尘暗天，少陵诗史在眼前。……君能于此更着力，唐体派家俱可捐”句。岳祥要求写诗要取材于现实生活，抒写自己对眼下现实的真实感受，而不是追摹前人的什么“派”，什么“家”，只有如此，诗才能有所成就。元代杨维桢《梧溪集序》（王逢《梧溪集》卷首）曾这样解读杜诗的“诗史”问题：“世称老杜为诗史，以其所着备见时事。予谓老杜非直记史事也，有《春秋》之法焉。其旨直而婉，其词隐而见。如东灵湫、陈陶、花门、杜鹃、东狩、石壕、花卿、前后出塞等作是也。故知杜诗者，《春秋》之诗也，岂徒史也哉？虽然，老杜岂有志于《春秋》者？《诗》亡然后《春秋》作，圣人值其时有不容已者，杜亦然。”[1]舒岳祥之学杜甫“诗史”精神，亦是值其时有不容已者。而舒岳祥在杜诗精神的旗帜下，以其丰富的创作实践，扭转了宋季诗坛衰颓局面，也为元初诗坛开辟了健康发展的新天地，从而奠定了他在中国文学史上的地位。

二

舒岳祥诗歌的艺术，在我国古典诗歌艺术领域里，也是上乘的。他兼擅古、律，古体尤见长，题材广泛，结体宏大，动辄十数韵乃至数十韵，而声韵铿锵，沉郁顿挫。律诗则音韵精严，妙于造句。岳祥作诗，主张意在句先，直写胸臆，而不要为“俗”所蔽。其诗《赠杨佳孙》云：“作诗意得在句先，下笔直写意所到。世间惟俗最难医，剖石得玉加精巧。”岳祥之所谓“俗”，盖指宋季以来所汲汲追求的“派”“家”之类，而只有立“意”破“俗”，作诗才能“一点圆明通万窍”。“通万窍”的“一点圆明”，正是作诗必须先立之“意”。由于岳祥作诗以意为主，故其诗内容充实，贴近社会现实，平白如话，老妪能解，没有装腔作势、故作深奥之弊。以上所举诗例，如《田公姥词》等等，都可以看到这一显著特点。但岳祥之诗，并非不加锤炼的随意之作，相反，他往往称他作诗为“苦吟”，“偶然新得句，长是

① 王逢：《梧溪集》卷首，《文渊阁四库全书》本。

不眠时”(《贻山甫》)。虽有意在先,而继之“得句”,则是要抛却心力的,虽鬼斧神工,而不露于斫。为此,岳祥往往对生活观察至细,体验至深。他在《十妇词》中写种麦妇女对小麦下种之后的担心:“窠浅愁鸦窃,株成畏马残。”此句非深精种植者所不能得;又写妇女舂米时的情景:“鸡窥归下米,犬舐簸前糠。”亦非当行者所不能道。又如“近灯人影大,斜月树身长”(《春分偶饮成醉,兀兀坐睡,觉而残月在窗矣》),更见其熟悉生活、注意观察。在岳祥的律诗中,有许多难得的写景对仗句,如:“红树桥边独,青禽石上双。”(《小窗一首寄帅初》)“水边黄叶路,雨外夕阳山。”(《种麦后栽补桑柘至田家憩息》)“窗间取月离离白,树下窥天碎碎青。”(《新历未颁遗民感怆二首……》之一)“老去声名惜鹤肋,世间富贵烂羊头。青山白鹭水天远,绿叶黄鹂风日柔。”(《寄帅初》)凡此,都体现了诗人对景物的细致观察和亲身体验,并善于景物色彩搭配。写人事的对仗句也不少,如:“花前双鬓白,雪后一灯红。”(《山斋夜坐》)“甲兵纵横满天地,衣冠颠倒走风尘。”(《新历未颁遗民感怆二首……》之二)等等。岳祥生性爱花,他自己说是“生爱梅花是性情”(《九月初十日山房午睡见梅枝已吐白矣,惊喜而作》),故其咏花诗颇多,但又不是单纯咏花,而是往往有其寄托,他有诗题曰《前咏诸花皆托物以赋者尔……》作了说明。写花往往借花抒怀,言情咏志,特别是抒发故国之思。《解梅嘲》写立春日梅花初輾,“向人带笑复含嗔,嗔我今为异代民。我语梅花勿嗔笑,四海已非唐日照。尔花也是异姓花,憔悴荒园守空峤。阆风自是可怜人,六十年来逢立春。安危治乱几番见,到此三年哭断魂。……”这类借花抒情言志之作在《阆风集》中颇多见,成为岳祥咏花诗的一个特点,只是其抒情言志或显或隐而已。

岳祥至于老年,诗作已是炉火纯青,自谓“向老工诗句”(《与正仲同游故园》),造语洗练,风格峻爽,不假雕饰,而自然精彩焕发。他总结为《诗诀》一首,有云:“欲自柳州参靖节,将邀东野适卢仝。平原骏马开黄雾，下水轻舟遇快风。”如《四库全书总目》所说：“其宗旨所在，可以想见矣。”①

舒岳祥的散文在宋元之际也是屈指可数的大家之一，现存作品三十六篇。程千帆、吴新雷二位先生在所著《两宋文学史》(第十章)中，认为宋季陈耆卿、吴子良、舒岳祥、戴表元继承了浙东学派陈亮、叶适的文学传统，一反道学派散文之弊，“论辩记序之文都富于务实精神”，而舒岳祥是浙东学派的“后继者”吴子良的“传人”，又是戴表元的业师，在浙东学派文学发展上有承上启下的重要作用。“在一片衰败卑弱的亡国之音中”，舒岳祥等“补偏救敝，力挽狂澜，才使得散文又走上了比较平正通达的道路”，其“昂扬炽热的爱国主义精神，才是文风转振的思想基础和根本原因”。同书又说：舒岳祥《阆风集》中，“如《刘正仲和陶集序》、《王任诗序》、《月中桂记》、《养志堂记》和《爱闲堂记》等，均有可观。王应麟《阆风集序》肯定其文有本，并指出：‘何谓本？大节之特立也。’又赞其风格‘如泉出山，达乎大川而放诸海’。他的受业弟子戴表元能发扬这些优点，在宋末元初的文坛上名重一时”②。这里虽然只说了舒岳祥的散文，但却正确地指出了他在宋元之际转振文学风气，使之健康发展的积极作用，从而肯定了舒岳祥在中国文学发展史上的地位，是知岳祥者也。质言之，宋遗民文学对宋末、元初文学的复兴起了决定性作用，尤其是元前期文学，没有宋遗民的文学创作，则其成就必大打折扣，而舒岳祥是其重要人物。此为宋元文学研究者往往忽视的问题。

三

舒岳祥的著作，其门人刘庄孙《舒阆风先生行状》著录为：“凡作于丙子以前者，有《荪墅稿》四十卷，《史述》十八卷，《汉砭》四卷，《补史》一卷，《家录》三卷；若《避地稿》、《篆畦稿》、《蝶轩稿》、《梧竹里稿》、《三史纂

① 永瑢等：《四库全书总目》别集类卷一八，中华书局1965年版，第1412页。

② 程千帆、吴新雷：《两宋文学史》，上海古籍出版社1991年版，第508页。

言》、《谈丛》、《丛续》、《丛残》、《丛传》、《丛肆》、《昔游录》、《深衣图说》，总二百二十卷，皆丙子以后所作也。”[①]今人介绍舒岳祥著作者，往往总丙子前后所著而言之，谓为“凡二百二十卷”，实误。“总二百二十卷”是专指“丙子以后所作”。若总丙子前后而言之，则凡二百八十六卷。在这些作品里，有诗文，也有学术著作，因而舒岳祥既是诗人，也是学者，只是其学术著作都失传了，留下的只有诗文集《阆风集》——由四库馆臣从《永乐大典》中辑出者，厘为诗九卷，文三卷，凡十二卷，后人亦因此给岳祥定位为诗人。《永乐大典》中的《阆风集》，应是元至大四年(1311)的“复刊本”，原版的《阆风集》早已“灾于兵”，见元胡长孺于至大四年三月为“复刊本”所作的序，所收诗文已远非岳祥作品的全部。

和其著作的遭遇一样，舒岳祥本人，在其身后亦遭冷遇，渐不为人所知，或知之甚少，特别是在其著作失传之后。地方文献记载也很简略。生活于清代康乾之世的厉鹗编辑《宋诗纪事》时，“苟片言之足采，虽只字以兼收”[②]，费时二十余载，而于舒岳祥，只据《赤城诗集》收《古意》、《一春四十日天气未佳，花事行复已矣，太息成吟》，据《台州府志》收《天门山》、《石台纪游》，据《宋艺圃集》收《杨白花》，凡五首；在作者小传中，于岳祥著作，亦仅说有《篆畦稿》、《蝶轩稿》、《竹梧里稿》[③]、《荪墅稿》，而未及《阆风集》，因其未能见到《永乐大典》而不知有《阆风集》也。岳祥不为人知的原因在于：他是宋朝的遗民，活动范围仅在台州、庆元等一个很小的天地里，所交的朋友主要是宋遗民，这些人多是隐士，不与世俗相往还。明初方孝孺在《刘樗园先生文集序》(《逊志斋集》卷一二)中说：“先生(按：指刘庄孙正仲，号樗园)所尊善者，惟同邑阆风景薛，南山陈先生寿。……阆风南山与先生皆自谓宋遗人，不屑仕。故文行虽高，而不大彰著于世。传而知之者，惟邑人而已。今相去五六十年，故老沦丧，知先生之名者，日已寡矣。”[④]其实，对此刘庄孙在《舒阆风先生行状》中已作了充分说明，

① 舒岳祥：《阆风集》附录，文物出版社 1982 年版，第 7 页。

② 厉鹗：《樊榭山房集》，商务印书馆 1936 年版，第 524 页。

③ 刘庄孙《舒阆风先生行状》作《梧竹里稿》，《赤城新志》、《四库全书总目》等同《行状》。

④ 方孝孺著，徐光大点校：《逊志斋集》卷一二，宁波出版社 1996 年版，第 396—397 页。

指出对舒岳祥中年以后的其道其文“世未有知而评之者，固有待于后世之子云”[①]。又曰：“……有如公之不幸而发之山林草野，流离倾侧寂寞无人之地，所与上下议论者不过俗儒寒畯、隐约耕钓之徒，毁誉止于禽鱼，褒贬止于草木，岂不可叹也夫！岂不可悲也夫！”对此，岳祥也很了然，故在诗中说：“谁于千载后，见我苦吟时？”（《秋晚随意行涧上，值老农问劳去年避乱时事》）

本书是在《舒岳祥年谱初稿》的基础上增补而成的。《初稿》编成于1990年冬，发表在《徐州师范学院学报》（哲社版）1992年第2至3期上。由于学报容量有限，发表时作了较大的压缩。发表之后，我对舒岳祥的研究仍在缓慢进行中，迄今已近二十年。对岳祥的认识及其年谱资料的研究均有所进展，觉得有出版增补本以广泛征求专家、读者意见的必要。但我仍不敢说我已经完全了解了岳祥，况且有些事情至今还没能弄清楚。如岳祥遭绿林之祸问题，为群小见厄问题，为赤城书堂长的具体情况，“新脱船场提调”问题等等，都还不知就里；即使编入年谱的材料，也很难确保准确无误，错误失当之处一定不少。凡此，皆有待今后的继续努力。年谱中引用的岳祥诗文，主要依据《嘉业堂丛书》本《阆风集》，并校以《文渊阁四库全书》本以及《全宋诗》、《全宋文》、《全元文》本。钱大昕《廿二史考异·序》云：“桑榆景迫，学殖无成，惟有实事求是，护惜古人之苦心，可与海内共白。自知檠烛之光，必多罅漏，所冀有道君子，理而董之。”[②]读此，心有所触动，学术大师如钱大昕者，尚如此言，区区小我，尚何言哉，尚何言哉！惟愿藉此以敬致于读者而已矣。

（本文原为《舒岳祥年谱》卷首代前言，上海古籍出版社2012年版）

---

① 舒岳祥：《阆风集》附录，文物出版社1982年版，第8页。

② 钱大昕撰，陈文和等校点：《廿二史考异》，凤凰出版社2008年版，第1页。

关于张炎的考索

张炎(1248—约1322),字叔夏,号玉田,又号乐笑翁,宋元间著名词人、词论家,著有词集《山中白云》八卷,词论《词源》二卷。唯正史无传,其他记载也较少,因此,后世研究者较少。其实,对张炎很有深入研究的必要。他的词创作和词学理论,在宋元间都堪称东南独秀,对当时和以后,尤其是清代的词坛,影响很大。这是我国古典文学研究者,尤其是治词史者所不能忽视的。近来应约为张炎作《评传》,乃略作研究,觉得关于张炎须作深入探索的问题颇多,兹仅举两例,粗陈管见,以就教于同志们。

一、籍家问题

《辍耕录》卷一、《宋史》卷四七,均载张濡戍独松关杀元使严忠范、廉希贤一事。如《宋史》载:德祐元年(1275)三月壬申朔,“命浙西安抚司参议官张濡戍独松关”[1],“辛卯……张濡部曲害大元行人严忠范,执廉希贤至临安,重创死”[2]。《元史》除了于卷八记载这一事实外,又于卷九、卷一

① 脱脱等:《宋史》卷四七,中华书局1985年版,第927页。

② 同上书,第928页。

六二记载了元朝政府对这一事件的报复。如卷一六二《高兴传》:至元十二年(1275),“宋张濡杀使者严忠范等于独松关。伯颜使兴讨之,师次溧阳,再战,斩其将三人……遂破溧阳,斩首七千级”①。卷九《世祖纪》:至元十三年(1276)三月甲戌,“以独松关守将张濡尝杀奉使廉希贤,斩之,籍其家”②。

那么,张濡是什么人呢?宋代奚淢《秋崖津言》有如下记载:

> 濡字子含,别墅在北新路第二桥,颜曰“松窗”。中构水亭,四面柽柳数百株,围绕若玦环,下临菡萏一二十顷,三伏消暑,不减禁中翠寒堂也。父功甫,即与史卫王谋诛韩侂胄者,杨诚斋赏其诗,所谓“新拜南湖为上将”也。……子枢字斗南,工长短句,李筼房每称之。③

“功甫”是张镃的字,循王张俊的曾孙,张炎的曾祖;张枢,张炎之父;张濡则是张镃之子,张枢之父,张炎的祖父。清代丁丙从这则记载中发现了张濡与张镃、张枢的关系,从而证实了张炎为张俊的六世孙,惊喜不已,走告迈孙(许增),同为抚掌。奚淢,字倬然,号秋崖,南宋末期词人,与张炎的老师紫霞翁杨缵相友善,是与张炎的父亲同辈之人,所以关于张濡的记载,应较可信。

又据牟巘《题西秦张氏世谱后》(见《陵阳先生集》卷一六),也可以证明张濡确是张俊的后代。文中说张俊的后代“有登进士第者,上舍释褐者,有与殛韩而复以忤时贬者,任守关而竟以杀使死者”④。其中“与殛韩而复以忤时贬者”即奚淢所说“与史卫王谋诛韩侂胄”的张镃功甫,史卫王即史弥远,镃后为史所忌,贬死象台(在今广西境内),详见叶绍翁《四朝闻见录》、周密《齐东野语》等;“任守关而竟以杀使死者”⑤,则显然是指张濡,在这一段时间内,有此事迹者,仅张濡一人。且张俊诸孙辈次,“取

① 宋濂等:《元史》卷一六二,中华书局 1976 年版,第 3803 页。
② 同上书,第 180 页。
③ 张炎撰,吴则虞校辑:《山中白云词》,中华书局 1983 年版,第 176—177 页。
④⑤ 牟巘:《陵阳先生集》卷一六,吴兴刘氏嘉业堂刊,第 9 页。

五行相生为次”，“濡”从“水”，自然应在“金”“木”之间，与奚淢所说辈次正合。

张濡既是张炎的祖父，所以张濡的被籍家，也同样是张炎的被籍家。张炎在宋亡之后，处境凄凉，长期流浪江湖，无家可依，最后仅余一身，潦倒至死，皆肇端于此。

这历史性的灾难给张炎的刺激是极为深痛的。这在他的写“家园”的词中，有明显的表露。如《忆旧游》序云：“过故园有感。”（别本作“过邻家望故园有感”）一个在外漂流了许久的人，既至“故园”，“过”而不入，更谈不上去居住了，词末又云：“怕有旧时燕，犹自识黄昏。待说与羁愁，遥知路隔杨柳门。”有门难通，有“路”阻隔！显系故园已属他人之征。再如《长亭怨》，序云：“旧居有感。”词中有“望花外、小桥流水，门巷愔愔，玉箫声绝”等句，旧居门前诸景，皆以“望”出之，词人见其旧居，仅远望而已，仍没有进去。又如《凄凉犯》，叙云：“过邻家见故居有感。”仅此小序一句，词人与其故园的关系已完全道破。在《渡江云》中，更用“桥边燕子”之典，写今昔之感，寓故园易主之悲。张炎词中写到“故园”的时候，率皆如此。

这里顺便说一下，也与“籍家”有关者，是张炎妻子的问题。张炎词中和其他有关张炎的记载中，都不明言其妻，更不言其子。张炎在宋亡之后，孤单得很，在漂流如羽时且不必说，在西湖隐居时，也是孤苦零丁一个人，他好像赤条条来去无牵挂。其实，张炎并非无妻，试看上述《长亭怨》一词，便知端的。这词中有“凄咽，晓窗分袂，同把带鸳亲结”诸语。这里分明留下了一个女性的影子。由于这首词是写词人见到旧居时的感慨。又特别是回忆了十年前的使词人“愁千折”的悲惨的一幕，因此，与词人晓窗分袂、带鸳亲结的女性，应当是张炎的妻子。当时张炎年届而立，且为富贵公子，应当有妻。“分袂”云云，盖指张炎在籍家时仓卒出逃，与妻子分手的情景；至于“恨西风，不庇寒蝉，便扫尽、一林残叶”，其寓意显然是怨恨元统治者罪及其妻孥，荡产倾家，犹如寒蝉落叶，一扫而尽。在我国封建社会中，“籍家”总是把犯人的家产和人口（尤其是妇女),没入官府。伯颜之杀张濡并籍其家,虽然是在戎马倥偬之际进行的,但籍家的老例,似不会更改。在大祸临头之际,看来张炎是仓皇逃遁了,而他的妻子,却落入了元统治者之手。这个情况,张炎在《忆旧游·过故园有感》中说得更清楚:"空存,断肠草,伴几摺眉痕,几点啼痕。镜里芙蓉老,问如今何处,绾绿梳云?……待说与羁愁,遥知路隔杨柳门。"显然,张炎的妻子在籍家之后,没入官府了。

看来,张炎的家产、妻子,都随着籍家之祸不堪闻问了。这自然是籍家的结果,但又何尝不是籍家的证据?过去读张炎的这类词,往往感到费解,不知何以如此,一旦知道了籍家的事实,则这类费解之处,便豁然开朗了。

二、张炎初游江阴的时间

张炎从大都失意南归之后,一直过着飘泊流浪的生活。他先是汗漫浙东,接着又在吴楚流浪了十六年(1299—1315)。这十六年间,他到过平江(今江苏苏州)、无锡(今江苏市名)、江阴、溧阳、宜兴(皆今江苏县名)、毗陵(今江苏武进)、金陵(今江苏南京)等地。张炎流浪这些地方的时间,多数已见于《山中白云》,检索可得,有的则须作些考索,江阴便是其一。

从《山中白云》看,张炎在江阴写的词颇多,而其流浪江阴,也不少于两次。他第二次到江阴,时在元武宗至大二年(1309)的秋天,见《山中白云》卷六《摸鱼子》,其序云:"己酉重登陆起潜皆山楼,正对惠山。"词中有"秋城自有芙蓉主"、"重游倦旅"等句。"重登"、"重游",自然不是第一次。芙蓉城即江阴。陆起潜,江阴陆文圭之侄,所居与文圭相邻,见《墙东类稿》卷一九《丁丑元夕诗》自注,其皆山楼正是在江阴。这里的己酉,是元武宗至大二年(1309)。有重登、重游,便有初登、初游。那么,初登、初游当在何时呢?

《山中白云》卷四有《清波引》一首,词序云:"横舟是时以湖湘廉使归。”“横舟”，清代江昱认为当是江阴陆垕，根据是在这段时间里江阴陆氏做过“湖湘廉使”者，只有陆垕。所论确是。按：陆垕以“横舟”为别号，盖得之于他家的横舟阁。与垕同时的陆文圭曾作《横舟记》（见《墙东类稿》卷八），描写的就是陆垕家的横舟阁。关于陆垕，《墙东类稿》卷一四有《陆庄简公家传》（以下简称《家传》。“庄简”，陆垕谥号），其中写道：

……授朝列大夫岭北湖南道肃政廉访副使，公（指陆垕）辞不可，不得已就道。……公固倦游，又以侍亲，弃官归。逾年，升中议大夫海南广东肃政廉访使。……为政期年，复以侍亲弃官归。①

陆文圭《墙东类稿》卷一八《寿陆义斋二首》自注云：“乙巳九月自五羊归。”陆义斋即陆垕。据《家传》，垕尝匾所居斋曰“义”，故又以“义斋”为别号。“五羊”即广州，陆垕的任所，故诗中有“归棹石门江水长，肯留一片广州香”句。这里的“乙巳”，是大德九年（1305）。这是陆垕由广东任上归来的时间，他既在广东“为政期年”，可知大德八年（1304），他已在广东任上。又《崇祯南海县志》（清抄本）载有陈大震在大德甲辰长至日写的序，序中有“廉访使江阴义斋陆公，以儒被选……遂命里耆旧陈大震、路教授吕桂孙，求旧志增修之”诸语，这里的甲辰，即大德八年，“长至日”即夏至。以此确知陆垕大德八年已在广东任上。由此逆推一年，即大德七年（1303），便是陆垕在家“侍亲”的时间，而其由湖南弃官回家（据《家传》，陆垕在湖南任上回家仅此一次）应是大德六年（1302）的事了。当他回到家乡时，已经是这年的秋末冬初，所以张炎《清波引》词中有“寒汀古溆”一类的话。

从张炎的《清波引》词序看。陆垕由湖南回到江阴的时候，张炎已经先到了。但张炎初到江阴的时间，最早不得早于大德四年（1300。是年，张炎在苏州，其吴楚之游刚刚开始，见邓牧《伯牙琴·张叔夏词集序》）。从现存《山中白云》和其他有关记载看，这是张炎第一次游江阴。张炎之所以游江阴，盖因其从叔张楧在那里任学正（张楧任江阴学正事，见陆文

---

① 陆文圭：《墙东类稿》卷一四，《文渊阁四库全书》本。

圭《墙东类稿》卷六《送张菊存序》，王沂《伊滨集》卷二四《张君仲实行述》，牟巘《陵阳先生集》卷一六《题阎敬斋与张仲实诗后》等多种记载）。张楧与陆文圭相友善，楧既至江阴，两人关系更为密切，得“日从之游”。《墙东类稿》卷一五有《癸卯二月，仲实诸人游野外饮花下得家字》诗，这里的癸卯，是大德七年（1303），正是张楧在江阴任学正之时。张炎有词《蝶恋花》，序云：“陆子方饮客杏花下。”（陆子方即陆文圭）所记与《墙东类稿》正合。可知当时张炎仍在江阴。但他在江阴的时间也决不会太久，最迟不得迟过大德九年（1305），是年九月，张炎已在溧阳，其词《新雁过妆楼》序有“乙巳菊日寓溧阳”诸语，可以为证。

根据上述情况，似可推知：张炎这次在江阴的时间，很可能与张楧在江阴任学正的时间相始终。当时张炎行资丧尽，所到之处，衣食全靠亲友。他在江阴时的生活费用，无疑要靠张楧。而张楧任江阴学正仅二年（见《墙东类稿》卷六《送张菊存序》），就迁宜兴州学教授（见《伊滨集》卷二四《张君仲实行述》），他到宜兴去的时间，应是大德七年（1303）二月以后的某月。袁裒《送仇仁父分教溧阳兼寄张仲实》诗末云：“西秦公子眸炯炯，阳羡三年官舍冷。凭君为我致相思，行矣追寻啸烟艇。”[①]“阳羡”即宜兴；仇仁父即仇远，远与楧为友，而溧阳、宜兴为邻州（当时俱为州），故当仇远从家乡钱塘赴溧阳时，袁裒托其顺道看望张楧，并以诗相寄。又，仇远《金渊集》卷一有《乙巳岁三月为溧阳校官，上府经鸟刹桥，和陶渊明韵》诗，这里的乙巳即大德九年（1305），这年三月，是仇远始任溧阳的时间，而当时张楧已在宜兴经过三个年头了，可知张楧初至宜兴任上，当在大德七年（1303）二月以后至年底之前的某月。如此，则张炎这次在江阴的时间大约是大德六年至七年（1302—1303）。

（原载《文学遗产》1984 年第 1 期）

① 顾嗣立：《元诗选》初集，中华书局 1987 年版，第 668 页。

张炎三题

一、关于张炎的祖籍问题

张炎(1248—约1322),字叔夏,号玉田,又号乐笑翁,宋元间著名词人,词论家,著有词集《山中白云》八卷,词论《词源》二卷。张炎的祖籍,本来是不应当成为“问题”的。因为已知张炎的六世祖是循王张俊,据《宋史》卷三六九《张俊传》,俊字伯英,“凤翔府成纪人”。张俊佐宋高宗南渡有功,封清河郡王,赐第临安(今浙江杭州),其子孙遂世居于此。这样看来,张炎的祖籍,如依张俊,则是凤翔成纪县;若就其在杭州已历六世,祖宗庐墓在焉的具体情况论,说是浙江杭州亦无不可。

问题在于:后世的研究者,对“凤翔府成纪”,或认为是今陕西凤翔,或认为是甘肃天水,而一般引用者习焉不察,随意照搬,遂使张炎的祖籍所在,产生了分歧。为除后人习非成是之弊,特考察如下。

据《宋史·地理志》,宋庆历元年,分陕西路为秦凤、泾原、环庆、鄜延四路。秦凤路所辖凡府一、州十九、军五、县四十八。其中“府”即凤翔府,在秦凤路最东部,治天兴,即今陕西凤翔县;而十九州之首,则为秦州,位于秦凤路中部,辖成纪、陇城、清水、天水四县。这里的“成纪”,即

《宋史·张俊传》所说张俊的故乡。

又,《宋史·张俊传》说,张俊"好骑射,负才气,起于诸盗;年十六,为三阳弓箭手"①。宋代的牟巘《陵阳先生集》卷一五《跋忠烈王传后》称:"考其(指张俊)本末,大类好畤侯耿弇,盖弇起扶风,而王(按:指张俊)家三阳。"②牟巘是张俊五世孙张楧(字仲实,号菊存,张炎的从叔)的岳父(见《陵阳先生集》卷一二《张仲实诗稿序》,元代王沂《伊滨集》卷二四《张君仲实行述》说楧继室牟氏),又曾亲自看过张楧编纂的《西秦张氏世谱》,并为题跋(详见《陵阳先生集》卷一六),所言应当可信。又,王沂《伊滨集》卷二四《张君仲实行述》,在谈到张楧祖籍时,有"其先秦州三川阳人"等语。王沂与张楧为挚友因而为作"行述",所言亦当可信。按:"三阳"、"三阳川",《宋史·地理志》则称之"三阳寨",所指都是三阳。"川",盖以地势言,后因西北边屯紧张,筑以寨守,故称三阳寨。据《宋史·地理志》,三阳正是在成纪县。该县有渭水、三阳等三十九寨。三阳位于县治西北部,约四十里。

由此可见,张俊的故乡即张炎的祖籍,是在宋秦凤路秦州成纪县三阳寨,成纪即今甘肃省天水市。

误把张炎的祖籍定为今陕西省凤翔的第一个原因,很可能在于"成纪"前加了"凤翔府",遂仅取"凤翔"作为张炎的祖籍。按:宋凤翔府治天兴,即今陕西省凤翔县。但宋代的凤翔府却不辖秦州成纪。在历史上,成纪确实隶属过凤翔。如唐大中四年(850)以后,以至五代,秦州成纪改隶凤翔府;在金,秦州属于凤翔路,而凤翔路治址恰在秦州。《宋史·张俊传》之所以称"凤翔府成纪",盖因《宋史·地理志》的编纂者在地理区域上受了金的影响,采用了金的行政区划,唯改路为府而已。这样就把宋代的既非一地,又无隶属关系的成纪与凤翔连在一起,这本身就是一种误会。所以,仅取"凤翔府"来定为张炎的祖籍,显然是错误的。

误把张炎的祖籍定为今陕西凤翔县的第二个原因,很可能在于看到

---

① 脱脱等:《宋史》卷三六九,中华书局 1985 年版,第 11469 页。

② 牟巘:《陵阳先生集》卷一五,吴兴刘氏嘉业堂刊,第 6 页。

张炎等人屡次自称秦川人或西秦人。如张炎自称“西秦倦旅”(《壶中天·客中寄友》,见《山中自云》卷五)。其《山中白云》亦署“西秦玉田生张炎叔夏著”;张炎的曾祖张镃著《皇朝仕学规范》,序末自署“秦川张镃”,其《南湖集》亦署“秦川张镃”,《南湖集》卷七《杂兴》三首之一自述家世,有“迢遥秦陇旧家山”句。当时还有些比较了解张氏内情的人,也说张炎祖孙是西秦人或秦川人。如宋道士孟集虚所编《洞霄诗集》,收张镃诗四首,署曰“西秦张镃”;仇远《赠张玉田》诗,有“秦川公子谪仙人”句。《读史方舆纪要》卷五二说,陕西“谓之秦川”,再加上“凤翔府”,这就很容易使人把张炎的祖籍视为陕西凤翔。其实,《读史方舆纪要》中的“陕西”,并不仅限于现在的陕西省,地处今甘肃的秦州就包括在其中。而陕西“谓之秦川”,也并不等于秦川仅仅限指现在的陕西省。《水经注》卷一七也说:“清水上下,谓之秦川。”这里的“清水”,即甘肃省清水县的清水,宋时属秦州。且秦之为秦,其始亦在甘肃。据《史记》卷五《秦本纪》,周孝王封非子于秦;《水经注》卷一七又说秦川“有故秦亭,秦仲所封也,秦之为号,始自是矣”。这里的秦,秦亭,其地在甘肃清水县东北,或云当在今甘肃张川县南。秦大约至襄公时,才由甘肃迁入陕西。至于晋时十六国之一的西秦,其地亦在今甘肃省内。所以,秦川或说西秦乃至秦陇,在古代地域上,所指范围较大,跨有今天的陕西、甘肃等地,不能径把秦川、西秦仅视为现在的陕西省。其实,用秦川、西秦等等,作为张炎的祖籍,从大地区上说当然是允许的,也是古人称述籍贯常见的现象,但细论则实有不妥,区域太大,不够精确,而我们所需要的,正是科学的、精确的表述。

上面说过,把张炎的祖籍定为浙江杭州亦无不可,清代钱塘龚翔麟曾力争张炎为杭州人而不必谓之秦人。尽管如此,我们却仍认为定为秦州成纪为宜,即使笼统地说是西秦人,也比说成杭州人为好。因为张炎祖孙都坚持这个说法而未尝改口。张炎在流浪吴楚时,竟然想远游秦晋,即回老家一趟(其词《声声慢》中有“一舸清风何处,把秦山晋水,分贮诗囊”句,可为一证)。他们之所以如此坚持,很可能因为那里是他们的祖宗张俊的发祥地，故坚持为秦人，以不忘祖初。不然，何以不说祖籍保定呢？——张俊的祖上，并不是土生土长的成纪三阳人，而很可能是从保定迁徙去的。《陵阳先生集》卷三有《和张氏合族诗》，序云："张彦清学士以使来杭，访问忠烈王（即张俊）子孙。盖其先皆自保定，原系实同。乃合二谱，聚族谒庙、叙拜，厥谊甚古。仲实（张楧）赋诗以纪。"[①]而牟巘的和诗，首联便是："有伟秦咸望，厥初保定人。"若要追根求源，张炎的祖籍似应在保定，张俊的子孙们也都承认，但他们在提到祖籍时，仍说西秦、秦川之类，这就不能不引起我们的思考了。所以，关于张炎的祖籍问题，我们还是尊重张俊子孙们特别是张炎自己的意见，定为秦州成纪，即今甘肃天水为宜。

二、张炎的"北游"与南归

南宋灭亡之后，张炎经过了十多年的隐居生活，于至元二十七年（1290）九月，由杭州起驿，北赴大都。张炎在《台城路》序中说："庚寅秋九月之北。"庚寅，即至元二十七年，这首词中有"落叶萧萧"、"衰草凄迷"等句，皆秋景，亦为九月赴北之证。关于张炎北上大都的原因与目的，持说各有不同。张炎是自称"游历"的（见《山中白云词》卷一《壶中天》"扬舲万里"），年长于张炎的舒岳祥也说是"北游燕蓟"（《山中白云词》舒序）；与张炎同时的戴表元说是"以艺北游"（《剡源集》卷一三《送张叔夏西游序》）；袁桷说是去"论得失"（《清容居士集》卷七《赠张玉田》）；清代江昱、许增都说"以写经之役自杭起驿入京"（分别见江昱《山中白云疏证》和榆园丛刻本《山中白云词·逸事》）；今人夏承焘先生说是"往燕京求官"（《读张炎的〈词源〉》，《光明日报》1960 年 2 月 7 日）。以上诸说，措辞不同，但骨子里似有相通之处。最直接的原因应是"以写经之役"。这可以从张炎的同行者身上找到证明。与张炎一同起驿赴京的是沈尧道

① 牟巘：《陵阳先生集》卷三，吴兴刘氏嘉业堂刊，第 9 页。

(钦)和曾心传(遇)。曾心传临行前一日,高僧、画家温日观曾为画墨葡萄二纸,一张赠给曾心传,另一张则托曾心传带给在京做官的赵孟頫。曾心传作《题温日观墨葡萄画卷自序》[1](以下简称《自序》),有"至元庚寅以写经之役起驿入京"等语。《元诗选癸集甲》、《山中白云疏证》卷一《声声慢》("平沙催晓")词后引《书史会要》,都说曾心传于至元二十七年被选入京,书泥金字藏经。《元诗选癸集甲》并说曾心传"尤邃七书,工笔札"。这自然是写经的重要条件。另一同行者沈尧道,也是被召赴京写经的(详下文)。又,《元史》卷一六载,至元二十七年六月,"缮写金字藏经,凡縻金三千二百四十四两"[2]。按:这次写经之役,应从是年六月起。凡縻金若干,应为修《元史》者补注之笔。曾心传等于同年冬抵京,[3]正是写经忙碌之时,所以马上就投入了写经之役。(曾心传《自序》有"别〔温日观〕后留京书经"之语。《大观录》又载沈尧道为墨葡萄画卷题词,调《甘州》,小序有"心传索词屡矣,久以缮金字之冗,未暇填缀"云云,足证曾心传、沈尧道、张炎等至京正是写经忙碌之时)张炎长于书,亦六艺之一。明代汪砢玉编《珊瑚网法书题跋》时,尚见其词《高阳台》("古木迷鸦")墨迹。戴表元所谓"以艺北游",或是指赴京写经之事。被召写经,也是做官的一条通道。所以当温日观为曾心传送行时,就"以荣名相期";曾心传也说:"书经讫事,将得官"。(均见《自序》)而舒岳祥所说"北游燕蓟,上公车,登承明,有日矣"(《山中白云词》舒序),其中明显地有"求官"的意思。

张炎在"北游"之前,内心是矛盾的。他在临行前写了一首《声声慢》("寒花清事"),末云:"似东山、还似东篱。待去隐,怕如今、不似晋时。"到底是学谢安先隐居东山、中途复出呢,还是学陶渊明采菊东篱下、坚决隐居到底呢?内心矛盾斗争的结果是打算走谢安的路,所以结句才说

---

① 曾心传《题温日观墨葡萄自序》见于《六研斋三笔》、《元诗选癸集》、《大观录》等多种著作,少数文字互有出入。此取《大观录》卷一五。

② 宋濂等:《元史》卷一六,中华书局1976年版,第338页。

③ 赵孟頫辛卯岁(1291)二月题温日观墨葡萄,有"去冬曾君自吴来燕"语。此文不见《松雪集》,盖为孟頫之逸文。

“待去隐，怕如今、不似晋时”。这显然是强调客观理由。其实，张炎如果要真的坚持隐下去，并不是不可以的，南宋遗民隐而不出者甚多，虽朝廷一再征召，或隐而不顾，或出而复隐，这种事例在当时是很多的，何在乎一个张炎呢？这是张炎在新朝征召面前所表现出的动摇性。所以，当他踏上征途，星夜赶渡古黄河时，便即景生情，兴冲冲地作了一首气魄很大的《壶中天》，起句就是“扬舲万里，笑当年底事，中分南北”。“中分南北”自然是指黄河分割祖国大地而说，但也难以排除绝无人事政治的寓意。此时的张炎，似乎觉得当年政局上的南北纷争，就如同黄河把华夏大地一分为二那样的不必要。词中虽以“底事”发问，实际上的意思还是肯定。当然，张炎在北游途中的情绪波动，也是很明显的。当他与故人邂逅相遇，自然勾起对痛苦往事的回忆的时候，或当旅途跋涉艰难、气候恶劣的时候，其情绪往往跌落、消沉。这也是“人之常情”，尤其是一个既经国亡家破而又隐忍十年不仕的知识分子在这特定事件、特定环境中所表现的“人之常情”，似乎不必以此为据断定其赴北是被迫的。

张炎至京之后，看来也和沈尧道、曾心传一样，立即投入了紧张的写经工作。从他在京都所填词中绝少冬日之作，便可推想其紧张程度。——一个在南方温柔之乡生活了四十余年的词人，乍到北国的冰雪世界，可以谱入词中的景与情一定不少。可是现存张炎在京都的词，差不多都是次年春天写的。这很可能是当时写已经结束，张炎有空闲可以一游“平生无梦到”（《壶中天》）的大都了。在这期间，他游历了长春宫（旧称太极宫）、海云寺等名胜；观看了“奇丽可观，江南所无”（《三姝媚·序》）的千叶店（芙蓉杏），领略了都下寒食的风俗人情，并一一记入词中。

然而，张炎却在至元二十八年（1291）的春天，匆匆离开了京都，回南了。他自己说：“笑我曾游万里，甚匆匆、便成归计。”（《水龙吟》）为什么匆匆而归呢？舒岳祥说是“一日，思江南菰米莼丝，慨然幞被而归”（《山中白云词》序）；仇远说：“金台掉头不肯住，欲把钓竿东海去”（《赠张玉田》）；戴表元说：“不遇，失意亟亟南归”（《剡源集》卷一三《送张叔夏西游序》);曾心传《自序》说:"书经讫事,将得官,而轰荐福之雷。"[1]以上,舒、仇之说,只是借前人之典,不着事物本质的一般性的述说。戴、曾之说,却值得思索。"荐福之雷",用欧阳询《荐福碑》事。《尧山堂外纪》载:饶州鲁公亭在荐福山,山有唐欧阳询所书《荐福寺碑》,颜鲁公(真卿)尝覆以亭,后人因名。范希文(仲淹)镇鄱阳日,有书生献诗甚工。时《荐福寺碑》墨本值千钱,希文欲为打千本,一夕雷轰碎其碑。后人遂以"一夕雷轰荐福碑"比喻时运急转直下,并衍为杂剧,流传颇广。曾心传是当事人之一,所言自然可信,惜不具体。清人许增《山中白云词·跋尾》补充说:"甫得官,辄为人所阻"[2],未知所据。按:写经之人,未得官者,不止张炎一人,他如曾心传[3]、沈尧道、吴菊泉等,都没有得官,不见得都"为人所阻"。轰荐福之雷,时运急败,盖与当时朝中突然发生的一起重大案件有关:至元二十八年正月,权奸、尚书右丞相桑哥专权祸国之罪被揭发。这一爆炸性的事件,使朝廷上下,高度紧张,无暇他顾。此案勘验辩论,至当年七月桑哥伏诛,事犹未了。所谓轰于荐福之雷,亦暗指此事。张炎等的不得官,真谛当在于此。因为事关朝廷,且文网甚密,所以时人不敢道破,只好归结为"命运"不好。不过,张炎对此却有几分情绪,他似愤慨又似自我宽慰地说:"别有长生路,看花开花落,何处无春。"(《忆旧游》)所以就与沈尧道一起掉头南下,亟亟而归了。

三、《词源》与《乐府指迷》

迄今为止,我国公开的和内部的刊物上,凡是提到张炎《词源》的,若要论其资格,大多说它是我国"词史上第一部词话专著"。《词源》确实是我国较早的词话体的词学理论专著,但是,是不是"第一部"、"最早的一部",还值得推敲。

---

① 张炎撰,江昱疏证:《山中白云词疏证》,朱祖谋辑刻《彊村丛书》本。

② 张炎撰,吴则虞校辑:《山中白云词》,中华书局1983年版,第161页。

③《元诗选癸集甲》第48页说,曾心传"被选入京书泥金字藏讫事,南还。……后以荐授湖州路安吉县丞致仕"。可知曾的为官是后来的事,与写经无关。

宋代以降，词话渐兴，至清代极盛。其源头乃在于宋。在《词源》之前，宋人有些笔记（包括诗话）著作，如王灼《碧鸡漫志》、胡仔《苕溪渔隐丛话》，以至于周密的《浩然斋雅谈》等，已有词话的成分，魏庆之的《诗人玉屑》中还专列了《中兴词话》一门。然而，那都属于“挟带”的性质，不纯为“词话”，更谈不上“词话专著”[①]。能谈上词话专著的，特别是带有词学理论性质的词话专著，在词史上又是较早的，可推沈义父的《乐府指迷》和张炎的《词源》。

《词源》是张炎的晚年之作。张炎《词源·序》（在《词源》下卷之首）有“生平好为词章，用功逾四十年”、“今老矣”诸语；张炎的友人钱良祐《词源跋》作于丁巳（1317）正月，当时张炎已是七十岁的老人（张炎生于宋理宗淳祐八年，公元1248年），跋中录张炎晚年归杭州后所作的《台城路·咏归杭》一词，中有“如今岁华惊晚”句，正与张炎所谓“今老矣”相印证；张炎的另一位友人陆文圭《词源跋》，有张炎“弃家客游无方三十年矣”的话，张炎的“弃家客游无方”，是从四十多岁开始的，到陆文圭为《词源》作跋的时候，张炎也应是七十老翁了。看来，《词源》为张炎晚年归杭后之作，成书或稍前于钱良祐作跋之年。

可以与《词源》相比较的，是沈义父的《乐府指迷》。沈义父，字伯时，震泽（今江苏吴江）人。所著《乐府指迷》，张炎的门人陆辅之（行直）在他的《词说》中已经提到，他说：“沈伯时《乐府指迷》多有好处，中间一两段，亦非词家语。”可见当时必有传本。《乐府指迷》共二十九则，是词话体的词学专著，所论内容广泛，从论词的标准到词的具体作法，以及词人得失，咸有论列，“其重要与《词源》同”[②]（蔡嵩云《乐府指迷笺释·引言》）。其成书年代，因文献不备，难作确考。不过，沈义父所处的年代已可知大

---

① 对于这个问题，专家学者如罗根泽、夏承焘等先生，早有论述。罗先生认为宋词话有新意见的，只有王灼、张炎、沈义父三家，见《中国文学批评史》（二）；夏先生则并王灼《碧鸡漫志》亦去之，说见1960年2月7日《光明日报》所刊《读张炎的词源》。按：夏说是。《碧鸡漫志》是一部谈论歌曲的著作，谈上古至唐歌曲的演变，又以更大的篇幅考证唐代乐曲如《霓裳羽衣曲》、《兰陵王》、《念奴娇》等的源流，直接品评词的，只占全书的一部分。故不必视为词话专著。

② 蔡嵩云：《乐府指迷笺释》，中华书局1948年版，第16页。

略:此人于南宋嘉熙元年(1237)"以赋领乡荐,为南康军白鹿洞书院山长"[①](详见蔡嵩云《乐府指迷笺释》附录《沈义父小传》及《编者附记》),下距张炎出生尚有十多年。又,沈义父在《乐府指迷》中自我交代说:"壬寅秋,始识静翁于泽滨;癸卯,识梦窗。暇日相与唱酬,多填词。"并说已在研究作词之法了。今检梦窗词中,梦窗与沈伯时酬唱之作,凡三见。按:壬寅、癸卯,即淳祐二年(1242)、三年(1243),下距张炎出生尚有五年。在张炎还没有出生的时候,沈义父已有如此历略,特别是当了白鹿洞书院的山长,不言而喻,是非至成年不可的。据此,可知沈义父于张炎为前辈,长于张炎或不少于四十多岁。且《词源》又是张炎的晚年之作,当《词源》成书的时候,沈义父如果还能在世的话,也应是百多岁的老人了。如果这种推算还不至于太谬,则《乐府指迷》的成书,当在《词源》之前,所谓词史上"最早的"、"第一部"词话专著,应当是《乐府指迷》,《词源》应退居其次。

《乐府指迷》与《词源》的下卷,都是谈词创作的,它们对词表面形式的要求,有不少相似之处。但究其实质,却大相径庭,它们代表着宋元间词坛上两种不同的风格流派。《乐府指迷》是对宋末以吴文英为代表的雕缋质实词风的总结,亦如蔡嵩云所说:"宋末词风,梦窗家法,均于是编窥见一斑"(吴梅《乐府指迷笺释序》引)。因此,《乐府指迷》"在词论上的首要价值,就在于它体现了吴文英一派词人创作方法的理论"(《乐府指迷笺释·编者附记》)。而张炎的《词源》则反是而立论。他不满于宋末词风,于是指出姜白石为典范,首创"清空",反对质实晦涩。他说:"词要清空,不要质实;清空则古雅峭拔,质实则凝涩晦昧。姜白石词如野云孤飞,去留无迹;吴梦窗词如七宝楼台,眩人眼目,碎拆下来,不成片段,此清空质实之说。"[②]他尖锐地批评了风靡一时的吴文英的词,准确地指出了吴词堆砌雕缋的弊病,是颇有勇气、颇见巨眼的。

这样看来,张炎的词学理论,要比沈义父高明些,所以在宋元间,堪

① 蔡嵩云:《乐府指迷笺释》,中华书局 1948 年版,第 14 页。
② 张炎:《词源》卷下,中华书局 1991 年版,第 49 页。

称独秀。他的理论，在一定程度上冲破了宋末词风的牢笼，给词人以新空气。看来，能在一定程度上给当时的“乐府”“指迷”的，不是沈义父的《乐府指迷》，而是张炎的《词源》，这就无怪乎有人竟把《词源》径称作《乐府指迷》了。[①]

（原载《徐州师范学院学报》1985年第1期）

①《词源》在初成之时，就有《指迷》之称。如仇远《山中白云词・序》、陆行过《词旨》。盖“指迷”一词，犹今之“指导”，初为泛称而非专指。明陈继儒辑《宝颜堂秘集续》，取《词源》下卷与陆行直《词旨》合为《乐府指迷》。清江昱袭用之。《四库未收书目提要》对此有所批评。然而以其渊源有自，似未为深病。

张炎词探微举隅

这里所要探讨的，是张炎的四首词:《国香》(莺柳烟堤)、《阮郎归》(钿车骄马)、《水龙吟》(乱红飞已无多)、《解连环》(楚江空晚)。这四首词的字句，并不深奥，各家词选注本，亦多有选注。但其内涵，却说法不一，臆测而已。张炎论词，主张寄托，提倡所谓“得言外意”(《词源·离情》)。所以，他的词作，也多有寄托，而最多见者，是托物寄意，借物言志。张炎的这几首词都有寄托，都是为歌女沈梅娇而写的。张炎之于沈梅娇，笔者识见鄙陋，未曾见诸其他史料记载，仅从张炎词中推知两人关系较深，张炎对她几乎是怀念终生的。对于这个问题，我们研究一下张炎的这四首词，便知端的。

国香

沈梅娇，杭妓也。忽于京都见之，把酒相劳苦，犹能歌周清真《意难忘》、《台城路》二曲。因嘱余记其事，词成以罗帕书之。

莺柳烟堤。记未吟青子，曾比红儿。娴娇弄春微透，鬟翠双垂。不道留仙不住，便无梦、吹到南枝。相看两流落，掩面凝羞，怕说当时。　凄凉歌楚调，袅余音不放，一朵云飞。丁香枝上，几度款语深期。拜了花梢淡月，最难忘、弄影牵衣。无端动人处，过了黄昏，犹道休归。

这首词明显地写出了张炎与沈梅娇相互依恋的情形。从词中知道，沈梅娇本是杭州的歌妓，张炎把她比作晚唐的著名歌妓杜红儿（事见《全唐诗》卷六六六罗虬《比红儿诗序》），可见其慧美异于常妓。张炎与她本是老熟人。所以词的上片，首先回忆他们过去在青年时期的相处，然后写他们的分离、流落与意外相逢。从上片结句可知，他们最初的相识相处，应在宋亡之前。南宋的灭亡，使两人都经历了家破国亡（实际上是"朝亡"）之痛，又从杭州流落到大都（即词序中所说的"京都"）。意外相逢，恍如隔世，所以才有"相看两流落"之说。

沈梅娇之流落大都，原因未详，盖与元兵灭宋之际大肆抢掠有关。元兵破临安（杭州），杀人掳掠（尤其是掳掠妇女，送往大都），其惨象已见诸史籍；且元灭宋后，曾几次括江南乐工，把江南乐工迁往大都，多者一次就达八百余户。沈梅娇身隶乐籍，自然难以幸免。而张炎的至京都，则是应元朝政府的征召，为宫廷缮写金字藏经。[①] 词中说"相看两流落，掩面凝羞，怕说当时"，"当时"盖指宋亡之时。"掩面凝羞"，在沈梅娇来说，盖指为元兵劫持而北，备受污辱；而与此同时，张炎在临安则正蒙"籍家"之祸，祖父张濡被杀，家产被"籍没"，妻离子散。[②] 故人异地重逢，痛定思痛，说来痛心，故云"怕说当时"，四字概括了一场历史性巨变和双方的不幸遭遇。

"相看两流落"是张炎与沈梅娇在重逢之后彼此能够进一步相互依恋的共同基础。"同是天涯沦落人，相逢何必曾相识"，何况他们又是一对有着共同遭遇的老相识呢？

且沈梅娇也并不乐于待在北方。下片换头说"凄凉歌楚调"，便是确证。这里的"歌楚调"，就是不忘南音。看来，沈梅娇既没有忘却故国之痛，也没有忘却故乡之思。

张、沈两人在大都相处很投合。词中说："丁香枝上，几度款语深期。拜了花梢淡月，最难忘、弄影牵衣。无端动人处，过了黄昏，犹道休归。"可见两人关系非同寻常。"丁香枝上"的"丁香"，在这里并非植物学上作

---

① 详见拙作《张炎》，见山东教育出版社《中国历代著名文学家评传》第三卷。

② 详见拙作《关于张炎的考索》，《文学遗产》1984 年第 1 期。

为灌木或小型乔木的丁香，而是指女子的口，"丁香枝上"就是"口头上"。沈氏在口头上与张炎"几度款语深期"，看来，两人一定有过某种誓约。这一点，读过下面几首词，便会有所了解。

张炎这次见到沈梅娇，时间应是元世祖至元二十七年(1290)冬天至二十八年(1291)春天之间。在张炎一生中，只有这前后大约不到半年的时间在京都。①

阮郎归·有怀北游

钿车骄马锦相连。香尘逐管弦。瞥然飞过水秋千。清明寒食天。　　花贴贴，柳悬悬。莺房几醉眠。醉中不信有啼鹃。江南二十年。

这是张炎在离开大都二十年后写的一首追怀他那次京都生活的小词。词中，张炎所追怀的，是给他印象极深的两个生活镜头：一是至元二十八年(1291)寒食节他在都下所看到的游女如云的盛况。他当时有词《庆春宫》记其事，词序有"都下寒食，游人甚盛，水边花外，多丽环集"诸语。《阮郎归》的上片，就是回忆当时的活动场面。两词相参照，极易理解。张炎所写，皆是当时的生活真实，《顺天府志》等史志有相似的记载，不赘述。这"多丽"之中，可能就有沈梅娇；张炎可能就是在这种场合下与沈梅娇猝然相逢的。如果把词的上片看作是下片的"序曲"(自然是指生活内容而不是指词乐的本身)，我们就更觉得这种可能性确实是不能排除的。词的下片，极有可能是写与沈梅娇的一段生活，这便是他所追怀的第二个生活镜头，也是他所追怀的中心内容。"莺房"盖指沈梅娇的房间，而绝不是随随便便的其他妓女的房间，在张炎的全部词作中，我们还没有发现一首是写他在京都与其他妓女厮混的，而他在京都重逢沈梅娇并且相处很好，却是事实，已有《国香》词为证。且与沈梅娇的会见，也一定是在这年清明节之前，因为，过了清明节，张炎就仓卒离京回杭州了。"莺房几醉眠"，是《国香》词中"无端动人处，过了黄昏，犹道休归"的具体化，从

① 详见拙作《张炎》，见山东教育出版社《中国历代著名文学家评传》第三卷。

这里可以看到张炎与沈梅娇在京都的相处确非寻常。张炎本来是不打算离开她的，所以才说“不信有啼鹃”，即不相信会有像杜鹃所啼叫的“不如归去”那样的事。但是，事与愿违，形势所迫，张炎还是离开了京都，而深沉的思念却留在了京都，以至于在二十年后，还写词追怀，当时张炎已是六十多岁的老人了，可见其眷念之深。张炎的心地品格，也由此可窥一斑了。

水龙吟·春晚留别故人

乱红飞已无多，艳游终是如今少。一番雨过，一番春减，催人渐老。倚槛调莺，卷帘收燕，故园空杳。奈关愁不住，悠悠万里，浑恰似，天涯草。　　不拟相逢古道。才疑梦、又还惊觉。清风在柳，江摇白浪，舟行趁晓。遮莫重来，不如休去，怎堪怀抱。那知又、五柳门荒，曾听得，鹃啼了。

这是张炎在离开京都时写的一首告别词，词中要“留别”的“故人”，应是沈梅娇(下详)。张炎离京的时间，正是至元二十八年(1291)清明节之后，词中所写的“乱红飞已无多”、“一番雨过，一番春减”，以至“清风在柳”等等，皆正是这个节候的景物特征。张炎在京，与沈相处时间很短，艳游无多，故词中说“艳游终是如今少”。当时张炎的年龄是四十四岁，故词中说“渐老”。“雨过”“春减”云云，字面上是指节候的变化，实质上是暗指当时朝中政治风云的变幻。① 张炎以写金字藏经之役应召入京，本来想借此机会谋取政治出路，② 不料却落得个仓卒离京，精神上受到很大打击。回到杭州之后，乃惊见华发，形容憔悴，故态顿消，愀然而悲，恰是词人所说的“催人渐老”。“悠悠万里”云云，虽然是夸张的说法，但张炎一生的远游，能当得起此句者，也只有京都之行。他在《水龙吟·寄袁竹初》中提到这次京都之行，也说“笑我曾游万里”。词中有“故园空杳”、“浑恰似，天涯草”诸语，可见当时词人确实是置身于一个离杭州故园很远的地方。“五柳门荒”则明写放弃在京都谋官的奢望，毅然回乡。所以，这首词是张炎离京时写的，似无可疑。而能当得起词中所说“故人”

---

①② 详见拙作《张炎》，见山东教育出版社《中国历代著名文学家评传》第三卷。

的，也只有沈梅娇。这一点，词的下片作了进一步交代。下片换头“不拟”两句，直写与沈梅娇的相逢与别离。“不拟”，没打算，没想到。“不拟相逢古道”，与《国香》所说“忽于京都见之”正合。久经丧乱之人，猝然相逢，疑同做梦；然又旋即离别，为梦惊觉。故词中惜别之情溢于言表，感情之深沉，与一般告别词大有不同。“清风”三句，转写离京时的节候和返杭的路线。张炎很可能是从水道“舟行”返杭的。[③]“遮莫重来”二句，显系沈梅娇送行时的声口，意谓“尽管你还要再回来，也不如不走的好；你走了，我是多么牵肠挂肚啊！”在大都，为张炎送行能说出这种话来的，只有沈梅娇。张炎在京都的“故人”，除沈梅娇外，见诸记载者，仅沈尧道、曾心传（皆与张炎同时应召入京者）、吴菊泉（同时写经者）、汪菊坡（一作汪兰坡）等，盖皆江南人，都是京华失意之人，皆有归休之念。事实上，沈尧道与张炎同时离京；曾心传以事暂留，不久也离京而归；吴菊泉后来与张炎在甬东重逢，当然也是离京了；仅汪菊坡与张炎在“蓟北”见过一面以后，去向未详。所以，“遮莫”云云，只有沈梅娇才说得出。“遮莫归来”，很可能是《国香》“几度款语深期”的内容之一。看来张、沈之间确实有某种誓约，在这分别之际，自然地流露了出来，或是再作叮咛，以坚前约。结句点明“曾听得、鹃啼了”，正与《阮郎归》“醉中不信有啼鹃”相应。本来是“不信有啼鹃”的，可是现在却“鹃啼了”！从“那知”至“鹃啼了”，是张炎对沈梅娇的回答，意谓为形势所迫，不得不归。下片把两人从相逢到分别的时间过程交代得相当清楚，对张炎与沈梅娇之间的关系，我们也有了进一步了解。

解连环·孤雁

楚江空晚。怅离群万里，怳然惊散。自顾影、欲下寒塘，正沙净草枯，水平天远。写不成书，只寄得、相思一点。料因循误了，残毡拥雪，故人心眼。　　谁怜旅愁荏苒。谩长门夜悄，锦筝弹怨。想伴侣、犹宿芦花，也曾念春前，去程应转。暮雨相呼，怕蓦地、玉关重

③ 这时，会通河已开掘，御河已疏浚，皆可通航；大都、通州间的通惠河，虽尚在筹划开掘之中，但有漕河可通。所以，由大都至杭州“舟行”是完全可以的。参见《元史·河渠志》、《续资治通鉴·元纪》。

见。未羞他、双燕归来，画帘半卷。

这是张炎词的名作。过去的读者，是把这首词作为一般咏物词来欣赏的，而津津乐道者，也只在“写不成书，只寄得、相思一点”等字面上。现代的读者，虽试图揭开它的奥秘，然又多在所谓“故国之思”上绕圈子，又多与文天祥甚至宋六宫北辙事纠缠在一起。其实，这首词仍然是为沈梅娇而写的，寄托着词人对沈梅娇的深沉的爱情之思。

从起句“楚江空晚”看，张炎作这首词的地点应在南方。楚，泛指南方。从“旅愁荏苒”、“玉关重见”等句看，这首词应写在张炎离开京都之后。张炎离京后，曾长期漫游浙东、吴、楚。而在张炎赴京前的词中，也绝少有“玉关”字样，离京后始有之。“怅离群万里，恍然惊散”，盖指猝然离京，与故人、伴侣分手，且相距万里。如上文所说，张炎离京时，朝中政治气氛紧张，张炎亦仓卒离京，故说“恍然惊散”。内容所指和所表现的思想感情，与上举《水龙吟》过片相同。“自顾影”五句，写词人自己的情况，以孤雁自比。“料因循误了，残毡拥雪，故人心眼”，并非单纯用苏武事，实有所寄托，从中可见其“故人”应在“万里”之外的北方，正含辛茹苦，有所期待；且显然张炎与这位“故人”早有所约，约未实现，故云“误了”。此与《国香》“几度款语深期”相应。如此，“故人”显系沈梅娇，而不可能是指文文山或其他人物，文文山早于至元十九年(1282)就义；且文文山之于张炎，既非“故人”，更无所托，与词旨不符。

过片“旅愁荏苒”，自然是写词人自己；而“谩长门夜悄”、“锦筝弹怨”，则是写沈梅娇。长门宫乃汉武帝弃置陈皇后的冷宫，这里借以写沈梅娇在京都独居凄凉。“锦筝弹怨”，写沈氏歌女的身份与遭遇，极贴切。“长门”、“锦筝”，皆写女子之词，在这首词中皆有所为而设，并非泛用陈言套语，徒作铺张。“想伴侣”三句，是代沈氏设想之辞，意思是说：她会想到，“那旅愁荏苒的伴侣，也许该有个落脚之处吧？他也不会忘记，在春天到来之前，是应该回来的呀！”雁，自然是在春天来临时北归的。这里是以雁喻人，极写沈氏盼望之切，与《水龙吟》“遮莫重来”正合，同样也是《国香》“几度款语深期”的注脚。代沈氏设想，不仅用笔曲折，词人感情之深，用心之厚，亦跃然于字里行间。“玉关”句，“玉关”在这里并不指玉门关，而是指都门或宫门，代指京都。张炎词中，凡有“玉关”处，多作如此用法。看来，词人极想与沈氏在京都“重见”。如以上所说，张炎在大都时已与沈氏相见，故再见即是“重见”。“怕蓦地”，沈祖棻先生在《宋词赏析》中解释说：“望之至深至切，翻成疑惧，即李频《渡汉江》‘近乡情更怯，不敢问来人’之意。”[①]其说甚确当。由此益知此词与文天祥无关，亦不关宋六宫北辙事。自然，若能与沈氏重见，实践前约，结成伉俪，亦“双燕”也，比之其他“双燕”，何羞之有？

在这首词中，张炎由自己的旅途寂寞，想到沈梅娇在京的孤独，进而写到两人的互相思念和对于重逢、团聚的期望，感情深沉执着，哀婉动人，且清空高雅，情景交炼，极是张炎词的本色。

张炎的咏“孤雁”词与唐代崔涂的咏“孤雁”诗，是古典诗词中咏孤雁的双璧（崔涂《孤雁》见《全唐诗》卷九七六）。而张词明显地受了崔诗的影响，有的字句也出于崔诗，如“欲下寒塘”、“暮雨相呼”，即由崔诗“暮雨相呼失，寒塘欲下迟”而来。但张词的用意却不同于崔诗。张词以物喻人，托物寄意，以飘泊孤独的凄苦，寓爱情追求的执着，皆是崔诗所不及或没有的。要在词人融入了真情实感，全词上下，浑然一体，故虽有借鉴，却无蹈袭之嫌。“青出于蓝而胜于蓝”，是之谓也。

以上对张炎四首词内在奥秘的探索，自然也难免臆测之讥，但大旨或与原意不甚相悖，细考深究，其间关系，多能丝丝入扣，脉络分明，从中可以看到张炎与沈梅娇由京都相逢以至分离的过程梗概，对于张炎的心地也有了进一步理解。张炎有些词，向称难读，原因在于本事不明。一旦考确其本事，则自然可解，对这些词的艺术魅力，也会有新的体会。鄙陋之见，是耶？非耶？企盼高人指点。

（原载《徐州师范学院学报》1986年第2期）

---

① 沈祖棻：《宋词赏析》，中华书局2009年版，第63页。

张炎评传

一、家世

张炎(1248—1322?),南宋末期著名词人,词论家。字叔夏,号玉田,又号乐笑翁。祖籍秦州成纪(今甘肃省天水市),六世祖以后,居于临安(今浙江省杭州市)。生于宋理宗淳祐八年(1248),卒年约在元英宗至治二年(1322)间,寿七十余岁。

张炎出生在世胄显贵之门。他的六世祖张俊,字伯英,由一个普通的弓箭手累战而为南宋大将,南渡勋臣之一,封清河郡王,死后追封循王,谥忠烈。曾祖张镃,字功甫(一作功父),一字时可,号约斋,堂名玉照;儒雅风流,工诗词,能画竹石古木,著有《南湖集》、《玉照堂词》(朱孝臧《彊村丛书》本题为《南湖诗余》)。父亲,名枢字斗南,号寄闲。周密《浩然斋雅谈》说他"笔墨萧爽,人物蕴藉,喜音律,尝度《倚声集》百阕,音韵谐美"[①]。邓牧说他"善词名世"[②](《伯牙琴·张叔夏词集序》)。张炎

① 周密:《浩然斋雅谈》,辽宁教育出版社2000年版,第33页。
② 邓牧:《伯牙琴》,中华书局1981年版,第19页。

《词源》亦有"先人晓畅音律,有《寄闲集》"[①]之说。可惜所著《倚声集》和《寄闲集》都已失传,周密《绝妙好词》仅存其词六阕,《续钞》又辑三阕,许增在刻张炎的《山中白云词》的时候,一并附刻在玉田词之前。

另一方面,张炎的祖上,又是显赫豪华的大官僚地主。张俊在世时,爱财货,好聚敛,岁收租米达六十四万斛;且又经营海外贸易,投资百万钱,牟取厚利,他的士卒便是他的最廉价的劳动力。绍兴二十一年(1151)十月,"高宗幸清河郡王第",张俊的招待极尽奢靡,周密的《武林旧事》曾以一整卷的篇幅,记载其"御筵节次"[②](详见该书卷九)。张镃功甫,"其园池声妓、玩服之丽甲天下"[③](《齐东野语》卷二〇,《张功甫豪侈》)。史浩也说张家的林泉"在钱塘为最胜",叹为"神仙宅"[④](《南湖集·附录上》)。张镃信佛,曾将新宅一区和六十多顷土地施舍给佛寺。由此亦可窥见其家产之厚。至于寄闲,据《浩然斋雅谈》说,豪华奢侈不减其祖。陈允平曾作《木兰花慢》,盛赞寄闲的园圃。周密《蘋洲渔笛谱》卷二《瑞鹤仙》序说:"初筵,翁俾余赋词,主宾皆赏音。酒方行,寄闲出家姬侑樽,所歌则余所赋也。调闲婉而辞甚习,若素能之者。"由此可见,这个豪侈的勋臣世胄之家,集声伎之盛,历五世而未衰。

这样的家世门第,对张炎的影响最显著的有两点:其一是养成了公子哥儿的生活作风,直至晚年,醉酒酣歌,不减公子旧态。其二,优越的音乐、文学环境,培育了张炎诗词创作的艺术才能,对张炎在音律研究与文学创作上的成功,有着极大的关系。当然,给他的性格与创作以重要影响的,尚不止此,还有他所处的那个特定的历史时代,以及其他的一些因素。

---

① 张炎:《词源》,中华书局 1991 年版,第 40 页。

② 周密:《武林旧事》,浙江人民出版社 1984 年版,第 139 页。

③ 周密:《齐东野语》,上海书店出版社 1990 年版,第 6 页。

④ 张镃:《南湖集》,中华书局 1985 年版,第 204 页。

二、生平与创作

宋元王朝的更替，把张炎一生七十余年的生活与创作，明显地分成了前后两个时期。

前一个时期，是南宋后期的三十年，从宋理宗淳祐八年(1248)出生至宋帝昺祥兴二年(1279)三十二岁。这是张炎的前半生。其间又经历了南宋的“承平”与覆亡两个阶段。

南宋到了理宗的时代，阶级矛盾、民族矛盾愈加尖锐。诚如谢方叔对理宗所说：“外之境土日荒，内之生齿日繁，权势之家日盛，兼并之习日滋，百姓日贫，经制日坏，上下煎迫，若有不可为之势。”[①]但是，“南渡君臣轻社稷”，他们对半壁江山所面临的越来越严重的内忧外患置之不理。宝祐三年(1255)三月甲辰，理宗诏“不许传播边事”[②]。权奸贵族，更恶言兵事。当时有人写诗抨击贾似道说：“山上楼台湖上船，平章醉后懒朝天。羽书莫报襄樊急，新得蛾眉正妙年！”[③]他们靠着江南已饶有发展的物质基础，终日沉酣于湖山歌舞、靡丽纷华之中。封建王朝的统治集团，往往愈是在它濒于灭亡的时候，愈是表现着惊人的奢侈与荒淫，它的腐朽性也往往更多地表现在这些方面。理宗竟以黄金为船；又大兴土木，“起梅堂、芙蓉阁、香兰亭，豪夺民田，招权纳贿，无所不至”[④]。一班王公大臣，“第宅之丽，声伎之美，服用之侈，馈遗之珍，向所未有”[⑤]。极度的消费、挥霍，刺激了城市的发展。张炎出生地的国都临安，当时已是百万人的消费城市。商业之外，又多有勾栏、淫房、歌馆、酒肆，杂剧百戏，诸色伎艺。西湖变成了名副其实的“消金锅儿”，“口糜金钱，靡有纪极”[⑥]。

---

① 毕沅：《续资治通鉴》卷一七二，中华书局 1957 年版，第 4682 页。
② 毕沅：《续资治通鉴》卷一七四，中华书局 1957 年版，第 4750 页。
③ 叶申芗：《本事词》卷下，古典文学出版社 1957 年版，第 96 页。
④ 毕沅：《续资治通鉴》卷一七四，中华书局 1957 年版，第 4750 页。
⑤ 毕沅：《续资治通鉴》卷一六三，中华书局 1957 年版，第 4434 页。
⑥ 周密：《武林旧事》，浙江人民出版社 1984 年版，第 38 页。

南宋统治集团就在这样一片珠光宝气、人欲横流的场所里糜烂着，其影响所及，“辇下骄民，无日不在春风鼓舞中，而游手末技为尤盛也”[①]。

这就是张炎在青少年时代所处社会的概貌。表面承平的社会政治，畸形繁华的国都，豪侈而又充满文学气息的家庭，这三方面的条件，把少年张炎培养成了风流阔绰而有文化教养的贵公子。他出现在西湖上的形象是：“翩翩然飘阿锡之衣，乘纤离之马，于是风神散朗，自以为承平故家贵游少年不翅也。”[②]（戴表元《送张叔夏西游序》）他这一时期的生活，豪华，浪漫，而又有几分斯文。他后来回忆说：“记当年，紫曲戏分花，帘影最深深。听惺忪语笑，香寻古字，谱掐新声。散尽黄金歌舞，那处著春情”（《山中白云》卷三《甘州》，以下凡引该书，仅列卷数与词调），“欢游曾步翠窈，乱红迷紫曲……舞扇招香，歌桡唤玉，犹忆钱塘苏小”（卷一，《台城路》）。他与杭妓沈梅娇关系很好，他在《国香》一词中，留下了他们最难忘的生活剪影：“拜了花梢淡月，最难忘，弄影牵衣。无端动人处，过了黄昏，犹道休归。”

在这一时期中，张炎在词的方面，内承家学，外受师传，受到了严格的培养。他的祖上，诗词传家，并与当时诗词名家交往甚笃。如陆游、杨万里、尤袤、陈亮、辛弃疾等，都是张镃的朋友；著名的姜白石，长期依附于张氏之门，关系尤非寻常。而张枢则与杨缵、周密等为友。这样的诗词传统和环境，对张炎的词创作，有着深刻的影响，张炎的崇拜白石，盖肇端于此。而他的精湛的音乐理论及对词学的修养，家传之外，则得力于他的严师杨缵。缵字继翁，号守斋，晚号紫霞翁，是当时著名的古琴家，精乐理，能诗词，曾自制琴曲二百操，所度曲，多自制谱，惜皆佚，仅《绝妙好词》存其词三首。杨缵对词的音律的要求极为严格，“虽一字之误，翁必随证其非”[③]。此人对当时词坛较有影响，周密、张炎，皆出其门下。

---

① 周密：《武林旧事》，浙江人民出版社 1984 年版，第 41 页。

② 戴表元：《剡源集》卷一三，商务印书馆 1935 年版，第 201 页。

③ 周密：《癸辛杂识》，中华书局 1988 年版，第 89 页。

然而宋季表面承平的局面，很快就被打破了，南宋王朝覆亡的厄运降临了。宋度宗咸淳九年(1273)正月，历时五年的对亡宋有着关键作用的襄樊之战，终于以元军的胜利而告终。次年，元世祖忽必烈下诏，由伯颜率劲卒二十万，两路进兵，大举灭宋。伯颜直趋临安。宋恭帝德祐二年(1276)正月，宋廷临朝称制的谢太后迫于元军威胁，奉表降元。三月，伯颜入临安，掳帝后皇族宫人北去。张炎从此就再也没有看到宋王朝的翠华雕辇，异族统治下的生活由此开始了。元世祖至元十五年(1278)十二月，元僧杨琏真伽在山阴(今浙江省绍兴市)发宋帝后陵墓，暴露尸骨于荒烟蔓草间。张炎与周密、王沂孙、李彭老、仇远、唐珏等十四人，有慨于此，结吟社，以词分咏“龙涎香”、“白莲”、“莼”、“蝉”、“蟹”诸题，悲悼宋陵的被发，同时对流亡于南方的宋政府寄以微茫的希望。这些词，后来编为《乐府补题》，张炎有《水龙吟·白莲》一首。可是，微茫的希望很快就破灭了：至元十六年(1279)二月，元将张弘范攻取南宋君臣最后的一块落脚地崖山(在今广东新会南)，历时三百余年的赵宋王朝，演完了那悲壮的最后一幕，把它的末代君臣葬身于南海的深渊，灭亡了！

在临安陷落的同时，张炎家发生了一件大祸事，就是他的祖父张濡被杀和家产被“籍没”。张濡，字子含，能诗[①]，德祐元年(1275)三月，由浙西安抚司参议戍广德军独松关，扼险以拒元兵，杀元使臣严忠范等。次年，伯颜入临安，杀张濡，籍其家。[②]

这些巨大的、历史性的灾难，使张炎的生活道路产生了重大转折。他的优越的政治地位和优厚的物质基础，从此都水逝云飞，不堪闻问了！入元以后很久，他每想起这失去的纷华，总是感伤不已。他有一首词这样写道：

梦里瞢腾说梦华，莺莺燕燕已天涯！蕉中覆处应无鹿，汉上重

---

① 见榆园丛刻本《山中白云词》丁丙跋引宋·奚淢《秋崖津言》。

② 张濡戍独松关杀元使事，见《辍耕录》卷一、《宋史》卷四七、《元史》卷八等多种记载；张濡被杀和籍家事，见《元史》卷九、《续资治通鉴》卷一八二等。戴表元《送张叔夏西游序》说“垂及强仕，丧其行资”，盖亦指此，未明言“籍家”者，讳他人之痛也。

来不见花。　　今古事，古今嗟。西湖流水响琵琶，铜驼烟雨栖芳草，休向江南问故家！（卷八，《思佳客》）

他甚至在筵席上不敢听琵琶弹奏愁怨的曲调，“怕唤起西湖、那时春感”（卷二，《法曲献仙音》）。又说：“俯仰十年前事，醉后醒还惊”（卷一，《忆旧游》）。可见这场灾难对张炎的打击是何等沉重，他是终生难忘啊！

在这风靡草偃之际，张炎有两首词真实地反映了他当时的立场和思想感情。其一是《高阳台·西湖春感》：

接叶巢莺，平波卷絮，断桥斜日归船。能几番游，看花又是明年。东风且伴蔷薇住，到蔷薇、春已堪怜。更凄然。万绿西泠，一抹荒烟。　　当年燕子知何处，但苔深韦曲，草暗斜川。见说新愁，如今也到鸥边。无心再续笙歌梦，掩重门、浅醉闲眠。莫开帘。怕见飞花，怕听啼鹃。

这首词，作者没有系年。沈祖棻先生认为当在帝昰、帝昺之时（见《宋词赏析》）。更具体说，似应在宋恭帝已降元而张濡未籍家之时，故有“重门”可掩。以后，张炎词中就很难见到这种故家气象了。这首词，通过对西湖诸般凄凉景物的描写，抒发了作者对王朝沦覆的哀愁。西湖宛在，景象全非，但荒烟暗草而已！正是临安陷落时情景的艺术写照。[①] 花到蔷薇，春老堪怜；虽春光难留，赖有明年可盼，以宋之流亡政府尚在也。不过，希望是极其渺茫的。本来不知愁的贵胄公子，如今正尝着“新愁”的滋味，百无聊赖，唯有掩门垂帘，浅醉闲眠而已。作者对王朝沦覆的悲痛和无可奈何的哀愁，都在词的低回往复泣泣咽咽之中表达出来。其二，《高阳台》：

古木迷鸦，虚堂起燕，欢游转眼惊心！南圃东窗，酸风扫尽芳尘。鬓貂飞入平原草，最可怜、浑是秋阴。夜沉沉，不信归魂，不到

①《续资治通鉴》卷一八二载，元兵破临安，城内不附元而自尽之人甚众，“多举家自尽，城无虚井，缢林木者相望”，又有“元兵利于掳掠”、“三司卫兵白昼杀人，小民乘时剽杀”等记载。这次兵灾，临安被掳掠一空。

花深。　　吹箫踏叶幽寻去，任船依断石，袖裹寒云。老桂悬香，珊瑚碎击无声。故园已是愁如许，抚残碑、却又伤今。更关情，秋水人家，斜照西泠。

词序云："庆乐园即韩平原南园。戊寅岁过之，仅存丹桂百余株，有碑记在荆榛中，故末有'亦犹今之视昔'之感，复叹葛岭贾相之故庐也。"据此，知这首词写于至元十五年，亦即宋帝昺祥兴元年(1278)。这是南宋王朝彻底覆灭的前一年，而临安沦陷已两年多了。南园，据《武林旧事》、《西湖便览》等书记载，本是御前别园，光宗赐平原郡王韩侂胄；后复归御前，改名庆乐。自绍兴以降，王侯将相之家，园林相望，皆莫能仿佛。贾相之故庐，即词中所提到的秋水观，是贾似道的别墅，华丽精妙，极营度之巧。可是，似这般豪华名胜，终付与断碑荆榛了！张炎在词中并非单独悲悼名园的凋零，而是借此抒发黍离之悲，故国之痛。

早期的作品，或不保留，或不入集，大都随着时间的推移而散失。这在古代作家中是常见的现象。张炎也是这样。在他现存的作品中，早期之作很少，除上述几首外，《声声慢》("晓光转树")等也可能是这一时期的作品。①

后一个时期，是在元代前期的四十年，从元世祖至元十六年(1279)到英宗至治二年(1322)七十四岁前后。依其行止，又可分为四个阶段：

第一个阶段：十年隐居(1279—1290，张炎三十二至四十三岁)。

宋亡之后，在知识分子面前摆着两条路：投向新朝，谋取出路；为赵宋遗民，隐居避世。张炎有感于"新烟惊换，旧雨难招"(卷二，《渡江云》)，且籍家之人，一时无可依傍。于是，他选取了后一条路，短帽荷衣，隐居于西湖旁边一个极为幽僻的地方。他后来在词中回忆说："犹记得、当年深隐，门掩两三株"(卷一，《渡江云》)，"一株古柳观鱼港，傍清深、足可幽栖"(卷二，《渡江云》)。当然，张炎的隐居，并非绝对杜门不出。他也有一些友朋应酬和游乐活动。他曾游越，载书往来于山阴道中。至元

① 胡云翼《中国词史略》认为这首词是宋亡之前的作品。从之。

二十五年(1288)冬晚,张炎与徐平野、王中仙(沂孙)曳舟剡溪,作尽兴游。时天空水寒,清流泻注,古意萧飒。中仙有词雅丽;平野作《晋雪图》,亦清逸可观。张炎乃赋词《湘月》,以记其事。这应该说是张炎在隐忍十年之中最欢乐的时刻了。

张炎在这一阶段的词创作,应当不少,可惜除《湘月》外,多不记年月。难以遽定哪些词是这时的作品。以词意度之,《声声慢·为高菊墅赋》、《渡江云·次赵元父韵》等,似为此期之作。[①]

第二个阶段:北游大都(1290—1291,张炎四十三至四十四岁)。

张炎在《台城路》序中有"庚寅秋九月,之北"云云。"庚寅"为至元二十七年(1290)。其词中"落叶萧萧"、"衰草凄迷"等句,皆秋景,亦为九月赴北之证。关于玉田北上大都的原因与目的,持说有所不同。张炎是自称"游历"的(卷一,《壶中天》"扬舲万里"),年长于张炎的舒岳祥也说是"北游燕蓟"(《山中白云词》舒序);与张炎同时的戴表元说是"以艺北游"(《剡源集》卷一三,《送张叔夏西游序》);袁桷说是去"论得失"(《清容居士集》卷七,《赠张玉田》);清代江昱、许增都说"以写经之役自杭起驿入京"(分别见江昱《山中白云疏证》和榆园丛刻本《山中白云词·逸事》);今人夏承焘说是"往燕京求官"(《读张炎的〈词源〉》,《光明日报》1960年2月7日)。以上诸说,措辞不同,但骨子里似有相通之处。最直接的原因应是"以写经之役"。这可以从张炎的同行者身上找到证明。与张炎一同起驿赴京的是沈尧道(钦)和曾心传(遇)。曾心传临行前一日,高僧、画家温日观曾为画墨葡萄二纸,一张赠给曾心传,另一张则托曾心传带给在京做官的赵孟頫。曾心传作《题温日观墨葡萄画卷自序》(以下简称《自序》),有"至元庚寅以写经之役起驿入京"等语。江昱《山中白云疏

---

①《声声慢·为高菊墅赋》,江昱《山中白云疏证》认为作于元时;沈祖棻《宋词赏析》进一步认为作于将事北游燕蓟之时。从之。关于《渡江云·次赵元父韵》的写作时间:玉田《忆旧游》序中有"与赵元父一别四载,癸巳春于古杭见之,形容憔悴,故态顿消,以余之况味,又有甚于元父者"诸语,癸巳为至元三十年(1293),时玉田已由燕蓟落拓而归。上溯四载为己丑(1289),正是玉田北游的前一年。以《忆旧游》与《渡江云》相较,两词的形象与情绪差距很大。则《渡江云》作于癸巳之前甚明。味其词意,很可能是己丑、庚寅间北游前夕之作。

证》卷一《声声慢》("平沙催晓")词后引《书史会要》云:心传至元末被选入京,书泥金字藏经。另一同行者沈尧道,也是被召赴京写经的(详下文)。又,《元史》(卷一六)载,至元二十七年六月,"缮写金字藏经,凡縻金三千二百四十四两"[①]。按:写经之役,应从是年六月起。凡縻金若干,应为修《元史》者补注之笔。曾心传等于同年冬天抵京,[②]正是写经忙碌之时,所以马上就投入了写经之役。(曾心传《自序》有"别〔温日观〕后留京书经"之语。《大观录》又载沈尧道为墨葡萄画卷题词,调《甘州》,小序有"心传索词屡矣,久以缮金字之冗,未暇填缀"云云,足证曾心传、张炎等至京正是写经忙碌之时)张炎长于书,亦"六艺"之一。明代汪砢玉编《珊瑚网法书题跋》时,尚见其《高阳台》("古木迷鸦")词迹。戴表元所谓"以艺北游",或是指赴京写经之事。被召写经,也是做官的一条通道。所以当温日观为曾心传送行时,就"以荣名相期"。曾心传也说:"书经讫事,将得官"。(均见《自序》)而舒岳祥所说"北游燕蓟,上公车,登承明,有日矣"(《山中白云词》舒序),其中明显地有"求官"的意思。

张炎在"北游"之前,内心里是矛盾的。他在临行前写了一首《声声慢》(寒花清事),末云:"似东山、还似东篱?待去隐,怕如今、不是晋时。"到底是学谢安先隐居东山、终而复出呢,还是学陶渊明采菊东篱下、决心隐居到底呢?内心矛盾斗争的结果是打算走谢安的路,所以结句说"待去隐,怕如今、不是晋时"。其实,张炎如果要真的坚持隐下去,并不是不可以的,南宋遗民隐而不出者甚多,何在乎一个张炎呢?这是张炎在新朝征召面前所表现出的动摇性。所以当他踏上征途,星夜赶渡古黄河时,即景生情,兴冲冲地作了一首气魄很大的《壶中天》,起句就是"扬舲万里,笑当年底事,中分南北?""中分南北"自然是指黄河分割祖国大地而说,但也难以排除绝无人事政治的寓意。此时的张炎,似乎觉得当年政局上的南北纷争,就如同黄河把华夏大地一分为二那样的不必要。词

① 宋濂等:《元史》卷一六,中华书局 1976 年版,第 338 页。

② 赵孟頫辛卯岁(1291)二月题温日观墨葡萄,有"去冬曾君自吴来燕"语。此文不见《松雪集》,盖为孟頫之逸文。

中虽以“底事”发问，实际上的意思还是肯定。[①] 当然，张炎在北游途中的情绪波动也是很明显的。当他与故人邂逅相逢，自然勾起对痛苦往事的回忆的时候，或当旅途跋涉艰难、气候恶劣的时候，其情绪往往跌落、消沉。这也是“人之常情”，尤其是一个既经国亡家破而又隐忍十年不仕的知识分子在这特定事件、特定环境中所表现的“人之常情”，不必以此为据断定其赴北是被迫的。

张炎至京之后，看来也和沈尧道、曾心传一样，立即投入了紧张的写经工作。从他在京都所填词中绝少冬日之作，便可推想其紧张程度。——一个在南方温柔之乡生活了四十余年的词人，乍到北国的冰雪世界，可以谱入词中的景与情一定不少，可是现存张炎在京都的词，差不多都是次年春天写的，很可能是当时写经已经结束，张炎可以一游“平生无梦到”（卷一，《壶中天》）的大都了。在这期间，他游历了长春宫（旧称太极宫）、海云寺等名胜；观看了“奇丽可观、江南所无”（卷一，《三姝媚·序》）的千叶杏（芙蓉杏），领略了都下寒食的风俗人情，并一一记入词中。

然而，张炎却在至元二十八年（1291）的春天，匆匆离开了京都，回南了。他自己说：“笑我曾游万里，甚匆匆、便成归计？”（卷二，《水龙吟》）为什么匆匆而归？舒岳祥说是“一日，思江南菰米莼丝，慨然幞被而归”（《山中白云词》序）；仇远说：“金台掉头不肯住，欲把钓竿东海去”（《赠张玉田》）；戴表元说：“不遇，失意亟亟南归”[②]（《剡源集》卷一三，《送张叔夏西游序》）；曾心传《自序》说：“书经讫事，将得官，而轰荐福之雷。”“轰荐福之雷”，用欧阳询《荐福寺碑》事。《尧山堂外纪》载：饶州鲁公亭在荐福山，山有唐欧阳询所书《荐福寺碑》，颜鲁公（真卿）尝覆以亭，后人因名。范希文（仲淹）镇鄱阳日，有书生献诗甚工，时《荐福寺碑》墨本值千钱，希

---

① 沈祖棻《宋词赏析》认为：“‘笑当年’二句，即张孝祥《六州歌头》‘追想当年事，殆天数，非人力’意，而张词结以‘有泪如倾’，此词则冠以‘笑’字，以表示无可奈何之意，真柳宗元所谓‘嬉笑之怒，甚乎裂眦，长歌之哀，过于痛哭’（《对贺者》）也。”按：此说未敢苟同。这首词气魄博大，奋发向上，确有乘长风破万里浪之概，似难以反其意而理解之。再结合赴北前所写《声声慢·为高菊墅赋》、《渡江云·次赵元父韵》，此词正面表达之意，似无可怀疑。

② 戴表元：《剡源集》卷一三，商务印书馆 1935 年版，第 201 页。

文欲为打千本，一夕雷轰碎其碑。后人遂以“一夕雷轰荐福碑”比喻时运急转直下。曾心传是当事人之一，所言自然可信，惜不具体。清人许增补充说：“甫得官，辄为人所阻”（榆园本《山中白云词·逸事书后》），未知所据。按：写经之人，未得官者不止张炎一人，他如曾心传、沈尧道、吴菊泉等，都没有得官，不见得都“为人所阻”。轰荐福之雷，时运急败，盖与当时朝中突然发生的一起重大案件有关：至元二十八年正月，权奸、尚书右丞相桑哥专权祸国之罪被揭发，这一爆炸性的事件，使朝廷上下，高度紧张，无暇他顾。此案勘验辩论，至七月桑哥伏诛，事犹未了。所谓轰于荐福之雷，似暗指此事。张炎等的不得官，真谛当在于此。因为事关朝廷，且文网甚密，所以时人不敢道破，只好归结为“命运”不好。不过，张炎对此却有几分情绪，他似愤慨又似自我宽慰地说：“别有长生路，看花开花落，何处无春！”（卷一，《忆旧游》）于是，他稍事游历，到了并州就掉头南下，渡过桑干河，[1]便与沈尧道一起，亟亟南归了。

张炎在这一阶段的作品，主要有《壶中天》（“扬舲万里”）、《凄凉犯》（“萧疏野柳”）、《台城路》（“十年前事翻疑梦”）、《声声慢》（“平沙催晓”）、《忆旧游》（“看方壶拥翠”）、《庆春宫》（“波荡兰觞”）、《国香》（“莺柳烟堤”）、《三姝媚》（“芙蓉城伴侣”）（以上均见卷一）等。这些作品，都有小序以记其事。由于北国大自然的感发和作者心情的冲动，有些作品风格苍凉浑厚，确有深裘大马之风。后来，张炎还写了一些回忆这段生活的词，也往往具有这种风格，如：“记玉关、踏雪事清游。寒气脆貂裘。傍枯林古道，长河饮马，此意悠悠。”（卷一，《甘州》）“记横笛、玉关高处。万里沙寒，雪深无路。”（卷二，《长亭怨》）这些，皆为张炎词作的别格与上乘。

第三个阶段：漫游吴越（1291—1315，张炎四十四至六十八岁）。

张炎大约是在至元二十八年的冬末或次年的早春回到杭州的。京都的不遇而归，对张炎是一个不小的打击。从外貌形象上看，这位年仅四十余岁的词人，显得苍老多了：首先使他大吃一惊的是，头发开始白

① 《山中白云词》卷二，《水龙吟·寄袁竹初》：“并州回首，还又渡、桑干水。”按：此处疑写实，非单纯用贾岛《渡桑干》诗之典。

了,"弄泉试照影,惊见华发"(卷一,《疏影》),是为张炎之初见华发;他又发现自己形容憔悴,故态顿消,因而"愀然而悲",感到"萧萧乱发,都是愁根",遂兴"江潭树老,杜曲门荒"(均见卷一《忆旧游》)之叹。他在杭州,无可依傍,度过了短暂的"离群索居"的寂寞生活,便开始了"飘零如羽"的漫游。

首先便是浙东之游。至元三十一年(1294)的春天,张炎到达罗江(今浙江省瑞安市)。从他在罗江所填的《西子妆慢》和《梅子黄时雨》(均见卷二)等词看,他去的地方是一个水边的"孤村",而目的是"来访深隐",访一个隐于江湖的隐者(张炎曾与罗景良野游江上,很投合,可能此人就是他要拜访的隐者)。这时张炎的思想是消极的。罗江自然风光很美,绿荫芳草,景况离离。但是白浪青荫,只能使他更怀"幽意";杨花点点,也只能起到"吹泪"的作用;见渔舟而思桃源,于是更滋长了他那"千年事、都消一醉"(卷二,《西子妆慢》)的虚无、消极思想。

大德元年(1297)三月,张炎客宁海,将登台峰,八十岁的老诗人舒岳祥为之举觞送行。舒岳祥对张炎的处境极表同情,并将张炎比作楚狂、阮籍、贾生与苏门啸者。[①] 张炎当时的精神面貌,由此可见一斑。

张炎游事最多、关系最密切的,还是甬东、山阴一带。甬指甬江,源于四明山,流经鄞县(今浙江省宁波市),至镇海入海。这一带,为古越之地,幽花贞石,山水奇秀,自古多隐者居住;在宋元易代之际,赵宋遗民,多隐于此。张炎在这里不止一年,其《渡江云》序说:"山阴久客,一再逢春。"(卷一)大约他是在大德元年三月登台峰之后到达甬东的,直到大德三年(1299)的春天才复回杭州,[②]其间大约整整两年。在这期间,张炎曾寻幽于高疏寮东墅园,又曾与杭友会饮于鉴曲渔舍;在古句章的城郭拜过陈西麓(允平)墓;在越州登临过蓬莱阁;到雪窦寺访问过新朋旧友;他曾在甬东积翠山寓居,也曾在鄞县设过卜肆;赵主簿席上,曾挥毫赋词;戴表元座中,曾醉酒浩歌。这时的张炎,曾自比断梗疏萍,或荒洲,或古

---

① 见《山中白云词》舒序,以上已屡有引用。此序不见于《阆风集》,其舒集之逸文欤?

②《山中白云词》卷三《春从天上来》序中有"己亥春,复回西湖"句。己亥为大德三年(1299)。

溆，漂泊不定，旅窗孤寂。且生活困顿，他的摆卦摊，也是为衣食计。戴表元曾感慨地说："士固复有家世才华如叔夏，而穷甚于此者乎？"①（《剡源集》卷一三，《送张叔夏西游序》）他自觉得"围羞带减，影怯灯孤"（卷一，《渡江云》），显然是消瘦了；而其心情，如他自己所说："玉老田荒，心事已迟暮"（卷二，《祝英台近》），"天涯倦旅，此时心事良苦"（卷二，《月下笛》）。他怀念西湖故园，"故乡几回飞梦，江雨夜凉船"（卷一，《忆旧游》），每当他想起西湖，总是渺然愁思。杭州的朋友催他回去，他也曾想买舟西渡，但未能成行。他更因故国的沦丧而悲痛，每见乔木落叶，西风残照，或遇古月杜鹃，旅窗萧瑟，总是黯然伤情，因动黍离之悲（卷二，《月下笛序》）。愁而悲，悲而酒，酒而醉，醉而歌哭，噫呜宛抑，词也就随之产生了："醉拂珊瑚树，写百年幽恨，分付吟笺。"（卷一，《忆旧游》）所以，在这一阶段中，作品较多。如《扫花游》（"烟霞万壑"）、《解连环》（"句章城郭"）、《凤凰台上忆吹箫》（"水国浮家"）、《琐窗寒》（"乱雨敲窗"）、《台城路》（"春风不暖垂杨树"）、《渡江云》（"山空天入海"）、《忆旧游》（"记开帘过酒"）、《前调》（"问蓬莱何处"）〔以上卷一〕，《长亭怨》（记横笛）、《月下笛》（"万里孤云"）、《台城路》（"云多不记山深浅"）〔以上卷二〕，《玲珑四犯》（"流水人家"）、《声声慢》（"山风古道"）〔以上卷三〕，《甘州》（"过千岩万壑"）〔卷四〕等等。值得注意的是，在这一阶段中，在张炎的思想意识上，达观的一面在萌芽、滋长，他有时能冲破哀愁的罗网，说出这样的话来："休说神仙事，便神仙纵有，即是闲人。"（卷一，《忆旧游》）这是张炎思想上的新成分，在以后的生活磨炼中，逐渐发展成为张炎后期思想的重要方面。

大德三年的春天，张炎由甬东归杭。他之所以离开甬东，是由于他的追求的失望。他在决计归杭时，填了一首《玲珑四犯》（卷三），中有"因甚尚客殊乡？自笑我、被谁留住"两句，委婉地表达了他的失望。他对戴表元则说得很直接："吾之来本投所贤，贤者贫；依所知，知者死；虽少有

① 戴表元：《剡源集》，商务印书馆1935年版，第201页。

遇，而无以宁吾居。吾不得已违之，吾岂乐为此哉!”据戴表元说，张炎本是一个过惯了贵族生活的人，“高曾祖父，皆钟鸣鼎食”，高才词客如姜夔、孙季蕃等，皆馆谷其门，“千金之装，列驷之聘，谈笑得之，不以为异”，等到张炎“途穷境变”的时候，“则亦以望于他人”(同上)。可是谁能像张炎的祖上对待姜夔等那样来对待他张炎呢？即使白石尚在，谁又能识之呢？张炎在甬东等地，寻求不见，生活无着，“憔悴见颜色”①，不得不改求他乡。因而，在他返回杭州之后，仅仅过了两个月，六月初，就又怀着同样的目的，一肩行李，踏上旅途，“改游吴公子季札、春申君之乡而求其人焉”②。北游吴楚的生活开始了。

就在这一年的岁末，五十二岁的张炎到达东吴、平江(今江苏省苏州市)。之后，相继游无锡(今江苏省无锡市)、江阴(今江苏省县名)、毗陵(今江苏省武进区)、溧阳(今江苏省市名)、金陵(今江苏省南京市)、宜兴(今江苏省市名)等地③，拜访了陆垕兄弟、李师善、陆文圭、仇远、王觉轩、王彦常、陆处梅等，特别使他惊喜的是会见了久别的好友曾心传，因填《风入松》(卷八)以记其事。新朋故友，自有诗酒留连、放情湖山之乐。吴中山水的秀美，长江浪涛的雄奇，都给张炎留下了极其深刻的印象，使他的眼界、胸襟开阔了许多。如他初至江阴，④登上陆起潜的皆山楼，面对“云林远市”、“千岩竞秀”、“月涌大江”、“遥岑寸碧”四景，顿时心旷神怡，激情飞越，即赋《甘州》、《瑶台聚八仙》、《壶中天》、《台城路》(均见卷五)四首词，写奇壮之景，皆气魄雄浑，情怀萧骚，为《山中白云》之佳作。再如在宜兴游张公洞，放舟罨画溪；在无锡酌惠山泉等等，祖国山河的自

① 邓牧:《伯牙琴》，中华书局1981年版，第19页。

② 戴表元:《送张叔夏西游序》，《剡源集》卷一三，商务印书馆1935年版，第201页。

③ 张炎这次北游平江诸地，除金陵外，《山中白云》中皆有词可证。游金陵事，仇远《金渊集》卷四有《送张叔夏游金陵》，诗中有“明朝又作台城客”句，可为证。按:《金渊集》各诗，皆仇远官溧阳时作，故取投金濑(即溧水，上有濑渚，相传为子胥乞食投金处，故名)事以名集，仇远于大德九年(1305)三月始官溧阳，张炎则于同年中秋至溧阳与仇远相会，见《山中白云》卷六，《夜飞鹊》序。因知张炎游金陵，在1305年中秋之后。《山中白云》卷一《扫花游》(“嫩寒禁暖”)，似为在金陵作。

④ 张炎第一次游江阴，时间似应在大德六年(1302)前后。考证文长不录。

然美，都曾使他陶醉深沉，乐而忘返，他的思想也由此产生了深刻的变化。

在这一阶段，张炎思想上达观的一面，得到进一步发展。他像苏东坡游赤壁由茫然万顷的长江悟出了盈虚消长变化之理一样，他也好像参透了玄机，高唱起“古愁休问，消长盈虚理”（卷五，《壶中天》）的调子，向生活挑战了。他的这种思想，以至发展到逍遥出世（大自然对人心灵的熏陶，以至于对人生道路的影响，其表现是复杂的。总起来说，或促人奋发向上，或导人逍遥退隐。这与人本来的思想素质及所处的政治境遇的逆顺都有很大关系。张炎所处政治环境及身世遭遇的特殊性，决定了他在大自然诱导面前走向逍遥出世一途）。其《风入松》（卷七）云：

> 爱闲能有几人来。松下独徘徊。清虚冷淡神仙事，笑名场、多少尘埃。漱齿石边危坐，洗心易里舒怀。　　划然长啸白云堆。更待月明□。一瓢春水山中饮，喜无人、踏破苍苔。开了桃花半树，此游不是天台。

“不是天台”盖言不同于游天台时的心境。游天台时，愁苦怨恨，无可排解，此时则在大自然中得以解脱。其《清平乐》（卷八）又说：“芳贞只合深山，红尘了不相关。留得许多清影，幽香不到人间。”他更进一步追求神仙的生活境界，另一首《风入松》（卷七）写道：“一瓢饮水曲肱眠，此乐不知年。……著我白云堆里，安知不是神仙？”他曾经有过“便神仙纵有，即是闲人”（卷一，《忆旧游》）的命题。现在的张炎则进一步说：“天下神仙何处有？神仙只向人间觅。”（卷七，《满江红》）他又干脆说：“眼底烟霞无数，料神仙即我，何处崆峒。”（卷四，《一萼红》）他似乎终于参透了玄机，在“神仙即我”的境界里陶然自乐了。袁桷所说“采药神仙，悟朱颜之今昨”[①]，盖指张炎的这种解脱而言。其实，这正是一个不断探索生活出路的词人，在屡经碰壁之后的一种无可奈何的归宿。但他的思想毕竟从难堪的矛盾、痛苦之中有所解脱，他的“乐笑翁”、“白云散人”等雅号，可

① 袁桷：《张玉田归杭疏》，《清容居士集》卷四〇，四部丛刊本。

能就是这时期的产物。

这次北游，张炎预计的目的地可能很远。他在出发之前写过一首《声声慢》(卷四)，词中说:“一舸清风何处？把秦山晋水，分贮诗囊。……渐溯远，望并州、却是故乡。”他在溧阳准备游金陵时，远游的劲头还很大，他对仇远说:“明月明年此夜，颉颃万里，同此阴晴。”(卷六，《夜飞鹊》)可是，张炎在游历了上述诸地之后，却于延祐元年(1314)复至吴，并于次年，孑然一身，青鞋布袜，徒步归杭，结束了这次历时十六年的吴楚之游。这时的张炎，已经是老眼昏花、颓颜皤鬓的六十八岁的“衰翁”了。

张炎这一时期的作品也较多。除上面所引述的诸阕之外，另有:《数花风》(“好游人老”)、《台城路》(“分明柳上春风眼”)、《风入松》(“危楼古镜影犹寒”)、《清波引》(“江涛如许”)、《探春慢》(“列屋烘炉”)、《摸鱼子》(“想西湖”)〔以上卷四〕，《满江红》(“江上相逢”)、《霜叶飞》(“绣屏开了”)、《瑶台聚八仙》(“楚竹闲挑”)、《摸鱼子》(“向天涯”)、《南乡子》(“风月似孤山”)、《如梦令》(“隐隐烟痕轻注”)、《清平乐》(“黑云飞起”)〔以上卷五〕，《新雁过妆楼》(“遍插茱萸”)、《风入松》(“晴岚暖翠护烟霞”)、《台城路》(“清时乐事中园赋”)、《摸鱼子》(“步高寒”)〔以上卷六〕，《满江红》(“老子今年”)〔卷七〕，《渔歌子》(“□卯湾头屋数间”等十首)、《忆旧游》(“笑铭崖笔倦”)、《声声慢》(“因风整帽”)、《临江仙》(“剪剪春冰出万壑”)〔以上卷八〕等等。在创作倾向上有两点值得注意:内容上，愁苦者大减，闲适隐逸者增多;风格上，变隐晦而趋向清空明丽，少数词颇有雄浑气象。

第四个阶段:归隐西湖(1315—1322，张炎六十八至七十五岁前后)。

张炎归杭以后，寓于钱塘县学舍，暂时依靠着他的朋友方子仁(时为县学主席)，并不时得到故友钱良佑、张伯雨(雨)等的照顾。但是不久，他就归隐西湖了，一个挣扎于异代统治下近四十年的大词人，要伴着西湖的一湾清水、数点鸥鹭，以尽余年了。

张炎归隐的思想基础，如上所述，是在吴楚之游时就奠定了的。他在由吴归杭告别苗仲通时说:“先泛扁舟烟水，西湖定多相逢。”(卷八，

《清平乐》)归隐西湖之意已较明显。归杭之后,曾赋《台城路》,词云:

当年不信江湖老,如今岁华惊晚。路改家迷,花空荫落,谁识重来刘阮?殊乡顿远。甚犹带羁怀,雁凄蛩怨。梦里忘归,乱浦烟浪片帆转。　闭门休叹故苑。杖藜游冶处,萧艾都遍。雨色云西,晴光水北,一洗悠然心眼。行行渐懒。快料理幽寻,酒瓢诗卷。赖有湖边,旧时鸥数点。

这首词,毫无掩饰地表现了词人初归杭时的思想情绪,他决心要立即摆脱那种遍地萧艾的污浊现实,隐于湖边极幽之处,与旧鸥为伴。这种思想、决心和迫不及待的心情,通过"快料理"三字表达得十分清楚。另有一首《木兰花慢》,是专向他的友人报告隐居生活的。词序说:"归隐湖山,书寄陆处梅。"(卷八)可见其隐居愿望已经实现;词中有"黏壁蜗涎几许,清风只在樵渔"句,可见其隐居生活的清苦。此后,张炎的情况,从现存的《山中白云》中,就很难发现了,其他记载也绝少。所以王昶说:"六十七岁后,无所表现。"①但是王昶又曾这样描述过张炎的这段生活:"其来往江湖,幅巾拄杖,留连于诗酒翰墨之场,与遗民野老,采薇餐菊,或歌或泣,志节可想见也。"②袁桷《张玉田归杭疏》也有"诗书娱晚岁,还名祖父之青毡"③。这都是想象之词。袁桷的话尤属个人的良好愿望,并非张炎的生活实际。张炎晚年的景遇绝非这样美妙。在他归杭的时候,仅余一身;既至杭,无家可依,乃寄于钱塘学舍,"为况落寞"④,为友人所怜。"酒瓢诗卷",或偶有之,然其暮年生活的困顿以至于无声无息地离开人间,境况之难堪,亦可想见,只是记载缺乏,无可细考罢了。

至于张炎的卒年,记载有缺,难以确考。《珊瑚网名画题跋》卷八载陆行直《清平乐·重题碧梧苍石图》,其序云:

"候虫凄断。人语西风岸。月落沙平流水漫。惊见芦花来雁。

①② 张炎撰,吴则虞校辑:《山中白云词》,中华书局1983年版,第161页。
③ 袁桷:《清容居士集》卷四〇,四部丛刊本。
④ 张炎:《词源》,中华书局1991年版,第79页。

可怜瘦损兰成。多情因为卿卿。只有一枝梧叶，不知多少秋声。”此友人张叔夏赠余之作也。余不能记忆，于至治元年仲夏二十四日，戏作碧梧苍石，与冶仙西窗夜坐，因语及此。转瞬二十一载，今卿卿、叔夏皆成故人，恍然如隔世事，遂书于卷首，以记一时之感慨云。季道陆行直题。

据此可知至治元年(1321)仲夏，张炎还未成“故人”，即尚在世。其卒年则应在此后的“转瞬二十一载”之间。这个段落自然是太长了。江昱说得比较具体：“玉田没至治间”(卷七，《祝英台近》疏证)。此说或有所据，与陆行直所说亦无抵牾。“至治”为元英宗年号，凡三年(1321—1323)。如此，则张炎之卒年，当在至治二年(1322)前后。

综上所述，张炎的一生经历了贵公子的生活——不得已的隐忍——对仕途的试探——汗漫江湖、客游无方——放废归隐等阶段，华贵安逸与风霜惨怛，备尝于世。仇远有《赠张玉田》诗，概括了张炎的一生：

秦川公子谪仙人，布袍落魄余一身。锦囊香歇玉箫断，庾郎白发徒伤春。金台掉头不肯住，欲把钓竿东海去。故乡入梦忽归来，井邑依依铁炉步。碧池槐叶玄都桃，眼空旧雨秋萧飕。太湖风月数万顷，扁舟乘兴寻三高。西北高楼一杯酒，与子长歌折杨柳，江山信美盍便留，莼菜鲈鱼随处有。①

三、词学理论与艺术风格

张炎的著作，流传至今者有词论《词源》二卷，词集《山中白云》八卷，诗已失传。②

《词源》是我国最早的词话体的词学理论专著之一，是张炎在晚年写

---

① 张炎撰，吴则虞校辑：《山中白云词》，中华书局1983年版，第163页。

② 清代赵昱《山中白云词序》引朱彝尊《静志居诗话》：曾过金陵张锦衣瑶星松风阁，见几上有《玉田生诗》一册，偶忘借钞，尔后锦衣殁，便不可得。是玉田生诗已失传，仅《延祐四明志》有玉田《题腰带水》一绝：“犀绕鱼悬事已非，水光犹自湿云衣。山中几日浑无雨，一夜溪痕又减围。”

成的，是他一生词学研究的成果与创作经验的总结。《词源》的上卷，是音乐论。详论五音十二律，律吕相生以及宫调管色诸事。江藩称其论五音均拍最为详赡（见《词源·跋》），《四库全书总目·山中白云词》提要也说："其研究声律，尤得神解。"下卷是创作论。首有自序，末附杨守斋《作词五要》。所论包括音谱、拍眼、制曲、句法、字面、虚字、清空、意趣、用事、咏物、节序、赋情、离情、曲令、杂论等十五门。尽管所论多为词的形式问题，却标志着我国词学理论发展的新水平，对当时和以后的词坛都有着重要的影响。

《词源》成书时间，仅次于沈义父的《乐府指迷》①。这两部书，在对词表面形式的要求上，有不少相似之处，但究其实质，却大相径庭：它们代表着两种不同的风格流派。《乐府指迷》是对宋末以吴文英为代表的雕缋质实词风的总结，亦如蔡嵩云所说："宋末词风，梦窗家法，均得于是编窥见一斑"（吴梅《乐府指迷笺释序》引）。因此，《乐府指迷》"在词论上的首要价值，就在于它体现了吴文英一派词人创作方法的理论"（《乐府指迷笺释·编者附记》）。而张炎的《词源》则反是而立论。他不满于宋末词风，于是抬出姜白石为典范，首创"清空"，反对质实晦涩。他说："词要清空，不要质实；清空则古雅峭拔，质实则凝涩晦昧。姜白石词如野云孤飞，去留无迹；吴梦窗词如七宝楼台，眩人眼目，碎拆下来，不成片段，此清空质实之说。"他尖锐地批评了风靡一时的吴文英的词，准确地指出了吴词堆砌、雕缋的弊病，是颇有勇气、颇见巨眼的。张炎的"清空说"，意思大抵是说词——主要是咏物词——的写作，既不能"体认稍真"，又不能"模写差远"，要使"所咏了然在目，且不留滞于物"。夏承焘先生曾精辟地解释为"要能摄取事物的神理而遗其外貌"（《词源注·清空》注一）。不过，作为词论家的张炎，他的"清空说"的涵义还并不止于此。他在提出"清空"的同时，又提出了"骚雅"、"意趣"。他要求在具体写作的时候，

---

① 沈义父于嘉熙元年（1237）以赋领乡荐，为南康军白鹿洞山长（说见蔡嵩云《乐府指迷笺释》附录《沈义父小传》和《编者附记》），下距张炎出生尚有十余年，可知沈义父于张炎为前辈；且《词源》为张炎晚年之作。因知《词源》成书必在《乐府指迷》之后。又，元初陆辅之已并见此二书（见《词旨》），可知二书问世都较早。

要做到：清空中有意趣，意趣主要表现为立意新颖，不蹈袭前人语意（《意趣》）；景中带情，情不可浮艳，要乐而不淫，并以骚雅出之（《赋情》）；情景交炼，调感怆于融会中，得言外意（《离情》）。“言外意”即有所寄托。可见《词源》的理论核心是“清空”，其他如制曲、句法、字面、虚字等，皆是为这个核心服务的从属品，主从分明，纲目俱备，从而形成一个有鲜明个性的理论体系。在这种理论体系指导下写出的词，是“清空”的，但这个“清空”绝不意味着空洞无物，淡而寡味，而是有意、有情、有景而又有思想寄托的艺术佳构。这是张炎理想的作品。

张炎的词学理论，在宋元之间堪称独秀，稍前的《乐府指迷》不如它高明，稍后的《词旨》只不过从中挹取了一杯水。他的理论，在一定程度上冲破了宋末词风的牢笼，给词人以新空气，给词的发展打开一条出路。所以陆行直《词旨》说：“清空二字，亦一生受用不尽，《指迷》[①]之妙，尽在是矣。”看来，真正能给当时的“乐府”“指迷”的，不是沈义父的《乐府指迷》，而是张炎的《词源》，这就无怪乎有人竟把《词源》径称作《乐府指迷》了。[②]

当然，张炎的文学理论也是有不少缺点的，这主要表现在它的形式主义、唯美主义倾向上，它忽视了词在反映现实生活上的作用。因而，对当时和后代词的形式主义、唯美主义的发展，起了推波助澜的作用。

至于张炎自己的作品，可以说是基本上实践了他的文学理论的。尽管他的理论的正式提出，是在晚年，但从张炎的全部作品看，他的理论早就指导着他的创作实践、并在创作实践中不断丰富、发展了。流传至今的词集《山中白云》，收词三百首，[③]绝大部分是宋亡以后的作品。这些作品或咏物，或记事（包括记游）、或抒情，但以咏物为最出色，张炎是一个

① 系指《词源》下卷。

②《词源》在初成之时，就有《指迷》之称。如仇远《山中白云词·序》、陆行直《词旨》。盖“指迷”一词，犹今之“指导”，为泛称而非专指。明陈继儒辑《宝颜堂秘笈续》，取《词源》卷下与《词旨》合为《乐府指迷》，清江昱袭用之。虽有“改窜”、“袭用”之讥（见《四库未收书目提要》），然其渊源有自，似未为深病。

③《彊村丛书》本收词 296 首，《全宋词》本收 302 首。

以咏物词著名于时的词人。

据陆行直《词旨》说，张炎作词的“要诀”，是从“周清真之典丽，姜白石之骚雅，史梅溪之句法，吴梦窗之字面”等诸家特长中吸取营养，从而形成了自己词作的命意远、用字便、造语新、炼字响的优点，增加了词的形式美。但这在张炎词的艺术风格中还不是最重要的。最重要之点有三：

第一，“清空”。张炎词的“清空”，其基本特征是笔墨疏淡和意趣高远。这主要表现在他的咏物之作上：所咏之物，品类多高洁，色彩多幽淡，着意多悠远。如果把吴文英的词比作“七宝楼台”的话，那么张炎的词则是山中白云了。如《水龙吟·白莲》：

仙人掌上芙蓉，涓涓犹湿金盘露。轻妆照水，纤裳玉立，飘飖似舞。几度销凝，满湖烟月，一汀鸥鹭。记小舟夜悄，波明香远，浑不见、花开处。　应是浣纱人妒，褪红衣，被谁轻误。闲情淡雅，冶姿清润，凭娇待语。隔浦相逢，偶然倾盖，似传心素。怕湘皋珮解，绿云十里，卷西风去。

再如《国香·赋兰》：

空谷幽人。曳冰簪雾带，古色生春。结根未同萧艾。独抱孤贞。自分生涯淡薄，隐蓬蒿、甘老山林。风烟伴憔悴，冷落吴宫，草暗花深。　霁痕消蕙雪，向崖阴饮露，应是知心。所思何处，愁满楚水湘云。肯信遗芳千古，尚依依、泽畔行吟。香痕已成梦，短操谁弹，月冷瑶琴。

又如《南浦·春水》：

波暖绿粼粼，燕飞来、好是苏堤才晓。鱼没浪痕圆，流红去、翻笑东风难扫。荒桥断浦，柳阴撑出扁舟小。回首池塘青欲遍，绝似梦中芳草。　和云流出空山，甚年年净洗，花香不了。新绿乍生时，孤村路、犹忆那回曾到。余情渺渺。茂林觞咏如今悄。前度刘郎归去后，溪上碧桃多少。

写白莲,写兰花,写春水以至写梨花、梅影、碧桃、疏杏、山茶、岫云,写鹰,写雁等等,皆能不留滞于堆砌描摹仅求形似,而是在经过充分体察既掌握了所咏对象的外部形态,更揣摩到其内在的精神境界的基础上,以疏淡、清畅的笔墨,既勾勒其形态特征,更能摄其神理,表现性格。因而,写出的词,有意境,有个性,其中也包含着作者的思想与人格,有着作者的自我形象。这样的词,形神兼备,自然就能推陈出新,不同凡响。虽然反映现实生活不够,却有着强烈的艺术魅力,能给人以美的享受,仍不失为咏物词的佳品。这就是张炎咏物词享有盛誉的原因所在。上述《南浦・春水》一词在当时就是千口传诵的佳作。邓牧说:"《春水》一词,绝唱今古,人以'张春水'目之。"①

第二,寓情于景,情景交融。张炎的咏物词多是有"情"的。如上引《春水》之中,包含了作者深沉的今昔之感;幽兰之中有着词人独抱孤贞、孤芳自赏的个性。其《解连环・孤雁》尤称绝唱:

> 楚江空晚。怅离群万里,恍然惊散。自顾影、欲下寒塘,正沙净草枯,水平天远。写不成书,只寄得、相思一点。料因循误了,残毡拥雪,故人心眼。　　谁怜旅愁荏苒。谩长门夜悄,锦筝弹怨。想伴侣、犹宿芦花,也曾念春前,去程应转。暮雨相呼,怕蓦地、玉关重见。未羞他、双燕归来,画帘半卷。

这首词把咏雁、怀人、自怜和谐地糅为一体,字里行间充盈着掩饰不住的国破家亡之痛,感情深切、缠绵,凄婉动人。这首词在当时与《春水》同样享有盛誉,张炎因此又被称为"张孤雁"(见孔行素《至正直记》)。

张炎的咏物词糅进了情,而他的抒情词却借助于景。触景生情,以景传情,见故园杨柳而生家破之悲,遇秋风落叶而兴黍离之叹,闻新雁因动脊令之感,入幽谷而怀归隐之念,皆触景生情、借景传情之类。由于张炎善于借景、造景以抒其情,所以他的抒情词往往写得情景并茂,婀娜多姿。他的一些抒情小词尤其是这样。如以上所引《清平乐》("候蛩凄

① 邓牧:《伯牙琴》,中华书局1981年版,第19页。

断”)，其凄清之情，全靠凄清之景表达。造景之妙，竟可使陆行直据以作《碧梧苍石图》；感情之动人，竟能使词人墨客和者十数。这件小小艺术品的成功，由此可以概见。

张炎的词多所用情，并且是含蓄深婉的，这与他的词学理论有关。他在《词源》中明确指出，词婉于诗，本来就是近乎情的东西，所以要“景中带情”，要把“燕酣之乐，别离之愁，回文、题叶之思，岘首、西州之泪，一寓于词”。“寓”，即不可过于表露，不可“为情所役”，而是要“屏去浮艳，乐而不淫”，存乎“骚雅”，有“汉魏乐府之遗意”。他的词正是这种理论的体现。

第三，尚寄托。张炎论词，主张所谓“得言外意”(《词源·离情》)，即要有寄托。所以他的词作，多有寄托，而最常见者是托物寄意，借物言志。如借落叶疏萍以寄身世之感，借乔木杜鹃以寄沧亡之叹等等。有的则是寓有特定的事件，从而寄托自己某种难言的绸缪之旨。如以上所引《水龙吟·白莲》，就是这样。这首词运用了衬托、比喻、隶事、拟人、化用前人诗句等种种写作手法，把白莲写活了。其笔墨的淡雅，命意的高远，感情的深沉，语句的妥溜，音韵的和谐，也都有其独到之处。然而更值得注意的，还是它的寄托。此词尝收于《乐府补题》，前人多认为是为元僧杨琏真伽发宋陵而作。今人夏承焘先生作《乐府补题考》，进一步考定确指发陵事。如此，则此词寄慨亡国，用意至深。其他如《红情》、《绿意》二首咏荷，有云“料应太液，三十六宫土花碧”，“回首当年汉舞，怕飞去、谩皱留仙裙折”，“盘心清露如铅水，又一夜、西风吹折”，亦同咏白莲之旨。这类词的寄托之意，比较深邃、隐晦，盖与当时时势有关。时值南宋新亡，元代初立，词人有切骨之痛，而文网苛密，故不得不托物言志，比兴象征，言在此而意在彼。这样，曲折隐晦就在所难免了。

清空、情景、寄托，在张炎的词中，往往交织在一起，甚至统一在他的同一首词中，从而形成了张炎词的艺术风格。

当然，张炎的词也是有缺点的。其一，题材比较狭窄。他的词固然有些是抒发故国兴亡之感的，但更多的还是写个人的挣扎，个人的无可奈何的愁苦与潦倒，对宋元之交的广阔的现实生活缺乏应有的反映，作者的笔触还未曾真正触及这一社会的重大题材。而其“兴亡之感”和个人挣扎，也都表现得那么微弱，以致使他的作品蒙上了一层颓靡暗淡的色彩，虽有感慨苍凉之作，亦不足以改变其全部作品的低沉基调。这也是宋季词共有的病态。其二，张炎崇尚寄托，是无可非议的，但其寄托过于追求幽深缭曲，因而带来晦而不明的一面。所以往往含蓄有余，明快不足，再加上他的隶事用典，磨砻雕琢，更为读者理解其作品增加了障蔽，有的词，读之再三，仍不明其旨，这就不能不大大减弱作品自然真率之美，从而削弱了他的词的价值。其三，张炎的词学理论和他的创作，囿于时代词风的影响，也都表现出一种门户之见。他轻视豪放词，以辛稼轩、刘改之的词为不雅，讥为戏弄笔墨的长短句之诗（见《词源·杂论》）。他自己的创作也只是吸收“周清真之典丽，姜白石之骚雅，史梅溪之句法，吴梦窗之字面”等方面的长处，独不取苏辛词的气概，而这正是他所最缺乏的。其他如张炎虽也反对蹈袭，其实在他的创作实践上，蹈袭前人之处却并没有避免；他所创造的艺术形象、艺术境界，雷同者较多；他过多地讲求形式，不敢越雷池一步。因而他的词显得拘谨有余，开阔不足。所以周济批评他“积谷作米，把缆放船，无开阔手段”[①]。

四、影响

张炎的词，在其当世就享有较高的声誉。“张春水”、“张孤雁”等雅号，皆因其词而得名；时人评论，多以与周、姜比肩。如舒岳祥评说：“有周清真雅丽之思”，仇远说“当与白石老仙相鼓吹”[②]。而邓牧《张叔夏词集序》则认为比周、姜还要略胜一筹，他说：“美成、白石，逮今脍炙人口，知者谓丽莫若周，赋情或近俚；骚莫若姜，放意或近率。今玉田张君无二家所短，而兼所长。”[③]这虽是当面奖饰之语，但持此说法者不止邓牧一

① 周济：《介存斋论词杂著》，人民文学出版社1984年版，第10页。
② 张炎撰，吴则虞校辑：《山中白云词》，中华书局1983年版，第165页。
③ 邓牧：《伯牙琴》，中华书局1981年版，第19页。

人，故《四库提要》说："以之接武姜夔，居然后进，宋元之间，亦可谓江东独秀矣。"（卷一九九，《山中白云词》提要）慕张炎之名而翕然学之者，亦大有其人。如仇远、韩铸（字亦颜，蕲王韩世忠孙）、陆行直等，都曾跟张炎学词，"北面而求之"。仇远以词名世，为宋元间名家，元代张翥等受其影响；陆行直有《词旨》流传，词仅存《清平乐》一首。仇、陆的词都受张炎影响，风格差近。

张炎给词坛影响最显著者，是在清代。清初浙派词人家白石而户玉田，把清空骚雅之说奉为词家准的，他们的词学理论和创作实践直接导源于姜、张，张炎得到前所未有的推崇。浙派词学巨擘朱彝尊就曾说："不师秦七，不师黄九，倚新声玉田差近"（《解佩令》），简直有点唯张炎是尊。在清代词学派系中，浙派势力最大，几乎纵贯有清一代，而张炎的影响也就随之风靡二百年。当然浙派词人在学习张炎的过程中，也有其自身的变化，自为家法，面目日非，产生了一些弊病，甚至流为"寒乞"（谭献《复堂词话》），为他人所攻击，这就与张炎无干了。

浙派的劲敌常州派词人，虽然猛烈地攻击着张炎，但他们的理论与张炎有某些相通。常州派论词专主寄托。其领袖张惠言在《词选·序》中所阐发的"意内言外"之旨，貌似从许慎处来，[①]但用于词学，却与张炎的"得言外意"一脉相通，常州派只不过是阐发得更清楚，提得更响亮而已。这里，我们从另一个方面看到了张炎对清代词坛的影响。其实，即使是在常州派猛烈攻击张炎的时候，张炎仍然拥有众多的信奉者。周济也不得不承认："玉田，近人所最尊奉"[②]，江藩也说当时"人人以姜、张自命"[③]。

张炎对后代的影响和他在中国词史上的地位，由此似可略窥其涯涘了。

（原载《中国历代著名文学家评传》第三卷，山东教育出版社 1984 年版）

---

①《说文解字》："词，意内而言外也，从司、从言。"

② 周济：《介存斋论词杂著》，人民文学出版社 1984 年版，第 10 页。

③ 张炎：《词源》，中华书局 1991 年版，第 85 页。

谢翱评传

一

谢翱（1249—1295），南宋末期诗人，字皋羽，一字皋父，晚号晞发子。原籍福州长溪（今福建霞浦），后来迁居建宁浦城（今福建浦城）。宋理宗淳祐九年（1249），谢翱出生于一个书香人家。父钥，字君殷，号草堂，“性至孝，居母丧，哀毁庐墓，终身不仕”（宋濂《宋文宪公集·谢翱传》），精研春秋左传，著有《春秋衍义》、《左传辨证》等。母缪氏，是秘书省正字缪烈的女儿。

谢翱的一生，仅四十七岁。宋元王朝的更替，把他这短暂的一生分为前后两个时期。前期从出生（1249）到宋亡（1279），共三十一年。其间，他经历了读书、求仕、从军抗元三个阶段。

谢翱的青少年时期是在浦城度过的。他从小受着良好的家庭教育，好读古书，所作文章“必欲中古人绳墨乃已”[①]。他受了乃父的影响，很早就对《左传》产生了浓厚的兴趣，为后来撰著《左氏传续辨》打下了基础。

---

① 邓牧：《伯牙琴》，中华书局 1959 年版，第 8 页。

谢翱十七岁时(1265),随父赴临安,准备参加进士考试。途中经过桐庐,随父登上严陵钓台,凭吊了他所仰慕的东汉高士严子陵,感触极深,直到他在二十六年后写《西台恸哭记》时,还牢记着这次初登钓台的情景。度宗咸淳三年(1267),谢翱试进士不第。但他这年却做了件大事:他像姜夔上《大乐议》论雅乐并作《圣宋铙歌曲》那样,写了《宋铙歌鼓吹曲》十二篇和《宋骑吹曲》十篇,"上太常,乐工习之。论者谓其文句炫煌,音韵雄壮,与唐柳宗元相并"[①]。之后,谢翱落魄于漳泉间,过着读书、游历的生活,直到宋王朝的"丙子之难"(1276)。

在谢翱的青少年时期,南宋王朝虽还维持着表面的承平,实际上已是支撑扶持,苟存而已。《晞发集》附吴莱《宋铙歌骑曲序》说:当时"国愈蹙,财愈匮,山林原隰陂泽之所出,一切毫计而缕数之,至不足自给。东南民物之凋敝,极矣!"谢翱出生时,虽然金灭亡已十六年,但是,蒙古代兴,对南宋的威胁更甚于金,终于在咸淳九年(1273),元军在襄樊战役中取得了决定性胜利,次年,倾兵南下,大举灭宋。"丙子之难"之后,文天祥大举勤王之师,于七月十三日开府南剑州(今福建南平)。这时,二十八岁的谢翱,慨于亡国之愤,尽倾家资,募乡兵数百人,"杖策诣军门",投奔文天祥,"遂署咨事参军"(宋濂《谢翱传》),揭开了他生命史上悲壮的一页,与文天祥结交亦始于此。

同年十月,谢翱随文天祥驻兵汀州(今福建长汀)。次年(1277)正月,移师漳州龙岩(今福建龙岩)。三月,进兵取梅州(今广东梅州)。五月,出梅岭,入赣州,转战会昌(今江西会昌)、雩都(今江西于都)等地,不久乃有赣州之败。谢翱在《西台恸哭记》中所说的"别公(按:指文天祥)漳水湄",盖在此时。临别,天祥以家藏端砚名"玉带生"相赠,并有嘱语,使谢翱终生感念不忘,即《西台恸哭记》所说:"独忆别时语,每一动念,即于梦中寻之。"景炎三年(1278)十二月,天祥兵败被俘。与此同时,谢翱隐姓埋名匿于民间,辗转而归于故乡浦城。至祥兴二年(1279),南宋灭

① 参见宋吴莱《宋铙歌骑曲序》及清代徐沁《谢皋羽年谱》。

亡，三十一岁的谢翱成了南宋的遗民。他的后期生活开始了。

在谢翱的十七年遗民生活中，充满着痛苦与挣扎。谢翱既归浦城，家室散亡，幸好他曾在军中购得一子，力作粗可自给。怎奈徭役繁兴，不堪迫辱，乃独自一人出走他乡，开始了流浪生活。首先是避地浙东瓯括间，在永嘉、乐清、括苍、缙云等地约四年（约三十一至三十四岁）。时值宋室新亡，谢翱忧郁悲愤，只影彷徨于名山胜水间。接着又往来于鄞越间约五年（约三十五至三十九岁）。这里是春秋勾越之地，人尚风节。当时宋室虽亡，但故家衣冠犹存。会稽王英孙[①]等正延致四方游士，为避乱者所宗。谢翱乃暂依英孙，诗咏相娱，间或出游，涉足于四明诸胜，或乘舟至鄞（今浙江鄞州），过蛟门，登候潮山。此时诗作较多，如《采药候潮山宿山顶精蓝夜中望海》、《勾章见月蚀》、《山阴道中呈郑朴翁》、《飞仙引游沃洲水帘谷作》、《九日黎明发新昌望天姥峰》等。谢翱在越，备悉元僧江南总统嘉木扬喇勒智（旧称杨琏真伽）发宋会稽陵冢，翱与会稽唐珏（玉潜）、永嘉林德旸（景曦）、郑朴翁（宗仁）等，协谋收护陵骨[②]并作《冬青树引》、《古钗叹》以记其事。丙戌丁亥间（1286—1287），谢翱担心久在越地会暴露身份，乃离越至浦江（今浙江浦江），与吴渭[③]、方凤[④]、吴思齐[⑤]等始结"月泉吟社"，联络四方遗民吟士，以《春日田园杂兴》为题征诗，期于丁亥三月上巳评定名次等第，榜示同人，一如"科举法"。诗监吴渭，主考谢翱。至期，得诗二千七百三十五卷（选中二百八十名），人各一卷，可见参加诗社活动者已有二千七百三十五人。"月泉吟社"的活动具有明显的民族意识。他们仿"锁院试士之法"，一如科举，实际上是他们在民间代亡宋搞了一次科举，有所谓"慨唐科之不复，以诗为试"（《月泉吟社诗·回送诗赏札》）之意；评诗揭赏，有"深衣"，乃中国古制，也是宋代的服装，与元朝的窄袖毡帽不同，又有"公服"，是宋代官吏的礼服，此皆寓

---

① 王英孙，字才翁，别号修竹，宋端明殿学士王克谦之子，仕宋将作监主簿。《绍兴府志》有传。

② 黄宗羲《冬青引注》，徐沁《谢皋羽年谱》。

③ 吴渭，号清翁，浦江人，仕宋为义乌令。宋亡，隐于浦江吴溪，自号潜斋，编有《月泉吟社诗》。

④ 方凤（1240—1321），字韶卿，浦江人，宋太学生，授容州学正，未仕宋亡，隐于家。

⑤ 吴思齐，字子善，陈亮外曾孙。

有“复唤起青衫之梦”（《月泉吟社诗·回送诗赏札》）之意，分明是社中人的民族意识；他们的诗虽以《田园杂兴》为题，但不少诗仍有明显的政治寓意。继月泉吟社之后，谢翱与方凤、吴思齐、吴渭、吴谦（渭之弟）等建“江源讲经社”[①]，开始讲学授徒。翱精《春秋》，于是吴氏、方氏子弟翕然从学。谢翱在浦江约有四年（约四十至四十四岁），以吴溪江源为中心，讲学之余，时作游历，慕屈原托兴远游，自号晞发子，披发佯狂，行啸于野；游诸名胜，不惮其险，南游金华，西游严州建德等地，间或入杭。这时期，谢翱的文学创作也较多，诗有《九日前子善来会山中》、《韶卿往乌伤寄刘元益》、《雨夜呈韶卿》等，文有《金华游录》、《浦阳先贤传》、《月泉游记》等。谢翱在浦江的文学创作及其诗社、讲学活动，对转变浦江诗风起了积极作用。宋濂在《方凤传》中说：“浦阳（即浦江）之诗，为之一变”，变腐烂漶漫而为忠愤郁郁，危苦悲伤。

谢翱的最后四年（四十四至四十七岁）是在更为频繁的流浪中度过的。这期间，他以严州建德翁登兄弟家为憩脚点，往来于婺严间。游桐庐，子陵钓台南有白云源村，唐代方幹曾隐居于此。谢翱慕严子陵与方幹的高风亮节，遂有终焉之志，他对随行的弟子说：“死必葬我于此。”因作《许剑录》；“思集同好姓氏，筑亭立石，期衰暮无忘吴季子意。且将度台南为文冢，异日并玄英旧隐老焉”；其会友之所，曰“汐社”，“义取晚而有信”（吴谦《谢君皋羽圹志》）。谢翱的这些活动，实际上都寄托着他对宋室的怀念与忠诚。他这一时期的生活是艰苦的。邓牧《谢皋父传》说：“（翱）性耿介，不以贫累人，所居产薪若炭，率秋暮载至杭，易米卒岁，少裕则资游江海，访历代故实。”谢翱去世的前一年，再次游鄞越，与邓牧会于会稽，结为方外友；并由邓介绍，至杭访寓杭诸逸民，在杭留连，多声气应求之侣。乃娶杭州遗民刘氏女，买屋西山，日与能文辞者相往还。然后，复至婺、严，寻汐社旧盟。乙未（1295，四十七岁）夏，由严州入杭，八月壬子（八月十日），以肺疾卒。次年正月，葬于子陵钓台南，以文稿殉。

---

① 见吴谦《谢君皋羽圹志》，江源即江水源，在浦江县，吴谦居此。

谢翱在宋代，仅一布衣而已，但在其十七年遗民生活中，始终不变冠服，或白帢青衫，或麻布绳履，且终身不用元朝年号，独立凝愁，忠愤郁郁，自励其节，以至于死，俨然卓荦奇士。这里尤其需要提及的，是他对文天祥的真挚情谊。谢翱以布衣从文天祥起兵，秉忠倡义，以济时艰。宋亡之后，谢翱弃家远游，家产散尽，而独携天祥所赠的“玉带生”，直至于死。[①] 文天祥就义后，每遇忌日，谢翱必召集同志，登高哭祭。谢翱还写了一些诗文悼念文天祥，如《哭所知》、《西台哭所思》、《哭邳州》、《书文山卷后》、《西台恸哭记》等。这些作品，声情悲切，流露了对天祥深厚纯真的感情。宋濂在《谢翱传》中说谢翱“徒以被天祥之知，麻衣绳履，章皇山泽间，若无所容其身”，把谢翱的上述行动归结为“不负天祥”。其实，谢翱对文天祥的感情，实质上是对宋室乃至国家民族的感情。这种感情在当时元蒙贵族残暴的民族压迫和文化专制统治下，作为亡宋遗民的谢翱，无以表达，只有默默地寄于天祥，一泻于哭。张丁《西台恸哭记注》说：“若其恸西台，则恸乎丞相也；恸丞相，则恸乎宋之三百年也。”郑思先跋中也说：“皋羽始参文信公军事，其志将以有为也。未几国亡，而公竟以节死。故皋羽之哭，哭宋祚之不救也，哭公与己之志不得伸也。……若曰皋羽徒恸公之死而哭之，岂知皋羽者哉！”(程敏政《宋遗民录》)破的之言，是知皋羽者也。

二

谢翱的著作，方凤《谢君皋羽行状》有这样的记载：

> 君遗稿在时旧所为悉弃去。今在者，手抄诗六卷[②]，杂文五卷[③]，唐补传一卷[④]，南史赞一卷[⑤]，楚辞等芳草图谱一卷，宋铙歌鼓吹曲、

---

① 据杨维桢《玉带生传》，至正间，杨维桢官建德，过桐庐钓台，谒翱墓，并访其遗迹，得“玉带生”。可见“玉带生”随翱至死。

② 吴谦《谢君皋羽圹志》、宋濂《谢翱传》均作八卷。

③ 吴谦、宋濂均作二十卷。

④ 邓牧《谢皋父传》作“补唐人无传者三十余篇”。

⑤ 宋濂作《南史补帝纪赞》。

> 骑吹曲各一卷，睦州山水文物古迹记一卷，浦阳先民传一卷，东坡夜雨图句一卷，浙东西游录九卷。春秋左氏续辨、历代诗谱未脱稿；选唐韦柳诸家诗及东都五体诗在集外。

另据邓牧《谢皋父传》，尚有《近世隐逸传》数篇；据宋濂《谢翱传》，尚编有《天地间集》五卷（今仅存家铉翁、文天祥等十七人诗二十首）。这些著作，散佚较多，有些可能是为谢翱殉了葬。今存《晞发集》十卷（收诗八卷、文二卷），卷帙系后人以意重编，并非原貌，所存诗文更非全豹。[①]

谢翱前期诗歌的代表作，当为《宋铙歌鼓吹曲》十二首和《宋骑吹曲》十首。这是谢翱十九岁时选用宋历史题材写成的"雅诗歌曲"。铙歌、骑曲本属鼓吹曲，是古代的军旅之乐，用来建威扬德，励士讽敌，故歌辞多言战阵献功之事。汉以后各代，对这类曲辞都比较重视，而唐宋却无这种曲辞。柳宗元贬官柳州，曾以"负罪之身"冒死献《唐铙歌鼓吹曲》十二首，纪高祖、太宗功德及征伐勤劳之事。南宋姜夔鉴于宋代乐典久坠，欲补遗轶，乃献《圣宋铙歌曲》十四首。不过，朝廷并没有采纳他的曲辞，朝廷军乐依然毫无"武备"精神。而当时的南宋王朝，如上所说，局踏于江南半壁，边警迭至，王朝垂危，欲挽狂澜于既倒，军心民气皆需有一个极大的振作。这就是谢翱创作铙歌骑曲的背景。从他所作的这两组曲辞内容看，他确实是把握住了这特定时代的脉息。他用"鼓吹曲"这种军乐曲辞的形式，历述了宋王朝太祖太宗南征北战创江山奠基业终于统一中国的神圣功德和命将用师的艰难险阻。显然，作者的用意在于提醒当时的宋王朝勿忘创业艰难和"祖宗功德"，从而振作军心民气。这里表现了少年谢翱的爱国情怀和代朝廷作乐的勇气。这两组曲辞都是一事一曲，如铙歌的《征黎》写王师平李筠于壶关，《军澧南》写讨平湖湘之乱。铙歌的语句以三言为主，间杂四言，音节紧凑，韵律强烈；而文辞气魄尤为雄壮，大有喷薄四海之势。如《日离海》：

---

① 明弘治间储巏刻《晞发集》时，诗文已佚大半。其散佚情况可参见平湖陆大业《重刻晞发集序》，《文渊阁四库全书》本《晞发集》即据陆氏家藏本过录。

日离海，青曈昽。沃以积水，涵苍穹。神光隐，豹雾空；气呼吸，为蛇龙；赤云衣，紫霓从；吹白众宿，歌大风。天吴遁，清海宫。

这是铙歌鼓吹曲的第一首，以“日离海”象征宋太祖赵匡胤出世，写得神光明灭，龙蛇飞舞，云蒸霞蔚，其气魄可与赵匡胤微时咏日（或作咏月）诗“未离海底千山暗，才到天中万国明”相伯仲。《宋骑吹曲》则以七言为主，节奏韵律有所舒缓，但气魄不减铙歌鼓吹。如《亲征曲第一》：

云屯列灶驱貔貅，殿前杀马祭蚩尤。勾陈苍苍太白湿，贼帐梦惊绕营日。军呼万岁摧太行，华留东抹流电光。重华继尧坐垂拱，并土再驾无葛疆。

读着这样的诗句，确如元吴莱所说，“如使人亲在短箫鼓吹间”（吴莱《宋铙歌骑曲序》）。像这样威武雄壮的诗歌，在当时的诗坛上是不多见的，在谢翱后期的诗作中也很难再见到了。

现存谢翱的诗近三百首，主要是其后期之作。特定的历史时代和谢翱坎坷痛苦的生活经历，决定了他诗歌的思想内容与艺术风格。

谢翱后期诗歌的一项重要内容是抒发其深沉而执着的故国之思。这类诗歌数量较多，表达方式也多种多样，从而形成了谢诗的一个突出特点。这种思想感情有时表达得鲜明而强烈，如《结客行》：

结客卫京师，弃家南斗陲。相看各意气，欲取辽阳归。事左脱身去，岂为无所为？家藏楚王子，手执五陵儿。泣奉先主令，白旗向天挥。鞭尸仇必报，函首捷终迟。力尽志不遂，以死谢渐离。

这是他在勤王兵败、宋室倾覆之后写的一首诗。诗中虽然引用了一些历史典故，但实际上还是写诗人自己，抒发了他以死报国的豪情壮志，显然是一首充满了民族激情的悲歌慷慨之作。再如《小元祐歌寄刘君鼎》，是诗人在去世前一年写的，诗人仍眷念着故国往事，充满战斗豪情：“当秋淮甸枯草黄，弯弧北向射天狼。狐南星光天狗堕，入蔡生擒完颜王！”但总的看来，诗人的故国之思，在诗中表现得比较幽凄、深沉。其表现方式，约为以下几种：

其一，借物抒情，抚今追昔，感慨伤怀，遂兴故国黍离之悲。故国旧物即与宋王朝有关的事物，往往是诗人故国感情的触发点。谢翱在宋亡之后，曾过南宋故宫，作有《过杭州故宫二首》，极写宋亡后故宫的荒凉。其二云：

紫云楼阁燕流霞，今日凄凉佛子家。残照下山花雾散，万年枝上挂袈裟。

物是人非，悲天悯人，极尽故国悲悼之情。诗人有同类题材的诗多首，如《重过二首》、《送袁太初归剡源》、《秋日忆过秦国公主园》、《古钗叹》等。可以看出，诗人极为注意故国旧物，凡所接触，总要摄入笔端，发而为诗，或在客观冷静的描述中寄无声之泣，或抑制不住感情而把故国沦丧的悲痛潸然外露。

其二，借典抒怀，引古喻今，怀古伤今，进一步抒发其故国之思。《五日观潇湘图》借“端五”（传为屈原沉江忌辰）观《潇湘图》而缅怀屈原，然后由楚及宋，遂起兴亡之叹：“江流物色改，看画泪承睫。仿佛旧居人，指点失故业。三户空鸟啼，九疑列如牒。”同类题材者尚有《广惜往日》、《九日》、《题翁征君集后》、《游钓台》、《拜玄英先生画象》、《吴山谒祠》、《虞美人草》、《鸿门宴》等等。后二首都是借楚汉旧事以影射宋王朝的某些事实，如《鸿门宴》是借鸿门宴上楚方臣子对汉的不同态度，暗喻南宋内部投降与反投降的矛盾斗争，结句“君看楚舞如楚何，楚舞未终闻楚歌”精警而悲伤，含蓄着诗人深沉的故国之痛。

其三，通过写诗人自己的幽栖生活和悲苦形象，表现其魂牵梦萦的故国之思。谢翱后期的生活遭遇，是与宋王朝覆灭的命运紧密相连的。在谢翱看来，南宋是国家民族的象征，它虽灭亡了，但在其心中却始终供奉着它的偶像，可以说，谢翱十七年艰苦的遗民生活，实际上是在为王朝尽忠守节。所以，他生活愈艰苦，他心中的这尊偶像形象就愈鲜明；而它的覆灭，也就愈使他痛苦。这样，故国之思就始终是他思想活动的中心内容。在《晞发集》中，这类作品比较多，如《雨饮玲珑岩下》、《听雨》、《拟古》、《岩居效贾岛》、《中秋忆山中人》、《二月十日》、《人日雪》、《无题》、

《散发》等。这些诗从不同角度、不同侧面反映了诗人幽栖、飘泊的遗民生活，描绘了他“面垢毛焦”的形象，多写得幽绝凄绝，悲不自胜，并有明显的失落感，这大概是谢翱这类题材诗歌的基本模式。诗人的故国之思在很大程度上是凭借这类题材的诗歌表现出来的。

“故国之思”是谢翱诗歌的特质所在，由此奠定了他在我国文学史上的一席之地。值得注意的是，谢翱的故国之思并不止于哀思，而是不断砥砺其节，使其意志磨而不磷，老而弥坚。本来，他在少年时期就有“丈夫事业在简册，要令姓氏留耿光”[①]的壮志。宋亡后，他眼见恢复无望，但不改初志，他用陶渊明的节操激励自己：“华轩又何羡，自载返蓬荜。终身书甲子，往往义形色。如使磷与缁，安得为玉雪？篱边菊弄黄，粲粲正堪摘。我方持空觞，千载高风激！”(《九日》)陶渊明在晋亡后，从永初起，著作只书甲子，不用刘宋年号，以表示对新朝的否定态度。谢翱也同样是“终身书甲子”；在《文房四友叹》中，他更表示了誓死报仇的意志：“平生国士立桥下，誓死守此漆身哑！”这都是他最明确的宣言。他另有一部分托物言志的诗歌，运用比兴手法，通过一定的艺术形象和富有哲理的语言，也同样表达了这种立场、思想和感情。如在《效孟郊体七首》之五中，通过爱惜羽毛而“不向恶木栖”的“越禽”形象，表现了诗人择木而栖、择主而仕、洁身自爱的精神品质。另一方面，他在《池上萍》等诗中，对那班趋炎附势喜攀高枝的人，又给予尖锐批评，并以此自戒。

谢翱的故国之思及其坚定意志，是当时特定历史背景的产物，是无可非议的。元灭宋之后，在其专制统治的初期阶段，把落后的意识形态和生产方式以高压政策强行施于赤县神州，曾引起各地人民的反对，在经济、文化都相当发展的江南地区，尤其不得人心。谢翱在《文房四友叹》序中说：“兵后四友流落，有访而得之者，则顶秃足折，笏碎幅裂，自秦以来，未见吾党获祸如此之惨者，是以为之长太息云。”所以，他以“文雅风流俱扫地”概括当时那个摧残文明的时代。从社会发展的角度上看，

---

①《杂言送郑主簿炎之官昌化》。以下凡见于《晞发集》的诗，本文称引时只注篇名。

对元初统治者采取不合作态度，甚至给予一定的抵制，从而为社会的倒退增加阻力，是应该给予肯定的。元朝统治者某些政策和统治手段的改变，正是这种种抵制的结果。当然，谢翱在思想上不可能有这种认识，他只是出于对宋王朝实际上也是对国家民族的忠贞而站在元朝统治者的对立面，但其思想、行动却恰好符合了历史发展的要求。

谢翱还写了一些友朋赠答、送别和反映劳动人民生活之类的诗。前者如《杂言送郑主簿炎之官昌化》、《送汪十》、《呈王尚书应麟》、《山阴道中呈郑朴翁》、《冬青树引别玉潜》、《赠写照唐子良》等。这类诗歌多能表现作者对友人的深情厚谊。如《友人自杭回建寄别三首》之二：

> 潮信到严濑，水色过衢城。寄潮不寄水，潮去有回程。

短短四句二十字，表达了诗人对朋友的深厚感情，而且写得明秀隽永，言有尽而意无穷。写劳动人民的诗如《岛上曲二首》、《织妇叹》、《商人妇》、《余杭樵歌》等，分别写了渔民、织妇、商人妇和樵夫的劳动生活，各具情调，无一雷同。如《余杭樵歌》：

> 樵斧丁丁响翠微，赪肩半脱汗身衣。因来避雨岩前洞，裹得山蜂和蜜归。

《岛上曲二首》之一则是另一副形象：

> 皮带黑鳞身卉衣，晚随鬼渡水灯微。石门犬吠闻人语，知在海南种蛤归。

这类作品多为短章，数量也不多。

谢翱的纪游写景之作则数量较多，且不乏长篇巨制，如《九日黎明发新昌望天姥峰》、《寺南小池》、《飞仙引游沃洲水帘谷作》、《夏日游玉几山中》、《万松道中望南太白》、《雪榻瀑布》等。诗人足迹所到，辄有所记，或风物人情，或时序节候，或触景生情。于写景处，时见妙笔。如“杉影动寒水，夕阳藏半峰”(《寺南小池》)，“空山无辙迹，悬水下分洪；醉醒听犹在，寒喧色不同”(《元日读老子望瀑作》)，“水交明月动，槎泭故洲移”

(《八咏楼》),“岸花低草色,潮水逆江流”(《野望》)等,颇见诗情画意,也表现了诗人对客观景物细致的观察与体验。

谢翱的赠答、送别、纪游之类的诗歌,虽内容各异,但有些作品却往往夹带着故国之思,这些诗的写作目的虽不一定意存故国,但由于诗人故国之思相当浓重,所以在写作时这种感情往往不由得流露于笔端,这也是有别于一般同类题材之作的地方。

谢翱诗歌的艺术风格,渊源盖出于李贺、孟郊、贾岛一派。宋濂《谢翱传》曾这样形容谢翱作诗时的形象:“当其执笔时,瞑目遐思,身与天地俱忘。每与人曰:用志不分,鬼神将通之。”俨然一副苦吟派的样子。杨慎《丹铅总录》则进一步指出:“谢皋羽《晞发集》诗皆精微奇峭,有唐人风,未可例于宋视之也。”又说:“其学李贺诗歌,入其室而不蹈其语……郊、岛不能过也。”[①]明代的储巏在《晞发集引》中也说:“翱之乐府诸体,似李贺、张籍,近体出入郊、岛间。”这就把谢诗艺术风格的渊源揭示得比较清楚了。其实,且不说谢诗中有些已标明“效孟郊体”、“效贾岛”等字样,只要领略一下谢诗的那种桀骜奇崛之气,就会知道他确实走了李贺、郊、岛的路子。这与其特定的生活道路、思想情志和宋元间的特定时代气质大有关系;而这些主客观方面的因素,同时也使谢诗又具有自己的有别于李贺、郊、岛的艺术风格。它幽忧多于苦寒,更时杂不平之气,长于以凄清奇崛幽忧激烈之音反映当时社会现实的某些侧面,系念宗邦,寄怀深远,从而抒发其悲怆而沉重的故国之思。在诗的形象构图上,以幽而凄为特点,以至幽之境传至凄之情。所写多岩居独处,绝少出现群体形象。在选词造句上,频繁使用“哭”、“泪”、“死”等字和其他一些幽冷字眼,从而创造了一种凄苦险涩的感情氛围,读其诗如置身幽谷,巉岩险壑扑面而来。

谢诗也有其不足之处。它虽然对宋元间的社会面貌有所反映,但其广度与深度都嫌不够;谢诗主要是抒情诗,所抒之情在当时遗民知识分

---

① 杨慎:《升庵全集》卷五五,清刻本。

子中虽有一定的代表性，但诗中作者的感情与形象显得孤立、单薄，与广大人民的命运、感情缺乏应有的联系；有些诗艰涩枯槁，间有讳忌隐语，甚至“鬼语神词”，不易理解。当然这与元初高压政策下的遗民身份有关，但也与谢翱所追求的苦吟风格不无关系。

谢翱的散文今存十三篇，其中“记”十二篇，以游记为主；“序”一篇，是为友人翁衡所编的《睦州诗派》作的序言。比较有文学价值的是他的游记。谢翱性好游历：“其游迹，非胜绝处不到，如桐山、鼎湖、蛟门、候潮、沃洲、天姥、野霞、碧鸡、四明、金华洞天，探幽发奇，所至即以游录述，所赋咏多昔贤文字所未及。”（方凤《谢君皋羽行状》）《游仙华岩麓记》、《自岩麓寻泉至三石洞记》、《月泉游记》、《小炉峰三瀑记》、《游赤松观羊石记》、《鹿田听雨记》等，都是这类游记。谢翱善于叙事，凡所叙述，来龙去脉，条分缕析，无不曲折尽致。叙述之中又时作描绘，使文字丰满秀丽，一扫诗中的枯槁味。其写景，往往大量使用比喻，把无生命之物写得栩栩如生。他在《自岩麓寻泉至三石洞记》中这样写石：

> ……又沿沟行九十步，乱山如蹲，崖倾石立，洼者，凸者，跂者，伏者，仆且僵者，散而布者，如瓶之乳，如鹿之奔，如鼠之飞，如鸟鹊之俯喙，如兔之自吐其子，猿猴之垂藤而饮于水也，如鸡犬之舐于鼎而仙也。……有泉鸣林薄间，断续相应，类金奏阕而石声间作……若浮云飞絮，游空而下，殆不可穷其状。

真是异象迭出，美不胜收，读其文如身历其境，在轻松愉快的阅读中得到了美的享受。谢翱这类散文的笔法，与柳宗元的山水游记散文酷似，亦可与柳文媲美。

《西台恸哭记》是谢翱在至元二十七年（1290）冬为悼念文天祥殉国八周年而作。谢翱登西台（钓台）哭祭文天祥之后，写成此文，呼天抢地，极尽悲痛。文中这样写哭祭的情况：

> 登西台，设主于荒亭隅；再拜，跪伏；祝毕，号而恸者三；复再拜，起。又念余弱冠时，往来必谒拜祠下。其始至也，侍先君焉。今余

且老，江山人物，眷焉若失。复东望，泣拜不已。有云从南来，浍浥浡郁，气薄林木，若相助以悲者。乃以竹如意击石，作楚歌招之曰："魂朝往兮何极？暮归来兮关塞黑。化为朱鸟兮有咮焉食？"歌阕，竹石俱碎。

这一段，叙事与描写相结合，散文与韵文相结合，情文并茂，声泪俱下，悲壮感人。这类文章，不仅是古代抒情散文的上乘之作，其文献价值也颇高。

谢翱的思想品格与诗文，在南宋遗民中，卓然翘楚，影响颇大。后世研究者亦不乏其人，如元代任士林、张丁，明初胡翰、宋濂，清初黄宗羲、徐沁等人，都为谢翱研究做出过贡献；明弘治间储巏，清初陆大业等，对《晞发集》的流传也起了很大作用。他们或出于特定的背景，或所见谢翱著作比较完备，对谢翱都曾作过较高的评价。《四库全书总目提要》有所折衷，说："南宋之末，文体卑弱，独谢翱诗文桀骜有奇气，而节概亦卓然可观。"此亦有见地之言，似可视为定评。

（原载《中国历代著名文学家评传》〔续编二〕，山东教育出版社 1997 年版）

文史丛论

焉能如此解《论语》

——以《论语》首章为重点

沈善增先生所著《孔子原来这么说》,上海人民出版社 2008 年版,就《论语》的"学而时习之"、"唯女子与小人为难养也"、"父为子隐"、"敬鬼神而远之"等十一章进行了"甄读"。该书《出版前言》说,这十一章都是"遭受两千多年严重误读的","通过甄读,颠覆旧注,同时引出一系列重大的理论问题",是一部"颠覆《论语》旧注的力作"。出版社对该书的宣传词中说:"若对一章旧注的颠覆,已是惊世骇俗的大事件,何况是对十一章旧注的颠覆!何况由此引出了对孔子的哲学思想体系的重新认识,对先秦——中国历史上第一个轴心时代的语境的重新认识!"甚至说:"阅读本书,可能是亲身参与中国历史、思想、文化的一场翻天覆地的变革。"——这句话的意思,如果我没有理解错的话,可能是在说这本书就是掀动"中国历史、思想、文化的一场翻天覆地的变革"之作?

但是,拜读之后,觉得原来不是这么回事!沈善增先生(以下简称"著者")"颠覆"旧注的主要手法,是利用《论语》中某些关键词的多义性,以"回复本义"、"回到当时语境"的名义,"推陈出新",得出"全新的概念",从而"颠覆"旧注的"重大失误",然后再"揣摩语辞背后的不尽之意"。(引文均见该书,下同)如此,"有朋自远方来"的"朋",不再是"朋友",而是"古代的钱币"(贝壳),成了孔夫子"稳定的收入";"父为子隐"

的“隐”,不是隐瞒、隐讳,而是“同情地辩护”,孔子成了“中国律师的鼻祖”;“敬鬼神而远之”的“远”,不是疏远,而是“推广”。“就是把敬事(侍)鬼神的态度推广到其他方面”;“文质彬彬,然后君子”,说的不是“君子”应当如何,而是“君子的礼乐”,如此等等。其次是改变《论语》原句的传统标点,从而得出符合著者意图的新意。如把“唯女子与小人为难养也”的“女子”标点为“女、子”,“女指的是君主的妻妾,子指的是君主的儿子”,由此引出的“重大理论问题”则是“统治权的交接、继承问题”;“民可使由之,不可使知之”标点为“民可使,由之,不可使,知之”。著者说:“按照这样的理解,本句就可以很通顺地、很合语法逻辑地、不需要任何增词释经地译解为:如果民众的力量可以使用,就随顺他们;如果民众的力量不能够使用,就要去了解他们。”著者由此引出这就是“领导准则”的结论,如此等等。因篇幅所限,这里不能一一论其是非。本文仅就著者对“学而时习之”、“有朋自远方来”这两句的“甄读”,谈谈粗浅意见,以就教于著者与读者。

著者对《论语》“学而时习之”章的“甄读”主要是在“学”、“朋”两个关键词上做文章。著者说这里的“学”“应该作‘教育’解”,“学而时习之”就是“在教别人的同时,又能经常复习学过的东西”;这里的“朋”,“其实应该取字本义,当初造‘朋’字,就是用连在一起的两串贝壳来象形……所以‘朋’就是古代的钱币”。“有朋自远方来,不亦乐乎”,“这句话的意思是:‘有持币从远方而来拜师的,不很令人快乐吗?’”著者说:“孔子当时办的是民办学校,是收学费的,他也以此为生。”而“有朋自远方来”就是他“稳定的收入”,而且是“更有很好的发展前景的”。著者一再强调“解读原典一定要力求回复本义,回到当时的语境”,“回到当时的历史环境”,以上就是著者用这个原则对“学而”、“有朋”两句的“甄读”,“第一句话说了民办学校教师精神上的乐趣,第二句话接着说民办学校教师物质上的乐趣”。在著者的笔下,这位“罕言利”(《子罕》)的孔夫子,倒有些见钱眼开了。

按:“学”确实有“学”(学习)与“教”(教导)等多项含义,这也正是著者弃“学”就“教”、意在“颠覆”“几千年来”旧注的理由。不过，著者在“考证”这个“学”字的过程中，脱离了《论语》的“语境”，没有认真研究《论语》所提供的语言材料，仅凭一个“应该”就下了结论。据杨伯峻先生《论语词典》（附在《论语译注》后）统计，“学”字在《论语》中共使用了 64 次，基本上是作学习、学问之用。如：“敏而好学，不耻下问。”（《公冶长》）“加我数年，五十以学《易》，可以无大过矣。”（《述而》）“生而知之者上也，学而知之者次也；困而学之，又其次也；困而不学，民斯为下矣。”（《季氏》）这些“学”字，都是说的“学习”，而不能解作老师的“教”。至于教书育人，孔子也不单用一个“学”字，他有“学之不讲”“是吾忧也”的话（详《述而》），这个“学”是名词，学问，是“讲”（教）的内容。再者，《论语》中提供了 7 个“教”与 5 个“诲”，是专作教导、教诲用的。如：“举善而教不能，则劝。”（《为政》）“善人教民七年，亦可以即戎矣。”（《子路》）“诲女知之乎？”（《为政》）“自行束脩以上，吾未尝无诲焉。”（《述而》）这都是夫子自道。在孔子的“语境”里，“教”侧重指技术训练，“诲”则重指用语言教导，“教”与“诲”皆不可以用“学”字来代替。《述而》篇又特别记载了孔子的话：“学而不厌，诲人不倦。”把“学”与“诲”对举，前者学习，后者教人，在《论语》中两字的分工竟是如此的明确，岂容将“学”训释为“教”？著者为了证明“《论语》中也有许多‘学’字应该作‘教育’解”，“泛指教育”，还“考证”出了一套“训诂”理论，说什么“这个意义的‘学’，后来加上‘攴’字旁（反文旁的字也在这部首中），写成‘斆’或‘敩’。……但到《孟子》、《庄子》、《荀子》成书年代，‘学’就主要是‘学习’义了”。这是无根之言。《说文》明明说“学，篆文斆省”，怎么说“学”“后来加上‘攴’字旁……写成‘斆’或‘敩’”的？要“后”到什么时候？其实作“教”解的“敩”早在商代就存在了，在被范文澜先生称为“无可怀疑的商朝遗文”的《尚书·盘庚》中，有“盘庚敩于民”句，“敩”就是“教”，而在今文《尚书》中竟无“学”字，在古文《尚书》中有 7 个“学”字，皆作学习解，在“惟敩学半”（《说命》）句中，竟将“敩”、“学”并提，是说教与学（所起到的作用、效果）各占一半。“敩”是教，“学”是学习，两字分工，一清二楚。“学”字既然是“篆文敩省”，当然也可以同“敩”，解作“教导”。著者引用《国语·晋语九》“顺德以学子”云云，韦昭注：“学，教也。”这在《汉语大词典》中说得清清爽爽，著者可能由此得到启发，才把这个“教也”牵引到《论语》上来。这也许就是著者一再推崇的“找一找”的治学方法，可惜这里全用错了。

《论语》以“学”（学习）开头，确实是有其深意的。以孔子为代表的儒家学说之要义，在于修己、治人（即治国平天下），而以修己为首，无修己则无治人。《论语》全书所言，即重在修己，而修己之道，在于学习。“今人以求知识为学，古人则以修身为学。”（程树德《论语集释》）故首章是“学”，并贯彻全书，而不是“教”，不是讲“民办学校教师”的“乐趣”，更不是什么“师文化”。后人说《论语》为儒学最基本的教材，古代三尺童子皆读之，道理就在这里。这不存在什么“严重误读”，倒是著者误读了。

再说“朋”。在先秦古籍中，“朋”字并非只有“古代的钱币”这一义，《尚书》中的“朋淫于家”（《皋陶谟》）、“朋家作仇”（《泰誓》），《诗经》中的“硕大无朋”（《唐风·椒聊》）、“朋酒斯飨”（《豳风·七月》）的“朋”都与钱币无关，而“每有良朋”（《小雅·常棣》）的“朋”，只能作“朋友”解。可见“朋”作“朋友”解，早在孔子之前就有了。“朋”作为古代的货币计算单位（五贝一系，二系一朋，说见王国维《观堂集林》卷三《说珏朋》），是对贝币而言的。作为交换媒介的贝币（由天然海贝制成），流通于商代和西周初期，这已由甲骨文和出土墓葬殉贝所证实。西周中期的货币，据出土青铜器铭文所示，金属货币已经流行，并逐渐代替了天然贝。这种金属币，以寽为计量单位（一寽略小于半两）[①]。这时虽还有“赐贝”的记载，但其计算单位也改用为“寽”，而不再是用“朋”为单位。翦伯赞先生说：“这里所谓贝，其意或指贝货而言，因为它还是以寽为单位。”[②]古代的货币由计数单位向计量单位的发展，是货币的一种重要改革。这就是说，到了孔子所处的春秋末期，随着货币的发展，计算贝壳的“朋”，早已被计算金属币的“寽”所取代了。再证以《左传》，《左传》中至少有三处记载了当时的

---

① 阴法鲁等：《中国古代文化史》，北京大学出版社 1989 年版，第 3 册，第 5 页。

② 翦伯赞：《先秦史》，北京大学出版社 1990 年版，第 276 页。

金属币即铜币，而无“贝”币；“朋”除了人名外，皆是“朋友”或“友朋”。可见“贝”和“朋”与孔子的“历史环境”相距太远了。那么，这位“从远方而来拜师的”，还拿这个陈年古道的“朋”干什么？孔子的“稳定收入”还能指望这种玩艺儿吗？如果孔子不是执着的贝壳收藏家，他面对这“朋”贝壳，“乐”从何而来呢？再者，从《论语》的版本史上看，“有朋”，旧本作“友朋”；《白虎通·辟雍篇》引《论语》作“朋友”。黄怀信先生列举有关诸说后说：“合诸证观之，则原本‘朋’下必当有‘友’字。”[①]作“有朋”者，始于魏何晏《论语集解》，未详所据（按：“有”是“友”的假借字，有、友古通，在《论语》中亦有其例，或其所据）。程树德先生说：“自何晏《集解》行，而郑、王各注皆废；自朱子《集注》行，而《集解》及邢皇二《疏》又废。”（《论语集释·凡例》）朱熹作“有朋”是据何晏《集解》而来，一直传到现在。综上所述，“有朋”之“朋”绝不是“两串贝壳”的古代钱币，而是朋友之“朋”。著者谓“这朋从来解释为‘朋友’，其实是错的”之说，其实倒真正是错的。

著者既对“学而时习之”章中的关键词“学”、“朋”作了错误的“甄读”，那么，由此而“引出的一系列重大的理论问题”，尽管古今中外，长篇大论，自然也就沦为与孔子沾不上边儿的空谈了。其实孔子本来就没有这样说过。

从辨析字义入手训释《论语》（其他古籍亦如此），是一种好方法，古棣等《孔子批判》（下）《论语译说》就有效地运用了这个方法，解决了传统注释和今人译注中存在的不少问题和错误，历代的注家也莫不如此（尽管在他们的注释中还存在着这样那样的错误，这就需要后人的不断努力）。不过却不可借文字的多义性搞“拉郎配”，从而节外生枝，弄出新的错误。《论语》的语言含蓄，往往意在言外，发掘其深层含义也是训释工作的一项重要任务。“但是切忌附会，主观臆测，生出种种‘莫须有’的有害纠缠。”[②]

（原载《徐州师范大学学报》2009 年第 2 期）

---

① 黄怀信：《论语汇校集释》，上海古籍出版社 2008 年版，第 23 页。

② 古棣等：《孔子批判》（上）附录一《论语释义方法论》，时代文艺出版社 2001 年版，第 381—382 页。

《论语本解》:以互证法注疏《论语》

国学升温,《论语》最热。这并不奇怪,自西汉以至近代,《论语》是中国读书人必读之书;注解《论语》者,亦代不乏人,数量之巨,可谓汗牛充栋。但是,《论语》一直缺乏较完善的注释本。这几年乘国学之热,关于《论语》的研究,似有百家争鸣之势,各色有关著作,良莠杂出,一般读者,莫辨醇醨。孙钦善先生所著《论语本解》以独特的面貌应时而出,使读书人耳目一新。此书对《论语》原文既有逐篇逐章的注解和今译,又有在此基础上所作的思想内容阐释;既参考、吸收了前人的积极成果,更有其个人的独立研究所得,“力求做到语言文字的解释与思想义理的辨析相结合,思想义理的辨析与时代背景的考述相结合,尽量对《论语》做出符合原意的解释,进而对孔子和《论语》作出实事求是的分析评价,以避免由于主观附会而‘诬古人,惑来者’”(《论语本解·引言》)。故书名为《论语本解》。所谓“本解”,即求其本义而解说之的意思,揭示了本书的要旨。

《论语本解》的“独特面貌”,在于著者对《论语》的解释采用了“互证法”,把《论语》中相同、相近的关键词语和哲学、思想概念,取前后相关文字互证,从而多方面取证,提供深度理解,“力求准确阐明孔子话语和思想的本意”。《论语》中本有一些可以“互解”的语录,如《雍也》中有“文质彬彬,然后君子”句,《颜渊》中有人问“君子质而已矣,何以文为?”子贡回答说:“……文犹质也,质犹文也。虎豹之鞟犹犬羊之鞟。”这个比喻是说如果只要本质而不要文饰,如同去掉毛色花纹的虎豹之鞟(皮革)和犬羊之鞟,看上去也就没什么区别了。《本解》将这两章互参,且再与《宪问》“文之以礼乐,亦可以为成人矣”互参,对文质关系的解释就分外清楚了,所以君子才要“博学于文,约之以礼”(《雍也》)。

著者往往从互证中探究孔子的思想。如《论语》中多处说到“直”,《子路》:“叶公语孔子曰:‘吾党有直躬者,其父攘羊,而子证之。’孔子曰:‘吾党之直者异于是:父为子隐,子为父隐,直在其中矣。’”著者在注中指出:“参见8·2‘直而无礼则绞’(绞,著者译为‘尖刻伤人’),17·8‘好直不好学,其蔽也绞’,17·24‘恶讦以为直者’。”(其中的数字表示《论语》的篇、章序号,圆点前的数字表示篇次,后一数字表示章次。如8·2即《论语》第八篇《泰伯》的第二章。下同)著者以所引证的带有“直”字的几句互证,指出“本章说明孔子关于直的观念不是绝对的直率,而是有条件的,即必须符合礼的规范,尤其是不可违背礼的根本——孝、悌”。这样解释很符合孔子把礼作为道德准则的思想实际。

著者又往往以孔子的思想为准绳判别词意,得出确解。如《里仁》:“子曰:‘以约失之者鲜矣。’”这个“约”字本有节约、约束两种解释,这里应当如何取舍才是正确的呢?著者给“约”的注释是:“约束。指严于修身。参见6·27‘约之以礼’,9·11‘约我以礼’。《集解》引孔安国说,以约为俭约,非是。孔子认为,如不注重修养,俭约亦难免有失,如4·2‘不仁者不可以久处约’。”这就足证把这里的“约”解释为“约束。指严于修身”是正确的。又如《子罕》首章:“子罕言利与命与仁。”其断句和解释历来存有争议。(《本解》标点为“子罕言利,与命,与仁”。)关键是把“与”解作连词还是动词。《本解》引用《论语》诸多本证,对“与”作了这样的解释:“与:许,赞同。义同以下句中之‘与’:7·29‘与其进也,不与其退也……与其洁也,不保其往也’,11·24‘吾与点也’。‘与’或解作连词,是说孔子很少谈到利、命和仁,则与孔子思想不符,因为孔子谈命、仁的情况很多,不可谓罕;同时连词的用法也没有在几个并列成分间连举者。(例略——笔者)本章反映了孔子重命、重仁而轻利的思想。孔子并不否定功利,他也谈富贵,也谈富民、利民,但必须以义为准,以义为先,反对见利忘义,见小利而误大事,参见4·16,7·16‘不义而富且贵,于我如浮云’,13·17,14·12‘见利思义’16·10‘见得思义’等。孔子相信天命,参见2·4注④。”而在这个“2·4注④”中,关于孔子及其弟子的天命思想,所可参见者则有6·10,9·1,12·5,14·36,16·8,20·3等六处。通过这些索引式的提示,《论语》原文检索即得,从《论语》的这些本证中,足以证明著者对“子罕言利,与命,与仁”的断句和解说是符合孔子思想实际的。

《本解》著者为了使《论语》的一词一句或某个概念得到确解,除引《论语》本证之外,又往往引用其他经典为他证。如《颜渊》有孔子“克己复礼为仁”云云,著者把这一句今译为“约束自己而复归于礼就是仁”,解“克”为“克制,约束。”所引《论语》本证为“约之以礼”(6·27)、“约我以礼”(9·11),又引《左传》昭公二十五年“能自曲直以赴礼”。且进一步引《左传》昭公十二年“仲尼曰:‘古也有志:克己复礼,仁也’”。说明孔子说“克己复礼”是“述而不作”。近来傅佩荣先生解“克己复礼”云:“其实,这里的‘克’是能够的意思,‘克己复礼’就是说,能够自己做主去实现礼的规范,这样才能讲得通。”[①]单说“克”,确实有“能够”这一义项,但在“克己复礼”中,还是《本解》所解为是。其实,这个“克”字在现存较早的何晏《论语集解》(古逸丛书本、知不足斋丛书本、皇侃《义疏》等)中原字是“剋”,作“约束”解。(古棣等《孔子批判》(下)《论语译说》有详说,此不赘)且在本章孔子解释要做到“克己复礼为仁”应注意做到的条目时,有“非礼勿视,非礼勿听,非礼勿言,非礼勿动”云云,这视、听、言、动,都是需要自我约束、自我克制的,并不是“能够”解释得通的。《本解》引录其他经典为他证以解《论语》者,主要有《左传》、《礼记》、《孟子》、《荀子》、《史记》、《韩诗外传》、《尚书》等,本文举例,亦九牛一毛而已。

---

① 王洪波:《傅佩荣:认为庄子消极厌世是一种误解》,《中华读书报》2009年4月29日第9版文。

有意识地用“互证法”注解《论语》,是《论语本解》在同类著作中最为突出的一个特点。用这种研究方法研究《论语》及孔子思想,直接取证《论语》本书的材料前后互证,不脱《论语》语境,尽可能做到了准确可靠。有人以《论语·公冶长》有“夫子之言性与天道,不可得而闻也”之说,便认为孔子不信天命。《本解》引 3·13,14·36,16·8,20·3 等章互证,这些章都是记载孔子是信天命的,从而得出结论是:“孔子很少谈论性命与天道,并不是说他不信天命,他实际是一个宿命论者。”这就是“互证法”的力量。清人刘宝楠《论语正义》曾引《论语》本证为证,但不是有意识地作为一种体例采用的,只是有所引证而已。真正创为体例注疏《论语》者,是杨树达先生的《论语疏证》。该书“凡例”第一条即云:“本书宗旨在疏通孔子学说,首取《论语》本书之文前后互证,次取群经诸子及四史为证,无证者则阙之。”又云:“本书中意义相近之文,往往彼此互证……读者因证互参,最为有益。”[①]总的目的是确解《论语》奥义,发明孔子学说。这种方法,得到陈寅恪先生的高度赞赏(详该书陈序)。孙钦善先生从《论语疏证》得到启发,而在当代新的学术水平上运用互证法,不再像《论语疏证》引证材料那样的宽泛,而是抓住要领,即以《论语》本证为关键,研精覃思,涵泳义理,写成了一部不同于目前通行的各种《论语》译注本的、精确不磨的《论语本解》,为读者阅读《论语》提供了一部合适的入门书,而对研究者也有重要的参考价值。笔者作为一名忠实的读者,是真诚感谢著者孙钦善先生的。

(原载《中华读书报》2010 年 3 月 26 日)

---

① 杨树达:《论语疏证》,江西人民出版社 2007 年版,第 1 页。

为韩信辩诬

——兼谈刘邦诛除异姓王与加强中央集权问题

刘邦在争夺天下和取得全国政权后的一段时间内,曾先后封了几个异姓王,主要的是张耳、吴芮、彭越、黥布、卢绾与两韩信。其中长沙王吴芮传了五世,赵王张耳至其子而失国,其余诸王,都是在剖符就封后不久,就祸及于身,或被缚杀,或被征灭。其罪名都是“谋反”。

对待这个历史问题,过去学术界的意见似可归纳如下:那些异姓王确实犯了谋反罪,该杀;诛除异姓王是刘邦加强中央集权的重大措施,是具有进步意义的。我们认为,这些异姓王情况并不一样,有些人根本不反汉,有些人的反汉则与刘邦对待异姓王怀疑—诛除的政策有关。对此都应该作历史的分析,不能下一个共同的结论。至于刘邦诛除异姓王的目的究竟是什么,也很有商榷的必要。这里就韩信为例,兼及诸王,谈谈我们的看法,以就教于同志们。

一

韩信是汉初人臣三杰之一,本淮阴(江苏淮阴)布衣,家贫,其母死时,竟“无以葬”[①]。在秦末农民大起义的风云中,韩信仗剑从项梁。梁败

---

① 司马迁:《史记》卷九二《淮阴侯列传》,点校本二十四史修订本,中华书局2014年版。下凡引本传者,均不再注。

死定陶之后，乃从项羽。羽以为郎中，“数以策干项羽，羽不用”。及汉王刘邦入蜀，信乃背楚归汉。经萧何的推荐，被刘邦拜为大将，分外垂青。遂为刘邦首建大谋，东向争夺天下，因举兵定三秦。汉二年(公元前205)，出关击楚，揭开了楚汉战争的序幕。八月，刘邦以韩信为左丞相，与曹参、灌婴等开辟北线战场，以制项羽之背。这是一条十分高明的措施，如清人郭嵩焘所说，韩信扼河以控制东诸侯，使不得与项羽合并，“尤为楚汉兴亡之一大关键也”①。九月，韩信尽定魏地凡五十二城，俘虏反对刘邦的魏王豹。继而复请兵三万。北攻燕赵，东击齐。至汉四年(公元前203)十月，韩信完成了在齐国的最后一战：攻取高密，并于潍水一线，击败项羽遣往救齐的二十万大军，杀楚名将龙且，活捉齐王田广，遂定齐国凡七十余城。之后，在韩信的请求下，刘邦于同年二月封之为齐王。五年(公元前202)冬十月，又给韩信明确划定封地：自陈(河南淮阳)以东直至于海。从表面上看，韩信的这个“齐王”之封，好像是封定了。其实，他的倒霉却由此开始了。

对于韩信的封王，刘邦是很不想封而又不得不封的。

当汉四年韩信请封“假王”的时候，持的理由是：“齐伪诈多变反覆之国也，南边楚，不为假王以镇之，其势不定。”依照当时的战争形势看，这并不是没有道理的。韩信无疑是刘邦对项羽进行战略包围的不可缺少的独当一面的重要力量，且齐地新定，远处东陲，面临强楚，确实要有个具有一定身份的人物“以镇之”。至于韩信提出封“王”的问题，那是因为刘邦已开了先例。在这之前，刘邦已主动封了两个异姓王。一个是韩王信。一个是赵王张耳。凭功而论，此二人皆不及韩信。因而，韩信此时提出封王问题，并不显得突兀。但刘邦却很不高兴。《史记》卷九二《淮阴侯列传》对此有一段戏剧性的记载：

> 当是时，楚方急围汉王于荥阳。韩信使者至，发书，汉王大怒，骂曰：“吾困于此，旦暮望若来佐我，乃欲自立为王！”张良、陈平蹑汉

① 郭嵩焘：《郭嵩焘全集》第5册《史记札记》卷五，岳麓书社2012年版，第223页。

王足，因附耳语曰："汉方不利，宁能禁信之王乎？不如因而立，善遇之，使自为守，不然，变生。"汉王亦悟，因复骂曰："大丈夫定诸侯。即为真王耳，何以假为！"乃遣张良往立信为齐王，征其兵击楚。

如果当时刘邦不是困于荥阳朝不保夕的话，可以断言，韩信一定会被戴上"谋反"的帽子，加以"亲征"，诛而除之的。显然这次之封，乃是为了"使自为守"，而根本目的则是在于防"变"——其实，这个"变"，只不过是刘邦们心造的幻影而已。

汉五年冬十月，刘邦裂土分封韩信、彭越等人，更是出于不得已。当时楚汉战争已进入决战阶段。刘邦曾乘项羽在达成划鸿沟为界的协约之后退兵而东的机会，大举追击，同时与韩信、彭越等约期会击项羽于固陵。结果因为信、越兵不至，刘邦被项羽打败。这就促使刘邦不得不考虑再来一次分封，以调动几支主力部队的积极性。《史记》卷七《项羽本纪》和《汉书》卷一《高帝纪下》对此均有详细记载，如《史记》说：

楚击汉军，大破之。汉王复入壁，深堑而自守，谓张子房曰："诸侯不从约，为之奈何？"对曰："楚兵且破，信、越未有分地，其不至固宜。君王能与其分天下，今可立致也。即不能，事未可知也。君王能自陈以东傅海，尽与韩信，睢阳以北至谷城，以与彭越，使各自为战，则楚易败也。"

刘邦接受了张良的建议，于是韩信、彭越如期而至。此时黥布已封淮南王，亦如期而至，遂围项羽于垓下。而刘邦的卒灭项羽。实赖此三人之力，其中仅韩信一方就出兵三十万。并且亲自冲锋陷阵，从而为刘邦立下了不朽的功勋。

以上征引这些史实的意思，在于说明这样几个问题：一、韩信在刘邦争夺天下的过程中，确实立了汗马功劳。二、刘邦对韩信等裂土封王，完全出于他争夺天下的政治需要。而封王之举，确实调动了韩信等将领们的积极性，从而使刘邦战胜了他的劲敌项羽，完成了国家的统一。因而，刘邦此时的裂土分封与张耳、陈余以至郦食其等所提出的立六国后、与项羽的分封王侯在主观动机和客观效果上都有明显的不同。后二者要害在于分裂,前者则在于统一。因而刘邦的分封,在这个特定的历史时期中(也仅仅是在这个历史时期中)仍不失其推动历史前进的进步作用。张良不同意立六国后,而积极主张立韩信等为王,其原因盖在于此。三、刘邦在封王问题上,从他主观愿望上说,实在不想封像韩信那样的可属大事、独当一面的智勇之将,只是迫于用人之际,且谋臣策士从旁助力,不得不如此权宜而已。——这也就是他在天下既定之后诛除异姓王的思想根子。刘邦的这种思想发展趋势,在当时已为一些人所发见,并且告诉了韩信,只是韩信出于对汉王的一腔忠诚,不肯相信罢了。

二

在封建社会里。作为一个勇略震主的异姓王,碰上一个有些能耐而敏于猜忌的君主,往往没有好下场。所谓"峣峣者易折"是有其道理的。韩信就是这样。

刘邦对于韩信,既佩服他那"连百万之军,战必胜,攻必取"的军事才能,自称"不如",同时又对他的这种才能极不放心。因而他对韩信的基本政策便是:使用—限制—诛杀,即在战争中用其所长,为我效力;随着战争的渐趋结束,而逐渐加以限制;一旦夺取了全国政权,其才不可留,杀之了事。这里仅举其表现显著者,略述于下:

其一,夺军权。当刘邦与项羽相距于荥阳之时,"汉辄使人收其(指韩信)精兵,诣荥阳以距楚"。这本是正常的。至于刘邦采取突然袭击的方式夺韩信之军,则有两次。第一次,汉三年(公元前204)六月,刘邦兵败荥阳、成皋,当时韩信驻军修武。刘邦乃驰入韩信军营,诈称使者,趁韩信还没有起床的时候,即其卧内,夺了军权。然后,拜韩信为相国,使"收赵兵未发者,击齐"。当然,这次夺军,并不是为了永远解除韩信的军权,而是因为刘邦原有的那部分军队被项羽打垮了,不得不动点脑筋从韩信那里搞些现成的精兵使用。其实,韩信的这部分军队,包括韩信本人,都是可以由刘邦正大光明地调遣的,本来不必采取这种方式去“夺”。大概是因为刘邦既想使用这支军队,又舍不得韩信开辟的北线战场,只好采取夺军留将的办法,让韩信另去组织军队,完成“东击齐”的任务。不过,这种突然袭击的手段的本身,却充分表现了刘邦对韩信的不信任。第二次是在汉五年十二月平定项羽之后,刘邦既葬项羽于谷城,还至定陶,当时韩信正驻军定陶,刘邦乃驰入韩信军营,夺其军,仍然是用的突然袭击的方式。这时,战争刚刚结束,于是乎,首先解除了韩信的军权。这是何等的及时啊! 可见刘邦的心中是时时打着韩信的算盘的。

其二,徙封地。上文说过,韩信于汉四年二月封为齐王,至汉五年十月,始予明确封地。但至春正月,即平定项羽之后的第一个月份,刘邦便以韩信熟习楚地风俗为理由,徙为楚王,由原来的“自陈以东傅海”即从河南淮阳、开封以东直至于海并包括齐地七十余城的广大地区,变为“王淮北,都下邳(当时下邳仅仅是一个小县)”[①]。至于由齐徙楚的真正原因,《史记》卷八《高祖本纪》中通过田肯的一段话表达得很清楚,那是汉六年(公元前201)冬,高祖逮捕韩信以后。田肯向高祖祝贺时说:

> 夫齐,东有琅邪、即墨之饶,南有泰山之固,西有浊河之限,北有渤海之利。地方二千里,持戟百万,悬隔千里之外,齐得十二焉。故此东西秦也,非亲子弟,莫可使王齐矣。

田肯把齐的重要性与高祖刘邦的根据地关中相提并论。并且指出“非亲子弟莫可使王齐”,正说中了刘邦的心事,所以马上说“善”,赐黄金五百斤。韩信是旁门异姓,当然是不能王齐的。至于楚,距京都近了一点,似乎便于控制了一些。不过,楚亦兵地,把韩信放在那里,仍然是刘邦的一块心病,这就注定了韩信在楚也是不能长久的。果然,韩信在楚不到一年,至汉六年冬,刘邦就诬以“谋反”之罪,把他抓捕起来,然后降为淮阴侯。至此,韩信在名义上的地盘就只有一个小县了。

其三,杀。在封建社会里,君要杀臣,而且要杀得干净、彻底,斩草除

① 班固:《汉书》卷一《高帝纪下》,点校本二十四史修订本,中华书局2014年版,第51页。

根,莫如诬其“谋反”。韩信于汉六年以“谋反”罪降为淮阴侯之后,挨至汉十一年(公元前196)春正月,竟被吕后谋杀于长安,那罪名自然又是“谋反”。

三

那么,韩信是真的一再“谋反”吗?我们说:否!韩信以其杰出的军事才能和对刘邦的满腔忠诚,为国家的统一,为西汉政权的建立,做出了不可磨灭的贡献。“谋反”云云,只不过是刘邦与吕后在政权到手之后杀戮功臣猛将的借口而已。初汉功臣们的被杀,不少是属于这种性质的。

韩信并不反汉,辩之如下:

第一,在韩信实力最雄厚、一般人认为足以反汉的关键时刻,他没有听从说客辩士的怂恿,反汉独立。

当韩信身居强齐之时,广有甲兵,锐气极盛,威慑天下,诚然是一支举足轻重的力量。于是项羽震恐(注意:能够引起项王“震恐”的人物并不多),乃使武涉往说韩信“反汉与楚连和,三分天下王之”。辩士蒯通继武涉之后,仗“奇策”两次说韩信,而其目的则与武涉不谋而合:使韩信背汉独立,“三分天下,鼎足而居”。此二人的说词均详载《史记》卷九二《淮阴侯列传》。其中蒯通逞辩士之才,鼓三寸之舌,为韩信分析形势,规划策略,预卜前途,又特别援引古今成例,论证跟随汉王必有杀身之祸,从而为韩信猛敲警钟:

> ……且臣闻:勇略震主者身危,而功盖天下者不赏。……今足下戴震主之威,挟不赏之功,归楚,楚人不信;归汉,汉人震恐。足下欲持是安归乎?夫势在人臣之位,而有震主之威,名高天下,窃为足下危之。

这种警钟,在蒯通之前已由武涉敲过一次了。武涉说:

> 今足下虽自以与汉王为厚交,为之尽力用兵,终为之所禽矣!

> 足下所以得须臾至今者,以项王尚存也。当今二王(指刘邦项羽)之事,权在足下,足下右投则汉王胜,左投则项王胜。项王今日亡,则次取足下!

这些话,应当说是洞彻底里、振聋发聩之言。

当蒯通第二次说韩信时,就竭力怂恿他当机立断,以行其事:

> ……故知者决之断也,疑者事之害也,审毫厘之小计,遗天下之大数,智诚知之,决弗敢行者,百事之祸也。故曰:猛虎之犹豫,不若蜂虿之致螫;骐骥之局躅,不如驽马之安步;孟贲之狐疑,不如庸夫之必至也;虽有舜禹之智,吟而不言,不如暗聋之指麾也。此言贵能行之。夫功者难成而易败,时者难得而易失也。时乎时,不再来,愿足下详察之!

值得注意的是,蒯通的这些话,都是以"万不一失"的"相人"的身份说出的。因而这就使他本来就警策犀利的语言变得更有诱惑力、煽动力了。如他在谈话开始的时候,就故作惊人之语:"相君之面,不过封侯,又危不安;相君之背,贵乃不可言!"这种"奇策",在今天看来,荒谬绝伦。而在过去,谁能知道究竟有多少英雄好汉受了这种"相人术"的煽动,完成了他的终生事业或者死于非命!刘邦不就是很相信这类的鬼话吗?可是,蒯通的辩言,武涉的劝告,都没有使韩信走向背汉独立的道路。他回答武涉说:

> 臣事项王,官不过郎中,位不过执戟,言不听,画不用,故倍楚而归汉。汉王授我上将军印,予我数万众,解衣衣我,推食食我,言听计用。故吾得以至于此。夫人深亲信我,我倍之不祥,虽死不易!

他回答蒯通的话仍然是:

> 汉王遇我甚厚,载我以其车,衣我以其衣,食我以其食。吾闻之:乘人之车者,载人之患;衣人之衣者,怀人之忧;食人之食者,死人之事。吾岂可以向利倍义乎!

蒯通再次竭智进言，结果还是遭到了他的拒绝。

更值得我们注意的是，细读武涉、蒯通与韩信的对答之词，似乎可以断定武、蒯之说韩信，事在韩信受封齐王之前。韩信是希望有王侯之位的(这并不能视为“野心”。张良就曾当面告诉刘邦：“天下游士，离其亲戚，弃坟墓，去故旧，从陛下游者，徒欲日夜望咫尺之地”[①]，这在当时是无可非议的。出生入死，博个封妻荫子的思想，大概以后有好长时间都是如此)，但他却没有因此叛汉而王。如果这种分析尚不甚谬，则韩信对刘邦的忠心当是不言而喻的。如果韩信的脑海中存在一点反汉的阴影的话，可以断言，在他已具备的条件下，在武涉、蒯通的连番刺激中，那点阴影一定会勃然发作，在蒯通说到“臣愿披腹心，输肝胆，效愚计，恐足下不能用也”，或两次三番敦促“愿足下熟虑之”、“愿足下详察之”的时候，他一定会拔剑而起，举三齐之兵，与刘项争衡。但事实却是相反。

处在当时情况下的韩信不反汉，无疑具有进步的意义。当时刘、项俱困于荥阳，三年不分胜负，至于前途，则诚如张良所说，“事未可知也”。在此形势下，韩信的左右，确有倾则天下的作用。正如武涉所说，“足下右投则汉王胜，左投则项王胜”，亦如蒯通所说，“足下为汉则汉胜，与楚则楚胜”。如果韩信背汉独立，则势必延长混战时间，于国于民，皆有百弊而无一利。此时的韩信决不背汉，而且很快派灌婴将兵击楚，攻克了项羽的国都彭城，继而韩信又亲率大军，会击项羽于垓下，不久结束了攻杀数年的楚汉战争，使国家归于统一，从而加速了历史的进程。这样看来，韩信应当是历史的功臣。

第二，汉六年的所谓韩信“谋反”问题，纯属诬陷。

据《史记》卷九二《淮阴侯列传》，这次汉高祖认定韩信谋反以至抓捕的唯一根据是“人有上书告楚王信反”，其他再无旁证。刘邦接到这份“上书”，即与陈平定计，布置圈套，伪游云梦，至陈，大会诸侯，在韩信谒见的时候，出其不意，令武士执而缚之。“遂械系信至洛阳，赦信罪，以为

① 司马迁：《史记》卷五五《留侯世家》，点校本二十四史修订本，中华书局2014年版，第2041页。

淮阴侯”。显然，刘邦单纯根据这种不知所以的检举材料，轻易地抓捕大臣，是荒唐的，很可能刘邦甚至连那不明来历的上书人也弄不清韩信的“谋反”究竟从何说起。奇怪的是韩信被械系洛阳之后，并没有下廷尉审查，更没有只字口供，就凭刘邦一己的权威，硬是把韩信降为淮阴侯。既然目为“谋反”，皇帝老子亲自出马办案，案情自然是重大的。而其处理却又如此儿戏！这种形成案件（即“立案”）和解决案件（即“结案”）之间的反常的矛盾现象，恰恰说明了这是一个假案，是刘邦玩弄的一个阴谋。须知捏造的案件是无须交给别人审查的！果然，刘邦在把韩信降为淮阴侯以后，就迫不及待地封他的弟弟刘交为楚王，封庶长子刘肥为齐王。同时又封了萧何、曹参、张良、陈平等功臣二十余人（这些人皆封侯，未有至王者）。这样一来，刘邦捏造韩信“谋反”案的真实意图就全部暴露出来了：搞下去一个韩信，既有了地盘分封子弟，又儆了候封功臣和那些类似韩信地位的诸侯王。真是一箭双雕，机关算尽！

又据《史记》卷五六《陈丞相世家》：当时汉高祖兵不如楚精，而将无及韩信者。假使韩信真要谋反，当刘邦至陈的时候，陈乃楚之西界，那正是自投罗网，送死上门，正好为韩信所擒。可是事实正好相反，韩信没有出兵，而是在刘邦还未到陈的时候，就提前“郊迎道中”，表示了他对刘邦的极大的尊敬。这哪里有一点谋反的表现呢？其实，刘邦与陈平搞的这个圈套，也只是为了遮遮一些糊涂的大臣们的耳目，他们自己也明知韩信不反，因而才会不顾兵少将弱的实际情况想出溜到韩信的大门口去捕捉韩信的点子。否则，十月份有人上书告变，拖至十二月份乃有云梦之游，时隔两月，不明韩信的虚实，富有实战经验的刘邦和陈平敢于这样冒险吗？

至于《淮阴侯列传》中所提到的韩信收项羽亡将钟离眛一事，也同样不能说明韩信谋反。当时正是立法简约，网漏吞舟之鱼的时候，同时的类似情况并没有作为谋反案处理。况且，这件事刘邦是知道的，因而“诏楚捕之”。韩信没有及时地（其实，钟离眛何时亡归韩信，刘邦何时下诏等具体时间无从查考，这里说“没有及时”亦属揣测之词，不一定可靠）把钟离眛的头送上去，因而刘邦不高兴甚至对韩信有所怀疑，是可能的，但他并没有以此说韩信谋反。在刘邦伪游云梦将至楚的时候，韩信还是迫使好友钟离眛自杀了，“信持其首，谒高祖于陈”。钟离眛自杀的事实，正好说明韩信没有和钟离眛勾结起来谋反。如果韩信真要谋反的话，钟离眛倒是一条很好的膀臂，当高祖“且至楚”的时候，正好一起乘机起兵。不过事实与此正好相反，韩信是拿着钟离眛的头去谒汉高祖的。这是韩信不曾谋反的又一明证。确如司马光所说：“观其距蒯彻（即蒯通）说，迎高祖于陈，岂有反心哉！”[①]至于传中所说“信欲发兵反。自度无罪，欲谒上，恐见禽”等语，句句都是测度猜想之词，且皆矛盾之言，令人难断孰是。在这种情况之下，我们相信的就只能是事实（没有发兵反），而不管那些不知属于韩信还是属于太史公的矛盾着的思想活动即所谓“第三线”的东西了。

韩信被捕的时候，说的几句话很能揭示这次制造“谋反”冤案的实质：

> 果若人言，狡兔死，良狗烹；高鸟尽，良弓藏；敌国破，谋臣亡。天下已定，我固当烹！

第三，汉十一年的所谓韩信“谋反”问题，同样是属于诬陷。

这次诬陷韩信“谋反”的主要材料，是说韩信唆使并直接参与了陈豨的谋反；主要执行人是吕后（当时高祖正北征陈豨）；按《史记》的记载，在陈豨出任代相的时候，向淮阴侯告辞（当时韩信在京师长安），于是两人发生了这么一次“阴谋活动”：

> 淮阴侯挈其（指陈豨）手，辟左右，与之步于庭。仰天叹曰：“子可与言乎？欲与子有言也！”豨曰：“唯将军令之！”淮阴侯曰：“公之所居，天下精兵处也；而公，陛下之信幸臣也。人言公之叛，陛下必不信；再至，陛下乃疑矣；三至，必怒而自将。吾为公从中起，天下可图也。”陈豨素知其能也，信之，曰：“谨奉教！”

---

① 司马光：《资治通鉴》卷一二《汉纪·太祖高皇帝》，中华书局2014年版，第399页。

及至陈豨起兵，刘邦自将征讨，“信病不从，阴使人至豨所曰：‘第举兵，吾从此助公！’”当韩信“谋与家臣，夜诈诏赦诸官徒奴，欲发以袭吕后、太子，部署已定，待豨报”的时候，被人告发，吕后与萧何密谋定计，骗信入朝，“吕后使武士缚信，斩之长乐钟室”。这便是韩信与陈豨勾结“谋反”的全部材料。

其实，这种材料处处露着伪造的马脚，不可置信。兹略举以下四端以辨之：

如《史记》所载，韩、陈之谋是在屏退左右秘密谈话中进行的。“步于庭”，固可窥而传之，至于“仰天叹曰”所“曰”的是什么。在当时还没有窃听设备的情况下，局外之人，何由知之？且谋反之事，干系重大，自非偷鸡盗狗之类所可比，韩、陈在平时生活中当然不会泄此机密。而陈豨是死在战场上的，而且是在汉十二年（公元前195）冬，其间没有被俘、自首过，韩信至死不承认谋反，都没有可能交代这次谈话的内容。因而，韩信谋反云云，乃是无根之言，自不可信。此其一。

陈豨是汉高祖的信幸之臣，曾追随高祖攻定燕王臧荼，以功封阳夏侯。当其反时，高祖亦说：“豨尝为吾使，甚有信，代地吾所急也，故封豨为列侯，以相国守代……”[①]从而亦可见高祖对他的器重。而当时的韩信，已见斥为侯，是降封待罪之臣，陈豨则幸逢飞黄腾达之时。且两人并无特殊亲密关系见于记载。在这种情况下，韩信尽管闹情绪，也绝不至于贸然向朝廷的这位信幸之臣谋起反来。这是显而易见的。此其二。

在高祖已亲征陈豨的情况下，韩信竟然“阴使人至豨所”，去传一句“第举兵，吾从此助公”的废话（豨已举兵，且高祖已亲征，故“第举兵”为废话；前已相许“吾为公从中起”，故“吾从此助公”为废话）！两地欲配合起兵，却不在事先作好联系，约期而动。偏要等到御驾亲征，大兵云集之时，再派人冒着随时被官兵查获的危险去联络；更为可笑的是，韩信当时

① 司马迁：《史记》卷八《高祖本纪》，点校本二十四史修订本，中华书局2014年版，第387页。

身在京师，无兵无将，面对京师守卒之众，[1]只与几个家臣连夜准备；特别是韩信已做出了“夜诈诏赦诸官徒奴”的冒险行动。一夜之间“部署已定”，却不急发，而要“待豨报”，是待千里之外的陈豨发号施令而后行动耶？凡此种种，揆之常情，庸人尚不如此，岂上将韩信所为哉！且“夜诈诏”云云，实际上也是不可能的事。韩信以寄居京师官邸的身份，于深夜之间去行“诈诏”之事，何人相信？再者赦徒奴不是什么十万火急之事，自然不必夜间进行，即使韩信冒险行事，试想一夜之间能于诸官中赦出多少“徒奴”？赦得少了不足以行事，多了则兴师动众，京师禁卫决不会坐视不问，即使可以连夜组织一部分“徒奴”，但却不连夜去袭击吕后、太子，偏要“待豨报”，天不能长夜不明以待陈豨，谁能替韩信保住天明之后“诈诏”事不闻于宫廷？凡此种种，如同儿戏，岂上将韩信所为哉！此其三。

且高祖平陈豨，事在汉十一年十月、十一月，攻下东垣事在十二月，而韩信“谋反”则在春正月，焉有在陈豨冰消瓦解之后再“从中应之”、“从此助公”之理？此其四。

除上述辨析之外，还有下列几点足以旁证韩信不反者：

一、陈豨的降将们曾交代，在陈豨谋反的时候，卢绾曾派人去联络，但始终没有涉及与韩信的任何关系。可见在陈豨反后，韩信并没有“阴使人至豨所”的事，至少是不能给这条“罪状”从陈豨那边找到旁证。这绝不是降将们的包庇，他们绝无只抛出身为燕王而又与高祖有深交厚谊的卢绾，却单单捂住见斥为侯而又被高祖畏恶的韩信之可能。

二、陈豨的反，是因为到边地之后，广交宾客，为赵相周昌所疑，昌乃入见高祖，具言陈豨宾客甚盛，擅兵于外数年，恐有变。高祖本来猜忌心

---

① 据《汉书》卷二三《刑法志》，京师有南北军之屯。又，《西汉会要》卷六五《兵一》有《卫将军军》条，引蔡质《汉仪》云：“汉兴，置卫将军，典京师兵卫……”可见当时已有相当的兵力卫戍京师，因置将军以统之。同书又说，负责徼循京师的中卫官（武帝时改称执金吾），不仅有一定数量的兵员，而且属官中有“武库令丞”，京师专门设有武库（在未央宫）。且置专门官员以司其事，由此亦可见当时京师兵卫情况之盛。这些守卫京师的兵员，不负担远征的任务，只是守卫京师。

很强,加上周昌的这番危言耸听的报告,疑心更重,因而不断派人去搜集陈豨的材料。陈豨惧诛,乃起兵。而不是早有阴谋。这显然与韩信没什么关系。

三、韩信被捕之后,立即斩于长乐宫的钟室。宫中悬钟之室,岂刑场哉!这实际上无异于暗杀。如果韩信谋反有据,何不在抓捕之后,于大堂之上推问明白,昭示群臣,以儆效尤?在正常情况下,对掌权者来说,大凡偷偷摸摸所杀者,多系无罪之人,多系阴谋案件。

四、韩信临死前说:“吾悔不听蒯通之计,乃为儿女子所诈,岂非天哉!”足见当时韩信没有反汉。这里的“诈”字,很值得玩味,一个“诈”字,揭示了韩信一案的全部秘密。

值得注意的是,刘邦平定陈豨返回京师之后,“见信死,且喜且怜之”。所喜者,畏将已除也;所怜者,大功臣无罪就戮,死且惨也。[①] 可见他对吕后这种专杀自恣并无异词,而韩信的死,也正是他所希望的。由此可见韩信的这种结局是刘邦与吕后早已安排定了的。

基于上述分析,我们不难认定:韩信的终于被杀,是刘邦和吕后蓄意制造的一个彻头彻尾的大冤案。所谓“谋反”云云,纯系诬陷不实之词。强加在韩信头上的那些关于“谋反”的材料,盖为吕后之流于杀掉韩信之后捏造而成,目的在于掩盖其杀戮无辜功臣的罪迹。太史公司马迁在写《淮阴侯列传》的时候,虽然无改于官方的诬陷,但总的说来,他是把韩信当作英雄大将来写作的,于可歌可泣之处,大笔落墨,特写郑重,鲜明地表现了他的思想感情的倾向性。如在记述蒯通说韩信的一番言辞(当然是经过了司马迁的加工)的时候,不惮笔墨之苦。竭详尽辩,文情并茂,洋洋千言,几占《淮阴侯列传》全部文字的五分之一,意在显示韩信之不贰于汉。且写警钟再敲,致意至三,韩信终不为动,以此与后来韩信被戮相照,其用意更是良深良苦。又特于传记的最后,加上蒯通与刘邦的一

---

① 班固:《汉书》卷二三《刑法志》,当时死刑尚有夷三族之令。令曰:“当三族者,皆先黥,劓,斩左右止(趾),笞杀之,枭其首,菹其骨肉于市。”同书又说:“彭越、韩信之属皆受此诛。”点校本二十四史修订本,中华书局 2014 年版,第 1104 页。

段辩驳，这更是别具深意的安排，他借蒯通的口，寓为韩信辩诬之意，明白地告诉读者：韩信没有反汉，韩信无罪。他最后的批评，也是很不得已的、含着眼泪的批评。于三言两语中，寄寓着无限的感慨，史迁的这种用笔，是我们读史的人所不能忽视的。大概正是由于史迁的这种用笔，遂使韩信的形象千古不泯，他在人们的心目中，仍然是汉初一杰。诚如李卓吾所说，“英雄万古香，安在乎其无王也”，“天地如存，三杰长在”，[①]淮阴虽族，其寿不短。西汉统治者欲其速朽，岂料在后人的心目中，却长生了！历史的辩证法竟是如此地无私！

四

在刘邦统治的一段时间内，除韩信之外的其他异姓王也都有着坎坷遭遇。归纳言之，约有下列三种情况：

一种是与韩信一样，并没有谋反，亦无他罪，而终以“谋反”为借口被杀或作其他处理的。如梁王彭越、赵王张敖。

彭越在楚汉战争中，其功虽不如韩信之显赫，但亦属不容泯灭者。如清人郭嵩焘所说，“汉之所以卒灭项王，彭越之力为多”[②]，因而被封梁王。但是卒于汉十一年三月被诬以“谋反”，菹醢，夷三族。《史记》卷九〇彭传对此记载甚详，于其不反汉，本已不辩自明。太史公司马迁又于《栾布列传》中通过栾布之口，以特出之节，以铮铮有声的语言，尽其申辩之意，指出刘邦是在彭越“反形未见”的情况下，“以苛小案诛灭之”的事实，遂使彭越一案的真相与实质大白于天下。这里需要述说的是，吕后在谋杀彭越的过程中，扮演了十分丑恶的角色。彭越本来已被刘邦废为庶人，送往蜀青衣县，“西至郑（陕西华县西北），逢吕后从长安来，欲之洛阳，道见彭王，彭王为吕后泣涕，自言无罪，愿处故昌邑（彭越昌邑人）。

① 李贽撰，张建业等注：《李贽全集注》第7册《藏书》卷四七《武臣传·大将·韩信》，社会科学文献出版社2010年版，第597页。

② 郭嵩焘：《郭嵩焘全集》第5册《史记札记》卷五，岳麓书社2012年版，第220页。

吕后许诺,与俱东。至洛阳,吕后白上曰:‘彭王壮士。今徙之蜀,此自遗患,不如遂诛之,妾谨与俱来。’于是吕后乃令其舍人告彭越复谋反。廷尉王恬开奏请族之。上乃可。遂夷越宗族”①。请看吕后诛功臣的手段是何等的卑鄙、毒辣!彭越的冤案竟是这样造成的!这使我们自然想起诬告韩信“谋反”的那个来历不明的人(我们姑且认为确有其人),不知其究竟受了何人的指使!

张敖是张耳之子,刘邦的女婿(敖尚鲁元公主),于汉五年继其父为赵王。张敖是不反汉的,有反汉阴谋的是其相贯高。而贯高的反汉则是由于刘邦对张敖的“不礼”,“箕踞詈,甚慢易之”。因而激怒了这个尚气的老头子,当即建议张敖杀掉刘邦,但却受到张敖的严肃批评:“君何言之误!且先人亡国,赖高祖得复国,德流子孙,秋毫皆高祖力也,愿君无复出口!”②贯高“弑上”的阴谋终未得逞。后来。汉九年(公元前198)冬,贯高等的阴谋被告发。于是刘邦逮捕贯高和张敖,下狱。在审查这个案件的过程中,贯高据实力辩赵王无罪。“榜笞数千。刺剟身无可击者”,终不改口。同时,张敖的宾客十余人。“皆自髡钳,为王家奴”,冒着灭族的风险,随从作证。这十几条硬汉子终使廷尉无法定张敖的“谋反”罪。只得据实奏上。高祖“乃赦赵王”,以女儿鲁元公主之故,封敖为宣平侯。而把自己最喜爱的儿子刘如意封为赵王,从而结束了这个轰动一时的“谋反”案。张敖之所以不死,是因为这个案件是由那时的最高司法机关公开审理的,不是刘邦一手独断,又碰上贯高等十几条活证据,不能像对韩信那样,不明不白地抓到就杀,也不像彭越那样受了吕后的暗算。但不管如何,要把张敖从“王”位上拉下来是定了的,因为刘邦的儿子还等着要那块地盘呢!

再一种情况是由于受刘邦的怀疑、逼迫,以致走向以武力叛汉道路的,如韩王信、淮南王黥布、燕王卢绾。黥布是起兵反汉的;韩王信、燕王卢绾封地近匈奴,叛汉以后都投降了匈奴。在刘邦统一天下之后的一定

① 司马迁:《史记》卷九〇《彭越列传》,点校本二十四史修订本,中华书局2014年版,第2594页。
② 司马迁:《史记》卷八九《张耳陈余列传》,点校本二十四史修订本,中华书局2014年版,第2583页。

时期内，历史向人们提出的任务是巩固那统一安定的社会秩序，广大人民所要求的也是有一个和平环境，以休养生息。刘邦有不少好的政治措施，也是适应这种历史发展要求的。在这种情况之下，叛汉就是分裂，就是逆历史潮流而动，是应该批判的。但是，我们也应该看到，这三个异姓王的叛汉，正是刘邦和吕后蓄意杀戮异姓王的政策所逼出来的。

黥布在就封淮南王以后，不断地朝见刘邦，并没有什么对抗朝廷的异常表现，至于他的封国所具有的割据性，那是刘邦的分封制度所造成的，不能归罪于黥布。黥布的反汉，前因就是刘邦与吕后在仅仅间隔一两个月的时间内，捏造罪名，连杀韩信、彭越，而且把彭越的“醢”赐给黥布。这使黥布十分惊骇。黥布之与韩、彭，“同功一体之人”①，因而他本能地预感到屠刀离他的脖项已经不远了。这样，就自然产生了与朝廷的对立情绪。而其起兵的导火线，则是那个居心叵测的贲赫为了逃避黥布的责罚逃到长安去向刘邦告发黥布“谋反”，接着，刘邦派遣使臣到淮南去侦察动静。这使黥布预感到屠刀就要加项了。这样就促使这个性格和勇力都有点类似项羽的人物起兵了。

在投降匈奴的韩王信和燕王卢绾中，比较起来卢绾的被动性更强些，可以说他简直是被刘邦和吕后硬赶到匈奴去的。卢绾的封王是比较晚的（汉五年八月），也是刘邦在世时最后要诛除的一个异姓王。刘邦与卢绾同乡、同生日。里闬旧恩，关系很深。刘邦起丰沛，卢绾从之，以功封长安侯。但刘邦却很想抓个机会封绾为王（按：当时刘邦还没有着重考虑封同姓王的问题）。汉五年秋，平定燕王臧荼。卢绾从征。因封绾为燕王，算是了了刘邦的一条心愿。后来，刘邦把大封同姓王提到议事日程之后，就不断地借故诛除异姓王。汉十二年冬，陈豨的降将交代，豨谋反时，“燕王绾使范齐通计谋于豨所”②。刘邦抓到了这项材料，就两次三番地派使臣去召卢绾进京，直把他逼得无处藏身，终于还是派樊哙将兵征剿。卢绾之所以称病不敢进京，是因为怕着那个已经掌握实权的吕

① 司马迁：《史记》卷九一《黥布列传》，点校本二十四史修订本，中华书局 2014 年版，第 2604 页。
② 以下本段中的几处引文，均见《史记》卷九三《卢绾列传》，版本同上，2638 页。

后(当时刘邦患病)。他说:"非刘氏而王,独我与长沙(长沙王吴芮)耳。往年春,汉族淮阴,夏诛彭越,皆吕后计。今上病,属任吕后。吕后妇人,专欲以事诛异姓王者及大功臣。"在大兵征剿的情况下,卢绾并没有去投降匈奴,而是带着他的家属和军队"居长城下候伺,幸上病愈,自入谢",向刘邦当面讲个清楚。不料刘邦病到四月份就"崩"了,卢绾自我剖白的一线希望断绝了,"遂将其众亡入匈奴"。他身在匈奴,"常思复旧","居岁余,死胡中"。后来他的老婆孩子还是回到了汉朝。

另一种情况是免于杀戮的,如长沙王吴芮等。[①] 吴芮不仅保全了首领,而且居然传了五世。但这并不是因为刘邦对付异姓王的政策有所宽大,而是因为有些具体情况:其一、吴芮不是猛将,他手下较好的将领梅铜早被刘邦调走。且吴芮封王之后,一年而薨,其子继立,更是平庸之辈。作为一个"王",司马迁竟不为立传,《汉书》虽有传,亦不过二百字。其地位由此可见。因而,吴氏父子没有什么值得刘邦担心的,这是吴氏能父子相继的主要原因。其二、吴芮所王之地,僻处三湘,在当时经济,军事上都还显不出它的重要性,因而刘邦还不急于把这种荒僻之地拿来封给他的子弟。其三、吴芮原是秦的番阳令,久处江湖百越之间。有一套治理地方的经验,甚得民心。以其人治其地,对刘邦来说,还是比较理想的。尽管如此,刘邦在给吴芮的封地上还是耍了花招。从名义上说,是封以象郡、桂林、南海、长沙诸郡,但在当时(汉五年),象郡、桂林、南海三郡是属于秦南海尉赵佗的,赵佗当时还没有降汉,刘邦只是"虚夺"而封。所以,能落到吴芮手里的地盘,实际上是很小的(这当然也是吴氏能够存在下去的一个条件)。可以说刘邦给吴芮开的基本上是张空头支票,这张支票始终没有兑现。至汉十一年,赵佗降汉以后,刘邦立赵佗为南越王,仍使占有原来的三郡,于是这三郡在名义上也与吴氏无关了。到了次年,刘邦又遥夺赵佗的南海郡,封南武侯织为南海王。当时刘邦

---

① 这类的异姓王除吴芮外。还有闽粤王无诸,南越王赵佗等。在《史》、《汉》中,吴芮还是作为一个异姓王看待的,其他则视为蛮夷,地位又在异姓王之下,情况也各有特殊。但在所以没有被刘邦诛除的问题上,他们却又相类,故这里仅举吴芮为例。

连年用兵，劳苦不堪，无力过问这些僻远之地，不得不采取这种办法。使那些居于一隅的小王们相互制约，从而治之罢了。不过我们可以看到，刘邦的心思却并没有少费，手段也并没有少用。不久，他离开了人世，自然也就不再过问这些小王们的事了。于是，这些小王们暂时存了下来。

其实，刘邦所疑惧的大功臣们，并不单纯限于几个异姓王。他对那些有本领的“侯”们，也是如此。如他对萧何，从楚汉战争中期以后，就一直很不放心，后来竟借故把萧何逮捕入狱，如果没有王卫尉的据理力争，其下场将是不难预料的。[①] 他的连襟樊哙，出生入死，忠心耿耿，最后也险些掉了脑袋。[②] 看来聪明的还是张良。他洞察了刘邦内心世界的奥秘，所以在项羽灭亡之后，他就退隐了：闭门不出，道引不食谷物，弃却人间事，欲从赤松子游。[③] 这是张良选择的保全性命的道路。所以司马光说他“所谓明哲保身者，子房有焉”[④]。看来司马光与司马迁在这个问题上的观点是一致的。即认为汉初大功臣的道路，比较可靠的应当是张良的道路，所以在韩信被杀问题上，他们共同认为是没有走张良的道路：“假令韩信学道谦让，不伐己功，不矜其能，则庶几哉！于汉家勋，可比周召太公之徒，后世血食矣。”[⑤]揆之当时现实，这种观点并不是没有它的道理的。如张良那样，至少可以君臣相安，息事宁人，客观上对人民的休养生息是有好处的。从这里我们也看到了西汉前期黄老之学所以发展，当时王公大臣们所以去追攀黄老的政治上的一个原因。

---

① 详见《史记》卷五三《萧相国世家》。

② 详见《史记》卷九五《樊哙列传》。

③ 详见《史记》卷五五《留侯世家》，版本同上，2048 页。

④ 司马光编著，胡三省音注：《资治通鉴》卷一一《汉纪 · 太祖高皇帝》，中华书局 2013 年版，第 370 页。

⑤ 此言出自《史记》卷九二《淮阴侯列传》，是司马迁说的。司马光《通鉴》卷一二引录之，对司马迁的这些话极表赞同。司马光编著，胡三省音注《资治通鉴》卷一一《汉纪 · 太祖高皇帝》，中华书局 2013 年版，第 399 页。

五

汉高祖刘邦的杀戮异姓王，是为了加强中央集权吗？为了正确解答这个问题。这里有必要首先摆摆有关的这样一些事实。为了便于说明问题，我们不妨把这些事实材料归纳为两种类型：

第一种类型：

刘邦降楚王韩信为侯以后，接着而来的是立堂兄刘贾为荆王；立弟刘交为楚王；立庶长子刘肥为齐王，其国最大，诏令能齐语者皆归之，以致刘肥拥有七十余城。

平韩王信之后，乃立兄刘喜（即刘仲）为代王，不久，匈奴攻之，喜弃国逃归洛阳，乃更立爱子刘如意为代王。

废赵王张敖之后，即徙代王刘如意为赵王。后以子刘恒为代王。

杀梁王彭越之后，即立子刘恢为梁王；子刘友为淮阳王。

平淮南王黥布以后，即立子刘长为淮南王。

平燕王卢绾之后，即立子刘建为燕王。

第二种类型：

在韩信徙为楚王之后，齐为郡县，长达一年之久。至刘邦大封兄弟子侄的时候，竟废掉了这里的郡县，成了长子刘肥的王国。

韩王信降匈奴后，国除为郡。后来亦废郡而封兄刘喜。

刘如意于汉九年正月由代徙赵，复为郡。但至汉十一年正月，却又立子刘恒为代王，原来的郡又废掉了。

刘恢立为梁王，刘友立为淮阳王之后，刘邦嫌他们的地盘不够大，乃割东郡给梁，割颍川郡给淮阳。

荆王刘贾被杀之后，其地本应收回中央，但刘邦却立即封给了他的侄儿刘濞。

从以上第一种类型的事实材料中，我们可以看到异姓王被诛除以后，代之以刘邦的兄弟子侄，即由异姓王变成了同姓王。从第二种类型材料中则可以看到有些本来是郡县的地区，都被刘邦搞成了王国。可见刘邦在郡县制与分封制问题上，首先重视的还是分封制。不然，他只有损国益郡，而决不会损郡益国，倒行逆施。

这些事实共同证实了一个问题：汉高祖刘邦诛除异姓王的最直接的目的仅仅是为了搞他的同姓（实际上只是他的一个家族）王，家天下。不管主观上还是客观上，都与所谓"加强中央集权"没有关系。

刘邦在夺取全国政权以后，在政权问题上着重致力的一个问题，就是把异姓王换成同姓王。在他争夺天下的时期，迫于用人之际，他对于他的大臣们的基本策略是以利禄诱人，因而表现得豁达大度，大有可与诸将共天下的气概。这是项羽所没有的。由此他笼络了一批智谋勇武之士。这些人对他的统一事业起了极大的作用，可以说，如果没有这些谋臣猛将，那么继秦而统一中国的，将不一定是刘邦。我们不相信封建史家的所谓刘邦是"真龙天子"之类的胡扯，也不相信"四人帮"的所谓刘邦是"正确路线"的化身的谎言（"四人帮"的这种话，与封建史家所不同的，只是把"真龙天子"换成"正确路线"！）我们比较相信的是刘邦自己的经验总结："夫运筹策帷帐之中，决胜于千里之外，吾不如子房；镇国家，抚百姓，给馈饷，不绝粮道，吾不如萧何；连百万军，战必胜，攻必取，吾不如韩信。此三人，皆人杰也，吾能用之，此吾所以取天下也。项羽有一范增而不能用，此其所以为我禽也。"[①]所谓三杰，当然也不能看作三个孤立的人，而是有"百万之军"作为基础的，三杰只是当时谋臣猛士的代表。刘邦正是抓住了这些杰出的"导演"，所以才能够在中国历史上演出威武雄壮的活剧来，所以才能在逐鹿的群雄中成为捷足者。但是，在他取得天下政权以后，他对这些谋臣勇士们特别是那些占有一定地盘的异姓王不放心了，畏恶了，对他们的策略不再是诱以利禄，而是怀疑—诛除。刘邦的逻辑是：夺取天下，靠异姓。坐天下，靠本家；异姓封王，是权宜之计，是使其为我效命的手段，同姓为王，才是长远的目的。因而，他的诛

①《史记》卷八《高祖本纪》，版本同上，第381页。

除异姓王，并不是因为他看到了这种分封制度分裂割据的弊病，从而加以改革（如果能够这样，那太理想了！为此而杀几个坚持分封、反对改革的异姓王，也不算什么过分，可惜的是，根本不是这么回事！）而是出于这样一种极其狭隘、自私的目的！由夺天下的异姓王过渡到坐天下的本家，其间所使用的手段，便是诬陷或去逼迫异姓王谋反，从而消灭之。从这里，我们不难看到汉高祖于夺取天下之后杀戮功臣的必然性。

刘邦之所以搞同姓王、家天下，与他错误地总结了亡秦的教训有很大关系。《汉书》卷一四《诸侯王表序》说："汉兴之初，海内新定，同姓寡少，惩戒亡秦孤立之败，于是剖裂疆土，封二等（王，侯）之爵。"所谓"亡秦孤立之败"的"孤立"，是指秦始皇没有广封同姓以强羽翼，换句话说，即是亡于郡县制。这显然是不对的。秦的灭亡，自有它的原因，与郡县制似无必然关系。但它却形成了汉高祖芟异立同的思想基础。他的芟异立同，立子弟，把秦的"轻弱骨肉，显重异族"的做法倒过来，变成"规土连城，布王子孙"，使一门骨肉"枝叶扶疏，异姓不得间"①，就正是要接受所谓亡秦的教训。不过，汉高祖在立同姓王问题上，圈子也是越划越小的。在他看来，异姓当然不如同姓可靠，同姓之中，亲生儿子更为可靠。至于侄子，就差了一层，所以当他封完了儿子轮到封侄子刘濞为吴王时，就明显地表现出不放心，要当面敲他一下："若状有反相！"继而拊其背说："汉后五十年，东南有乱者，岂若邪？然天下同姓为一家也，慎无反！"②"汉后五十年有乱"之说，当是汉高祖的诈术，用以警刘濞者；"天下同姓为一家也，慎无反"，却十分真实地表达了汉高祖刘邦的思想实际，这正是他大封同姓王的主观意图之所在。他在晚年，曾把他的这种思想意图概括成一句话：非刘氏而王者，天下共诛之！并且以此与诸将"刑白马而盟"③。其实，刘邦从即皇帝位以后不久，就开始了他芟异立同的工作，至汉十二年去世前，他的八个儿子除了太子刘盈作为"储君"无须分封之外，其余

①《汉书》卷六三《燕刺王刘旦传》，版本同上，第2754—2755页。

②《史记》卷一〇六《吴王濞传》，版本同上，第2821页。

③《汉书》卷四〇《王陵传》，版本同上，第2047页。

七个,不问年龄大小,才德贤愚,都封了王,搞成了清一色的刘氏王。即如《史记》卷一七《汉兴以来诸侯王年表序》所说,“高祖子弟同姓为王者九国(按:指齐、楚、荆、淮南、燕、赵、梁、代、淮阳),唯独长沙异姓”,以致山以东尽诸侯地,大者或五六郡,连城数十,置百官宫观,僭于天子,而直接为朝廷所辖之地,却只有十五个郡了。这里所谓“置百官宫观僭于天子”,主要是指同姓王说的。如韩信,就不存在这个问题。韩信封齐王之后,即出兵与项羽作战,戎马之际,何暇虑及置百官僭天子!至项羽灭亡,未及返齐,即徙为楚王。在楚不到一年,便降而为侯,亦未及僭越之事。其实,汉高祖是在汉十二年才明确诏令王侯自置宫吏的(这无疑是他在去世前又干的一件蠢事)。这种特权,自然为其子弟王所垄断,而后来腐化骄侈之徒,也正是这一批同姓子弟。

在这里须附带说明的是:在汉高祖杀戮异姓王、大封同姓王的过程中,吕后也逞其阴谋机诈之能,参与其间。但吕后与刘邦却是同床异梦,另怀鬼胎,她的目的并不在搞刘氏的“同姓王”,而是为篡夺刘氏政权搞她吕氏的“同姓王”铲除障碍。所以,尽管两人干着同样的勾当,却不能在一个本子上记账,只是吕后的第一步棋,在客观上有助于刘邦罢了。

那么,由异姓王变成同姓王或者子弟王,是不是就加强了中央集权呢?我们的回答是否定的。

首先,由分封制本身来考察,分封与集权是不相容的。分封制本来是我国奴隶制时期的一种政权组织形式。西周有着完整的分封制,在它的封国中,既有同姓,又有异姓。虽然这种分封“对商朝原始小邦林立的现象来说,多少含有统天下于一尊的意义,显然是个进步”①,这无疑是正确的,但它距“中央集权”却还有一段较大的距离。春秋末期以后,郡县制开始出现。秦统一中国以后,断然废分封而用郡县,郡县长官均由朝廷直接任免,一切大权,集中在朝廷,从而成为我国第一个专制主义的中央集权的封建王朝。秦亡之后,项羽分裂天下而封王侯。刘邦承项羽之

① 范文澜:《中国通史》第一册,人民出版社1978年版,第74页。

弊，也照例分封，如果说他在争夺天下的过程中的分封，是出于政治上的需要，不得不如此的话，那么，到他大搞同姓王的时候，则是有意识地沿袭旧制了。有意识地搞这种分裂割据式的分封，与秦的适应封建中央集权的郡县制相较，应该说是一种历史的倒退。

刘邦搞同姓王或者子弟王，只不过是由异姓换成了同姓，在政权的基本结构形式上，并没有什么根本性的变革，仍然没有摆脱分封制。当然，汉初的分封并不完全等同于西周的分封，但从本质上说，两者却有一致性，即割据与分裂，而汉初封国的面积，倒比西周大得多。这样看来，刘邦所搞的同姓王，还谈不上“中央集权”，更谈不上什么“加强”的问题。

或说同姓为王，至亲一家，这不由此加强了中央集权了吗？换句理性的话说，就是用血缘关系加强了中央集权，或者说是中央集权建筑在血缘的基础上。乍看起来，似乎有理，其实不然。中国社会发展到西汉，生产力和生产关系都较前特别是较原始社会有了长足的进步，血缘关系已很难再作为社会的基础，在人类社会的发展史上确实曾经支配过一切的血缘关系，早已成为虚伪而又虚伪的东西了，特别是在权和利的面前。其实，自从在人类历史上出现了父子相杀或兄弟相杀以夺取政权的时候起，温情脉脉的“血缘关系”就已被公开撕破。维持社会秩序的“血缘关系”这条“维”就已经断绝了。于是，人类社会就开始进入了用政权力量维持统治的时期，而不能再靠什么“血缘关系”了。只是社会的主持者还迷恋着它那曾经表现过的魔力，而不肯觉悟或不肯断然舍弃罢了。于是便生出许多办法来维持它，其中的“孝”就是为了维持这种日益崩溃的血缘关系，并由此维系社会秩序而提出的。到了刘邦之世，再说什么“同姓一家”之类的昏话，实在是太落后了。我们当然不能无理要求刘邦从当时的阶级、阶层关系上考虑问题，但我们却有权力而且必须要求刘邦看到在他之前出现的同姓不足以相维的事实，也必须要求他看到他那个家族以至于他父子兄弟之间的矛盾关系，他应该对所谓“血缘关系”有所认识，而不应该再作那些虚无飘渺的幻想。就事实上看，刘邦封的那些同姓王、子弟王，并没有起到藩卫中央的作用，也没能使刘邦的中央加强了什么集权，他们反而干出了许多僭越之事，丝毫没有改变“山（指太行山，或说指崤函）以东尽诸侯地”的分裂割据局面。汉初同姓之间的倾轧、中央与封国之间的矛盾，特别是稍后的同姓的七国之乱，都足以宣告刘邦大封同姓王在理论和实践上的破产，这就证明了搞同姓王、拉血缘关系无补于国家政权建设。靠这一手来维持、加强政权的统治力量那只是一场糊涂的梦。所以，刘邦尽管把异姓王换成了同姓王，那只不过是在诸多封国的招牌上换了一个姓，与加强中央集权并无关系，而到头来拆中央这个台的，却恰恰是这些同姓王。

或说封王的子弟多是幼童，中央便于控制。这符合一部分事实，确有“皇子或在襁褓而立为诸侯王”者，但也并不尽然。荆王刘贾、代王刘喜、楚王刘交、吴王刘濞以及齐悼惠王刘肥，分封时的年龄都不算小。看待这个问题，倒不能着眼于年龄大小，而应着眼于这种制度的本身。分封制本身所具有的分裂、割据性，并不因为所封王的年龄幼小而消失。况且人的年龄是与日俱增的。一年二年是幼童，五年六年以后就成人了。不过，我们却从有些皇子正在孩提的时代就封了王，依靠相傅而治的这一事实，得出这样的一个结论：在那些地方实行郡县制的条件，已经具备了。因而，不必以汉初无条件实行郡县制为辞，来为刘邦分封同姓王这步错棋辩护。

在刘邦统治的一段时间内，他所作出的能够推动历史前进的政治措施倒也不少，但却谈不到所谓加强中央集权的问题。秦始皇的中央集权，到刘邦那里确实是中断了。在这个问题上，刘邦为后人提供的不是什么新鲜经验，而是重复了旧账的教训。他虽然搞的是郡国并行，但其主要心思却都花在了封国上，他较多地搞了与加强中央集权背道而驰的分封制。在他统治的一段时间内，他只完成了一个由异姓王到同姓王的转变。这个转变刚刚完成，他就去世了。他主观上是寄维持和巩固政权的希望于同姓王身上的，至于同姓王能否如此，他在理论上不能解答。也没有来得及取得这方面的实践经验，他没有能亲眼看到他的那些不肖子孙是如何轰毁他的陈旧的理想王国的。汉高祖以后，封国与中央的矛盾日益尖锐起来。故文帝时有贾谊进削地分封之策，景帝时有晁错建削藩之议，虽都是加强中央集权的措施，不过都是在试行阶段。至汉武帝，积累了一些“大者叛逆，小者不轨于法”[①]诸如淮南王刘长谋反，特别是吴楚七国之乱的经验教训，才正式地大刀阔斧地开始了“加强中央集权”的实践。他把齐、赵、梁、淮南等封国分为许多范围很小的封邑，有些王侯或以过削地，把一些重要的地方收归中央。经过这样的整顿，于是，“大国不过十余城，小侯不过数十里，上足以奉贡职，下足以供祭祀，以蕃辅京师，而汉郡八九十，形错诸侯间，犬牙相临，秉其厄塞地利”，形成了一个“强本干，弱枝叶”[②]的形势，所谓“封国”，就名存实亡了。至此，封国与中央的矛盾才算得到了基本解决。至元封五年（公元前106）汉武帝设十三部州刺史，西汉政府才真正完成了“中央集权”，西汉才真正归于统一。汉武帝的加强中央集权的措施和气魄，都是汉兴以来所没有的。西汉的真正有实效地加强中央集权问题，事实上应该从汉武帝说起，刘邦所搞的同姓王、家天下，实际上是在应该而且可以加强中央集权的时候，分了中央的权。

（原载《徐州师范学院学报》1980年第3期）

①②《史记》卷一七《汉兴以来诸侯表序》，版本同上，第803页。

杜甫没有写过海棠诗

赵红娟先生在《光明日报》(2003 年 5 月 28 日《文学遗产》版)上发表的《杜甫没有写过海棠诗吗》一文(以下简称“赵文”),举杜诗《江畔独步寻花七绝句》其六为证,结论为“完全可以认为”这首诗“即咏西府海棠诗”。这个结论是不能成立的。

唐宋人说杜甫不写海棠诗者,可谓多矣。如久居西蜀的郑谷《蜀中赏海棠》自注:“杜工部居西蜀,诗集中无海棠之题。”王禹偁《送冯学士入蜀》云:“莫学当年杜工部,因循不赋海棠诗。”他如薛能、郭稹、苏轼、范成大等,皆谓杜甫无海棠诗。只是曾几和陆游另有说法。《茶山集》卷四《海棠洞》:“杜老岂无诗,应为六丁取。”《剑南诗稿》卷三《海棠》诗陆游自注则云:“老杜不应无海棠诗,意其失传尔。”不管是说被六丁神取去还是说失传,皆猜度之词,总之是杜诗中没有海棠诗。

再者,杜甫《江畔独步寻花七绝句》共有七首,应是同时所作。其五有“桃花一簇开无主”句,说的是桃花盛开。按:桃花与海棠花花期不同时。桃花农历(下同)三月开,杜诗《春水》有“三月桃花浪”句;海棠花则是二月开。陆游《驿舍见故屏见画棠有感》句云:“成都二月海棠开。”又诗《花时遍游诸家园》其九自注:“今年二月二日社,而海棠已过。”曾帅蜀的范成大亦有诗云:“烛光花影两相宜,占断风光二月时。但得常如妃子醉,何妨独欠少陵诗。”(《赏海棠三绝》之二)杜甫同时所作之诗既已明言桃花盛开，则必无海棠“千朵万朵压枝低”之理。细玩“留连戏蝶时时舞，自在娇莺恰恰啼”情景，应是暮春三月，杂花生树，群莺乱飞之时，而桃花亦盛开成“簇”矣。若是海棠花开的二月，“海棠开后却春寒”（陆游《夜宴赏海棠醉书》），“娇莺”未必能“自在”成这等模样。由此可知《江畔独步寻花七绝句》其六所写的花，不可能是“西府海棠”。

这里特别应提及的是：中国古典诗词在研究方法上，绝不能曲意牵合比附，从而得出一厢情愿的结论。赵文已知“杜甫不咏海棠这段传闻，当时已为人所共知并感兴趣”，但仍然要翻这个案。翻案是可以的，但必须要依据确凿可靠的事实，而不能只凭“意象”，用“我们完全可以认为”这种话作判断。如果只凭“花满”、“千朵万朵”、“压枝低”和“戏蝶”、“娇莺”乃至及而大之的“繁枝”、“胭脂”、“纤柔”之类，就可以“无疑”地证明杜甫所写黄四娘家的花必然是海棠花，应当说是完全失据的。须知这些“意象”全是概念化的文学词语，是写花时常用语。此类“意象”在咏花诗中，不胜枚举。其实，仅凭“意象”和主观的“认为”，单是杜诗中的“花”，就纠缠不清。《江畔独步寻花七绝句》其二有“稠花乱蕊裹江滨”，其三有“多事红花映白花”，其四有“花满烟”，其七有“繁枝容易纷纷落，嫩蕊商量细细开”，其“意象”与赵文所引以为证的诸句基本精神皆相似。其五如果不是杜甫已说明是写桃花，那么，“可爱深红爱浅红”句，也照样可以“认为”是写海棠花。杜甫写花的诗句很多，且许多没有确指花名，若牵合比附，有些也“完全可以认为”是写海棠。可惜这办法只是主观的曲意牵合，什么问题也解决不了。海棠品种不一，赵文中所说的西府海棠，是乔木，一般高达 5—7 米，乃至 10 米左右。其树枝干直立，伞形总状花序，花淡红，有深红晕。其花枝也并非柔弱得“承载不了花朵的重量而显得婀娜多姿”。赵文用陆游《海棠》诗句“一枝赏纤柔”来证明黄四娘家的“压枝低”就是纤柔的西府海棠，其实是弄错了。陆诗写的是瓶中插花，其枝当然比不上“如少女的一只臂膊”，而只能是既纤且柔，已很难代表海棠的本真面貌了，这与黄四娘家的“压枝低”扯不上关系。

（原载《光明日报》2004 年 1 月 14 日《文学遗产》版）

论北宋高俸养廉之弊

北宋官员俸禄之优厚，在中国历代封建王朝中是数一数二的。据《宋史·职官志》的记载，宰相、枢密使一级的高官，每月俸钱三百千（即三百贯），春、冬服各绫二十匹、绢三十匹、绵百两，禄粟月一百石；地方州县官员，大县（万户以上）县令每月二十千，小县县令每月十二千，禄粟月五至三石。正俸之外，还有各种补贴，如茶、酒、厨料、薪、蒿、炭、盐诸物以至喂马的草料及随身差役的衣粮、伙食费等，数量皆相当可观。宋真宗时外任官员不得携带家属，而家属的赡养费则由官府财政供应，月供米、面、羊等生活用品。此外，还有"公用钱"（即招待费），如节度使兼使相公用钱可高达二万贯，而且上不封顶，"用尽续给，不限年月"。公用钱之外，又有"职田"。诸路职官，各有职田，两京、大藩府四十顷，次藩镇三十五顷，直至边远的小县，尚有七顷。且"外官占田，多逾往制"，由佃户租种，官员坐享其成。

北宋实行官员高俸制，目的在于养廉。这在北宋皇帝及其有作为大臣们的心目中是十分明确的。正如宋太宗所说："廪禄之制，宜从优异，庶几丰泰，责之廉隅。"（《宋史·职官志十一》）因此，北宋从宋太祖至徽宗，都曾为百官养廉而不断增俸。北宋少数官员也曾提出高俸养廉问题。如范仲淹在"庆历新政"施政纲领中就提出："养贤之方，必先厚禄，禄厚然后可以责廉隅”,“使其衣食得足……然后可以责其廉节,督其善政,有不法者,可废可诛”。[①] 王安石在熙宁变法期间,不仅增了官俸,而且发了“吏禄”。官与吏习惯上通称官吏,但在宋代,官与吏职能尊卑有严格区别。官由朝廷除授,籍在仕版,考核升迁管理之权在朝廷,且按朝廷规定的禄格领取俸禄;吏则或出于召募,或应于差役,是各级官府及其下属部门的各类办事、管理人员,无俸禄,靠克扣、受贿和侵渔百姓为生。《宋史》对恶吏、赃吏,尤其是狱吏、仓吏、府吏等贪赃掊克乃至致死人命等恶行多有揭露。如熙宁三年八月,神宗发现仓吏侵克欺盗军粮严重,因而下令创立“仓法”,或称“重禄法”,本着“增禄不厚,不可责其廉谨”的指导思想,首先给仓吏以厚禄,岁额一万八千九百贯。但同时又立法对赃贿者施以重罚:给禄之后,如再侵克受贿,“计赃钱不满一百徒一年,每一百钱加一等;一千流二千里,每一千加一等,罪止流三千里。……徒罪皆配五百里外牢城,流罪皆配千里外,满十千即受赃为首者配沙门岛。”[②] 此后,“仓法”逐步推及内外吏,至熙宁六年正月,吏禄总额已达十七万一千五百余贯。王安石曾向神宗表白:“吏胥禄廪薄,势不得不求于民,非重法莫禁,以薄廪申重法,则法有时而屈。今取于民鲜而吏知自重,此臣等推行之本意也。”[③]

“本意”如此善良,而实施的效果自然是使官吏们的腰包不断鼓起来,但就“廉隅”而言,却不似决策者主观想象的那样乐观。“仓法”刚刚实施时,吏畏重法,且有厚禄,贪赃恶迹稍有收敛。《续资治通鉴长编》在记载上述“仓法”的那段文字之后,有一条小注说:“由是岁减运粮卒坐法者五百余人,奸盗以故不得纵。后推及内外吏,吏始重仍法。”可惜这种情况太少了,而且转瞬即逝。正如《宋史纪事本末·王安石变法》所说,“然良吏实寡,赇取如故”。更严重的是吏对“厚禄”并不满足,连王安石

---

① 范仲淹著,李勇先等校点:《范仲淹全集》中册《范文正公政府奏议卷上》之《答手诏条陈十事》,四川大学出版社 2007 年版,第 531 页。

② 李焘撰,上海师大、华东师大古籍所点校:《续资治通鉴长编》卷二一四“熙宁三年八月癸未”,中华书局 2004 年版,第 5222 页。

③ 陈邦瞻:《宋史纪事本末》卷三七《王安石变法》,中华书局 1977 年版,第 361 页。

也承认:“今吏之禄可谓厚矣,然未及昔日取民所得之半也。”又据《宋史·孙永传》载:“(神宗)时仓法峻密,庾吏受百钱则黥为卒,府史亦如之。神宗又问(永):‘此法既下,吏尚为奸乎?’对曰:‘强盗罪死,犯者犹众,况配隶邪?使人畏法而不革心,虽在府史,臣亦不敢必其无犯也。’”[①]另一方面,吏给厚禄之后,导致吏人数猛增。《宋史·苏辙传》载:元丰后,吏额比旧时增加数倍,哲宗命苏辙“量事裁减”。吏人白中孚解释了吏额猛增的原因:“昔无重法、重禄,吏通赇赂,则不欲人多以分所得。今行重法,给重禄,赇赂比旧为少,则不忌人多而幸于事少。”[②]这就是“事不加旧而用吏至数倍”的奥秘所在。岂止是吏,高俸政策也同样促使官员人数及财政开支激增。清赵翼《廿二史札记·宋冗官冗费》云:“宋开国时,设官分职,尚有定数,其后荐辟之广,恩荫之滥,杂流之猥,祠禄之多,日增月益,遂至不可纪极。”[③]仅以“三班员”(供奉官、左右班殿直)而言,据《续资治通鉴长编》载,宋初仅三百人,真宗天禧间已达四千二百余人,而神宗时则多至一万一千余人。由于官吏队伍不断膨胀,国家财政负担也就日益加重。元祐三年(1088),户部尚书韩忠彦等向哲宗奏报:“今者文武百官、宗室之蕃,一倍皇祐,四倍景德……而两税、征商、榷酒、山泽之利,比旧无以大过也”,结果就是“大抵一岁天下所收钱谷、金银、币帛等物,未足以支一岁之出”。至徽宗大观三年,经济形势更加严峻,国库耗竭,以至官俸有难以为继之虞。正如御史中丞张克公抗言:“今官较之元丰已多十倍,国用安得不乏!”

在国家经济条件许可的情况下,适当增加官吏俸禄,提高其物质生活,是必要的,是好事,但如果把它作为防贪养廉的手段,认为“禄厚则人知自重”,“高俸以养廉”,这便陷入了认识上的误区。事实证明,北宋的高俸制并没有“养”出官吏们的廉。其实,官吏的廉与贪,主要是由其不同的精神品质、人格追求决定的,而不是由俸禄的多寡“养”成的。在同

① 脱脱等:《宋史》卷三四二《孙永传》,中华书局2013年版,第10901页。
② 脱脱等:《宋史》卷三三九《苏辙传》,中华书局2013年版,第10828页。
③ 赵翼著,王树民校证:《廿二史札记校证》卷二五“宋冗官冗费”,中华书局1984年版,第538页。

等俸禄的情况下，往往是廉者自廉，贪者自贪。廉者是苟非吾之所有，虽一毫而莫取；贪者则是利用职权，见利忘义，弃廉耻而苟得，鬼使神差，志在必贪。最显著的事例是在“公用钱”和“职田”上。此制目的本在养廉，对此，廉者尽归公有，贪者则“私以自奉，去则尽入其余”（《宋史·向经传》）。其泾渭竟是如此分明！质言之，以高俸养廉只能是一种善良的、主观的愿望，而把现实中人性的复杂性看得太简单了，乃至误认为廉与贪是俸禄的多寡“养”成的。禄厚，终有止境，而贪官赃吏的欲壑则是无底黑洞，绝不是任何厚禄所能填满的；且贪官赃吏既无人格，何来“自重”！对于本来就没有的品质，岂是厚禄所能“养”出来的？以《宋史》而论，如果以熙宁为界，把北宋划分为前后期的话，便会清楚地看到，后期贪官赃吏大大多于前期，在俸禄成倍往上翻的同时，贪官赃累巨万者亦随之增多，至北宋晚期竟出现了以蔡京等“六贼”为代表的贪官集团，使北宋贪贿肆虐之风达到巅峰，北宋的政治腐败也同时达到了极点，终于导致北宋的灭亡。

北宋的高俸之所以未能养廉，还有一条重要原因，就是在高俸的同时缺少有力的与之相应的防贪惩贪措施。北宋惩贪先严后宽。赵翼《廿二史札记·宋初严惩赃吏》云：“宋以忠厚开国，凡罪罚悉从轻减，独于治赃吏最严。盖宋祖亲见五代时贪吏恣横，民不聊生，故御极之后，用重法治之，所以塞浊乱之源也。”[①]从建隆二年（961）起，至开宝六年（973），宋太祖处决贪官赃吏，仅明载《宋史·太祖本纪》者就有十五人之多。至宋太宗，法犹未弛，继续斩杀贪官赃吏。但后来在处理赃官王淮时，其坐赃至千万，本当杀头，但因他是参知政事王沔之弟，只作了杖一百、降职的处分。由此开了“玩法曲纵”的坏头。“至真宗时，弃市（杀头）之法不复见，惟杖流海岛”，“盖比国初已纵弛矣”。到了仁宗，“则并杖流之例亦不复见”。神宗一朝更加“姑息成风”，“自是宋代命官犯赃抵死者，例不加刑”，倒是诸多反对变法的官员成了严加惩罚的主要对象。由于放弃了

---

① 赵翼著，王树民校证：《廿二史札记》卷二四“宋初严惩赃吏”，中华书局1984年版，第525页。

对贪官赃吏的惩罚,"仓法"亦弛而不行,长此以往,于是官吏对农民及小商人等弱势群体横取豪夺,以致怨痛结于民心,民怨沸腾,"盗贼"竞起杀戮官吏,备极惨毒,以泄其愤。而此时的俸禄及各项补贴,"视元丰禄制,更倍增矣"。对此,史学家赵翼在考察了这段历史之后,慨而言之:"给赐过优,究于国计易耗;恩逮于百官者,惟恐其不足,财取于万民者,不留其有余:此宋制之不可为法者也。"[①]

（原载《光明日报》2005 年 5 月 31 日）

① 赵翼著,王树民校证:《廿二史札记》卷二五"宋制禄之厚",中华书局 1984 年版,第 533 页。

张玉娘《兰雪集》版本及其他

李丹先生在《旧书信息报》(2004 年 12 月 20 日)刊登的文章《秋生画角月度深闺——张玉娘〈兰雪集〉的版本》,就有关南宋女诗人张玉娘的研究资料,作了比较全面的整合,并为进一步研究提供了新的信息,同时吁求海内外收藏家提供《兰雪集》现存版本信息,读后多获教益。

关于张玉娘《兰雪集》现存版本,四川大学古籍整理研究所编、巴蜀书社 1990 年 6 月出版的《现存宋人别集版本目录》,已有详细著录,唯此书印数较少,流传恐未能普遍,故谨据以介绍,并略作补充说明。

《张大家兰雪集》二卷,抄本,现存南京图书馆。按:未著录抄本年代。

《兰雪集》二卷附一卷,清道光二十六年(1846)松城沈作霖刊本。现存苏州市图书馆。

《兰雪集》二卷,光绪八年(1882)松阳县署刊本。现存中国科学院图书馆、浙江图书馆。其铅印本有民国上海有正书局本,现存东北师大图书馆、山东大学图书馆、苏州市图书馆、云南省图书馆、四川省图书馆。

《张大家兰雪集》二卷附录一卷,有李之鼎辑《宋人集·丙编》本,1920 年李氏宜秋馆据曲阜孔氏旧抄本刊。按:此丛书收藏较为普遍,如国家图书馆、首都图书馆等约二十家图书馆有收藏(以下诸本流传更为普遍,不赘言)。同书又有陶湘《托跋廛丛刻》本,1928 年据旧抄本影刊,有武进陶氏涉园刊本。1989年的台湾新文丰出版公司影印出版了《张玉娘兰雪集》二卷，附补遗、附录，见王德毅等主编的《丛书集成续编》第133册。其影印所用的底本，亦是“南城谊秋馆据曲阜孔荭谷藏钞本校刊”本。李之鼎宜秋馆校刊本，是《兰雪集》的重要版本系统，存张玉娘诗117首，词16首，附录有关资料多种。李之鼎在后记中交代了这个版本的来历：

……此本自孔氏微波榭抄本迻录。孔氏原抄则出自长塘鲍氏知不足斋，而鲍氏又抄自小山堂赵氏者也。顺治所刊印本罕见。近年始有狄氏活字本，较此少跋一篇，字句亦多异同。后附“望后一日记”，疑是孔氏荭谷所跋。周姬爱读此集，兼景慕其为人，怂恿付刊，并任刊资，亦艺林佳话也。时庚申仲冬月，李之鼎识于世业堂。

其中的“孔氏”即曲阜孔继涵，字体生，号荭谷，乾隆三十六年(1771)进士，“微波榭”是其室名，曾校刻《微波榭丛书》等。这里的“庚申”即民国九年(1920)。至于李之鼎所说的孔氏抄本的“跋”，“疑是孔氏荭谷所跋”，则有误。为了说明这个问题，进一步探讨《兰雪集》版本源流，不妨把此“跋”节录如下：

右张玉娘诗上下卷，集后附小传及后人题咏一卷，顺治间副讲孟称舜所刻本也。雍正乙巳，夏五，从詹生树本(汝槐)借阅，濡笔录之，以破雨窗岑寂。卷首磨灭六字，卷末脱落数页，计两阅日而毕。……望后一日记。

这个抄本显然是直接从顺治间孟称舜刻本抄出，抄本保存了集后所附的张玉娘小传、孟称舜作的《祭张玉娘文》、《贞文祠记》及后人题咏等资料，抄录时间是雍正三年(1725)。抄录者没有具名，但绝不是李之鼎所拟定的“孔氏荭谷”(孔继涵)。现已知孔继涵的生存年代是清乾隆四年至四十八年(1739—1783)，因而他不可能提前至雍正三年抄书。按照李之鼎所说的几个抄本推算，这位雍正三年的抄录者，很有可能是仁和小山堂赵昱(1689—1742)，雍正三年抄书时已是三十七岁，这个抄本应是《兰雪集》的小山堂抄本。这是符合客观逻辑的推断。然后才相继产生了鲍氏(廷博)知不足斋抄本、孔氏微波榭抄本,乃至宜秋馆校刻本。宜秋馆在用孔荭谷抄本付刊时,曾用狄氏活字本、《元诗选》本等校勘。北大《全宋诗》第71册所收录的张玉娘诗,便是以宜秋馆本为底本,校以清光绪八年松阳县刊本排印的。这是张玉娘诗的最好版本。

曲阜孔氏与《兰雪集》有缘,除孔荭谷抄本外,道光十六年(1836)孔昭薰又据顺治本的抄册抄录数本。这是同样出于顺治本系统的孔氏抄本,只是晚于荭谷抄本百余年而已。

又,清顾嗣立辑《元诗选·三集》,收《兰雪集》一卷,选录张玉娘诗52首。按:《四库全书总目》仅在"存目"中列《兰雪集》一卷(所据版本是浙江鲍士恭家藏本,此本今未详存佚),本不想收录张玉娘诗,但却全收了《元诗选》,因此,张玉娘的诗亦随之进入了《四库全书》,这可能是四库馆臣没有料到的。

张玉娘的词凡16首,见《兰雪集》下卷,其编入词总集者,有《彊村丛书》本,题《兰雪词》一卷,此本系朱祖谋据孔氏(荭谷)微波榭本与小山堂本校刊。唐圭璋先生即据《彊村丛书》本收于《全金元词·元词》。

《兰雪集》二卷本的附录中有关于张玉娘的传记资料,如明王诏《张玉娘传》,这是最早关于张玉娘生平事迹的记载,后世关于张玉娘传记故事的文章和传奇杂剧作品,乃至《松阳县志》的有关记载,无不取材于此。从附录的其他资料中,还可以考见《兰雪集》版本的流传,如最早刻本是会稽人孟称舜在松阳任上的刻本,刊刻时间应在顺治十四年(1657)前。如此等等,皆有较高的文献价值。

这里顺便说一下,张玉娘在朝代归属上,属宋属元,已有分歧,有的学者自我亦有不同说法。如唐圭璋先生从20世纪30年代起,先后写过《两宋词人时代先后考》、《两宋词人占籍考》、《宋代女词人张玉娘》等著作,都把张玉娘视作宋代词人。而在编纂一代词总集时,张玉娘及其《兰雪集》却未入宋而入于元,把她当作了元代人。对此,唐圭璋先生在《全金元词·引用书目》中有所说明:"兰雪词,张玉娘撰,朱校小山堂抄本作宋人,四库存目提要作元人,兹从提要。”其实,作为宋人,乃理所当然;而视作元人,亦无大误。《兰雪集》上卷有诗《王将军墓》,小序云:“宋王将军名远宜,松阳人。宋亡,与元兵战于望松岭,死之,遂葬于此。”可见“宋亡”时玉娘仍在世,是入元之人(李丹文中论及南宋亡国和元朝建立时间均不妥),其诗也确有些作于入元之后。以此说玉娘为元人,不是不着边际之谈。但考虑到玉娘以忠贞自许,所作《王将军墓》、《凯歌乐辞》四章等诗,都是对宋抗战将士的讴歌,慷慨激越,充满爱国情怀,诗末又云:“丈夫则以忠勇自期,妇人则以贞洁自许,妾深有意焉。”其素志若此,且国难当头之际又没有如南宋君臣们那样降元的行动,据此,仍把玉娘作为宋人,应当是符合其本志的,作为宋人最为确当。对于王朝更替之际的人物朝代归属判断,应当因人而论,实事求是,不能搞“一刀切”。在这个问题上,《四库全书总目提要》之说,由于种种原因,判断确有不当者,不可尽从。判张玉娘如此,判孟称舜为明人亦如此。四库馆臣只看到了孟称舜是崇祯诸生,且著有史论《孟叔子史发》,据此判为明人,而却轻轻放过了孟氏在清朝的重要经历:在清生活了四十一年,当过清朝的学官,在清完成了多种代表性传奇、杂剧作品,以及他在整理、刊刻《兰雪集》上的贡献。这些都是其作为清人的重要依据,而四库馆臣却偏偏把他看作明人,自然就显现了偏颇。

《兰雪集》的有些稀见版本,笔者由于条件限制,未曾寓目,所述或有错误,敬祈方家指正。

(原载《旧书信息报》2005 年 1 月 31 日)

关于张玉娘及其《兰雪集》的研究

——与李丹先生商榷

《旧书信息报》已发表李丹先生关于张玉娘及其《兰雪集》的研究文章三篇(分别见2004年12月20日,2005年4月18日,4月25日),足见其研究的专注与努力。对此,我很敬佩。但我觉得其中有些问题,想提出来与李先生商榷,谬误之处,请李先生和读者诸君指教。

一、《结袜子》是不是伪作

李先生认定《兰雪集》中的《结袜子》诗是伪作,且作了许多论证。其论证方法是:首先咬定《结袜子》是“七绝”,然后再绳之以七绝格律,平仄声韵一一核对,从而得出结论:《结袜子》“根本就不符合七言绝句的基本格律要求”,犯了“初级知识性错误”,由此判定《结袜子》是“典型的冒牌货”,只是“不知道是哪个恶作剧鬼给塞进《兰雪集》的”而已。其实,所举证据,全部与《结袜子》毫不相干,因而也就都不能证明《结袜子》是伪作,论证是无效的,用了这么大的功夫,可惜了。道理很简单,是李先生把大前提弄错了:《结袜子》本来就不是“七绝”,你为什么一定要它“符合七言绝句的基本格律要求”?为什么一定要这个“牛头”对上那个“马嘴”,否则便不是真“牛头”?《兰雪集》的“七言绝句”类目中,根本就没有、也不可能有《结袜子》。《结袜子》是"古体诗",而且用的是"乐府诗题"。因此,它是不受近体诗格律限制的,这是中国古典文学的通义。《结袜子》本北魏曲名,后为乐府诗题,属杂曲歌辞,"大抵言感恩之重而以命相许也"(《乐府诗集》卷七四)。北魏温子升、唐代李白皆有《结袜子》四句短章,温作五言四句,李白七言四句,前者不是五绝,后者也不是七绝。温、李的《结袜子》皆被收入《乐府诗集》。张玉娘其生也晚,其诗自然不能收入《乐府诗集》,但其诗的写志命意,是符合诗题"言感恩之重"要求的。李先生说它"文不符题",可能是真的理解为应写"结袜子"的活儿了。其实《结袜子》只是一个乐府曲名,就像词中的《贺新郎》不一定必写贺人结婚一样。乐府诗就是乐府诗,自成一体,自具特色,不属于"律"、"绝"之类的格律诗,这个大类自须分清楚。当然,张玉娘的这首《结袜子》应是仿乐府诗。除此之外,她还写了多首可圈可点的仿乐府诗,或句式整饬,或杂言迭出,神采奕奕,音节铿锵,确为《兰雪集》增色。而这些仿乐府诗(和其他一些古体诗)用格律诗的"格律"是衡量不了的。李先生所说张玉娘诗除了这首《结袜子》之外的"一百三十二首诗词,全部都格律工整",我看说得太绝对了。

二、关于南宋灭亡和元朝建立的时间问题

这是由讨论张玉娘的卒年而连带出的问题。李先生在上述第一篇文章中,确定张玉娘卒年为公元 1277 年,"其时离南宋亡国或距元朝建立,都差着两年"。在第二篇文章中,经过查对宗谱,"重新考定张玉娘的卒年"为公元 1276 年,因而改前文的"都差着两年"为"都差着三年"。李先生把"南宋亡国"和"元朝建立"的时间均作公元 1279 年。我在《张玉娘〈兰雪集〉版本及其他》(《旧书信息报》2005.1.31)中有一句"李丹文中论及南宋亡国和元朝建立时间均不妥"的话,本意是点到为止。后蒙李先生赐函下问,是不是我"一时疏忽"。我在 3 月 5 日致李先生函中说:

关于"南宋亡国时间与元朝建立时间"问题,我只说"不妥",并

> 非疏忽。南宋之亡,本有二说,一为 1276 年,史称“丙子之难”,是年初,宋帝后降元,伯颜执帝后北去,宋朝作为一代政权,就此消亡。此后的流亡小朝廷,只是一个余波,已不能行使国家政权,连“割据”也称不上。类似情况如元、如明,都有其短暂延续。一是 1279 年,崖山最后覆灭。从民族感情出发,总是希望宋的灭亡能延续几年,故往往用此极限。科学地判断一个朝代的存亡,应以其对国家政权行使状况为标准。近年来学界的主导意见,似以 1276 年为宜。不过,这也不是今人意见,毕沅《续资治通鉴》即是以 1276 年三月为断限,是年四月之纪年,则已属至元十三年矣。古人重宗庙神器,作为国家的象征。1276 年三月伯颜入临安,宋已犁庭扫穴,奉表投降,“神器”(国家政权)已转至元朝,以此作为宋亡之时,应当是科学的。至于说“元朝建立时间确为 1279 年”,这是不对的。按:元建国于 1206 年,初称蒙古,1271 年忽必烈始改国号为元。1279 年是元至元十六年,怎么会是“元朝建立时间”?我建议您再重新考虑这个问题。

不料李先生在刊于《旧书信息报》4 月 18 日的文章中,仍坚持说“至于‘南宋亡国和元朝建立时间’,我们只要查一查《辞海》就清楚了”。李先生一再提醒要“查一查《辞海》”,我本以为《宋史》、《元史》等重要史书俱在,何须查《辞海》?现在只好查查看。《辞海》版次颇多,一再修改,我只就手头所有,略作检查:最早的 1936 年版关于宋代灭亡的记载是:“传至帝㬎,为元所灭,历十三世凡十六主,共三百十七年;起公元 960 年,迄 1276 年。”《辞海》的 1989 年版载:“帝昺祥兴二年(1279)为元所灭,两宋共历十八帝,统治三百二十年。”其 1999 年版则改为:“帝㬎德祐二年(1276)为元所灭。两宋共历十六帝,统治三百十七年。宋亡后,帝昰、帝昺在闽广建立流亡政权,至 1279 年,亦为元所灭。”这是《辞海》的最新修订,反映了在这个问题上的“主流意识”。至于元朝建立的时间,即如上述。这本来是没有争议的。至于有些“年表”把元年表的起时作至元十六年(1279),是指其“天下一统”(齐召南《历代帝王年表》),与其建立(建国)

时间完全是两码事。

三、关于《王将军墓·小序》的真伪问题

李丹先生论定《王将军墓》诗的“小序”是伪作，“伪托”者或是清初顺治间的孟称舜，或是道光间的沈作霖。对此，我有所怀疑，以为论证不足以证伪。问题在于：能否因为这两个人都是刻印过《兰雪集》的，就指定他们可能作伪？至于王远宜，确实未见经传，有之，则是《兰雪集》。在孟称舜的传奇《张玉娘闺房三清鹦鹉墓贞文记》(以下简称《贞文记》)第十七出《忠愤》、十八出《成仁》中，确也写了王远宜，说王远宜乃白龙县(孟称舜在《贞文记·题词》中说“古白龙即今松阳地也”)人氏，文丞相义师勤王，王远宜投其幕下，历战有功，官授统制之职。在少帝沉海、文天祥就义柴市之后，行省下文到县，搜捕其旧时部曲，王出于悲愤，在望松岭与元兵作战，杀了官兵，最后自刎而死。在这一出的“眉批”上，有“今望松岭下有王将军墓”句。眉批应是孟称舜作。如此，不是孟称舜作伪的证据吗？且慢！《贞文记》第十九出《闺酹》，写张玉娘出于对文丞相门下这位义士的崇敬，焚香祭奠，并“口占”诗一首，赞颂王将军。这首诗正是《兰雪集》中的《王将军墓》，仅个别字异，诗的意蕴、气魄，与“小序”完全相符。如果说“小序”是伪作，那么，这首诗连同它的题目是不是也同时是伪作？《闺酹》中还有一句涉及“王将军”的话：“丈夫则以忠勇自期，妇人则以贞洁自许。我今不敢远望古人，但得效王将军足矣！”其中“丈夫……自许”两句，又见于《兰雪集》上卷《凯歌乐辞》四首之后的后序(也是一种“小序”)，沾了“王将军”的边儿，是不是也有伪作的嫌疑？又，《兰雪集》中《山之高三章》，其第三章：“汝心金石坚，我操冰雪洁。拟结百岁盟，忽成一朝别。朝云暮雨心去来，千里相思共明月。”见于《贞文记》第二十五出《情殉》张玉娘写给沈佺的书信中；再如《兰雪集》后所附的《沈生病中赠张玉娘诗》，又见于《贞文记》第二十四出《梦游》，字句仅一字之异；不仅是诗，词也有见于《贞文记》者，如《如梦令·戏和李易安》，见《贞文记》第

二十八出《劝谯》(按:谯,似应作醮),仅个别字异。如此等等,究当如何论断?是孟称舜引用了张玉娘的作品,还是他在刻印《兰雪集》时将自己的作品偷偷塞给了张玉娘?分辨这个问题的关键是:孟称舜在写作《贞文记》之前,是否看到了《兰雪集》。如果没有见到《兰雪集》,那么,《贞文记》中的张玉娘诗词(包括"小序")竟在孟氏刻印的《兰雪集》中出现,这些诗词显然都是孟称舜借机塞进《兰雪集》的;而实际情况正好相反,孟称舜在写作《贞文记》时,已经熟知了,甚至拿到了《兰雪集》。证据是第三十三出《同殉》有"小姐(按:指张玉娘)著有《兰雪集》一部,遗草剩句,读了总是伤情"、"一贞居士号若琼,容艳文章世无比。……吟就新诗兰雪香,争使人称女学士"诸句。孟称舜写作《贞文记》的目的,就是要使张玉娘的故事"广传而征信"(《贞文记·题词》),因而他在写《贞文记》时较多地取材于《兰雪集》,应是正常的,甚至是必然的;况且当时可能还有其他传本,他何苦要冒天下之大不韪,公然在自己十分尊崇的张玉娘的《兰雪集》中作伪呢?其实,在宋元鼎革之际,像王将军之类的事,是很多见的;且文天祥起兵勤王,在德祐元年(1275)七八月间曾在衢州驻军,义士投军之事,应接不暇,军队发展很快,最后大多牺牲在战场上,而见于记载者则很少。宋亡之后,浙闽(尤其是两浙)遗民特多,遭受元朝的镇压也最酷烈,"王将军"的事迹只是其中之一而已。至于望松岭上早有一个说不清的王将军庙或墓,张玉娘诗中所写的"烈士"与之全不相干,彼自彼,此自此,而张玉娘所颂扬者,是此而非彼。至于王远宜不见于县志记载,一介武夫,一时忠愤,杀了元家的官兵,处在元朝高压政策之下,县志上谁敢记载?(张玉娘敢于写入诗集,正是她的爱国与勇敢)由元至明,转瞬百年,有多少人物、事件,早已化作历史的灰尘,付诸东流!待到后人编省志、县志的时候(《浙江通志》最早筹划于嘉靖三十年即1551年,历时40年而成书;《松阳县志》我仅知现存较早者是顺治十一年即1654年的刻本),糊涂到"不知何代人也"的彼王将军,倒有幸留下了"遗迹",且"香火不断",而一位底细分明的此王将军,在受了张玉娘的一酹之后,竟成了"伪托"。看来人间的香火烧倒的确也不少!

这里还要申述的问题是，《贞文记》成书并刊刻完成的时间是明崇祯十六年(1643)，即明亡前一年，其书前《题词》署为“时癸未孟夏望日稽山孟称舜书于金陵雨花僧舍”。这个“癸未”只能是崇祯十六年。绥中吴氏藏有此书的明末刊本，以郑振铎先生为首的“古本戏曲丛刊编刊委员会”正是以这个“明末刊本”为底本影印编入《古本戏曲丛刊二集》的。(李先生的文章把《贞文记》的写作时间系于“顺治十三年即1656年左右”，未详所据)而在写作《贞文记》之前，孟称舜就已深入松阳，调查了解张玉娘事迹，听取民间传说，并集资建了贞文祠(详《贞文记》第三十四出《立祠》)。对此，他在《题词》中作了充分说明：“盖玉娘之才，天下之奇才；而玉娘之行，天下之奇行也。……身殁而能使紫娥霜娥及鹦鹉随以俱殁，此世所不恒有也。……予游寓松阳，数过吊之，惧其久而渐湮也，秘与松邑好义诸子，募赀立祠墓后，名之曰贞文祠。而其遗迹之奇，不被诸管弦，不能广传而征信，因撰传奇布之。俗谓沈生、玉娘为大士侍者化身，当(按：当似应作尝)在座前调弄鹦鹉，情所偶感，遂坠凡间。故殁而致鹦鹉俱死之异。此事有无，予不能辨。”又云：“贞文祠费几千金，俱出自松邑及四方之善信者，而传奇剞劂之赀，则募自吾乡及金陵者居多……而非余一人能为之也。”由此可见孟称舜对张玉娘的景仰及其写作《贞文记》的严肃认真，他怎么能是在玉娘集中作伪之人？

当然，戏剧不是正史，不能当作“史料”使用，这是常识。如《贞文记》中说沈佺、玉娘是菩萨座前的善才、龙女等等迷信传说，孟称舜当时说“予不能辨”，照写了；现在我们谁也不会相信。至于他把全剧的时间下限推到了文天祥就义之后，即至元十九年(1282)之后，而张玉娘尚在，这当然是李先生所不能接受的，我也打了一个大大的问号。但透过这些虚幻的，或者牵强附会的迷雾，我们还应当看到《贞文记》的写实价值，特别是孟氏《题词》在研究张玉娘及其《兰雪集》上的价值。我在《张玉娘〈兰雪集〉版本及其他》一文的最后，说孟称舜“在清完成了多种代表性传奇、杂剧作品”，这是错误的，不是在清，而是在明末。在此郑重改正，并向读者致歉。

最后还想向李先生请教的是：我无缘见到《吴兴沈氏宗谱》等谱牒，不知此《谱》成于何时，世系起止如何？如蒙见教，不胜感荷之至。而读者由此开阔了眼界，我想，也是会很高兴的。

（原载《旧书信息报》2005 年 6 月 6 日）

疑义相与析

——关于张玉娘及其《兰雪集》的研究问题

在张玉娘及其《兰雪集》的研究中，我觉得还存有疑义，有进一步分析探讨的必要。

一、沈佺果真是沈晦的嫡裔吗？

明代王诏《张玉娘传》载，沈佺是“宋宣和对策第一人晦之后”。有的文章说的更具体，沈佺是沈晦的七世孙。按：沈晦（1084—1149），《宋史》卷三八七本传载：“沈晦字元用，钱塘人，翰林学士沈遘孙。”这里有必要再略述其世系。据《沈氏三先生集·沈睿达墓志铭》、陈振孙《直斋书录解题》等记载，陈遘之父扶，祖同，曾祖英。沈同以进士起家，世为显官。沈扶五子，沈遘为其长，官翰林学士，右谏议大夫，知制诰。详见王安石《王文公文集》卷九十八《故安乐郡君翟氏墓志铭并序》。同书卷九四《沈内翰墓志铭》又载，沈遘三子：恭嗣（早卒）、隆嗣、延嗣。延嗣于徽宗政和间知温州，见《温州府志》。关于这一支沈氏的籍贯，《王文公文集》卷九三《太常少卿分司南京沈公墓志铭》称：“沈氏自沈子逞以身属社稷，书于《春秋》，文学、贤劳、功名不旷史。而武康之族，尤独显于天下。至公（按：指沈周，沈同之弟）高祖始徙去，自为钱塘人。”当时还在五代钱氏的吴越时期。由此可知，沈氏的这一支，由武康迁至钱塘，传至沈晦，已历九世，确是地地道道的“世为杭州钱塘人”(《王文公文集》卷九四)。《宋史》和其他史籍写到这些人的籍贯时，总是说“钱塘人”，咸无异词。其祖墓在钱塘县龙居山。何以传到了沈晦的“七世孙”沈佺，却改变了累世相传的钱塘籍贯，而加入了《吴兴沈氏宗谱》，成了吴兴沈氏的栝松一派？(见李丹《关于张玉娘生卒年与朝代归属问题》,《旧书信息报》2005 年 4 月 28 日，以下简称《生卒与朝代》)如果沈佺确是沈晦的七世孙，则其籍贯的改变，宗谱中必有慎重说明，否则，根本不明，何以服人？因我无缘拜读这部《宗谱》，只能提出疑义，供研究者进一步探讨。这时要说明的是，沈晦于建炎三年(1129)由知四明移知处州，不久又移知婺州，在处州有过短期任职。清道光间孔昭薰引《浙江通志》说沈晦“建炎间守处州，致仕后遂家于松阳上方山”。“致仕”误，沈晦一生活了六十六岁，未曾致仕。他是在奉祠期间隐居上方山的，有诗《松阳上方山居五首》。上方山本是唐代好黄老之学的进士毛云龙隐居炼丹的地方，留有炼丹泉。(见《嘉靖浙江通志》卷八)沈晦虽是南宋的封疆大吏，但一生仕途坎坷，其所以隐居上方山，盖与慕毛云龙学道有关。其《松阳上方山居五首》之五云：“学道空山水(一作岁)月深，丹成初试马蹄金。犹余一勺丹泉水(一作井)，洗尽人间名利心。”就是写毛云龙同时也兼写自我的。由此看来，沈晦与松阳确有些关系，但这均不足以改变沈晦的钱塘籍贯，更与《吴兴沈氏宗谱》无关，这是不言而喻的。

中国的家乘谱录之类，一般属于史部的传记范畴，在研究家族史方面，有一定的史料价值。但也有些家乘谱录由于种种原因，难以避免其根深蒂固的缺点，即攀郡望，傍名人、显贵，夸张虚美，不足为据。明杨慎《丹铅总录・郡姓》云：“虚高族望，起于江南；言今之百氏郡望，起于元魏胡虏之事，何足为据也！”清代大史学家钱大昕《十驾斋养新录・郡望》云：“自魏晋以门第取士，单寒之家，屏弃不齿，而士大夫始以郡望自矜。”又云：“自宋而私谱盛行……言王必琅邪，言李必陇西，言张必清河，言刘必彭城，言周必汝南，言顾必武陵，言朱必沛国，其所祖何人，迁徙何自，概置弗问，此习俗之甚可笑者也。”《十驾斋养新录》更有《家谱不可信》一节：“颜师古云：私谱之文，出于闾巷，家自为说，事非经典，苟引先贤，妄相假托，无所取信，宁足据乎？”他又特别举出以萧望之为萧何之后（谓望之为萧何六世孙）之例，而斥其“妄相托附”，“附会不可信”。钱大昕认为：“师古精于史学，于私谱杂志，不敢轻信，识见非后人所及。”甚至认为：“《唐书·宰相世系表》虽详赡可喜，然纪事近则有征，溯远冑则多舛，由于信谱牒而无实事求是之识也。”这就是说，由于史学家“无实事求是之识”，以致谱牒的“妄相托附”之弊，已侵及正史。所以颜师古、杨慎、钱大昕等对家谱的使用都持审慎态度。

二、沈佺果真是“南宋咸淳七年榜眼”吗？

李丹先生的文章多次提及沈佺是“咸淳七年榜眼”。我百思不得其解，不知其根据何在？是宗谱，还是传说？我相信很难有什么第一手材料。其实，咸淳七年的省试是有案可稽的，其权威性资料便是刘埙《隐居通议》中的《咸淳七年同年小录》。刘埙（1240—1319），字起潜，南丰人，南宋丙子国难时已三十七岁。刘氏世为儒学，以诗文鸣世。《咸淳七年同年小录》是其入元后转录于儒家子贾似之所藏的咸淳登科记。贾似之的父、叔昌忠、昌纯“俱以辛未（按：即咸淳七年）登科，故有此也。……兄弟皆治《书》中选，可谓盛事。”（按：登科者必有此册，且礼部立碑，诏告天下）因此，贾氏视此登科记为至宝。刘埙说，咸淳登科记一册，“黄绢碧标，题曰《咸淳七年同年小录》，首载科诏，览之凄然，盖不见此久矣，因录以示来者。”其中内容详载这次省试、殿试的具体资料，包括皇帝的诏书、御札，知贡举、同知贡举、监考人员、考试的日程安排、录取的人数、集英殿唱名后进士们的活动日程表等。其中录取人数与《宋史·度宗纪》咸淳七年“五月乙酉赐礼部进士张镇孙以下五百二人及第、出身”相符。这一榜的状元是张镇孙（有关资料从略），榜眼是杜文甫，其档案记载是：字实翁，小名文举，小字用之，年三十九，八月二十二日生，治赋；外氏姚；娶陆氏，继(室)郑氏；兄奇，缙云主学；曾祖侁，祖芑，父一桂，故通直(郎)本贯台州临海县。至于杜文甫仕途情况和其他资料，可参见《宋季忠义录》卷一三，《宋元学案补遗别附》卷二。很显然，咸淳七年的榜眼肯定与沈佺无关了。“进士”这个“出身”是荣耀而严肃的，不可冒伪，故王诏《张玉娘传》、光绪本《松阳县志》的张玉娘传等，均不载沈佺是“榜眼”。那么，沈佺的“榜眼”说究竟从何而来呢？

三、张玉娘、沈佺果真没有入元吗？

李丹先生在《生卒与朝代》一文中说：“经过长期的艰苦考证”，终于从《吴兴沈氏宗谱·栝松沈氏世系图》“沈佺”条中查出了沈、张的生卒时间：沈佺“宋淳祐十年庚戌(即 1250 年)七月初四卯时生，宋咸淳七年(即 1271 年)十二月二十五日丑时终。娶张氏，名玉娘，与公同庚同月同日午时生，宋景炎元年(即 1276 年，张玉娘卒年)正月十六日辰时终”。按：《宗谱》上的这段记载，有两误：一是“娶”字误用，从所见现存资料看，沈对张未履行“娶”的程序；二是“景炎元年”误用，当是德祐二年，是年五月之后，才有“景炎”。李先生认为这条关于沈、张生卒的记载“应该说是正确的可信的”，因而宣布自 1986 年以来的“考证结果”，“现已被我们推翻了”。这就是说，沈佺、张玉娘在有生之年均未入元，沈佺自然不必说，后死的张玉娘，当南宋丙子国难、正月十八日南宋帝后奉降表、传国玺降元称臣时，玉娘已提前两天辞世了，仍是完完全全的“宋人”。从宗谱中取得的记载，如李先生所说，“应该说是正确的可信的”，但我却认为很难这样说。这里主要说卒年的不可信。反证主要是张玉娘自己提供的。我们知道，《兰雪集》中的诗词主要是张玉娘自我抒情之作，其中的重要内容是抒写对“宦游京师”而“两感寒疾”的未婚夫沈佺刻骨铭心的怀念。这应该是毫无疑义的。王诏在《张玉娘传》里说沈佺“宦游京师”，虽未说明是南宋的京师临安(今杭州)，还是元朝的京师大都(燕京，今北京)，但这位“年二十有二”且“俊茂不群”的青年，在京师却“两感寒疾，法曰不治”。这里就透露了这个京师的气候比较恶劣，这位风华正茂的南方青年，在那里很不适应，以致“两感寒疾”。这是临安的气候特征吗？《兰雪集》提供的信息更为重要。《山之高三章》第一章有“我有所思在远道”句，第三章有“千里相思共明月”句，是写玉娘对远游京师的沈佺的思念。从“远道”“千里”传递的信息看，沈佺所去，当非一般路程，如系松阳临安之间，说“千里”显然太夸张了；如是大都，则当之无愧。如果说这是在文学的语境里，允许有所夸张的话，那么，在玉娘的有些诗词中，则有更为确切的表述。如《春思》诗首句“玉勒雕鞍燕北春”；《玉蝴蝶·离情》：“蓟燕秋劲，玉郎应未整归鞍。”“燕”、“蓟燕”都是指燕京，即元朝的大都，显然这就是沈佺所游的“京师”。“玉郎”以及下文即将提到的“粉郎”、“仙郎”，都是玉娘对沈佺的爱称。沈佺在大都的时间可能较长，故玉娘《水调歌头·次东坡韵》云：“粉郎一去，几见明月缺还圆。”《哭沈生》云：“仙郎久未归。”南宋灭亡之后，江南尽归元朝所有。元朝统治者为了加强对江南（尤其是浙江）的统治，不断以种种名义征调江南知识分子北赴大都；而也有些知识分子出于种种目的，北游大都。沈佺是如何北赴大都的，史料不备，不敢妄自猜度。但已赴大都，并在大都“两感寒疾”以至“疾笃”，应属事实。赴大都的时间或在元统一全国后不久。

另一方面，在《兰雪集》中还出现了一些原属北方的事物。如词《蕙兰芳引·秋思》：“星转晓天，戍楼听、《单于》吹彻。”《单于》，曲调名，本与北方边塞有关。晚唐韦庄诗《绥州作》：“一曲《单于》暮烽起，扶苏城上月如钩。”绥州故址在今陕西绥德县境。李益诗《听晓角》云：“无数塞鸿飞不度，秋风卷入《小单于》。”盖《单于》曲调有《大单于》《小单于》两种，其曲调呜咽凄凉，如唐贯休《听晓角》所云：“如何十万家休戚，只在呜呜咽咽中。”也正是这支北方曲调的风格。再看玉娘的《玉女摇仙佩·秋情》：“正多病多愁，又听山城，戍笳悲诉。”笳即“胡笳”，吹奏乐器。笳者，“胡人”卷芦叶吹之以作乐，故曰“胡笳”。晋太原人孙楚《笳赋》曰：“衔长葭以泛吹，噭啾啾之哀声，奏胡马之悲思，咏北狄之遐征。”总之，以上所提出的《单于》、笳这些曲调、乐器，本来是胡人、北方之物，而玉娘却亲自领略到了,并且写进了自己的诗词。这里所透露的信息是:元兵已经占领并戍守着玉娘所在城池。元在灭宋的过程中,把大量的元兵从北方调往江南戍守。这样,原在北方习用的乐器便随之进入江南;而通宵戍守的元兵,便用他们熟悉的乐器吹奏出他们的乡思情绪,这就是玉娘所说的“戍笳悲诉”。

由以上诸例,可见沈佺、玉娘确是入元之人。不过,在元生活的时间可能不会太久。玉娘以忠贞自许,民族立场是坚定的,如其诗《紫香囊》所云:“纫兰独抱灵均操,不带春风儿女花。”在这特定的历史时期,屈原成了她学习的榜样。

以上所提出的值得辨析的问题,如“榜眼”说,“生卒年与朝代”说等,现有结论立论的原始基础,有极大的可能性是民间传说。民间传说的特点,总是在长期的传说过程中,按照人们的意愿对故事内容、情节不断地添枝加叶,使美者愈美,丑者更丑,同时也加进了某些虚幻的乃至封建迷信的成分。这种传统,不仅直接为文学艺术作品提供了素材,而且也往往渗入“史部”。王诏的《张玉娘传》是至今所见最早的关于张玉娘的传记,应属于史部范畴。但其中却不免夹杂着迷信传说。他似乎还不知道玉娘有《兰雪集》。《兰雪集》中明明说玉娘有妹京娘,有弟谪居四川,而《传》却沿传说之误,说“惟生玉娘”,诗集中的其他内容在《传》中也全无反映。孟称舜的传奇《贞文记》,其写作目的是为了使沈佺、玉娘的“遗迹”“广传而征信”(见《贞文记》孟氏崇祯癸未〔十六年〕题词),但他吸取的民间传说太多,甚至有些无稽之谈连他自己也不能辨其有无,也照样写进了《贞文记》。王诏、孟称舜等不仅以文字载体的形式使传说定型化,而且这些定型化的传说又反过来影响着某些编述乃至学术研究,弄得真伪莫辨。如“榜眼”说,即见于《贞文记》第二十一出:“沈佺中第,取第二。”不过,这次考试是在元朝的燕京进行的。这显然是来源于传说,而又反映了人民的愿望。其实,在元世祖忽必烈在位之时,没有进行过科举考试。再如玉娘与沈佺同年同月同日生之说,见于《贞文记》第四出。这种貌似巧合的出生时间,实际上是由其迷信传说所决定的,并非巧合，而是有其必然性：沈佺、玉娘本来同为观音大士的侍者（男为善才，女为龙女），在大士座前调弄鹦鹉，“情所偶感，遂坠凡间”。两人被同时罚往下界，因此他们在凡间就必然是同年同月同日生了。至于玉娘的卒期定在正月十六，则主要是从《张玉娘传》衍化而来。《传》载沈生死后，玉娘发誓死后与沈生同穴。元宵灯节，玉娘于“烛影挥霍下见沈郎”，因极度悲伤而昏厥，“悲绝久乃苏”，“遂得疾以卒”。之后的好事者，由此而推导出卒于元宵节的次日，即正月十六，把这神乎其神的传说信以为真了。至于是何年代，《传》未明载，只说玉娘卒年二十八岁；《贞文记》置于入元之后；其《宗谱》则确定在所谓“宋景炎元年”。其实，张玉娘在其当时，只不过是一位忠于爱情乃至以死殉情的闺阁才女，其诗词也是后人整理而成的，绝不像李清照那样在其当世就名震遐迩，所谓被称为宋代几大家之说，那只是今人“挖掘”的结果。沈佺也只是一介书生，既非生于显贵之家，亦非富豪子弟。这应当是他们的本色。除了自我留下的诗词之外，当时并没有什么关于他们的记载。而张沈的故事之所以能流传下来，在于它带有某种奇特，国人好奇，好炒作，于是愈传愈奇，愈传愈具体；愈具体则愈与本真面貌相疏离，以致面目全非。这正是钱大昕所说“近则有征，远胄则多舛”乃至于说“家谱不可信”的道理所在。

今人研究张玉娘，自应以《兰雪集》为重要依据，从研究其作品入手，从中探讨其生活事迹、思想感情、诗词艺术，接受这一份宝贵的文学遗产。至于因资料不备，有些问题不能解决，存疑可也。这才是实事求是的科学的研究态度。

（原载《旧书信息报》2005 年 11 月 14 日、21 日、28 日）

张玉娘研究:《栝松沈氏世系图》不足为据

张玉娘是宋元间的诗人,原籍松阳(今属浙江)。幼许字同郡沈佺,未嫁而沈卒。不久,玉娘亦忧戚而歿。有诗词集《兰雪集》二卷行世。玉娘事迹多佚而不传,直至明代中期,同乡人王诏搜集轶事传闻,始为作《张玉娘传》,侧重叙述玉娘与沈佺的爱情故事。明清间孟称舜在松阳进一步调查搜求,撰成长达35出的传奇《张玉娘闺房三清鹦鹉墓贞文记》,并募资为建"贞文祠",《兰雪集》亦得以刊行问世。玉娘事迹梗概乃渐为人知。谭正璧等前辈学者对张玉娘及其诗词已有所研究,对其诗词作了确当的评估,称张玉娘为"宋代四大女词家"之一。近年来,张玉娘研究颇见升温,时有文章见诸报端。本人出于商榷,亦先后发表了《张玉娘〈兰雪集〉版本及其他》、《关于张玉娘及其〈兰雪集〉的研究》、《疑义相与析——关于张玉娘及其〈兰雪集〉的研究问题》等短札。而在张玉娘故乡编辑出版的《〈兰雪集〉与张玉娘研究》一书,则为有关研究作了一次小结。

《〈兰雪集〉与张玉娘研究》(松阳县文联、松阳县兰雪诗社编,中国青年出版社2005年10月初版,下文简称《研究》)辑录了一些"文献资料",这对深入进行张玉娘研究,有导夫先路的作用,这是毫无疑问的。但另一方面,在这些资料中,有几则关键性的"资料"有严重错误,不足凭信,如从栝松沈氏宗谱中辑录出的《佺公与玉娘备考并灿章呈请建贞文祠志》(下文简称《备考》)、林大佳《栝松沈氏宗谱序》(节录,下文简称“林序”)、《栝松沈氏世系图》(节录,下文简称《世系图》)等。这些“资料”中的错误,对张玉娘研究已经起了误导作用,见诸报端和收在这本《研究》中的某些论文,便是以这几则错误资料为主要依据而写成的。以讹传讹,大有积非成是之势。对此,必须厘清是非,正本清源,以杜绝错误的史实对张玉娘研究继续起误导作用,并由此导致继续产生错误的研究结论。

《研究》节录了《世系图》第一世至第八世诸公的生平仕历及其夫人的姓氏、生卒、生育情况。其中第三世、第四世被省略。据了解,第三世是德公,第四世是敏公,均为庠生,其生卒年及配偶情况这里不再转录。对于《世系图》中的第一世东六公条,已知显误有二,一为:“生一子,晦”;二为“封赠嘉议大夫”。我在拙作《疑义相与析》(《旧书信息报》2005 年 11 月 14 日至 28 日)中已据《沈氏三先生》、王安石《王文公文集》等第一手文献资料,论证了沈晦籍贯是钱塘,《宋史》本传亦明载沈晦籍贯是钱塘人,而在沈晦的父辈中,没有“东六”之名,此不重述。由“东六”倒令我想到“念六”。据南宋稍后于沈晦的王明清(约生于 1127 年)《玉照新志》载,沈晦又称沈念六,以其行第二十六也。[①] “东六”与“念六”仅一字之差,其中有无文字之讹,是值得追索的问题。再者,“东六公”的官衔“嘉议大夫”,有些莫名其妙,宋代似无此官名。这本是金国的官名,正四品,“东六公”总不会是金国派往松阳“作教”的吧?这个“嘉议大夫”元明两代皆沿用之,而升为正三品,清代废除。《世系图》的“第二世晦公”条,除了上面所说晦公的籍贯问题之外,其显误还有两点:一是把“晦公”的生卒年全搞错了。其生年不是“元丰五年壬戌”,而是元丰七年甲子(1084);卒年不是绍兴九年己未,而是绍兴十九年己巳(1149)。其生年见于南宋初

① 王明清撰,汪新森、朱菊如校点:《投辖录·玉照新志》卷三,《历代笔记小说大观》,上海古籍出版社 2012 年版,第 73 页。

曾敏行(1118—1175)《独醒杂志》卷一〇“近年大魁多齐年”条[①]。沈晦卒时曾敏行已32岁，以当时人记当时事，确如《四库提要》所云：“可补史传之阙。”沈晦卒年见于南宋大史学家李心传(1167—1244)的《建炎以来系年要录》：绍兴十九年六月壬戌(十二日)徽猷阁直学士提举江州太平兴国宫沈晦卒。[②]《系年要录》的权威性，在于该书是根据朝廷日录(每天的大事记)写成的。像沈晦这样的大员，其卒世的消息必然要报告朝廷，而朝廷也必有记录。因此，这条记载是不容置疑的。第二个错误是把沈晦的官职写成“直徽猷阁给事中”。这也是莫名其妙的“官职”。沈晦早期确曾任过给事中，正四品，却从未任过“直徽猷阁”(从七品)。把一个从七品与正四品的官衔撮弄在一起，岂不叫晦公啼笑皆非？沈晦与“徽猷阁”也确实有缘，曾由徽猷阁待制(从四品)进徽猷阁直学士(从三品)，这里虽然也有一个“直”字，但与“直徽猷阁”完全不同，不能胡乱地搅在一起。

最需要分辨的是“第六世旼公”。《世系图》说旼公“登宋宝祐丙辰进士，与文天祥同榜”。按：宋宝祐四年(丙辰，1256)文天祥榜(文天祥状元)确有一位进士沈旼，名列第四甲等第79人，有《宝祐四年登科录》为证。[③] 但是令人十分惊讶的是，《宝祐四年登科录》中沈旼的个人档案材料除了籍贯松阳县之外，其他各项材料与《世系图》所载完全不同。这里不妨择要抄录于下，以便对照：

《登科录》中的沈旼：字和父，年二十，十二月二十七日酉时生，外氏杨，娶叶氏。曾祖戢，祖璲，通直郎；父伋。(兄弟项空白，即无兄弟)

《世系图》中的沈旼：字仲和，宋绍兴庚戌年八月二十四日辰时生，景定四年癸亥(1263)八月初八日戌时终。娶张氏，曾祖德，祖敏，父鳌，(鳌娶陈氏)，兄旺。

---

① 曾敏行：《独醒杂志》卷一〇，丛书集成初编本，中华书局1985年版，第75页。

② 李心传：《建炎以来系年要录》，中华书局1988年版，第2587页。

③《宝祐四年登科录》卷二，《文渊阁四库全书》本。

两者逐项对照,竟无一相同!《登科录》中的沈旼,"年二十"是宝祐四年中进士时的年龄,由此可知其出生之年是宋理宗嘉熙元年(1237)。如果把这位沈旼置换在《世系图》中,那么,他要比自己的儿子"第七氏元公"年少 31 岁,而且一生只活了 27 岁。又,《世系图》中的沈旼出生之年是"宋绍兴庚戌年",按:绍兴无庚戌年,在"绍兴"前后的庚戌年,前为宋高宗建炎四年(1130),后为宋光宗绍熙元年(1190),考虑到其卒年"景定四年癸亥",如果生年取建炎四年,则沈旼一生竟活了 134 岁,显然可能性不太大,所以有的文章便取了后者(绍熙元年)。如此,仅以生年而论,《世系图》中的沈旼要比《登科录》中的沈旼年长 48 岁,如果他真的是丙辰进士的话,其年龄应当是 67 岁,而不是"年二十"。至于两者父祖名讳之迥异,已毋庸再述。这里就遇到了一个无可回避的问题:《登科录》中的沈旼与《世系图》中的沈旼,究竟是一个人还是两个人?在思考这个严肃问题的时候,我们必须首先明确:《登科录》中进士沈旼的档案材料,是沈旼自己填报的,这是绝对的第一手材料,他绝不敢在考进士的时候冒着"欺君之罪"、灭顶之险,弃亲背祖,填报假材料。这应是不言而喻的。如果认为这位进士沈旼便是《世系图》中的"第六世旼公",那么,这个《世系图》便须按照《登科录》中沈旼提供的材料重编,这个变动可就太大了。如果维持《世系图》的尊严,判定其中的"旼公"与《登科录》中的沈旼不相干,即松阳有两位沈旼,那么,《世系图》中的"旼公"名下关于"进士"这类文字,就必须全部删除。道理很简单:在宝祐丙辰进士中只有一位与《世系图》毫不相干的沈旼,而《世系图》中的"旼公"与宝祐丙辰进士科也同样毫不相干。这二者究竟如何取舍呢?但有一条是可以肯定的:不管如何取舍,《世系图》的严肃性是被它的编制者从根本上动摇了!这种《世系图》还有什么可信度?

当然,足以动摇其严肃性的,还有一位第八世佺公的"榜眼"说。我已在拙作《疑义相与析》中披露了《隐居通义》中《咸淳七年同年小录》的有关资料,证明这一科的榜眼是杜文甫而不是沈佺,沈佺从未中过"榜眼"。《咸淳七年同年小录》虽是原件的过录本,其传信传真,当是无可置疑的，有此铁证，佺公的“榜眼”说可以休矣。这就是说，张玉娘的未婚夫绝不是“榜眼”！

仅从《世系图》看，栝松沈氏在宋代（主要是南宋）从第一世东六公至第八世佺公，八世中出了状元一人，“榜眼”一人，“教谕”二人（其中包括“嘉议大夫作教”者一人），“庠生”三人，“贡元”一人。无怪乎“林序”说：“嘉议大夫东六作教于松，爱白龙山水秀丽，轶满遂居于此。其子晦，登宣和甲辰状元。六世孙晈，登宋宝祐丙辰进士。八世孙佺，登咸淳辛未榜眼。甲科蝉联，炳耀史乘！”不过，通过以上的分辨，事实证明“林序”的这几句话，几乎没有一句是对的，可惜白说了。《世系图》还有一个特点：第二世至第八世诸公诸夫人，基本上都注明了生卒年月日时。这在我所接触到的家谱中，是罕见的。但是，事情往往会走向它的反面：在没有确实把握的情况下，写得愈是这么具体、细致，就愈是容易出错误。仅以这诸公诸夫人的生卒年来说，除了有史料可核查者全错外，尚有“重和三年”、“绍兴庚戌”、“德祐三年”、“景炎三年丁丑”、“景炎元年丙子正月十六日”等等，这类错乱，也是颇为罕见的。

在诸多铁证面前，我对这支《世系图》的可信度，不能不有所怀疑。质言之，《世系图》之所以有诸多错乱，关键原因在于它不是一代一代的原始文献的记录，而是由较晚的后人在较晚的时间里“编”成的。其始“编”时间，我看绝不在宋元之间。道理很简单：如果是在宋元之间，就决不会出现上述的“嘉议大夫”等等的诸多错乱，尤其不会出现“景炎元年丙子正月十六日”的错误。当是时“德祐”还在，怎么能凭空冒出个“景元”来？南宋的丙子国难，对南宋人尤其是南宋的知识分子来说，是一场惨烈的亡国灭顶之难，每个人的心头都留下了永不平复的巨大创伤，谁也不会把五个月以后才出现的“景炎”提前到丙子的正月（凡南宋遗民，当然不会如此糊涂；凡倒向元朝为官者，则不承认有“景炎”）。而分不清“德祐”与“景炎”的糊涂人，须等到当时的那一代人死完之后，才会慢慢出现。这样，元朝差不多就要过去大半了。《世系图》既非宋元之物，也不能产生于明代。虽有明代的“林序”，我疑是出于后人的伪托，不足为据。道理也很明显:在"林序"之前的王诏《张玉娘传》,没有说沈佺是"榜眼";在"林序"之后的乾隆五十二年(1787)松阳县令田青作《另建贞文祠碑序》时,也只字不提"榜眼"事,何以独有明代万历四十年(1612,此据《研究》)注的"林序"竟然出现了从"嘉议大夫"到"榜眼"完整的一套"甲科蝉联"?"嘉议大夫"云云尤使"林序"之伪露出了马脚。——此官在明朝是正三品,难道身为明朝知县的林大佳竟然摸不清它的来历和它的分量?不管是在什么朝代,这样的高官大员能下放到县里去"作教"吗?从《研究》所辑录的有关资料看,《世系图》的始"编"时间很可能在清代乾隆之后。《世系图》在"佺公:榜眼"后注云:"其事见备考。"《研究》注云:"备考,指《佺公与玉娘备考并灿呈请建贞文祠志》。"《备考》写成于道光五年(1825),它不仅"考"出了沈佺"登宋咸淳辛未榜眼",而且"考"出了沈、张生卒时间,"考"定沈佺"宋淳祐十年庚戌七月初四日卯时生,宋咸淳七年辛未十二月二十五日丑时终;玉娘与公同庚同月同日午时生,宋景炎元年丙子正月十六日辰时终"[①],文末提到乾隆五十二年县令田青为贞文祠所撰碑志,并谓"今志载于谱牒"云云,松阳沈氏宗谱的始修,盖在此时。于是,沈佺的"榜眼"说及沈、张生卒时间由此便进入了《世系图》,而上距沈、张之世已五百余年矣。其间历经三次改朝换代的沧桑巨变,沈、张事迹湮没殆尽,幸有明代中期王诏和明清间孟称舜屡在民间搜求"俗传",寻坠绪之茫茫,才使沈、张事迹稍传于世。而后人却凭空"考"出了沈佺是"榜眼",而且"考"出的沈、张生卒时间,竟具体细微到某个时辰,弄出这种咄咄怪"考",其根据究竟何在呢?大概是受沈、张生卒年月日时书写体例的影响,《世系图》中诸公诸夫人的生卒时间,也几乎都是同样的具体入微,而上距沈晦等的生活时代,已七百余年矣。如此年深代远,祖上的许多大事已扑朔迷离,而生卒时间却偏又"考"得细致入微,其实,说穿了全由编者杜撰,这就无怪乎错乱丛出了。——凡有史实可核查者,皆弃置不顾,结果是全部弄错;而本无史料可据者,则编者皆以杜撰"考"

① 对此,拙作《疑义相与析》中已指出其谬误,并根据《兰雪集》提供的证据,论定沈、张皆系南宋遗民,元初尚在。

出。请问，这样的《世系图》还能作为学术研究的参考吗？以张玉娘研究而言，“佺公”名下的那些“材料”，从“榜眼”到生卒时辰，还能作为学术研究的依据吗？我在拙作《疑义相与析》中曾引用明清史学名家杨慎、钱大昕关于家谱“虚高族望”、“近则有征，远胄则多舛”乃至“家谱不可信”的名言，这是我们在使用家谱进行学术研究时所必须记取的。对于家谱中的材料，去伪存真使用得当，可以取得很好的成果；若一味迷信，奉为神祇，则难免闹出笑话。

我之所以写这篇短文，原因全在于《研究》一书的正式出版。如上所述，该书摘录了松阳《吴兴沈氏宗谱》中的不少资料，这样就把本来供奉在宗祠中秘不示人的《宗谱》推上了学术研究的平台。这本应给广大研究者提供研究的方便，只可惜其中谬误过多，对张玉娘研究只能起误导作用。这是一个严肃的学术问题，不能不予以辨别是非。拙文就是在这种情况下动笔的，略述一孔之见，且又只是偏重于《世系图》。由于我没有看到全谱，只能仅就《研究》一书中所录资料，就事论事，而难以顾及其他，因而错误在所难免，真诚希望专家学者有以教焉。

（原载《徐州师范大学学报》2006 年第 4 期）

诗词鉴赏

李白《梦游天姥吟留别》

海客谈瀛洲，烟涛微茫信难求；
越人语天姥，云霞明灭或可睹。
天姥连天向天横，势拔五岳掩赤城。
天台四万八千丈，对此欲倒东南倾。
我欲因之梦吴越，一夜飞渡镜湖月。
湖月照我影，送我至剡溪。
谢公宿处今尚在，渌水荡漾清猿啼。
脚着谢公屐，身登青云梯。
半壁见海日，空中闻天鸡。
千岩万转路不定，迷花倚石忽已暝。
熊咆龙吟殷岩泉，栗深林兮惊层巅。
云青青兮欲雨，水澹澹兮生烟。
列缺霹雳，丘峦崩摧。
洞天石扉，訇然中开。
青冥浩荡不见底，日月照耀金银台。
霓为衣兮风为马，云之君兮纷纷而来下。
虎鼓瑟兮鸾回车，仙之人兮列如麻。

忽魂悸以魄动，恍惊起而长嗟。
惟觉时之枕席，失向来之烟霞。
世间行乐亦如此，古来万事东流水。
别君去兮何时还？且放白鹿青崖间，须行即骑访名山。
安能摧眉折腰事权贵，使我不得开心颜！

李白《梦游天姥吟留别》作于他行将离开东鲁南游吴越之时。这首留别诗，以其奇特的构思、高亢的基调，突破了我国古代诗歌中一般留别、赠别诗的常格。诗人别出心裁地写了一个“梦”，假托梦游天姥山，抒写了他在被逐出帝京、政治理想破灭之后，对于前途的新的憧憬和对权贵的蔑视与反抗。诗人成功地运用了浪漫主义的创作方法，全诗写得气魄博大，词采飞动，想象新奇，风格雄放。

从诗歌的内容结构来看，全诗可分三个层次。第一层次，从诗的开头至“对此欲倒东南倾”，写梦游天姥山的缘由。诗一开头，先以两个整齐的对句写出了两个虚实相映的形象：“烟涛微茫信难求”的瀛洲，与“云霞明灭或可睹”的天姥，而以瀛洲的微茫难求衬天姥的客观存在。接着一连四句，极写天姥山的高大。在写法上，成功地运用了衬托与夸张。五岳、赤城、天台，皆为衬托天姥而设。“天台四万八千丈”，极扬天台之高，然后再与天姥山相对照。“对此欲倒东南倾”！一扬一抑，都是为了显天姥之高。

从“我欲因之梦吴越”到“失向来之烟霞”，是诗的第二个层次，写梦游天姥的全过程：从入梦到觉醒。这是全诗的主要部分，扣题“梦游天姥”。诗人先从希望梦游写起，接着转入梦境。梦的特点是变幻而神奇。诗人写梦境的第一句就体现了这个特点“一夜飞渡镜湖月”，霎时千里，有了“梦”的意境。接着，一路月光而至剡溪。“谢公宿处今尚在，渌水荡漾清猿啼”，前一句点出历史上游人之陈迹，后一句突出剡溪的主要动人之处，以点代面，概括过去。继而挥笔直写“游天姥”。游山的过程，是个景物变幻的过程，一步一曲，步步变幻，愈变愈奇。先外景。“半壁见海日，空中闻天鸡”，展示出与天姥山相称的极其广大的空间，同时也再次衬托天姥山的高大。而衬托法与以上以山(天台等)衬山(天姥)有所不同,这里是以平时不可闻见的奇景异象衬托,染有神话的色彩。再写山的实景。首先抓住山的特定景物:千岩万转,奇花异石。这是静景,山的本色。然后,由静而动,由视及听,突出山的惊险的一面:“熊咆龙吟殷岩泉,栗深林兮惊层巅。”通过一咆一吟,显示了惊心慑胆的景象:岩泉震响,深林战栗,层巅惊愕!神奇的成分越来越浓。接着写天姥山的神奇的一面。先写神奇之境将要出现时的预兆、变化:“云青青兮欲雨,水澹澹兮生烟”,给人一种“山雨欲来风满楼”之感。紧接着,闪电霹雳,丘峦崩摧,巨变之下,洞天石扉,訇然中开,神奇之境出现了,而以“日月照耀金银台”一句,一反迅雷疾电、摧枯拉朽之笔,转入舒徐徘徊,出现了仙境、仙人,充满了神话的色彩。这几句,写急剧的气氛,用四字句,两字一顿,四字一节,节奏短促而有力;写舒徐的气氛,则用楚骚的句法,句中用“兮”舒缓语气,又多用迭字,以增加语气的荡漾。景象、气氛、句式以至于下字着色,诸般搭配,无不和谐、熨帖。至此,诗人的想象已推至顶点。李白在不得意时,往往作这种境界的追求。然而,这毕竟有点儿太虚幻了,到头来还是觉醒。诗人以“忽魂悸以魄动”一句转入梦醒,梦中的一切,烟消云散,顿失“向来之烟霞”!诗人,仍在现实之中。

第三个层次,从“世间行乐亦如此”至全诗结束,诗人从梦中清醒过来,回到了现实之中。眼前的现实是即将离开山东亲友,去游那魂牵梦萦的天姥山了。这个现实,自然会勾起那使诗人悲愤的三年长安生活。三年长安,清梦也似地过去了。京华难容,政治理想已付诸东流。半生的坎坷、斗争中失败的悲愤,使诗人慨叹,“世间行乐亦如此,古来万事东流水!”这也是诗人由“梦”中引出的感慨。诗人的写梦,看来也就是为了写这两句,不妨把它看成画龙所点之“睛”。这两句紧承梦境而来,将那着力描绘的梦境化为一种人生哲理,这中间概括着诗人李白在政治斗争中由追求以至破灭的生活经验与体会,是他世界观的一个方面。诗人消极情绪的进一步流露,则是他为了排解政治失意的苦闷而要暂时抑制政治上的欲望,打算去作另一方面的追求:深入名山,求仙访道。写梦中的仙境一段,与他的这种思想情绪是一致的。但我们也应看到,诗人的这种追求,并不是他的思想本质,而是在现实斗争中失败,政治抱负不得施展时的一种具有反抗意义的抉择。因为当时的现实太黑暗了,他那酷爱自由的个性与之冰炭难容,这使他苦闷以至愤怒。诗的最后两句是全诗思想光辉之所在,抒发了诗人李白对当时丑恶现实的愤怒和对权贵的强烈反抗情绪,从而给全诗的基调加上了一道积极、郁怒的光圈,成为千古传诵的名句。

从笔法上看,三个层次,脉络分明,连贯自然,组成精心结撰的瑰丽诗篇。写得最好的还是第二个层次,诗人以奇特的想象,神话般的色彩,生动形象地描绘了一幅壮丽的山河图,倾注了诗人对祖国大好河山的澎湃的热情,也寄托着诗人的理想与追求。这一层次的用笔,由外而内,内外勾连;由静而动,动静相宜;由缓而急,急缓错落;由平凡而神奇,奇想驰骋,变化万千。诗中的变幻,正是诗人的思想感情由平静而激烈、由现实而入幻想、由幻想而又反顾现实的徘徊往复、矛盾斗争的艺术表现。

和李白其他的代表作一样,这首诗善于夸张,大胆想象,构成浓烈的浪漫主义色彩。全诗的主体是写梦境,这就给诗人驰骋想象、施展其浪漫主义创作方法以更加广阔的天地,所以诗人笔下奇景异境,变幻迭出。而与之相配合的,则是语言的妙用。诗中多博大、豪壮语,“烟涛微茫”、“云霞明灭”、“四万八千丈”、“千岩万转”等皆是,“天姥连天向天横,势拔五岳掩赤城”两句,“横”、“拔”、“掩”等字,尤觉豪气逼人,确如杜甫所说:“笔落惊风雨,诗成泣鬼神。”“身登青云梯”、“半壁见海日,空中闻天鸡”则一变而为高旷清雄。诗句长短错落,句法极富变化,节奏和谐而鲜明。迭字迭韵的使用,特别是诗中杂以骚体,长歌永言,语气荡漾,读之有回肠荡气之效,词采亦明丽璀璨,极富表现力。写静幽,则渌水荡漾,白鹿青崖,镜湖映影,金银台承日月之照耀,读之确有烟霞明灭、美不胜收之感;写动荡,则列缺霹雳,丘峦崩摧,熊咆龙吟,訇然而响,又使人魂悸魄动,惊栗而感叹。

(原载《中国古代文学自学指要》,语文出版社 1987 年版)

杨万里《跋徐恭仲省干近诗三首》

仰枕糟丘俯墨池，左提大剑右毛锥。
朝兰夕菊都餐却，更斫生柴烂煮诗。

君家诗伯老师川，解道芦花落钓船。
莫笑东湖秋水冷，近来新吐一枝莲。

传派传宗我替羞，作家各自一风流。
黄、陈篱下休安脚，陶、谢行前更出头。

这三首诗是诗人杨万里于淳熙十六年（1189）在高安任上所作，收入《江西道院集》。徐恭仲是南宋前期端明殿学士徐俯的后人，江西分宁人，事迹不详。但从杨万里这三首诗看，他是位文武兼备、品德高洁的诗人。第一首第一句通过“糟丘”、“墨池”两个典故，可以看到徐恭仲是个能饮酒、善书法的人。“糟”即酒糟，造酒所剩下的渣；酒糟堆积如山丘，可见造酒之多。诗中以“糟丘”代酒。一个坐卧离不开糟丘的人，可见其对酒的嗜好。《南史·陈暄传》中的陈暄，是个嗜酒如命的人，他曾给侄儿陈秀写信说：“速营糟丘，吾将老焉！”即要老死在酒糟堆里。杨万里借这个典故，以写徐恭仲嗜酒。“墨池”是古代大书法家洗笔砚的池。晋代王羲之临池练习书法，洗刷笔砚，池水为之墨黑。他在浙江会稽（今浙江绍兴）和江西临川都留有墨池；河南陕州有汉代书法家张芝洗砚的墨池。这里是借“墨池”以写徐恭仲善于书法。第二句用“大剑”与“毛锥”写徐恭仲既武且文。“毛锥”，指毛笔。《新五代史·史弘肇传》：“安朝廷，定祸乱，直须长枪大剑；若毛锥子安足用哉！”“毛锥”句即由此变化而来。第三句径取《离骚》“朝饮木兰之坠露兮，夕餐秋菊之落英”句意，写徐恭仲品德高洁。第四句则用一个“更”字紧承上句，递进一层，写出徐恭仲在诗才方面也有所陶冶、锻炼。“斫生柴”、“烂煮诗”与上句的“朝兰”、“夕菊”一样，都是用形象化的语词表现抽象的内容，以有形写无形，使诗中景象迭生，从而增加诗的形象美，是诗歌中常用的一种艺术手法。

如果说第一首诗只是写了徐恭仲其人，那么，第二首就写到了他的诗。首句揭示徐恭仲诗的渊源出于徐俯。徐俯，字师川，号东湖，是黄庭坚的外甥，宋代诗人，名列《江西诗社宗派图录》，著有诗集《东湖集》，已佚。徐俯官至参知政事，名位颇高，又是江西诗派中人，俨然当时诗坛要人，因而，杨万里以“诗伯”（诗坛领袖）称之。次句“解道芦花落钓船”，意旨未详。徐俯诗今仅存十余首，实不足考核。按：“芦花钓船”之句，盖出于唐岑参《寻巩县南李处士别业》“桑叶隐村户，芦花映钓船”句，不知徐氏与此有何关系。第三句是写徐俯在当时的冷落。据刘克庄《后村先生大全集》等书，徐俯“藐视一世，人多推下之”，“其诗零落亦多”；谢逸《寄洪驹父兼简潘子真徐师川》诗中有“东湖水落蛙声窘”句，《闻徐师川归豫章》诗描述徐俯晚年的潦倒，亦有“归来眼冷江湖秋”云云。徐俯在世时已如此，去世之后（杨万里写此诗时，徐俯已去世近五十年）的境况就可想而知了。这句写得颇见奇趣：以自然地理上的“东湖”谐作为诗人徐俯之号的“东湖”；“秋水冷”既是“东湖”上自然气候的衰飒之景，又是徐俯晚年及其去世以后的冷落之景；而以“莫笑”二字提起下句。所以第四句即紧扣上句，反承其意而出，以“新吐一枝莲”一反“东湖秋水冷”的冷落景象，给全诗带来一缕生机。这句是对徐恭仲诗的赞美，也是本诗扣题之句。

第三首是杨万里对徐恭仲的教导，表现了杨万里进步的文学思想。前两句以“我替羞”三字痛斥了当时诗坛“传派传宗”，即立门户、拉宗派的恶习，指出作家应该有自己的风格个性。三、四两句则勉励诗人作诗不要傍人篱下，而要敢于“出头”、创新。“黄、陈”即黄庭坚、陈师道，他们是当时风靡诗坛的江西诗派的代表人物。“陶、谢”是指陶渊明、谢灵运。“休安脚”，即不要停步；“行(háng)”，行辈。在杨万里看来，即使在黄、陈这样的大诗人的“篱下”，在陶、谢这种行辈的大诗人面前，也不要止步，而应突破其樊篱，敢于“出头”创新。

这三首绝句的内容是相互连贯的。为他人的作品作跋，先介绍其人，次及其作品，最后加以勉励，亦作跋的大致模式。这三首诗正是这样的层次关系。

从艺术上说，这三首诗都不是杨万里的上乘作品，伤之于直率，缺乏“诗眼”，诗味不足。但也有其优点，如属对工整。它除了一般的对仗句(如第三首的三、四句)之外，又成功地使用了“当句对”(或称“四柱对”)。如第一首第一、二句中的“糟丘”与“墨池”、“大剑”与“毛锥”，皆以名物当句为对；“仰”与“俯”以动词当句为对；“左”与“右”同以方位词当句为对。第三句“朝兰”与“夕菊”为对，也是一种当句对。另一种对句法是“流水对”。如第一首三、四句，第二首三、四句，都是很好的流水对例句。这两组对句皆使用了对句中的“外转法”，以下句作转折，转出一层新意，自然而劲健。但是，这三首诗的最大好处还不在于它的艺术手段，而在于它表现了杨万里进步的文艺思想。在杨万里看来，诗人要有多方面的修养。糟丘、墨池、大剑、毛锥，以至朝兰、夕菊，都是陶冶诗人应当具备的因素(第一首中心思想)。他又认为，诗人要有师法渊源，要有继承关系，但继承之中要有发展，要能在原来的旧湖中吐出新莲，开出新花朵(第二首中心思想)。他更核心的思想是：诗人及其诗歌创作，不能傍人篱下，步人后尘，而要能推陈出新，自成一家。这是一种进步的、一代胜过一代的发展的文艺史观(第三首中心思想)。宋诗的门派较多。杨万里的时代，正是江西诗派势力尚大的时代，他敢于超黄、陈而轶陶、谢，推出这种进步的文艺思想，是难能可贵的。杨万里写这三首诗的时候，已是六十多岁了，在他的诗歌创作史上，已经过了学江西、学半山（王安石）、学晚唐的历程，先是规规于宗派之下，束缚了他的诗歌创作；最后"若有所悟"，转而师法自然，面向现实生活，他的诗歌创作才有了长足发展。在他的这三首诗中，也包含了他个人诗歌创作的教训与经验。这些，都是我们在读这三首诗的时候所应当注意的。

（原载《中国文学名篇鉴赏辞典》，山东大学出版社 1992 年版）

杨万里《重九后二日同徐克章登万花川谷月下传觞》

老夫渴急月更急，酒落杯中月先入。
领取青天并入来，和月和天都蘸湿。
天既爱酒自古传，月不解饮真浪言！
举杯将月一口吞，举头见月犹在天。
老夫大笑问客道：月是一团还两团？
酒入诗肠风火发，月入诗肠冰雪泼。
一杯未尽诗已成，诵诗向天天亦惊。
焉知万古一骸骨？酌酒更吞一团月！

这首诗是诗人杨万里于绍熙五年(1194)退居家乡时所作。“重九”，即重阳节，农历九月初九。古人以“九”为阳数，九月九日为两个阳数“九”相重，故名“重阳”。我国古代人有在这一天登高饮酒的习俗。这里写的是“重九后二日”诗人与朋友徐克章登万花川谷月下传觞饮酒之事。“万花川谷”是杨万里的花园名。全诗以奇特的构思写酒写月，并借以抒发感怆而豪迈之情，是堪与李白《月下独酌》等咏月诗媲美的佳作。

起笔四句，侧重写月的急于饮酒。为了显示一个“急”字，诗人于首句首先写自己(“老夫”，诗人自谓)“渴急”，而急于饮酒，以反衬“月更急”。次句即沿“月更急”之意，作具体描述：酒落杯中，渴急的诗人还没有来得及饮，而月却抢先进入杯中。“月先入”的“入”字，来得劲疾果断，既补足了“月更急”的意蕴，又直扣“月下传觞”的题旨。“领取”两句，则沿“月先入”之意加以夸张渲染：先入杯中者，不仅仅是月，而那月还“领取”了“青天”一起“入来”，因而，连月带天（即“和月和天”）一起都“蘸湿”在这杯酒之中了。这两句把月与天的嗜酒写活了。在用笔上，大挥大洒，来势凌厉，而想象尤为奇特：把明月和青天尽纳杯酒之中，即通过这样一只小小酒杯，把天体拉到人间，来与诗人争相饮酒。“天既爱酒”两句，是承上层意思进一步申述天与月都爱饮酒。“天既爱酒自古传”句，引古为证，证明天是爱酒的。《后汉书·孔融传》注引孔融与曹操书，有“天垂酒星之耀，地列酒泉之郡”的话；李白《月下饮酒》亦有“天若不爱酒，酒星不在天；地若不爱酒，地应无酒泉。天地既爱酒，爱酒不愧天”的诗句。“月不解饮真浪言”句，则批驳李白“月既不解饮”（《月下独酌》）的话，以证明月也是爱酒的。这两句一正说一反说，不仅使诗句增加了变幻，同时也加强了诗句的力度：“真浪言”（信口妄说）三字，一口否定，痛快淋漓。杨万里是爱酒的，其《止酒》诗中有“平生死爱酒，爱酒仍弃官”诸句。这里写天与月的爱酒，也就是为了写他自己的爱酒。“举杯”以下四句，写诗人饮酒、问月。月既在杯，故举杯“吞”酒，也就等于“吞”月。“一口吞”三字，直应首句的“老夫渴急”，而气势特大，是为好酒诗人传神写照的好句。在这里，诗人的浪漫气质又来了，他满以为已将月一口吞掉，但是，“举头见月犹在天”，因而大笑问客：“月是一团还两团？”笑得真率，问得奇特，想象奇巧而丰富，老诗人的嗜酒狂饮之态亦由此跃跃然于诗行之间。“酒入诗肠”、“月入诗肠”两句，紧承上四句之意，相对而出：酒入诗肠，热力发作，鼓荡如风如火；而月入诗肠，清冷晶莹，如冰如雪。“发”、“泼”二字，从诗人的感觉出发，极状酒与月入肠之后作用之大。古人认为，酒属火性，是热力和胆量的象征；而月为太阴之精，其光清冷，故有用“冰凝”、“霜缟”形容月光者，诗人杨万里在其《八月十二望月》诗中也有“鸦青幕挂一团冰”之句，且重九之后，秋月更凉，故这里以冰雪形容之。“诗肠”之中既有“风火发”，又有“冰雪泼”，因而诗人禁不住诗兴大发："一杯未尽诗已成，诵诗向天天亦惊。"至此，诗人的兴致已推至高潮。但古人的情绪往往在这种极其高兴的时候转为感慨以至悲伤。这首诗也同样如此。"焉知"一句，以"万古一骸骨"感慨人生短暂，什么功名利禄、荣华富贵，到头来只不过是一具骸骨而已！如上所说，诗人写这首诗的时候，已到晚年，他一生坎坷，有志难展，以致被迫退居家乡长达十五六年之久，老诗人的内心是苦闷的，这在他晚年的诗中多有反映。"何以解忧？唯有杜康！"故结句说："酌酒更吞一团月！"

这首诗的意脉大致如上。它以富有奇趣的结构，巧妙的联想，幽默、灵动而又充满活力的笔墨，表达了此时此刻热烈跌宕的思想感情。为适应表达这种思想感情的需要，全诗构思层次曲折，辗转多姿。周汝昌先生在解释这首诗的时候曾这样说："你看，这样的诗，是不是大艺术家的一种'绝活'？评家说他'笔端有口'；其实，'口'又有几个是这般的妙口？看他横说竖说，反说正说，所向皆如人意，又无不出乎人意，一笔一转，一转一境，如重峦叠起，如纹浪环生。"(《杨万里》，见山东教育出版社《中国历代著名文学家评传》第三卷)诗人自己对这首诗也是很欣赏的。宋罗大经《鹤林玉露》记载："杨诚斋《月下传杯诗》云(诗略——引者)。余年十许岁时，侍家君竹谷老人谒诚斋，亲闻诚斋诵此诗。且曰：'老夫此作，自谓仿佛李太白。'"这不是诗人的自吹自擂。宋末的大诗人刘克庄也这样说："放翁，学力也，似杜甫；诚斋，天分也，似李白。"(吕留良《宋诗钞》引)杨万里是位才气横溢的诗人，确实此诗风格逼似李白，且又能落其皮毛，自出机杼，富有自己的个性。拿这首诗来说，与李白的《月下独酌》等咏月诗相比，谁又能说在李白之下？

(原载《中国文学名篇鉴赏辞典》，山东大学出版社1992年版)

汪元量《醉歌》(十首选四)

淮襄州郡尽归降，鞞鼓喧天入古杭。
国母已无心听政，书生空有泪成行。

六宫宫女泪涟涟，事主谁知不尽年。
太后传宣许降国，伯颜丞相到帘前。

乱点连声杀六更，荧荧庭燎待天明。
侍臣已写归降表，臣妾签名谢道清。

涌金门外雨晴初，多少红船上下趋。
龙管凤笙无韵调，却挝战鼓下西湖。

《醉歌》组诗共十首，作于宋恭帝德祐二年(1276)的春天，作者三十六岁。诗从襄樊战役宋军失败(事在咸淳九年即公元1273年)，元军“千军万马过江来”写起，以“满朝朱紫尽降臣”作结，多角度、多侧面地写了南宋灭亡的全过程。

所选的第三首，是写元兵入杭。淮襄的宋军“尽归降”，使临安失去了屏障，为元兵长驱入杭提供了条件。在这亡国灭族之际，宋朝廷举国无策,“国母已无心听政”、“书生”也只能“空有泪成行”而已。“国母”即宋理宗的皇后,恭帝的祖母谢氏。恭帝即位时年仅四岁,由太皇太后谢氏垂帘听政。“书生”,盖指朝廷的文职官员以及太学、宗学诸生,也包括作者自己。宋朝重文职,宋太祖有“宰相须用读书人”的祖训(见《宋季三朝政要》卷六),宋末宰执亦多文人。宋三宫北迁,太学、宗学数百人亦在其中。汪元量诗《江上》写元兵在临安搜罗太学生,有“太学诸斋拣秀才”、“人歌人哭水边来”之句。汪元量亦屡以书生自命。诗的前二句作鸟瞰概括,两笔写尽宋军的腐朽无能、一败涂地和元军进入临安的威武气概。“尽”字包容无余,“入”字劲捷慓悍,皆属锤炼之笔。且这两句时间节奏极快,淮襄尽降的镜头刚一闪过,紧接着便是元兵的入杭,渲染了势如骤风般的气氛。《醉歌》各首,多有这个特点。诗的后二句则具体胪列宋朝廷“国母”、“书生”在亡国之际束手无策、无可奈何的举止心态,“空”字之中也不无“书生”的哀怨。

第四首则深入一层,写太后宣布向元投降,元兵统帅伯颜帘前受降,六宫宫女哭成一团的惨象。“六宫”,泛指皇家后宫。“太后传宣许降国”是这首诗的核心句。“降国”之辱,使宋帝后成了元朝的阶下囚,且殃及六宫宫女,使她们为不能一辈子侍奉主子而“泪涟涟”。“事主不尽年”是女子“薄命”的代词,见于陈师道《妾薄命》:“古来妾薄命,事主不尽年”。加“谁知”二字,见出事变突然,宫女们谁也没有思想准备。这一事变将使她们的生活境遇发生天壤之变,“伯颜丞相到帘前”不就是厄运临头了吗?这也是使宫女们“泪涟涟”的一个重要原因。据史书记载,元兵占领临安之后,伯颜未曾入宋宫“到帘前”见谢太后,仅吕文焕、范文虎等九将入宫见太皇太后(见《宋季三朝政要》等)。但宫中元兵确实不少,汪元量《湖州歌》(其三)有“三宫共在珠帘下,万骑虬须绕殿前”句。伯颜的兵将入宫逼迫以谢太后为首的宋君臣投降,旨意皆出于伯颜,因此诗中说“伯颜丞相到帘前”亦不为诬。

第五首写谢太后在降表上签名。前二句实写签署降表前的景况。“乱点连声”,是指凌乱而短促的更鼓声。“杀六更”,“杀”即收煞、结束之意。宋代宫廷更漏较民间为短，故五更以后加打六更，见程大昌《演繁露》卷一五“六更”条。一说宋代宫廷里不打五更，于四更末转打六更。（宋太祖以庚申即位，闻陈希夷“只怕五更头”之语，命宫中于四更末即转六更，故终宋之世，宫中无五更）“六更”打过，天还未晓，所以要借助宫中的“庭燎”以待天明。“庭燎”，夜间庭中为照明而点燃的火炬。六更之后，夜色向尽，而庭燎亦残，故其光荧荧。这里是写景，也显然有“情”，实属情景交融之笔。敌兵逼在国门，且明日早晨将要签署降表，使宋三百余年基业毁于一旦，这是宋王朝的最后一夜更鼓！故“乱点连声”与其说是更鼓声，倒不如说是夜谯更夫以至宋朝君臣的心声，紧张，烦乱，声声在耳，亦声声发之于心，“待”字之中，包含了极大的痛苦；而“六更”将杀，即宋朝将亡，“荧荧庭燎”亦恰似宋王朝的气息奄奄。这便是在特定背景下的特定之景所潜藏的特定之情。后二句直写天明后早朝时谢太后签署“归降表”。“谢道清”即谢太后。她本是当时朝政的主持者，宫中至高无上的人物，可是一旦沦为臣虏，在降表上签字，就不仅要直书其名，而且要在名字上冠以“臣妾”二字，旧说以为此句表现了对谢太后降元的不满。其实这句诗，更重要的是对这种怵目刿心的事实秉笔直书，以为宋王朝志耻、志痛，并从而表现自己激愤悲悼的心情。因此，非这种写法不能表达这种目的。至于四库馆臣认为“以本朝太后，直斥其名，殊为非体”，那就确实是一种迂腐之见了。

第八首是写元兵游西湖的情景。“涌金门”是临安城西面对西湖的一座禁门，门外就是西湖。“雨晴初”即雨初晴。妩媚秀丽的西湖，经过一番春雨的洗拭和雨后阳光的映照，该是怎样的姿态？作者不容读者作什么遐想，便直接展开了一幅乱糟糟的游湖景象：“多少红船上下趋。”红船依旧，但风致与昔日熟悉的“锦缆龙舟缓缓拖”（汪元量《越州歌》十八）大不相同，而是“上下趋”，而且这种东窜一头，西打一桨的“红船”不知有“多少”。显然这是北兵群趋游湖。胜利者的绝无体统、全无约束的狂态，皆包含在这句诗中。“龙管”句笔法与“红船”句略同。船上的“龙管凤笙”显然是宋朝皇家旧物，乐工亦显系旧人。如此乐器乐工，依常情而论,奏出的曲调应当是精美的。但在这些“红船”上,却是“无韵调”。从“无韵调”三字中,读者可以洞见乐工们在这亡国之际内心的悲痛,哽咽不成其声。结句正面写元军气焰的嚣张,西湖歌舞之地,俨然是他们鞞鼓喧天的战场了!这首诗,作者以冷静客观的态度写景,写物,写声,无一笔直接写人,而诗中的人物形象、情态,却表现得极为鲜明。且在物是人非、旧梦难寻的叙述中,也深刻地寄寓着作者的亡国之痛。

(原载《宋辽金诗鉴赏》,上海古籍出版社 1998 年版)

郑思肖《德祐二年岁旦》二首

力不胜于胆，逢人空泪垂。
一心中国梦，万古《下泉》诗。
日近望犹见，天高问岂知！
朝朝向南拜，愿睹汉旌旗。

有怀长不释，一语一酸辛。
此地暂胡马，终身只宋民。
读书成底事，报国是何人？
耻见干戈里，荒城梅又春。

这二首诗作于南宋恭宗（赵㬎）德祐二年（1276）的元旦（即“岁旦”）。当时正是南宋灭亡的前夕，政治形势极为严峻。郑思肖寓居的苏州，已被元军占领；国都临安亦岌岌可危。全诗充满着对宋王朝的忠贞和强烈的民族激情。

第一首，侧重写对宋王朝的眷恋。一、二句是说自己虽有挽救王朝危亡的胆略，但力量孤单薄弱，因而只有白白地流泪而已。一个“空”字，表达了诗人无力回天、无可奈何的情绪。“逢人”而流泪，可见其内心悲伤之重，也足见其对国家民族忠爱之深。三、四两句是说对京师（指南宋国都临安)的深切怀念。“中国”,京师。《诗·大雅·民劳》:“惠此中国,以绥四方。”《笺》云:“中国,京师也。”京师为诸夏之根本,京师安危,系乎国人之心。当时元军已迫近临安,京师安危使诗人魂牵梦萦,全心(即“一心”)系念,恰似《诗·曹风·下泉》中曹人在水深火热之中对于周王室的怀念。这两句的重点在于前句,“万古”句只是用作比喻。这个比喻用得贴切,文雅,含蓄。五、六两句略作转折,是说自己心在帝京,虽远犹近,似乎望犹可见,但若问及国事,可就不得而知了!这句颇得张元幹《贺新郎》词“天意从来高难问”笔意。“天”、“日”都喻指南宋皇帝。结尾二句,集中表现了对南宋王朝的眷恋和恢复故土的渴望,感情真挚而强烈。

第二首侧重写对宋王朝也是对国家民族的忠贞,前四句写自己处身于“胡马”践踏之地,而对宋朝却永抱忠贞。“终身只宋民”五字,字字着力,如同誓辞,特别是一个“只”字,言之决绝,无回旋余地。此志存诸内心,耿耿未曾稍释;表现于外形,则是“一语一酸辛”。“此地”,指诗人所寄居的苏州;一个“暂”字表现了对收复故土的希望。后四句表现徒有报国之志而无报国之力的惭怍之情。“读书成底事”,是诗人的自怨自艾;“报国是何人”既是以“报国”激励自己,又是以“报国”号召同志。此句盖有所指。当元兵南下之际,南宋州郡守臣纷纷投降,如平江府(治苏州)的守臣潜说友就是其中之一。“报国”一句可能就是针对这种现实而发的。句中包含着报国无人的慨叹。最后两句写诗人惭愧之甚,连迎春的梅花也羞见了。既是自责,也蕴含着对国家故土的感情。“干戈”以写当时战争气氛;“荒城”以示苏州沦陷后的荒凉;以“梅又春”揭出作诗的时间,亦属篇末点题之笔。

这两首诗在艺术技巧上有其共同的特点,就是善于“蓄势”。起笔皆突兀横峙,而且感情浓重,至于为什么会有如此心态感情,在三、四句始示端倪,诵读下去,才逐渐明白。这种起笔,增强了全诗的力度,它所形成的感情氛围,也增强了全诗的感染力,容易使读者产生感情共鸣。同时,这两首诗的起笔也有总摄全诗的作用,前者写爱国的肝胆,后者写报国的情志，都是分别缘其首句的“胆”、“怀”而发。也就是说，前一首起句的“胆”（虽“力”“胆”同出，但抑“力”而扬“胆”，主要是写“胆”），后一首起句中的“怀”，实为其诗全篇主脑，都有分别统摄全诗神髓的作用。诗家重起句，此一例也。

（原载《宋辽金诗鉴赏》，上海古籍出版社 1998 年版）

郑思肖《伯牙绝弦图》

终不求人更赏音，只当仰面看山林。

一双闲手无聊赖，满地斜阳是此心。

伯牙与钟子期，相传都是春秋时人，伯牙善于鼓琴，钟子期精于音律。伯牙鼓琴，若志在高山，子期便以为“巍巍若太山”；若志在流水，子期便以为“汤汤若江河”。子期死，伯牙谓世无知音者，乃绝（断的意思）弦破琴，终身不复鼓琴。这一故事，《吕氏春秋》等书均有记载。郑思肖的这首诗，是题在《伯牙绝弦图》上的，收于《所南翁一百二十图诗集》内。细审诗意，当作于宋亡之后。此诗言简而意深，有其弦外之音，字面上是写伯牙，实际上是写诗人自己，诗人是以伯牙自比，而把宋朝比作“知音”的钟子期。这是深入理解全诗的关键。宋亡，诗人如伯牙之痛失钟子期。既然世无知音，自然也就“终不求人更（“再”的意思）赏音”了。这一句表现了诗人“终身只宋民”的坚定立场和坚贞意志，也扣题中“绝弦”之意。次句是写绝弦后隐遁山林的寂静和诗人的自咏高节，诗人甘愿“仰面”“看山林”，也不另去“求人”“赏音”。诗人作有《无弦处士说》，极赞陶渊明的归隐，极赞无弦之琴，无声之乐。此句颇见无弦无声的高趣。其实，诗人并不这么静穆。诗的最后两句已转出诗人对“闲手”无聊的慨叹。欲报国而无国，欲鼓琴而无知音，且已断琴绝弦，百无聊赖，种种感情，由是乎生，此时心境如斜阳泻地，收拾不得，升腾不得，用《无弦处士说》中的话说，真是皇天苍苍，后土茫茫，四顾荒荒，“此意渊哉，玄哉，奇哉”，“安得不独抱此意与之同终同始同生同死邪！”所以，这首诗看似平静，实则激愤苍凉，诗人的气节及其深刻的心灵创痛，都容纳在这短短的四句中了。

（原载《宋辽金诗鉴赏》，上海古籍出版社 1998 年版）

林景熙《冬青花》

冬青花，花时一日肠九折。

隔江风雨清影空，五月深山护微雪。

石根云气龙所藏，寻常蝼蚁不敢穴。

移来此种非人间，曾识万年觞底月。

蜀魂飞绕百鸟臣，夜半一声山竹裂。

冬青树，一名女贞木，或称万年枝。自汉代以后，宫中多植此树，南宋宫中亦然，宁宗杨后《宫词》有“云影低涵百子池，秋声轻度万年枝”句。史载，南宋灭亡之后，元僧江南总统嘉木扬喇勒智（旧称杨琏真伽）盗发南宋诸帝后陵墓，弃骨草莽间，人莫敢收。林景熙与唐珏、郑朴翁等冒死收拾遗骨，葬于会稽兰亭山，又于宋常朝殿掘冬青树植其上，以为标记，并作诗以记其事。

这种特殊的背景，决定了此诗所咏的冬青花有其特殊的内涵。诗人藉助此花抒写了心灵上的巨大创痛。“肠九折”借用司马迁《报任安书》“肠一日而九回”，极言内心痛苦。“肠九折”语意双关：既言花之痛苦，又言人之痛苦，颇耐人寻味。兰亭山陵墓与杭州故宫隔钱塘江相望，诗人的立足点为兰亭山，故云“隔江”。“风雨”则写宋亡后宫苑风雨如磐、日星隐曜之气象。“清影”是指宫中的冬青，在此风雨如晦之时，宫中的冬青连影子也看不见了,故用一“空”字状之。这是诗人的想象之笔。与此相对,兰亭的冬青花由于“深山”的保护,却应时而开(冬青五月开花),离离如雪。当然,这如雪的冬青花也保护着埋于地下的遗骨。所以,“石根”两句便写到了冬青花下的遗骨。这云气升腾的“石根”正是“龙”所潜藏的地方。“龙”,指南宋诸皇帝。诸帝埋骨深山,故用“石根”相应;且云从龙,龙之所在,必云雾缭绕,故用“云气”相应。由于这是龙蟠之地,所以寻常蝼蚁也就不敢在此打洞了。写“龙”的威严,寄托着诗人对南宋诸帝的崇敬心情。“移来”两句,再写冬青。由于这冬青是从宋宫移来,所以说它非同人间凡种;“万年觞”句更突出它的高贵。“万年觞”是皇家祝寿、庆功用的酒杯,见《后汉书·班超传》,周邦彦《汴都赋》也有“群臣进万年之觞,上南山之寿”的话。“曾识”二字写这冬青在宋宫的非凡阅历,把冬青写活了。最后两句,开拓新境,升华一层,以“蜀魂”的裂竹之声为诸帝鸣不平。“蜀魂”,指杜鹃鸟,传说为古蜀帝杜宇所化,以喻南宋诸帝甚为贴切。宋帝与蜀帝同样遭受失国之痛,因而,从某种意义上说“蜀魂”也就是“宋魂”。按照杜鹃的生活习性,其产卵寄于其他鸟类(即所谓“百鸟”)之巢,孵雏、哺育也皆由他鸟代劳(《博物志》有“杜鹃生子,寄之他巢,群鸟为饲之”之说);而百鸟对于杜鹃,总是甘愿服其劳,故杜甫《杜鹃行》说“虽同君臣有旧礼”。显然“百鸟臣”是以百鸟喻南宋的臣民,这个比喻也是颇贴切的。“冬青之役”(即收葬南宋帝后遗骨)曾牵动了南宋无数遗民的心,不知有多少遗民诗人曾拜于这冬青之下。末句以“山竹裂”写杜鹃啼血的至惨至痛,又配以夜半空山这样的冷寂环境,愈见其声的惨痛凄厉,从而显示南宋诸帝失国以至暴尸撒骨之痛,给人以撕心裂肺之感。

此诗巧用比兴寄托。诗中的形象,如隔江的“风雨”,深山的“微雪”、“石根”,云雾中的“龙”,以及蝼蚁、蜀魂、百鸟等等,皆以此比彼,有其特定的寓意,寄托着诗人特定的感情。若不明其本事,此诗几乎难以索解。选用这种笔法,主要是由当时元朝的民族高压政策和“冬青之役”的隐秘性所决定的。诗人另有《梦中作四首》,谢翱有《冬青树引》等诗,使用的都是这种笔法。其次，全诗的感情虽然悲苦，但由于诗人善用仄声韵（折、雪、穴、裂，皆入声屑韵，月，入声月韵），全诗铮铮琮琮，给人以凄壮激越之感，特别是最后一韵，直可穿云裂石，加之用词博大（如“隔江风雨”、“深山”、“云气”、“万年觞”、“百鸟臣”等），杂有英勃之气，这样就提高了全诗的基调。

（原载《宋辽金诗鉴赏》，上海古籍出版社 1998 年版）

谢翱《西台哭所思》

残年哭知己，白日下荒台。
泪落吴江水，随潮到海回。
故衣犹染碧，后土不怜才。
未老山中客，唯应赋《八哀》。

这是诗人谢翱哭祭文天祥的一首诗。南宋“丙子之难”(1276)后，文天祥大举勤王之师，开府南剑州(福建南平)。二十八岁的谢翱，慨于亡国之愤，尽倾家资，募乡兵数百人，投奔文天祥，署为咨事参军，随文天祥转战龙岩、梅州(今广东梅州)、会昌等地，而于赣州兵败时分手。临别，天祥以家藏端砚名“玉带生”相赠，并有嘱语，使谢翱感念终生。文天祥就义后，每遇忌日(十二月初九)，谢翱必召集友人登高哭祭，并写了一些悼念文天祥的诗文。这首诗写于至元二十七年(1290)冬天，天祥就义八周年之忌日。“西台”即桐庐县富春江畔的钓台。当时谢翱与友人登西台哭祭天祥，写下了著名的《西台恸哭记》和这首《西台哭所思》。

一、二两句点明哭祭的对象、时间、地点。“知己”即题中的“所思”，指文天祥。“残年”，谢翱以在宋亡时未能死于国难，故称自己在宋亡后的岁月为“残年”。或解“残年”为一年之将尽，似亦可通。“白日”本指太阳，但据《西台恸哭记》，谢翱登台哭祭之日，午前有雨，薄暮有风雪，唯登台时雨止,全天似无太阳出现。故此处“白日”或为诗家虚拟之笔,或泛指时日、时光,“白日下荒台”言时光流逝,不仅“年”已向“残”,且“日”亦将尽(此诗是在诗人西台哭祭之后回到富春江船中时写的,时已薄暮)。两句共十个字,“残”、“白”、“荒”三个形容词创造了一片衰飒悲凉的气氛,再加上一个“哭”字,益觉悲从中来。全诗基调,由此奠定。二、三两句承首句之意,写诗人哭祭时的悲痛心情。吴江,指富春江。这里古代为吴国之地,故称“吴江”。西台下临富春江,故觉痛哭时泪洒江中。这是夸张的写法。诗人更进一步想象到他的泪水随着江涛奔腾到海,然后又随着海潮回到西台之下。涕泪滂沱,折冲于江海,泪即潮,潮即泪,夸张想象,极尽哀悼之意。五、六两句转写文天祥就义。文天祥被囚大都(今北京),始终穿着宋朝的“故衣”,直至就义时血洒故衣。这里的碧,指碧血。传说苌弘惨遭杀害,血化为碧(青色的玉),后世遂以“碧血”称忠臣义士之血。此写文天祥的忠节。诗人怨“后土”之“不怜才”,实是抒发心中强烈的悲愤,一代忠良竟不能存活世间,愤皇天后土之不能容人。最后两句正面写悼念之情,结出题旨。宋亡后,谢翱隐匿山中,故以“山中客”自称;写这首诗时,诗人年 42 岁,故云“未老”;《八哀》指杜甫为悼念张九龄、李光弼等而写的《八哀》诗,这里用以自比,并从而表达其哀思。

谢翱诗向以奇险著称,此诗却写得平实无华,其感人的力量正在于它的情真意切,呕之于心,于质朴中见纯情,铅华粉饰反伤其骨。

(原载《宋辽金诗鉴赏》,上海古籍出版社 1998 年版)

谢翱《过杭州故宫二首》

禾黍何人为守阍？落花台殿黯销魂。
朝元阁下归来燕，不见前头鹦鹉言。

紫云楼阁燕流霞，今日凄凉佛子家。
残照下山花雾散，万年枝上挂袈裟。

这两首诗是谢翱在宋亡之后过南宋杭州故宫时写的，极写故宫凄凉，物是人非，表达了深沉的故国之思。

第一首侧重写故宫凄凉。首先用禾黍离离无人守卫，以见故宫的荒寂景象。阍，宫门。禾黍，泛指庄稼，《史记·宋微子世家》载："箕子朝周，过故殷墟，感宫室毁坏，生禾黍，箕子伤之，欲哭则不可，欲泣为其近妇人，乃作《麦秀》之诗，以歌咏之。"又《诗经·王风》有《黍离》篇，《诗序》称周大夫经过西周宗庙宫室，见其地尽为禾黍，悲而作此诗，诗中有"彼黍离离"之句。是所谓"黍离麦秀"之悲，谢诗首句即取义于此。次句用"台殿"、"落花"写宫内凄凉。落花在诗人笔下，常常是衰败沦落的象征。它与首句"禾黍"相搭配，再缀以"黯销魂"，展现了昔日雕栏玉砌的殿台，而今已是落花狼藉，荒凉寂寞。"黯销魂"出于江淹《别赋》"黯然销魂者，唯别而已矣"。唯谢翱之"别"，乃是与故国之别，故其"销魂"之感，自然要倍甚于江淹。三、四两句,借“归来燕”进一步写宫内的沉寂。“朝元阁”原是唐代建在骊山上的一座阁,与华清宫、长生殿一样,是唐玄宗杨贵妃游乐之处。这里是以唐喻宋,借指南宋故宫殿阁。燕子归来已见不到宫中的鹦鹉,小中见大,反映出故国的沧桑之变。《明皇杂录》等书有关于唐明皇与杨贵妃养鹦鹉的事。这里因朝元阁而连及鹦鹉,写昔日景况荡然无存,给人以“此地空余黄鹤楼”之感。“不见前头鹦鹉言”虽似借用唐朱庆余《宫词》“鹦鹉前头不敢言”字面,其实诗人另有用意。《绿雪亭杂言》载:宋高宗宫中养鹦鹉数百,皆能言,高宗一日问鹦鹉:“思乡否?”答曰:“思乡。”遂遣中贵送归陇山。后数年,有使者过陇山,有鹦鹉问曰:“上皇安否?”使者赋诗云:“陇口山深草木荒,行人到此断肝肠。耳边不忍听鹦鹉,犹在枝头说上皇。”《蓉塘诗话》有类似记载,唯上皇指徽宗,使者作郭浩而已。这里所谓“鹦鹉言”,或意在于此。“归来燕”盖诗人以燕自比。宋亡后,谢翱流亡两浙,而今“过杭州故宫”,犹似燕子归来,但故宫唯禾黍落花而已,连问一声故宫旧主(时三宫北迁,孤儿寡母远在大都)“安否”的鹦鹉也没有!借助鹦鹉一泻痛心疾首之情,诗人用意,可谓深矣!

这首诗多用特写镜头组成。禾黍,落花,归来的燕子,逝去的鹦鹉,其中仅“归来燕”为唯一动景,余皆或寂寥,或空虚。诗人把这些形象统一在“杭州故宫”这个特定背景下,从而构成一个极大的反差,其中彷徨着一位寻觅故国旧迹而不可得的诗人。这就是全诗的构图。在这个构图中所含蓄的感情,是对故国深沉的悲悼,而这首诗最能给读者以感发力量的,也正在于此。

第二首侧重写杭州故宫的物是人非,内容比较显豁:昔日的宫阙,而今成了佛寺。首句“紫云楼”原是唐代建筑在长安曲江畔的名楼,杨玢有“紫云楼下曲江平”的诗句。这里是借指南宋杭州故宫中的楼阁。“燕”即“宴”;“流霞”,仙酒名,泛指美酒。这一句用最漂亮的字面写南宋皇家生活的富丽堂皇,而为下句蓄势,然后急转反跌:可是,如此宫阙,而今却成了“佛子家”。“佛子”,指佛教僧徒。据记载,宋亡后,元僧嘉木扬喇勒智以宋故宫为浮屠。皇宫易主，富贵变为凄凉，两句写尽人间沧桑。第三句用“残照下山”和“花雾散”的衰飒景象，上承次句，写凄凉之意，同时为第四句“万年枝上挂袈裟”作背景铺衬。第四句总揽全诗，最为凄凉。“万年枝”即冬青树，本宫中之物（汉宫尝植此树，后世因之，南宋宫中亦植此树，宁宗杨后《宫词》有“秋声轻度万年枝”句）。“袈裟”是僧衣，与次句“佛子家”照应。“万年枝”与“袈裟”本是不相连属的东西，而今却结合在一起了，“袈裟”挂上了“万年枝”。一句写尽南宋灭亡所带来的历史巨变，含蓄着诗人巨大的故国之痛，也把全诗凄凉悲惨的基调推到了至高点。

（原载《宋辽金诗鉴赏》，上海古籍出版社 1998 年版）

真山民《杜鹃花得红字》

愁锁巴云往事空，只将遗恨寄芳丛。
归心千古终难白，啼血万山都是红。
枝带翠烟深夜月，魂飞锦水旧东风。
至今染出怀乡恨，长挂行人望眼中。

这是一首咏杜鹃花的诗。“杜鹃花”是诗的本题。“得红字”指赋诗时诗人分得“红”字韵。旧时友朋聚会赋诗，先规定若干字为韵，各人拈得一字，即按其字所属韵部作诗，称分韵。

律诗的写作，讲究起、承、转、合。此诗首联以两笔破题。一笔是上句以“巴云往事”点破“杜鹃”。巴即巴蜀，杜鹃的故家。传说古蜀望帝杜宇使相鳖冷凿巫山治水有功，望帝自以德薄，不得不将蜀国禅让给鳖冷，“遂自亡去，化为子规（杜鹃）”（说见《十洲志》）。所谓“往事”，就是指的这段故事。句中的“愁”、“空”等，只是为杜鹃感情作渲染，也是全诗感情的要领。第二笔以“芳丛”点破“花”字。“遗恨”云云，继首句而来，紧应“愁”与“空”。杜宇失国而化杜鹃，杜鹃将这种失国“遗恨”寄于杜鹃花。至此，便将“杜鹃”与“花”紧紧结合在一起了。颔联承破题之意作铺排。上句从杜鹃的叫声揣测其归心难白。杜鹃飞满天下，其叫声为“不如归去”，表现了天涯杜鹃的“归心”。但叫来叫去，年复一年，心情终于难以表达明白。其痛苦尽在这一句中,字面浅显而感情含蕴极深。下句缘此意作进一步渲染。“啼血”可见其叫声之惨痛,而那万山红遍的杜鹃花,其“红”乃杜鹃啼出的鲜血所染成。这里把杜鹃花的来历也交代清楚了。两句中“千古”、“万山”,一言时间之长,一言区域之广,皆为杜鹃的愁与恨作夸张渲染,是全诗着力之处。颈联转笔,从另一角度写杜鹃花,诗情画意,空灵玄妙,极见情思,为全诗开拓出又一境界,转出了新意。两句虽以对句出之,其实意思上下一贯,颇有“流水对”的韵致,意思是说杜鹃花的花枝带着青绿色的烟霭,趁着深夜的月光和似曾相识的东风,思乡之魂又飞到了故乡的锦江之滨。身既不得归而魂归,无疑是一种深婉的思乡之情。至于这“魂”是杜鹃花的,还是杜鹃的,从字面结构上看是杜鹃花的,其实无须细分,既然杜鹃的“遗恨”寄于“芳丛”,杜鹃花又是杜鹃啼血而成。显然,杜鹃即花,花即杜鹃,两者已融为一体了。“旧东风”的“旧”字很值得体味。从这个“旧”字里,我们可以想到,“魂”借助于东风返回故乡,已不止一次了,对故国的相思之情,深乃如此!以上两联,颔联实写,颈联虚拟,虚实相映,亦深得诗法之要诀。最后一联,回扣全诗,正面点明贯串全诗的“怀乡恨”,末句再作强调,这样的怀乡之花,长挂在远离故乡而眼巴巴望着故乡的“行人”的眼前,怎能不使他们更加怀念故乡呢?因花而及人,使全诗的怀乡之情落到了实处。

物本无情,以有情之眼观物,则物自有情。以思国念家之情体物,则物物皆有思国念家之情,何况是本有特定含义的杜鹃花呢?在这首诗里,杜鹃花魂牵梦萦的“故国”,正是诗人的故国;杜鹃的千古难白的故国之思,正是诗人所寄托的故国之思、亡国之痛;杜鹃花的血泪,也正是诗人所抛洒。显然,诗人的“遗恨”也寄于“芳丛”了。在这里,杜鹃与其说是杜宇的化身,不如说就是诗人自己的形象。这首诗之所以感人,正是由于这位遗民诗人在诗中灌注了这种对故国的深厚而纯真的感情。

(原载《宋辽金诗鉴赏》,上海古籍出版社 1998 年版)

白居易《长相思》

汴水流。泗水流。流到瓜洲古渡头。吴山点点愁。　　思悠悠。恨悠悠。恨到归时方始休。月明人倚楼。

此词见于《花庵词选》，后收入《全唐诗》附词中，顾学颉校点《白居易集》，编入《白居易外集》。这是一首怀人念远的抒情小词，写一位女子在月明之夜，独倚高楼，望着汴泗南去的流水，想念着远在江南的爱人，思极转恨的情绪。这位思妇所处的位置，很可能就在徐州一带，而与钱塘无关（黄昇说此词上四句皆谈钱塘，似误。或说词中的汴泗是想象而非写实，亦非是）。在唐代，汴水有两条：一条就是古汴水，由汴州开封（今属河南）经宋城（今河南商丘南）北部、萧县（今属安徽）而至徐州彭城（今江苏徐州市），在城东北隅与源于山东、流经徐州彭城的泗水汇合，这就是韩愈所说的“汴泗交流郡城角”。合流后，经下邳（今江苏邳州南）至淮阴（今属江苏）入淮水，东流，于山阳（今江苏淮安）转运河南流，而至扬州江都（今属江苏），在瓜洲与长江相通。另一条即隋时的通济渠，唐时称为汴水，由汴州开封经宋城、埇桥（今安徽宿州）东流入淮，同样也可以“流到瓜洲古渡头”，但与泗水关系不太直接。考虑到词中所写“汴水流，泗水流”的意境和白居易与徐州的深厚关系，我们觉得这首词的写作与徐州绝非无关，思妇的位置或者就在徐州，所以她才能看到汴泗流水，并且目送逝波，直至瓜洲而更南去。当然，站在徐州是看不到瓜洲的，而且汴泗的实际流程也只能到入淮为止。这里是想象、夸张之词，通过这样的想象、夸张，来表现思妇的思念之遥远、幽深，也就是词中所说的“思悠悠”。然而她的思念还不止于瓜洲渡头，还在更远的吴地(今江南一带)，她好像看到了面带愁容的点点吴山。——自然，吴中的山是明朗秀丽的，这里吴山的愁容，正是思妇内心愁绪的写照。瓜洲、吴山，皆是思妇心底之物，她心悬于彼，愁凝于彼。于是，读者从这里得知：她的爱人就在那里。瓜洲渡口，在唐代相当繁盛，是南北交通的要冲。思妇的爱人不管是商人还是游子，要从吴地归来与之团聚，瓜洲乃必经之地，由此溯流而北，相会之期便指日可待。这样，我们就揭开了思妇眼不离汴泗，心不离瓜洲以至吴山的秘密。但是，她的爱人还没有沿着这条水路归来，所以仍须劳她倚遍高楼，待尽明月。这就无怪乎她思极而“恨”了。“恨”且“悠悠”，无穷无尽，思念之深、等待之久，亦由此可知。而要此恨消除，除非爱人归来，所以词中说“恨到归时方始休”，这一句既是思妇的心理活动，也是词人揆情度理给她的思念所作的结论。“月明人倚楼”句，或解释为爱人归来之后双双倚楼望月，即把这一句作为“恨到归时方始休”的补充句；或解释为思妇对着汴泗怀念爱人的时间、地点。在这两种解释中，本文取后者。月明之夜，思妇难寐，正是怀人念远之情最浓重的时刻。这个结句极富意境，有深化人物形象和升华主题的作用。

这首词体现了作者纯熟的写作技巧。他以月下脉脉的流水映衬、象征悠悠绵绵的离情别绪，深沉的思念和由此而产生的怨恨情绪；外景中明明的月光，长长的流水，点点的远山，与思妇内心世界中悠悠的思怨，极为和谐地统一在一起，且又频用叠字叠韵，句句押韵，再配上那柔和的民歌风味，就自然形成了一种行云流水之致，这与写“流水”、“相思”十分贴切。所以这首词虽然只有三十六个字，却不失为一件玲珑剔透的艺术珍品。

(原载《唐宋词鉴赏辞典》，江苏古籍出版社 1986 年版)

戴叔伦《转应曲》

边草。边草。边草尽来兵老。山南山北雪晴。千里万里月明。明月。明月。胡笳一声愁绝。

戴叔伦的词，只存这首《转应曲》，《全唐诗》作《调笑令》，并注明即《转应曲》。戴叔伦的作品，在唐代大历、贞元间，以能反映社会现实见称。其写边地生活的诗，有《边城曲》、《屯田词》等，词则是这首《转应曲》。此词以明白如话的语言，比较深刻地反映了边地戍卒的思想情绪，真实地揭示了中唐时代民间极以戍边为苦的社会心理。起句以"边草"点明边塞的地理环境；以边草的"尽"与戍卒的"老"构成一对鲜明的形象，借以反映长期戍边生活的愁怨。以"草"衬"兵"，以"尽"喻"老"，不独用笔新颖，而且暗寓作者对当时戍卒的同情。这种思想情绪一直贯串全词。"山南山北"的"山"，自然也是指边塞的山，这一句明写冰天雪地的景象。"千里万里"字面是写月光的普照，实则是写戍卒离家之遥远，而以明月这个最易使人动情之景，暗写戍卒的思乡怀人之情。在那遥远的边塞的山地上、雪堆里，戍卒们望着天上的明月，思念着远在千里万里之外而同此明月的家乡，偶尔一声胡笳传来，悲悲切切，呜呜咽咽，此情此景，戍卒的心都要碎了！这种心情，作者在词的结尾用"愁绝"二字加以概括，起到了画龙点睛、卒章见志、揭示主题的作用。

“愁绝”为一篇之骨，也是全词之“眼”。作者为了使之得以突出表现，增加其艺术感染力，在写作上成功地使用了“烘托”的艺术手法。首先是景物的烘托。全词的绝大篇幅是写自然景物：边塞的将尽的枯草，积满山山岭岭的冰雪，初晴的夜空上普照大地的明月，偶尔传来的悲切呜咽的胡笳声，用这诸般景物托出那羸弱的老兵。这样步步写来，层层烘托，感情所至，就自然凝成了“愁绝”二字。这样的“愁”，自有其沉重的扣人心弦的力量。景物的烘托之外，作者又运用叠句的艺术形式所创造的艺术氛围加以烘托。全词八句之中，有两对叠句（“边草”、“边草”与“明月”、“明月”），用这种重叠复沓的结构形式，一方面反复歌咏，加强语意、感情的抒发，以尽其情；另一方面也起到一种创造意境的作用。“边草”的叠句，就造成了一种茫茫无边的荒凉草原的意境，从而为那老兵提供了一片迷离的活动背景，以烘托其空虚彷徨的心理状态。这是单一句“边草”所收不到的艺术效果。“明月”一叠，又有其特殊性：这两句乃是“千里”句末二字“月明”的倒词的重叠，用这种倒叠的手法使叠句与上句转相呼应（“转应曲”的名称即由此而来）。这样一来，既造成了一种月光满地、戍卒辗转难寐的意境，又形成了一种回环往复的韵致和上下勾连的构局。这种复杂的艺术氛围，就强烈地烘托了那老兵的辗转反侧的思乡情绪，再加上那一声追魂夺魄的悲笳，困于戍守的老兵还会不“愁绝”吗？

《转应曲》尽管属于单调小令，但在用韵上却是比较复杂的。在全词八句之中，共押四仄韵、两平韵、两叠韵，而且又要三换其韵（起韵用仄，二韵换平，三韵再换仄），使全词句句入韵，连绵而下，虽然其唱法早已失传，但诵读起来，我们仍能感觉到它确有一种行云流水般的音韵美。据白居易说，这种调子本来是一种“抛打曲”。于小令之中有如此复杂的用韵和如此多变的构局，是前无古人的。

（原载《唐宋词鉴赏辞典》，上海辞书出版社 1988 年版）

韩琦《点绛唇》

病起恹恹，画堂花谢添憔悴。乱红飘砌，滴尽胭脂泪。　惆怅前春，谁向花前醉？愁无际。武陵回睇，人远波空翠。

宋吴处厚《青箱杂记》卷八载："韩魏公晚年镇北州，一日病起，作《点绛唇》小词。"词即此首，是作为正人端士的艳丽之词一例录存的。"韩魏公"即韩琦。他从神宗熙宁元年(1068)六十一岁以后，长期任河北路安抚使，判大名府。熙宁五年判大名再任期满，以身体多病上表乞归老故乡。次年才移官相州，而于熙宁八年卒于相州。所谓"晚年镇北州"，指大名之任。"北州"，一本作"北都"，盖北宋以大名府为北京也。如是，则这首词当作于六十一岁以后。"病起恹恹"，即《青箱杂记》所说的"一日病起"；"恹恹"，精神疲惫不振的样子，这句是实写作者当时的情况。由于生病，心绪愁闷，故见画堂前正在凋谢的花枝，也好像更增添了几分憔悴。"画堂"句，不仅点出了暮春的节候特征，而且亦花亦人，花人兼写："憔悴"，既是写凋谢的花，也是写老病的人；人因"病起恹恹"，而觉得花也憔悴；而花的凋谢也更增加了病人心理上的"恹恹"。"乱红"两句，紧承"画堂"句，进一步描绘物象，渲染气氛。有"画堂花谢"，即有"乱红飘砌"。"砌"应"画堂"，"乱红"应"花谢"，连环相扣，正是作者用笔缜密之处。"滴尽胭脂泪"，则情浓意切，极尽渲染之能事。"胭脂泪"，形象地描绘“乱红”的飘坠，赋予落花以伤感的人情，同时也包含了作者自己的伤感。词的上片，情景交融，辞意凄婉。下片转入怀人念远。“惆怅”两句，写前春人去，无人在花前共醉，只有“惆怅”而已。“惆怅”之至，转而为“愁”，愁且“无际”，足见其怀人之深。最后两句，更以特出之笔，抒发此情。“武陵回睇”，即“回睇武陵”，回睇，转眼而望。“武陵”，由结句的“波空翠”看，应是指《桃花源记》中的武陵溪。作者可能是由眼前的“乱红飘砌”而联想到“落英缤纷”的武陵溪，而那里正是驻春藏人的好地方。但这里并非是实指，而是借以代指所怀念的人留连之地。不过，人在远方，虽凝睇翘首，终是怀而不见，望中徒有翠波而已。“空”字传神，极能表现作者那种怅惘、空虚的心情。

这首词很可能有其特定的寓意。当时，王安石正大刀阔斧推行新法，反对新法的大臣纷纷遭贬。韩琦对新法是不满的，熙宁三年二月，他曾上书请罢青苗法，与王安石发生了尖锐矛盾，王安石曾为此称疾不朝，韩琦也因此被解除了河北安抚使的职权。此后，他心情苦闷，憔悴而多病，同时也非常怀念那些贬出朝廷的志同道合的同僚，凡此，皆与词中所表现的气氛与感情极相符合。只是他的这种思想感情，由于当时形势所迫，动辄得咎，不得不借助于伤春怀人的传统手法表达罢了。

由落花而伤春，由伤春而怀人，暗寄时事身世之慨，全词用笔婉妙，深情幽韵，袅袅若不能自胜。这种情调与政治舞台上刚毅英伟、喜怒不见于色的韩琦绝不相类。对此，吴处厚在其《青箱杂记》中作了这样的解释：“文章纯古，不害其为邪；文章艳丽，亦不害其为正。然世或见人文章铺陈仁义道德，便谓之正人君子；若言及花草月露，便谓之邪人。兹亦不尽也。皮日休曰：余尝慕宋璟之为相，疑其铁肠与石心，不解吐婉媚辞，及睹其文，而有《梅花赋》，清便富艳，得南朝徐庾体。然余观近世所谓正人端士者，亦有艳丽之词，如前世宋璟之比。”接着他选录了这些“正人端士”的诗词，其中便有韩琦的《点绛唇》。同样的情况，还有范仲淹、司马光等，皆一时名德重望，他们都写过艳丽的小词。其实，这倒是一种正常现象，如杨升庵《词品》所说：“人非太上，未免有情。”唐韩偓《流年》诗有云："雄豪亦有流年恨，况是离魂易黯然。"再者，这与词的发展特点有关。词之初起，便以抒情为上，《花间》之后，便形成了婉约的传统，在韩琦的时候，词还没有突破这个传统。鉴于这些情况，有着个人遭际的韩琦，写出这种情调的词，是完全可以理解的。

（原载《唐宋词鉴赏辞典》，上海辞书出版社 1988 年版）

苏轼《江城子·别徐州》

天涯流落思无穷！既相逢，却匆匆。携手佳人，和泪折残红。为问东风余几许？春纵在，与谁同！　隋堤三月水溶溶。背归鸿，去吴中。回首彭城，清泗与淮通。欲寄相思千点泪，流不到，楚江东。

苏轼于熙宁十年(1077)四月调知徐州，五月到任，历时近两年，元丰二年(1079)三月由徐州调往湖州。这首词就是他在离徐后赴湖州途中写的，故曰“别徐州”，又题作“恨别”。

况蕙风曾说：“‘真’字是词骨。情真，景真，所作必佳。”(《蕙风词话》卷一)苏轼这首词的突出特点便是“真”，情真，景真，语语真切，抒发了他对徐州风物人情无限留恋之情。

词以感慨起调，言天涯流落，愁思茫茫，无穷无尽。“天涯流落”，深寓词人的身世之感。苏轼外任多年，类同飘萍，自视亦天涯流落之人。在这之前的《醉落魄》词中，已有“人生到处萍飘泊”、“天涯同是伤沦落”的感慨；他在徐州写的《永遇乐》(明月如霜)中，又再兴“天涯倦客”之叹。他在徐州仅两年，又调往湖州，南北折腾，这就更增加了他的天涯流落之感。显然，这一句同时也饱含着词人对猝然调离徐州的感慨。词以感慨起调，是比较少见的。他是在矛盾痛苦之中，在辗转反侧、欲言不能，而又不吐不快的情况下，用千言万语凝成的一句话，竭肺腑之力，冲口而出，所以笔势凌厉、沉重。吐出这句感情激越的话之后，心情似乎平静了些，才又慢慢叙起。“既相逢，却匆匆”两句，转写自己与徐州人士的交往，相逢既晚（当时苏轼来徐州时已四十多岁），相处尤短，却匆匆离去！对邂逅相逢的喜悦，对骤然分别的痛惜，得而复失的哀怨，溢于言表。“携手”两句，写他永远不能忘记自己最后离开这个城市时依依惜别的动人一幕。他不正面写徐州官员与友人盛大宴别场面，而是攫取一个动人的细节：别筵上的歌妓——红粉佳人。“和泪折残红”，迹象与神情兼备，是抒发感情的极细微处：睹物伤怀，情思绵绵，辗转不忍离去，诸般情绪，皆在“和泪折残红”这一细节描写之中。且眼泪与残红相照，泪犹残红，残红溅泪，绸缪之至，极是渲染感情之笔。苏轼另有词《减字木兰花·彭门留别》[①]，有“玉觞无味，中有佳人千点泪”句，可与此句互参。“残红”同时也是写离徐的时间，启过拍“为问”三句。由残红而想到残春，因问东风尚余几许，其实，纵使春光仍在，而身离徐州，与谁同春！通过写离徐后的孤单，写对徐州的依恋，且笔触一步三折，婉转抑郁，是抒发感情极深沉处。

如果说词的上片侧重“情真”，那么，下片则是侧重“景真”，但又并非纯写景物，而是即景抒情，继续抒发上片未了之情。过片“隋堤三月水溶溶”，是写词人离徐途中的真景。苏轼是由汴河水路离开徐州的。诗集《罢徐州往南京马上走笔寄子由五首》中说：“古汴从西来，迎我向南京。东流入淮泗，送我东南行。”汴河，隋时所开，它西入黄河，南达江淮，在北宋仍是沟通京师与江淮的重要水道。沿河筑堤，世称隋堤。暮春三月，绿水溶溶，亦景亦情，柔情似水，一片纯真。“背归鸿，去吴中”，亦写途中之景，而意极沉痛。春光明媚，鸿雁北归故居，而词人自己却与雁行相反，离开徐州热土，南去吴中湖州。苏轼显然是把徐州当成了他的故乡，而自叹不如归鸿。“彭城”即徐州城。“清泗与淮通”又是一真景。苏轼

---

① 此词亦调离徐州时所写。彭门，即徐州。

不忍离徐，而现实偏无情，不得不背归鸿而去，故于途中频频回顾，直至去程已远，回顾之中，唯见清澈的泗水由西北而东南，向着淮水脉脉流去。看到泗水，触景生情，自然会想到徐州（泗水流经徐州），词人还不禁想起他在徐州所建筑的黄楼呢！“荡荡清河堧，黄楼我所开”（《送郑户曹》）、“唯有黄楼临泗水”（《答范淳甫》），这些，不正是表现他对黄楼的感情吗？上引《罢徐州往南京……》诗下续云：“暂别还复见，依然有余情。春雨涨微波，一夜到彭城。过我黄楼下，朱栏照飞甍。”可以作为此语的补充。故歇拍三句，即景抒情，于沉痛之中交织着怅惘的情绪。徐州既相逢难再，因而词人欲托清泗流水把千滴相思之泪寄往徐州，怎奈楚江（指泗水）东流，相思难寄，怎不令词人怅然若失！托淮泗以寄泪，情真意厚，且想象丰富，造语精警；而楚江东流，又大有“自是人生长恨水长东”之意，感情沉痛、怅惘，不禁百无聊赖，黯然销魂！

此词之美，在于纯真，如上所说，情真，景真，而写景也是为了写情。真而不矜，处处赤诚，不矫揉造作，不忸怩作态。这是由于苏轼对徐州确实有深厚的感情基础。苏轼调任徐州之后，曾对徐州的山川地理、风俗民情，作过详细考察，从内心里爱上了这个南北要冲、古多豪杰的地方，因而满怀激情，赞颂备至。他自己也有一套治理徐州的方略。他曾蓑衣草鞋、舍家忘身，和徐州人民一起奋战特大洪水，从而与徐州人民结下了生死与共的情谊。他曾组织人民开发徐州煤矿，揭开了徐州煤矿史的第一页。他对徐州人民相当熟悉，白叟、黄童、采桑姑、络丝娘以及人民的生活方式甚至各种农作物，都成了他诗词取材的对象，他甚至学会了徐州的一些方言土语，并且写进了他的作品，他甚至想终老徐州，[①]尽管他当时只有四十多岁。徐州人民也爱戴这位长官，对他的人品、政绩、文学都很敬佩，男女老幼都喜欢和他接近。“旋抹红妆看使君，三三五五棘篱门，相排踏破蒨罗裙”（《浣溪沙》），写的就是徐州的村姑少女争看这位“使君”的生动场面。他的诗词，在当时就在人民中传诵。当苏轼调离徐

---

①《东坡集》卷三二《灵璧张氏园亭记》：“余为彭城二年，乐其风土，将去不忍，而彭城之父老亦莫余厌也。将买田于泗水之上而老焉。”

州时，满城人民攀辕挽留，哭声填巷。正因为如此，苏轼对徐州才会那样恋恋不舍，才会写出这样一片纯情的告别词来。由于感情至真至切，所以下笔便纯是情语，而于文字则落其华芬，不假雕镂，雕镂反失其真。苏轼在这首词中所要告别的，是整个徐州，包括了徐州的广大人民，因而词中所流露的思想感情是极为可贵的。苏轼的这首词和他的其他诗词、事迹一样，至今还在徐州人民口头上流传，可谓君子之泽，历经沧桑而不竭！

（原载《唐宋词鉴赏辞典》，上海辞书出版社 1988 年版）

李之仪《忆秦娥·用太白韵》

清溪咽，霜风洗出山头月。山头月。迎得云归，还送云别。

不知今是何时节。凌歊望断音尘绝。音尘绝。帆来帆去，天际双阙。

这是一首写景抒怀的小词。上片写景，有清溪，有霜风，有山月，有在山月下随风飘动的流云。这里的几个动词用得很好。一个“咽”字，传出了“清溪”哽哽咽咽的声音；用个“洗”字，好像山头月是被“霜风”有意识地“洗”出来的，这个“洗”字，也使山月更加皎洁。山高月小，霜风料峭，再配上哽咽的流水，给人以如置空谷，如饮冰泉之感。“霜风”句中，暗藏一个“云”字：无云则山月自明，无须霜风之“洗”。换句话说，山月既须霜风“洗”而后出，则月下必有云遮。直到上片结句，始有“云归”、“云别”出现。迎、送的主语是“山月”，一迎一送，写出了月下白云舒卷飘动的生动形象。“云归”、“云别”两句，不仅揭出了“霜风”句中暗藏的“云”字，而且又将“霜风”的“风”字暗暗包容句中。云归云别，烘云托月，使皎洁的山月，更见皎洁。上片写景如画，美且静，稍有声者，仅一“咽”字。但是，这如同“蝉噪林逾静”一样，着一“咽”字，以动衬静，更觉其静。词人赋予诸景以人的感情，所以，景物之中显示了一种内在的生命力，表现了作者孤高恬静的性格与心情。

下片，词人触景生情，怀念帝乡之感油然而生。从“凌歊”一词看，李之仪写这首词的时候，盖在太平州编管之中。崇宁二年（1103）夏，李之仪坐为范纯仁作遗表与行状，下御史狱。出狱后，编管太平州（今安徽当涂）。“凌歊”，即凌歊台，因山而筑，南朝宋孝武帝曾登此台，并筑离宫于此，遗址在今当涂县西，为当地名胜。李之仪在当涂，住在城南的姑孰（或称姑溪），曾偕贺铸登台，见其《跋凌歊引后》；贺铸有《凌歊》（《铜人捧露盘引》）词记其事。李之仪在姑溪，思想上是苦闷而消极的（见其《姑溪自赞》、《姑溪濯足图赞》、《董曼老画姑溪赞》、词《临江仙·登凌歊台感怀》等），且僻居荒隅，远离朝廷，故云“不知今是何时节”。但从结句的“双阙”看，词人仍未忘朝廷。“双阙”，古代宫门前两边供瞭望用的楼，代指帝王的住所。当时，蔡京专权，政治黑暗。元祐诸臣，虽被排斥于边远军州，但总是把国事系于心头，而盼望朝廷下诏起用。李之仪“望断”云云，即是这种心情的形象反映。但他盼望的结果，却是“音尘绝”，望中唯见“帆来帆去”，“双阙”渺在天际而已。“天际”一词，暗示了词人盼望帝京之切；而“音尘绝”则可见词人的失望与怅惘。至此，我们才知道起句的“咽”字，正是为表现词人的这种心情而设。

这首词，前片写景，后片抒怀，为宋词的常用笔法，唯写景之中，时见用笔的精巧，抒情之中，虽有奔腾的感情，却总以淡雅出之。这里值得提出的是，这首词在词史上有其特定意义：词题明确揭出“用太白韵”，是为和李白《忆秦娥》而作。李白《忆秦娥》，初见于宋邵博《邵氏闻见后录》卷一九，黄昇编《唐宋诸贤绝妙词选》，首选李白《菩萨蛮》、《忆秦娥》，并称其为“百代词曲之祖”。对此，明代人始作怀疑与否定。胡应麟以为《菩萨蛮》当出于晚唐温庭筠辈，胡震亨又谓《忆秦娥》出于唐文宗宫人忆秦郎。之后，论者意见纷纭，莫衷一是。李之仪是北宋人，与苏轼同时代，写这首词的时候，也不过是崇宁三年（1104）前后，比《邵氏闻见后录》早数十年。李之仪的这首和词，全依太白《忆秦娥》韵，可见当时这首词已流传比较普遍，而其作者是李太白，也是无疑义的。

（原载《唐宋词鉴赏辞典》，上海辞书出版社 1988 年版）

米芾《蝶恋花》

海岱楼玩月作

千古涟漪清绝地。海岱楼高，下瞰秦淮尾。水浸碧天天似水。广寒宫阙人间世。　　霭霭春和生海市。鳌戴三山，顷刻随轮至。宝月圆时多异气。夜光一颗千金贵。

这是米芾在宋哲宗绍圣四年(1097)知涟水军(今江苏涟水)后，登涟水名楼海岱楼玩月之作。米芾在涟水军二年，在其现存十七首词中，标明在海岱楼所作者，至少有三首，这是其中之一。这首词的上片，首先从海岱楼所处的地理位置入手。“千古”一句，总写涟水全境形胜之处。涟水为水乡，当时境内有中涟、西涟、东涟诸水，黄河夺淮入海亦经此地，且东濒大海，北临运河，水乡清绝，故以“涟漪”称之。然后特出一笔，写海岱楼高，拔地而起，“下瞰秦淮尾”，以夸张之笔，极写此楼之高。“水浸”二句承“下瞰”而来，转写水中浸沉着的碧天；然后又由如水的碧天联想到“广寒宫阙”，接触到“月”，从而为下片写月出作好铺垫。但这里写“广寒宫”，并非实写，而是由水中碧天联想而来，作者的笔墨仍然是倾注于“人间世”，上片用笔，皆在“人间世”三字上凝结，“广寒宫”也是为修饰“人间世”而出现的。词的下片才写“玩月”。但首句却不去写月，而是写“海市”。“海市”即我们常说的“海市蜃楼”，晋伏琛《三齐略记》和宋沈括

《梦溪笔谈》等文献都曾叙述过“海市”的繁华热闹。但这首词中的“海市”，乃是虚写，实际上只是写海，从而再次为月出作铺垫。经过再三铺垫，曲曲折折，千呼万唤之后，才是月亮出海：“鳌戴三山，顷刻随轮至。”鳌戴三山，系我国古代神话。“三山”，指海中的仙山方壶（一曰方丈）、瀛洲、蓬莱，山下皆有巨鳌（大龟）“举首而戴（顶）之”，“三山”因此不再漂浮移动（详见《列子·汤问》）。“轮”，指月亮。梁刘孝绰《望月诗》“轮光缺不半，扇影出将圆”，唐杜甫《新月》诗“光细弦欲上，影斜轮未安”，其中的“轮”皆指月亮，故月有“月轮”之称。古人以为月亮是从海中出来的，故唐张九龄《望月怀远》诗有“海上生明月”，李白《把酒问月》有“但见宵从海上来”句，卢仝《月蚀》诗说得更清楚：“烂银盘从海底出”。这自然是误解。米芾这两句写月出，倒不像前人那样直截了当，表面看来是写“三山”随月轮而至，似以写“三山”为主。月未出时“三山”暗，月出则“三山”明，好像顷刻之间来到眼底。这实际上还是写月，“三山”只是作为月的被动物出现的，貌似“三山”至，实即月轮出。这是一种借此写彼的笔法。这两句不仅充满了神话色彩，而且写得神采飞动，“顷刻”一词，写月轮出海，凌厉之至，神气倍生。词中真正写“玩月”，只是最后两句：“宝月圆时多异气，夜光一颗千金贵。”“夜光”，指月亮。屈原《天问》：“夜光何德，死则又育？”王逸注：“夜光，月也。”夜光又为珠名，故以“一颗千金贵”称述之，这是巧借同名之珠以赞美圆月之可贵。这两句，前句重在其“异”，后句重在其“贵”。因其“异”，始见其“贵”。一轮明月，不知产生过多少神话，神奇之至，亦美妙之至，月也因此而提高了身价。古人又把月视为群阴之宗，崇拜备至。这两句包含着作者对于月的种种幻想与评价。这里写的是圆月，尤为古人所重视，其价值也更高。米芾是爱月的，在他现存的十七首词中，写到月的就有六首。

米芾的这首词，气魄很大，充满了一种奔逸绝尘之气。全词几乎无一句不具有这样的特点。如“海岱”两句，作者站在海岱楼头下瞰，是不可能“瞰”到“秦淮尾”的。这是他的博大想象，千里之远，近在咫尺。作者神思飞驰，大有凌空飞天之势。在他的其他作品中，也有类似的想象，多有博大之境。“水浸碧天”、“广寒宫阙”等句，妙于浸染，景象宁静而浩瀚，使天上人间浑为一体，这又很像他的气象迷离的山水画。“鳌戴”两句则转为沉着飞翥，超逸绝尘，倏忽千里。持平而论，米芾的这首词应该是一首“豪放词”了。而这种词，在北宋当时的词坛上，除了苏轼等少数词人之外，其他并不多见。苏轼、王安石等对米芾都格外垂青，他们都发现了米芾在文学上的真价。此外，米芾的好洁成癖的个性，在这首词中也有明显的表现。这首词的选材造语，无一尘杂，皆给人以玲珑圣洁之感；且又异象迭生，或静或动，无不超妙绝俗，使人如置身于绝无烟火气的广寒宫阙。米芾的其他词作，也往往具有这种圣洁绝俗的精灵之气，这在当时的词坛上，显然也是可贵的。

（原载《唐宋词鉴赏辞典》，上海辞书出版社1988年版）

李祁《点绛唇》

楼下清歌，水流歌断春风暮。梦云烟树。依约江南路。　碧水黄沙，梦到寻梅处。花无数。问花无语。明月随人去。

此词写怀人念远之情。由闻歌而至入梦，由梦中寻觅而转入对月怀人。词体虽小，却能于辗转往复之中，佳境迭现，曲尽其意。

起句从闻歌入手。“清歌”，为全词在感情上定下了幽清的基调，细读全词，便知曲终无违于一个“清”字。“水流歌断春风暮”，断，终了，这句是说那流水般的一曲清歌，在春风吹拂的暮霭中结束了。“春风暮”，景语，一字一景，词中以下诸景，皆缘此三字而来；这里也同时点出了这首词的特定节候，这正是一个怀人的季节，怀人的天气，怀人的时刻。“水流”，字面上自然是写“清歌”的缠绵婉转，实际上，这里“水流”即流水，暗寓知音，典出《列子·汤问》。因而，“水流歌断”又寓有知音离别的意思。由此，作者的笔触转入怀人。作者写怀人，非用泛泛之笔，而是借助于一个梦境，把怀人念远的思想情绪写得深刻入微。“梦云烟树，依约江南路”以及下片的“碧水黄沙”云云，皆是梦境，在用笔上又极见层次。“梦云”、“依约”两句，是入梦之境。“云”是“梦云”，“树”是“烟树”，“江南路”是“依约”（隐约）朦胧的，极是迷离惝怳的梦境。由“云”而“树”而“路”，由飘忽而实在，梦中寻找知音的足迹甚明。

下片仍是梦境。“碧水黄沙”，紧承上片结句之意，进一步写对知音的寻觅。如果说上片“依约江南路”是在朦胧中辨认知音去路的话，那么，“碧水黄沙”所表现的则是到处寻觅，水中陆上，无所不至，大有“上穷碧落下黄泉”的工夫了，且四字属对工稳，色彩鲜明，为本词的唯一亮色，这正是作者用笔变幻处。“梦到寻梅处”是穷尽“碧水黄沙”辗转寻找的结果，笔法由面到点，然后由“寻梅处”引出“花无数”，再由花而人，向花打听知音之所在。这几句，用笔如剥茭白，一步一层，层层转深，转愈深而情愈切，及至问花无语，寻觅无着，顿挫之下，不禁怅然若失，愁绪茫茫，不知所之，转见明月，也好像已随那人远去，而失去了它那固有的光辉。“明月随人去”一句所展示的空间既大且空，读之令人如置身于一个广漠而暗淡的世界，进而想到作者于此所寄寓的感情必然是悲凉而空虚的。此时的作者，是醒是梦，已在难分难辨之际，这真是以景传情的神来之笔。不过，作者的情调显然是过于低沉了，同样是写对月怀人，却不如苏轼“千里共婵娟”来得旷达。

这首词是颇受后世读者重视的，况蕙风直把这首词看作是浙西词派的“初祖”(《蕙风词话》卷二)。现在看来，把它看作是浙西词派的“初祖”似乎没有这个必要，但这首词句琢字炼，清空醇雅，与后来浙西词派的词学理论和创作实践却有相通之处。全词无热烈语，无浓笔重彩，它所写的“清歌”、“水流”、“梦云”、“烟树”，以及虽写花而无语，虽写月而不皎，写“春风”则缀以“暮”，写春天的“江南路”则限以“依约”，如此等等，虽画面迭出，但都不招摇，都具有一种素淡的朦胧的美。“碧水黄沙”算是全词唯一的色彩鲜明处，但鲜而不浓，清空而不质实，反而给全词增加了空灵感。再者，《点绛唇》这个调子，用韵较密，几乎逐句押韵，且一韵到底，在词体较小的情况下，很容易增加行云流水的韵致。这些艺术上的特点，总括起来，就形成了这首词素雅轻倩的风格。李祁的词，靠《乐府雅词》保存下来了十四首，大都具有这样的艺术风格。他喜写梦，喜写烟雨和月，如“小舟谁在落梅村，正梦绕、清溪烟雨”(《鹊桥仙》)、“佳人何处，江南梦远……隔江烟雨楼台”(《朝中措》)等，皆清丽可传。应该说，李祁在宣和间，是一位以清丽素雅见长的词人。

(原载《唐宋词鉴赏辞典》，上海辞书出版社 1988 年版)

吕渭老《好事近》

飞雪过江来，船在赤栏桥侧。为报布帆无恙，着两行亲札。

从今日日在南楼，鬓自此时白。一咏一觞谁共？负平生书册。

这是一首抒情小词，写作者在风雪之中渡江回到南方，闲居家乡，孤单愁苦，有志难展，报国无路，辜负了平生读书的志向。玩其词意，似为南渡后的作品。词的上片，写安全渡江。起句说“飞雪过江来”，而系船于“赤栏桥侧”。尽管江上风雪，气候险恶（或有国家政治形势险恶之寓意），词人仍能安全渡江，故须亲笔写信，向关怀他的人报告“无恙”。“布帆无恙”，指归人安全。《晋书·顾恺之传》：“（殷）仲堪在荆州，恺之尝因假还，仲堪特以布帆借之，至破冢，遭风大败。恺之与仲堪笺曰：‘地名破冢，真破冢而出。行人安稳，布帆无恙。’”李白《秋下荆门》诗有“霜落荆门江树空，布帆无恙挂秋风”之句。“着两行亲札”是“为报布帆无恙”的补充句，也可以把这两句看作倒装句，是作者用笔变化处。

下片悲悼自己的孤独寂寞，有志难展，是这首词的重点。换头以“从今”紧承上片，开启下文，使上片的叙事与下片的抒情纽结自然，浑为一体。“日日在南楼”，写闲居家乡，语似平淡，其实感慨很深，词人的寂寞忧愁、一筹莫展、百无聊赖，以及对无可奈何虚度光阴的痛惜，种种复杂情绪，尽在此句之中。这一句是下片内容的总提。“鬓自此时白”，侧重写渡江后困居南楼的穷愁潦倒，内心的痛苦。头发是年华的标志，如李白诗所云，“白发三千丈，缘愁似个长”，“高堂明镜悲白发，朝如青丝暮成雪”，词人的“鬓自此时白”，正是他穷愁潦倒、内心痛苦的表象。“一咏一觞谁共”，则侧重写词人的孤独寂寞。“谁共”，正是无人与共，其间流露了对志同道合的朋友的思慕。结句“负平生书册”，是痛心疾首之言，既对自己的坎坷遭遇感慨伤怀，又对自己徒怀经纶之才而不能为国建功立业，自疚自惭，感慨之至，亦沉痛之至，同时也暗寓对当时社会现实的批判，思想感情是复杂的。

作者写这首词的目的，在于自抒郁愤。全词虽无壮怀激烈之语，却感情深沉、真实。况蕙风说：“真字是词骨，情真，景真，所作必佳。”(《蕙风词话》)此词便得词家一个“真”字，真而不矜，指事抒情皆真率赤诚，不矫揉造作，不忸怩作态。所以语虽平淡，读者却可以摸到词人的脉搏，感受到词人那复杂的感情。词人的这种感情，他的被压抑的深沉的家国之忧，是当时特定历史时代的产物，具有一定的代表性。

（原载《唐宋词鉴赏辞典》，江苏古籍出版社 1986 年版）

吕渭老《薄幸》

青楼春晚。昼寂寂、梳匀又懒。乍听得、鸦啼莺弄，惹起新愁无限。记年时、偷掷春心，花间隔雾遥相见。便角枕题诗，宝钗贳酒，共醉青苔深院。　　怎忘得、回廊下，携手处、花明月满？如今但暮雨，蜂愁蝶恨，小窗闲对芭蕉展。却谁拘管？尽无言、闲品秦筝，泪满参差雁。腰支渐小，心与杨花共远。

这是一首恋情词，写一个"偷掷春心"的少女对远在他乡的恋人的怀念与忧思。这位少女的身份，虽词中有"青楼"字样，但据曹植《美女篇》"借问女何居，乃在城南端。青楼临大路，高门结重关"，也可以是府第中女子的闺阁；从词中所写她的恋爱过程看，她不是妓女，而是良家女儿。她对恋人的感情是纯真无瑕的。

写由爱情的波折而引起的忧愁，是唐宋词中常见的主题。但吕渭老的这首词，却能鲜明地表现出疏秀明丽、自然清新的艺术风格。这首词的中心是写"愁"。作者在起调处就开始捕捉这位少女的"愁"的形象。以"春晚"点出节候，暗寓伤感。晚春是百花零落的时候，遍地残红，是"愁"的象征。"昼寂寂、梳匀又懒"，承"春晚"而来，是这位少女孤单寂寞、百无聊赖的心理状态的外露。她虽然梳头、匀面，但却只有独坐"青楼"，独消永昼。"乍听得"两句，转写动景，亦承"春晚"而来。鸦啼莺弄，本当赏心悦目,可在她,却"惹起新愁无限"。用反跌之笔,深刻地揭示出这位少女心灵深处的"愁"。一切景物无不染有观者的主观感情色彩。至此,始露一个"愁"字,而又借莺声引出,是作者用笔婉转生姿处。这是全词的第一个层次,写少女的愁态、愁情,一片愁云,笼罩全词。

"记年时",是全词的第二个层次,以回忆的笔调,从刻画形象、剪裁画面入手,写这位少女由初恋以至热恋的全过程。这是插入的一段叙事。"记年时"的"记"是个领字,一字领起下边五句,这五句,层次分明,连珠而下,从中似乎可以觉察到这位少女在恋爱过程中紧张、愉快的心情节奏。这五句所表达的内容层次是:先写初恋的时间。"年时",即去年。"偷掷"两句,则是写与恋人初次相见时的情态。作者在"相见"前连用"花间"、"隔雾"、"遥"三语,把这次相见写得极富情致。"遥",是说"相见"时的距离较远;不仅远,而且是在花丛之中,借着花枝作掩护;尤其是还隔着那轻纱般的雾。这就活画出这位少女在恋情("春心")萌动、决心一试时的羞涩与紧张,与"偷掷"的"偷"字极相配搭。自然,作者把这次相见置于如此美妙的环境之中,也不无象征爱情美好的用意。然后写恋情的发展:角枕题诗—宝钗贯酒—共醉青苔深院。"角枕题诗"是用《诗经·唐风·葛生》"角枕粲兮,锦衾烂兮"诗意,表明相爱之深。用宝钗贯酒来"共醉",益见浓情蜜意。这里的"便",也是领字,有"于是,就……"的意思。在"记"字领辖范围中,再用一领字,意在加强下三句的句间关系,三句层层递进,表现了双方恋情的迅速发展。同时,用"便"字把"记"字所领起的五句,在感情节奏上分为上二下三,使下三句成为上二句的自然发展,上二下三之间,"便"字成了联系的纽带。领字之中有领字,使结构疏密有致,节奏鲜明,于此,可见作者驾驭语言的深厚功力。

下片换头处以"怎忘得、回廊下,携手处、花明月满",紧承上片,并为上片的美好回忆作缩结。紧接着,用"如今但"作有力的转折,开拓出全词的第三个层次,转入层层凄凉的画面。这一层,与上片所写对爱情的美好回忆,正好互为反衬,从而更加有力地表现出这位少女心灵深处的凄凉,同时也揭示了这位少女"愁"的根源所在。这正是作者的曲折用笔、巧妙安排。“但”（“只有”的意思）在这里也是个领字，领起“暮雨”、“蜂愁蝶恨”、“小窗闲对芭蕉展”三句。这三句，一句一个画面，景中寓情。“暮雨”再配上“春晚”、“昼寂寂”，进一步表现了少女心情的凄苦与纷烦；“蜂愁蝶恨”，承“暮雨”而来，明写蜂蝶，暗写少女；“小窗”云云，则是明写少女了。三句内容的胪列，由物而人，由晦而显，然后再以“却谁拘管”直抒幽怨，同时也暗示出她那美好的爱恋，已如流水落花，不堪收拾了，为最后一层意思预作安排。

最后一个层次，是词的歇拍：“尽无言、闲品秦筝，泪满参差雁。腰支渐小，心与杨花共远。”这是全词抒情达意的结穴，几句写尽少女愁极而悲、悲极而转幽忧的复杂情态。筝，《隋书·乐志》说始于秦，故称“秦筝”；筝声哀，故称“哀筝”，李峤《咏筝诗》有“莫听西秦奏，筝筝有剩哀”，岑参《秦筝歌》有“汝不闻秦筝声最苦”、“闻之酒醒泪如雨”等句。筝十三弦，弦柱参差（贾彬《筝赋》：“列柱参差”），列阵如雁行，故刘禹锡称其“玫瑰宝柱秋雁行”（《伤秦姝行》）。这位少女本想强打精神“闲品秦筝”以排解愁绪，可是一看到筝上的“雁柱”，不禁悲从中来，以致“泪满参差雁”。由筝上的“雁柱”，联想到自然界的“雁”，又由自然界的雁转入怀念、盼望远离的恋人，睹物伤情，婉转缠绵，意深而语新，一句写尽少女相思之苦。“腰支渐小”，化用柳永“衣带渐宽终不悔”的句意，是愁苦悲痛的必然结果。“心与杨花共远”，借杨花飘逝以写少女愁绪的悠远、渺茫，心犹杨花，杨花似心，寸心千里，情深而句秀，有“有余不尽之意”（张炎《词源》），深得词家结句之法。且杨花亦晚春之物，用以结句，遂使全词首尾照应，回环往复，浑然一体，亦作者匠心独运之处。

（原载《唐宋词鉴赏辞典》，上海辞书出版社 1988 年版）

洪适《渔家傲引》

子月水寒风又烈。巨鱼漏网成虚设。圉圉从它归丙穴。谋自拙。空归不管旁人说。　　昨夜醉眠西浦月。今宵独钓南溪雪。妻子一船衣百结。长欢悦。不知人世多离别。

《渔家傲引》是宋代歌舞曲之一，是一种专咏体，以多首合咏一事，即王国维所说的“合数曲而成一曲”(《唐宋大曲考》)。洪适的《渔家傲引》，共有词十二首。词前有骈文“致语”，词后有“破子”、“遣队”。十二首词分咏渔家一年十二个月的生活情景，从“正月东风初解冻”起，到“腊月行舟冰凿罅”止，词体与《渔家傲》无异。

“子月水寒风又烈”这一首，是写在“子月”(即农历十一月)的特定环境下，渔家的生活状况与思想情趣。词的上片，写渔人顶烈风，涉寒水，捕鱼落空。“水寒风又烈”，是“子月”的气候特征。但这里并非泛写气候，而是下文诸多内容的张本，渔人的劳动、生活、思想，皆与这种特定气候相关联。尽管水寒风烈，渔人仍须下水捕鱼，可叹的是“巨鱼漏网”，圉圉而去，渔家生活，便无着落，生活的窘迫，连暂时缓解的希望也成为“虚设”了。“圉圉”一句，写巨鱼的逃跑，形象逼真。“圉圉”，困而未舒貌，语出《孟子·万章上》：“昔者有馈生鱼于郑子产，子产使校人(管理池沼的小吏)畜之池。校人烹之，反命曰：‘始舍之，圉圉焉；少则洋洋焉，攸然而逝。'"丙穴",本来是地名,在今陕西略阳县东南,其地有鱼穴。左思《蜀都赋》有"嘉鱼出于丙穴"句。这里是借指巨鱼所生活的深渊,活用典故,如同己出。"从","任从"的意思,任从那巨鱼摇头摆尾地回到深渊。一个"从"字,把渔人的那种无可奈何的怅惘之情表现了出来。上片结句进一步写渔人的心理活动:"谋自拙"是对"巨鱼漏网"的反省,自认谋拙,自认晦气,至于别人怎样说,那就由他去吧!渔人毕竟是旷达的。在这一片中,作者对渔人所流露的感情,是同情的,甚至是怜悯的。

词的下片,变换了笔调,多方面、多角度地描写渔人的生活。"昨夜"、"今宵"两句,是全词仅有的一组对句,描绘了渔人另一面的闲适生活图景。"醉眠"、"独钓"是写渔人自己的有代表性的生活内容,以少总多,以少见多;"昨夜"、"今宵"和"西浦月"、"南溪雪",是通过时间与场景的迅速变换来表现渔人生活的旷放无拘。"妻子一船衣百结"则转写渔人全家的经济生活状况。这一句,字字用力,既有其具体性,又有其概括力,"衣百结"三字尤其着力,渔家的窘迫困顿,种种艰辛,都浓缩在这三字之中。这也是当时渔民生活的真实写照,具有一定的社会意义。如此一家,偎依在"子月"的寒水烈风之中,不言而喻,在这种形象画面里,凝聚着作者的同情。结句则再转一笔,写渔人家庭生活中"贫也乐"的精神:虽贫穷而团聚,自有其天伦之乐,而没有,也不知有人世间的那种离别之苦。"不知"一句,脱鞲而出,由对渔人一家生活的描写,猛宕一笔,转向对当时社会现实的揭示,且藏辞锋于婉转之中:明明是慨叹"人世多离别",却又加"不知"二字,其实这里渔人的"不知",正是作者所"深知",唯其深知,才能这样由此及彼,顺手捎带,不失时机,予以指斥,慨乎言之。这种结尾,如豹尾回顾,相当有力。

这首词最突出的好处是作者把渔人写成了劳动者,真渔人。前此词中出现的渔人形象,主要是杂有政治色彩的隐士,他们或者是"蓑笠不收船不系"的懒散,或者是"一壶清酒一竿风"(均见《敦煌曲子词》)的安逸,或者是坐在钓船而"梦疑身在三山岛"(周紫芝《渔家傲》)的幻想升仙出世。他们"不是从前为钓者",而是在政治失意之后才"卷却诗书上钓船"

(均见《敦煌曲子词》)别寻出路的,总之是“轻爵禄,慕玄虚,莫道渔人只为鱼”(五代李珣《渔父》)。洪适这首词笔下的渔人却是“为鱼”的,他靠撒网为生,不同于垂钓不设饵、志不在鱼的隐士。他也有“醉眠”的时候,但那酒,是“长把鱼钱寻酒瓮”(见“正月”首),是自己劳动换来的。在这首词中,“西浦月”、“南溪雪”两句,点缀意境是很美的,再加上“醉眠”与“独钓”,似乎渔人也有点儿隐士风度了,不,词的下句便是“妻子一船衣百结”,直写其全家经济生活的艰辛,这是最能表现渔人身份的一笔,也正是前此词人笔下的“渔人”形象所独缺的。至于“西浦月”、“南溪雪”,那是大自然的美,是造物主赋予全人类的,而渔人在天地间能够享受到的,还不就只有这么一点点儿吗?

(原载《唐宋词鉴赏辞典》,上海辞书出版社 1988 年版)

赵昂《婆罗门引》

暮霞照水，水边无数木芙蓉。晓来露湿轻红。十里锦丝步障，日转影重重。向楚天空迥，人立西风。　　夕阳道中。叹秋色、与愁浓。寂寞三千粉黛，临鉴妆慵。施朱太赤，空惆怅、教妾若为容。花易老、烟水无穷。

陈郁《藏一话腴》："赵昂总管始肄业临安府学，困踬无聊赖，遂脱儒冠从禁弁，升御前应对。一日，侍阜陵跸之德寿宫。高庙宴席间问今应制之臣，张抡之后为谁。阜陵以昂对。高庙俯睐久之，知其尝为诸生，命赋拒霜词。昂奏所用腔，令缀《婆罗门引》。又奏所用意，诏自述其梗概。即赋就进呈云：……"进呈的就是以上这首词。"阜陵"即宋孝宗赵眘，眘陵名"永阜陵"，所以南宋人以"阜陵"称孝宗；高庙即宋高宗赵构，构庙号"高宗"，后人因以"高庙"称之。赵构退位后居住在"德寿宫"，因而宋人或以"德寿"代称宋高宗。赵昂的这首词，是应宋高宗之命而作的，是一首"应制词"；以咏"拒霜"（即"木芙蓉"，或称"地芙蓉"、"木莲"等）为内容，因而它又是一首咏物词。《藏一话腴》又载：高宗看了这首词，很高兴，不但赏赐给赵昂不少银绢，还叫孝宗给升了官。

按照过去的传统，"应制"的作品，往往是歌功颂德、拍马奉承的。这首词却不然。那么，宋高宗为什么还很喜欢它呢？

这首词的咏物技巧比较高。它处处紧扣住拒霜的特点，多方面着笔，务求尽善尽美。从拒霜的生长习性上看，它多丛生在水边潮湿之地，所以词的起句便说："暮霞照水，水边无数木芙蓉。"用"木芙蓉"应"拒霜"，点题；用"水边"交代其生长习性；用"无数"交代其丛生的特点；用"暮霞照水"作背景烘托，而且这个背景天光水色，色彩斑斓，美不胜收。拒霜在秋冬间开花，所以词中先用"楚天空迥，人立西风"透露出一派秋意，然后在下片中紧接着用"秋色"再次点明秋的季节。着墨更多的是写拒霜花。词的上片，写了三段时间中的拒霜花形象："暮霞"两句，是暗写晚霞映衬下的拒霜花。"暮霞"在这里既是写霞，其中也包括着花，只是花的形象没有明写，而是让读者从"暮霞"的色彩中去联想。当然，"暮霞"也可以理解为就是写花，"暮霞"只是个比喻，而以"木芙蓉"揭示这个比喻的实体。这里取前者。"晓来"一句是写早晨带露的拒霜花，用"轻红"略点花的实质形象。拒霜花有粉红、白、黄等颜色品种，作者这里只取粉红一种。粉红而经"露湿"，更加娇嫩，故曰"轻红"。"十里"两句，是用浓笔重彩正面写日转中天时拒霜花的形象。"十里"极写其多，承"无数"而来；"锦丝步障"，写艳阳之下，繁花灿似锦绣、簇如屏幕（"步障"即屏幕）。这使我们想起了王恺与石崇争斗豪华的场面：王恺"作紫丝布步障碧绫四十里"，石崇则"作锦步障五十里以敌之"（《世说新语・汰侈》）。这里则是拒霜花组成的"步障"，而且随着太阳的转移，花影也随之变化，作者用花影的"重重"，再次写花之多。看来，作者善于选择描绘的角度。这三层写花，笔墨由简入繁，由侧面烘托而至正面描绘，然后再加以侧面烘托。但用笔都比较质实，而且越来越实。作者为了挽救这个危险的趋势（质实为词家一忌），把笔锋一转，写出了"向楚天空迥，人立西风"两句，亦花亦人，笔调一变而为沉着潇洒而又不乏空灵之气，遂使全词风致大变，从而逼近了上乘作品的行列。

词的下片，继续写拒霜花，但笔法与上片的正面下笔完全不同。下片乍看好像写美人，实际上是通过写美人而达到进一步写花的目的，把花写得尽善尽美。过片承"西风"句立意，写秋色浓于愁，貌似借秋兴叹，实际上是引出再次写花。白居易诗云："莫怕秋无伴愁物，水莲花尽木莲开。"（《木芙蓉花下招客饮》）所以写秋愁正是为了引出这个"伴愁物"来。

这个“愁”字来得贴切巧妙，也很重要，其意一直贯串到“教妾若为容”。“寂寞”以下四句，皆写“粉黛”（即美人）之愁。“寂寞”、“妆慵”以至“惆怅”，皆是其“愁”的情态表现；“施朱太赤”、“教妾若为容”，则是“愁”的原因所在。美人总是要与花争艳的。这里，美女们看了拒霜花，自己感到不好打扮了，不施“朱”（红色）固然不可，而施朱则“太赤”，不管怎样，总是打扮不出拒霜花的那种粉红来。“教妾若为容”，是屡经打扮而总不能与花比美的愁叹，所以只有“妆慵”与“惆怅”了。这几句虽从杜荀鹤《春宫怨》诗化出，甚至还借用了宋玉《登徒子好色赋》“施朱则太赤”的成句，但写得却自有新意。古典诗词中总喜欢以花写美人，如“梨花一枝春带雨”（白居易《长恨歌》）、“此度见花枝，白头誓不归”（韦庄《菩萨蛮》）、“一枝娇卧醉芙蓉”（阎选《虞美人》）等等；美女在花面前，总想比并一番，而且总有一种稳操左券的骄傲，如无名氏《菩萨蛮》：“含笑问檀郎，花强妾貌强？”黄简《玉楼春》：“妆成挼镜问春风，比似庭花谁解语？”这里则以美人写花，并比之下，美人却甘拜下风，临镜不知所措。拒霜花之美，由此可以想见了。这是个很成功的比拟。词的结句“花易老、烟水无穷”，陡转一笔，一反愁怨可掬的娇态，别开新意，花光尽而烟水来，以烟水之无穷弥补花的易老，把人引入一个高渺阔大的境界。这种结句，大有云水迭生、柳暗花明、余味无尽的优点，正是深得词家三昧之处。宋高宗也是长于词的人。这首词既然有如许好处，他看了能不高兴吗？

从咏物词的发展史上看，这首词也是值得称道的。两宋都有咏物词，但却有不同。就总的倾向说，北宋少而南宋多，宋末尤多；北宋咏物词往往有浓重而明显的抒情成分，南宋则渐趋冷静以至隐晦，这当然与其时代气质有关系，也与咏物词自身的发展过程有关系。这首词的作者赵昂，处在南宋初期，这首词也处于咏物词由北而南的过渡时期中，就咏物与抒情的比重上看，其咏物成分显然增多，而北宋的借物抒情的特色则显然减少。应该说，它预示了南宋咏物词的发展趋向。这一点，在我们鉴赏这首词的时候，也是应当注意的。

（原载《唐宋词鉴赏辞典》，上海辞书出版社 1988 年版）

程垓《酷相思》

月挂霜林寒欲坠。正门外、催人起。奈离别如今真个是。欲住也、留无计。欲去也、来无计。　　马上离魂衣上泪。各自个、供憔悴。问江路梅花开也未？春到也、须频寄。人到也、须频寄。

这首词，是程垓词的代表作之一。据《词苑丛谈》记载：程垓与锦江某妓眷恋甚笃，别时作《酷相思》词。

上片写离情之苦，侧重抒写离别时欲留不得、欲去不舍的矛盾痛苦的心情。起调“月挂霜林寒欲坠”，是这首词仅有的一句景语，创造了一种将明未明、寒气袭人的环境气氛。这本来应是梦乡甜蜜的时刻。可是，这里却正是门外催人起程的时候。“奈离别如今真个是”乃“奈如今真个是离别”的倒装语，意思是对这种即将离别的现实真是无可奈何。这种倒装，既符合词律的要求，又显得新颖脱俗，突出强调了对离别的无可奈何。这种无可奈何、无计可施的心情，通过下边两句更得以深刻表现：“欲住也、留无计。欲去也、来无计。”两句感情炽热，缠绵悱恻，均直笔抒写，略无掩饰。想不去却找不到留下来的借口；还未去先想着重来，又想不出重来的办法。铁定地要分别了，又很难再见，当此时怎不黯然魂销，两句写尽天下离人情怀。

下片写别后相思之深。这层感情，词人用“离魂”、“憔悴”作过一般表达之后，接着用折梅频寄加以深化。“问江路”三句，化用南朝民歌“折梅寄江北”和陆凯《寄范晔》“折梅逢驿使，寄与陇头人”诗意，而表情达意殆有过之。尤其是歇拍二句，以“春到”、“人到”复沓盘桓，又叠用“须频寄”，超神入化，写尽双方感情之深，两地相思之苦。

这首词中，少景语，多叙述，语言朴厚，不事夸张，却能于娓娓叙述之中，表达出绵邈凄恻的感情，自具一种感人的力量。这样的艺术效果，与词人所使用的词调的特殊形式、特殊笔法有关。其一，此词上下片同格，在总体上形成一种回环复沓的格调；上片的结拍与下片的歇拍皆用叠韵，且句法结构相同，于是在上下片中又各自形成了回环复沓的格调。这样，回环之中有回环，复沓之中又复沓，反复歌咏，自有一种回环往复音韵天成的韵致。其二，词中多逗。全词十句六逗，而且全是三字逗，音节短促，极易造成哽哽咽咽如泣如诉的情调。其三，词中还多用“也”字以舒缓语气。全词十句之中，有五句用语气词“也”，再配上多逗的特点，从而形成曼声低语长吁短叹的语气。词中的虚字向称难用，既不可不用，又不可多用，同一首词中，虚字用至二、三处，已是不好，故为词家所忌。而这首词中，仅“也”字就多达五处，其他如“正”、“奈”、“个”等，也属词中虚字，但读起来却并不觉其多，反觉姿态生动，抑郁婉转，韵圆气足。其关键在于，凡虚处皆有感情实之，故虚中有实，不觉其虚。

凡此种种形式，皆是由“酷相思”这种特定内容所决定的，内容和形式在程垓的这首词中做到了相当完美的统一。所以全词句句本色，而其感情力量却不是专事藻饰、堆垛者所能望其项背的。

《酷相思》这一词调，在宋金元词苑中仅此一见。创调之功乃在程垓。程垓的这首词虽传诵已久，又曾选入《花草粹编》，但毕竟继作者少。可见它是一种“僻调”。之所以“僻”，盖因其形式奥妙，难度实大，不易追摹。

（原载《唐宋词鉴赏辞典》，上海辞书出版社1988年版）

程垓《最高楼》

旧时心事，说着两眉羞。长记得、凭肩游。缃裙罗袜桃花岸，薄衫轻扇杏花楼。几番行，几番醉，几番留。　　也谁料、春风吹已断。又谁料、朝云飞亦散。天易老，恨难酬。蜂儿不解知人苦，燕儿不解说人愁。旧情怀，消不尽，几时休。

《词苑丛谈》载，程垓“与锦江某妓眷恋甚笃，别时作《酷相思》（月挂霜林寒欲坠）”。这首词则是与“某妓”分别若干年以后写的，以回忆的笔调，写作者自己与她的爱情悲剧及其无可弥缝的感情创伤，表现了作者对爱情的执着。

这首词，造句命意，通俗易懂，但其章法艺术却匠心独运，曲尽其情。上片起句“旧时心事，说着两眉羞”，开门见山，直说心事，直披胸次，为全词之纲，以下文字皆由此生发，深得词家起句之法。“旧时”，为此词定下了“回忆”的笔调，“长记得”以下至上片结句，都是承此笔势，转入回忆，并且皆由“长记得”三字领起。作者所回忆的内容，是给他印象最深刻的、使他长留记忆中的两件事，一是游乐，一是离别，前者是最痛快的，后者是最痛苦的。他以这样的一喜一悲的典型事例，概括了他与她的悲欢离合的全过程。写游乐，他所记取的是最亲密的形式——“凭肩游”，和最美好的形象——“缃裙罗袜桃花岸，薄衫轻扇杏花楼”。因系恋人春游，所以用笔轻盈细腻，极尽温细情态，心神皆见，浓满视听。写其离别，则用了三个短促顿挫、迭次而下的三字句："几番行，几番醉，几番留。"作者写离别，没有作"执手相看泪眼"之类的率直描述，而是选取了"行"、"醉"、"留"三个方面的行动，并皆以"几番"加以修饰，从而揭示情侣双方分离时心灵深处的痛苦。"行"是指男方将要离去；"醉"是写男方为了排解分离之苦而遁入醉乡，在片时的麻醉中求得解脱；"留"，一方面是女方的挽留，另一方面也是因为男方大醉如泥而不能成"行"。作者在《酷相思》中曾说："欲住也，留无计。""醉"可能是无计可生时的一"计"。这些行动，都是"几番"重复，其对爱情的缠绵执着，便可想而知了。作者写离别，仅用了九个字，却能一波三折，且将写事抒情熔为一炉，的是词家正宗笔法。作者在写游乐和离别时，都刻画了鲜明的人物形象。前者"缃裙"云云，通过外表情态的描绘，娇女步春的形象，飘然如活；后者则主要是写男方的凄苦形象，而侧重于灵魂深处的刻画。上片的回忆，尤其是对那愉快、幸福时刻的回忆，对于词的下片所揭示的作者的爱情悲剧及其给予作者的无可弥缝的感情创伤，是十分必要的。回忆愈深，愈美，愈见离别之苦和怨思之深。这正是词家所追求的抑扬顿挫之法。

下片起句以有力的大转折笔法写作者的爱情悲剧。"春风"、"朝云"，皆以喻爱情。但是，好景未长，往日的眷恋，那缃裙罗袜、薄衫轻扇的形象，便一如春风之吹断，朝云之飞散，不可再捕捉其踪影了，悲剧，酿成了！作者用"也谁料"、"又谁料"反复申说事出意外，深沉的悲痛之情亦隐含其间。"天易老"以下直至煞尾，都是抒发作者在爱情破灭之后难穷难尽的"恨"、"苦"、"愁"，而行文之间，亦颇见层次。"天易老，恨难酬"，总写愁恨之深。这句承风断云飞的爱情悲剧而来，同时也是下文抒写愁恨的总提，是承上启下的关键句。"蜂儿"、"燕儿"两句，是写心底的愁苦无处诉说，亦不为他人所理解，蜂、燕以物喻人，婉转其辞。作者当时的孤独凄苦和怨天尤人的情绪由此可见。这种境遇，自然就更进一步增加了他内心的痛苦，从而激荡出结句"旧情怀，消不尽，几时休"的感慨。这个结句，既与起句"旧时心事"相照应，收到结构上首尾衔接、一气卷舒之效，更重要的是它以重笔作结，迷离怅惘，含情无限，含恨无穷，得白居易《长恨歌》结句“天长地久有时尽，此恨绵绵无绝期”之意，词人对旧情的怀恋与执着，于此得到进一步表现。

从以上分析中，可以看出这首词的章法结构是颇具匠心的。它不仅脉理明晰，而且能一拍一折，层层脱换；虚实轻重（上片回忆是虚写，为衬笔；下片是实写，为重笔），顿挫开合，相映成趣。这种章法艺术是为表现情旨枉曲、凄婉温细的思想内容而设的。而这种章法艺术，也确实较好地表现了这种内容，直使全词写得忽喜忽悲，乍远乍近，语虽淡而情浓，事虽浅而言深，遂使全词成为艺术佳构。

这首词的另一个艺术特点是对句用得较多、较好。一是较多。词中的“缃裙罗袜桃花岸”与“薄衫轻扇杏花楼”为对，“天易老”与“恨难酬”为对，“春风吹已断”与“朝云飞亦散”为对，“蜂儿不解知人苦”与“燕儿不解说人愁”为对。第二是用得较好。最得胜境的是“缃裙”两句。这两句全是名词性的偏正结构的词组成对。“裙”是缃色（缃，浅黄色）的裙，“袜”是罗料（罗，质地轻柔，有椒眼花纹的丝织品）的袜，“衫”是“薄衫”，“扇”是“轻扇”，仅此四个词组，就把一个花枝招展、栩栩如生的美女形象成功地塑造出来。“桃花岸”对“杏花楼”，是其畅游之所。更值得注意的是，两句之中没用一个动词，却把动作鲜明的游乐活动写了出来。这里不得不佩服作者的造词本领。“春风”两句，也颇见工夫。“春风”、“朝云”作为爱情的化身，与“缃裙”、“薄衫”两句极为协调。作者把“春风”与“吹已断”，“朝云”与“飞亦散”这两组美好与残破本不相容的事物现象分别容纳在两句之中，并且相互为对，所描绘的物象和所创造的气氛都是惨戚的，用以喻爱情悲剧，极为贴切。悲剧，就是把美好的东西撕碎给人看。还有，这首词的对句，都是用在需要展开抒写的地方，不管是描摹物象还是创造气氛，都可以起到单行的散体所起不到的作用。这都是这首词的对句用得较好的表现。当然，缺点也有：一是还缺乏开阔手段，即对句所容纳的生活面还嫌窄狭；二是近曲。这两点不足，从“蜂儿”、“燕儿”一对中可以看得比较清楚。但是，瑕不掩瑜，它并未影响到这首词的艺术整体。

（原载《唐宋词鉴赏辞典》，上海辞书出版社 1988 年版）

程垓《卜算子》

独自上层楼，楼外青山远。望到斜阳欲尽时，不见西飞雁。

独自下层楼，楼下蛩声怨。待到黄昏月上时，依旧柔肠断。

人在他乡，至亲怀之；滞留愈久，怀之愈切，翘首瞻望，柔肠寸断。这就是这首小词所展示的内容。词中的主人公，从词中写到的“柔肠”和那不胜翘企的柔情看，应是一位少妇；所盼望的对象，或是她的丈夫，而词人给她的活动天地，也只有楼上楼下而已。从词人用笔看，若漫不经心，信手写来，略无雕绘，但却娓娓动人，不失词家风度。

词的上片，写上楼盼望，时间是白天。独自一人，登上层楼，取登高望远之意。但放眼远眺，唯见青山绵邈天际而已。“远”，是青山遥远，更是主人公放眼所望之远，得“独上高楼，望尽天涯路”句意。自然，所望不在青山，而在于“人”。但是，直望到斜阳欲尽，光线模糊，不能再远望之时，还是不见那人的影子，连点儿消息也没有盼到！雁，用雁足传书之典，事见《汉书·苏武传》。“不见西飞雁”，即没有盼到从远方传来的音讯。“日之夕矣，羊牛下来”，在外之人，当归不归，主人公的情真意深、望眼将穿、焦急徘徊，种种情绪，皆在不言之中。但她并不绝望。于是词的下片写主人公于“暝色入高楼”之后，又独自走下层楼，在楼下徘徊等候。但庭院寂寂，唯有蛩（蟋蟀）声如泣如怨而已。以蛩声衬寂寞，更以蛩声的凄怨，暗写主人公的情怀。至此，始写出主人公的“怨”。既全日翘首楼头，又继之以夜，始终不见那人归来，“怨”所由生焉。词的最后两句，写黄昏月上，这正是与所爱的人相会的时刻，而主人公却依然形影相吊、徘徊楼下，不见人归，不禁由怨而悲，柔肠寸断矣。着“依旧”二字，可见如此盼人，如此失望，已非一日，由此更见主人公怀念之深，盼望之苦。

全词长于写情，随着时间的推移，由盼望而失望的转换，其情由平缓而激烈，由默默无言而至凄怨，终至“柔肠断”。而情由景出，徘徊缠绵，迟迟不作道破，但作者欲言之事，欲传之情，读者皆可得而知之。作者熟悉生活，善于揣摩翘望者的心理状态：白天盼人，自然是上高楼，越高越得其深，南朝民歌“望郎上青楼”是也。梁元帝《荡妇思秋赋》：“登楼一望，唯见远树含烟。平原如此，不知道路几千！”也是白天登楼盼人，与此词同一境界。晚上盼人，则在楼下，徘徊庭除，所谓“玉阶空伫立”是也。若仍在楼上，则失其真。当然，也有一直守在楼上的，姚令威《忆王孙》写“楼上情人听马嘶”便是，那是情人偷情，未敢明目张胆，写的是特定人物的心理状态。李清照《声声慢》“守着窗儿独自，怎生得黑”，自是丈夫已死，无人可盼的写照。所以虽仅写楼上楼下，已深得生活真实，故语不雕琢，反觉字字真切感人。

（原载《唐宋词鉴赏辞典》，上海辞书出版社 1988 年版）

程垓《愁倚阑》

春犹浅，柳初芽，杏初花。杨柳杏花交影处，有人家。　　玉窗明暖烘霞。小屏上、水远山斜。昨夜酒多春睡重，莫惊他。

诗中的绝句，词中的小令，都是难作的。字数少，而又要有丰富的诗情画意，所以要字字锤炼，字字着力，小而精工，玲珑剔透，才见大家风度。程垓的这首小词，仅四十二字，正写得富有诗情画意，情趣盎然，颇能显示出“美文”的艺术魅力。

小词而能铺排，是这首词的艺术特点。这首词要表达的意思极为单纯：不要惊醒酒后春睡的“他”。但直接用来表达这个意思的文字，却只有全词的最后一句；绝大部分的文字，是用铺排的手法来描写与“他”有关系的环境、景物，极力渲染出一幅恬静、安逸、静谧的图画。起句写初春景物，交代节候。“春尤浅”，是说春色尚淡。柳芽儿、杏花儿，皆早春之物，更着一“初”字，正写春色之“浅”。《愁倚阑》又名《春光好》。古人作词，有“依月用律”之说，此调入太蔟宫，是正月所用之律，要求用初春之景。此词景与律极相应。“杨柳”句总前三句之笔，以“交影”进一步写景物之美，缀一“处”字，则转为交代处所，紧接着点出这里“有人家”。从“交影”二字看，这里正是春光聚会处，幽静而又充满生机。

词的下片首两句，转入对室内景物的铺排，与上片室外一派春光相应。窗外杨柳杏花交影，窗内明暖如烘霞，给人以春暖融融、阳光明媚之感，而小屏上“水远山斜”的图画，亦与安谧的春景相应。“小屏”一句，语小而不纤，反能以小见大，得尺幅千里之势，“水远山斜”，正好弥补了整个画面上缺少山水的不足。这正是小屏画图安排的绝妙处。此词一句一景写到这里，一幅色彩、意境、情调极为和谐的风景画就铺排妥当了。作者以清丽婉雅的笔触，在这极有限的字句里，创造了一种令人神往的境界，然后才画龙点睛，正面点出那位酒后春睡的“他”。“莫惊他”三字，下得静悄悄，喜盈盈，与全词的气氛、情调极贴切，语虽平常，却堪称神来之笔。

全词写景由远及近，铺排而下，步步烘托，曲终见意，既层次分明，又用笔省净。细味深参，全词无一处不和谐，无一处不舒适，无一处不宁静。显然，词人在对景物的描绘中，渗透了他对生活的理想与愿望。

就一般常例来看，艺术上的渲染、铺排，往往会导致语言上的雕琢、繁缛。但是这首小词却清新平易，绝无刀斧痕。语言平淡，是程垓词的一个明显特点，读他的《书舟词》，几乎首首明白如话，这种语言风格并非轻易得之。况蕙风论词，曾引了宋人葛立方《韵语阳秋》论诗的一段话：“陶潜、谢朓诗皆平淡有思致。……大抵欲造平淡，当自组丽中来。落其华芬，然后可造平淡之境。如此，则陶、谢不足进矣。梅圣俞赠杜挺之诗有‘作诗无古今，欲造平淡难’之句。李白云：‘清水出芙蓉，天然去雕饰。’平淡而到天然，则甚善矣。”况氏然后说：“此论精微，可通于词。‘欲造平淡，当自组丽中来’，即倚声家言自然从追琢中出也。”（《蕙风词话续编》卷一）程垓这首小小的《愁倚阑》，以平淡的语言精心写景，巧藏情致，具见琢磨之工，终得自然之美，足以为况氏的词论作一佳证。

（原载《唐宋词鉴赏辞典》，上海辞书出版社 1988 年版）

葛立方《卜算子》

袅袅水芝红，脉脉蒹葭浦。淅淅西风淡淡烟，几点疏疏雨。

草草展杯觞，对此盈盈女。叶叶红衣当酒船，细细流霞举。

对荷花而饮美酒，是古人的一种雅兴。如南朝陈孙德琏（玚）镇郢州时，泛船饮酒赏荷，宾僚并集，时称胜赏；宋代欧阳修在扬州时，也曾邀集宾客，围荷花而坐，传诗饮酒，成为佳话。葛立方也有这样的雅兴，他的这首词便是在赏荷席间所作。

此词篇幅虽小，但写荷花却颇具特色。作者对荷花多方面、多角度地进行描绘与烘托，把荷花的形象写活了；尤其是善用叠字，利用叠字所特有的艺术表现力，摹景状物，把荷花的精神状态也写活了。词的上片首句点出所咏之物。“水芝”是荷花异名，见晋崔豹《古今注》。“红”既写其颜色之美，同时也是写其开放之盛；“袅袅”则兼写外貌与精神，准确地写出了荷花的柔丽妩媚、婉转多姿的生动形象。次句转写荷花的生长地。“蒹葭”是常见的价值低微的水草，以喻微贱。《韩诗外传》：“闵子曰：‘吾出蒹葭之中，入夫子之门。’”其中的“蒹葭”，便是这种用法。“蒹葭浦”即指一般的、寻常的水滨。荷不择地而生，天池可，蒹葭之泽与蒲荻杂处，亦可。《毛诗·陈风·泽陂》便有“彼泽之陂，有蒲与荷”的诗句。“脉脉”，本是写人的“含情不语貌”，《古诗十九首》有“盈盈一水间，脉脉不得语”句。这里以写荷花，是说荷花脉脉含情地生长在这蒹葭之浦。这一个叠词，写出了荷花的甘于微薄、不攀不附的品格，同时也寄托了词人的志趣。“西风”、“疏雨”两句，点染秋景，以衬荷花。荷花开于夏秋之间，梁昭明太子《芙蓉赋》云：“初荣夏芬，晚花秋曜。”李白诗“涉江弄秋水，爱此荷花鲜”(《拟古十二首》之十一)，李绅诗“自含秋露贞姿洁，不竞春妖冶态浓”(《重台莲》)，皆是写秋荷。这两句，表面上看是点染秋景，写荷花所处的秀美的自然环境，而作者的真正意图却是写荷，通过写与荷有关的事物来达到写荷的目的。这是一种“借笔”。晋孙楚《莲花赋》“仰曜朝霞，俯照绿水”，固然是写荷，这里写风，写烟，写雨，也同样是写荷，而且写来不是那么质直，而是飘逸、空灵，同样把荷的形象写活了。以风写荷，周邦彦有“水面清圆，一一风荷举”(《苏幕遮》)的名句，翠盖临风，则飘然起舞，精神倍生；唐郑谷“倚槛风摇柄柄香”(《莲叶》)，是借风以写荷香的名句。无风荷不香，荷便是死荷。自然，这里的风不能是狂风，而是“淅淅”的风。同样，荷与雨也关系至密至切。晏殊《渔家傲》词：“荷叶荷花相间斗，红娇绿嫩新妆就。昨日小池疏雨后，铺锦绣，行人过去频回首。”陆游也有“白菡萏香初过雨”(《六月二十四日……》)之句，因“雨”而荷花才益增姿媚，惹客留连。自然，这里的“雨”也应是“疏疏”的雨。至于这种雨后的荷花，则更有美人出浴之妙，所以宋杜衍用“似画真妃出浴时”的诗句来形容它。“真妃出浴”，再配上那轻纱般的“淡淡烟”，于是“烟雾蒙玉质”、“绰约如仙子”的形象便活现在眼前了。这两句中的三个叠词用得实在有分寸。“淅淅”，轻微的风声，以写金风初动，摇荷传香；以“淡淡”状“烟”，以“疏疏”限“雨”。这样配搭起来，就能尽善尽美地托出荷花的“袅袅”、“盈盈”的生动情态。值得注意的是，作者在交代了所咏之物及其生长处所之后，正是要着力写其形象的时候，却不去作质直的、忠诚的正面描绘，即不作主观的“说破”，而是只从几个有关方面作点染烘托，写了“淅淅西风淡淡烟，几点疏疏雨”便结束了上片。这正是不落窠臼、自出心裁的地方。这种写法，能给读者留下无限广阔的想象余地，使读者神明顿发，由此及彼，产生美的联想，而造入三昧之域。

如果说词的上片是专力写荷花的话，那么，到了词的下片则把写荷与饮酒赏荷的具体场景结合起来了，笔调也一变而为质朴明快。“盈盈女”是对上片所写荷花形象——“袅袅”、“脉脉”及其在微风淡烟疏雨中的风姿神态的概括，其前着一“对”字，作者赏荷的雅兴则掬之可出。“叶叶红衣”，即片片荷花瓣儿。以“红衣”喻荷花，承“盈盈女”而来，也与首句“袅袅水芝红”照应。以“船”喻酒器之大者，诗词中如金船、玉船、觥船之类屡见。这里把红衣般的荷花瓣儿作为“酒船”，写出了荷花瓣之鲜艳硕大，又与前句的“展杯觞”和结句的“流霞举”相照应。（“流霞”，本神话中的仙酒，见《论衡·道虚篇》，此处指美酒。）这样，就把写荷、饮宴与赏荷结合起来了。

这首词使用叠字多而且好。全词共四十四字，其中叠字竟占了十八个，句句有叠字，连绵而下，相互映衬，无不自然妥帖。用来写荷花形象的，有“袅袅”、“脉脉”、“盈盈”，以至于“叶叶”（红衣）；写自然景象的，有“淅淅”（的风）、“淡淡”（的烟）、“疏疏”（的雨）；写词人动作情态的，有“草草”、“细细”。这些叠字在意境、气韵、情调等方面，都极为协调，确如周密所说的“妙手无痕”。这些叠字不仅生动传神地塑造了荷花的形象，表现了词人疏神达思、怡然自乐的生活情趣，而且形成了一种轻灵、和谐、安谧而又洒落的情调，形成了行云流水般的声韵美。这种情调和声韵美，与写“盈盈女”般的“袅袅”荷花，与写文人雅士品酒赏荷的特定场景，都极为合拍，形式与内容达到了比较完美的统一。这种频繁而有规律地使用叠字，在诗中有《古诗十九首》为例，而在词中则略无俦匹，这不能不说是葛立方的创造。

（原载《唐宋词鉴赏辞典》，上海辞书出版社 1988 年版）

陈亮《虞美人·春愁》

东风荡飏轻云缕，时送萧萧雨。水边台榭燕新归，一口香泥湿带落花飞。　　海棠糁径铺香绣，依旧成春瘦。黄昏庭院柳啼鸦，记得那人和月折梨花。

这首词题为《春愁》，抒写了词人面对春景而泛起的怀人念远的春愁。

词的上片全是点缀春景。东风，云缕，萧萧之雨，新归之燕：诸般景物都传递了春的信息，尤其是新归的燕子，非春莫属。但又并非诸景的单纯罗列，如此则无“艺术”可言。词人的艺术匠心，正在于把诸景组织成一幅富有动感的画面，“轻云缕”在“东风”吹拂下“荡飏”，“萧萧雨”亦由“东风”吹送而来；“水边”句点缀尤为活脱可观；“水边台榭”既为词增一境界，又是新归燕子栖居之所，而归来的新燕，“一口香泥湿带落花飞”，可见其营筑新巢之忙碌。这句写得很美，从视觉、感觉、嗅觉入笔，写泥湿而香，杂以落花，遣词造句，精工巧饰，用以描绘新燕，深致颂美之意。上片写景，有至大之景，亦有至细之景。至大者如浩荡的东风，高天的云缕，无边的萧萧雨；至细者则写到新燕口中的香泥以及其中的落花。这种写景，疏密有致，自然真切，确是上乘笔墨。下片过片“海棠糁径铺香绣”，紧承上片结句“落花”而来，补足上片写景之意，并由海棠糁径透出惜春伤感之意,而“依旧成春瘦”则直笔抒情,扣《春愁》题旨。“黄昏庭院柳啼鸦”,用此凄凉之景,进一步渲染词人的“春愁”,而在用笔上,与上片境界的优美,与下片结句“和月折梨花”的静谧,都适成对照,极是词中跌宕之笔。结句“记得那人和月折梨花”,曲终见意,揭示词人“春愁”的原因。“那人”,或是词人所怀念的恋人。从“依旧成春瘦”的“依旧”看,词人与这位恋人已分离很久了。

以上便是这首词字面上所规定的景与情,这是我们读这首词时所应当首先理解的。然而,词往往是抒发“贤人君子幽约怨悱不能自言之情”(张惠言《词选序》)的工具,而陈亮又是一位抱有济世之怀而郁郁不得志的词人,他往往把自己的济世之怀寓于词。据叶适说,陈亮每作一词,往往慨叹:“平生经济之怀略已陈矣!”(《水心集·出龙川集后》)这当然主要是指其爱国词作而言。但像这类感物而发,即景抒情的小词,若深求之,似乎也可以体味到其中的寓意。试看起首两句,“东风”既可“荡飏轻云缕”,又“时送萧萧雨”,可见其晴雨作态,反复无常。“东风”在古典诗词里往往有其象征性。催春的是东风,送春的也是东风。在这首词里,落花糁径便是风雨交纵的恶果。联系陈亮所处的政治背景和他的平生遭遇,这里的“东风”应该是有其内涵的。如是,则词人的“春愁”不正是其“经济之怀”屡被摧残所凝聚的感情吗?而他所怀念的“那人”倒很可能就是那些被远谪他乡的爱国志士了。

(原载《历代小令词精华》,岳麓书社1993年版)

章良能《小重山》

柳暗花明春事深。小阑红芍药，已抽簪。雨余风软碎鸣禽。迟迟日，犹带一分阴。　　往事莫沉吟。身闲时序好，且登临。旧游无处不堪寻。无寻处，唯有少年心。

章良能是南宋大词人周密的外祖父，一生做官，直做到参知政事。但其著作《嘉林集》百卷却未能保存下来；他的词，只有这首《小重山》有幸传了下来，却又被《词综》误为章颖词，多亏有《绝妙好词》等作证，不然，恐怕连这首小词也保不住了。

这首词没有系年。但从其对“无寻处”的“少年心”的执着寻觅看，可能是写在他的晚年。人生心理过程的规律证明，人越是到了晚年，就越是执着地回忆着、寻觅着他的童年。词中写的是：在一个“雨余风软碎鸣禽”的晚春，作者从公务烦剧的官场讨得半日清闲，置身于旧游之地的旖旎春光之中，一面欣赏着诸般春景，一面寻觅着他少年时期在这里留下的踪迹和这方旧游之地曾经给他留下的印象。“旧游无处不堪寻”，是说这里面貌未改，旧迹仍在，一一皆可寻得着，看得见，而只有他的“少年心”无处寻觅了！“无处寻”正是他经过了苦苦寻觅之后得出的结论。

从这首小词看，作者此时此刻的思想感情是复杂的。旧地重游，而又时值春深雨后的特定时刻，柳暗花明，软风徐徐；好鸟欢唱，婉转脆碎；

小阑芍药，已抽出娇红的簪形蓓蕾；迟迟移动的艳阳边，点缀着雨后的几片残云。显然，从这妩媚的春色里，我们可以体会到作者此时的心情是美好的。否则，从他眼里反映出来的春色就不会这么妩媚了。但是，作者的心情又是若有所失、低沉惆怅的。这从过片“往事莫沉吟”句里完全可以看得出来。词家对于“过片”的传统要求是“不要断了曲意，须要承上启下”（张炎《词源·制曲》），即前后意思相应。这里的过片则是凌空突兀而来，转笔甚陡。这种句法，往往是词人对所要表达的感情，酝酿再三，盘旋胸中，至不可按捺时，冲口而出，一语破的。由此可知，词人对“往事”已“沉吟”许久了。词人旧地重游，且美景当前，触景生情，勾起了对“往事”的回忆，感慨光阴流逝，时不我待，此地空留旧迹，而他的“少年心”却一去不复返了！“往事莫沉吟”，正是包含了诸多复杂的心理活动过程。但词人毕竟是旷达的，“少年心”既无可寻觅，只有自宽自慰，莫负眼前“身闲时序好”的难得时刻，强自登临罢了！

由此可见，这首小词善于抒写心理活动。它以感慨年华流逝为主旨，以眼前美景为映衬，衬托愈鲜明，感慨就愈深刻。但词人的这种感慨却不轻易流露，而是寓胸中万马奔腾般的感情于冷静的寻寻觅觅与强自宽慰之中。不过，词人愈是这等冷静，读者就愈是能体会到他内心感情的炽热。这不能不说是词人善于用笔的地方。

（原载《历代小令词精华》，岳麓书社 1993 年版）

姜夔《浣溪沙》

予女须家沔之山阳，左白湖，右云梦。春水方生，浸数千里；冬寒沙露，衰草入云。丙午之秋，予与安甥或荡舟采菱，或举火罝兔，或观鱼簺下，山行野吟，自适其适；凭虚怅望，因赋是阕。

著酒行行满袂风。草枯霜鹘落晴空。销魂都在夕阳中。
恨入四弦人欲老，梦寻千驿意难通。当时何似莫匆匆。

宋人之词，冠以小序者颇多，而姜夔词尤为擅场。姜词的小序，记事写景，笔致典雅，往往就是一篇优美的散文小品，具有很高的美学欣赏价值。这首词中的小序便是如此。此序以清空灵秀之笔，写其“女须家沔之山阳”的旖旎风光和词人郊游情趣，低徊往复，情辞俱佳。据序中“丙午”云云，知此词作于淳熙十三年(1186)，作者约在三十二岁。这是作者客居其姐姐家最后一年。女须即女媭，出于屈原《离骚》，此为姐姐的代称。

夏承焘先生云：“此客汉阳游观之词，而实为怀合肥人作。”据夏先生《合肥词事》考证，姜夔合肥情遇，盖为勾栏姊妹二人，妙擅音乐。姜夔先后为之写了二十首相思感怀的词，始于淳熙丙午，迄于庆元丁巳(1197)。此词是怀念合肥二女最早的词作之一。

词的上片写词人郊游时所见所感，三句三层意思。首句以酒后郊游起调，写词人乘着酒兴，迎着秋风，在郊外漫游，行行不已，清风两袖。

“满袂风”的形象，似潇洒，又似衰飒，是《序》中所说的“山行野吟，自适其适”的形象描绘。次句写郊游所见。枯草遍地，秋晖万里，鸷鸟在高空中盘旋而下。景象阔大高远，似雄浑，又似肃杀，颇似《序》中“衰草入云”的景象。第三句虽然用了“夕阳”为上句所描绘的景象作补充，但主要是抒情，抒写词人置身于大自然中的感受，虽然只用了“销魂”二字，内涵却相当丰富：一方面词人受了大自然的感发，且置身于夕阳之下，“夕阳无限好，只是近黄昏”，特别是想到远在合肥的恋人，于是“凭虚怅望”，感念丛生，魂逸天外；另一方面，“销魂”又暗寓着离别，南朝江文通《别赋》有云：“黯然销魂者，唯别而已矣！”而这种离别之感，正是由思念合肥二女而来。下片三句即从“销魂”句生出，而加以具体抒写。“恨入四弦人欲老”，以“四弦”写合肥恋人。据夏承焘先生考证，合肥二女善琵琶。她们与姜夔相恋而不得团聚，故云“恨入四弦”（琵琶四弦，周邦彦《浣溪沙》：“琵琶拨尽四弦悲。”）二女年龄当与姜夔相若，本不当言“老”。但因离恨之深，愁容戚戚，似乎“欲老”。此句是从合肥二女的角度着笔，亦是词人想象之辞。“梦寻千驿意难通”，写双方梦中相寻。遍寻“千驿”，可见相思之深，相寻之苦，而“意难通”，其情尤苦。由此逗出结句悔恨之语：“当时何似莫匆匆！”“当时”即离别之时。由于别后苦苦相思，故而悔恨当时不该如此匆匆离别。写这种悔恨，正是写恋情的真挚，思念的深沉。情真意切，皆在一笔悔恨之中。

此词在写法上，由汉阳游观入笔，先景后情，其情层层转深，曲终乃至痛心疾首，若不胜情。由此而知上片的写事写景，无一不是写情：“著酒”，实是“著情”，内心之情，无可排遣，因而“著酒”，故知酒为情设；独处郊野，行行不已，亦为情所驱使；秋风满袂，枯草苍莽，正是心情悲凉的象征；孤鹘独飞，正是词人孤独的写照；夕阳西下，也正与词人“欲老”的心态相应。由此可知，上片诸景，虽有雄浑之迹，但终归于悲凉，而与下片的相思之苦相应。

（原载《历代小令词精华》，岳麓书社 1993 年版）

郑域《昭君怨》

道是花来春未，道是雪来香异。竹外一枝斜，野人家。　冷落竹篱茅舍，富贵玉堂琼榭。两地不同栽，一般开。

此词收于《全芳备祖》前集卷一“梅花门”，是咏梅花之作。但从头到尾却无一字说破“梅”字，而是运用比喻，写其形质，从而婉转含蓄地把梅花呈现在读者面前。

开头两句，从开花的时间和花的色与香隐喻梅花。词人故意用一种游疑的口吻，婉转其辞：要说它是花么，可春天还没来到；要说它是雪么，可又有一种特殊的香气。实际上说的就是梅花开了。梅花开在春前，冰天雪地，花枝独俏，即如南朝何逊所谓“映雪拟寒开”（《早梅》）。以雪与香写梅花，是我国古代诗词写梅的传统笔法。以白雪写梅花之形，喻其圣洁；以幽香写梅花之质，显其高雅。形质兼写，为梅花传神写照，古人已留下许多佳句。南朝苏子卿《梅花落》云“只言花是雪，不悟有香来”，唐许浑《看早梅》云“素艳雪凝树，清香风满枝”，宋陈与义《梅花》云“客行满山雪，香处是梅花”皆其例。当然，也有专写其色或专写其香者，唐戎昱“不知近水花先发，疑是经冬雪未消”（《早梅》），宋陆游“零落成泥碾作尘，只有香如故”（《卜算子·咏梅》）即是。“竹外”句，特出一笔，引竹为梅衬托。古人写梅，往往以竹衬托。如宋苏轼《和秦太虚梅花》诗：“竹外一枝斜更好”，为什么这样会“更好”？这既因为它们是岁寒之友，品格相似，同时也体现着古人多层次的审美观，如画松配以鹤，画竹配以石一样，相映成趣，体现作者的内心世界。“野人家”一句是最后点出梅花存在的处所，同时领起下片，下片“竹篱茅舍”云云即承此句而来。下片一、二两句，是对句，对比地写出两种不同环境下的梅：环境不同，遭遇迥殊。一是在“竹篱茅舍”边受着“冷落”，一是在“玉堂琼榭”享着“富贵”。但是词人认为：“两地不同栽，一般开。”环境不同而同样开花，同样向人间放出异香。前人写梅，涉及其处所者，往往不是冷落之地，就是富贵之乡。前者如宋林逋“雪后园林才半树，水边篱落忽横枝”，后者如唐薛维翰“白玉堂前一枝梅”（《春女怨》），而将两者对比并提如此词者，却不多见。这里如此写法，目的不在于实写梅的处所，而是在于借以引发出词人的思想品格。这里极可看出词人郑域的思想品格，可以这样说：这里与其说是写梅，不如说是写词人自己，在梅的身上，寄寓着词人的高尚品格。这种寄寓法也是古人诗词中常用的手法，如宋陆游《梅花》诗云：“正是花中巢许辈，人间富贵不关渠”；《落梅》又云：“花中气节最高坚”，都是借梅以自见，郑域在此词中所表现的思想境界，与陆游正好相同。

这首小词，用语婉转含蓄，而又明白如话；以议论入词，而又不减词的艺术风味。确如明杨慎所说：“兴比甚佳”、“清醒可喜”。

（原载《历代小令词精华》，岳麓书社 1993 年版）

戴复古《柳梢青·岳阳楼》

袖剑飞吟。洞庭青草，秋水深深。万顷波光，岳阳楼上，一快披襟。

不须携酒登临。问有酒、何人共斟？变尽人间，君山一点，自古如今。

由登临岳阳楼而感发出的情绪，因人而异，因时而异；有青云得志而披襟啸傲者，有忧国忧民而痛哭流涕者。戴复古的这首词属于后者。戴复古是南宋著名词人，江湖派重要诗人。仕途艰难，终生布衣，长期流寓江湖。明毛晋称他："性好游，南适瓯闽，北窥吴越，上会稽，绝重江，浮彭蠡，泛洞庭，望匡庐、五老、九嶷诸峰，然后放于淮泗，归老委羽之下。"（《宋六十家词·石屏词》跋）他生当南宋中后期，半壁江山，忧愁风雨，无限伤心事，他都看在眼里，忧在心头。他虽然怀抱"一片忧国丹心"（《大江西上曲》），想"为国洗河湟"（《满庭芳》），但又终不可得。在这种情况下，登上岳阳楼，面对波光浩渺的洞庭湖，心绪应当如何呢？且看他的这首词。

词的上片主要写登楼所见。首句"袖剑飞吟"，盖用吕洞宾游岳阳楼的故事。据《唐才子传》载，吕洞宾"醉饮岳阳楼，俯鉴洞庭，时八月，叶下水清，君山如黛螺，秋风浩荡……别去，留诗云：'朝游南浦暮苍梧，袖里青蛇胆气粗。三入岳阳人不识，朗吟飞过洞庭湖'"（按：吕洞宾诗多为后人伪托，这首诗的真伪，此不论）。"青蛇"，指宝剑。戴复古寄迹江湖，与吕洞宾相似,因而引以自比。这个起句,喷薄而出,如挟风雷,颇有雄杰之气,确是戴复古爱国气质的自然流露。“洞庭”两句以及“万顷波光”句,都是写登岳阳楼所见。“青草”,即“青草湖”,本洞庭湖的一部分,南接湘水,北通洞庭。在岳阳楼上西望,所看到的洞庭湖、青草湖的景象,撮其特点便是“秋水深深”与“万顷波光”。前者主要是写其水的清与深,同时点明季节。秋水是至清的。后者主要是写其大,如韩愈《登岳阳楼》所说:“洞庭九州间,厥大谁与让?”前者得其静美,后者得其壮观。这里所描绘的景象,与吕洞宾所见的“叶下水清”、“秋风浩荡”相仿佛。上片结句抒写词人披襟迎风的豪情,典出宋玉《风赋》:“楚襄王游于兰台之宫……有风飒然而至,王乃披襟而当之,曰:‘快哉此风!’”词人戴复古站在岳阳楼上,披襟迎风,豪爽而飘逸,与“袖剑飞吟”的形象相应。于是,上片基调浑然一体。

下片转笔很陡,由上片的豪爽甚至豪侠一转而为沉郁凄怆。这在感情上是一个大幅度跳跃。古代爱国知识分子在遭逢家国沧桑之变的时候,登高临远,往往会因“虽信美而非吾土”而在霎那间产生这种感情上的剧变。“信美”,自然是令人高兴的。但一想到“而非吾土”,不忍再看,就立即悲从中来。戴复古在岳阳楼上看到美丽的洞庭秋色,自然是高兴的,这就是上片所表现的情绪;但他一想到国事日非,人间正面临着沧桑之变,而自己又无力回天,于是心情就立即忧愤起来,而且这种感情急于发泄,故下片不再像一般词的作法,在过片处来一个“承上启下”,作个感情变化的缓冲,而是劈头直说:“不须携酒登临。问有酒、何人共斟?”一个否定,一个反诘,把满腔的悲愤、孤独之慨,一泻而下。结句“变尽人间,君山一点,自古如今”,抒发兴亡之感,感情转为深沉。“君山”,又名湘山,在洞庭湖中,《水经注》说是湘君所游之处,故名君山。在岳阳楼上遥望君山,直是“一点”而已。但这“一点”,古往今来,尽管人间沧桑变尽,它却岿然不动。这里,词人感慨人间的“变尽”,颂美君山“自古如今”的永恒,比较之下,表现了戴复古的人生哲理。“君山”之上,或寄寓着他的某种理想,这可能就是这首词的思想深刻之处。

(原载《历代小令词精华》,岳麓书社 1993 年版)

黄简《柳梢青》

病酒心情。唤愁无限，可奈流莺。又是一年，花惊寒食，柳认清明。　　天涯翠巘层层。是多少、长亭短亭。倦倚东风，只凭好梦，飞到银屏。

这首词所写的时间，是寒食、清明前后，这种节候的景物特征是有花，有柳，有流莺，有东风，放眼天涯，“翠巘层层”。在古代，生活在这种特定环境中的人，一般说来，往往会有一种伤春迟暮之感。这首词中的主人公就是这样。他喝了闷酒，醉得有些近乎病态（“病酒”即醉酒，俗谓“醉酒如病”）；黄莺鸟的叫声，本来是和谐圆润的，所以博得了“流莺”的雅号，杜甫也有“自在娇莺恰恰啼”的诗句。可是对这首词中的主人公来说，却只能“唤愁无限”，听得心烦，却又无法封住那流莺的嘴巴，真是无可奈何（“可奈”即“怎奈”、“无可奈”）！主人公的愁从何而来？是“病酒”，还是“流莺”？如是“病酒”，那么，他何以要“病酒”呢？如是“流莺”，那么，为什么老杜听起来竟那么悦耳？看来都不是。伤春？倒有些相似。你看，“又是一年，花惊寒食，柳认清明”，光阴如流，逝者如斯，转眼“又是一年”！一年一度的“花惊寒食，柳认清明”，主人公究竟有了几番相似的阅历？难说，从“又”字上看，这绝不是开头。春光如许，年复一年，时不我待，触景生情，感到时序惊心，慨叹流年暗换，从而“愁”上心头,“春愁过却病”,美其名曰“伤春”,有何不可?“伤春”一词,不知被古人用过多少次,其实,春本无可伤,可伤者往往是与春本来并无关系的其他内容。总结一下古人的生活经验,春天的本身虽无可“伤”,但它却往往是人们感慨伤怀的诱发物。王昌龄《闺怨》诗说:“闺中少妇不知愁,春日凝妆上翠楼。忽见陌头杨柳色,悔教夫婿觅封侯!”凝妆的少妇,本来没什么“愁”和悔恨的,否则她就不“凝妆”了。但她一旦登上了层楼,看到了那一派迎风飘舞的柳丝,于是愁从中来,她想到了远在他乡“觅封侯”的“夫婿”。最好的春光,应该与最亲近的人共赏,一旦“共赏”不可得,便触景生情,对景怀人,这就是所谓“伤春”了。看来,春天是一个怀人的季节,古人从这里选取题材,抒发感情,不知写下了多少诗词!黄简的这首词,也是这样。当他望尽天涯的层层翠巘,心中暗数着那数不清的“长亭短亭”,怀人之情油然而生,以至希望能在梦中与亲人团聚。“天涯翠巘层层。是多少、长亭短亭”,是这首词中最关键的句子,也是我们理解和鉴赏这首词的锁钥。况蕙风评说:“此等语非深于词不能道,所谓词心也。”(《蕙风词话》)“天涯”一句,是触景生情的诱发点。

上片的流莺、花柳,皆眼前身边之景,对于词境皆止于描述而无甚开拓意义,“天涯”一句却既融入了上片诸景,又高瞻远瞩,意象博大,更重要的是它开拓出了“长亭短亭”一境,遂使全词柳暗花明,转出了一片新天地,这是一个极好的过片。“长亭短亭”句接踵“天涯”句而来,是词中主人公望尽天涯的直接所得,是揭示全词思想实质的关键处。“长亭”、“短亭”皆系行人休止之所。在庾信《哀江南赋序》中,是说路程之长和行程之艰苦;[①]在李白词《菩萨蛮》中,是说路程之长和归心之急,[②]后来它就成了天涯羁旅、游子思归的象征。显然,这一句揭示了全词的抒情实质:乡关之思,思归。读到这里,我们才豁然省悟到,上片所写的“病酒心情”以及流莺唤愁等等,都是主人公内心的乡关之思的外部流露,并不能用含糊的“伤春”来概括;“花惊寒食,柳认清明”,与“翠巘”一样,既是这种

---

① 庾信《哀江南赋序》:“十里五里,长亭短亭。”
② 李白《菩萨蛮》:“何处是归程,长亭接短亭。”

乡关之思的诱发物,同时也是这种乡关之思的寄附品,而并非一般的感叹时光流逝。结拍的“倦倚东风”三句,都是在思归而未能归的情况下的思想活动。实际上的“归”既不可能,只得寄希望于梦,在梦中“飞到”故乡的“银屏”,与亲人团聚,这自然是“好梦”了。这三句把思归的心情作了更深一层的抒发。至此,全词所曲曲折折表达的思想感情,就可以“涣然冰释,怡然理顺”了。作者黄简本是建安(今属福建)人,长期隐居于吴郡光福山,乡关之思,自不可免,至于能把这种感情抒写得如此婉曲缠绵,确实是“非深于词不能道”的。

黄简的词流传至今的,只有三首,皆以精于修辞见称,如《眼儿媚》:“打窗风雨,逼帘烟月,种种关心。”《玉楼春》:“妆成挼镜问春风,比似庭花谁解语?”皆不啻神工鬼斧之妙。这首词中,则有“花惊寒食,柳认清明”。这两句的妙处,首先是如况蕙风所说:“属对绝工。”这两句都是同样的“主谓宾”句式结构,相互为对,分明而严整。富有感情色彩和动作表现力的“惊”字“认”字,把一春郁闷,见花柳而惊知寒食清明已至的情态活脱脱地表现了出来。这两个极见精神的动词,不经几番炉火,是无论如何得不到的,确实是这首词的“词眼”。乍见而“惊”,由“惊”而“认”,细细辨认之后,于是乎确认寒食清明已到,从而想到祖茔在焉的故乡,乡关之思油然而生,“泪眼问花花不语”的情态就出现了。作者选定寒食清明这种时节,也是不无考虑的。如上所说,这是一个祭扫祖茔的时节,最容易勾起异乡人的乡关之思;同时,这也是一个“断魂”的时刻,往往是零雨其蒙,雨痕,泪痕,冷冷清清。这种大家约定的、公认的气氛,对全词所要表达的那种比较低沉的乡关之思,自然起到一种烘托、浸染的作用,这不能不说是作者的匠意所在。当然,这首词的艺术精华,并不止于这两句。其整体结构上的匠心独妙之处,已略如上述,但这两句乃“词眼”所在,确实为此词生色不少,因此也就获得了后人的格外垂青。

(原载《唐宋词鉴赏辞典》,上海辞书出版社 1988 年版)

冯去非《喜迁莺》

凉生遥渚。正绿芰擎霜，黄花招雨。雁外渔村，蛩边蟹舍，绛叶满秋来路。世事不离双鬓，远梦偏欺孤旅。送望眼，但凭舷微笑，书空无语。　慵觑。清镜里，十载征尘，长把朱颜污。借箸青油，挥毫紫塞，旧事不堪重举。间阔故山猿鹤，冷落同盟鸥鹭。倦游也，便樯云舵月，浩歌归去。

这首词可能写在南宋理宗宝祐四年(1256)十一月。当时作者因受专横恣肆的丁大全的排挤而被罢官，于是，一叶扁舟，准备归返故里南康军(今江西星子)。在归途中，作者触景生情，百感交集，写下了这首《喜迁莺》，回顾了他往日的宦海生涯，表达了他坚决离弃官场、隐居以终的思想情绪。

上片起句“凉生遥渚”至“绛叶满秋来路”六句，是写眼前景。“遥渚”、“绿芰”、“渔村”、“蟹舍”，皆是舟行所见景；“凉”、“霜”、“黄花”、“绛叶”，皆是具有季候特征的感受与景物。十一月，如果在北国，恐怕已冬景萧萧，但在江南，却是黄花绛叶，宛若深秋。说“来路”，正是说“归路”。作者于宝祐四年的上半年被召为宗学谕(宗室子弟学校的教官)，而以十一月罢官返里，“来路”尚记忆犹新，应诏而来时，一路青翠，至此则红叶满路了。“来路”一句，读来平平，不动声色，实际上感慨系之，宦海浮沉，仕途坎坷，种种感慨，暗寓其中。“世事不离双鬓”，正是作者这种种感慨的正面表述。双鬓是世事的反映。世事艰难，催人衰老，使双鬓朝如青丝暮成雪！作者的归途也不是一帆风顺的。据《宋史》本传记载，冯去非“舟泊金焦山，有僧上谒。去非不虞其为大全之人也，周旋甚款。僧乘间致大全意，愿勿遽归，少俟收召，诚得尺书以往，成命即下”。显然，丁大全用了先打后拉的手段，逼迫冯去非就范。“远梦偏欺孤旅”，实指可能就是这件事。去非对丁大全的伎俩，既表示愤怒，又觉得好笑，所以词中接下去写道：“但凭舷微笑，书空无语。”“微笑”，既是对丁大全之流嗤之以鼻，也是作者在诀别官场之后心境坦然的表露。“书空无语”，是用东晋殷浩的典故。《世说新语·黜免》载，殷浩被废，终日书空作“咄咄怪事”四字。书空，用手指在虚空中写字。这个典故用得很贴切，作者位虽不及殷浩，但怀抱相似，遭遇（被废）相同。作者对这种不公平的遭遇，无话可说，只有（“但”）书空无语而已。显然，幽愤之情，溢于言表。

下片换头由映入“清镜”里满面征尘的自我形象，转入对仕途往事的回忆。“慵觑”，懒得看，实际上是不忍看。“十载”句，据《宋史》本传，去非从淳祐元年（1241）中进士之后，踏上仕途，其间有一段时间弃官离职；宝祐四年，被召为宗学谕，不久罢官，前后算来，他的仕途“征尘”生活，也不过十年左右。“长把朱颜污”，沉痛之中，杂有愤恨，对当时官场的批判，深刻犀利。《世说新语·轻诋》云：“庾公（亮，字元规）权重，足倾王公（导）。庾在石头，王在冶城坐，大风扬尘，王以扇拂尘曰：‘元规尘污人！’”“尘污”一词，主要用它政治上的寓意，矛头直指权奸丁大全之流。“借箸”、“挥毫”两句，是具体回忆自己仕途生活中可以纪念的内容。“借箸”即出谋划策，出于《史记·留侯世家》。“青油”即青油幕，以青绸为之，此指军中帐幕。唐韩愈、李正封从征蔡州时驻于郾城，夜会联句，有“从军古云乐，谈笑青油幕”句。“紫塞”本指长城，晋崔豹《古今注》说，秦筑长城，土色皆紫，故称紫塞。在冯去非生活的南宋后期，无“挥毫”于长城的可能。这里的“紫塞”，是泛指北方边塞，冯去非“尝干办淮东转运司，治仪征”（《宋史》本传），仪征地处南宋的北边境，比作“紫塞”，亦无不可。从“借箸”、“挥毫”两句看，冯去非智谋超常，辞翰华赡，所以能在公卿间出谋运策，在边塞之上倚马挥毫。可是啊，眼前已被罢官，“借箸”云云，已成陈迹，作者用“旧事不堪重举”一笔结束过去，同样寓有不堪回首的沉痛。“间阔”以下，转写隐逸志趣。“间阔”、“冷落”云云，承“十载征尘”而来，对久违的“故山猿鹤”、“同盟鸥鹭”有抱歉之意，同时又开启结句的“倦游”一层，关联开合，脉络井然。结句则形象而明快地写出了归隐的行动。“樯云舵月，浩歌归去”，潇洒而决绝，其意境、形象似可与陶渊明《归去来辞》中的名句“舟摇摇以轻飏，风飘飘而吹衣”媲美。

这首词不仅思想内容较好，在艺术技巧上也比较成功。《蕙风词话》卷二曾全首引录，并说“此词多矜炼之句，尤合疏密相间之法，可为初学楷模”。矜炼之句确实不少，如“擎霜”、“招雨”，一“擎”一“招”，把“绿芰”、“黄花”傲霜斗雨的精神状态写活了；“樯云舵月”句的“樯”、“舵”，皆名词用作“意动词”，即以云为樯，以月为舵，形象丰富，造语空灵而秀美，给人以高逸骚雅、飘飘欲仙之感，与写归隐的内容极相贴合。词中对句较多，有逐句对，如“绿芰擎霜，黄花招雨”，“雁外渔灯，蛩边蟹舍”，“借箸青油，挥毫紫塞”等；而“樯云舵月”则是句中对。工稳的对句，不仅矜炼优美，而且易于铺排，展示的生活内容、形象画面都比较大，以较少的文字表现较多的内容，这就是常说的“密”。但就全词来说，我们读起来却不觉其“密”，更没有因对句较多而造成的板滞感。原因就在于作者恰当地穿插使用了散体句。对句密丽，散体清疏，对句与散体参差成文，这就是况蕙风所说的“尤合疏密相间之法”。仅这一点，我们就可以说，冯去非的填词工力，非等闲手笔可比；这首词指示了某些作词门径，被誉为“初学楷模”，也是当之无愧的。

（原载《唐宋词鉴赏辞典》，上海辞书出版社 1988 年版）

魏了翁《醉落魄》

人日南山约应提刑懋之

无边春色。人情苦向南山觅。村村箫鼓家家笛。祈麦祈蚕,来趁元正七。　　翁前子后孙扶掖。商行贾坐农耕织。须知此意无今昔。会得为人,日日是人日。

词题中的“人日”,和词中的“元正七”,都是指农历的正月初七。旧时称正月一日为鸡,二日为狗,三日为猪,四日为羊,五日为牛,六日为马,七日为人等等。到了“人日”,民间旧俗,以七种菜为羹,用彩色的布或金箔剪成人形,贴在屏风上,戴在头上,取“形容改新”和“一岁吉祥”之意,并且饮酒游乐,吹奏乐器,以祈农桑。总之,这是一个快乐吉祥的节日,“人”在这一天显得特别尊贵,故李充《登安仁赋铭》有“正月七日,厥日唯人”之说。这首词,就真实地反映了当时农村“人日”景况,抒发了作者的感受。

农历的正月,时在孟春,初阳发动,故词以“无边春色”起句。但是,就人的常情来说,尽管处处是春色,还是要去寻春,觅春。次句的“苦”字,表现了人们的这种寻觅春色的执着。词中的“南山”,大约是春光尤美之处,也是作者约提刑官应懋之游春的目的地。在写作上,属点题之笔。“村村”三句,直至下片“翁前”两句,都是写农村人日的热闹景象,是作者“觅”春所见，也正是本词写作的一个重点。在用笔上，先大笔挥洒，用“箫鼓”、“笛”写节日歌舞之盛，用“村村”、“家家”极写范围包容之大，仅此一句，就把农村“人日”的风俗景象以及人们的欢乐情绪有声有色地渲染出来。“祈麦祈蚕”，点出“村村箫鼓家家笛”这种活动的目的。祈求农事丰收，这里虽举“麦”、“蚕”为诸多农事的代表，但在“人日”来说，农民马上可以接触到的，或者说一年之中最先盼望的丰收，一般说来，倒也是麦与蚕了。这时，麦在反青，蚕在孵化，对丰收的盼望与担忧，都同时在农民心头慢慢升起，他们怎么能不用这尽情的箫鼓和笛声表达他们的祈求呢？“来趁元正七”，是上片的结句，点明这特定的时间和人们种种活动的特定含义。“趁”，有“赶”的意思，是说人们都来赶这“人日”的热闹。

下片“翁前”两句，转入“特写”镜头的描绘。“翁前子后孙扶掖”，这正是“来趁元正七”的老老少少，子子孙孙。魏了翁是南宋著名理学家，在他的笔下，这几辈人的出现，长幼之序，极为分明。“翁”、“子”、“孙”的排列顺序，在理学家看来，是万不可错乱的。“商行贾坐农耕织”，这一组镜头，由商、贾、农三种行当的人物活动组成，三个动词“行”、“坐”、“耕织”，用得与这三种人物的身份、工作特点极为贴切。商贾本来都是做生意的，在古代，他们的分界就在于“行”与“坐”，行卖为商，坐卖为贾，“耕织”则是“农”的本业。当然，这里不一定实写“人日”所见，而是作者由“人日”人们的祈求而联想到的各色自食其力的人所从事的争取丰收、幸福的实践活动。但这三个动词，却画出了一片繁忙景象。从“箫鼓”至“耕织”，这五句从不同的角度表现“人日”景象，组成了一幅农村“人日”欢乐图，充满一派升平气象。作者把种种苦闷、烦忧，都排斥在画面之外了。这里简直是一块桃源乐土。这种农村景象，在魏了翁的一百八十余首词中是不多见的，这里可能是写实，在偏安的半壁河山之中毕竟还有这样一片乐土！但其中也不能排斥寓有作者的理想，这正是他所苦苦寻觅的“春色”，上片次句下“苦”与“觅”两个字眼，用意或在于此。词的末三句，是作者就此情此境而引发的感想，是本词的哲理所在，也正是作者的希望。“须知”，是告诫语，作者要告诉人们：“人日”中的“人”的种种活动与期望，古往今来，都是如此，“人”是向上的，都在追求着幸福美好；但是，人们如果都懂得（“会得”即“领会到”、“懂得”之意）了做人的道理，都像在“人日”里那样意识到“人”的作用与追求，那么，就“日日是人日”了，而就不会只有在“人日”这一天才去追求祈祷了。显然，作者是在勉励人们追求不息，生生不止。这正是作者哲学思想核心问题之一。魏了翁“人”的观念很强，认为“人与天地一本，必与天地相似”，而人心之外，别无所谓天地神明，故为政主张“内修”、“立本”、“厚伦”，正人心，化风俗；他所历州县，皆“以化善俗为治”；使“上下同心一德，而后平居有所补益，缓急有所倚仗”（均见《宋史》本传），这便是他在本词中发挥议论的思想基础。

《四库提要》称魏了翁的写作“醇正有法，而纡徐宕折，出乎自然，绝不染江湖游士叫嚣狂诞之风，亦不染讲学诸儒空疏拘腐之病，在南宋中叶，可谓翛然于流俗外矣”。这种特点，在本词中亦有表现。这首词写得古朴自然，平易真切，既不叫嚣狂诞，又不空疏拘腐，这种笔调，与写农村风物极相贴合。再就是以议论入词。这虽是南宋词的常见现象，但却能不流于空泛，而是情由景出，论随情至，一路写来，颇得自然之理。这从另一个侧面反映了魏了翁词作的艺术特色。

（原载《唐宋词鉴赏辞典》，上海辞书出版社1988年版）

魏了翁《朝中措》

次韵同官约瞻叔兄(□□)及杨仲博(约)赏郡圃牡丹并遣酒代劝

玳筵绮席绣芙蓉。客意乐融融。吟罢风头摆翠，醉余日脚沉红。　简书绊我，赏心无托，笑口难逢。梦草闲眠暮雨，落花独倚春风。

这是魏了翁在一次赏牡丹的筵席上的“次韵”(即“和韵”)之作，用以劝酒。上片首句写筵席的丰盛而精美，“玳”、“绮”、“绣芙蓉”皆席面装饰，高妙华贵，用以形容筵席的至盛至精。设此筵席，意在赏郡圃中的牡丹(称“郡圃”，当是任知州时事)。对华筵而赏名花，在座诸公——词题交代，在座者有魏了翁及其“同官”、瞻叔兄、杨约字仲博等，自然是其乐融融，故词次句云“客意乐融融”。“吟罢”两句，缘“乐融融”意脉，进一步写宾客筵宴之乐。“摆翠”、“沉红”，前写牡丹叶在清风中摇摆，翠绿欲滴，后写牡丹花在斜阳映照下甜润腓红。“沉红”，既是写花，又是写“日脚”西沉，落霞夕照，从而表现筵宴时间较长，与“醉余”、“吟罢”相应。这两句在表达感情方面，也能给人以由明快而至深沉的层次感。“沉红”一句，为下片的抒情奠定了感情基调。这种对花设筵，陶情怡性，本是旧时士大夫的常事，诗词中多有表现，在魏了翁的词中也多有其例，所以这题材无特别突出之处。这首词比较突出、饶有个性之处，在于下片的抒怀。

下片一反上片华筵美景其乐融融的情调，以特出之笔，抒写作者自己身沉宦海、欲归不能的厌倦心情。魏了翁先后多次出知州府，曾连续十七年不在朝；知汉州（州治在雒县，今四川广汉）“号为繁剧”，知眉州（今四川眉山）又“号难治”，知泸州（今属四川）则原本“武备不修，城郭不治”；晚年又出知绍兴府、福州，皆兼本路安抚使。公事繁剧，极费心力。故下片开头就说“简书绊我”。“简书”即公牍。“绊我”二字，已表现了作者对“简书”的厌倦和欲脱不能的烦闷。在这种心情的重压下，作者即使在这种对华筵赏名花“客意乐融融”的场合下，仍然是“赏心无托，笑口难逢”。那么，作者追求的是什么呢？词的结句，卒章见志，回答了这个问题：“梦草闲眠暮雨，落花独倚春风。”像“梦草”那样闲眠于暮雨里，像落花那样独倚于春风之中。“梦草”，是神话中的一种草，《洞冥记》说这种草似蒲，红色，昼缩入于地，一名“怀梦”。这里作者取用“梦草”“落花”，物象衰飒，取意消沉，词境苍凉，寓有自己的身世之感。魏了翁的仕途是坎坷的。在他出仕期间，前有韩侂胄擅权，继有史弥远专政，“国家权臣相继，内擅国柄，外变风俗，纲常沦斁，法度堕弛，贪浊在位，举事弊蠹不可涤濯”（见《宋史·魏了翁传》）；而他又是一个敢于揭露时弊，欲以理学治国的人。所以屡受排斥，以致积忧成疾，数次上疏要求引退，可又偏偏得不到批准。这就造成了他的苦闷。他的这种苦闷，在这首词中得到了真实的表现。

魏了翁的词，数量不少（今存一百八十余首），可惜大多数是寿词，歌功捧场，言不由衷，像这样真实地表达自己的思想感情之作，在魏词中虽也有一些，但不是太多，因而它就显得可贵。且这首词的风格也比较清旷。上下片的结句，都是很美的对句，不仅属对工整，而且意境颇佳，色调错杂，写景如画，清疏之中不乏浑厚苍凉之气；作者的思想感情虽寓于景中，却又掬之可出，读之无晦涩之感。魏了翁是颇能借景抒情的，除本词外，他如“望秦云苍憺，蜀山渺漭，楚泽平漪。……独立苍茫外，数遍群飞”（《八声甘州》），“吟须撚断，寒炉拨尽，雁字天边”（《朝中措》）等，都是典型例句。

（原载《唐宋词鉴赏辞典》，上海辞书出版社 1988 年版）

周文璞《浪淘沙》

题酒家壁

还了酒家钱，便好安眠。大槐宫里着貂蝉。行到江南知是梦，雪压渔船。　　盘礴古梅边，也是前缘。鹅黄雪白又醒然。一事最奇君记取：明日新年。

这是一首即事抒怀的小词，事显而意深。词中所写到的事，是作者“还了酒家钱”之后的一些活动，有酒后的安眠，有美梦的欢欣与破灭，伴随着江南路上的行程以及在古梅边的“盘礴”。作者是嗜酒的。他在《清明日书事》诗中说：“野夫不知时节换，但要熟醉如春泥”（诗见《方泉先生诗集》，下同）。“野夫”是其自称，他的别号就叫“野斋”。他的嗜酒贪醉，与他所处的时代及个人的遭遇有关。他生活在南宋的光、宁时期，[①]这正是国家多灾多难的时期。他个人的遭遇也颇不幸。他“家本汶阳县，累世事耕桑”，在金兵南下、宋室南渡之际，“室庐既焚荡，飘零住江潭”（均见《呈巩睡翁礼》），他的祖、父辈是随着宋室的南渡而流落江南的。他曾任过溧阳县丞，又曾隐于方泉，穷愁潦倒，坎坷不遇。他不愿意与当时的

① 周文璞与姜白石为友，称白石为“白石生”，见其诗《姜尧章金铜佛塔歌》等；又有《吊尧章》诗。白石约卒于宁宗嘉定十四年（1221），文璞当为后死者。但他在《戊辰感事二首》诗中，已有“谩劳双鬓白”句，“戊辰”为嘉定元年（1208），盖其卒年似不会太后于白石。其所处时代，由此可知。

污浊社会同流合污，因而“独抱于洁清”(《方泉赋》)。他的这种行动，又往往受到别人的嘲弄，如他在《游栖霞》诗中所说：“穷愁著文字，屡被同行嗔。”《病后》又说：“此生身在揶揄里。”他对自己的不幸是悲愤的，但又不直接多发愤慨激烈之音，反而婉转其辞：“噫吾命濡滞于此丘(按：指方泉)兮，又何敢怨怼而舛差。”(《方泉赋》)他往往是在醉中讨生活，求解脱，如他在《闲居日有幽事戏作》诗中所说：“自知痴得计，常用醉为醒。”我们了解了这些情况，对他这首词所包含的深意就很容易理解了。他的嗜酒、醉眠，他的美梦及其破灭等等，都是当时社会现实的产物。词中“大槐宫里着貂蝉”，典出大家所熟知的唐代李公佐《南柯记》，作者借用这个我国古典文学领域中具有特定寓意的典故的目的，恐不仅仅在于说明自己酒后做了一个什么样的梦，也不一定是写他某种追求的破灭，而是用来批判当时富贵无常、得失不定的社会现实。作者曾任过溧阳县丞，也算在“大槐宫”里戴了一阵纱帽儿，对官场浮沉、人生冷暖，深有体察。在这首词中，作者借酒以入梦，由梦而借典，用典以刺世，乍看似随手写来，出于无心，细玩乃知有弦外之音，含不尽之意，这正是作者对当时社会在不敢公然“怨怼”的情况下，所作的一种曲折巧妙的批判。

“雪压渔船”，自然是作者在梦醒之后所看到的真实景物，但也未尝不是当时社会现实的形象表现，写其严酷，寓有作者的指斥之意。至于“盘礴古梅边”云云，则是作者性格另一侧面的表现。“盘礴”，即箕踞而坐。一般说来，傍梅而踞，以为岁寒友，挹其清芬，抗以高致，以葆其粹质，自然是一种绝好的境界。但这里却不仅如此，还别有用意。“箕踞”这种坐法，是以屁股坐地，两腿斜前伸出，状如簸箕，是一种傲慢不敬的姿态。古人坐则跪，是不好这样大大咧咧地“箕坐”的，故《礼·曲礼》有“立毋跛，坐毋箕”的训诫，即使在宋代，文士也不能这样坐。这里显然是作者以自己的放浪形骸去嘲弄礼法以至愤世的一种行动表现，是对当时社会的一种反抗形式。作者的这种个性特征，在其诗赋中也时有反映。他也直言不讳，说自己有些“无赖”、“狂”(见《过葛天民新居》等诗)；而这种性格特征，又往往是通过他的“诙谐”来表现的。这在他的这首词中，也看得很清楚。

这首词的一个显著特征，便是诙谐幽默。前人说，诗庄词媚。而这首词却在庄媚之外，别具一格：幽默诙谐，酸而不腐，谑而不虐。前人认为这首词"奇怪"，原因也就在这里。初读起句，便觉异于常格。吃酒还钱，事极平常，但以之入词，表现了一个不赊不赖的醉汉形象，涉笔成趣，却令人耳目一新。词的下片，尤其诙谐。作者把他在"古梅边"那种放浪形骸的"盘礴"，说成"也是前缘"，是前世定下的缘分，显然是小题大做，故弄玄虚，把本来不相连属的事情（鬼才相信他那一阵梅边箕坐是前世注定的）硬是拉在一起，意在构成幽默，这是说"俏皮话"的一种常用手法。这种表达，尽管作者寓有嘲弄礼法的用意，但在文字表达效果上，首先征服读者的，还是它的幽默诙谐。"鹅黄雪白"，在这里，"雪白"指雪；"鹅黄"是指早春杨柳枝条上所泛出的那种淡黄色，作者有"岁岁鹅黄上柳条"（《跋钟山赋》）的诗句，这种初春的消息，与白雪相映，醒然在目，这预示着作为新春佳节的新年很快就要到了。结句的诙谐与奇特，是超出常人想象之外的。"一事最奇"，猛提一笔，突如其来，形成悬念；"君记取"，再提醒一句，言之凿凿，不容稍怠；但在形成了一种紧张的气氛，人们屏息而待的时候，词人却出人意料地说出了一件尽人皆知、无"奇"可言，更无加"最"之理的答案："明日新年"，把严肃的悬念立刻化为轻烟，随之而来的是读者的莞尔甚至捧腹。这仍是一种虚张声势、大起大落的笔法，从而构成幽默，逼读者捧腹。但是，在这里，作者也并非为诙谐而诙谐，诙谐之中也流露了他的伤感。"鹅黄雪白又醒然"以至"明日新年"，诵读之下，在一阵捧腹之后，细味深参，便觉一种逝者如斯、流年暗换的伤感情绪隐然可见，与蒋捷的"红了樱桃，绿了芭蕉"（《行香子》）有异曲同工之妙。词中的"又"字，下得似轻而实重，作者的这种伤感，就是通过这个"又"字传达出来的。原来作者并不那么天真，诙谐只是其表象，腹中却有其块垒。

这首词的好处便是这样：在一片诙谐幽默之中，作者把要奚落的，奚落了；把自己倜傥不羁、飘逸不群的形象性格以及他的伤感情绪，都相当生动地表现了出来。严肃的内容，发之以诙谐幽默的形式，这就是它的“奇怪”。元代张雨《贞居词·浪淘沙》序说，周文璞的这首词，“鲜于困学（按：即鲜于枢）每爱书之。百年后，方外士张雨追和一章，以为笑乐”。不过，和词难作，张雨的和词，就缺乏周文璞这种“奇怪”的光彩了。

（原载《唐宋词鉴赏辞典》，上海辞书出版社 1988 年版）

高观国《玉蝴蝶》

唤起一襟凉思，未成晚雨，先做秋阴。楚客悲残，谁解此意登临。古台荒、断霞斜照，新梦黯、微月疏砧。总难禁。尽将幽恨，分付孤斟。　　从今。倦看青镜，既迟勋业，可负烟林。断梗无凭，岁华摇落又惊心。想莼汀、水云愁凝，闲蕙帐、猿鹤悲吟。信沉沉。故园归计，休更侵寻。

此词别本题作《秋思》，写因秋阴降临而兴起的羁旅情怀，表现了作者强烈的思归情绪。上片起三句，用情景交炼之笔，总提秋景秋情，为全词的总冒，一篇情景，皆由此生发而成。“秋阴”，从“未成晚雨”看，是指秋云，雨虽未成，而阴云先至。其实这里是兼写秋天来临，由《管子》“西方曰辰，其时曰秋，其气曰阴”的话浓缩而成。三句之中，已透露了一派秋意。以下诸句，沿此意脉，写秋景秋情。“楚客”二句，与柳永《卜算子》词的“楚客登临，正是暮秋天气”一样，暗用宋玉《九辩》“悲哉秋之为气也……登山临水兮送将归”意。这里作者是以楚客自喻。“悲残”，承起句而来，情景兼写，既写作者悲秋景的残败凋零，又抒写了由此而引起的悲怆之情。但词人孤客异地，举目无亲，此时心境，无人可诉，故着“谁解此意登临”一句。且“登临”一句，与下边的“古台”等句，又是个很好的过渡句，“古台荒、断霞斜照”，是“登临”所见之景：“台”既古且荒，既因古而荒，更因秋而荒；霞是“断霞”，再配以夕阳斜照，一片肃杀悲凉气氛，便凭空而至。词人在孤独登临之中，踌躇徘徊，回想“新梦”（近时的梦），黯然销魂；夜色袭来，天边“微月”，耳中“疏砧”（断断续续的捣衣声，古时秋天特定之景，最能唤起游子之乡思），“总难禁”——此景难禁，此情亦难禁。因而上片结句总述此时此刻之情：“尽将幽恨，分付孤斟。”“分付”，犹言“交给”；“斟”，此处指饮酒，幽恨难禁，只好以独饮闷酒来排遣了！上片由秋景引出秋情，写情逐渐显露，但直至上片结束，不揭此情底里，全让给下片去条分缕析。

下片意思虽表现曲折，但其大端，约为两层：一是感慨功业无就。“青镜”二句，是反用杜甫《江上》“勋业频看镜”句意。杜甫急于报国，渴望勋业早就，故频频看镜，为年华渐老而焦急。这里作者则是“倦看”，懒于照镜子，正是失意心态的反映。年华渐老，而勋业不就，愁容满面，甚至鬓染秋霜，窥镜只能使自己倍增惆怅，所以“倦看”，前加“从今”，意在加强表现“倦看”这种情绪，隐隐流露了作者的愤懑，似乎作者发誓不再临镜即不再考虑建立勋业的事了！“烟林”，本指隐逸出世；“可负烟林”，即“岂可负烟林”，词人觉得勋业无望，因作归隐之想。这就是下片的第二层意思：浩然思归。词人用“想莼汀、水云愁凝，闲蕙帐、猿鹤悲吟”一组对句表达这种思归情绪。“莼汀”，用《晋书》张翰因秋风起而想念家乡的莼羹鲈脍，于是浩然归去的故事，以喻自己的思归。“蕙帐”、“猿鹤”，本来都是与隐居有关的事物，孔稚圭《北山移文》有“蕙帐空兮夜鹄怨，山人去兮晓猿惊”之语，谓主人不归，引起山斋中猿惊鹤怨。词人用这些具体事物以喻归隐之志。“水云愁凝”与“猿鹤悲吟”相对，用以渲染思乡归隐的情绪。词人为了加强表现这层意思，在“想莼汀”之前加了“断梗无凭，岁华摇落又惊心”两句，以“断梗”自比；“无凭”，无着落，无依靠，这是写客中飘零。摇落、凋零，出自宋玉《九辩》“悲哉秋之为气也，萧瑟兮草木摇落而变衰”。岁华既晚，草木凋零，孤客惊心，这样，思归情绪便油然而生，“莼汀”云云，便纵笔而出，从而显示了下坂走丸、骏马注坡的笔势，而结句决然归去的意思，也就随之而出了。结处“信沉沉”三句，是说尽管“故园”消息渺茫，但是归计已决，不能再迟疑犹豫了。

这首词的题材内容，也只是古典诗词中常见的“秋思”之类，其突出之处在于用笔。笔下诸景，有眼前景，有天边景，但又总归为心头景，无一景不紧扣心头的“归志”；且写情写志，逐层近逼，使其情志由隐而显，最后逼出浩然归志；其风格，清俊之中有雄浑，“古台荒、断霞斜照”，极得关河冷落、西风残照的意境，的是秋思妙笔。张炎《词源》曾对高观国的词作过很高评价，说他“能特立清新之意，删削靡曼之词，自成一家”，以本词来说，可当之无愧。

（原载《唐宋词鉴赏辞典》，上海辞书出版社 1988 年版）

高观国《金人捧露盘》

水仙花

梦湘云，吟湘月，吊湘灵。有谁见、罗袜尘生。凌波步弱，背人羞整六铢轻。娉娉袅袅，晕娇黄、玉色轻明。　　香心静，波心冷，琴心怨，客心惊。怕佩解、却返瑶京。杯擎清露，醉春兰友与梅兄。苍烟万顷，断肠是、雪冷江清。

这是一首优美的咏物词，所咏之物是水仙花。所以全词立意命笔，无不紧扣“水仙花”。作者用拟人笔法，把水仙花作为水仙神女，加以形容描绘，故上片起三句连用三个“湘”字，借湘水女神比拟水仙。“湘灵”即湘水女神，传说舜的二妃娥皇女英死后为湘水之神。这里用以比拟水仙花，既增加了神话的色彩，又能唤起读者美的联想，扣题“水仙”。“云”、“月”，是艺术烘托之笔，为水仙的出现造成一种云月朦胧的静美境界。“梦”、“吟”、“吊”，则表现了作者面对水仙所升起的那种向往爱慕的醇美感情。这三句虽然只有九个字，却把读者带进了一个具有特定神话氛围的艺术境界。“有谁见”三句，写水仙的形象美，站在读者面前的，是一位轻盈娇羞的神女。“罗袜”、“凌波步”，出曹植《洛神赋》“凌波微步，罗袜生尘”，后来黄庭坚借入咏水仙诗，有“凌波仙子生尘袜，水上轻盈步微月”句；而作者却写道：“有谁见、罗袜尘生？”意思是说罗袜无尘。用

"有谁见"提出质问,遂翻出新意,轻轻为罗袜祛尘,写出了一个纤尘不染的美女形象。"凌波"、"步弱",皆形容女性步履轻盈,这里借指水仙植根水中,婷婷立于水面,宛如凌波仙子。"背人"句,由形及神,写神女的娇羞情态。"六铢"指六铢衣,佛经中称忉利天衣重六铢,是一种极薄极轻的衣服,由此可见其体态的绰约,这里用来表现水仙体态之美。"娉娉"两句,从姿态、颜色、质地等方面写水仙花的美,仍然是以美女比拟。先用一"晕"字染出水仙花色泽("娇黄")的模糊浸润,再以"玉色"加以形容,而以"轻明"状其质地薄如鲛绡,莹如润玉。这几句,极见作者观察的真切和用笔的工细。

上片巧借神女形象为水仙花传神写照,侧重于外表形态。下片则深入一层,探其精神世界。"香心"四句,"香心静",写花,香而静;"波心冷",写水仙所居之水,水仙冬生,黄庭坚称为"寒花",故写水用"冷"字,此句得姜白石《扬州慢》"波心荡、冷月无声"意境;"琴心怨",上片既有"湘灵",此处"琴心"云云,似与司马相如的"琴心"无干,盖由屈原《远游》"使湘灵鼓瑟兮"句变化而来,并化用唐李益《古瑟怨》"破瑟悲秋已减弦,湘灵沉怨不知年"句意,古典诗歌中往往琴瑟连用,此处换瑟为琴,似无不可,作者既以湘灵比水仙,故有寄怨心于琴声的想象,以与"静"、"冷"相协调;"客心惊",则写作者的情怀。"客心",即旅居异乡的心情,盖亦羁旅之人,且这几句中的"静"、"冷"、"怨"等,皆系作者的心理感受,此处又着一"惊"字,自是客中见花的特有感情。"怕佩解、却返瑶京",佩解,出于刘向《列仙传》,说郑交甫遇见江妃二神女,郑欲请其佩(佩玉),二女遂手解其佩与交甫,交甫怀之,旋即亡失,回顾二女,亦不知所在。欧阳修以"解佩"喻花落春归,其《玉楼春》有"闻琴解珮(通佩)神仙侣,挽断罗衣留不住"句。"瑶京",此指神仙所居的宫室。这句是说担心水仙花衰败零落,像江妃二女那样在人间打个照面就又返回仙宫去了。"客心"之所以"惊",盖与这种担心不无关系。"杯擎清露"两句,仍然写花。水仙花状如高脚酒杯,故《山堂肆考》说世以水仙为"金盏银台"。作者从花的形状展开想象:这"杯"中盛满了醇酒般的清露,高高擎起,使那挚友春兰和梅兄也要为之酣醉了。“梅兄”，出黄庭坚咏水仙诗“山矾是弟梅是兄”句。梅、水仙、春兰，次第而开，故有“友”“兄”之说。结两句用“苍烟万顷”、“雪冷江清”，再次点染水仙所处的环境。苍烟、江雪，构成一片迷茫冷清的境界，无怪乎娇弱的水仙要“断肠”于此了。

这首词本旨是写水仙花，但自始至终却无一语道破。看其用笔，笔笔在写湘水神女，却又是笔笔在写水仙花，水神水仙，融为一体，直把水仙写得有血有肉有感情，娉娉袅袅，飘然如仙，极见作者比拟之巧。全词在创造艺术境界方面，亦颇见工力。作者用“湘云”、“湘月”、“湘灵”、“香心静”、“波心冷”、“琴心怨”以至于“苍烟万顷”、“雪冷江清”等等，构成了一幅冷而静、幽而美的艺术境界；且其所写之物，如云、月、罗袜、六铢衣、瑶京、清露、兰、梅等等，皆无比轻柔高洁，又给这静美的艺术境界增添了许多灵秀之气；最后再用万顷苍烟加以笼罩，与梦云吟月相应，又给全词凭空增加了朦胧美，于是“六铢”愈见其轻，“娉娉袅袅”，愈见飘逸。凡此用笔，皆为描绘神女（水仙）形象而设，而这形象，也就随着这种用笔栩栩如生了。

（原载《唐宋词鉴赏辞典》，上海辞书出版社 1988 年版）

家铉翁《念奴娇》

送陈正言

南来数骑，问征尘、正是江头风恶。耿耿孤忠磨不尽，唯有老天知得。短棹浮淮，轻毡渡汉，回首觚棱泣。缄书欲上，惊传天外清跸。　路人指示荒台，昔汉家使者，曾留行迹。我节君袍雪样明，俯仰都无愧色。送子先归，慈颜未老，三径有余乐。逢人问我，为说肝肠如昨。

宋恭宗德祐二年(1276)正月，南宋国都临安被元军攻破，南宋朝廷被迫投降，并派出祈请使、奉表献玺纳土官、掌管礼物官、掌仪官等三百余人以及扛抬礼物将兵三千余人，赴元祈请有关事宜。家铉翁以参知政事的身份，充祈请使，二月初九日，在元兵监督下启程北上，闰三月初十，至大都(今北京)；四月十二日，转赴上都(故址在今内蒙古正蓝旗东)。从此羁留北方，直到至元三十一年(1294)，才以八十二岁的高龄放归。

这首词是家铉翁羁留北方送陈正言(南宋官员，盖亦赴北者)南归时所作。起二句写作者对南方形势的关心，故遇南来者，即询问消息。但询得的结果，却是“江头风恶”，即形势不好。家铉翁北赴之后，南宋流亡小朝廷还在坚持斗争，南方人民的反元斗争，仍此起彼伏，后来都被元军镇压下去。这里，作者关心的，可能就是这种斗争形势。“耿耿”两句，是写作者(也可能包括陈正言在内)的孤忠与气节。“磨不尽”三字,自然是指耿耿孤忠坚如磐石,但也包含了他在北方所受的各种磨难。磨难愈重,其志愈坚,作者的精神品质由此可见。但以其身在北地,远离故国,其孤忠不为人知,故云“唯有老天知得”。“短棹”五句,则转入对丙子(1276)之难的回忆。这最惨痛的一幕,使作者刻骨镂心,终生难忘。“短棹浮淮,轻毡渡汉”,是写元军南下。王粲、曹丕都有《浮淮赋》,都是写战争的。元军渡淮,揭开了亡宋战争的序幕;而元军(元人戴毡笠,故这里以“轻毡”称之)渡汉水,则直接导致了临安的陷落。元军在襄樊战役之后,立即潜兵入汉水,水陆并进,与渡淮元军相策应,势如破竹,遂于德祐二年正月,兵至临安城下。“回首觚棱泣”是写作者在北赴途中望京城宫阙而痛哭。“觚棱”,本指殿堂屋角上的瓦脊形状,杜牧《杜秋娘》诗有“觚棱拂斗极,回首尚迟迟”句,这里代指宫阙。家铉翁作为祈请使之一,登舟北赴时,宋帝后尚未出降。但他刚至大都,还没来得及向南宋朝廷报告祈请情况,三宫被掳北迁的惨剧就发生了。词中“缄书欲上、惊传天外清跸”,即指这一历史事件。“清跸”,指皇帝出行时,清道戒严,这里指宋三宫北迁。事变大而迅速,故加“惊”字。大都、临安相距三千余里,故云“天外”。以上这五句,写事变接踵而至,连用“短棹”、“轻毡”、“回首”、“欲上”、“惊传”等语词,语急气促,有倏忽千里之势,作者在回忆这段历史事件时心头的压抑、悲怆之情,亦如在目前。

下片转写羁留北方所受的磨难,及其磨而不磷的忠节。“路人”五句,写作者引苏武自喻。“昔汉家使者”,指苏武,由“路人指示荒台”句看,苏武“曾留行迹”的“荒台”,正在作者眼前。所以,“曾留行迹”,既是写苏武的经历,同时也是写作者自己的行踪,作者与苏武的遭遇正是一样的。这是一个很好的“兼笔”。“我节”两句,是将自己与苏武并提。苏武持节漠北,坚贞不屈,而作者也同样是“我节君袍雪样明”。家铉翁的北赴上都,是奉了南宋王朝的使命的,也是持“节”而行。他始终没有倒节投降。“君袍”,这里是指南宋的服装,他至上都之后,不变服色,而且得到了元朝皇帝的批准(《钱塘遗事》卷九《丙子北狩》记有元皇帝“不要改变服色，只依宋朝甚好”的话，这是宋使“日记官”的当场记录）。家铉翁身处绝域，不倒节，不易服，贞如冰雪，故云“雪样明”；其心迹行事，对得起天，对得起地，对得起国家和人民，正是“仰不愧于天，俯不怍于人”（《孟子·尽心上》），所以说“俯仰都无愧色”。他另有一首《和归去来辞》，序中说“余羁留北方十有一年矣……咽毡雪以自励，视箪瓢而何忧”，可与本词参读。结处“送子”五句，是送别陈正言的话，意思有两层，一是趁您堂上“慈颜未老”，正可归去承欢，并享三径余乐。“三径”，即指隐居故园，是用蒋诩故事。西汉末，王莽专权，兖州刺史蒋诩辞官归里，院中辟有三径，只与求仲、羊仲往来。（见赵岐《三辅决录·逃名》）二是表示自己不易其节。这层意思是通过如何回答故人询问的形式来表现的，寓忠肝义胆于婉曲的言辞之中，读之更觉悲壮动人。从家铉翁的《则堂集》看，大约凡友朋回南，他送别时总要表达这番心情。如他送朱信叔赴长安省幕时，也这样说：“我家正住岷峨下，定有乡人故老诹（询问）衰踪。为言仗节瀛海上，齿发衰谢气如虹！”（《朱信叔洛阳人往佐长安省幕》）故国不存，而乡人故老仍在，自己的这种节概，就算是对故老乡亲的一种安慰吧！

此词上片虽从眼前落笔，但主要还是写对那段惊心动魄的历史的回忆，多用赋笔。下片则重在抒写自己的心迹节概。在绝域之中送别具有同样遭遇的友人回到也同样为自己所朝思暮想的地方，最容易动感情。而作者却把这种场合当成了淬励忠节的炉火，一腔烈火，自励，励人，其忠节气概，直可感天地而泣鬼神。这种词，自非一般送别词所可比拟。至今读之，犹觉内蕴一种坚如磐石的沉稳和不可征服的倔强力量，不禁为之掩泣，为之奋勉。

（原载《唐宋词鉴赏辞典》，上海辞书出版社 1988 年版）

陈郁《念奴娇》

雪

没巴没鼻，霎时间、做出漫天漫地。不论高低并上下，平白都教一例。鼓动滕六，招邀巽二，一任张威势。识他不破，只今道是祥瑞。　却恨鹅鸭池边，三更半夜，误了吴元济。东郭先生都不管，关上门儿稳睡。一夜东风，三竿暖日，万事随流水。东皇笑道，山河原是我底。

刘一清《钱塘遗事》载："贾相当国，陈藏一作雪词讥之。"并且全文记载了这首词。"藏一"是陈郁的号，"贾相"即贾似道。刘一清是宋元间杭州人，南宋灭亡的目击者，其《钱塘遗事》记南宋末年军国大政，《四库提要》认为"目击偾败较传闻者为悉"、"多有正史所不及者"，给予高度评价，其中陈藏一作雪词讥贾似道之说，以后诸书转引，皆无异词，似较可信。此词借滥施淫威肆无顾忌的雪讥刺贾似道，可谓妥帖得体。

起两句，突兀而来，下笔不凡。"没巴没鼻"，当时俗语，即今"没来由"的意思，是说转瞬之间做出了一场漫天漫地的大雪，真是好没来由！这个形势，很像贾似道入相。贾似道本来是个赌徒无赖，以其姐姐突然成了宋理宗的宠妃，而得飞黄腾达：嘉熙二年戊戌（1238）被诏廷对（皇帝面试），即擢太常丞、军器监，以此为起跳点，几年之间，加官晋爵，以至入相，躐拜平章（见《宋史》本传），位极人臣，权倾内外，皇帝也在其掌握之中，真是既“漫天”又“漫地”。“霎时间”，极言其速。一个无赖，竟能如此这般，真是好没来由！所以作者劈头来一句“没巴没鼻”，以俗话骂人，无限愤恨，尽在其中。“不论”两句，紧承“漫天漫地”，字面是写雪覆盖一切，（不论高低上下，一律使它“平”而且“白”，状大雪甚趣；“平白”又有平空、无缘无故之义），而实际上是指贾似道独专国政。贾似道专政，确实有“平白都教一例”的威势，如贤才悉退，群小悉进；有敢弹劾者，悉黥配边远州军，终身不得录用；谏官统统换成庸懦易制之辈；他在浙西强“买”民田，不问亩值几千缗，悉付四十缗；从他仓里出来的粮食，悉以七斗为石（应是十斗为一石）；谁有宝玩，他一旦知道，悉数夺取，带进坟墓者，掘坟取之；其母胡氏死，下葬时适逢大雨，群臣百官，不问大小，一例站在大雨中，终日无敢易位者；若是蒙古（后改国号曰元）兵进攻，一例纳币称臣。凡此“平白都教一例”之事，不胜枚举。“鼓动”三句，字面是写雪滥施淫威。滕六，一作滕神，是雪神；巽二是风神。风雪二神搅在一起，自然是大张威势。这不禁使人想起了范成大《正月六日风雪大作》诗中的名句“滕六无端巽二痴，翻天作恶破春迟”，两个恶煞搅在一起，还会有春天吗？用这三句讥贾似道，也算够深刻的了。贾似道“招邀”了一批无赖，安插在各要害部门，纵（“鼓动”）其作恶；他又惯于鼓动台谏诬劾忠良，像吴潜、向士璧这样的名臣，都不能逃脱他的魔掌；对外来说，贾似道亦有“招邀”蒙古兵入室之罪。凡此，皆“鼓动”、“招邀”这三句的政治内涵。“识他”两句，字面是指以暴雪为“祥瑞”，实际上是指斥朝廷昏庸，不识贾似道真面目，纵容庇护，使贾似道更加骄横。例如贾似道领兵援鄂州，惧蒙古军强，暗许以称臣、输岁币，使其退兵北归，却谎报“肃清”，致理宗以为他有再造社稷之功，加官拜相。这首词写于贾似道倒台之前，所以词中有“只今”云云。

上片字面是写雪的淫威，一再鞭斥；下片调转了一下角度，先由“雪”引出一个有关的历史故事，借古喻今。“鹅鸭池边”三句，写唐宪宗元和十二年（817）李愬雪夜袭蔡州，活捉割据大藩吴元济事。蔡州城边有鹅鸭池，愬令击之，以乱军声。用鹅鸭叫声掩饰其兵马进击之声，造成蔡州军士的错觉，不作准备，于是袭破城池，活捉吴元济。所以词中说鹅鸭池边一场大雪误了吴元济。无独有偶，四百多年之后，宋理宗端平元年正月(1234)，宋灭金于蔡州。不过，宋的这次蔡州之战，却是联合了甚至是依靠了蒙古军的力量。从此，蒙古逞强，宋、蒙兵连祸结，这可就“误了”南宋一朝。宋的这次蔡州之战，虽然与贾似道无干，但在以后的宋蒙战争中，贾却扮演了可耻的角色，他的“称臣纳币”在中国历史上是有名的，这也误了南宋一朝。“东郭先生”两句，据《初学记》，东郭先生不畏冰雪，家贫寒，衣履不完，履有上无下，雪中行走，足尽践地。这首词中的“东郭先生”，可能是用来指摘台谏官的失职。“东郭先生”盖由东郭牙而来。东郭牙，周代名臣，能犯颜直谏，不避死亡，不挠富贵，被立为大谏之官。这里用以代指当时的谏官。“东风”以下五句，是作者的想象之辞，字面的意思是说：大雪如此作恶，必有尽头，一旦东风送暖，红日高照，这漫天漫地的雪，必将化为流水而去，而山河，也就恢复了它的原貌。政治含义则是预示贾似道的必然垮台。“东皇”是司春之神，“东风”、“暖日”云云，皆是春天景象，春回大地，山河皆着春色，即皆属“东皇”所有，故曰“山河原是我底”。这几句用笔轻快，活泼，充满了作者的美好希望。

如上所说，这首词是写在贾似道为相期间，作者目睹其邪恶，但又不能直接指斥，所以不得不借“雪”给以讥刺。以雪的严酷肆虐比拟贾似道，是很贴切的。而文字亦佳。嘻笑中有怒骂，俗俚中寓严峻，特别是上片，语语有据，句句见血，的确是一首好的政治讽刺词。这里应当说明的是，这首词在当时并不是孤立出现的。在贾似道横行一时的时候，曾出现过不少讽刺、抨击贾似道的诗词。如贾似道为了增收田赋，在江南丈量土地，寸地必征其税。于是有词迎头痛击：“宰相巍巍坐庙堂，说着经量，便要经量。那个臣僚上一章？头说经量，尾说经量。　　轻狂太守在吾邦，闻说经量，星夜经量。山东河北又抛荒，好去经量，胡不经量！”(《词苑丛谈》卷一一)语言风格与陈郁雪词相类，而正面指斥的勇气则为陈词所不及。这里仅举一例，可与此词共读。

（原载《唐宋词鉴赏辞典》，上海辞书出版社 1988 年版）

张炎《疏影》

梅影

黄昏片月。似碎阴满地，还更清绝。枝北枝南，疑有疑无，几度背灯难折。依稀倩女离魂处，缓步出、前村时节。看夜深、竹外横斜，应妒过云明灭。　　窥镜蛾眉淡抹。为容不在貌，独抱孤洁。莫是花光，①描取春痕，不怕丽谯吹彻。还惊海上燃犀去，照水底、珊瑚如活。做弄得、酒醒天寒，空对一庭香雪。

范成大《梅谱后序》说，梅以韵胜，以格高。张炎的这首词则超脱了梅的形质本体，专咏梅影，其清空高雅，似在韵格之外。

大凡写影，尤其是梅影，必写月，即宋萧泰来咏梅词所说“知心唯有月”。故此词上片首句便是“黄昏片月”，为梅影的出现准备了条件。接着，精雕细刻，为月下梅影传神写照。词人从七个方面刻画梅影，这里姑且称为“梅影七笔”。初笔“似碎阴”两句，写“清绝影”。先以“碎阴”比梅影，但梅影却又并非一般的“碎阴”，所以紧接着用“还更清绝”逼进一句，

① 花光：即僧仲仁，宋衡州花光山长老，与苏轼、黄庭坚同时。擅画梅花。《山谷诗集》中有句云：“雅闻花光能画梅，更乞一枝洗烦恼”，又有《题花光老为曾公卷作水边梅》诗。《冷斋夜话》云：“衡州花光仁老，以墨为梅，鲁直（黄庭坚）观之曰：‘如嫩寒春晓，行孤山篱落间，但欠香耳。’”可见其画笔之神。

抑“碎阴”而扬梅影。“清绝”二字写出了梅影纤尘不染、绝顶高洁的品格。谢惠连、苏东坡等以“雪魄冰魂”、“冰肌玉骨”咏梅，这里却从“雪”、“冰”、“玉”等字眼里提炼出一个“清”字来，而且是“清”而至于“绝”，以写梅影，相比之下，顿觉“冰”“雪”质实，“清绝”空灵，给人留有更多的驰骋想象的余地。

次笔以“枝北”三句写“疑似影”。“疑似之迹，不可不察”(《吕氏春秋·疑似篇》)。影既清绝，引起了词人的把玩之念，但枝北枝南，环绕再三，及至“背灯”而折，却又不可捉摸。“背灯”，犹言离开灯光。由于屡次(“几度”)不能折取，故而“疑有疑无”，屡兴绕枝之叹。“几度”的语法意义应贯串在这三句之中，只是后置于末句而已。由“几度”，可见词人对梅影的挚爱，而“疑有疑无”、“背灯难折”，则活画出了一种疑似难分、迷离惝恍的境界，用以写“影”，确是神妙之笔。

第三笔，“依稀倩女离魂处，缓步出、前村时节”，是写“缥缈影”。“倩女离魂”，出于唐陈玄祐小说《离魂记》，说衡州张镒有女倩娘，与镒甥王宙相恋，后镒将倩娘另配他人，王宙亦含恨离去。夜间，倩娘的魂赶到王宙船上，随王宙入蜀。五年后，两人回家，房内卧病的倩娘闻声相迎，两女遂合为一体。词中引用这个故事，意在以倩女比梅，以倩女的“魂”比梅影。“魂”从倩女出，“影”从梅中来，殊为巧喻。这两句的重点，只在一个“魂”字，并用“依稀”加以修饰，梅影形态的轻倩缥缈便脱然而出。至于“缓步”云云，仅系衍述“倩女离魂”的故事而已，虽能给这首极静的词增加一些动态的美，但于词意尚属虚笔，在理解上不必拘泥于字面。

第四笔，“看夜深、竹外横斜，应妒过云明灭”，是写“竹外影”。这是个旁出一笔的特写镜头。“横斜”，指梅影，出于林逋咏梅名句“疏影横斜水清浅”。“应妒过云明灭”，是“过云明灭应妒”的主谓倒装句，是说忽明忽暗(即“明灭”)飘飘冉冉的云彩，看到这“竹外横斜”的梅影，也应该有些妒意吧！这里以明灭的“过云”作陪笔，以衬梅影之美；同时又以“竹”为衬，这里引进“竹”，其意倒不一定在于它们是岁寒三友，而是出于古人的一种多层次的审美观。苏轼《和秦太虚梅花》就有“竹外一枝斜更好”

的诗句，这里正是效法苏轼，且又增加了“过云”，这样既不单调，又有对比衬托，所以这竹外之影才显得“更好”。

第五笔，词的下片前三句，写“淡洁影”。词人调换了角度，写镜中的梅影，形象更为清绝圣洁。时间正是深夜，窗外的梅，随着月光的转移，把她的倩影移进窗内的镜面上。周密《疏影·梅影》词，也有类似的写法：“甚美人、忽到窗前，镜里好春难折。”张炎则用“窥镜”包容了窗外的一切。虽轻轻一个“窥”字，却立即给人一种美人临窗、飘然欲入的美感。这比周密来得空灵。然后再用“蛾眉淡抹”毕肖镜中梅影的倩巧情态，并从一个“淡”字上，引发出了“为容不在貌，独抱孤洁”两句。“为容不在貌”化用杜荀鹤《春宫怨》“承恩不在貌，教妾若为容”句意，而词人却加上“独抱孤洁”一句，从而翻出新意，由“貌”而写神，抑貌而扬神，写出了梅影“孤洁”的精神品格，“独抱”，表现了她对这种品格执着的追求。梅花发于春前，虽冰雪欺凌，仍冰姿玉立，怀香抱洁，不易厥素。梅影既是梅魂，而且又是镜中之影，经过了镜面的圣化，其孤洁独抱的品格，自当更进一层。词人独独在写镜中梅影时，加这“独抱孤洁”一句，一定是经过数番炉火，呕心而得的。这一笔，是全词的主旨所在，词人的遭遇，心灵深处的不平与愤懑，以及对自我品格的要求，种种复杂的内心世界，都深深地埋在这一笔的底层。

第六笔，“莫是花光”三句，是沿第五笔的意脉，写“贞固影”。“丽谯”，即城门上的鼓楼；“莫是”，莫非是，难道是，这里是故意设问，婉转其辞，实际上是以疑问的语气表示肯定的语意。词人说：这娟娟的梅影，莫非是花光和尚笔下所描取的一痕春色？（张元幹《卜算子》咏梅词云：“芳信着寒梢，影入花光画”，也借花光之画称道梅花之美）它超尘脱俗，贞而不堕，孤洁长存，即使“丽谯”上吹起《落梅曲》的角声（“吹彻”即吹完一遍），她也“不怕”。这一笔，与其说是化用李白“黄鹤楼中吹玉笛”诗意，倒不如说是直接取用了萧泰来咏梅词的精神：“赖是生来瘦硬，浑不怕、角吹彻。”这里没有梅花“落”与“不落”的问题，而是硬是不怕。她的铁骨与幽香，不知激励了多少志士仁人，这里，词人张炎又在以她的贞固而自励了。

第七笔,"还惊海上燃犀去,照水底、珊瑚如活",写"玲珑影"。"燃犀",用晋温峤在牛渚矶(即采石矶)燃犀牛角照水底灵怪的故事(见《晋书·温峤传》)。这三句的重点在于"珊瑚如活"。词人很注意烘托珊瑚所处的特殊环境:不仅是在"水底",而且又置于燃犀照耀之下,词人又用了"惊"、"如活"("如",一作"疑")加以渲染,这样一再着笔,就给这本来就"玫瑰碧琳"(司马相如《上林赋》语)的珊瑚染上了神话般的色彩,玲珑晶莹,如在水晶龙宫。词人极尽珊瑚之美,目的在于表现梅影形象之美。

以上梅影七笔,肖形肖神,毕尽其妙,把"影"写活了。词的结句,突然拈出"酒醒"二字,这才使读者从那迷离惝恍的境界里醒悟过来:原来词人描画的那种境界,所表现的那种执着,都有个"酒"字在"做弄",醉眼朦胧,似真似幻!不过,读者并不埋怨词人,因为毕竟在词人所创造的清幽醇美的艺术境界里,伴着一位绝妙的梅花神,得到了足够的艺术享受!而词人自己呢?一夜的迷离惝恍过去了,眼前只是"空对一庭香雪"!"香雪",色香俱备,美则美矣,但却失去了那醉眼中的疑似境界,"空对"之中,包含了词人惆怅若失的情绪,词人不由得在结句之前加上了"做弄得"三个字,来表现他的这种情绪。"酒醒"两句,用了《龙城录》中赵师雄的故事:隋开皇中,赵师雄迁罗浮,日暮,于林间酒肆旁,见一美人淡妆素服出迎。与语,芳香袭人。因与扣酒家共饮。师雄醉寝,及至酒醒,始知身在梅花树下,美人消失,惆怅不已。赵师雄是遇上了梅花神。词在最后使用了这个典故,我们才又恍然醒悟:原来词中写倩女,写蛾眉淡抹等等,已是隐括了这位梅花神的故事,用来写梅影,是最最贴切不过的了。

怎么样才能把"影"写好?读了这首词,我们是应该有所领悟了。这个问题,还是让读者去总结吧!这里要说的是词人写梅的一段小史。词中写梅,本来是一种常见的题材。到了宋代后期以至元初,由于政治上的原因和审美观的转变,不少词人(尤其是作为遗民的词人)的眼光,由写实在的生活内容,转向了高洁之物,以喻自身品格的高洁,咏物词多了起来,其中比较突出的是咏梅。但梅毕竟还是有它的实体,写多了又觉得质实，于是写梅影，用特细的工笔对梅影展开具体形象的描绘，用有生命的形象，状无生命的“影”，比拟、衬托、夸张、渲染、用典，再加上作者的心理感受，创造了一种尽洗铅华的空灵美。发展下去，由写地上的影转进到写镜中的影，水中的影，总之是要离开地面了。写影之作，愈见清幽奇绝，写作技巧愈来愈高，但也并非纯粹写物，往往有词人的深沉的寄托，从而形成了宋末词坛上的一种奇异现象。这是我们在读这首词的时候应该注意到的。

（原载《唐宋词鉴赏辞典》，上海辞书出版社 1988 年版）

张炎《清平乐》

候蛩凄断，人语西风岸。月落沙平江似练，望尽芦花无雁。

暗教愁损兰成，可怜夜夜关情。只有一枝梧叶，不知多少秋声！

这首词见于《山中白云词》卷四，原是张炎赠给他的朋友陆行直（字辅之，又字季道）的。词的本事，见于《珊瑚网·名画题跋》卷八所载陆行直《清平乐·重题碧梧苍石图》的序，序云："'候虫凄断，人语西风岸。月落沙平流水漫，惊见芦花来雁。　可怜瘦损兰成，多情因为卿卿。只有一枝梧叶，不知多少秋声！'此友人张叔夏赠余之作也。余不能记忆，于至治元年仲夏二十四日，戏作碧梧苍石，与冶仙西窗夜坐，因语及此。转瞬二十一载，今卿卿、叔夏皆成故人，恍然如隔世事，遂书于卷首，以记一时之感慨云。"叔夏即张炎，冶仙名陆留，卿卿是陆行直的家伎，以才色见称。序中所引张炎《清平乐》，盖为张炎原作，从"可怜瘦损兰成，多情因为卿卿"看，确系赠陆行直及其家伎卿卿之作；从"惊见芦花来雁"句看，此词可能作于陆行直初纳卿卿之时，从至治元年逆数二十一年，为元成宗大德四年，是张炎入元后的作品。可能是在收入词集的时候，作者在关键字句上作了改动，且不记本事，遂使原词赠友、赠伎的面貌尽失，而成为一首基调沉郁、感慨苍凉的怀人抒情小词。

上片"候蛩"四句，写秋景秋情。以"候蛩"、"西风"，以及如练的澄江，弥望的芦花，传达深秋的消息。着墨不多，便秋意萧瑟；且几句写景，有近有远，有极细的工笔，也有泼墨似的写意，清淡与雄浑并存。而景中有人有情。“凄断”，固然表示节候之迟（蟋蟀已不能欢畅地叫，如寒蝉之鸣，凄凄咽咽，时断时续），但又何尝没有词人之情呢？写景，作者所赋予景的色彩以至感情，是主观对客观的反映，而又离不开主观上的能动作用，所以王国维说，“一切景语皆情语”（《人间词话》）。至“望尽芦花无雁”句，词中的人与情，就更加显豁了。这一句是上片写景抒情的结穴。芦花丛中本是雁栖之所，作者《解连环·孤雁》中就有“想伴侣、犹宿芦花”的句子。可是眼前，望尽那无边的芦花，也不见雁的影子！雁，自从苏武之后，就成了约定的传书报信的小天使。“无雁”就是没有所盼望得到的音讯。昔人有句云：“江头数尽南来雁，不寄西风一幅书。”（出况周颐《蕙风词话续编》卷一）而这里却连雁也望不到了。盼雁，实际上是怀人。结合词人所写的特定节候看，他所盼望、怀念的人，可能在北方。在张炎的词中，曾多次流露了类似的情况，他的心好像悬在北方。这可能与他在至元二十七至二十八年（1290—1291）北游大都有关。他在大都曾与过去熟悉的杭州歌女沈梅娇相逢，两人有过某种誓约，关系很深，作有《国香》词记其事。张炎在返回江南二十年之后，有《阮郎归·有怀北游》词，所怀之人，很可能也是沈梅娇。那时，张炎已是六十多岁的老人了，可见其眷念之深。这可能是词人的主观的写作意图。但欣赏这首词，却不必拘泥于此。艺术形象的客观意义往往要比作者的主观意图广泛得多。这首词的客观价值应该在于它暗含的词人的家国之痛。其实，张炎与沈梅娇的悲剧正是与家国之痛密切相关的。这从词的换头以庾信自比已可见端倪。“兰成”是庾信的小字。如果照赠给陆行直的原词理解，则“兰成”是用以比陆行直的，“瘦损”的原因自然是“因为卿卿”。经过词人的修改，且不作赠人之用，则“兰成”显系作者用以自比。仇远《赠张玉田》诗，有“庾郎白发徒伤春”句，亦引庾信作比。词人“愁损”的原因，应是“夜夜关情”；而所“关情”的对象，则应是“望尽芦花”所期望得到的东西，这既是关于沈梅娇的音讯，又是词人渺茫的故国之思。在这里，情人之思与故国之思交融在一起了。“愁损”以“暗教”形容之，遂使感情色彩转为幽凄缠绵。最后又通过一个特写镜头——梧叶秋声的渲染，更把词人的这种思想感情推入更为深沉的境地。

这首词艺术上的成功，在于写景，以景物描绘作为抒情的手段，所以全词凄清之情全赖凄清之景表达。而写景的成功处，又集中表现在词的结句：“只有一枝梧叶，不知多少秋声！”这两句的成功在于：其一，字面上看，是写景，而实质上却有其象征意义，入骨地刻画了词人的形象。“梧叶”是词人形象的写照，而限以“一枝”，词人的孤独之状可见；而“秋声”则象征着词人的思绪，“不知多少秋声”，正是写词人愁绪如麻，通宵达旦，无止无休，与“可怜夜夜关情”照应。这两句艺术地概括了词人在亡国之后的生活形象与内心世界。写“一枝梧叶”，而不是写“满树梧叶”，这正是出于表现词人形象性格的需要，并非简单的数字的计较。满树梧叶配以满树秋声，所表现的是一种嘈杂的、急风暴雨的情景，适用于表现激烈的甚至发狂的思想斗争；一枝梧叶则是表现孤寂的形象和魂萦梦绕的、细如抽丝的思绪，而这里的“秋声”，既是以动衬静，又是写思绪之烦，以致长夜不寐、反复缠绵，大得温庭筠写梧桐雨“一叶叶，一声声，空阶滴到明”的意境。词人的为情造景，与他当时的生活处境及其性格极相吻合。其二，意境清空。张炎论词，主张“清空”，故其《词源》特立“清空”一境。这是张炎所追求的审美境界。“只有一枝梧叶，不知多少秋声”，境至空寂、淡远，意新色雅，神余言外；用语自然妙造，绝无雕琢之痕，自具一种清水芙蓉般的秀气。这应是张炎理想的“清空”的句子。但其价值尚不止于此，它更为可贵的是，能以清空之笔写沦落之感，故国之思，而并非一味清空，空洞无物。这样，就使清空之中寓有“质实”，有其丰富实在的内容。

只有高度的艺术性，才能使人产生深刻的审美感受。这首词正因为有这样的艺术造诣，所以它才赢得了不少读者的喜爱。陆行直曾按照词的意境作《碧梧苍石图》，并和张炎原韵题词；词人墨客和作者十数篇（详见《全金元词》下册第九〇四至九〇七页）；古今不少评论家，都曾给以很好的评价，清代陈廷焯就曾说过：玉田工于造句，每令人拍案叫绝，如《清平乐》“只有一枝梧叶，不知多少秋声”，此类皆“精警无匹”（详见《白雨斋词话》卷二）。至于有少数人贬斥它，那恐怕是有些过于苛求了。

（原载《唐宋词鉴赏辞典》，上海辞书出版社 1988 年版）

张炎《阮郎归》

有怀北游

钿车骄马锦相连。香尘逐管弦。瞥然飞过水秋千。清明寒食天。　花贴贴，柳悬悬。莺房几醉眠。醉中不信有啼鹃。江南二十年。

元世祖至元二十七年(1290)九月，张炎应元朝廷的征召，与好友曾心传(遇)、沈尧道(钦)一起由杭州起驿入京(大都)，为元宫廷缮写金字藏经，至次年春天返杭，张炎在京大约半年时间。这就是词题中所说的"北游"。这次"北游"，给词人留下了极为深刻的印象，以致在他离开京都后很长时间，还念念不忘这段生活，写下了《甘州》(记玉关)、《长亭怨》(记横笛)、《解连环》(楚江空晚)等优秀词章。这首《阮郎归》就是他在离京二十年之后写的追怀他那次京都生活的小词。

在这首词中，张炎所追怀的，是给他印象极深的两组生活画面：一是至元二十八年寒食节他在大都所看到的游女如云的活动场面。这就是词的上片内容。在这片中，词人抓住了清明寒食这个特定节令中的特定场景，以正面层层描述的手法，从视觉、听觉、感受等方面，真实地描绘了当时的艳游盛况。前三句，层层胪列，铺排景象："钿车"，饰以金花的轻便小车，女郎所乘；"骄马"，骏马，多为士子所乘；一个"锦"字，道出了车马的豪华；“相连”二字则表现了车马之多，前后接连，络绎不绝。起句写士女欢游，场面较大，气象豪华而热烈。次句用“香尘”、“管弦”进一步描绘游乐活动之盛，同时也进一步渲染了豪华、热闹的气氛。对于清明寒食节的这种艳游，张炎在大都时曾写过《庆春宫》词，其序有“都下寒食，游人甚盛，水边花外，多丽环集”诸语，并说这种情况“亦京洛旧事也”。“京洛旧事”，盖指宋时风俗。对此，南宋孟元老《东京梦华录》卷七有过详细记载，他说清明寒食，都人郊游，禁中车马是“金装绀幰，锦额珠帘”，民间轿子以杨柳杂花装簇顶上，四垂遮映，歌儿舞女，遍满园亭，携觞作乐，抵暮而归。这种情况至元代仍延续不衰，张炎词中的描述，完全是当时的生活真实。“瞥然”，迅疾貌，转瞬间一闪而过；“水秋千”，本来是指在秋千架上翻筋斗跳水的游戏，《东京梦华录》卷七《驾幸临水殿观争标锡宴》条：“又有两画船，上立秋千……一人上蹴秋千，将平架，筋斗掷身入水，谓之水秋千。”是一种“水戏”。在大都，清明寒食跳水，显然为气候所不许，这里或泛指秋千。北方旧俗，寒食节以秋千为戏，以习轻趫。又《天宝遗事》载：天宝宫中至寒食节竞筑秋千，令宫嫔辈戏笑以为宴乐，帝（玄宗）呼为半仙之戏，都中士民相与仿之。王维寒食诗有“秋千竞出垂杨里”句，张炎《庆春宫》词也有“罥索飞仙”的描述，可见荡秋千也是清明寒食时的特定景物之一。——钿车、骄马、香尘、管弦和飞动的水秋千，组成了一幅“清明寒食天”的宏观景象图。

词的下片写的是词人所追怀的另一组生活画面，也是他所追怀的中心内容：他在大都与一位女郎的一段缠绵生活。下片能够表现这种关系的关键句子是“莺房几醉眠”。“莺房”是指女子住的房间，“莺房几醉眠”，可见词人与这“莺房”的女主人关系匪浅。“花”、“柳”两句，写了当时的春景实况，但在这里也未尝不是这种依恋关系的象征，“贴贴”、“悬悬”两叠词，也正表现了这种关系的缠绵。“醉中不信有啼鹃”，则进一步写出了词人与那女郎的相互依恋。在中国古典诗词里，“啼鹃”是悲苦的象征，有杜鹃啼血之说；同时又是离别的象征，《荆楚岁时记》说，杜鹃初啼，先闻者主别离。“不信有啼鹃”，即不相信与那女郎会有离别悲苦之事，看来张炎本来是不打算离开她的，可是事与愿违，终于还是离开了她，回到了南方，而将深沉的思念留在了京都，以至于在二十年后写词追怀，当时张炎已是六十多岁的老人了，可见其眷念之深。由“醉中不信有啼鹃”到“江南二十年”，两句之间有一个巨大的转折与跌宕：在时间上，是二十年之差；在内涵上，前者是美好的欢聚，后者则包含了多少离别之苦。在词的结构上，最后一句是交代作词的时间，扣题“有怀北游”，明确告诉读者他所写的是二十年前的旧事。

张炎在大都，曾因一个偶然的机会，见到了过去的老相识、杭州歌女沈梅娇，有《国香》词记其事，其词序说：“沈梅娇，杭妓也，忽于京都见之。把酒相劳苦，犹能歌周清真《意难忘》、《台城路》二曲，因嘱余记其事。词成，以罗帕书之。”沈梅娇是宋亡后流落大都的，与张炎共同经历了国亡家破之苦。他乡遇故知，自然别有一番绸缪，故词中在“相看两流落，掩面凝羞，怕说当时”之后，又有“丁香枝上，几度款语深期。拜了花梢淡月，最难忘、弄影牵衣。无端动人处，过了黄昏，犹道休归”等语，这与《阮郎归》中的“莺房几醉眠”如出一辙。可见《阮郎归》中，词人所追怀的女郎，很可能就是沈梅娇。

这首纪游小词是用回忆的笔调写成的。词人在追怀大都的艳游旧事的时候，那些充满着异样光彩的生活片段，像“过电影”似地在脑海中闪闪而过。这首词就是用那些一个接一个的生活镜头连缀而成的，而且把那些生活镜头描画得很美，车是“钿车”，马是“骄马”，尘是“香尘”，飞动的秋千，“贴贴”的花，“悬悬”的柳，等等。显然这是一种美的回忆，从中表现了词人对那段美好生活的如醉如痴的留恋之情。张炎本来不是一个甘于沉沦的消极词人。为了在词中更好地表现那段生活，他妥善地选择了《阮郎归》这个调子（此调在张炎三百首词中仅此一见）。这个调子的特点是：一，上片四句四平韵，下片五句四平韵，可见它几乎句句入韵，而且全是平韵；二，它的字句分配也比较整齐，全词几乎是用七、五字句相间组成的，仅于过片处略作变化。这两个特点统一在同一个词调中，给这词调形成了一种优美的“节奏流”。这种节奏流正是作者表现回忆性、连缀性的美好生活内容所必需的。内容和形式，在这里得到了和谐统一。张炎晓畅音律，精于选调，于此可见一斑。

（原载《唐宋词鉴赏辞典》，上海辞书出版社1988年版）

王炎午《沁园春》

又是年时，杏红欲脸，柳绿初芽。奈寻春步远，马嘶湖曲；卖花声过，人唱窗纱。暖日晴烟，轻衣罗扇，看遍王孙七宝车。谁知道，十年魂梦，风雨天涯！　　休休何必伤嗟。谩赢得、青青两鬓华！且不知门外，桃花何代；不知江左，燕子谁家。世事无情，天公有意，岁岁东风岁岁花。拚一笑，且醒来杯酒，醉后杯茶。

王炎午的词，仅存这一首，初见于《元草堂诗余》卷下。王炎午是文天祥的同乡（庐陵人），淳祐间补太学生，临安陷落后，他去拜谒文天祥，尽出家资，以助军饷，并在文天祥幕府参与军事；文天祥被俘之后，他作了"生祭文"，激励文天祥死节，自己也成了南宋的遗民。了解了作者的这番情况，对理解这首词很有好处。

这首词作于宋亡之后，全词借伤春感怀，表达故国之痛。词的上片从春景入笔，以较多的文字写春光骀荡，金勒宝马，游人如醉，而于结处转折，点明所写诸般春景皆系往日陈迹；下片则转写感慨，抒发目前情怀。两片虽然境况迥异，时间跨度较大，但却用"谁知道"三句为桥梁，将两片紧紧连成一体。全词结构，骨架意脉，大率如此。

词的上片，由三层内容组成。起三句为一层，总写春色明媚。作者选取杏与柳作为描绘春光的代表。杏、柳都含有春的诗意，宋祁名句"红杏枝头春意闹”(《玉楼春》),元稹名句“春生柳眼中”,都是最好的说明;尤其是柳,最占春光之先,有唐成彦雄《柳枝词》“东君爱惜与先春”为证。作者用杏的“欲脸”、柳的“初芽”,传达了早春的气息。“脸”、“芽”在这里都作动词,是说杏花欲露脸,柳眼欲抽芽,正是新春景象。而这番景象,与往年一样,“年时”即往年,这里是指南宋灭亡之前。作者在写春光之前,先着一句“又是年时”,是寓有感慨之意的。照通常的思维顺序来说,这一句应当放在杏柳之后,可是作者却故意提在句首,正是为了要加重表现这种感慨。“寻春步远”直至“看遍王孙七宝车”,共七句,是第二层。写人们的游春、赏春活动。如果说前一层重在写“自然”的话,那么,这一层就是侧重写“人事”了。这七句中有一条时间发展的暗线。“寻春步远”,时为早春,故“春”要“寻”,步(走路)要“远”;水滨对于春的信息有特殊的敏感,故白居易《曲江早春》说“可怜春浅游人少,好傍池边下马行”,这里则是“马嘶湖曲”,明写马嘶,暗写游人。——这都是喜游早春的人,在寻找那种“绿柳才黄半未匀”的境界。至“暖日晴烟,轻衣罗扇”,则是暮春,已是“出门俱是看花人”的境界,作者也可以“看遍王孙七宝车”了。所以,这一层包括了整个春天的游乐活动。这一层内容很丰富:远郊的寻春,湖曲的马嘶,穿街过巷的卖花声,碧纱窗里的唱歌人,暖暖的阳光,缥缈的青烟,轻衣,罗扇以及王孙游春的七宝车,一句一景,目不暇接,可又全被词人“看遍”。显然,词人也在赏春。这七句,用一个“奈”字领起,把一片一片的场景联缀成一幅完整的春光图,熔成一个艺术整体。“奈”,奈何,古汉语中的常用句式是“奈……何”(译为“对〔把〕……怎么样”),这里的意思是说对如此这般的春光,我该怎样去领受呢?显然,词人面对一派升平欢乐景象,深深地陶醉了。结处笔锋急转:“谁知道,十年魂梦,风雨天涯!”从情景极妙处猛然跌入眼前凄风苦雨般的现实中。“十年魂梦”一句,在上述诸多美景与眼前现实之间划了一道历史鸿沟,把那诸多美景隔在十年之前,化成了一场空梦,被一场历史的风雨卷到了海角天涯!“谁知道”云云,是痛心疾首之语,在结构技巧上,它与首句的“年时”相照应,使上片表现出明显的回忆性,同时也为向下片的过渡设下津梁。

过片紧承“谁知道”三句，抒发词人十年来郁结于内心的悲伤感慨。但词人却正话反说：“休休何必伤嗟!”(“休休”，犹“罢了，罢了”)词人好像在作自我宽慰，但他马上紧接着说：“谩赢得、青青两鬓华!”从一个“赢”字上，我们看到了词人不可平复的悲愤。他为了挽救南宋危亡，倾家荡产，亲履戎行，出生入死，到头来南宋仍归于灭亡。盘盘皆输，步步艰难，他主观上想赢得的，全都落了空，而且再无扳回来的希望！他所“赢得”的，只有“青青两鬓华”，原来的黑发成了花白！这些痛心疾首的事实，作者却以一个“赢”字出之，并用一个“谩”(通“漫”，“徒然”的意思，秦观词《满庭芳》：“漫赢得、青楼薄幸名存。”)加以修饰，这正是一种以退为进、翻进一层的笔法，要比正面直说深刻得多，痛心得多。“且不知”四句，“且”，再递进一层，也是这四句的领字。“桃花”句，暗用陶渊明《桃花源记》意，有遁迹避世，与新朝不共戴天之意；“燕子”句，化用刘禹锡《乌衣巷》“旧时王谢堂前燕，飞入寻常百姓家”句意，寓有凭吊亡宋(从“江左”句可知)之情。“世事”三句，以“世事无情”收束以上沧桑巨变之意，以“天公有意，岁岁东风岁岁花”呼应起句，笔墨仍转回到春天上来。“拚一笑”三句，则紧承“岁岁”句意脉，顺水推舟，交代作者自己在眼下春光之中极度悲苦的生活情态。我们切不要忘记作者写这首词的时候，正是“杏红”“柳绿”的春天，而作者的生活内容却只有酒杯与茶杯了，终日在“醒复醉，醉复醒”中受熬煎，“一笑”须“拚”，痛苦可知。这与上片回忆中的春光行乐图形成了一个极为强烈的对比，从这个对比中，表现了作者的思想立场，他对故国的魂萦梦绕之情和不知燕子谁家的亡国之痛，就不言而喻了。

南宋遗民词，由于政治上的原因，多趋向托物言志，思想感情比较隐晦。王炎午的这首词，在表达思想感情方面，总的看来，用笔比较坦率，在南宋遗民词中，属于明快沉稳的类型。在写作技巧上，如上所述，也有不少佳处，而过片特精，竟使两片连接处无隙可寻。词至南宋，特别是宋末，技巧高妙，后人所谓词至南宋而极其工，大约主要是指写作技巧而言。技巧之中，又特重过片，所以张炎在《词源》中说："最是过片不要断了曲意，须要承上接下。"王炎午是个作词不多的人，过片能作如此锤炼，也是难能可贵的了。

（原载《唐宋词鉴赏辞典》，上海辞书出版社 1988 年版）

萧观音《回心院》

扫深殿，闭久金铺暗。游丝络网尘作堆，积岁青苔厚阶面。扫深殿，待君宴。

拂象床，凭梦借高唐。敲坏半边知妾卧，恰当天处少辉光。拂象床，待君王。

换香枕，一半无云锦。为是秋来展转多，[1]更有双双泪痕渗。换香枕，待君寝。

铺翠被，羞杀鸳鸯对。犹忆当时叫合欢，而今独覆相思块。铺翠被，待君睡。

装绣帐，金钩未敢上。解却四角夜光珠，不教照见愁模样。装绣帐，待君贶。

叠锦茵，重重空自陈。只愿身当白玉体，不愿伊当薄命人。叠锦茵，待君临。

展瑶席，花笑三韩碧。笑妾新铺玉一床，从来妇欢不终夕。展瑶席，待君息。

剔银灯，须知一样明。偏是君来生彩晕，对妾故作青荧荧。剔

① 展转：津逮秘书本《焚椒录》作“转展”。

银灯，待君行。

爇熏炉，能将孤闷苏。若道妾身多秽贱，自沾御香香彻肤。爇熏炉，待君娱。

张鸣筝，恰恰语娇莺。一从弹作房中曲，常和窗前风雨声。张鸣筝，待君听。

萧观音的《回心院》词，共十首，见于辽王鼎《焚椒录》。萧观音是辽道宗耶律洪基的皇后，工书能诗，善弹筝、琵琶，能自制歌词，甚得辽道宗的宠爱。后因道宗荒于游猎，萧后讽诗切谏，而被疏失宠，遂作《回心院》词。这十首词，从宴寝欢娱诸方面，联章铺叙，反复咏叹，组成了一个不可分割的艺术整体，突出地表现了作者希望重获宠幸的迫切心情，同时也表现了宫闱失宠的寂寞与苦闷。

这十首词，几乎是同一格调，都是在起句从日常生活细节着手，用同样的动宾结构句式，提出女主人公的一种行动，这行动的受事者，如深殿、象床、香枕、翠被、锦茵等等，又都是最能撩起女主人公爱情之思的事物，然后再以这种事物为感情的触发点，转为触景生情之笔，而以第五句复叠起句，紧接着以第六句点明首句所提出的行动的目的：扫深殿以待君宴，拂象床以待君王，换香枕以待君寝，张鸣筝以待君听等等，落脚点皆在于“君”（指辽道宗），把一个被疏远了的幽闭深宫的女主人公缠绵悱恻的爱情之思，表现得淋漓尽致。这是我们应当注意的第一点。

第二，这十首词又具有描绘细腻、抒情凄婉的特点。仅以第一首来说，其描绘的中心只是一个“殿”。作者首先用“深”、“暗”形容其总体形象，然后再用游丝、尘埃、青苔加以烘托，而且游丝是“络网”的，尘埃是“作堆”的，青苔是“积岁”且厚厚铺满了“阶面”的。通过这样多层次的细致描绘，把一座殿堂写成了荒凉幽暗的世界，这正是“闭久”的象征。皇后所居，荒幽如此，不言而喻，这皇后是被弃的。显然，这一首中的景象描绘，意在为女主人公的形象烘托背景气氛，以显示其遭遇的不幸和心境的凄凉，同时也为以后的九首词奠定了基调。其他几首，每首一物，皆从这种特定遭遇出发，展开描绘，用词命意，时见佳境。如写“象床”、“香枕”，皆着笔于“半边”或“一半”，而写“翠被”，则特别点出被面上的“鸳鸯对”——成对的鸳鸯，本来是美满爱情的象征，但作者却以一个极富心理情态的“羞杀”加以否定，这样就把曾经做过“鸳鸯对”而今只能独卧半边床的弃妇的形象勾勒了一个轮廓。

这十首词所写的“物”，除第一首的“深殿”外，其他九首都是琐细而精巧的，床是“象床”（用象牙修饰的床），枕是“香枕”，被是“翠被”，帐是“绣帐”，茵（垫褥）是“锦茵”，席是“瑶席”，灯是“银灯”，以至熏香的炉，鸣奏的筝，虽仅一字修饰，却可见其精，物象罗列，极见其美。这自然是与“皇后”的身份相称的。但是，尽精尽美之物，所引发出来的情，却是至悲至凄的。“象床”上，只是一个独卧半边的“妾”，而另一“半边”，本来是留给“君王”（即句中的“天”）的，可是，“敲”而至“坏”，却不见他的“辉光”。“敲坏”一词，极见情态，无限的孤独，急切的期待，都在“敲坏”一词中。而“香枕”，也是空留一半，作者又用“秋来展转多”以写这半枕孤寒之苦，苦不可耐，因而有“双双泪痕渗”的痛泣。“渗”，字似俗而意极深，非双泪长流，不见其“渗”，换句话说，“渗”字中包含了女主人公长夜不眠、孤枕而泣的无限眼泪。这种“愁模样”自然是不忍自视，也不堪见人的，故“装绣帐”一首乃有“解却四角夜光珠，不教照见愁模样”之说。“剔银灯”一首，拟情拟景，尤为委曲缠绵。就银灯的本身来说，女主人公明知它无偏无私，是一样明亮的，但在她的主观感觉上，却是君来则明，独对则暗：“偏是君来生彩晕”，因“君”来临，不仅格外明亮，而且还能生出“彩晕”（彩色的光圈）来；反之，独对“妾”时，则好像故意荧荧如青豆一点。这里把人的感情赋予灯，明写其灯，暗写其情。银灯的“彩晕”，实际上是女主人公燃烧于内心的爱情之光；而荧荧一点，也正表现了女主人公对爱情的难熬的期待。这十首词的抒情，在细腻凄婉的共性下，又有其多变的一面：不仅有“敲坏半边”的急切，“双双泪痕渗”的悲苦，“独覆相思块”的冷寂，同时又有“笑妾新铺玉一床”这样含泪的自嘲，“常和窗前风雨声”的凄凉，而“只愿身当白玉体，不愿伊当薄命人”、“若道妾身多秽贱，自沾御香香彻肤”，则又如泣如诉，温柔敦厚，情致缠绵，怨而不怒，女主人公的一颗纯正的爱心，跃跃然如在目前。凡此，我们都可以看出作者在描写与抒情上的高妙手段。

辽国的文学是落后的，词作更为寥寥，唯有萧后的《回心院》独占春色，这是萧观音一生在学习汉文化进行诗词创作上的艺术结晶。据王鼎《焚椒录》记载，萧后的《回心院》，在当时是"被之管弦"，可以演奏的。当时的演奏家赵惟一独善其曲，而另一善筝及琵琶的宫婢单登，与赵惟一争能，后来竟与权奸耶律乙辛串通一气，对萧后进行诬陷，终于致萧后于死地。从这里，我们也可以看到这十首词在当时的影响。至于《回心院》是诗或是词，前人颇有争论。况周颐《蕙风词话》卷三断言："其词既属长短句，十阕一律，以气格言，尤必不可谓诗；音节入古，香艳入骨，自是《花间》之遗。……姜尧章言：'凡自度腔，率以意为长短句，而后协之以律。'懿德（辽道宗即位，立萧观音为懿德皇后）是词，固已被之管弦，名之曰《回心院》，后人自可按腔填词。"况氏并举徐釚《词苑丛谈》、徐本立《词律拾遗》均收入此作为证。这个意见很值得重视。

（原载《唐宋词鉴赏辞典》，上海辞书出版社 1988 年版）

完颜亮《鹊桥仙》

待月

停杯不举，停歌不发，等候银蟾出海。不知何处片云来，做许大、通天障碍。　　虬髯撚断，星眸睁裂，唯恨剑锋不快。一挥截断紫云腰，仔细看、嫦娥体态。

这首词最早见于宋岳珂《桯史》卷八《逆亮辞怪》。完颜亮中秋待月不至，乃赋此词，极写其力排障碍以观嫦娥的心情，抒发了横厉恣肆不可一世的气概。

词的上片写待月不至，为云所遮蔽。起句“停杯”三句，写待月：“停杯不举，停歌不发”，直写一个“待”字，静默之中隐含热烈，盼望之殷切，等待之焦灼，皆含蕴在字里行间；“等候银蟾出海”，是一句解释性的话，点明杯不举、歌不发的原因，引出“月”字。“银蟾”，即月亮。我国古代神话说月中有蟾蜍，又因月有银辉，后因以“银蟾”喻月。唐李中有“银蟾飞出海东头”的诗句。停酒停歌而专等“银蟾出海”，显然，作者对银蟾的期待已远胜于对美酒和歌舞的嗜欲。作者继以“不知何处片云来”两句作转折，谓片云遮月，遂成“通天障碍”，大煞风景，于是波澜陡生，热切的期待化为冰冷的失望。这期待与失望的激荡，乃产生了这首词的横厉恣肆、剑拔弩张的下片。下片写欲截云看月，同时也生动传神地刻画了作者的自我形象。"虬髯撚断,星眸睁裂",写作者因片云遮月而引起的愤怒与焦躁,亦极写待月心情的急切,寥寥八字,其粗豪毕见。"唯恨剑锋不快",则由外貌形象转入心理活动,使"虬髯撚断,星眸睁裂"的思想内涵由恨片云之遮月,更进一层转恨剑锋之不快,而由恨剑锋之不快,更见其恨片云之遮月。同时,这句也有转出下文的作用,"一挥"两句即从此句转出。因此,这一句实为下片起结之间的津梁。结句"一挥截断紫云腰,仔细看、嫦娥体态",是作者的设想之辞,亦极写其待月、看月心情之急切。"紫云",原指祥瑞之云,古时以为王者之象。这里字面意思是指月光穿射云层所形成的彩云景象。"嫦娥",我国古代神话中的月中女神,神话中有"嫦娥奔月"的故事,古代文学作品又把她作为美人的典型。这首词的结句无疑是杀机毕露的。它语意双关,字面上是说截云看月,骨子里却有作者对南宋的觊觎。据岳珂《桯史》,完颜亮"迁汴之岁,已弑其母矣。又二日而中秋,待月不至,赋《鹊桥仙》"。考完颜亮"迁汴之岁",在其正隆六年(1161)六月;"弑其母"则在同年八月。如此,则此词之写作,当在这年的中秋。当时完颜亮正在准备大规模地进攻南宋。中秋之后,九月份,即起兵二十七万(号称百万)分四路攻宋,完颜亮亲自率领三十二总管兵南下,十一月下旬,金兵已集结于扬州瓜洲渡口。[①] 这首词写在这种临战的背景之下,正是作者运筹帷幄、心潮起伏之时,故于词中即景抒情,卒章见志,寄意叵测。但其杀机已不可掩饰,似乎可以一战而灭宋,有"三秋桂子十里荷花"的江南即在把握之中,正可"仔细看、嫦娥体态"了。

这首词的显著特色,在于铲尽浮词,直抒本色。就语言来说,它语语本色、自然,不着色相,不落言诠,毫无词中惯见的那种文绉绉、酸溜溜的陈腐气,更无充斥词坛的那种绮罗香泽的脂粉气。就格调来说,它豪横骏爽,剑拔弩张,桀骜之气溢于辞表,它与旖旎作态、扑朔迷离的所谓传统格调是绝缘的。这一点,在词的下片表现得尤为突出。所以,《艺苑雌

---

① 这次出兵的结局是:十一月二十六日,完颜亮勒令将士于次日在瓜洲渡江。次日拂晓,将领耶律元宜率将士袭击完颜亮营帐,完颜亮死于乱箭之下,金兵北撤。

黄》说它“俚而实豪”,《词苑丛谈》说它“出语崛强,真是咄咄逼人”。完颜亮的词,现存四首,大都有这种横空出世的气概。这首词的直抒本色,还表现在它自然地、真实地写出了作者自己的真面目、真性情。清沈祥龙《论词随笔》说:“古诗云:‘识曲听其真。’真者,性情也。性情不可强,观稼轩词知为豪杰,观白石词知为才人。其真处有自然流出者。词品之高低,当于此辨之。”完颜亮的这首词,也同样是真性情的流露,观其词则知其为强横而进取的霸星。他“为人僄急,多猜忌,残忍任数”(《金史·海陵纪》),“颇知书,好为诗词,语出辄倔强,整整有不为人下之意”(《桯史》)。他在为藩王时,就久怀谋位之心,曾有题扇诗曰:“大柄若在手,清风满天下”(刘祁《归潜志》),又有述怀诗曰:“等待一朝头角就,撼摇霹雳震山河”(《桯史》),终以利剑弑熙宗完颜亶而自立。得志之后,又蓄谋侵宋。《鹤林玉露》说:柳永《望海潮》咏钱塘之词流播,“金主亮闻之,欣然有慕于三秋桂子、十里荷花,遂起投鞭渡江之志”。他曾使画工图临安(杭州)城邑及吴山、西湖之胜,而于吴山绝顶“貌己之状,策马而立”,并题诗其上,有“提兵百万西湖上,立马吴山第一峰”句。[①] 这首《鹊桥仙》,与柳词同格调、同气魄,自然而真实地流露了作者的强横而进取的真形象、真性情。“停杯”、“停歌”云云,已给人以箭在弦上引而待发之感,隐含一股威慑之力;“虬髯”“撚”而至“断”,“星眸”“睁”而至“裂”,其沉雄慓悍的形象性格已和盘托出;“唯恨剑锋不快”,益见其横狠;“一挥”两句,更如骄马弄环,千里之志,一望而知。文学作品,贵真实,贵自然。这在词中却是比较难以做到的,而完颜亮的这首《鹊桥仙》,却能兼而有之,这正是它的艺术生命力之所在。

(原载《唐宋词鉴赏辞典》,上海辞书出版社 1988 年版)

---

① 诗见宋徐梦莘《三朝北盟会编》引宋张棣《正隆事迹记》,亦见《桯史》。此诗一说由翰林修撰蔡珪代作。

完颜璟《蝶恋花》

聚骨扇

几股湘江龙骨瘦。巧样翻腾，叠作湘波皱。金缕小钿花草斗。翠条更结同心扣。　　金殿珠帘闲永昼。一握清风，暂喜怀中透。忽听传宣须急奏。轻轻褪入香罗袖。

这是一首小巧玲珑的咏物词，所咏之物是"聚骨扇"，即折叠扇，或称聚头扇，宋时由高丽传入我国。据金刘祁《归潜志》说，这是金章宗完颜璟的一首题扇词。它以工细之笔，描绘了聚骨扇的形象，同时也流露了作者逍遥闲适的心情。

词的上片，写聚骨扇的形象。起句写制造聚骨扇所用的材料。"湘江龙骨"，是指湘妃竹。造扇之竹，随地可取，而作者却独写湘竹，且以"龙骨"形容之，正是为了着意显示扇的华贵；从一个"瘦"字里，我们又看到了这扇的小巧玲珑。"巧样"两句，写扇子式样新颖，张开叠拢时有如水波起伏之美。前有"湘江"，后有"湘波"，意脉一贯，前后照应。"金缕"句是写扇骨修饰之美，用金线在竹骨面上嵌出争奇斗妍的花草，"斗"字用得传神，把花草写活了，扇的精美度亦由此倍增。"翠条"句则转写扇的聚头形象，以"翠条"应首句的"湘江龙骨"，以"同心扣"写"翠条"的聚头纽结。"同心扣"犹"同心结"，在文学形象上往往用以比喻爱情。这里的“同心扣”虽不一定表示爱情，但这个词用得新颖婉媚，不仅写扇之形——翠条聚头，其形如“扣”，同心同轴；而且能传扇之神——精巧玲珑，聚头会面，心眼相连，脉脉含情。

上片着意咏物，毕写扇的形态，下片则由扇及人，因物抒情，写作者展扇把玩，欣然自乐。“金殿珠帘”一句，意在展现作者身份，帝王的雍容华贵，逍闲自适，皆显露于字里行间。“一握清风”两句，“握”为量词，说扇起来风量甚小，只“一握”之微；“透”字应“清风”，正入怀中，凉而且“透”，自然喜不自胜。这两句，写扇写人，物我交融。结处“忽听”两句，笔锋急转，宕开一层，由咏物而至赋事。忽听传宣谓有“急奏”之事，把扇清玩，自不可得，只得暂时把它“褪入香罗袖”。“轻轻”二字，真情真景，毕肖神态，作者对扇的珍爱之情，亦暗寓其中。最后两句可能是实写其事，这在帝王来说，是常有的。金章宗完颜璟是位有作为的帝王，自然不会以清玩误事。

这首小词，无疑是一件玲珑剔透的艺术珍品。作者写扇，摆脱了以往借扇兴叹即所谓“常恐秋扇捐”之类的模式，巧样翻腾，别铸新词，咏物抒怀，给人面目一新之感。作者写扇之形，巧设比喻，连用“湘江龙骨”、“湘波”、“同心扣”等作比，又以“金缕小钿花草斗”等光彩艳丽的词藻修饰之，直将这把小扇写得高雅而又妩媚；且“湘江”、“湘波”、“同心扣”等，又各自以其特定的含意，唤起读者的艺术联想，那湘妃的故事，那同心扣中的爱情之思，皆不期而至，再配上那精美的扇子装饰，都给读者展开更加广阔的艺术天地。写扇而不止于扇，词体小而蕴涵富，这是作者的高招。全词用辞着意，皆精美华贵，从而形成了它的总体风格，但读之却又只觉得精巧秀雅，美不胜收，而绝无浓妆艳抹、雕金镂玉之感。

完颜璟的词，今仅存两首，都是咏物词，除这首《蝶恋花·聚骨扇》外，尚有《生查子·软金杯》一首，均见《归潜志》。从这两首词技巧熟练程度上看，完颜璟无疑是咏物词的大手笔，而其词作也绝不止两首。文献散佚，北国尤甚，令人浩叹！

（原载《唐宋词鉴赏辞典》，上海辞书出版社 1988 年版）

赵秉文《大江东去》

用东坡先生韵

秋光一片，问苍苍桂影，其中何物？一叶扁舟波万顷，四顾粘天无壁。叩枻长歌，嫦娥欲下，万里挥冰雪。京尘千丈，[①]可能容此人杰？　回首赤壁矶边，骑鲸人去，几度山花发。澹澹长空今古梦，[②]只有归鸿明灭。我欲从公，乘风归去，散此麒麟发。三山安在，玉箫吹断明月！

《大江东去》即《念奴娇》，因苏轼赤壁词《念奴娇·赤壁怀古》有“大江东去”句，故名。“用东坡先生韵”，就是采用苏轼赤壁词的原韵。苏轼的词对金朝词人有很深的影响。赵秉文极慕东坡，他的词作现存共九调十首（据唐圭璋编《全金元词》），追和东坡词原韵者，除《大江东去》外，还有《缺月挂疏桐》（即《卜算子》，东坡《卜算子》有“缺月挂疏桐”句，故名）。

东坡谪居黄州（今湖北黄冈），曾夜游黄州城外的赤壁（即赤鼻矶），写下了千古名作赤壁词和《赤壁赋》。赵秉文的这首和韵之作，隐括了东坡这词与赋的语意，对当年屈谪黄州的苏轼表示了深切的怀念与同情；同时也表现了自己的消极出世思想。

---

① 千丈：一作“十丈”。

② 今古梦：一作“千古梦”。

词的上片，以问月起句。以“桂影”代月，以“秋光”衬“桂影”，且以“苍苍”形容之，于是，一片高洁苍凉之气，横空而降。诗词中以“问月”起笔，颇多先例。如李白诗《把酒问月》起句“青天有月来几时？我今停杯一问之”，苏轼词《水调歌头》起句“明月几时有？把酒问青天”，皆系百代名句。但秉文问月，却特有新意。他问“苍苍桂影，其中何物”，而答案已巧寓其中：“桂影”之中，桂影而已。“桂影”既代月，又实指月中的桂影。所以，他的问月，不是在于探求，而是在于借问月，点明作词的时间：秋季的月明之夜，这也正是东坡游黄州赤壁的时间。然后，词笔由月及人，想到当年“纵一苇(扁舟)之所如，凌万顷之茫然”(苏轼《前赤壁赋》)的夜游赤壁的苏东坡，这就自然产生了“扁舟”以至“叩枻长歌”等句。这几句用笔虽无新奇，只是隐括《赤壁赋》语意，但这寥寥文字，却收尽东坡夜游赤壁的景象与情态，正是颇见笔力之处。“京尘”二句，转入感慨，对苏轼的屈谪黄州以至于他的坎坷终生的不幸遭遇，深表同情；对于当时的官场(“京尘”)深表愤慨。这两句在作词技法上的妙处，不仅在于使用笔由对客观景象的描述转入主观感情的抒发，从而为上片缩结；而且有启下之功，为写好过片作好了铺垫。

过片承上片“人杰”不得见容，写到“骑鲸人去”，思想内容上既与上片意脉不断，而又能宕开一层新意，转入自抒怀抱。“骑鲸人”本指李白，这里是借指苏轼，与上片“人杰”相应，透露了对苏轼的景仰。秉文《题东坡四达斋铭》曾说“东坡先生，人中麟凤也”，在其《东坡赤壁图》诗中又称苏轼为“百世士”，此皆“人杰”之意；他在《题东坡书孔北海赞》中，盛赞东坡“雄节迈伦，高气盖世”，此即“人杰”的注脚。“几度山花发”则明写东坡去世之后时间的流逝，暗含东坡去世之后的寂寞(东坡卒后七十年始谥“文忠”，时秉文已十多岁了)，而其影响却时有表现，如山花之开放。这两句中，也渗透着秉文吊古伤今之情。于是化用杜牧《登乐游原》诗句，[①]申说此意：“澹澹长空今古梦，只有归鸿明灭”，以“今古梦”两句表露

① 杜牧《登乐游原》：“长空澹澹孤鸟没，万古销沉向此中。看取汉家何事业，五陵无树起秋风！”

自己的悲感。苏轼亦屡言“古今如梦”(《永遇乐》)、“不用思量今古,俯仰昔人非”(《八声甘州》)、“君看今古悠悠,浮宦人间世”(《哨遍》),他的这种消极的人生态度以高明的艺术笔墨表现出来,使赵秉文在思想上产生共鸣。秉文晚年,时值金朝将亡之际,他深为国忧,但又无力挽救其危亡,思想上的入世与出世,矛盾激烈,而终于转向升仙求道。他想随苏轼仙去。“从公”三句,由“骑鲸人去”、“今古梦”几句激出,语意决绝。但决绝之中,又深含悲慨。这层意思在他的古诗《东坡赤壁图》中说得很清楚:他要与苏轼“相期游八表,一洗区中愁”。秉文此时的思想与东坡在黄州时期极为相似,这也可能是他作这首和词的原因之一。但是,毕竟仙山难寻,只有徘徊月下,把满腔心事寄托于玉箫而已。

这首词始以秋光桂影,结以玉箫明月,虽其间辗转变化,而终能浑然一体。虽词中多有“仙语”(元好问《题闲闲书赤壁赋后》),但从全词遣词造语、写景抒情以及所创造的艺术氛围上看,却是“词气放逸”(同上)的,清代徐釚也说它“壮伟不羁,视‘大江东去’信在伯仲间”(《词苑丛谈》)。秉文善书法,曾将此词大字写在《赤壁赋》后,据说写得“雄壮震动,有渴骥怒猊之势”(同上)。由此也可以想见这首词的气势和作者的心情。

东坡作词,喜隐括前人作品。后人习之,遂成词中一格。秉文的这首词,显然是属于这一“格”的作品。它隐括前人(尤其是苏轼)之作,几乎做到了无一字无来历。如上所说,词的上片,主要由《赤壁赋》化来;其他句意,又多取苏轼词《念奴娇·中秋》。但隐括、化用,多能自然妥帖,如同己出。这也是这首词的一个特点。

(原载《唐宋词鉴赏辞典》,上海辞书出版社 1988 年版)

李俊民《感皇恩》

出京门有感

忍泪出门来，杨花如雪。惆怅天涯又离别。碧云西畔，举目乱山重叠。据鞍归去也，情凄切！　　一日三秋，寸肠千结。敢向青天问明月。算应无恨，安用暂圆还缺？愿人长似，月圆时节。

这是作者离开京都告别亲友时所写的一首小词，词题中的“京门”，盖指燕京（今北京）。金曾建都于此。上片抒写伤别之情，用笔质朴，感情坦露。起句“忍泪出门来”，开口见喉咙，抒情写事，一笔抖出，惜别、伤别，种种感触，皆从“忍泪”二字中隐约可见。“杨花如雪”，既是交代离京的暮春时间，又是渲染离别时的气氛，用杨花的纷乱如雪，来象征离京时心绪的烦乱。第三句是在前两句实写与渲染的基础上，进一步明确交代“忍泪”云云的原委，突出“又离别”，而以“天涯”作渲染，张其声势，从而掀起感情波涛，以“惆怅”表明作者在这离别之际的感情，同时又与起句的“忍泪”相应。“碧云”两句，是别时举目所见，也是他要去的方向，“乱山”云云，是实写，同时也寓有“行路难”的意思，作者另有“举目关山行路难”的诗句。“据鞍”二句，写别后凄然登程，总结上片。

下片是预写别后的思念和为摆脱这种思念而作的美好祝愿。过片两句，由上片的离别转写离愁与相思。“一日三秋”，出于《诗·王风·采葛》“一日不见，如三秋兮”，“寸肠千结”，则更转进一层，两句均以夸张之笔，极写离愁之重，思念之苦，从而也可以看出作者与在京亲友们情谊之深。因此，作者鼓起勇气，向青天而问明月：算来天上月应无恨事，何以暂圆而复缺？“圆”而曰“暂”，说明月圆时少而缺时多，与人事上的情况正复相同。作者借月比兴，渴望月圆，亦即渴望人“圆”，故结云“愿人长似，月圆时节”。在离别之际，不仅感受到离别之苦，而且迫切希望月长圆，人亦长聚。这样正反用笔，离别时的伤感情绪就表现得淋漓尽致了。

这首词，化用前人诗词，自然妥帖，如同己出。“杨花如雪”，这里自然是写暮春景物。以柳絮拟雪，东晋谢道韫已开其端。至苏轼《少年游》词，既说“飞雪似杨花”，又说“杨花似雪”，循环互比，又有发展。作者此处，并用《诗·小雅·采薇》“昔我往矣，杨柳依依”诗意和苏轼“杨花似雪”字面，同样地以带感情的景物，表述人事离别时令，亦足动人。下片“敢向”以下五句，粗看似全用苏轼《水调歌头》中秋词的下片句意，细看乃知其别有新意。苏轼问月：“不应有恨，何事长向别时圆？”而李俊民则问月：“算应无恨，安用暂圆还缺？”前者责其于人之已别时而“圆”，后者则怨其于人之暂聚时而“缺”，正是反用苏意；苏词以“人有悲欢离合，月有阴晴圆缺，此事古难全”作宽慰、解脱，李俊民则绝无这层意思，而是直截了当地提出个人愿望：“愿人长似，月圆时节”，意思又比苏轼更执着。作者的这层“新意”，正是在行将天涯离别、亲友分袂之际所自然产生的，与苏轼的兄弟长期分别不得不强作宽慰者有所不同。所以这里虽借笔较多，却貌似近而神不同，并没有什么蹈袭之弊。李俊民熟于宋词、唐诗，故在作词的时候，往往将柳永、苏轼、贺铸、李清照等人的词句以至于唐人诗句摄入笔端，为其表情达意服务。凡所借笔，大都用得自然妥帖，至于其上乘，如用在本词的两例，则又达到了水乳交融，如同己出的程度。从这里，我们也可以看到李俊民驾驭词艺的能力是比较强的。

（原载《唐宋词鉴赏辞典》，上海辞书出版社 1988 年版）

元好问《临江仙》

李辅之在齐州，予客济源，辅之有和

荷叶荷花何处好？大明湖上新秋。红妆翠盖木兰舟。江山如画里，人物更风流。　　千里故人千里月，三年孤负欢游。一尊白酒寄离愁。殷勤桥下水，几日到东州！

李辅之，名天翼，固安（今属河北）人，贞祐二年（1214）进士。蒙古下汴梁，为济南漕司从事。据《金史·地理志》，金济南府即宋齐州（今山东济南），而济源县则在金河东南路孟州，今属河南。据遗山《济南行记》，乙未（1235）秋七月，“以故人李君辅之之故”而至济南，与李辅之两次畅游大明湖，“漾舟荷花中十余里”。当时，“秋荷方盛，红绿如绣，令人渺然有吴儿州渚之想”。次年丙申三、四月间，遗山游泰安，道出济南，又与辅之欢聚。这首词的上片，便是回忆畅游大明湖的情景。当时正是“新秋”，湖上荷花初展娇容，绿叶田田，一如翠盖。词以“荷叶荷花”起调，正是抓住了当时大明湖上“新秋”的景物特征，与《济南行记》正合。第三句以“红妆”应“荷花”，以“翠盖”应“荷叶”，再点大明湖新秋景色，可知前次欢游印象之深；“木兰舟”则写到游人，其间当有元、李二人之舟。“木兰舟”点缀于“红妆”、“翠盖”之间，使整个湖面变得更加妖娆多姿。而词人写景的美好，也正是为了写人的风流，因而上片结句说：“江山如画里，人物更风流。”风流人物，指自己与李辅之等文人雅士。这两句，“江山”与“人物”并写，总结上片。从“如画里”、“更风流”两个词组上，我们可以看到作者对此游的得意。

词的下片，一反上片欢聚融洽的气氛，转写与李辅之的分别和作者所寄予的深沉的怀念。“千里故人千里月”和“孤负欢游”，显然是写分离。“千里”，极言相距之远。“三年”则明确点出与李辅之分别时间之长。从丙申济南相会顺推至第三个年头，即为戊戌(1238)。戊戌盖为本词的写作时间。这时元遗山正准备携家由济源回太原，与济南相隔更远，故词中用“千里”形容之，而辅之的和词中，也有“无穷烟水里，何处认并州”句，显然辅之写和词时，遗山已远在“并州”(太原)了。遗山对辅之的思念之情，离别之愁，无以表达，乃浮想联翩，竟想借“一尊白酒”来“寄离愁”，但桥下的流水，尽管殷勤，怎奈路程遥远，何时才能将这“离愁”“寄”到“东州”呢？东州，指济南，济南位于当时的山东东路，故以“东州”代指。作者通过这样一种假想的“尊酒寄离愁”的行动，把对辅之的思念之情深刻而形象地表现了出来。借流水寄言、寄泪以表达思念之情，不乏先例。李白《秋浦歌》之一说：“寄言向江水，汝意忆侬否？遥传一掬泪，为我达扬州”；苏轼《江城子·别徐州》说：“欲寄相思千点泪，流不到，楚江东。”遗山则是借流水以寄送寄托着“离愁”的“一尊白酒”，虽笔法略似前人，但婉转绸缪，实有过之。

这首词以情取胜。它所表达的感情是纯真的。这里既有团聚的欢快，也有天各一方的离愁。欢快与离愁，皆出于纯真。在表现形式上，全词用笔自然纯朴。从整体结构上看，上片回忆与友人的欢聚，其景其情，均秉笔直书，无一假借；下片写分别之后的思念，娓娓而谈，不动声色，却深情厚谊，溢于言表。两片所写，既不同时，又不同地，时隔三年，人距千里，却以真挚的友情，一线贯通，遂使两片之间，浑然无迹。从遣词造句上看，全词字句，略无藻饰，更无矫揉造作楚楚作态之处。这种形式上的自然纯朴，与词中所包含的纯真感情，表里一致，相辅相成，做到了内容与形式的统一。

(原载《唐宋词鉴赏辞典》，上海辞书出版社1988年版)

元好问《小重山》

酒冷灯青夜不眠。寸肠千万缕，两相牵。鸳鸯秋雨半池莲。分飞苦，红泪晓风前。　　天远雁翩翩。雁来人北去，远如天。安排心事待明年。无情月，看待几时圆！

这是一首摇曳多姿的恋情词。上片六句描述了一对恋人由不忍分离到终于分离的全过程。前三句是写恋人在分离前夕的相互依恋，是上片的第一个层次。起调写他们的不眠之夜，而以“酒冷”、“灯青”烘托其内心的悲凉和长夜的难耐。“冷”的酒，“青”的灯，“不眠”的夜，这便是他们通宵达旦的生活内容。这里的“酒”，显然是饯别酒。有酒而“冷”，看来停杯不饮，搁置已久。而青灯犹在，可见主人公确实是“夜不眠”了。由“酒冷”亦可见夜之深。这一句中，显然有“人”，其心情已见，但面目未露。紧接着，作者以“寸肠”两句推出一对情肠牵惹、愁苦悲伤的恋人。词的指事抒情，趋于明朗，读者始知“酒冷”云云，正是他们在离别前夕内心极度痛苦的物象反映。由此益知起句用笔在渲染气氛、烘托感情方面，极见词人匠心独运之妙，恋人的全部情绪，都已总摄在起句之中，这首词的摇曳多姿之妙，起首便露端倪。上片后三句是写这对恋人的分别，时间已是次日清晨。这一层，作者用笔，仍然是从罗列物象开始：用“鸳鸯”、“秋雨”、“半池莲”三种足以使人触景生情的物象，进一步为恋人的离别写照。这三种物象并非各自孤立存在，而是相互交涉，借二、三句而构成完整的象征性的画面。首先是鸳鸯、秋雨、半池莲都同是在池塘中。秋雨入池，池莲带雨，若含红泪，为鸳鸯分飞而苦。“分飞苦”属鸳鸯，“苦”字连“红泪”又属莲。“红泪”之“红”从莲来，“泪”又从雨得。“红泪晓风前”，是风雨中池莲姿态，滴雨摇风，可怜又可爱，以象征送别的女主人公。“晓风”又点出分别时间。由物象衬意象，而且是一衬再衬，主客相形，虚实相宜，正面神采由此倍增。这种用笔，正是兼用了前人所称道的“主客相形法”和“背面傅粉法”。从这里，读者再次领略了这首词“摇曳多姿”的妙处。

下片承上片结句“分飞苦，红泪晓风前”的意脉，写女主人公目送恋人远去，并默默地预卜团圆之期。晓风之中，恋人北去，天高地远；而北雁南来，显然是深秋了。在这里，作者用“雁来人北去”这样一对形象意念上有悖于自然之理的矛盾，再次渲染离别时的悲凉气氛，同时表明恋人的去不当时：此时此刻，连雁都知道归来，而人却偏偏去了，而且是“北去”，何况又是“远如天”！下片的前三句，只是写了“雁来人北去”的事实，但这三句在排列上，由雁而人，由雁的渐近到人的渐远，层层具体，逐句加深，极见层次。最后三句，别出新意，由眼前的分离而转写盼望团圆之期。这是本词“摇曳多姿”的最后一现。在封建社会里，往往是由于徭役、谋生等等原因，离乡背井，而又往往是生离如同死别。自然，这种离别是悲哀的。但本词却又不止于悲哀，而是及时地深入一层，转入期待。女主人公“安排心事待明年”，只是“待”而已，能否在明年团圆，还很难说。期待无定，转而为幽恨，故结句云：“无情月，看待几时圆！”月圆即人圆，故女主人公见缺月而责以“无情”，其盼望月圆亦即盼望与恋人团聚的迫切心情，自然就跃然于字里行间了。

元好问的词，具有丰富的社会内容。尤其是较多地反映了当时社会的动乱和他在遭遇国变之后的“神州陆沉之痛，铜驼荆棘之感”，风格直追稼轩。他写爱情的词不算多，但偶一涉笔，便成佳构。这首词，在取材、主题方面，虽然没有突破男女离别相思之类传统题材的樊篱，但在结构艺术上,如上所述,宾主虚实,渲染映衬,摇曳多姿,一往情深。确如张炎所说,“遗山词深于用事,精于炼句,风流蕴藉处,不减周秦”(《词源》卷下),表现了一位大词人题材、风格的多样性。

(原载《唐宋词鉴赏辞典》,上海辞书出版社 1988 年版)

元好问《摸鱼儿》

泰和中，大名民家小儿女，有以私情不如意赴水者，官为踪迹之，无见也。其后踏藕者得二尸水中，衣服仍可验，其事乃白。是岁此陂荷花开，无不并蒂者。沁水梁国用，时为录事判官，为李用章内翰言如此。此曲以乐府《双蕖怨》命篇。"咀五色之灵芝，香生九窍；咽三危[①]中之瑞露，春动七情"，韩偓《香奁集》中自序语。

问莲根、有丝多少，莲心知为谁苦？双花脉脉娇相向，只是旧家儿女。天已许。甚不教、白头生死鸳鸯浦？夕阳无语。算谢客烟中，湘妃江上，未是断肠处。　　香奁梦，好在灵芝瑞露。人间俯仰今古。海枯石烂情缘在，幽恨不埋黄土。相思树，流年度，无端又被西风误。兰舟少住。怕载酒重来，红衣半落，狼藉卧风雨。

这首《双蕖词》是《雁丘词》的姊妹篇，都是驰名千古的佳作。《雁丘词》是写雁的殉情，悲雁即是悲人；而这首《双蕖词》却是直笔写人，写民间青年男女殉情的悲剧。作者在词序中以同情的笔调详细交代了这个悲剧产生的时间、地点、人物以及故事的始末，哀艳动人。这首词，则是就这个悲剧故事抒发作者自己的感受，向为争取爱情自由而牺牲的青年

① 三危：一作"三清"。四部丛刊本《香奁集序》作"三危"。三危，神话中的仙山，见《山海经·西山》。

男女表同情，从而表现了作者某些进步的思想观点。

词的上片，写并蒂莲的形象，并揭示这形象的底蕴，表达作者同情与痛惜的心情。词以“问”字起句，一个“问”字，领起“莲根”、“莲心”两句。“丝”谐“思”，男女双双殉情，沉于荷花塘，化身为并蒂莲，莲根（藕）之“丝”，自然就是他们的爱情之思；而“莲心”，亦即人心，他们生不得结为伉俪，被迫而死，其冤其苦，可想而知。一“丝”一“苦”，是两句的核心，而且贯串全词。劈头以领字发问，表现了词人不可按捺的激动情绪，笔势一如连弩。在词中，起句用领字，多是用以写回忆题材或铺叙眼前景物，抒发感慨，而以领字发问，却不太常见。这种起句，多是在词人对所咏的对象深有感触，情绪激动，要议论，要质问，酝酿再三，至不可按捺时，冲口而出，其发问的内容，往往是作者思考的核心问题，这一出口，便如水决长堤，一发而不可收。作者的《雁丘词》也是这种起句法。“双花脉脉娇相向”，以拟人的笔法写花，更是以拟物的笔法写人，仅此一笔，就写出了“双花”亦即这对“痴儿女”相互依恋的形象与情态。然后用“只是”一句，明确点出了这“双花”原来就是那“大名（今属河北）民家小儿女”。元好问词中用“旧家”一词不少，都是“从前的”、“原来的”的意思。以上几句，字里行间都流露着作者对这民家儿女的同情。“天已许”两句，作者的感情进一步激烈，指出这对痴情儿女，在人间不能结合，而死后却能化作并蒂莲，他们生死不渝的爱情已得到“天”的同情与首肯。那么，这样的一对青年，为什么不让他们白头偕老？这一问，笔锋猛转，作者的思想升华到一个新的高度，闪出了向整个封建礼教抗争的火花。从而表现了他的进步的妇女观、婚姻观。“鸳鸯浦”非实指，而是虚构的一个充满爱情和欢乐的场所，词人是希望这对青年能“白头生死”于这样的环境里。作者写的是爱情，用“鸳鸯”字样，也自然有一种映衬的作用。作者的质问，未能得到什么回答，唯见“夕阳无语”而已。“夕阳”句，有着浓厚的感情渲染，看来，“夕阳”也在沉思，也在悲痛，而作者的感情也随之转入深沉，以至于“断肠”了。“谢客”三句，就是在表达这种“断肠”的感情。“谢客”即南朝宋谢灵运，灵运小字“客儿”，时人因称“谢客”。他曾作过《伤已赋》，所写皆伤感之境，伤感之情，其中有“播芬烟而不熏，张明镜而不照。歌白华而绝曲，奏蒲生之促调”诸语，“谢客烟中”，或指此。“湘妃”，指传说中的娥皇、女英，舜的二妃，舜南巡，死于苍梧之野，二妃寻而不得，遂死于湘水。凡此，本来都是至伤至悲之境，但词人却说，这些都“未是断肠处”，显然，“断肠处”就是这民家儿女殉情的荷花塘了，这里曾沉下殉情者的肉体，而眼下正开着他们魂魄化成的并蒂莲花。这三句引古喻今，而又抑古扬今，意在着力表现作者痛心疾首的悲伤情绪。

下片过片引唐韩偓《香奁集》自序语，用神话般的灵芝、瑞露映衬这对青年爱情的圣洁。这样的爱情，却似梦般很快消失了。“俯仰之间，已为陈迹”，这是大可叹惜的。但是，“海枯石烂情缘在”，他们的爱情是不灭的，他们的“幽恨”，也是“黄土”所掩埋不掉的。两句盛赞其爱情的坚贞永固。元好问是金元间的赫赫大儒，能对这民家儿女的“私情”，唱这样的赞歌，作出这样的评价，实在是难能可贵！这里再次表现了他进步的爱情观、婚姻观。“相思树“三句，仍属借古喻今，以古代的韩凭夫妇比拟眼前的民家儿女，把韩凭夫妇的冤魂化成的“相思树”①，比拟眼前的并蒂莲。“相思树”是古代爱情悲剧的象征，而随着时光的流逝，到现在“又被西风误”者，则是指这对青年，他们被“误”，以至于死，罪在那充满杀气的“西风”。“西风”显然是当时封建势力、封建礼教的代名词。“无端”二字用得极好，它既确切地表现了作者的正义立场，同时用以归罪“西风”，鞭挞“西风”，胜似千乘之师。“兰舟”以下四句，抒写作者对并蒂莲凭吊与珍惜的感情。这几句的笔势，似在收束全词，但却收而不束，反给全词再泛一层涟漪。要“兰舟少住”，意在凭吊。由于前面对并蒂莲着墨甚多，故结处乃兴凭吊之意。作者料到，若不及时尽情凭吊，那么，以后再来的时候，恐怕就要“红衣半落”，甚至于“狼藉卧风雨”了。“红衣”指荷花。一个“怕”字，极见词人感情，他对这青年男女用生命结成的并蒂莲花

---

① 相思树：《搜神记》卷一一：宋康王舍人韩凭娶妻何氏，美。康王夺之。凭自杀，妻投台而死。里人埋之，二冢相对，一夕之间便有大梓木生于二冢之端，旬日而大盈抱，屈体相就，根交于下，枝错于上。有鸳鸯雌雄各一，恒栖树上，交颈悲鸣，音声感人。宋人哀之，遂号其木曰“相思树”。

十分珍惜，因而生怕其凋零。同情之心，珍爱之意，情真意切，掬之可出。一对青年，死而化莲，已属不幸，若再被风雨欺凌，狼藉池塘，岂非更悲！这自然是词人根据当时社会形势所作出的预料：美好事物将再次被恶势力摧毁！显然，这一预料给全词更增添了悲剧气氛，作者写爱情悲剧的使命，也就此完成了。

通过以上的分析解剖，我们可以看到，这首词的突出特点是以情见胜，富有一种纯情之美。全词句句有情，在以凄婉愤懑为主的基调下，又能时作变化，或同情，或痛惜，或珍爱，或抗争，以至于愤然高呼，种种感情错杂其间，从而形成了一种起伏多变的感情潮。作者为了把他的感情表达得淋漓尽致，在写作上，他运用了议论、抒情、写景、叙事等多种笔法，交互错杂，熔于一炉，且借典用事，皆有助于感情的表达。值得注意的是，在现存元好问 370 多首词中，爱情词所占比例很小很小。但一经涉笔，便臻绝唱，而且所写多是悲剧，除这里的《双蕖词》、《雁丘词》外，还有《江梅引》（墙头红杏粉光匀）、《小重山》（酒冷灯青夜不眠）等。在他的这些词中，大多充满着悲壮贞刚之气，与其他一些惯写柔靡爱情的词人绝不同调。元好问之所以这样，盖与其所处的特定时代有关，这些词很可能都暗寓着一种殉国之思或故国乔木之痛。

关于这首词的写作年代，词序中有“沁水梁国用，时为录事判官，为李用章内翰言如此”云云。梁国用，未详；李用章即李俊民。看来作者能写这首词，其故事素材当取自李俊民，盖由李氏转述而来。而元好问之认识李俊民，盖在贞祐丙子（1216）之后不久。据李俊民《庄靖先生遗集·一字百题》诗序，俊民于贞祐乙亥（1215）秋七月南迁，侨居于河南福昌县“厅事之东斋”。次年丙子，遗山避兵南渡，寓于福昌县之三乡镇（见《遗山集·故物谱》）。两人相识，盖在此时。俊民为之转述双蕖故事，遗山因有是作，上距“泰和”（1201—1208）中，已十余年了。其时，金国危在旦夕，以此，益知词中寄意遥深，非徒用事炼句敷衍故事而已。

元好问《摸鱼儿》

楼桑村汉昭烈庙

问楼桑、故居无处。青林留在祠宇。荒坛社散乌声□，寂寞汉家箫鼓。春已暮。君不见、锦城花重惊风雨。刘郎良苦。尽玉垒青云，锦江秀色，办作一丘土！　西山好，满意龙盘虎踞。登临感怆千古。当时诸葛成何事，伯仲果谁伊吕？还自语。缘底事、十年来往燕南路？征鞍且驻。就老瓦盆边，田翁共饮，携手醉乡去。

楼桑村是蜀汉昭烈帝刘备的故乡，在今河北涿州市。据《三国志·蜀志·先主传》：先主（刘备）舍东南角篱上有桑树，高五丈余，遥望童童如车盖，先主少时，常与族中诸儿戏于树下，后因称楼桑里。刘备死后，乡人曾建庙以作纪念。据《吉金贞石志》王庭筠《涿州重修汉昭烈帝庙碑》，庙在涿县西南十里。遗山于癸卯（1243）九月客燕京即今北京（见《遗山集》中《答大用书》、《朝列大夫同知河间府事张公墓表》）。这年冬天，由燕京回太原，道出范阳（即今涿州）。这首词可能作于此时。如是，则金亡已十年，遗山五十四岁。由于这种特定的历史背景，所以作者在词中，抚今追昔，吊古伤今，感慨伤怀，铜驼荆棘之感，充盈于字里行间。后人曾将本词刻于昭烈庙壁，盛传一时。

词的上片从向楼桑村询问刘备故居起调，引出刘备的“祠宇”。紧接着以“荒坛”两句直笔描述眼前祠宇的苍凉与寂寞,转入咏叹。按:“乌声”下空格,《遗山先生新乐府》原作“喧”字。按律此字应仄,作“乌声喧”则连三平声,更不宜。今依《全金元词》据张调甫南塘本《遗山乐府》作□。“乌声”,是“社散”之后的自然之景。人们于社日(从“春已暮”看,似是春社)祭神散场之后,乌鸦飞来,争食残留的祭品,景象与辛弃疾《永遇乐》“佛狸祠下,一片神鸦社鼓”略同。着“乌声□”(意当是鸦声喧闹)一景,并非写祠宇中的热闹,相反,正是为了渲染其苍凉,上应“荒坛”,下照“寂寞”。人迹尽,箫鼓绝,这片天地就成了乌鸦的乐园。这里是写祠宇的荒凉,同时也未尝不是金亡之后那个特定时代的缩影。“春已暮”,特写节候,开启“锦城花重惊风雨”一层。锦城,即锦官城,成都的别称,刘备称帝建都于此。“花重”,因“风雨”而来,花因带雨而加重。杜甫诗《春夜喜雨》有“晓看红湿处,花重锦官城”句,但这里却不像杜诗写得那样柔和,而用了一个“惊”字,是惊“风雨”,也是惊“春暮”。暮春风雨,锦城花重,不仅时序惊心,亦暗指时代政治的“风雨”可惊。刘备和他的蜀汉政权,就没有经受住那时代风雨的袭击。“刘郎良苦”,刘郎指刘备。“玉垒”“锦江”云云,取杜诗《登楼》“锦江春色来天地,玉垒浮云变古今”句意。玉垒、锦江,一山一水,皆在四川境内。“尽(jǐn)”,“听任”的意思,这几句说刘备历尽辛苦,据有西川,终于还是不保,听任那戴着青云的玉垒山和秀丽的锦江水,为他“办作一丘土”,埋葬了。言词之中,明显地流露着作者的同情、惋惜、悲悼的思想感情,极尽抚今追昔吊古兴叹之意。遗山另有《蜀昭烈庙诗》,中有“荒祠重过为凄然”、“锦官羽葆今何处?半夜楼桑叫杜鹃”等句,意与情均较显豁,可作理解此词的借鉴。

词的下片,先以“西山好”两句转写眼前现实。这里的“西山”,盖指北京西郊的西山,此山起伏绵亘,连接太行,为太行山支脉。遗山癸卯在燕,曾登临,作品中也几次提到这里的“西山”,如《鹧鸪天》“八月芦沟风露清……只有西山满意青”,《出都诗》(之二)“留在西山尽泪垂”,其文《临锦堂记》“可以坐得西山之起伏”等,皆是。这里的“西山”云云,带有回忆的意味,且词人虽身在楼桑,但出都未远,西山如在目前。在遗山看来，西山是很好的(可以“满意”的)“龙盘虎踞”之地，可是金朝已遭焦土之变，物是人非，故有“登临感怆千古”之慨。“诸葛”两句，即是词人“感怆千古”的内容：由自己的国变而想到蜀汉的灭亡，悲愤感怆，不禁对诸葛亮的功绩与评价，也产生了疑问。杜甫对诸葛亮早有“伯仲之间见伊吕，指挥若定失萧曹”(《咏怀古迹五首》之五)的评价，至于诸葛没能完成国家的统一，杜甫归结为“运移汉祚”。遗山则不以为然，他以“成何事”责问诸葛，而以“伯仲果谁伊吕”动摇杜甫的结论，“果”字不仅表示了强烈的质问，而且也具有明显的否定语气。这是遗山由自己的国变而引起的激愤之词。悯蜀即悯金，责诸葛即责金朝诸权臣。“还自语”两句则转为自诘。“十年”，似指癸巳(1233)至癸卯(1243)间。如上文所说，遗山于癸卯秋至燕京，冬天离京回太原，上推十年，即为癸巳国破。这其间，遗山仅此一至燕京，复睹故国，感到痛心疾首，所以要以“缘底事”自诘自责。悲痛无以排解，只得就田翁痛饮，遁入醉乡以求片刻解脱而已。这里貌似旷达，实际上正是悲痛已极的表现。末三句取杜甫《少年行》“莫笑田家老瓦盆……共醉终同卧竹根”句意。

宋元间的张炎说元遗山的词“深于用事，精于炼句”(《词源》)。这首词很符合张炎的这一论断。这首词用事引典较多，仅以杜诗来说，就直接引用了《春夜喜雨》、《登楼》、《咏怀古迹五首》(之五)等。本来，像刘备、诸葛亮这些历史人物和与之有关的历史事件，正史皆有记载，但词人并不去直接取之于史，而是取之于诗，这样，它既借用了诗中所反映的史实，又兼采了这些诗的艺术精华，再融进自己的思想感情和时代意识，进行再一次艺术加工，从而铸为新词，这是一种积极的引用法。词人在引用杜诗时，重新铸造的痕迹相当明显，如杜诗“花重锦官城”，花受春夜喜雨的滋润，“重”中充满欣喜，而元词中加一“惊”字，而且突出了“风雨”，把原诗中的欣喜一扫而光，融进了元代那个特定的时代气质和词人特定的思想感情，一字之变，境界全异。至于引用《咏怀古迹五首》(之五)，则是变肯定为否定，从而否定了杜甫的结论。从这些地方，也都可以看出遗山的“精于炼句”。

(原载《唐宋词鉴赏辞典》，上海辞书出版社 1988 年版)

元好问《鹧鸪天》

薄命妾辞

颜色如花画不成，命如叶薄可怜生。浮萍自合无根蒂，杨柳谁教管送迎？　云聚散，月亏盈，海枯石烂古今情。鸳鸯只影江南岸，肠断枯荷夜雨声。

“薄命妾”即“妾薄命”，乐府杂曲歌辞名，见《乐府诗集》卷六二。曲名本于《汉书·外戚传》孝成许皇后疏“妾薄命，端遇竟宁前”（竟宁，汉元帝年号）。李白等曾用这个乐府旧题写过乐府诗，苏轼写过《薄命佳人》诗，有“自古佳人多命薄，闭门春尽杨花落”句，皆咏叹封建社会妇女的不幸。元遗山取乐府旧题之意，谱入《鹧鸪天》词，也表现了同样的主题。词中首先用“如花”写女性的“颜色”美，而以“画不成”加以强调和补充描绘“美”的程度。元遗山大概对“画不成”很欣赏，在他的诗词中曾多次重复使用，如“一片伤心画不成”、“一段伤心画不成”等。赵翼《瓯北诗话》曾摘录遗山重复句多种，从而认为遗山“复句最多”。作者在略一交代“颜色”之后，即以逆笔用比喻的手法，一连三句描述这女性的“薄命”。三句三个层次。“命如叶薄可怜生”，总写薄命，用“如叶”形容其薄，扣题。因其命薄，所以可怜，“生”，语助词。三、四两句，分别从两个方面写其“薄命”，第三句，再取“浮萍”作比，写身如飘萍。“无根蒂”，即生活无定，且毫无社会地位。“自合”，是说命运注定，语似平常，而作者对这种命运愤懑之情，却暗含其中。第四句又取“杨柳”作比，写其送往迎来的身世。杨柳是离别的象征，古人折柳赠别，故刘禹锡《杨柳枝》有云：“长安陌上无穷树，唯有垂杨管别离。”杨柳还有“迎来”的一面，故李商隐《杨柳枝》云：“为报行人休尽折，半留相送半迎归。”这一句，意在显示这女性的身世，从以杨柳喻其送往迎来的性质看，她可能是个妓女，这与上句的“无根蒂”正合。诗词中妓女以杨柳作比，颇著先例。《敦煌曲子词·望江南》有“我是曲江临池柳，这人折了那人攀，恩爱一时间”语，显然是写妓女。而过片两句所说的聚散如云、亏盈如月的情况，正是这“恩爱一时间”的形象说法。词人把这位女性推到如此地步，正是为了极写其“薄命”。“谁教”一词，用得很好，它既表现了这女性对自己“薄命”身世的哀怨，同时也表现了她的觉醒，这自然也是作者的觉醒。刘禹锡说“唯有垂杨管别离”，而这里则以“谁教”提出质问，其锋芒似乎已指向当时的社会。其思想感情较上句的“自合”显然浓烈而明朗得多了。

过片三句转入抒情。言这女性命虽薄，而情却深。“海枯石烂”，极言其情深而执着。但是，由于命运不好，不得与心目中的情人团聚，如同鸳鸯不能成对，孤身只影，凄然于“江南岸”。这里也是再次写她的“薄命”。遗山另有《西楼曲》云：“海枯石烂两鸳鸯，只合双飞便双死。”在元遗山看来，是鸳鸯情侣，就应该（“只合”）双飞双栖，以至于双死，他笔下的《雁丘词》、《双蕖词》、《金娘词》等，就是这种思想的具体体现。在这首词中，则是“鸳鸯只影江南岸”，是极痛苦悲惨的，故结句乃有“肠断枯荷夜雨声”之说。这一句是就前句意思加以渲染烘托。夜雨淅沥，敲打着枯荷，形成了一种极为凄凉的境界，身在其境的“鸳鸯只影”，怎么能不“肠断”呢？这一句，绘形绘声，再次为薄命人的悲惨遭遇传神写照。

这首词，几乎句句运用比喻，把“薄命”这样一个很抽象的概念，写得有形有色，化抽象的意识为具体的形象，这是本词用笔的高招。另外，这首词似有其寄托意义，寓有作者的自我身世之感。从“鸳鸯只影江南岸”看，此词似作于词人南渡之后，时值金朝垂危，国运和词人命运皆如飘萍。正如他在南渡后写的一首《临江仙》中所说："自笑此身无定在，风蓬易转孤根。"同调词又云："自笑此身无定在，北州又复南州。"金亡之后，词人命运更惨，国破家亡，无所附丽，俯仰由人，以浮萍杨柳，以至于"薄命妾"自喻，于情于理，皆无不可。而"颜色如花"、"命如叶薄"则是作者怀才不遇的愤慨之词。作者思国念家，情缘不断，正是词中所说的"海枯石烂古今情"。汤显祖评《花间集》说："杨枝、柳枝、杨柳枝，总以物托兴。前人无甚分析，但极咏物之致，而能抒作者怀，能下读者泪，斯其至矣。"所论极是。再者，香草美人，也正是我国古代诗词中常用的比兴手法。从这种观点出发，我们对元遗山的这首词，似应当透过其表面形象，深入认识其寄托意义。

（原载《唐宋词鉴赏辞典》，上海辞书出版社1988年版）

编后记

邱鸣皋师的著作，此前已出版的有匡亚明先生主编《中国思想家评传丛书》之《陆游评传》（南京大学出版社 2002 年初版，此后多次再版），以及《舒岳祥年谱》（上海古籍出版社 2012 年版）。这本《邱鸣皋文集》，主要收录的是邱师所发表的单篇论文。其中《与青年朋友讲屈原》系据手稿排印，其余都是已发表的文字。其中较早的发表于二十世纪七十年代后期，最近的则是近年来见于报刊的读书札记。“唐宋文学论稿”部分收录了邱师的主要论文，其中《张炎评传》、《谢翱评传》系从山东教育出版社出版的《中国历代著名文学家评传》中裁出，《舒岳祥简论》则剪裁自《舒岳祥年谱》卷首“前言”。“诗词鉴赏”部分收录了邱师为各出版社所写的鉴赏文章，亦以宋代诗词鉴赏为多。“文史札记”中除《为韩信辨诬》系早年旧作，其余多为退休后所写。这当然不是邱鸣皋师所撰述、发表的全部文字。比如他在七十年代所写的《徐州历代战纪》以及研究农民起义的系列文章，这里都没有收。邱鸣皋师长于文献目录之学，文史根柢深厚，以其学力而言，本可以有更多的著述，但他从中文系主任到副校长，一直到徐州师范学院更名为徐州师范大学后从校长位置上退下来，长期致力于教育行政管理工作，很少有时间潜心研究与著述。他当副校长和校长期间几次生病住院，那是难得的清静时光，所以他大概每次出院后都会有一篇论文发表。师友弟子，闻之慨然。

2018 年 10 月，邱鸣皋师年届八十，弟子们相约为先生寿。然而邱师坚执以为不可。于是众弟子乃有辑集文集之倡。先后参与其事者有：张仲谋、沙先一、王淑梅、李青枝等人，至于参与采录校对者，复有再传弟子多人，恕不一一具名。因为文章发表的时间跨度较长，或文字漫漶，或体例不一，参与诸生虽有赤诚，亦未尽统一。如有文字讹误而失校者、有引文标注体例不一者，其责固在诸生，先生恕之。是为记。